OBRAS ESCOLHIDAS

A METAMORFOSE
O PROCESSO
CARTA AO PAI

Sobre os colaboradores desta edição:

Marcelo Backes é escritor, tradutor, professor e crítico literário. Doutor em Germanística e Romanística pela Albert-Ludwigs-Universität de Freiburg, foi professor de literatura brasileira e tradução na mesma universidade. Traduziu diversos clássicos da literatura alemã, entre eles obras de Schiller, Goethe, Nietzsche, Kafka, Arthur Schnitzler e Günter Grass. É autor de *O último minuto* (Cia. das Letras, 2013) e *A casa cai* (Cia. das Letras, 2014), entre outros.

Luís Augusto Fischer é escritor e professor de Literatura Brasileira da Universidade Federal do Rio Grande do Sul (UFRGS). É autor, entre outros, de *Quatro negros* (L&PM, 2005), narrativa que recebeu o prêmio de melhor novela da Associação Paulista de Críticos de Arte, *Dicionário de Porto-Alegrês* (L&PM POCKET, 2007), *Escuro, claro* (L&PM, 2009) e *Inteligência com dor – Nelson Rodrigues ensaísta* (Arquipélago, 2009).

OBRAS ESCOLHIDAS

A METAMORFOSE
O PROCESSO
CARTA AO PAI

Tradução, notas, glossário e cronologia de
MARCELO BACKES

Texto de acordo com a nova ortografia.

A metamorfose – Título do original alemão: *Die Verwandlung*. Tradução baseada na edição da S. Fischer Verlag, organizada por Max Brod.

O processo – Título do original alemão: *Der Prozess*. Tradução baseada na edição da S. Fischer Verlag, organizada por Max Brod, impressa na Alemanha em 1986.

Carta ao pai – Título do original alemão: *Brief an den Vater*. Tradução baseada na edição em fac-símile da S. Fischer Verlag, Frankfurt a. M., 1994.

1ª edição: outono de 2016
Esta reimpressão: outono de 2022

Tradução, notas, glossário e cronologia: Marcelo Backes
Capa: Ivan Pinheiro Machado
Revisão final: L&PM Editores

CIP-Brasil. Catalogação na publicação
Sindicato Nacional dos Editores de Livros, RJ

K160

Kafka, Franz, 1883-1924
    Obras escolhidas: A metamorfose; O processo; Carta ao pai / Franz Kafka; tradução Marcelo Backes; introdução Luís Augusto Fischer. – Porto Alegre, RS: L&PM, 2022.
    424 p. ; 21 cm

    Tradução de: *Die Verwandlung; Der Prozess; Brief an den Vater*
    ISBN 978-85-254-3393-0

    1. Ficção alemã. I. Backes, Marcelo. II. A metamorfose. III. O processo. IV. Carta ao pai.

16-30428   CDD: 833
                             CDU: 821.112.2-3

© das traduções, apresentações, glossário, cronologia e notas, L&PM Editores, 2013

Todos os direitos desta edição reservados a L&PM Editores
Rua Comendador Coruja, 314, loja 9 – Floresta – 90220-180
Porto Alegre – RS – Brasil / Fone: 51.3225.5777 – Fax: 51.3221.5380

Pedidos & Depto. Comercial: vendas@lpm.com.br
Fale conosco: info@lpm.com.br
www.lpm.com.br

Impresso no Brasil
Outono de 2022

Sumário

Kafka: vida e obra – *Luís Augusto Fischer* | 7

A METAMORFOSE | 19
O PROCESSO | 83
CARTA AO PAI | 351

Cronologia biobibliográfica – *Marcelo Backes* | 415

KAFKA: VIDA E OBRA

Luís Augusto Fischer

São poucos os escritores que marcaram para sempre a literatura, por haverem inventado um jeito único de escrever, de abordar os temas do homem comum, de lidar com o leitor. Franz Kafka é um deles. Viveu apenas quarenta anos e em sua vida publicou relativamente pouco; sua obra, no entanto, o coloca entre os mais decisivos escritores de todos os tempos.

Não há exagero na afirmação. Kafka participa do seletíssimo grupo de escritores que definiu um estilo que encerra em si um modo de encarar a condição humana. Fala-se em uma "luta homérica", em referência ao Homero da *Ilíada* e da *Odisseia*, relatos de conflitos do mundo grego clássico, em particular aqueles da Guerra de Troia; é comum ouvir falar em "ódio shakespeariano", relativo ao autor de *Hamlet*, de *Rei Lear* e outros textos, William Shakespeare, dramaturgo que pôs de pé personagens capazes de alimentar desejos de vingança incomuns; certo tipo de mulher se chama de "balzaquiana", em homenagem ao romancista francês Honoré de Balzac, célebre por desenhar perfis femininos, em particular a mulher na plenitude de sua maturidade.

Bem: na mesma medida desses escritores de exceção, entrou para o vocabulário culto de todo o mundo ocidental a noção de uma cena, um drama, uma situação "kafkiana", justamente em função de Franz Kafka, cuja ficção expõe de modo duro mas discreto os horrores da vida do homem comum sufocado pelo mando, por leis arbitrárias, por estratégias de poder que ele é obrigado a suportar, sem jamais alcançar entender.

A cidade natal de Kafka, Praga, hoje capital da República Tcheca, era uma cidade cosmopolita havia muito tempo. Localiza-se no cruzamento de velhíssimas rotas comerciais entre o norte e o sul da Europa Central, assim como entre a Europa e o mundo oriental; desenvolveu-se grandemente dentro do mundo germânico, situada que está entre a Áustria e a emergente Berlim, e ao mesmo tempo era vital para a cultura de língua tcheca. Para um brasileiro, acostumado a viver num país em que praticamente a única língua de cultura letrada é o português, num território vastíssimo, talvez essas informações não sejam suficientes para exibir uma profunda tensão cultural, que no entanto existe – basta pensar que a configuração atual da República Tcheca definiu-se apenas em 1993, depois de haver passado décadas unida à Eslováquia, desde 1918, e mais ainda depois de haver sido, por séculos, um local de intensa vida cultural em alemão, vizinha que é da Áustria e da Alemanha, pelo lado ocidental (e da Polônia e da Eslováquia, pelo lado oriental).

Na época do nascimento de nosso escritor, em 3 de julho de 1883, a cidade tinha cerca de 162 mil habitantes; quando de sua morte, em 1924, viviam ali por volta de 700 mil pessoas. Este forte crescimento manteve uma antiga distinção social: os melhores lugares, as posições sociais mais elevadas pertenciam à gente de língua alemã, ficando os tchecos na condição de remediados ou pobres. Em números: por volta de 1880 calcula-se que havia 32 mil alemães, os de cima, a burguesia, contra 126 mil tchecos, os de baixo, o proletariado, numa divisão genérica.

Esses dados ajudam a entender o ambiente cultural em que se criou Franz Kafka. Família judia, portanto pertencente a uma tradição cultural (e também étnica e religiosa) específica, os Kafka viviam integrados ao mundo germânico; o pai, Hermann, era um comerciante bem-sucedido, que abastecia de roupas e miudezas os setores mais bem posicionados no espectro social praguense, embora tivesse também clientela tcheca; Franz e suas irmãs estudaram em escolas germânicas; o futuro escritor graduou-se em Direito numa universidade de língua alemã. O pai havia nascido em uma pequena cidade, ao sul, filho de um açougueiro, tendo portanto desenvolvido uma trajetória social ascensional; a mãe, Julie, provinha de uma família de posição mais alta (o pai era dono de cervejaria, em cidade interiorana) e trabalhou lado a lado com o marido no comércio.

O contexto político indicava, porém, um rumo difícil para pessoas como os Kafka, judeus culturalmente germanizados, vivendo entre a elite, porque a consciência nacionalista tcheca crescia e se impunha no parlamento, nos nomes das ruas, em tudo que era possível. No nascimento do autor, Praga pertencia ao Império Austro-Húngaro; quando ele faleceu, já após a Primeira Guerra Mundial, a cidade era a capital da Tchecoslováquia. Nos anos posteriores à morte de nosso escritor, como se sabe, tudo pioraria muito, até à barbárie, com a ascensão do nazismo. Para não ir longe: as três irmãs de Franz morreram em campos de concentração, nos anos da Segunda Guerra Mundial. (O pai viveu até 1931, sobrevivendo portanto sete anos ao filho; a mãe morreu ainda mais tarde, em 1934, quase onze anos depois de seu primogênito.)

De um ponto de vista mais amplo, o período de vida de Franz Kafka testemunha uma série de revoluções. Em seu tempo surgiram o automóvel e o avião, o bonde elétrico e o telefone, a gravação mecânica de sons e o cinema, enfim incontáveis mudanças técnicas e culturais, como por exemplo na arquitetura *art nouveau*, na música dodecafônica e nas artes plásticas de vanguarda. Foi também o momento de uma verdadeira onda de higienização e sanitarização das cidades: por toda a parte era comum os administradores botarem abaixo bairros populares inteiros para erguer edifícios flamantes e definir bulevares burgueses – isso ocorreu tanto no Rio de Janeiro quanto em Praga, guardadas várias diferenças. Em vista da destruição do antigo bairro judeu de Praga, onde viveu por um período, Franz Kafka declarou-se fantasma de um tempo que havia passado irremediavelmente.

No que se refere à vida cultural, a Praga desses anos era uma capital europeia, aproximando-se de cidades maiores, como Paris, Berlim ou Viena. Os cafés, as publicações e associações culturais tinham atividade forte e marcante. Da mesma forma ocorria na vida social e política: a cidade era atravessada pelo debate sindical, pela reivindicação do direito ao voto e à greve, pela melhoria das condições de vida e trabalho das maiorias pobres.

Se somarmos todas essas tensões – entre o passado e o futuro, tanto no campo técnico-científico quanto no artístico, entre tchecos nacionalistas e alemães, entre a tradição eslava e a presença germânica, mais ao fundo entre mundo oriental e mundo ocidental, entre conservadorismo e progressismo político, entre judeus e não judeus –, teremos um desenho adequado para compreender o que poderia fazer, naquele lugar e naquele tempo, um candidato a escritor, como era o caso do jovem Franz Kafka.

A relação de Franz com sua família moldou sua futura obra. Certo, isso deve acontecer com todo artista, porque o ninho familiar é a primeira experiência da variedade humana. Mas o caso dele é particular, e fica visível no modo como se entendeu e se desentendeu com seu pai, uma figura de homem vitorioso, bem-sucedido no trabalho, um burguês exemplar, mas ao mesmo tempo um sujeito incapaz de valorizar o interesse do filho pela literatura. O Hermann Kafka que o filho enxerga e sente é um opressor dos mais cruéis, em contraste vivo com Franz: o filho é franzino e de saúde frágil, interessado em pequenas trajetórias, em fracassos singelos, em tristezas miúdas da gente desprotegida, ao passo que aquele é um homem grande, de rosto largo, um empreendedor capaz de superar altos obstáculos. Em momento de desespero existencial, Franz escreveu uma das obras mais melancólicas que se pode conceber, a *Carta ao pai*. Imensa lamentação, vasta queixa, relato de uma infinita mágoa, a *Carta* foi escrita em 1919 – e nunca, jamais, foi entregue ao destinatário, tendo sido publicada pela primeira vez muito depois da morte de ambos, já no ano de 1966.

No capítulo dos amores, a biografia do escritor mostra um sujeito de grande desejo amoroso e erótico (seus diários registram encontros sexuais com companheiras de ocasião), que é ao mesmo tempo incapaz de estabelecer e manter vínculos duradouros. Felice Bauer, sua primeira noiva, exemplifica bem o caso: ela e Franz estiveram noivos por não mais de um mês, quando ele contava já 31 anos de idade, e uns seis anos depois voltaram a noivar, agora por uns seis meses. Depois dela a paixão se chamou Julie Wohryzek; também com esta moça houve noivado, que durou apenas algumas semanas. Em 1920, cai de amores por uma jornalista, Milena Jesenská. Finalmente ocorreu em sua vida o encontro com Dora Diamant, sua última namorada, com quem chegou a viver por um tempo (sem casar), em Berlim. Aos cuidados de Dora é que veio a morrer, a 3 de junho de 1924, em um sanatório perto de Viena, Áustria.

Teve alguns amigos importantes; mas quem de fato precisa ser mencionado é Max Brod. Judeu como ele, escritor como ele, também nascido em Praga e criado em língua alemã, com interesses intelectuais e artísticos igualmente fortes, no final da vida do amigo Max recebeu dele o duro encargo de dar fim aos manuscritos kafkianos deixados sem edição – o destino desejado pelo infeliz autor para seus papéis era o fogo. Para sorte de toda a posteridade, Brod, que nasceu em 1884, um ano após Franz, mas viveu até 1968, residindo já em Israel, para onde emigrara, traiu o desejo do amigo que morria: não apenas manteve os papéis, como os editou, ao longo de muitos anos, restando ainda hoje materiais inéditos.

Em matéria de profissão, a trajetória de nosso escritor pode ser encarada como mais uma das penosas experiências que estão por trás de sua literatura. Embora tenha alimentado, na meninice a na juventude, certa ilusão de tornar-se desenhista, Franz ingressa na universidade sem saber ao certo que rumo tomar. Tenta estudar Química, mas logo desiste, em favor da carreira do Direito. Conclui sua formação em 1906, aos 23 anos, e logo ingressa no mundo do trabalho burocrático, primeiro numa empresa italiana de seguros, depois numa instituição semiestatal, o Instituto de Seguros contra Acidentes de Trabalho do reino da Boêmia em Praga.

Nesses trabalhos leva sua vida profissional de modo exemplar, sendo promovido a postos superiores, mas sem jamais deixar de observar os horrores da burocracia, daquilo que um de seus maiores entusiastas, o crítico literário Theodor Adorno, chama de "sociedade administrada", em que a capacidade de ação significativa dos indivíduos é quase nula diante da força da indústria cultural, das restrições legais, dos constrangimentos políticos, do peso da própria burocracia no cotidiano. A opressão invisível da burocracia será a matéria-prima de grande parte de suas obras.

Para completar o desenho, mesmo que rápido, da vida de Franz Kafka, falta lembrar a fragilidade de sua saúde. Sem jamais ter sido um indivíduo forte, já em 1912 precisa ser internado em um sanatório dedicado a doenças respiratórias; e a partir de 1917 (entre os 33 e os 34 anos de idade) é obrigado a conviver com a tuberculose, que acabou com sua vida. Desse ano em diante, são constantes as internações em casas de saúde, em busca de uma reabilitação que não chegou.

Franz Kafka escreveu bastante, ao largo de sua curta vida. Foram vários cadernos de diários, centenas de cartas, dezenas de contos, várias narrativas de tamanho médio e alguns romances. Enquanto viveu, no entanto, publicou relativamente pouco, tendo convencido a poucos leitores de seu valor superior – não faltou mesmo quem dissesse que se tratava de uma literatura de alcance curto, em contraste com o entusiasmo de outros, entre os quais o grande amigo Max Brod, que logo se convenceu de que na obra de Kafka estava um novo patamar do registro literário.

A vontade de escrever terá nascido talvez muito cedo na vida de Franz Kafka; já em 1904 há registro de trabalhos ficcionais em que adestrava a mão; em 1908 publica alguns textos, sempre escritos em alemão. Mas se quisermos uma data inicial do empenho de escrever a sério, podemos fixar o ano de 1912: em certo dia desse ano lhe ocorre o que considerou um caso exemplar de felicidade artística, quando escreveu, numa só noite, *O veredicto*, que veio a ser publicado no ano seguinte, 1913.

O tema inicial do conto envolve um homem, adulto, que acaba de escrever uma carta a um velho amigo, que se encontra em outro país; o que escreve entra em considerações minuciosas sobre o que convém dizer e o que convém calar diante desse ausente, um fracassado, que talvez volte ao país natal; depois de hesitar bastante conta ao amigo remoto que ficou noivo (na vida real do autor, de fato tinha ocorrido o primeiro noivado com Felice Bauer); com a carta na mão, num giro narrativo trivial mas de grandes consequências, o autor da carta se dirige ao quarto em que vive seu velho pai, já com dificuldades físicas mas ainda um gigante, aos olhos do filho; e esse pai, esse gigante, é de uma incompreensão absurda para com o filho: não apenas não gosta da existência da notícia do noivado, nem do próprio noivado do filho, como também duvida da existência desse amigo distante; a força opressiva desse pai leva o autor da carta a temê--lo mas também a desejar sua morte; o filho mal tem tempo de observar detalhes de toda a cena, para reter na memória as minúcias que são simultaneamente precisas e inúteis. O desfecho é uma pequena tragédia, ligada ao veredicto mencionado no título, que o leitor precisa conferir por si próprio.

Casualidade ou não, temos nessa história muitos dos elementos centrais da obra futura: a sensação de opressão, que não tem foco preciso, nem origem conhecida, mas toma conta de todos os ambientes e momentos; a tensão terrível entre um homem comum e a autoridade (aqui representada pelo pai), a qual pode, a qualquer momento e de modo perfeitamente arbitrário, decidir sobre o destino de todos e de cada um; o gosto pela descrição realista de uma série de detalhes, que porém se situam numa zona de intensa sombra, que é psicológica mas também social e política, que inviabiliza a ação racional; o trágico e sempre discreto desfecho do enredo, em que o conflito de origem encontra sua solução à custa da vida, da saúde mental, da capacidade de ação do protagonista.

Também em 1912 escreve sua talvez mais famosa narrativa, *A metamorfose*, que viria a ser publicada em 1915 e marca a plenitude de sua qualidade artística. Diz a primeira frase, um clássico em matéria de abertura de um relato: "Certa manhã, ao despertar de sonhos intranquilos, Gregor Samsa encontrou-se em sua cama metamorfoseado num inseto monstruoso".

Literariamente, é um espetáculo de concisão e profundidade, afinado com a intensa modernização daquele momento histórico, cem anos atrás: sem explicar antecedentes, nem oferecer razões claras, o relato dá notícia de que um sujeito acordou como que transformado no objeto de seu sonho. Sigmund Freud, por sinal outro judeu de cultura alemã, havia pouco publicara, com grande impacto na opinião pública, seu ensaio *A interpretação dos sonhos*, em que postula um sentido nunca antes considerado para essa atividade tão rotineira que é sonhar: para ele, no sonho quem falava era o sonhador, seu inconsciente; não se tratava de adivinhação do futuro, com queria a tradição popular, mas de uma ação do indivíduo, que na hora do relaxamento formulava, em seu sonho, coisas significativas de sua própria vida.

Gregor Samsa é um pouco como todo mundo, podemos dizer calmamente quando consideramos o texto com o distanciamento crítico necessário; mas no momento da leitura, até hoje, o conto (ou novela, difícil estabelecer com segurança os limites entre uma coisa e outra) foi e é lido com aquele misto de repulsa e familiaridade que caracteriza grandes obras de arte e, não menos, os sonhos que cada um tem. Kafka obteve, com *A metamorfose*, uma síntese estética poderosa, representativa da condição humana moderna.

Em 1914, começa a escrever aquele que seria seu romance mais bem sucedido e mais famoso, mas que viria a ser publicado apenas em 1925, após sua morte: *O processo*. Como havia ocorrido antes já, a primeira frase nos arremessa sem apelação para dentro do furacão silencioso e inescapável: "Alguém devia ter caluniado Josef K., pois, sem que tivesse feito mal algum, ele foi detido certa manhã".

Mais uma vez ocorre que de manhã, na hora em que o mundo dito real restabelece seu ritmo e impõe sua norma, um sujeito desimportante, agora com sobrenome iniciado com K., é vítima de forças que ele nunca consegue entender, muito menos controlar. Dali por diante, tudo sucede de modo por assim dizer absurdo (este adjetivo diz quase o mesmo que "kafkiano"): Joseph K. não fez nada de errado, e quando reconstitui seus passos mais se convence de que de nada pode ser acusado, mas mesmo assim é intimado a comparecer a salas em que sua conduta é objeto de reprovação sistemática, por gente que não se apresenta com nitidez e mesmo assim dispõe de poder de vida e de morte sobre ele. O pior dos mundos, que Kafka descreve com precisão naturalista, com minúcia delicada, num contexto incontrolável de mando e arbítrio, do qual o protagonista tem consciência irremediavelmente parcial e fragmentária, o que transmite a suas ações e reações um patético ar de inutilidade. Já se observou, aliás, que a principal força da arte kafkiana provém do choque entre a descrição naturalista, aparentemente neutra, e o ambiente fantasmagórico, sempre opressivo.

De onde provém o veio artístico que desabrocha em sua obra? De que elementos se compõe a força de sua literatura? Respostas a tais questões foram oferecidas por inteligências da maior força, desde as primeiras edições. É certo que a obra de Kafka nos propõe enigmas, o tempo todo, em parte semelhantes a parábolas; não custa, nessa linha, lembrar que a tradição judaica e cristã lida com um poderoso e vasto repertório de histórias desse temperamento, como se vê repetidas vezes nas Escrituras. Essa ligação qualifica a obra kafkiana como um novo patamar dessa velhíssima tradição, ao propor histórias exemplares, narradas com elipses importantes, isto é, omitindo certas passagens ou dados, mas sem moral aproveitável: o leitor se surpreende a indagar, sem resultado proveitoso, sobre os motivos de tal ou qual ato, gesto, sentimento, pensamento, e quanto mais nos perguntamos pelo sentido do que vamos lendo, mais nos assalta uma espécie de terror, o de constatar que não há sentido transcendente naquilo – como não há sentido em vários de nossos atos cotidianos, de resto.

As histórias de Kafka parecem transcorrer num presente opressivo e interminável, o que acrescenta outra camada de força a seus relatos. Gregor Samsa, Joseph K. ou qualquer outro de seus personagens (como Josefine, como o Artista da fome e tantos outros) vivem por assim dizer em nosso tempo, agora mesmo, já que suas trajetórias guardam a mesma irresolução que a nossa vida, sempre prestes a ser atravessada por um atropelamento, por um evento capaz de alterar para pior, e para sempre, o que pensamos ser o caminho adequado, justo e bom.

Num sentido imediato, Kafka foi leitor de Nietzsche, filósofo marcado pela desesperança, pela visada cética sobre a vida comum. Foi também um entusiasmado apreciador do romance de Dostoiévski, romancista arrebatador, capaz de oferecer dramas intensos de amor, tanto quanto tragédias terríveis ligadas à indagação sobre o sentido da vida. Em certo momento, o autor de *O processo* teve contato importante com o teatro judaico, praticado por artistas populares em apresentações mambembes, que circulavam em sua cidade; da mesma forma, sabe-se que dedicou muita energia ao estudo do hebraico, depois dos trinta anos de idade; esses dois elementos, mais a proximidade com o intelectual sionista que foi Max Brod, são suficientes para alertar-nos de sua identificação com essa linhagem cultural, a que sua obra se associa, o mundo da consciência judaica no exílio. Sem ter sido religioso, Franz Kafka mergulhou nesse vasto mundo, a que não faltavam experiências duríssimas no passado, nem faltariam outras piores ainda, com a ascensão do nazismo.

Um de seus leitores mais agudos, que foi também tradutor de alguns de seus textos, foi outro monstro literário do século XX, Jorge Luis Borges. Em ensaio famoso, chamado "Kafka e seus precursores", escrito em 1951, o grande escritor argentino relata seu interesse em retraçar as origens literárias do escritor praguense, que o levou a colecionar um restrito conjunto de figuras (o paradoxo do grego antigo Zenon, um certo chinês antigo, depois o filósofo Kierkegaard, entre outros, numa lista um tanto disparatada, como era muito de seu agrado). No fim das contas, Borges toma consciência de que Kafka, como todo grande escritor, não provém de qualquer precursor, e pelo contrário ele cria seus precursores.

A formulação borgiana tem ar de piada, mas tem grande significação. De fato, um escritor revolucionário como Kafka inaugura um capítulo novo na tradição literária, o que o torna um inventor de mundos; por outro lado, ao realizar justamente a inovação, ele ilumina retrospectivamente a tradição literária, de tal forma que sua obra se revela como a realização plena de tendências, tentativas, enfim, de novidades, as quais não chegaram a acontecer plenamente e por assim dizer precisaram esperar a chegada daquele escritor, lá no futuro, que teria então todas as condições de alcançar o ponto alto da síntese estética.

Assim ocorre com Franz Kafka, esse escritor tão inovador, tão inventivo, tão crítico, que ao criar sua obra nos explica o mundo, inclusive o do passado, revelando-nos significados profundos e dimensões inesperadas de nosso próprio cotidiano, ao mesmo tempo em que expõe seu ceticismo, de enunciado brando mas de alcance terrível.

Bibliografia crítica recomendada

BACKES, Marcelo. Prefácio. In: KAFKA, Franz. *Carta ao pai*. Trad. Marcelo Backes. Porto Alegre: L&PM, 2012.

_____. Prefácio. In: KAFKA, Franz. *A metamorfose*. Trad. Marcelo Backes. Porto Alegre: L&PM, 2009.

_____. Prefácio. In: KAFKA, Franz. *O processo*. Trad. Marcelo Backes. Porto Alegre: L&PM, 2012.

BORGES, Jorge Luis. Kafka e seus precursores. In: *Outras inquisições*. Trad. Davi Arrigucci Jr. São Paulo: Cia. das Letras, 2007.

CARONE, Modesto. *Lição de Kafka*. São Paulo: Cia. das Letras, 2009.

LEMAIRE, Gérard-Georges. *Kafka*. Trad. Julia da Rosa Simões. Porto Alegre: L&PM, 2006. Coleção Biografias L&PM POCKET.

SALFELLENER, Harald. *Franz Kafka e Praga*. Trad. André Belmonte. Rio de Janeiro: Tinta Negra, 2011.

SCHWARZ, Roberto. Tribulação do pai de família. In: *O pai de família e outros estudos*. São Paulo: Cia. das Letras, 2008.

A METAMORFOSE

I

Certa manhã, ao despertar de sonhos intranquilos, Gregor Samsa encontrou-se em sua cama metamorfoseado num inseto monstruoso[1]. Estava deitado sobre suas costas duras como couraça e, quando levantou um pouco a cabeça, viu seu ventre abaulado, marrom, dividido em segmentos arqueados, sobre o qual a coberta, prestes a deslizar de vez, apenas se mantinha com dificuldade. Suas muitas pernas, lamentavelmente finas em comparação com o volume do resto de seu corpo, vibravam desamparadas ante seus olhos.

"O que terá acontecido comigo?", ele pensou. Não era um sonho. Seu quarto, um quarto humano direito, apenas um pouco pequeno demais, encontrava-se silencioso entre as quatro paredes bem conhecidas. Sobre a mesa, na qual se espalhava, desempacotada, uma coleção de amostras de tecido – Samsa era caixeiro-viajante –, estava a imagem que ele havia recortado havia pouco de uma revista ilustrada e posto numa moldura bonita e dourada. Ela mostrava uma dama que, escondida num chapéu de pele e numa estola de pele, sentava ereta e levantava aos espectadores um regalo[2] também de pele, dentro do qual sumia todo seu antebraço.

O olhar de Gregor dirigiu-se então para a janela, e o tempo nublado – ouviam-se os pingos da chuva baterem sobre a

---

1. N'*O processo*, Kafka diria: "O instante do despertar é o instante mais perigoso do dia". Ademais, em várias de suas cartas a Felice o autor refere o fato de se sentir completamente estranho ao acordar pela manhã. (N.T.)
2. Regalo, aqui, no sentido de luva que possui apenas duas divisões, uma para o polegar, outra para o resto dos dedos. Em geral é feita de pele e muito usada nos países frios. (N.T.)

calha da janela – deixou-o bastante melancólico. "Que tal se eu seguisse dormindo mais um pouco e esquecesse de toda essa bobajada",[3] pensou; mas isso era totalmente irrealizável, uma vez que estava habituado a dormir sobre o lado direito e em seu estado atual não conseguia se colocar nessa posição. Por mais força que fizesse na tentativa de se jogar para o lado direito, balançava voltando sempre a ficar na posição de costas. Deve ter tentado fazê-lo cerca de cem vezes; fechou os olhos a fim de não precisar ver mais suas pernas se debatendo, e apenas desistiu quando passou a sentir no lado uma dor leve e sombria, que jamais havia sentido.

"Oh, Deus", pensou ele, "que profissão extenuante[4] que fui escolher! Entra dia, sai dia, e eu sempre de viagem. As agitações do negócio são muito maiores do que propriamente o trabalho em casa, e ainda por cima impuseram sobre mim essa praga de ter de viajar, os cuidados com as conexões de trem, a comida ruim e desregulada, contatos humanos sempre cambiantes, que nunca serão duradouros e jamais afetuosos. Que o diabo leve tudo isso!" Sentiu um leve comichão acima, sobre o ventre, deslocou-se devagar sobre as costas, aproximando-se da guarda da cama, a fim de poder levantar melhor a cabeça; encontrou o lugar que comichava; ele mostrava-se tomado por uma série de pontinhos brancos e pequenos, que ele não logrou avaliar donde vinham; quis tocar o local com uma das pernas, mas logo puxou-a de volta, pois o contato lhe dava calafrios.

3. Tentativa "racionalizante" de fuga à realidade – que logo é refutada por um dado concreto – típica das histórias do gênero e já manifestada, entre outros, pelo personagem Goliádkin, de *O duplo*, de Dostoiévski, narrativa com a qual *A metamorfose* guarda grandes semelhanças, sobretudo no início. Outras narrativas que poderiam ter influenciado Kafka, e que comprovadamente ele leu antes de escrever *A metamorfose*, são *O capote* e *O nariz*, de Gogol. (N.T.)

4. Outra afinidade entre Kafka e Samsa, nomes que aliás correm paralelos e poderiam ser referidos como criptogramas. Kafka negou o fato dizendo que Samsa não era, de todo, Kafka: "A metamorfose não é uma confissão, ainda que – em certo sentido – seja uma indiscrição", ele disse. (*Conversações de Gustav Janouch com Kafka*, 1920-1923). Mais tarde Kafka comentaria que havia falado "dos percevejos de sua família" na obra. (N.T.)

Deslizou até voltar à sua posição anterior. "Esse acordar cedo", pensou ele, "faz a gente ficar meio abobado. O homem tem de ter seu sono. Outros viajantes vivem como mulheres de harém. Quando eu, por exemplo, volto ao hotel pouco antes do meio-dia, a fim de transcrever as encomendas feitas, esses senhores recém estão tomando seu café. Queria ver se eu tentasse proceder assim com meu chefe; iria para a rua na mesma hora. Aliás, quem sabe se isso não seria bom para mim. Se eu não me contivesse por causa de meus pais, já teria pedido as contas há tempo; teria me apresentado ao chefe e lhe exposto direitinho o que penso, do fundo do meu coração. Ele teria de cair da escrivaninha! É um jeito bem peculiar o dele, de sentar-se sobre a escrivaninha e falar do alto a baixo com seu empregado, que além do mais tem de se aproximar bastante por causa das dificuldades auditivas do chefe. Bem, a esperança ainda não está de todo perdida; quando eu tiver juntado o dinheiro a fim de quitar a dívida de meus pais com ele – acho que isso demorará ainda uns cinco ou seis anos –, eu encaminho a coisa sem falta. Aí então terá sido feito o grande corte. Por enquanto, em todo caso, tenho de levantar, pois meu trem sai às cinco."

E olhou até onde estava o despertador, que tiquetaqueava sobre o armário. "Pai do céu!", pensou. Eram seis e meia e os ponteiros seguiam adiante, tranquilos; na verdade o maior até já passara da meia hora e se aproximava dos três quartos. Será que o despertador não havia tocado? Podia-se ver da cama que ele havia sido programado direitinho para as quatro horas; e com certeza havia tocado. Sim, mas terá sido possível prosseguir no sono com seu clangor, que chegava a fazer os móveis tremerem? Bem, tranquilo com certeza não se pode dizer que ele dormira, mas é provável que o sono tenha sido tanto mais pesado por causa disso. Mas o que deveria fazer agora? O próximo trem saía às sete horas; para conseguir pegá-lo teria de se apressar como louco, e o mostruário ainda não havia sido empacotado; ele mesmo não se sentia nem um pouco disposto e ágil. E ainda que conseguisse pegar o trem, uma trovoada do chefe já não poderia mais ser evitada, pois o contínuo da firma havia esperado por ele no trem das cinco e o anúncio de sua falta já devia ter sido relatado há tempo. O contínuo era uma criatura do chefe, sem espinha dorsal nem juízo. E que tal se ele dissesse que estava doente? Mas isso seria constrangedor ao extremo e pareceria suspeito, pois Gregor não ficara doente sequer uma única vez durante seus cinco anos de serviço. Com certeza o chefe iria chegar com o médico do convênio de saúde, haveria de fazer acusações aos pais por causa de seu filho preguiçoso e cortar todas as objeções apoiado no parecer do médico, para o qual, além de tudo, pareciam existir apenas pessoas completamente saudáveis no mundo, que às vezes mostravam não gostar de trabalhar. E, aliás, estaria o médico de todo errado nesse caso? Gregor sentiu-se de fato – não contada uma sonolência supérflua, advinda do excesso de sono – bastante bem e estava, inclusive, com uma fome bastante grande.

Depois de ter refletido acerca de tudo isso às pressas, sem conseguir se decidir a deixar sua cama – o despertador acabara de anunciar quinze para as sete –, bateram com cautela à porta, na cabeceira de sua cama.

– Gregor – alguém chamou; era sua mãe –, já são quinze para as sete. Não querias ter partido a essa hora? – A voz suave! Gregor assustou-se quando ouviu sua voz respondendo; e era inconfundivelmente a mesma voz de antes, mas a ela misturava-se, como se vindo de baixo, um ciciar doloroso, impossível de evitar, que só no primeiro momento mantinha a clareza anterior das palavras, para destruir seu som de tal forma quando acabavam por sair, a ponto de fazer com que não se soubesse ao certo se havia ouvido direito. Gregor quis responder em detalhes e esclarecer tudo, mas limitou-se, dadas as condições, a dizer:

– Sim, sim, obrigado, mãe, já vou me levantar.

Por causa da porta de madeira, a mudança na voz de Gregor por certo não foi percebida lá fora, pois sua mãe tranquilizou-se com a explicação e se afastou, arrastando as chinelas. Devido à troca de palavras, contudo, os outros membros da família ficaram cientes de que Gregor, ao contrário do que

esperavam, estava em casa, e o pai já batia numa das portas laterais, fraco, mas com o punho:
— Gregor, Gregor — ele chamou —, o que está acontecendo? — Depois de alguns instantes advertiu mais uma vez em voz mais grave:
— Gregor! Gregor!
Na outra porta lateral, entretanto, a irmã lamentava em voz baixa:
— Gregor? Não estás bem? Precisas de algo?
Gregor respondeu em ambas as direções:
— Já estou pronto — e esforçou-se para, tomando o maior cuidado na pronúncia e fazendo longas pausas entre as palavras, evitar que sua voz chamasse a atenção. O pai, em todo caso, voltou ao café da manhã, mas a irmã sussurrou:
— Gregor, abra a porta, eu te imploro.
Gregor, todavia, nem cogitava abrir a porta; louvou, muito antes, a precaução adotada através do hábito de viajar, que o fazia deixar trancadas, também em casa, todas as portas durante a noite.[5]

Antes de mais nada queria levantar com calma e sem ser perturbado, vestir-se e, sobretudo, tomar o café da manhã, e só aí pensar no que haveria de fazer, pois, isso ele percebia bem, na cama não chegaria a nenhuma solução razoável com suas reflexões. Recordou-se de ter sentido já em outras oportunidades alguma dorzinha leve, advinda talvez de uma posição desajeitada na cama, que depois, assim que ele se punha de pé, mostrava ser apenas imaginação; e estava curioso para ver como suas ilusões de hoje se dissipariam aos poucos depois que levantasse. Que a mudança na voz era apenas a imposição de um belo resfriado — a doença profissional dos viajantes —, ele tinha a mais absoluta das certezas.

---

5. O quarto de Gregor é o centro — arquitetônico e narrativo — da casa. Ele aparece cercado por sua família. De um dos lados fica o quarto da irmã, de outro, o dos pais, e de outro, ainda, a sala de estar. E há portas para todos os aposentos, que ele lembra de ter trancado, garantindo — paradoxalmente — sua liberdade e seu isolamento. O quarto de Kafka, na Niklasstrasse, 36, em Praga, era semelhante ao de seu personagem. (N.T.)

Jogar a coberta para o lado foi bem simples; ele precisou apenas inspirar um pouco e ela caiu sozinha. Mas os passos seguintes se mostraram difíceis, sobretudo porque ele estava incomumente largo. Teria necessitado fazer uso dos braços e das pernas, a fim de se levantar; ao invés delas, no entanto, ele possuía apenas várias perninhas, que se movimentavam sem parar em todas as direções e que ele, além de tudo, não conseguia dominar. Quando queria dobrar uma delas, a mesma era a primeira a se esticar; quando enfim lograva fazer o que intencionava com a referida perna, todas as outras trabalhavam, como se fossem livres, na maior e mais dolorosa das agitações. "Apenas não ficar debalde na cama", disse Gregor a si mesmo.

Primeiro quis sair da cama com a parte inferior de seu corpo, mas essa parte inferior, que ele aliás ainda não havia visto e a respeito da qual sequer conseguia ter uma ideia um pouco mais precisa, mostrou-se demasiado difícil de ser movimentada; a coisa ia bem devagar; e quando ele, enfim, de um modo quase selvagem e juntando todas as suas forças, jogou-se à frente sem tomar precauções, acabou escolhendo a direção errada e bateu com violência aos pés da cama; a dor ardente que sentiu ensinou-lhe que justamente a parte inferior de seu corpo de momento talvez fosse a mais sensível.

Por causa disso tentou tirar da cama primeiro a parte superior de seu corpo e virou a cabeça com cautela em direção à beira do leito. Conseguiu fazê-lo com facilidade, e apesar de sua largura e de seu peso, sua massa corporal acabava seguindo os movimentos da cabeça. Mas quando enfim segurava a cabeça para fora da cama, ao ar livre, teve medo de seguir indo adiante desse jeito, pois se acabasse por deixar-se cair ao chão dessa maneira, teria de acontecer um milagre para que a cabeça não resultasse machucada. E ele não poderia perder os sentidos justo agora, a nenhum preço; melhor seria ficar na cama.

Porém quando – depois de passar pelas mesmas dificuldades – voltou a estar, suspirando, na mesma posição de antes, tornando a ver suas perninhas se moverem e lutarem umas contra as outras, talvez ainda mais nervosas do que antes, não encontrando possibilidade de botar ordem e tranquilidade nessa arbitrariedade, tornou a dizer para si mesmo que era impossível continuar na cama e que o mais racional seria sacrificar tudo – ainda que a esperança que restasse fosse mínima – para enfim se livrar da cama. Mas ao mesmo tempo não deixou de lembrar de vez em quando, no intervalo dos movimentos, que reflexões calmas, inclusive as mais calmas, ainda são melhores do que decisões desesperadas. Em tais momentos, direcionava os olhos de modo tão afiado quanto possível à janela, mas lamentavelmente havia pouca confiança e vivacidade a tomar da visão da neblina matinal, que chegava a esconder o outro lado da ruela estreita. "Já sete horas", disse a si mesmo ao ouvir o despertador bater de novo, "já sete horas e ainda uma neblina dessas". E por um momentinho permaneceu deitado quieto, respirando bem fraco, como se esperasse do silêncio total a volta das circunstâncias reais e naturais.

Então, porém, disse a si mesmo: "Antes de soar sete e quinze, tenho de ter deixado a cama por completo e sem falta. Ademais, até lá já terá vindo alguém da firma para perguntar por mim, porque a firma é aberta antes das sete horas". E pôs-se no serviço de balançar seu corpo em todo seu comprimento, de modo regular, até conseguir tirá-lo por completo da cama. Caso ele se deixasse cair da cama desse jeito, a cabeça, que ele pretendia erguer o máximo possível durante a queda, a princípio não seria machucada. As costas pareciam ser bastante duras; a elas, ao que tudo indica, não aconteceria nada na queda sobre o tapete. O que lhe causava o maior receio era o estrondo alto que a queda teria de causar, que provavelmente seria ouvido atrás de todas as portas e haveria de provocar, se não susto, pelo menos preocupação. Mas isso era preciso arriscar.

Quando Gregor alcançara se deslocar pela metade para fora da cama – o novo método era mais um jogo do que um esforço, ele precisava apenas se balançar de ré –, ocorreu-lhe como tudo seria mais fácil se alguém viesse em sua ajuda. Duas pessoas fortes – pensou em seu pai e na empregada – seriam suficientes; eles apenas precisariam enfiar seus braços sob suas costas abauladas, para assim afastá-lo da cama, depois disso se curvar à carga e aí era só esperar com paciência e cautela que ele completasse o salto até o piso, onde as perninhas talvez adquirissem enfim um sentido. Bem, desconsiderando por completo o fato de que as portas estavam trancadas, deveria mesmo chamar por ajuda? Apesar de toda a sua penúria, não pôde reprimir um sorriso ao pensar nisso.

Já tinha alcançado um ponto a partir do qual, com uma balançada mais forte, seria difícil de manter o equilíbrio, e bem logo teria de enfim se decidir, pois em cinco minutos seriam sete e quinze – quando soou a campainha na porta de entrada. "É alguém da firma", disse a si mesmo e quase ficou paralisado, ao passo que suas perninhas dançaram tanto mais rápido. Por um momento ficou tudo em silêncio. "Eles não abrem", disse Gregor a si mesmo, tomado por uma esperança absurda qualquer. Mas então, como sempre acontecia, a empregada foi em passos firmes e com a maior naturalidade até a porta e abriu. Gregor precisou apenas ouvir a primeira palavra de saudação do visitante e já sabia quem era – o gerente em pessoa. Por que apenas Gregor era condenado a trabalhar numa firma na qual, pela menor das omissões, levantava-se logo a maior das suspeitas? Será que todos os funcionários, sem tirar nem pôr nenhum, eram vagabundos? Não havia entre eles nenhum homem leal e dedicado que, embora deixando de aproveitar algumas horas da manhã em favor da firma, tenha ficado louco de remorso e francamente incapaz de abandonar a cama? Será que não bastava mandar um estagiário perguntar – se é que essa perguntação era mesmo necessária –, será que o gerente tinha de vir em pessoa e mostrar através disso a toda a família inocente que a investigação desse assunto suspeito só podia ser confiada ao entendimento do gerente? E mais devido à irritação em que Gregor fora levado por causa dessas considerações do que devido a uma decisão em si, ele se atirou com toda a força para fora da cama. Houve uma pancada alta, mas não propriamente um estrondo. A queda foi amainada um pouco por causa do tapete e as costas também eram mais elásticas do que Gregor havia pensado que fossem; daí o ruído surdo, nem tão chamativo. Apenas não havia segurado a cabeça com precaução suficiente e acabara batendo-a; virou-a e esfregou-a no tapete, sentindo raiva e dor.

– Alguma coisa caiu ali dentro – disse o gerente no aposento contíguo que ficava ao lado esquerdo. Gregor procurou imaginar se também ao gerente não poderia ter acontecido alguma vez uma coisa como aquela que acontecera hoje com ele; a possibilidade de fato tinha de ser admitida. Mas como se fosse uma resposta crua a essa pergunta, o gerente agora dava alguns passos determinados no aposento ao lado, fazendo ranger suas botas de verniz.[6] Do aposento contíguo à direita, a irmã sussurrou a fim de informar a Gregor:

– Gregor, o gerente está aqui.

– Sim, eu sei – disse Gregor baixinho; mas não ousou levantar a voz a uma altura que a irmã pudesse ouvi-lo.

– Gregor – dizia agora seu pai, do aposento ao lado esquerdo –, o senhor gerente chegou e quer se informar porque tu não não foste com o trem das cinco. Nós não sabemos o que podemos dizer a ele. Aliás, ele quer falar contigo pessoalmente. Portanto, faça o favor de abrir a porta. Ele haverá de ter a bondade de desculpar a desordem do quarto.

– Bom dia, Senhor Samsa – interrompeu o gerente, de modo amável.

– Ele não está se sentindo bem – disse a mãe ao gerente, enquanto o pai continuava a falar na porta. – Ele não está se sentindo bem, acreditai em mim, senhor gerente. Pois caso contrário não perderia o trem! O rapaz não tem outra coisa na cabeça a não ser a firma. Eu até quase me irrito porque ele não sai nunca à noite; há pouco mesmo ele esteve oito dias na cidade, mas à noite voltava sempre para casa. Aí então fica sentado conosco à mesa e lê o jornal em silêncio ou estuda planos de viagem, analisando horários de trem. Até já é uma distração para ele quando se ocupa de trabalhos de carpintaria. Há dias, por exemplo, em duas ou três noites entalhou uma pequena moldura; o senhor

---

6. Símbolo do poder, largamente utilizado por Kafka e já insinuado, em situação semelhante, em *O duplo*, de Dostoiévski. (N.T.)

ficará surpreendido, senhor gerente, ao ver como ela é bonita; está pendurada lá dentro, no quarto; logo o senhor haverá de vê-la, quando Gregor abrir. Eu, para dizer a verdade, estou feliz de vê-lo aqui, senhor gerente; nós sozinhos jamais conseguiríamos levar Gregor a abrir a porta; ele é tão cabeça-dura; e com certeza não está bem, embora o tenha negado pela manhã.

– Eu já vou – disse Gregor, em voz baixa e reflexiva, sem se mover para não perder nenhuma palavra da conversa.

– De outra maneira, minha senhora – disse o gerente –, eu também não conseguiria entendê-lo. Espero que não seja nada grave. Embora por outro lado eu seja obrigado a dizer que nós, homens de negócios, feliz ou infelizmente, conforme se quiser, necessitamos muitas vezes, devido a considerações de ordem comercial, simplesmente passar por cima de um leve mal-estar.

– Pois bem, o senhor gerente já pode entrar em teu quarto? – perguntou o pai impaciente, voltando a bater na porta.

– Não – disse Gregor.

No aposento ao lado esquerdo sobreveio um silêncio penoso, no aposento ao lado direito a irmã começou a soluçar.

Por que a irmã não ia enfim até onde os outros estavam? É que ela acabava de levantar da cama e sequer começara a vestir-se. Mas por que ela chorava, então? Por que ele não levantava e não deixava o gerente entrar? Porque ele estava a perigo de perder seu emprego e porque aí o chefe voltaria a perseguir os pais com as velhas exigências? Mas essas eram, pelo menos por enquanto, preocupações desnecessárias. Gregor ainda estava ali e não cogitava o mínimo que fosse deixar sua família. É claro que no momento estava deitado sobre o tapete e ninguém que tivesse conhecido sua situação seria capaz de lhe pedir a sério que deixasse o gerente entrar. Mas por causa dessa pequena indelicadeza, para a qual mais tarde com certeza acharia uma desculpa adequada, Gregor não poderia ser mandado embora assim no mais, de pronto. E a Gregor parecia ser muito mais racional que por agora o deixassem em paz, ao invés de perturbá-lo com choro e exortações. Mas era exatamente a incerteza que pressionava os outros desculpando seu comportamento.

— Senhor Samsa — chamava agora o gerente, erguendo a voz —, o que é que está acontecendo? O senhor se esconde na barricada de seu quarto, responde apenas com sins e nãos, acomete seus pais com preocupações desnecessárias e pesadas e deixa de lado — e menciono isso apenas de passagem — suas obrigações na firma de uma maneira que só posso creditar como inaudita. Eu falo aqui em nome de seus pais e de seu chefe e peço-lhe, com toda a seriedade, uma explicação clara e imediata. Estou perplexo, sim, estou perplexo. Acreditava que o senhor fosse um homem tranquilo e razoável, e eis que de repente parece querer começar a mostrar caprichos dos mais estranhos. O chefe até insinuou uma possível explicação para sua omissão, hoje pela manhã — e ela tinha a ver com os pagamentos à vista que lhe foram confiados há poucos dias —, mas eu, de verdade, quase empenhei minha palavra de honra no sentido de que essa explicação não poderia ser correta. Mas eis que agora vejo sua incompreensível teimosia e perco toda e qualquer espécie de vontade de me bater, o mais mínimo que seja, pelo senhor. E seu emprego não é, de maneira nenhuma, o mais garantido. No princípio, tinha a intenção de lhe dizer tudo isso a sós, mas uma vez que o senhor parece nem se importar com o fato de que eu esteja aqui perdendo o meu tempo, não sei mais por que seus pais também não deveriam ficar sabendo de tudo. Seu desempenho nos últimos tempos tem sido bastante insatisfatório; embora não estejamos na temporada de fazer grandes negócios, e isso nós reconhecemos, uma temporada em que não se fecha nenhum negócio não existe, senhor Samsa, não pode existir.

— Mas, senhor gerente — gritou Samsa fora de si e esquecendo-se de tudo em sua agitação —, eu vou abrir logo, num instante. Um leve mal-estar, um ataque de vertigem, me impediram de levantar. Agora ainda estou deitado na cama. Mas já estou completamente recuperado de novo. Acabo de levantar da cama. Só um momentinho de paciência! Ainda não estou tão bem quanto pensava estar. Mas, de qualquer forma, já me sinto bem melhor. Como é que uma coisa dessas ataca assim um homem! Ontem à noite, ainda, eu estava bem, meus pais o sabem, ou, melhor dizendo, já ontem à noite eu tinha um leve pressentimento. Alguém deveria tê-lo notado em mim. Por que foi que não o comuniquei na firma! Mas a gente sempre acaba pensando que pode vencer a doença sem ficar em casa. Senhor gerente! Poupe meus pais! Não existe motivo nenhum para todas as acusações que o senhor está me fazendo; também não me disseram nenhuma palavra a respeito disso. O senhor talvez não tenha lido as últimas encomendas que eu mandei. Aliás, com o trem das oito garanto que estarei em viagem; as poucas horas de repouso me fortaleceram. Não é necessário que o senhor fique se demorando por aqui, senhor gerente; logo estarei na firma e só lhe peço que tenha a bondade de dizer tudo isso ao chefe e apresentar-lhe minhas recomendações!

E enquanto Gregor botava tudo isso para fora às pressas, e mal sabia o que estava falando, havia se aproximado um pouco do armário, com certeza em virtude dos exercícios feitos anteriormente na cama, e tentava levantar-se apoiando-se nele. Ele de fato queria abrir a porta, deixar que o vissem e falar com o gerente; estava curioso para ver o que os outros, que agora imploravam tanto por ele, haveriam de dizer ao vê-lo no estado em que se encontrava. Caso se assustassem, Gregor não teria mais nenhuma responsabilidade e poderia ficar tranquilo. Mas se eles aceitassem tudo com tranquilidade, mesmo assim ele não teria nenhum motivo para ficar perturbado e poderia, caso se apressasse, estar de fato na estação às oito horas. Nas primeiras tentativas de se erguer sobre o armário liso, resvalou abaixo; mas enfim, depois de tomar um último impulso, estava ali, parado; já nem dava mais atenção às dores na parte inferior de seu corpo, ainda que estas queimassem. Logo deixou-se cair sobre o encosto de uma cadeira ali perto, em cujas bordas se segurou usando suas perninhas. Com isso alcançou também o domínio sobre si e emudeceu, e só assim conseguiu ouvir o que o gerente dizia.

– Entenderam uma única palavra? – perguntou o gerente aos pais. –Será que ele não está querendo nos fazer de bobos?

— Pelo amor de Deus — gritou a mãe, já dominada pelo choro —, talvez ele esteja de fato gravemente doente e nós aqui, atormentando-o. Grete! Grete! — chamou ela então.

— Sim, mãe? — gritou a irmã do outro lado. Elas se comunicaram através do quarto de Gregor.

— Tu tens de ir às pressas chamar o médico. Gregor está doente. Rápido, vá chamar o médico! Ouviste o Gregor falando?

— Era uma voz de animal — disse o gerente, numa voz que chamava a atenção de tão baixa, tanto mais se comparada aos gritos da mãe.

— Anna! Anna! — gritou o pai através da sala de espera em direção à cozinha, batendo palmas. — Chame imediatamente um serralheiro!

E de pronto as duas moças passavam correndo pela sala de espera, num farfalhar de saias — como terá a irmã se vestido tão rápido? — e abriam a porta de entrada com ímpeto. Não se ouviu a porta bater, fechando; sem dúvida deixaram-na aberta como costuma acontecer em casas nas quais sucedeu uma grande desgraça.

Gregor, no entanto, ficara bem mais tranquilo. É verdade que não compreendiam mais suas palavras, mesmo que para ele elas tenham sido bastante claras, e inclusive mais claras do que antes, talvez por seu ouvido já ter se acostumado a elas. Em todo caso, pelo menos já acreditavam que as coisas não estavam em ordem com ele e se mostravam prontos a ajudá-lo. A confiança e a certeza, com as quais as primeiras providências foram tomadas, lhe faziam bem. Ele sentia-se mais uma vez incluído no círculo das relações humanas e esperava de ambos, do médico e do serralheiro — mesmo sem distingui-los com clareza um do outro — um desempenho grandioso e surpreendente. A fim de adquirir uma voz tão clara quanto possível para as discussões decisivas que se acercavam, tossiu um pouco, esforçando-se, em todo caso, para fazê-lo de um modo bastante velado, visto que possivelmente até mesmo esse barulho soaria bem diferente de uma tossida humana, coisa sobre a qual nem ele mesmo se atrevia a julgar. No aposento contíguo o silêncio era total nesse meio-tempo. Talvez os pais, junto com o gerente, estivessem sentados à mesa, cochichando, talvez estivessem todos com o ouvido apoiado à porta, escutando.

Gregor deslocou-se devagar até a porta, empurrando a cadeira; deixou-a lá e jogou-se contra a porta, mantendo-se de pé junto a ela – as plantas na extremidade de suas perninhas tinham um pouco de substância aderente – e descansando do esforço por um momento. Aí então procurou girar a chave que estava na fechadura com a boca. Ao que parecia, lamentavelmente ele não tinha dentes de verdade – com o que, portanto, poderia agarrar de pronto a chave? –, mas em compensação as mandíbulas eram, com certeza, muito fortes; com a ajuda delas logrou movimentar a chave e não deu atenção ao fato de que, sem dúvida, causava algum dano a elas, pois um líquido marrom saiu de sua boca, correu sobre a chave e pingou ao chão.

– Escutem só isso – disse o gerente no quarto contíguo –, ele está girando a chave.

Aquilo era um grande estímulo para Gregor; mas todos deveriam tê-lo apoiado, inclusive o pai e a mãe: "Vamos, Gregor, força", eles deveriam ter gritado, "sempre adiante, segurando firme na fechadura!" E imaginando que todo o seu empenho era acompanhado com expectativa, mordeu, agarrando-se com toda a força que conseguiu reunir – e sem refletir – à chave. E a cada vez que progredia no ato de virar a chave, dançava junto em torno da fechadura; agora segurava-se em pé apenas com a boca e, segundo suas necessidades, pendurava-se à chave ou empurrava-a outra vez para baixo, usando todo o peso de seu corpo. O som mais claro da fechadura, que enfim retrocedia, abrindo-se, pareceu ter despertado Gregor. Respirando aliviado, ele disse a si mesmo: "Pois bem, não precisei do serralheiro" e deitou a cabeça sobre o trinco a fim de abrir a porta por completo. Tinha de abri-la puxando contra si uma de suas folhas, e a porta na verdade já estava bastante aberta, embora ele ainda não pudesse ser visto. Primeiro ele tinha de se deslocar devagar em volta da folha, e com todo o cuidado, se não quisesse cair de jeito sobre as costas, justo à entrada do quarto. Ainda estava ocupado naqueles movimentos difíceis, não tendo tempo de dar atenção a qualquer outra coisa, quando escutou o gerente soltar um "Oh!" alto – ele soou como o vento a zunir –, vendo logo depois como ele, que era o mais próximo da porta, apertava a mão contra a boca e recuava devagar, como se estivesse sendo afastado por uma força invisível e constante. A mãe – que estava parada ali e, apesar da presença do gerente, ainda não havia arrumado os cabelos desfeitos da noite anterior – olhou primeiro para o pai, com as mãos entrelaçadas, depois deu dois passos em direção a Gregor e caiu em meio às saias que se espalhavam a seu redor, com o rosto afundado ao peito, e totalmente encoberto. O pai cerrou o punho com expressão hostil, como se quisesse empurrar Gregor de volta ao quarto, depois olhou a sala em volta de si, inseguro; em seguida levou as mãos aos olhos, cobrindo-os, e chorou, a ponto de fazer seu peito poderoso sacudir-se num frêmito.

Gregor não chegou a entrar na sala de estar, mas, de dentro de seu quarto, apoiou-se à folha da porta, de modo que só podia ser vista a metade de seu corpo e sobre ela a cabeça inclinada para o lado, com a qual espreitava os outros lá fora. Nesse meio-tempo o dia amanhecera de vez e ficara bem mais claro; visível, do outro lado da rua, mostrava-se o recorte infindável do edifício cinza-enegrecido oposto – era um hospital –, com suas janelas regulares rompendo de maneira dura a fachada; a chuva ainda caía, mas apenas em pingos grandes, visíveis um a um, e literalmente jogados de forma isolada sobre a terra. Os talheres do café da manhã jaziam em abundância sobre a mesa, pois para o pai o café da manhã era a refeição mais importante do dia, e ele se demorava nela durante horas a ler diferentes jornais. Justo na parede oposta pendia uma fotografia de Gregor, de seus tempos de serviço militar, que o mostrava como tenente, mão na espada, sorrindo despreocupado, e invocando respeito para sua postura e seu uniforme. A porta que dava para a sala de espera estava aberta e podia-se olhar – visto que a porta de entrada também estava aberta – pelo vestíbulo da casa afora até o início da escada que descia.

– Bem – disse Gregor, e estava perfeitamente ciente de que era o único que havia guardado a calma –, eu logo irei me vestir, empacotar o mostruário e partir. Vocês querem, vocês querem mesmo me deixar partir? Pois bem, senhor gerente, como o senhor vê, eu não sou teimoso e até gosto de trabalhar; viajar é incômodo, mas eu não poderia viver sem viajar. Mas para onde o senhor está indo, senhor gerente? Para a firma? Sim? O senhor vai noticiar tudo, respeitando a verdade das coisas? A gente até pode ser incapaz de trabalhar no momento, mas é justo esta a hora certa para se lembrar do desempenho passado e ponderar que mais tarde, depois do afastamento do obstáculo, a gente com certeza poderá trabalhar de maneira tanto mais diligente e concentrada. Sim, eu me encontro de todo obrigado ao senhor chefe, e disso vós sabeis muito bem. Por outro lado, tenho as preocupações todas em relação aos meus pais e minha irmã. Estou no maior aperto, mas saberei trabalhar para sair dessa. Só peço que o senhor não torne tudo ainda mais difícil do que já é para mim. Tome o meu partido na firma! Sei bem que ninguém ama o caixeiro-viajante. Sei que pensam que ele fatura rios de dinheiro e ainda por cima leva boa vida. Mas também não querem aproveitar nenhuma oportunidade para refletir melhor a respeito desse preconceito. E o senhor, senhor gerente, o senhor tem uma visão melhor a respeito das circunstâncias do que o resto do pessoal, e inclusive – e digo isso cá entre nós, com toda a franqueza –, uma visão melhor do que a do próprio senhor chefe, que na qualidade de empresário se deixa levar com facilidade por um erro, prejudicando um funcionário. O senhor também sabe muito bem que o viajante, que passa quase o ano inteiro fora da firma, pode facilmente se tornar vítima de fofocas, fortuidades e queixas desprovidas de sentido, contra as quais se torna impossível que ele se defenda, uma vez que na maior parte dos casos nem toma conhecimento a respeito delas, e só quando já está em casa, depois de terminar, esgotado, uma viagem, é que vem a sentir na própria carne as duras consequências daquilo que nem pode mais descobrir qual é a origem. Senhor gerente, peço que o senhor não vá embora sem antes ter me dito uma palavra que seja que me mostre que o senhor pelo menos me dá um pingo de razão!

Mas o gerente já havia virado as costas ao ouvir as primeiras palavras de Gregor e agora apenas voltava os olhos por sobre os ombros trêmulos, fixando-o com a boca escancarada. E durante a fala de Gregor não ficou um só instante quieto, mas recuava sem perder Gregor de vista em direção à porta, pé ante pé, como se existisse uma proibição secreta de deixar a sala. Já estava na sala de espera, e depois do movimento repentino com o qual deu o último passo tirando seu pé de dentro da sala de estar, poder-se-ia acreditar que ele acabava de queimar a sola dos pés. Na sala de espera, no entanto, estendeu a mão direita bem à frente, buscando a escada, como se lá estivesse esperando por ele uma salvação de ordem extraterrena.

Gregor percebeu que não poderia de modo algum deixar o gerente ir-se embora no estado de espírito em que se encontrava, caso não quisesse ver seu emprego na firma em perigo extremo. Os pais não compreendiam tudo isso muito bem; eles haviam formado para si ao longo de todos aqueles anos a convicção de que Gregor estava garantido naquela firma pelo resto de sua vida; e além do mais tinham tanto a fazer com as preocupações momentâneas que qualquer previsão não poderia estar mais longe de seu alcance. Mas Gregor era capaz dessa previsão. O gerente tinha de ser detido, acalmado, persuadido, e por fim conquistado; o futuro de Gregor e sua família dependia disso! Se pelo menos a irmã estivesse aqui! Ela era esperta; já chorava quando Gregor ainda estava deitado em silêncio sobre as costas. E com certeza o gerente, esse amigo das mulheres, teria se deixado levar por ela; ela fecharia a porta de entrada e acabaria, no papo, ali mesmo na sala de espera, com o susto do gerente. Mas a irmã lamentavelmente não estava ali, Gregor tinha de negociar sozinho. E sem pensar que nem conhecia suas atuais capacidades de movimentar-se, sem pensar também que seu discurso possivelmente, ou até provavelmente, mais uma vez não havia sido compreendido, ele deixou a porta, deslocando-se pela abertura; queria ir até o gerente, que já se segurava com as duas mãos de modo ridículo ao corrimão do vestíbulo; mas caiu logo, procurando apoio e dando um pequeno grito, sobre suas inúmeras perninhas. Mal isso havia acontecido, sentiu pela primeira vez naquela manhã uma sensação de bem-estar corporal; as perninhas tinham solo firme sobre si; agora elas respeitavam por completo seus comandos, conforme – para sua imensa alegria – veio a perceber; até pareciam desejar carregá-lo adiante, para onde quisesse; e Gregor já estava acreditando ter diante de si a melhora definitiva, que o afastava de todos os sofrimentos. Mas no mesmo instante em que balançava devido aos movimentos contidos, sobre o chão, não muito distante de sua mãe – na verdade bem à sua frente –, esta, que parecia completamente mergulhada em seus pensamentos, deu um salto repentino para cima, estendendo os braços bem para o alto, esticando os dedos e gritando:

– Socorro, pelo amor de Deus, socorro! – Mantinha a cabeça inclinada como se quisesse ver Gregor melhor, mas, contrariando a suposição, correu para trás sem refletir; havia esquecido que às suas costas estava a mesa, ainda coberta; sentou-se com rapidez e distraidamente sobre ela, quando sentiu que a tocava; pareceu nem ter notado que, a seu lado, o café saía aos borbotões do bule imenso, que ela havia virado, e jorrava sobre o tapete.

– Mãe, mãe! – disse Gregor em voz baixa olhando para cima em direção a ela.

O gerente sumiu por completo de sua lembrança por um momento; por outro lado não conseguiu conter o impulso de atingir várias vezes o vazio com as mandíbulas abertas ao ver o café escorrendo. Ao ver o que acontecia a mãe gritou mais uma vez, escapuliu das proximidades da mesa, caindo nos braços do pai, que corria ao seu encontro. Mas Gregor agora não tinha tempo para seus pais; o gerente já estava nas escadas; com o queixo apoiado ao corrimão ele olhou pela última vez para trás. Gregor tomou impulso a fim de alcançá-lo com a maior certeza possível; o gerente pareceu desconfiar disso, pois deu um salto de vários degraus e sumiu. "Ufa!", ele ainda gritou, e seu grito ressoou por toda a escadaria. Lamentavelmente a fuga do gerente pareceu confundir por completo também ao pai, que até agora, dadas as circunstâncias, havia se mantido sereno; ao invés de correr ele mesmo atrás do gerente, ou pelo menos não perturbar Gregor na perseguição, o pai tomou com a direita a bengala do gerente – que este havia deixado, junto com o chapéu e o sobretudo, em cima de uma cadeira –, tomou com a esquerda um grande jornal que estava sobre a mesa e, batendo os pés ao chão e brandindo a bengala e o jornal, pôs-se a enxotar Gregor de volta a seu quarto. Nenhum dos pedidos de Gregor adiantou, nenhum dos pedidos sequer foi entendido; e quanto mais inclinava a cabeça mostrando-se humilde, tanto mais forte o pai sapateava ao chão. Do outro lado a mãe havia escancarado uma janela apesar do frio que fazia e, curvada para fora, com o corpo praticamente todo inclinado para o lado externo, comprimia o rosto nas mãos. Entre a rua e as escadarias formou-se uma forte corrente de ar, as cortinas voaram para o alto, os jornais sobre a mesa farfalharam, folhas isoladas pairaram no ar até cair ao chão. Inexorável, o pai o empurrava para trás emitindo silvos como se fosse um selvagem. Mas Gregor ainda não tinha nenhuma prática em caminhar de ré, e só conseguia fazê-lo com muita lentidão. Se Gregor apenas pudesse se virar, estaria logo dentro de seu quarto, mas ele temia impacientar seu pai com a perda de tempo empenhada nessa operação, e a cada instante a bengala na mão do pai o ameaçava com um golpe fatal nas costas ou na cabeça.[7] Ao final das contas, no entanto, não restou a Gregor outra coisa a fazer, uma vez que percebera com horror que não lograva sequer manter a direção ao caminhar de ré; de modo que começou a se virar, lançando olhares incessantes e angustiados a seu pai e tentando movimentar-se o mais rápido possível, mas alcançando fazê-lo apenas com muito vagar. Talvez o pai tenha percebido suas boas intenções, pois não o perturbou

---

7. O pai aparece poderoso em seu caráter de juiz e com o poder de decidir, inclusive, sobre a vida e a morte. A situação é semelhante em *O veredicto* (*Das Urteil*), narrativa do mesmo ano, 1912, que sinalizou o despertar de Kafka para a literatura. (N.T.)

no ato, e até, pelo contrário, ajudou-o no movimento giratório, dando uma pancadinha aqui e ali com a ponta de sua bengala, mas mantendo-se à distância. Se pelo menos não fosse aquele sibilar insuportável do pai! Por causa dele Gregor perdeu totalmente a cabeça. Já havia se virado quase por completo quando, sempre ouvindo aquele sibilar, chegou a se confundir, voltando a se virar um pouquinho na direção contrária. Quando, no entanto, enfim se encontrou, feliz, com a cabeça ante a abertura da porta, deu-se conta de que seu corpo era demasiado largo para conseguir passar por ela assim no mais. Ao pai, na situação em que se encontrava, naturalmente também não ocorreu, nem de longe, abrir a outra folha da porta, a fim de arranjar espaço suficiente para que Gregor conseguisse passar. Sua ideia fixa era fazer apenas com que Gregor entrasse o mais rápido possível para dentro de seu quarto. Jamais permitiria também os preparativos circunstanciais que Gregor necessitava para se erguer e talvez, desse modo, conseguir passar pela porta. Ao invés disso, agora impelia Gregor fazendo uma barulheira ainda maior, como se não houvesse nenhum obstáculo à sua frente; a Gregor aquilo já soava como se não fosse apenas a voz de um único pai; no momento parecia de verdade que a coisa não estava mais para brincadeira, e Gregor forçou sua entrada – acontecesse o que quisesse acontecer – pela porta. Um dos lados de seu corpo elevou-se, ele estava deitado em posição oblíqua na abertura da porta; um de seus flancos ficou bastante esfolado, na porta branca ficaram manchas horríveis e em pouco estava entalado no vão de entrada e não conseguia mais se mover sozinho; as perninhas de um dos lados pendiam tremebundas, soltas ao ar, enquanto as do outro lado se encontravam apertadas dolorosamente ao chão; foi aí que seu pai lhe desferiu um violento golpe por trás – desta vez salvador de verdade – e ele voou, sangrando em abundância, quarto adentro. A porta ainda foi fechada com a bengala, depois enfim ficou tudo em silêncio.

II

Apenas no crepúsculo Gregor despertou de seu sono pesado, semelhante a um desmaio. Com certeza também não teria acordado muito mais tarde, ainda que não tivesse sido perturbado, pois sentia que estava descansado e havia dormido o suficiente; pareceu-lhe, contudo, que fora acordado por um passo fugidio e um trancar cauteloso da porta que levava à sala de espera. O clarão das lâmpadas elétricas da rua deitava pálido aqui e acolá, sobre o teto do quarto e as partes mais altas dos móveis; mas embaixo, junto a Gregor, estava escuro. Ele deslocou-se devagar, tateando ainda sem jeito com suas antenas, às quais só agora aprendia a dar valor, em direção à porta, a fim de verificar o que havia acontecido por lá. Seu lado esquerdo parecia uma única e longa cicatriz, desagradavelmente esticada, e ele tinha de capengar com cuidado sobre as duas fileiras de pernas. Uma das perninhas, aliás, fora ferida com gravidade no curso dos acontecimentos matutinos – era quase um milagre que apenas uma tenha sido ferida – e era arrastada inerte atrás das outras.

Só quando chegou à porta percebeu o que o havia atraído até lá; era o cheiro de algo comestível. No local havia uma tigela cheia de leite doce, no qual nadavam pequenos pedaços de pão branco. Quase que riu de alegria, pois tinha uma fome ainda maior do que pela manhã, e logo mergulhou sua cabeça praticamente até os olhos dentro do leite. Mas em pouco recolheu-a de volta, decepcionado; não apenas porque o ato de comer lhe trazia dificuldades por causa do estado precário de seu lado esquerdo – e ele só conseguia comer se o corpo todo, resfolegando, colaborasse –, mas sobretudo porque não gostou nem um pouco do leite, que antes era sua bebida preferida e que por certo a irmã lhe trouxera pensando nisso; sim, ele se afastou quase com repugnância da tigela, rastejando de volta ao meio do quarto.

Na sala de estar, conforme Gregor viu através da fresta da porta, o lampião a gás fora aceso, mas se antes o pai costumava ler o jornal em voz alta para a mãe e às vezes para a irmã a essa hora do dia, agora não se ouvia som algum. Bem, talvez essa leitura, da qual a irmã sempre falava e escrevia, tivesse deixado de fazer parte da rotina nos últimos tempos. Mas também em volta estava tudo tão silencioso, ainda que, com certeza, a casa não estivesse vazia. "Que vida sossegada que a família não levava", disse Gregor a si mesmo e sentiu, enquanto fixava os olhos à frente de si na escuridão, um grande orgulho pelo fato de ter conseguido dar a seus pais e sua irmã uma vida dessas numa casa tão bonita. Mas o que aconteceria de ora em diante se toda a calma, todo o bem-estar, toda a satisfação tivessem um fim assustador? Para não se perder em tais pensamentos, Gregor preferiu pôr-se em movimento e rastejou pelo quarto, acima e abaixo.

Uma vez durante a longa noite foi aberta uma das portas laterais, e depois a outra, até se fazer uma pequena fresta; mas logo depois elas voltaram a ser fechadas com rapidez; alguém parecia ter necessidade de entrar, mas dúvidas em demasia para efetivá-lo. Gregor decidiu-se, pois, a ficar ante a porta da sala de estar, querendo achar um jeito de trazer para dentro a visita hesitante, ou pelo menos descobrir quem ela era; mas aí a porta não foi mais aberta e Gregor esperou em vão. Hoje cedo, quando todas as portas estavam trancadas, todos quiseram entrar para vir até ele; agora, que ele abrira uma das portas e que as outras pareciam ter sido abertas no decorrer do dia, ninguém mais queria vir, ainda que as chaves estivessem na fechadura do lado de fora.

Só mais tarde, à noite, a luz na sala de estar foi apagada, e de momento parecia fácil constatar que os pais e a irmã haviam ficado acordados por todo esse tempo, pois conforme poderia ser ouvido com perfeição, todos os três agora se afastavam na ponta dos pés. Com certeza ninguém mais viria até Gregor antes da manhã seguinte; ele tinha, portanto, bastante tempo para refletir, sem ser perturbado, como haveria de arranjar sua vida a partir de então. Mas o quarto alto e vazio, no qual era obrigado a ficar deitado de bruços sobre o chão, causava-lhe medo, sem que ele conseguisse descobrir a causa, visto que o quarto era seu e nele habitava há cinco anos – e com uma virada meio inconsciente e não sem sentir uma leve vergonha, ele precipitou-se para debaixo do canapé, onde logo se sentiu, apesar de suas costas ficarem um pouco apertadas e apesar de não conseguir mais levantar a cabeça, bem confortável, lamentando apenas que seu corpo fosse demasiado largo para poder se abrigar por inteiro sob o canapé.

Lá ficou durante toda a noite, a qual ele passou em parte num meio-sono – do qual a fome sempre voltava a acordá-lo –, em outra parte, dominado por preocupações e esperanças confusas, mas que levavam todas elas à conclusão de que ele por enquanto tinha de se comportar com calma e tornar suportáveis, pela paciência e pela máxima consideração com sua família, as inconveniências que em seu atual estado ele estava simplesmente obrigado a causar aos outros.

Já bem cedo pela manhã – ainda era quase noite –, Gregor teve oportunidade de provar a força de suas decisões recém-tomadas, pois vinda da sala de espera a irmã, quase totalmente vestida, abriu a porta olhando com expectativa para dentro. Ela não o descobriu logo, mas quando percebeu que estava embaixo do canapé – Deus do céu, ele tinha de estar em algum lugar, não poderia ter voado assim no mais para longe –, assustou-se de tal maneira que, sem lograr conter-se, voltou a bater a porta com força antes mesmo de entrar. Mas como se tivesse se arrependido de seu comportamento, voltou a abrir a porta em seguida e, parecendo se dirigir a um doente grave ou até mesmo a um estranho, entrou na ponta dos pés. Gregor havia deslocado a cabeça quase até as bordas do canapé e observava os movimentos dela. Será que ela chegaria a perceber que ele havia deixado o leite intacto, embora isso não tivesse nada a ver com falta de fome; e será que traria outra comida para dentro, que se adequasse melhor a suas atuais necessidades? Caso não o fizesse por si mesma, ele preferiria morrer de fome do que chamar a atenção dela a respeito, ainda que na verdade sentisse uma vontade monstruosa de sair de onde estava, embaixo do canapé, e se jogar aos pés da irmã, implorando para que lhe trouxesse algo de bom para comer. Mas a irmã percebeu de imediato, e admirada, a tigela ainda cheia, da qual apenas um pouco do leite fora derramado em volta; levantou-a logo, não com as mãos nuas, mas com um trapo em volta delas, e levou-a para fora. Gregor estava curioso ao extremo para ver o que ela traria em substituição ao leite e fazia as mais variadas conjecturas a respeito. Mas ele jamais poderia adivinhar o que a irmã, em sua bondade, faria. Para testar seu gosto, ela lhe trouxe todo um sortimento, espalhado sobre um jornal velho. Ali havia legumes velhos, semiapodrecidos; ossos da janta da noite anterior, envolvidos pelo molho branco endurecido; algumas passas e amêndoas; um queijo, que Gregor há dois dias teria declarado intragável; um pão seco, um pão com manteiga e um pão salgado com manteiga. Além disso ela colocou junto de tudo isso a tigela – que provavelmente estava destinada a Gregor de uma vez por todas –, na qual havia posto água. E por ternura, uma vez que sabia que Gregor não comeria nada diante dela, afastou-se com rapidez, virando inclusive a chave, a fim de que apenas Gregor notasse e para que ele pudesse ficar tão à vontade quanto quisesse. As perninhas de Gregor zuniram quando ele se dirigiu à comida. Suas feridas, aliás, já deviam estar de todo saradas, pois ele não sentiu mais nenhum incômodo no movimento das pernas e ficou surpreso pensando que há mais de um mês se cortara um pouquinho no dedo com a faca, sendo que ainda anteontem essa ferida doía bastante. "Será que agora eu estou menos sensível?", pensou ele enquanto chupava o queijo com voracidade, para o qual, antes de todos os outros alimentos, sentira-se atraído de maneira imediata e enérgica. Rapidamente, e com os olhos lacrimejando de satisfação, ele devorou, um atrás do outro, o queijo, os legumes e o molho; as comidas frescas, ao contrário, não lhe agradavam; não conseguia suportar nem mesmo o cheiro delas, e inclusive arrastou as coisas que queria comer até um lugar um pouquinho afastado. Já estava pronto com tudo há tempo, e apenas ainda permanecia deitado, preguiçoso, no mesmo lugar, quando a irmã, em sinal de que ele deveria se retirar, girou a chave devagar. Isso alarmou-o de imediato, embora estivesse quase cochilando, de modo que se apressou a voltar para baixo do canapé. Mas lhe custava um autossacrifício imenso ficar embaixo do canapé, ainda que durante o curto espaço de tempo em que a irmã permanecia no quarto, pois devido à comida farta seu corpo havia se arredondado um pouco e ele mal conseguia respirar na estreitez do cantinho. Em meio a pequenos ataques de sufocamento ele viu com olhos algo arregalados como a irmã, que não desconfiava de nada, varria num monte não apenas os restolhos, mas também os alimentos que Gregor sequer havia tocado, como se também estes não pudessem mais ser aproveitados, e como ela derramou tudo às pressas numa tina, que foi fechada com uma tampa de madeira logo depois e levada para fora. Mal a irmã havia virado as costas, e Gregor já saía de onde estava, sob o canapé, distendendo os membros e voltando a inchar o corpo.

Foi desse jeito que Gregor passou a receber sua comida dia a dia, a primeira vez pela manhã, quando os pais e a empregada ainda estavam dormindo, a segunda vez depois de todos terem almoçado, pois aí os pais também dormiam um pouquinho e a empregada era despachada pela irmã a fim de que fosse providenciar algo. Claro que também eles não queriam que Gregor morresse de fome, mas talvez não tivessem suportado saber qualquer coisa a respeito de sua alimentação mais do que por ouvi-lo falar; talvez a irmã também quisesse poupá-los de mais uma pequena tristeza, uma vez que eles de fato já sofriam o suficiente.

Com que tipo de desculpas haviam conseguido voltar a afastar de casa o médico e o serralheiro naquela primeira manhã, Gregor não pôde ficar sabendo: visto que eles não conseguiam compreendê-lo, ninguém pensava, nem mesmo a irmã, que ele poderia compreender os outros; e assim ele tinha de se contentar, quando a irmã estava em seu quarto, em escutar aqui e ali seus suspiros e clamores aos santos. Só mais tarde, quando ela já havia se habituado um pouco a tudo – é evidente que jamais poderia ser falado de uma habituação completa –, Gregor apanhava no ar alguma observação, de intenção carinhosa ou que pelo menos poderia assim ser interpretada. "Opa, mas hoje ele gostou da comida", ela dizia quando Gregor havia se metido com fome ao pote, ao passo que quando a situação se mostrava inversa, coisa que se tornava cada vez mais frequente aos poucos, ela cuidava em dizer, quase triste: "Mais uma vez deixou tudo de lado".

Mas se Gregor não ficava sabendo de nenhuma novidade de maneira imediata, ouvia sempre algo nos aposentos vizinhos, e, bastava escutar uma voz em qualquer deles, corria logo até a respectiva porta e grudava seu corpo inteiro a ela. Em especial nos primeiros tempos, não acontecia nenhuma conversa que, de um jeito ou de outro e ainda que secreta, não tratasse dele. Durante dois dias, em todas as refeições, pôde ouvir deliberações a respeito de como eles deveriam se comportar a partir de então; mas também nos períodos entre café, almoço e jantar falavam sobre o mesmo tema, pois sempre havia pelo menos dois membros da família em casa, uma vez que ninguém queria ficar em casa sozinho e também não se podia, de nenhum modo, abandonar de todo o apartamento. A empregada, logo no primeiro dia – não estava muito claro o que e quanto ela sabia a respeito do que acontecera –, caiu de joelhos, implorando à mãe que a demitisse logo, e quando ela se despediu quinze minutos depois, agradeceu pela demissão debaixo de lágrimas, como se estivessem lhe prestando o maior favor do mundo, e fez, sem que ninguém lhe pedisse, o solene juramento de não contar a ninguém o mínimo que fosse.

Agora, pois, a irmã também tinha de, junto com a mãe, cozinhar; em todo caso aquilo não exigia muito esforço, pois não comiam quase nada. Gregor voltava sempre a ouvir como um estimulava em vão o outro para que comesse, não recebendo nenhuma outra resposta que não: "Obrigado, para mim basta" ou algo parecido. Beber, parece que também não bebiam nada. Muitas vezes a irmã perguntava ao pai se ele não queria uma cerveja, oferecendo-se, cheia de amabilidade, para ir buscá-la; e quando o pai calava, ela dizia, para desfazer qualquer escrúpulo da parte dele, que poderia mandar a zeladora do prédio ir buscá-la; mas aí o pai acabava com a conversa dizendo um "Não" poderoso, e não se falava mais a respeito disso.

Já no decorrer do primeiro dia o pai havia exposto, tanto à mãe quanto à filha, a situação financeira em que estavam, bem como as perspectivas em relação ao futuro. Aqui e ali, levantava da mesa e pegava de seu pequeno cofre-forte, que ele conseguira salvar da falência ocorrida com seu negócio há cinco anos, algum tipo de comprovante ou mesmo um livro de notas. Escutava-se como ele destrancava a complicada fechadura, fechando-a depois de ter tirado o que procurava. Esses esclarecimentos do pai foram, em parte, as primeiras coisas agradáveis que Gregor ouviu desde que fora encarcerado. Ele sempre pensara que não havia sobrado absolutamente nada ao pai do negócio falido; o pai pelo menos não lhe havia dito nada que pudesse prever o contrário, mas Gregor, em todo caso, não lhe havia perguntado nada a respeito. A preocupação de Gregor naquele tempo era apenas fazer tudo para que a família esquecesse o mais rápido possível a falta de sorte nos negócios, que havia jogado todos em completa desesperança. De modo que começara a trabalhar com um ardor todo especial e, quase da noite para o dia, transformara-se de pequeno empregado de comércio a caixeiro-viajante, passando a ter, naturalmente, possibilidades bem diferentes de ganhar dinheiro, e podendo de imediato transformar os êxitos de seu trabalho – que surgiam na forma de provisões – em dinheiro vivo, que podia ser deitado sobre a mesa em casa, ante os olhos surpresos e felizes da família. Haviam sido tempos bonitos aqueles, e jamais depois disso eles haviam se repetido, pelo menos com o mesmo brilho, ainda que Gregor mais tarde continuasse a ganhar dinheiro suficiente a ponto de ser capaz de carregar sobre si as despesas de toda família e de fato carregando-as. Todo mundo havia se acostumado com isso, tanto a família quanto Gregor, e todos aceitavam o dinheiro agradecidos; ele o concedia com prazer, mas já não havia mais qualquer sentimento efusivo especial. Apenas a irmã havia continuado próxima a Gregor, e ele tinha o plano secreto de – uma vez que ela, ao contrário de Gregor, amava muito a música e sabia tocar violino de um modo comovedor – mandá-la ao conservatório no próximo ano sem dar atenção aos gastos, que haveriam de ser grandes. Várias vezes, durante as curtas permanências de Gregor na cidade, o conservatório era mencionado nas conversas com a irmã, mas apenas como se fosse um belo sonho, em cuja realização nem se poderia pensar, que os pais não faziam gosto em ouvir, nem mesmo na condição de menções inocentes; mas Gregor pensava com muita determinação a respeito e tencionava proclamá-lo de maneira festiva na noite de Natal.

Esses pensamentos, que em sua atual situação eram totalmente inúteis, passaram-lhe pela cabeça enquanto ele se colara de pé à porta e escutava. Por vezes, em virtude do cansaço geral, ele não conseguia ouvir mais nada; e por descuido deixou a cabeça bater à porta, voltando logo a recolhê-la, pois até mesmo o pequeno ruído que ele havia ocasionado na ação fora ouvido no aposento ao lado, emudecendo a todos.

– O que é que ele estará fazendo outra vez – disse o pai, depois de um intervalo, visivelmente virado para a porta, e só depois disso a conversa foi sendo retomada aos poucos.

Gregor tomou então pleno conhecimento – pois o pai costumava ser repetitivo muitas vezes em seus esclarecimentos, em parte porque ele mesmo já não se ocupara há tempo nesse tipo de coisas, em parte também porque a mãe não entendia tudo logo da primeira vez – de que, apesar de toda a desgraça, ainda tinham à disposição, sobra dos velhos tempos, um patrimônio, em todo caso bem pequeno, que os juros tinham feito crescer um pouquinho naquele ínterim. Além disso, o dinheiro que Gregor havia trazido todos os meses para casa – ele reservava apenas alguns florins para si mesmo – não havia sido consumido por completo e formara um pequeno capital. Gregor, atrás de sua porta, meneou a cabeça de maneira efusiva, satisfeito com essa inesperada previdência e senso de economia. Na verdade, ele até poderia ter pago, com essa sobra de dinheiro, mais uma parte da dívida do pai com o chefe, e com isso o dia em que poderia se livrar em definitivo do emprego teria ficado bem mais próximo, mas agora era sem dúvida tanto melhor que as coisas tivessem ficado como estavam, conforme o pai as havia arranjado.

Entretanto, o dinheiro não era de nenhum modo suficiente para que a família pudesse, por exemplo, viver de seus juros; talvez fosse suficiente para mantê-los durante dois, no máximo três anos; mais do que isso não. Era pois, apenas uma soma que a princípio não deveria ser usada, mas deixada de lado para algum caso de necessidade; o dinheiro para viver, no entanto, tinha de ser ganho. Mas o pai, em todo caso, embora fosse um homem saudável, já estava velho, e não trabalhava mais nada há cinco anos; e, seja como for, ele não era capaz de fazer muita coisa; nesses cinco anos, que haviam sido as primeiras férias de sua vida cansativa – e em todo caso fracassada –, ele havia juntado bastante gordura, e por causa dela se tornara absolutamente lerdo. E a velha mãe, então, será que ela deveria ganhar dinheiro, ela que sofria de asma, para quem um simples passeio pela casa já necessitava esforço, sendo que, dia sim dia não, passava o tempo inteiro sobre o sofá, queixando-se de falta de ar, com a janela aberta? E que dizer da irmã, será que ela deveria ganhar dinheiro, ela que ainda era uma criança com seus dezessete anos, cujo modo de viver até então dava tanto gosto de ver, que se acostumara a se vestir bem, dormir até tarde, ajudar um pouco na economia da casa, tomar parte em alguns prazeres humildes e sobretudo tocar violino? Quando a conversa chegava à necessidade de ganhar dinheiro, o primeiro que deixava a porta era Gregor, e se atirava sobre o fresco sofá de couro parado ao lado da porta, pois ficava ardendo de vergonha e tristeza.

Com frequência passava suas longas noites inteiras deitado ali, não dormia um só momento e apenas arranhava durante horas sobre o couro. Ou então não fugia ao grande esforço de empurrar uma cadeira até a janela, para depois subir rastejando pelo peitoril e, escorado na cadeira, inclinar-se para a vidraça, no evidente intuito de recuperar um pouco a recordação do sentimento libertador que no passado estava ligada ao ato de olhar pela janela. Pois na verdade dia a dia ele enxergava com menos nitidez as coisas, mesmo aquelas que estavam pouco distantes; o hospital do lado oposto da rua, cuja visão demasiado frequente antes amaldiçoava, ele já não conseguia mais ver, por mais que tentasse, e se não soubesse com exatidão que morava na calma, ainda que totalmente urbana, Rua Charlotte, poderia acreditar que de sua janela olhava para um deserto, no qual o céu cinzento e a terra cinzenta se fundiam, indistinguíveis um do outro. Apenas por duas vezes a atenta irmã precisou ver a cadeira junto à janela para, sempre que terminava de arrumar o quarto, voltar a empurrá-la ao mesmo lugar onde antes estava, inclusive passando a deixar aberta, a partir de então, a folha interna da janela.

 Se ao menos pudesse falar com a irmã para lhe agradecer por tudo que ela tinha de fazer por ele, Gregor poderia admitir com mais facilidade seus serviços; mas assim ele acabava sofrendo por causa deles. A irmã fazia todos os esforços possíveis para apagar ao máximo o aspecto penoso daquilo tudo; e quanto mais passava o tempo, tanto melhor, naturalmente, ela conseguia fazê-lo; mas também Gregor com o tempo compreendia tudo de um modo muito mais claro. Tão só a entrada da irmã já era terrível para ele. Mal havia entrado – e sem se dar ao tempo sequer de trancar as portas, embora de início tivesse o maior cuidado em poupar a todos a visão do quarto de Gregor –, ela corria direto para a janela, escancarando-a com mãos apressadas, como se estivesse quase sufocando, e permanecendo algum tempo, por maior que fosse o frio, junto à janela, a respirar profundamente. Com essa correria e esse barulho ela assustava Gregor duas vezes ao dia; e durante o tempo todo ele tremia sob o canapé, mesmo sabendo que com certeza ela faria gosto em poupá-lo disso, se apenas lhe fosse possível ficar no mesmo quarto em que Gregor estava mantendo as janelas fechadas.

Certa vez – já havia passado bem um mês desde a metamorfose de Gregor, e não existia, portanto, nenhum motivo especial para que a irmã ficasse espantada por causa do aspecto de Gregor –, ela veio um pouco mais cedo do que de costume e encontrou Gregor quando ele, imóvel e completamente predisposto ao susto, olhava para fora da janela. Para Gregor, o comportamento da irmã não seria inesperado, se ela apenas tivesse desistido de entrar no quarto, uma vez que a posição dele a impedia de abrir logo a janela; mas ela não apenas não entrou no quarto, como também recuou e trancou a porta; um estranho poderia pensar que ela agira assim por pensar que Gregor estava à sua espreita a fim de mordê-la. Naturalmente Gregor se escondeu de imediato sob o canapé, mas teve de esperar até o meio-dia até que a irmã voltasse, e ela parecia bem mais inquieta do que de costume. Por causa disso ele percebeu que seu aspecto ainda era insuportável para ela, que com certeza continuaria a ser insuportável para ela, e que ela tinha de fazer muito esforço para dominar a vontade de fugir correndo ante à visão do corpo dele, ainda que fosse a mínima de suas partes que sobressaía sob o canapé. A fim de poupá-la também dessa visão, ele um dia carregou sobre as costas – necessitou de quatro horas para o serviço – o lençol da cama, depositando-o sobre o canapé e arrumando-o de um modo a cobrir por completo o móvel, e fazendo com que a irmã, mesmo que se acocorasse, não pudesse mais vê-lo. Caso o lençol não fosse necessário na opinião dela, então ela poderia afastá-lo, pois era suficientemente claro que não poderia fazer parte de um dos prazeres de Gregor o ato de se encarcerar assim, de todo; mas ela deixou o lençol onde estava e Gregor inclusive acreditou ter surpreendido um olhar de agradecimento em seu rosto, quando certa vez afastou um pouco o lençol com a cabeça a fim de ver como a irmã acolhia a nova instalação.

Nas primeiras duas semanas os pais não conseguiram vencer a própria resistência em chegar até ele, e ele ouviu várias vezes como eles reconheciam plenamente os atuais serviços da irmã, ao passo que até então costumavam se irritar com ela, porque ela lhes parecia ser uma mocinha algo inútil. Agora, no entanto, os dois tinham por hábito esperar, tanto o pai quanto a mãe, ante o quarto de Gregor enquanto a irmã o arrumava; e mal ela havia saído, tinha de contar com precisão qual era o aspecto interior do quarto, o que Gregor havia comido, como ele havia se comportado dessa vez e se por acaso não era possível perceber uma pequena melhora. A mãe, aliás, até pretendia visitar Gregor em pouco, mas o pai e a irmã impediram-na de fazê--lo, primeiro com argumentos racionais, que eram ouvidos por Gregor com atenção e aprovados inteiramente. Mais tarde, no entanto, passou a ser necessário retê-la à força, e quando então ela gritava: "Deixem-me ir até Gregor, ele é meu filho infeliz! Vocês não entendem que eu tenho de vê-lo?", Gregor chegava a pensar que talvez até fosse bom se a mãe pudesse entrar, não todos os dias, naturalmente, mas quem sabe uma vez por semana; ademais ela entendia tudo muito melhor do que a irmã, que, apesar de toda a sua coragem, era apenas uma criança e, em última análise, talvez tivesse adotado uma tarefa tão pesada unicamente por leviandade infantil.

O desejo de Gregor de ver a mãe em pouco veio a se realizar. Durante o dia, em consideração aos pais, Gregor já não queria mais se mostrar à janela; mas nos poucos metros quadrados do piso ele também não podia mais se arrastar o bastante, e ficar deitado quieto durante a noite toda ele mal conseguia suportar; a comida em pouco tempo não lhe causava mais o mínimo prazer, de modo que, para se distrair, adotou o hábito de se arrastar ziguezagueando pelas paredes e pelo forro. Gostava em particular de ficar pendurado no teto; era bem diferente do que ficar deitado sobre o piso; conseguia-se respirar com mais facilidade; uma leve vibração percorria o corpo; e na distração quase feliz em que Gregor se encontrava lá em cima às vezes acontecia que, para sua própria surpresa, ele se deixava cair estalando no chão. Mas agora, naturalmente, ele já tinha o domínio de seu corpo, bem diferente de antes, e não se danificava[8]

---

8. Gregor já parece ter virado "coisa". O verbo usado no original é *beschädigen*, totalmente relativo a objeto, coisa. (N.T.)

mesmo numa queda tão grande. A irmã percebeu de imediato o novo divertimento que Gregor havia achado para si – é que também ao se arrastar ele deixava para trás, aqui e acolá, rastros de sua substância aderente –, e meteu na cabeça que teria de facilitar tanto quanto possível o rastejar de Gregor; decidiu retirar os móveis que impediam a atividade, sobretudo o armário e a escrivaninha, portanto. Mas não era capaz de fazer isso sozinha; ao pai não tinha coragem de pedir ajuda; a empregada com certeza não a ajudaria, pois embora essa mocinha de algo como dezesseis anos resistisse, e com bravura, desde a dispensa da antiga cozinheira, havia pedido encarecidamente pelo favor de deixar a cozinha sempre fechada; de modo que não sobrava à irmã outra alternativa que não a de, quando o pai certa vez não estava, pedir a ajuda da mãe. Com exclamações de alegria excitada, a mãe veio até onde ela estava, mas silenciou ante a porta do quarto de Gregor. Primeiro, naturalmente, a irmã foi ver se tudo estava em ordem no quarto; só então deixou a mãe entrar. Gregor havia puxado o lençol ainda mais para baixo e feito um número maior de dobras nele, na maior pressa, e tudo parecia ser, na verdade, apenas um lençol puxado por acaso sobre o canapé. Gregor deixou, também, de espiar desta vez sob o lençol; renunciou a ver a mãe já nessa oportunidade e contentou-se apenas em ficar feliz por ela ter vindo de fato.

– Pode vir, não dá para vê-lo – disse a irmã, e obviamente conduzia-a pela mão.

Gregor ouviu, então, como as duas mulheres frágeis deslocavam o armário velho e pesado de seu lugar, e como a irmã se apressava em tomar sobre si a maior parte do trabalho, sem dar atenção aos alertas da mãe, que temia que ela se esforçasse em demasia. A coisa demorou muito. Não havia passado mais do que quinze minutos de serviço quando a mãe disse que talvez fosse melhor deixar o armário ali, pois, primeiro, ele era muito pesado e elas não conseguiriam terminar antes da chegada do pai e acabariam atravancando qualquer passagem de Gregor se deixassem o armário no meio do quarto, e, segundo, nem tinham certeza de que faziam um favor a Gregor com o afastamento dos móveis. A ela parecia que se dava justo o contrário; a visão da parede nua acabava comprimindo seu coração; e Gregor com certeza teria a mesma sensação, ele que já havia se acostumado há tempo com os móveis do quarto e talvez por isso viria a se sentir abandonado no quarto vazio.

– E não é como se estivéssemos mostrando – terminou dizendo a mãe em voz baixa, quase cochichando, como se quisesse evitar que Gregor, cujo esconderijo ela não sabia ao certo onde era, ouvisse inclusive o som de sua voz, pois quanto ao fato de que ele não entendia o que ela falava, disso estava convencida –, e não é como se estivéssemos mostrando, com o afastamento dos móveis, que abandonamos qualquer tipo de esperança numa melhora, largando-o à própria sorte? Acredito que o melhor seria procurarmos manter o quarto exatamente no estado em que se encontrava antes, a fim de que Gregor, quando voltar a nós, encontre tudo do jeito como estava e possa esquecer de modo mais fácil de tudo o que aconteceu nesse meio tempo.

Ao ouvir essas palavras da mãe, Gregor reconheceu que a falta de qualquer comunicação humana imediata, ligada à vida uniforme em meio à família, no decorrer desses dois meses, deveria ter confundido seu entendimento, pois de outra forma ele não conseguia entender como poderia ter coragem de desejar a sério que seu quarto fosse esvaziado. Tinha de fato vontade de mandar que seu quarto, aquele quarto morno, confortavelmente instalado com móveis herdados, fosse transformado em uma toca, na qual ele poderia se arrastar com liberdade em todas as direções, sem ser perturbado, mas pagando o preço de esquecer de modo simultâneo, rápido e completo seu passado humano? De fato agora já estava próximo de esquecer, e apenas a voz de sua mãe, que ele não ouvia há tempo, dera-lhe uma sacudida interna. Nada deveria ser afastado; tudo tinha de ficar; as boas influências dos móveis sobre sua situação ele não podia dispensar; e se os móveis o prejudicassem no ato de se arrastar por aí sem sentido, isso não era um prejuízo, mas sim uma grande vantagem.

Mas a irmã lamentavelmente tinha outra opinião; ela havia se habituado – de qualquer forma não sem ter direitos para tanto – a se apresentar diante dos pais como perita em todas as questões relacionadas a Gregor, e também naquela ocasião o conselho da mãe não foi motivo suficiente para a irmã deixar de insistir na retirada não apenas do armário e da escrivaninha, nos quais ela havia pensado por primeiro, mas também na retirada de todos os móveis restantes, a exceção do indispensável canapé. Naturalmente não era só teimosia infantil nem tampouco a autoconfiança que ela alcançara de modo tão difícil e inesperado nos últimos tempos que a determinavam a cumprir essa exigência; ela também havia, tem de se dizer, observado que de fato Gregor precisava de bastante espaço para se arrastar e que, ao contário, pelo menos segundo aquilo que se podia ver, não utilizava o mínimo que fosse os móveis. Mas talvez também tivesse seu papel no ato aquele sentido algo sonhador, típico das meninas de sua idade, que em qualquer oportunidade procura sua própria satisfação, e através do qual Grete agora se deixava atrair, ao querer tornar a situação de Gregor ainda mais assustadora, a fim de passar a fazer por ele ainda mais do que fazia até então. Pois num espaço em que Gregor dominasse sozinho as paredes vazias, com certeza nenhuma outra pessoa a não ser Grete teria coragem de entrar.

 E assim ela não deixou que a mãe a fizesse desistir de sua decisão, e a mãe ademais parecia bastante insegura dentro do quarto, tanta era sua impaciência, e logo emudeceu, ajudando a irmã a fazer força na retirada do armário. Pois bem, o armário Gregor até poderia dispensar em caso de necessidade, mas a escrivaninha teria de ficar de qualquer jeito. E mal as mulheres haviam se retirado do quarto com o armário, gemendo de tanto fazer força, e Gregor já avançava a cabeça debaixo do canapé a fim de ver como poderia intervir, sempre tomando cuidado e adotando o máximo de consideração. Mas por azar foi justo a mãe quem retornou primeiro, enquanto Grete permanecera segurando o armário no aposento ao lado e tentava deslocá-lo, sozinha, balançando-o para cá e para lá, naturalmente sem conseguir movê-lo do lugar. A mãe, no entanto, não estava acostumada à visão de Gregor, que poderia até fazê-la ficar doente, de modo que Gregor, assustado, apressou-se em correr para trás até a extremidade oposta do canapé, sem conseguir evitar, contudo, que o lençol se mexesse um pouco na parte da frente. Foi o bastante para chamar a atenção da mãe. Ela parou de repente, ficou imóvel por um instante e depois voltou até onde estava Grete.

Embora dissesse continuadas vezes a si mesmo que nada de mais aconteceria, a não ser que alguns móveis seriam deslocados de seus lugares, esse ir e vir das mulheres, seus curtos chamados, o rascar dos móveis sobre o chão atuava sobre ele – conforme teve de reconhecer – como se fosse um grande tumulto, alimentado por todos os lados; e ele tinha de confessar a si mesmo que, por mais forte que puxasse a cabeça e as pernas para junto de si e apertasse o corpo ao chão, não seria capaz de aguentar aquela situação por muito tempo. Elas esvaziavam seu quarto para ele; tomavam tudo o que ele amava; o armário, dentro do qual se encontravam a serra de arco e outras ferramentas, elas já haviam carregado para fora; agora estavam soltando a escrivaninha, enterrada firmemente no chão, na qual ele havia escrito suas atividades quando era acadêmico de comércio, quando era ginasiano, até mesmo quando era estudante primário – então de fato ele não tinha mais tempo para provar as boas intenções das duas mulheres, cuja existência ele aliás quase já havia esquecido, pois elas trabalhavam mudas, tanto era o cansaço, e escutava-se apenas o sapatear pesado de seus pés.

E com isso ele irrompeu à frente – nesse exato momento as mulheres se apoiavam à escrivaninha no aposento ao lado, a fim de retomar um pouco o fôlego –, mudou quatro vezes a direção da corrida sem saber ao certo o que deveria salvar por primeiro; foi quando viu, pendurada sobre a parede agora vazia, a imagem da dama, toda vestida em pele, saltando aos olhos; arrastou-se com rapidez para cima, comprimindo seu corpo ao vidro, que o segurou e fez bem à sua barriga quente. Pelo menos essa imagem, que Gregor agora cobria de todo, com certeza ninguém haveria de levar embora. Ele virou a cabeça em direção à porta da sala a fim de observar as mulheres em seu retorno.

Elas não haviam se concedido um descanso muito grande e já estavam de volta; Grete deitara o braço em volta da mãe e quase a carregava:

– Pois bem, o que vamos levar agora? – disse Grete olhando à sua volta.

Foi então que os seus olhos se cruzaram com os de Gregor, na parede. Provavelmente apenas devido à presença da mãe ela manteve o controle, inclinou seu rosto em direção à mãe a fim de evitar que esta olhasse em volta e disse – em todo caso a tremer e sem refletir:

– Vem, será que não é melhor voltarmos por um instante à sala?

A intenção de Grete era clara para Gregor, ela queria pôr a mãe em segurança para em seguida obrigá-lo a descer da parede. Pois bem, tentar ela até poderia tentar! Ele estava sentado sobre o quadro e não o entregaria de jeito nenhum. Preferiria saltar sobre o rosto de Grete.

Mas as palavras de Grete acabaram por impacientar de vez a mãe, ela correu para o lado, vislumbrou a gigantesca imagem marrom sobre o papel floreado da parede e gritou, antes mesmo de ter consciência de que aquilo que ela via era Gregor, em voz áspera e esganiçada:

– Ah, meu Deus! Ah, meu Deus! – e caiu de braços abertos, como se desistisse de tudo, sobre o canapé, e não se moveu.

– Tu, Gregor! – exclamou a irmã de punhos levantados e olhar ameaçador.

Desde a metamorfose eram essas as primeiras palavras que a irmã endereçava diretamente a ele. Ela correu ao quarto vizinho a fim de buscar uma essência qualquer com a qual pudesse despertar a mãe de seu desmaio; Gregor também quis ajudar – para a salvação do quadro ainda havia tempo –, mas estava colado firmemente ao vidro e necessitou se livrar dele com violência; depois correu também ao quarto vizinho, como se pudesse – do mesmo jeito que fazia em tempos passados – dar à irmã algum conselho; mas então teve de ficar parado atrás dela sem fazer nada; enquanto vasculhava em diversos frasquinhos, ela ainda acabou levando um susto ao se virar; um dos frascos caiu ao chão e quebrou; um estilhaço feriu Gregor no rosto, algum remédio corrosivo correu por ele; Grete cuidou apenas em pegar a maior quantidade possível de frasquinhos, sem se demorar por mais tempo, e correu com eles para dentro, até onde estava a mãe; a porta ela bateu com o pé. Gregor agora estava separado por uma tranca da mãe, que por culpa dele talvez estivesse próxima da morte; a porta ele não deveria abrir, caso não quisesse afastar a irmã, que tinha de ficar junto da mãe; ele não tinha nada a fazer de momento a não ser esperar; e acossado por autocensuras e apreensão, começou a rastejar, rastejou por tudo, paredes, móveis e teto da sala até cair, enfim – dominado pelo desespero, ao sentir que o aposento inteiro começava a girar em volta dele –, sobre o meio da grande mesa.

Passou algum tempo e Gregor jazia ali, esgotado; em volta estava tudo em silêncio, talvez isso fosse um bom sinal. Foi quando a campainha tocou. A empregada naturalmente estava trancada na cozinha e por causa disso Grete teve de ir abrir a porta. O pai havia chegado.

– O que foi que aconteceu? – foram suas primeiras palavras; o aspecto de Grete por certo fez com que ele adivinhasse tudo.

Grete respondeu em voz abafada, obviamente comprimindo seu rosto ao peito do pai:

– A mãe desmaiou, mas agora já está melhor. Gregor fugiu.

– Eu bem que esperava por isso há tempo – disse o pai –, eu sempre disse a vocês, mas vocês mulheres não quiseram me escutar.

Para Gregor estava claro que o pai havia interpretado mal a informação demasiado curta de Grete, acreditando que Gregor era culpado de ter cometido algum ato de violência. Por causa disso, Gregor agora tinha de procurar sossegar o pai, pois para esclarecer-lhe tudo ele não tinha tempo nem possibilidade. E assim ele fugiu até a porta de seu quarto comprimindo-se a ela, a fim de que o pai ao entrar na sala de espera logo pudesse ver que Gregor tinha as melhores intenções de voltar de imediato para dentro de seu quarto, e que não seria necessário afastá-lo à força, mas apenas abrir-lhe a porta para que ele sumisse logo. Mas o pai não se encontrava num estado de espírito capaz de perceber tais detalhes:

– Ah! – ele exclamou assim que havia entrado, e num tom que parecia revelar que estava ao mesmo tempo furioso e feliz.

Gregor afastou a cabeça da porta e levantou-a em direção ao pai. Assim como o pai se mostrava agora à sua frente ele realmente não o tinha imaginado; seja como for, absorto na novidade de rastejar por aí nos últimos tempos, deixara de se ocupar, como fazia antes, com os acontecimentos no restante da casa, e na verdade deveria estar preparado para lidar com situações bem diferentes. Mas apesar disso, apesar de tudo isso, aquele ainda era seu pai? O mesmo homem que jazia enterrado em seu leito nos tempos em que Gregor partia para uma viagem de negócios? Aquele que o recebia de pijama sobre a cadeira de braços nas noites em que retornava; que sequer se mostrava capaz de levantar, mas apenas erguia os braços em sinal de alegria, e que nos raros passeios de família, em alguns domingos do ano e nos feriados mais importantes, caminhava com esforço entre Gregor e a mãe – que por si sós já caminhavam bem devagar –, um pouco mais devagar ainda, empacotado dentro de seu velho sobretudo, e movendo-se à frente sempre com cuidado, apoiado à muleta, e que, quando queria dizer alguma coisa, quase sempre ficava parado em silêncio reunindo seus acompanhantes em volta de si? Agora, no entanto, ele estava até bastante ereto, vestindo um uniforme azul justo, de botões dourados, como os que os criados do instituto bancário usavam; sobre a gola alta e dura do casaco, destacava-se o forte queixo duplo; sob as sobrancelhas cerradas, os olhos escuros emitiam reflexos vívidos e atentos; o cabelo branco, outrora desgrenhado, estava penteado de um modo penosamente exato e brilhoso, dividido ao meio. Ele atirou o quepe – no qual estava gravado um monograma dourado, provavelmente o de um banco – sobre o canapé, fazendo-o descrever um arco e atravessando toda a extensão do quarto, e caminhou em direção a Gregor, o rosto irascível, as abas do comprido casaco do uniforme atiradas para trás, as mãos nos bolsos das calças. Com certeza nem ele mesmo sabia o que pretendia fazer; de qualquer modo, levantava os pés a uma altura incomum e Gregor ficou espantado com o tamanho gigantesco da sola de suas botas. Mas não ficou nisso, sabia já desde o primeiro dia de sua nova vida que o pai, em relação a ele, considerava adequada apenas a severidade máxima. E assim corria diante do pai, hesitava quando o pai ficava parado, e voltava a se apressar mal o pai esboçava algum movimento. Fizeram a volta pelo quarto mais de uma vez procedendo assim, sem que acontecesse algum fato decisivo, sem que tudo aquilo até mesmo chegasse a ter o aspecto de uma perseguição, devido à lenta velocidade. Por isso é que Gregor se decidiu a ficar provisoriamente sobre o chão, uma vez que temia que o pai pudesse encarar uma fuga pelas paredes ou pelo forro como sendo uma maldade especial. Gregor tinha de confessar a si próprio, em todo caso, que não suportaria nem mesmo essa corrida por muito tempo; pois enquanto o pai dava um passo, ele tinha de encaminhar uma série incontável de movimentos. As dificuldades na respiração começavam a se tornar perceptíveis, o que não era nada anormal, uma vez que, mesmo em seus tempos passados, não havia possuído um pulmão totalmente digno de confiança. Enquanto cambaleava de um lado para outro, pois, mal mantinha os olhos abertos, a fim de reunir todas as suas forças para a corrida; em seu embotamento, nem pensava em outra possibilidade de salvação que não fosse ficar correndo por aí; e quase já havia esquecido que as paredes estavam livres para ele, embora aqui elas permanecessem obstruídas por móveis entalhados com cuidado, cheios de saliências e reentrâncias – foi nesse momento que voou, passando de raspão ao seu lado, alguma coisa atirada de leve, que caiu rolando à sua frente. Era uma maçã; logo uma segunda voou em sua direção; Gregor ficou paralisado de susto; correr adiante era inútil, pois o pai havia se decidido a bombardeá-lo. Da fruteira sobre a credência ele havia enchido os bolsos e arremessava as maçãs uma a uma, sem cuidar em mirar com maior precisão. As pequenas maçãs vermelhas rolavam sobre o chão como se estivessem eletrizadas, chocando-se umas às outras. Uma maçã atirada sem força roçou as costas de Gregor, resvalando sem lhe causar dano. Outra, que foi atirada logo a seguir, pelo contrário, literalmente penetrou nas costas de Gregor; Gregor quis se arrastar adiante, como se a dor surpreendente e incrível pudesse passar com a mudança de lugar; mas ele se sentia como se estivesse pregado ao chão e espichou seu corpo em completa confusão de todos os sentidos. Com o último olhar ainda viu a porta de seu quarto ser escancarada e a mãe correndo à frente da irmã, gritando em desespero, em roupas de baixo, uma vez que a irmã tivera de despi-la a fim de que ela respirasse com mais liberdade enquanto estava desmaiada; viu também como a mãe correu em direção ao pai a seguir, enquanto as saias desapertadas caíam uma a uma no caminho, e como ela, tropeçando sobre as saias, caiu sobre o pai, abraçando-o, em completa união com ele – mas nesse momento a vista de Gregor já falhava –, implorando com as mãos sobre a nuca do pai, para que ele poupasse a vida de Gregor.

III

O grave ferimento de Gregor, que o fez sofrer por mais de um mês – a maçã ficou, uma vez que ninguém teve coragem de retirá-la, alojada na carne como recordação visível[9] –, pareceu lembrar inclusive ao pai que Gregor, apesar de sua atual figura, tristonha e repulsiva, era um membro da família, que não devia ser tratado como um inimigo, mas diante do qual o mandamento do dever familiar impunha engolir a aversão e suportar, nada mais que suportar.

E mesmo que Gregor agora tivesse perdido, provavelmente para sempre, alguns de seus movimentos por causa da ferida, e de momento se comportasse como um velho inválido ao atravessar seu quarto, necessitando longos, longos minutos para fazê-lo – em rastejar para o alto não se podia nem sequer pensar –, ele acabou recebendo, segundo sua opinião, uma compensação inteiramente satisfatória para a piora de seu estado; a porta da sala, que antes ele já cuidava observar com atenção durante duas ou três horas, agora era aberta todos os dias quando chegava a noite, de modo que ele, deitado na escuridão de seu quarto, invisível para quem estivesse na sala, podia ver a família inteira reunida em volta da mesa iluminada e ouvir, em certo sentido com a permissão geral, suas conversas, portanto de uma maneira bem diferente de antes.

---

9. A maçã já foi interpretada por vários analistas da obra de Kafka como referência ao relato bíblico da Queda. O crítico Hellmuth Kayser vai além. Depois de referir que Gregor só é – sempre – atingido por trás, ele vê na maçã cravada nas costas um desejo masoquista de fecundação, um *coitus per anum* incestuoso. (N.T.)

Na verdade não eram mais as conversações animadas de tempos passados, nas quais Gregor não parava de pensar com saudades nos pequenos quartos de hotel em que ficava, quando tinha de se atirar, cansado, sobre os lençóis úmidos. Agora tudo se passava, na maior parte das vezes, de um modo bem calmo. O pai adormecia em pouco tempo depois da janta, sentado sobre sua cadeira; a mãe e a irmã advertiam uma à outra, lembrando a necessidade do silêncio; a mãe costurava, muito inclinada sob a luz, roupas de baixo para uma firma de moda; a irmã, que havia aceito um emprego como vendedora, estudava estenografia e francês à noite, a fim de talvez conseguir um emprego melhor mais tarde. Às vezes o pai acordava, e como se nem soubesse que estivera dormindo, dizia à mãe:

– Quanto tempo já estás costurando hoje de novo! – e voltava a dormir em seguida, enquanto a mãe e a irmã olhavam cansadas uma à outra, sorrindo.

Devido a uma espécie de teimosia, o pai recusava-se a tirar, também em casa, seu uniforme de funcionário; e enquanto o pijama ficava pendurado, inútil, no armário, o pai cochilava, completamente vestido, sobre sua cadeira, como se estivesse sempre pronto ao serviço e também ali apenas esperasse a voz de seu superior. Por causa disso o uniforme, que mesmo no começo não era de todo novo, perdia em limpeza, apesar de todos os cuidados da mãe e da irmã, e Gregor olhava, às vezes durante serões inteiros, para essa vestimenta – que dia a dia se enchia mais de manchas, mas permanecia lustrosa no polimento diário de seus botões de ouro –, na qual o homem dormia de um jeito sumamente desconfortável, mas apesar disso tranquilo.

Assim que o relógio batia as dez, a mãe procurava despertar o pai por meio de invocações baixinhas, para depois convencê-lo a ir para a cama, pois ali com certeza não teria um sono direito, e este era absolutamente necessário a ele, que tinha de entrar bem cedo, às seis horas, em seu emprego. Mas na teimosia que passara a tomar conta dele desde que se tornara funcionário, ele sempre insistia em ficar por mais tempo junto à mesa, embora acabasse sempre por dormir sobre ela e além de tudo apenas pudesse ser convencido a trocar a cadeira pela cama com muita dificuldade. Então, por mais que a mãe e a irmã o pressionassem com pequenas admoestações, ele sempre balançava a cabeça com vagor por cerca de quinze minutos, mantinha os olhos fechados e não se levantava. A mãe puxava-o pela manga, dizia-lhe palavras lisonjeiras ao ouvido, a irmã deixava suas atividades a fim de ajudar a mãe, mas o pai nem dava bola para isso. Apenas mergulhava mais ainda em sua cadeira. Só quando as mulheres o agarravam por baixo dos braços é que ele abria os olhos e fitava ora a mãe ora a irmã, cuidando em dizer:

– Isso sim é que é vida. É essa a paz que eu precisava em meus últimos dias. – E apoiando-se sobre as duas mulheres, ele se levantava com dificuldades, como se fosse para si mesmo o maior fardo, deixava que as mulheres o conduzissem até a porta, acenava-lhes de lá e seguia sozinho adiante, enquanto a mãe jogava de lado seus instrumentos de costura e a filha sua caneta, a fim de correrem atrás do pai para continuarem a ajudá-lo.

Quem tinha tempo de se preocupar com Gregor, mais do que o estritamente necessário, nessa família sobrecarregada e esgotada? O orçamento doméstico era reduzido cada vez mais; a empregada acabou sendo despedida no final das contas; uma faxineira gigantesca e ossuda, de cabelos brancos a esvoaçarem em volta da cabeça, vinha pela manhã e à tardinha a fim de fazer o serviço mais pesado; a mãe tomava conta do resto, junto com seus muitos trabalhos de costura. Aconteceu inclusive que várias das joias da família, que a mãe e a irmã carregavam com suprema felicidade em reuniões e festividades, tiveram de ser vendidas, conforme Gregor veio a saber nas conversações gerais da noite. Mas a maior queixa era sempre a de que não podiam deixar aquela casa, demasiado grande para a atual situação, porque não eram capazes de imaginar como poderiam mudar Gregor junto. Mas Gregor percebeu bem que não era apenas a consideração em relação a ele que impedia uma mudança, pois ele poderia ser transportado com facilidade numa caixa adequada, com alguns buracos por onde pudesse respirar; o motivo principal que detinha a família em seus projetos de mudar de casa era, muito antes, a desesperança total e o pensamento de que haviam sido golpeados por uma desgraça semelhante a qual ninguém mais havia sido golpeado em todo o círculo de parentes e conhecidos. O que o mundo exigia de pessoas pobres, eles cumpriam ao extremo; o pai levava o café da manhã aos pequenos funcionários do banco, a mãe se sacrificava pelas roupas de pessoas estranhas, a irmã andava segundo as ordens dos fregueses para lá e para cá atrás do balcão,[10] mas mais do que isso as forças da família não alcançavam. E a ferida nas costas de Gregor começou a lhe doer de novo, como se fosse recente, quando mãe e irmã, depois de terem levado o pai para a cama, voltaram, deixaram seus trabalhos de lado, aproximaram-se uma da outra, sentando-se face a face, e a mãe disse, apontando ao quarto de Gregor:

– Vá lá e feche a porta, Grete! – Então Gregor voltou a ficar no escuro, enquanto no aposento ao lado as mulheres misturavam suas lágrimas ou ficavam sentadas à mesa, de olhos secos, fitando o vazio à sua frente.

Gregor passava as noites e os dias praticamente sem dormir nada. Por vezes pensava em, assim que a porta se abrisse de novo, voltar a tomar nas mãos os assuntos da família, exatamente conforme fazia no passado; em seus pensamentos, depois de muito tempo, voltavam a surgir o chefe e o gerente, voltava a se lembrar dos caixeiros e dos aprendizes, do contínuo tão estúpido, de dois ou três amigos de outras firmas, de uma criadinha de um hotel do interior – uma lembrança amável e fugidia –, de uma moça que trabalhava no caixa de uma loja de chapéus – que ele havia cortejado séria mas demasiado lentamente –; todos eles apareceram misturados a estranhos ou pessoas já esquecidas, mas ao invés de ajudarem a ele e à sua família, mostraram-se todos inacessíveis, e ele ficou feliz quando sumiram de vez. Logo depois voltava a não ter a mínima disposição para

---

10. Aqui a crítica também aparece. A temática do que o "mundo exige de pessoas pobres" e das vítimas da ordem social, aparece também no *Woyzeck*, de Georg Büchner, um dos autores preferidos de Kafka, junto com Heinrich von Kleist. (N.T.)

se preocupar com sua família, apenas sentia ódio pelos maus-tratos a que era submetido e, apesar de não conseguir imaginar algo que pudesse lhe despertar o apetite, fazia planos para invadir a despensa, para ali pegar tudo o que lhe era devido, ainda que não tivesse fome. Agora, sem pensar mais no que pudesse agradar a Gregor, a irmã empurrava com o pé, às pressas, algum tipo de comida qualquer para dentro do quarto de Gregor, antes de correr ao serviço pela manhã e à tarde, para ao anoitecer, pouco importando se esta havia sido apreciada ou – era o que acontecia na maior parte das vezes – sequer tocada, varrê-la para fora com uma vassourada. A arrumação do quarto, que ela a partir de então sempre providenciava à noite, não poderia ser mais rápida. Listras de sujeira se pintavam ao longo das paredes; aqui e ali havia montes de pó e lixo. Nos primeiros tempos, mal a irmã chegava, Gregor se postava exatamente nos cantos mais marcados pela sujeira, a fim de fazer-lhe, em certo sentido, uma censura através de sua posição. Mas ele com certeza poderia ficar lá durante semanas, sem que a irmã por isso se corrigisse; claro que ela via a sujeira do mesmo modo como ele a via, no entanto, acabava se decidindo a deixá-la onde estava. Ao mesmo tempo mostrava uma sensibilidade que nela era de todo nova e acabara por contagiar toda a família, e cuidava para que a arrumação do quarto de Gregor ficasse reservada ao seu encargo. Certa vez a mãe submeteu o quarto de Gregor a uma grande limpeza, na qual apenas logrou êxito depois de utilizar várias tinas de água – a umidade excessiva, entretanto, também adoecia Gregor, e ele ficou deitado ao largo, amargurado e imóvel sobre o canapé –; mas o castigo a que a mãe foi submetida não demorou. Pois, mal a irmã percebeu a mudança no quarto de Gregor ao anoitecer, e já se mostrou bastante ofendida, correu pela sala e, apesar das mãos suplicantemente elevadas da mãe, rebentou num acesso de choro, que foi acompanhado pelos pais – o pai naturalmente assustou-se, saltando de seu sofá –, primeiro de forma perplexa e desamparada, até que também eles se sentiram tocados; o pai censurava a mãe à direita por não ter deixado aos encargos da filha a limpeza do quarto de Gregor, ao passo em que à esquerda gritava para a filha que não deveria limpar nunca mais o quarto de Gregor; enquanto a mãe procurava arrastar o pai, que nem sabia mais onde estava de tanta excitação, ao quarto, a irmã, sacudida pelos soluços, tamborilava à mesa com os pequenos punhos; e Gregor, de tanta raiva, sibilava alto, por não ter ocorrido a ninguém fechar a porta a fim de poupá-lo dessa cena e do barulho.

No entanto, ainda que a irmã, esgotada por causa do serviço no emprego, estivesse cansada de se ocupar de Gregor como fazia antes, não havia razão nenhuma para a mãe intervir, e mesmo assim Gregor não precisaria ter sido deixado de lado. Pois agora eles tinham a faxineira à disposição. Essa velha viúva, que em sua longa vida devia ter suportado o que havia de pior com a ajuda de sua robusta constituição óssea, não chegava a ter propriamente aversão a Gregor. Sem manifestar qualquer tipo de curiosidade, ela um dia abrira, por acaso, a porta do quarto de Gregor e, à vista dele – que, pego de surpresa, corria de um lado para o outro embora ninguém o perseguisse –, ficou parada, espantada, as mãos cruzadas sobre o colo. Desde então jamais perdeu a oportunidade de, pela manhã e à tardinha, sempre de forma breve, abrir a porta um pouco e olhar para onde estava Gregor. No começo ela também o chamava ao seu encontro, com palavras que ela provavelmente considerava amistosas como, "Vem um pouquinho aqui, rola-bosta!" ou "Olha só o velho rola-bosta!"[11] A tais chamados Gregor não respondia nada, mas ficava imóvel no seu lugar, como se a porta não tivesse sido aberta. Se pelo menos tivessem dado ordens à faxineira para que, ao invés de deixá-la perturbar Gregor de maneira desnecessária e segundo seu humor, limpasse seu quarto todos os dias! Certa vez, de manhã bem cedo – uma chuva violenta, talvez um sinal do princípio da primavera, batia nas

---

11. Kafka havia pedido encarecidamente a seu editor que evitasse desenhar, mesmo de longe, a figura de Gregor. Aqui a nova empregada dá a única referência mais objetiva em relação à forma de Gregor. Não o refere como animal, como inseto daninho, mas apenas como (besouro) "rola-bosta". (N.T.)

vidraças –, Gregor estava de tal modo amargurado quando a faxineira começou com suas expressões, que pareceu pôr-se em posição de atacá-la, ainda que o tivesse feito de forma lenta e debilitada. Mas a faxineira, ao invés de sentir medo, apenas levantou à frente um assento que se encontrava perto da porta, e do jeito que estava parada ali, com a boca de todo escancarada, era clara sua intenção de fechar a boca só quando a cadeira em suas mãos tivesse golpeado as costas de Gregor.

– E então, não vais continuar? – perguntou ela, quando Gregor fez marcha a ré, voltando a colocar o acento com calma no canto onde estava.

Agora Gregor praticamente não comia mais nada. Apenas quando passava por acaso pela comida que lhe deixavam, é que, para brincar, tomava um bocado, mantendo-o na boca durante horas e cuspindo-o para fora na maior parte das vezes depois disso. Primeiro pensou que fosse a tristeza devida ao estado de seu quarto que o impedia de comer, mas foi justamente com as mudanças do quarto que ele fez as pazes bem cedo. Haviam se acostumado a colocar no quarto de Gregor as coisas que não poderiam ser postas em nenhum outro lugar, e havia muitas dessas coisas, uma vez que um dos quartos do apartamento havia sido alugado a três inquilinos. Esses senhores sisudos – todos os três tinham barba, conforme Gregor pôde assegurar certa vez através da fresta na porta – eram obcecados pela ordem, não apenas em seu quarto, mas, uma vez que tomavam parte no aluguel, na casa inteira, em especial na cozinha. Não suportavam tralhas inúteis, ou até mesmo sujas. E, ainda por cima, haviam trazido junto, na maior parte, sua própria mobília. Por causa disso, muitas das coisas tornaram-se supérfluas, coisas que, apesar de não poderem ser vendidas, eles também não queriam jogar fora. E todas elas foram transferidas para o quarto de Gregor. Inclusive a lata de cinza e a lata de lixo da cozinha. Tudo o que não era usado de imediato, a faxineira – que sempre queria fazer tudo às pressas – simplesmente arremessava para dentro do quarto de Gregor; por sorte Gregor na maior parte das vezes apenas via o referido objeto e a mão que o segurava. A faxineira talvez tivesse a intenção de, com o tempo e caso surgisse a oportunidade, voltar a tirar as coisas de lá ou tirar todas elas juntas de uma só vez; mas na verdade elas acabavam ficando lá, no mesmo lugar onde haviam sido jogadas, caso Gregor não se locomovesse no meio do entulho e as pusesse em movimento, a princípio de modo forçado, uma vez que sequer restava espaço para rastejar, e mais tarde com prazer crescente, ainda que depois de tais caminhadas ele se sentisse morto de cansaço e de tristeza, ficando imóvel durante horas.

Visto que os inquilinos às vezes também jantavam em casa, na sala de estar de uso comum, a porta desta ficava trancada em algumas das noites; mas Gregor renunciou sem nenhum problema à abertura da porta; ele já havia, de qualquer modo, deixado de utilizá-la em algumas das noites em que estava aberta, preferindo ficar deitado, sem que a família o notasse, no canto mais escuro de seu quarto. Certa vez, no entanto, a faxineira havia deixado a porta da sala um tantinho aberta; e ela ficou assim, entreaberta, também quando os inquilinos chegaram, à noite, e a luz foi acesa. Eles sentaram-se à cabeceira da mesa, nos lugares onde em tempos passados o pai, a mãe e Gregor costumavam sentar, desdobraram os guardanapos e empunharam garfo e faca. De imediato apareceu a mãe na porta, com uma travessa de carne, e logo depois dela a irmã com uma travessa de batatas empilhadas bem alto. A comida fumegava soltando um forte vapor. Os inquilinos inclinaram-se sobre as travessas postas diante deles, como se quisessem avaliá-las antes de comer, e o senhor que estava sentado ao meio e parecia ter papel de autoridade em relação aos outros dois, de fato cortou um pedaço de carne ainda na travessa, sem dúvida para verificar se ela estava macia o suficiente e não precisaria ser, talvez, mandada de volta à cozinha. Ele mostrou-se satisfeito e a mãe e a irmã, que haviam observado tudo ansiosas, esboçaram um sorriso, respirando aliviadas.

A família mesmo comeu na cozinha. Apesar disso o pai, antes de ir à cozinha, entrou na sala, fez uma única inclinação e deu uma volta ao redor da mesa com o quepe na mão.

Os inquilinos levantaram-se e murmuraram alguma coisa de dentro de suas barbas. Quando então ficaram sós, comeram num silêncio quase completo. Pareceu estranho a Gregor que, em meio a toda variedade de ruídos feitos no ato de comer, se destacasse sempre de novo o som de seus dentes mastigando; como se com isso quisessem mostrar a Gregor que era preciso ter dentes para comer e que mesmo com a mais bela das mandíbulas desdentadas não se podia fazer nada. "Eu até tenho apetite", disse Gregor a si mesmo, cheio de preocupação, "mas não por essas coisas. Como se alimentam esses inquilinos, e eu aqui morrendo de fome!"

Justo naquela noite o violino – Gregor não se lembrava de tê-lo ouvido tocar durante todo aquele tempo – soou na cozinha. Os inquilinos já haviam terminado sua janta, o do meio havia puxado um jornal e dado a cada um dos outros uma folha, e agora se recostavam a cadeira e fumavam. Quando o violino começou a tocar, eles ficaram atentos, levantaram-se e foram na ponta dos pés até a porta da sala de espera, junto à qual pararam, espremidos uns contra os outros. Deveriam tê-los escutado também na cozinha, pois o pai gritou:

– Será que a música não incomoda aos senhores? Ela pode ser interrompida imediatamente.

– Pelo contrário – disse o senhor do meio. – Será que a senhorita não quer vir até nós e tocar aqui na sala, onde sem dúvida é muito mais cômodo e confortável?

– Oh, pois não! – gritou o pai, como se fosse ele quem estivesse tocando. Os senhores voltaram à sala e esperaram. Logo veio o pai com a estante da partitura, a mãe com a partitura e a irmã com o violino. A irmã preparou tudo em silêncio para tocar; os pais, que jamais haviam alugado quartos antes, exageravam, por causa disso, nas gentilezas com os inquilinos, e nem ousavam sentar em suas próprias cadeiras; o pai inclinou-se sobre o trinco da porta, a mão direita enfiada entre dois botões do casaco do uniforme, que ele mantinha fechado; a mãe, no entanto, aceitou a cadeira oferecida por um dos senhores e sentou-se à parte, uma vez que deixou a cadeira no lugar onde o senhor a havia posto por acaso, num canto da sala.

A irmã começou a tocar; o pai e a mãe, cada um do seu lado, acompanhavam atentos os movimentos de suas mãos. Gregor, atraído pela música, ousara avançar um pouco e já estava com a cabeça dentro da sala de estar. Quase não se surpreendia mais pelo fato de, nos últimos tempos, adotar tão pouca consideração no que respeitava aos outros; ia longe o tempo em que essa mesma consideração havia sido seu orgulho. E, no entanto, talvez fosse justo agora que ele deveria ter mais motivo para se esconder, pois devido ao pó que se juntara em seu quarto, encontrava-se por todos os lados e levantava ao menor movimento, também ele estava coberto de pó, fiapos, cabelos, restos de comida, e arrastava tudo por aí sobre as costas e dos lados de seu corpo; sua indiferença em relação a tudo era demasiado grande para que ele, conforme fazia no passado mais de uma vez ao dia, se deitasse de costas sobre o tapete, esfregando-se nele a fim de se limpar. E apesar desse estado ele não tinha nenhuma vergonha de se adiantar um bom pedaço no piso imaculado da sala de estar.

Seja como for, ninguém dava atenção a ele. A família estava totalmente absorvida pelo violino; os inquilinos, ao contrário – que no início, colocando as mãos nos bolsos das calças, haviam se aproximado demais da irmã, ficando atrás da estante da partitura, de modo que todos poderiam ver as notas, o que com certeza importunava a irmã –, logo se retiraram para a janela, de cabeças meio abaixadas e falando a meia voz, onde acabaram ficando, observados pelo olhar preocupado do pai. De fato aquilo agora tinha a aparência mais do que nítida de que estavam decepcionados em sua expectativa de ouvir um violino ser tocado de maneira agradável ou até divertida, de que estavam saturados de toda a apresentação e apenas por cortesia ainda se deixavam perturbar em seu sossego. Em especial o modo com que todos sopravam a fumaça de seus charutos para o alto, através do nariz e da boca, permitia deduzir o tamanho de seu nervosismo. E no entanto a irmã tocava com tanta beleza! O rosto dela estava inclinado para o lado; perscrutadores e tristes, seus olhares seguiam as linhas da partitura. Gregor rastejou mais um pedaço à frente e manteve a cabeça colada ao chão, no provável intuito de encontrar os olhares dela. Era ele um animal, uma vez que a música o tocava tanto? Parecia-lhe que enfim se abria para ele o caminho ao alimento almejado e desconhecido. Estava decidido a chegar até a irmã, puxá-la pela saia a fim de lhe indagar com isso se ela não queria talvez vir a seu quarto com o violino, pois ninguém na sala pagava por sua música tanto quanto ele desejava pagar. Não queria mais deixá-la sair de seu quarto, pelo menos não enquanto estivesse vivo; sua figura assustadora pela primeira vez teria de se tornar útil; ele queria estar em todas as portas de seu quarto ao mesmo tempo e bufar contra todos os agressores; no entanto, a irmã não deveria ficar com ele obrigada, mas de livre e espontânea vontade; ela deveria ficar sentada ao lado dele sobre o canapé, o ouvido inclinado para ele, e ele queria lhe confiar então que havia tido o firme propósito de mandá-la ao conservatório e que teria comunicado isso a todos no Natal passado – será mesmo que o Natal já havia passado? –, se não tivesse acontecido a desgraça, sem se preocupar com qualquer tipo de discurso contrário. Depois dessa explicação a irmã haveria de romper em lágrimas de comoção e Gregor se ergueria até alcançar os seus ombros para beijar seu pescoço, que ela trazia livre, sem fita ou colarinho, desde que passara a trabalhar na loja.[12]

– Senhor Samsa! – exclamou o senhor do meio, dirigindo-se ao pai e apontando o dedo indicador, sem perder mais nenhuma palavra, a Gregor, que se aproximava em movimentos lentos. O violino emudeceu, o inquilino do meio primeiro sorriu para os amigos, balançando a cabeça, e depois voltou a olhar para Gregor. O pai parecia considerar mais urgente acalmar os inquilinos por primeiro, ao invés de expulsar Gregor, embora eles não se mostrassem nem um pouco agitados e Gregor parecesse diverti-los mais que a música do violino. Correu até eles e procurou forçá-los a se dirigir ao quarto abrindo os braços e,

---

12. Hartmut Binder, em seus comentários a respeito dos contos de Kafka, deixa claro que o sentimento de Gregor por Grete reflete o sentimento – com um forte "componente sexual" – de Kafka por sua irmã mais nova, chamada Ottla (ver Cronologia Biobibliográfica, ao final). (N.T.)

ao mesmo tempo, tentando ocultar-lhes a visão de Gregor utilizando seu corpo. Então eles ficaram de fato um tanto bravos e já não se sabia mais se por causa do comportamento do pai ou por causa daquilo que só agora parecia atingir-lhes a consciência: o conhecimento de terem, sem o saber, possuído um vizinho de quarto como Gregor. Exigiram explicações do pai, levantaram eles mesmos seus braços, puxaram impacientes em suas barbas e apenas recuavam a seu quarto com lentidão. Nesse meio tempo a irmã havia superado o desligamento em que havia caído após a interrupção repentina da música; depois de ter permanecido durante algum tempo com o violino e o arco nas mãos pendentes e bambas, e de ter olhado para a partitura como se ainda estivesse tocando, ela havia se recomposto de uma vez, deitado o instrumento sobre o colo da mãe, que ainda estava sentada sobre sua cadeira sentindo dificuldades de respirar e com os pulmões trabalhando em frenesi, e correra para o quarto ao lado, do qual os inquilinos se aproximavam com rapidez ainda maior, sob a pressão insistente do pai. Podia-se ver como, sob as mãos experimentadas da irmã, as cobertas e travesseiros da cama voavam para o alto, caindo em ordem sobre a cama. Antes mesmo de os senhores terem chegado ao quarto, ela já estava pronta com a arrumação das camas e havia se esgueirado para fora. O pai parecia acometido outra vez de tal maneira por sua teimosia, que esqueceu de qualquer respeito devido a seus inquilinos. Apenas pressionava e pressionava, até que, quando já estavam na porta do quarto, o senhor do meio bateu o pé, trovejante, ao chão, levando o pai a parar através disso:

– Declaro, por este meio – disse ele, levantando a mão e procurando também a mãe e a irmã com os olhos –, que eu, levando em conta as condições repulsivas reinantes nessa casa – ao dizer isso cuspiu ao chão, rápido e decidido –, rescindo, neste momento, o contrato de aluguel do meu quarto. Naturalmente também não haverei de pagar, o mínimo que seja, pelos dias em que aqui morei, mas, ao contrário, haverei de refletir para ver se não movo alguma ação estabelecendo reivindicações que, o senhor acredite, serão muito fáceis de fundamentar.

Ele silenciou e olhou direto à sua frente, como se esperasse alguma coisa. E de fato seus dois amigos logo entraram no assunto com as palavras:

– Também nós rescindimos neste momento o contrato de aluguel.

Depois disso ele agarrou a maçaneta e bateu a porta com um estrondo.

O pai cambaleou, com as mãos tateantes, em busca de sua cadeira e deixou-se cair sobre ela; parecia que ele se espichava para a sua soneca habitual do anoitecer, mas o forte inclinar de sua cabeça, que ele parecia não conseguir sustentar mais, mostrava que ele estava bem longe de dormir. Gregor permaneceu todo esse tempo deitado calmamente no mesmo lugar em que os inquilinos o haviam surpreendido. A decepção com o fracasso de seu plano, mas talvez também a fraqueza ocasionada pela grande fome que passava, tornavam-lhe impossível o ato de se movimentar. Ele já temia, com uma certa segurança, o instante seguinte, em que uma avalanche geral seria descarregada sobre ele; e apenas esperava. Nem mesmo o violino, que resvalou à frente escapando aos dedos tremebundos da mãe e caindo do colo ao chão num som retumbante, foi capaz de assustá-lo.

– Queridos pais – disse a irmã, e bateu a mão sobre a mesa em forma de introdução –, assim não dá mais. Se vocês talvez não são capazes de ver isso, eu o vejo muito bem. Não quero pronunciar o nome de meu irmão diante desse monstro e por isso digo apenas o seguinte: temos de procurar um jeito de nos livrar dele. Tentamos tudo o que era humanamente possível para cuidar dele e suportá-lo, e acredito que ninguém pode nos fazer a menor censura.

"Ela tem mil vezes razão", disse o pai a si mesmo. A mãe, que ainda não conseguia alcançar ar suficiente, começou a tossir cavamente na mão segurada em frente de sua boca, com uma expressão alucinada nos olhos.

A irmã correu para a mãe e segurou-lhe a testa. O pai, que através das palavras da irmã parecia ter sido levado a pensamentos mais definidos, havia se sentado em posição ereta, brincava com seu quepe de funcionário entre os pratos – que ainda estavam sobre a mesa desde o jantar dos inquilinos – e de vez em quando olhava para Gregor, quieto em seu lugar.

– Nós temos de procurar nos livrar disso – disse a irmã, agora dirigindo-se apenas ao pai, pois a mãe não ouvia nada em sua tosse. – Isso ainda vai acabar matando nós dois, vejo o momento em que isso acontecerá. Quando se tem de trabalhar tão pesado como nós todos, não se pode suportar inclusive em casa mais esse tormento eterno. Eu também já não aguento mais.

E rompeu num choro tão violento que suas lágrimas caíram sobre o rosto da mãe, que as secava com movimentos mecânicos de mão.

– Filha – disse o pai, compassivo, e manifestando uma compreensão pouco característica –, mas o que nós podemos fazer?

A irmã apenas deu de ombros, mostrando a desorientação total que tomara conta dela durante o choro e se evidenciava completamente diferente da segurança que sempre demonstrou.

– Se ele nos entendesse – disse o pai, meio a perguntar; no meio do choro a irmã sacudiu a mão com violência, mostrando que nem sequer se poderia pensar nisso.

– Se ele nos entendesse – repetiu o pai, e com um fechar de olhos acolheu a convicção da irmã sobre essa impossibilidade –, então talvez fosse possível fazer um acordo com ele. Mas assim...

– Isso tem de sair daqui – exclamou a irmã –, é o único meio, pai. Tu simplesmente tens de te livrar do pensamento de que é Gregor. Que tenhamos acreditado por tanto tempo, essa é que é a nossa verdadeira desgraça. Mas como é que pode ser Gregor? Se fosse Gregor, ele já teria compreendido há tempo que o convívio de seres humanos com um bicho assim não é possível, e teria ido embora de vontade própria. Caso isso acontecesse nós não teríamos irmão, mas poderíamos seguir vivendo e honrar sua memória. Mas assim esse bicho nos persegue, expulsa os inquilinos, obviamente quer tomar para si o apartamento inteiro e fazer com que nós passemos a noite na rua. Olha só, pai – ela gritou de repente –, ele já está começando de novo!

E num susto totalmente incompreensível para Gregor, ela chegou a abandonar a mãe, literalmente dando um salto de sua cadeira ao chão, como se preferisse sacrificar a mãe a ficar próxima de Gregor, e correu em direçao ao pai que, excitado tão só pelo comportamento dela, também deu um salto e levantou seus braços à meia altura diante da irmã, como se quisesse protegê-la.

Mas a Gregor nem de longe ocorria a intenção de causar medo a alguém, quem quer que fosse, e menos ainda à sua irmã. Ele apenas havia começado a girar o corpo a fim de voltar a seu quarto, e isso, em todo caso, acabara chamando a atenção, uma vez que devido a seu estado lamentável ele tinha de, nos giros mais complicados, ajudar com a cabeça, que ao se mover ele levantava e batia ao chão por várias vezes. Parou e olhou em torno. Sua boa intenção pareceu ser enfim reconhecida; havia sido apenas um susto momentâneo. Agora todos o fitavam silenciosos e tristes. A mãe, deitada em sua cadeira, com as pernas espichadas e coladas uma à outra, e as pálpebras quase caindo sobre os olhos de tanta exaustão; o pai e a irmã estavam sentados um ao lado do outro, a irmã havia deitado sua mão em volta do pescoço do pai.

"Bem, agora talvez eu já possa me virar", pensou Gregor, e voltou a retomar seu trabalho. Ele não conseguia reprimir o resfolegar do esforço e tinha também de descansar aqui e ali. De resto, ninguém o pressionava mais, e ele agora poderia se virar sozinho. Quando havia completado seu giro, começou de imediato a seguir direto em frente, voltando ao quarto. Surpreendeu-se com a grande distância que o separava de seu quarto e nem sequer entendeu como havia feito, quase sem o perceber, o mesmo caminho há pouco, dada a sua fraqueza. Sempre adiante e com o pensamento fincado apenas em rastejar rápido, mal prestou atenção ao fato de que nenhuma palavra, nenhum chamado de sua família o perturbava. Só quando já estava na porta, voltou a cabeça – não completamente, pois sentia o pescoço endurecer –, chegando a ver que nada havia se alterado atrás dele, a não ser que a irmã havia levantado. Seu último olhar percorreu a mãe, que agora adormecera de vez.

Mal havia chegado dentro de seu quarto e a porta foi fechada às pressas, travada e trancada. Gregor assustou-se tanto com o barulho repentino atrás de si que suas perninhas se dobraram. Era a irmã que havia se apressado tanto. Ela já estava parada há tempo, apenas esperando, para depois saltar adiante em passos leves; Gregor nem sequer chegou a ouvi-la, e ela gritou um "Finalmente!" aos pais, enquanto girava a chave na fechadura.

"E agora?", Gregor perguntou a si mesmo e olhou a escuridão à sua volta. Logo descobriu que não podia mais se mexer nem um pouco. Não se admirou com o fato, antes pareceu-lhe pouco natural que até então tivesse conseguido se mover com tanta facilidade, tendo perninhas tão finas. Quanto ao resto, ele até se sentia relativamente confortável. Ainda tinha dores pelo corpo todo, mas parecia-lhe que elas pouco a pouco iam se tornando mais fracas e ao fim desapareceriam por completo. A maçã podre em suas costas, assim como a região inflamada em volta dela, que estava inteiramente coberta por uma poeira leve, quase não o incomodava mais. De sua família, ele se recordava com amor e comoção. Sua própria opinião de que deveria desaparecer era, talvez, ainda mais decidida do que a da irmã. Permaneceu nesse estado de reflexões vazias e pacíficas até que o relógio da torre bateu três horas da madrugada. Ainda vivenciou o início do alvorecer geral do dia lá fora, além da janela. Em seguida, sem que ele o quisesse, sua cabeça inclinou-se totalmente para baixo e das suas ventas brotou, fraco, o último suspiro.

Quando a faxineira chegou na manhã seguinte, bem cedo – sua força e sua pressa ao bater todas as portas era tanta, ainda que já tivesse sido pedido a ela várias vezes que procurasse evitá--lo, pois um sono tranquilo se tornava impossível na casa inteira depois de sua chegada –, não encontrou, a princípio, nada de estranho em sua curta e costumeira visita. Pensou que ele estava deitado de propósito assim tão imóvel, e que fazia o papel de ofendido; ela lhe creditava todo o entendimento possível. Por ter trazido casualmente a comprida vassoura na mão, procurou fazer cócegas em Gregor com ela, donde estava, na porta. Quando também isso não deu resultado algum, ela ficou irritada e espetou Gregor um pouco, e só quando o havia empurrado do lugar em que estava sem achar nenhuma resistência é que ficou atenta. Quando reconheceu o verdadeiro estado das coisas, arregalou os olhos, deu um assobio, mas não conseguiu se conter por muito tempo, escancarou a porta do quarto e gritou em voz alta para a escuridão:

– Vejam só isso, a coisa empacotou de vez; ali está, mortinha da silva!

O casal Samsa estava sentado sobre a cama, no quarto, ocupado em superar o susto com a chegada da faxineira, antes de chegar a entender o que ela anunciava. Mas depois disso o senhor e a senhora Samsa, cada um do seu lado, levantaram da cama o mais rápido possível; o senhor Samsa atirou o cobertor sobre os ombros, a senhora Samsa saiu de camisolas mesmo e assim entraram no quarto de Gregor. Nesse meio tempo também havia sido aberta a porta da sala de estar, dentro da qual Grete dormia desde a chegada dos inquilinos; ela estava completamente vestida, como se nem sequer tivesse dormido; também o seu rosto pálido parecia comprová-lo.

– Morto? – disse a senhora Samsa, e ergueu os olhos de modo interrogativo para a faxineira, embora ela própria pudesse avaliar tudo e compreendê-lo mesmo sem a avaliação.

– É o que parece – disse a faxineira, e para comprová-lo empurrou o cadáver de Gregor com a vassoura mais um longo trecho para o lado.

A senhora Samsa esboçou um movimento, como se quisesse reter a vassoura, mas acabou não fazendo nada.

– Pois bem – disse o senhor Samsa –, agora podemos agradecer a Deus.

Ele fez o sinal da cruz e as três mulheres seguiram seu exemplo. Grete, que não desviava os olhos do cadáver, disse:

– Vejam só como ele estava magro. Também já fazia um bom tempo que ele não comia nada. Assim como as comidas entravam, assim mesmo elas saíam.

O corpo de Gregor estava, de fato, completamente chato e seco, e na verdade só agora é que se reconhecia isso, uma vez que ele não se encontrava mais levantado sobre as perninhas e nenhum de seus movimentos distraía o olhar.

– Grete, venha cá um instantinho – disse a senhora Samsa com um sorriso melancólico; e Grete, não sem voltar os olhos ao cadáver mais uma vez, foi atrás dos pais até o quarto de dormir. A faxineira trancou a porta e abriu a janela. Embora fosse bem cedo pela manhã, já se misturava alguma mornidão ao ar fresco. Afinal de contas, era final de março.

Os três inquilinos saíram de seu quarto e olharam perplexos em volta, buscando seu café da manhã; haviam se esquecido deles.

– Onde está o café da manhã? – perguntou o senhor do meio, resmungando, à faxineira.

Mas esta pôs o dedo sobre os lábios e em seguida acenou, muda e apressadamente, aos senhores, pedindo se não queriam vir até o quarto de Gregor. Eles foram e, com as mãos nos bolsos de seus casaquinhos um tanto puídos, ficaram parados em volta do cadáver de Gregor, no quarto agora inteiramente claro.

Então abriu-se a porta do quarto de dormir e o senhor Samsa apareceu em seu uniforme, trazendo sua mulher num dos braços e sua filha no outro. Todos mostravam ares de choro; Grete de vez em quando apertava seu rosto no braço do pai.

– Deixem imediatamente a minha casa! – disse o senhor Samsa, e apontou a porta, sem largar as mulheres.

– O que o senhor está querendo dizer com isso? – disse o senhor do meio, algo consternado, e sorriu com doçura. Os outros dois mantiveram as mãos às costas e esfregavam-nas sem parar uma à outra, como se estivessem a esperar, alegres, uma grande briga, que com certeza haveria de terminar com vantagens para eles.

– Estou querendo dizer exatamente aquilo que afirmei – respondeu o senhor Samsa, e marchou em linha cerrada com suas duas acompanhantes sobre o inquilino.

Este ficou parado no mesmo lugar a princípio, olhando para o chão, como se as coisas em sua cabeça se juntassem buscando uma nova ordem.

– Pois então nós vamos – disse o inquilino, e levantou os olhos para o senhor Samsa, como se, tomado por um repentino ataque de humildade, estivesse a pedir uma nova licença para a decisão.

O senhor Samsa apenas lhe fez vários acenos breves com a cabeça, de olhos arregalados. Diante disso o inquilino de fato se dirigiu à sala de espera, em largas passadas; seus dois amigos, que já escutavam há um bom tempo com as mãos totalmente imóveis, saltitaram de imediato atrás dele, como se tivessem medo de que o senhor Samsa pudesse entrar na sala de espera antes deles, interrompendo a ligação que mantinham com seu líder. Na sala de espera todos os três apanharam seus chapéus do cabide, puxaram suas bengalas do porta-bengalas, inclinaram-se mudos e deixaram o apartamento. Numa desconfiança que se mostrou de todo infundada, o senhor Samsa foi até o vestíbulo junto com as duas mulheres; apoiados ao corrimão, observaram os três senhores descerem, devagar mas de maneira contínua, a longa escada, desaparecerem a cada andar em uma determinada curva da escadaria e ressurgirem alguns instantes depois; quanto mais desciam, tanto mais diminuía o interesse da família Samsa por eles, e quando um entregador de carne subiu em direção a eles, passando à sua frente, escada acima, com a carga na cabeça em postura altiva, o senhor Samsa abandonou em breve o corrimão, junto das mulheres, e todos voltaram, como que aliviados, ao apartamento.

Decidiram dedicar o dia ao descanso e ao passeio; eles não apenas mereciam aquela folga no trabalho, como necessitavam dela sem falta. E assim os três sentaram-se à mesa e escreveram três cartas de desculpas; o senhor Samsa, à sua direção, no banco; a senhora Samsa, ao seu cliente, e Grete, ao seu patrão, na loja. Enquanto escreviam, entrou a faxineira para dizer que ia embora, pois seu trabalho da manhã havia acabado. Os três que escreviam a princípio apenas inclinaram as cabeças, sem levantar os olhos, e só quando perceberam que a faxineira ainda não queria se afastar, é que eles olharam para ela, irritados.

– E então? – perguntou o senhor Samsa.

A faxineira estava parada na porta, sorridente, como se tivesse uma grande alegria a anunciar à família, mas só estivesse disposta a fazê-lo caso fosse interrogada a fundo por eles. A pequena e quase reta pena de avestruz sobre o seu chapéu, com a qual o senhor Samsa já se irritara durante todo o seu tempo de serviço, balançava levemente em todas as direções.

– Pois bem, o que é que a senhora está querendo? – perguntou a senhora Samsa, pela qual a faxineira ainda demonstrava o maior respeito.

– Ah, sim – respondeu a faxineira, e por causa do riso amável não conseguiu seguir falando logo. – A senhora não precisa se preocupar mais nem um pouco em como se livrar da coisa aí do lado. Já está tudo em ordem.

A senhora Samsa e Grete curvaram-se sobre suas cartas como se quisessem continuar escrevendo; o senhor Samsa, percebendo que a faxineira agora pretendia começar a descrever tudo em detalhes, repeliu a intenção de maneira decidida estendendo a mão à frente. E visto que não tinha permissão para contar nada, ela se lembrou de sua imensa pressa e, obviamente ofendida, exclamou:

– Até logo a todo mundo – e virou-se de modo selvagem, deixando o apartamento em meio a um medonho bater de portas.

– Hoje ao entardecer ela será despedida – disse o senhor Samsa, mas não obteve resposta nem de sua mulher nem de sua filha, pois a faxineira pareceu ter voltado a perturbar a paz que elas mal haviam reconquistado. Elas se levantaram, foram até a janela e lá ficaram, mantendo-se abraçadas. O senhor Samsa virou-se para elas em sua cadeira e contemplou-as em silêncio por um momento. Depois gritou:

– Ora, venham para cá. Parem de pensar no que já passou. E tenham também um pouco de consideração por mim.

As mulheres obedeceram logo, correram até ele, acariciaram-no e terminaram suas cartas com rapidez.

Depois os três deixaram juntos o apartamento, coisa que não faziam há meses, e foram de bonde elétrico para o ar livre no subúrbio da cidade. O bonde, dentro do qual sentavam sós, estava totalmente iluminado pelo sol cálido. Conversaram, recostados de maneira cômoda em seus bancos, sobre as perspectivas para o futuro e concluíram que, contempladas mais de perto, elas não eram de modo algum ruins, pois os empregos dos três, sobre os quais na verdade ainda nem haviam falado direito uns aos outros, eram bastante vantajosos e prometiam muito com o tempo. A maior melhora momentânea da situação, no entanto, deveria ser alcançada de um jeito fácil e natural com a mudança de moradia; agora eles queriam um apartamento menor e mais barato, mas melhor localizado e, sobretudo, mais prático do que o atual, que havia sido escolhido ainda por Gregor. Enquanto assim se entretinham, ocorreu ao senhor e à senhora Samsa, quase de modo simultâneo, ao verem a filha cada vez mais cheia de vida, que ela – apesar de toda a calamidade dos últimos tempos, que havia empalidecido suas faces – havia florescido e se tornado uma moça bela e exuberante. Cada vez mais silenciosos e se entendendo de maneira quase inconsciente, apenas através de olhares, pensaram que já era tempo de procurar um marido decente para ela. E pareceu-lhes uma espécie de confirmação a seus novos sonhos e boas intenções quando, ao chegarem ao destino de sua viagem, a filha foi a primeira a levantar-se, espreguiçando seu corpo jovem.

O PROCESSO

Capítulo primeiro[1]

Detenção | Conversa com a senhora Grubach | Em seguida com a senhorita Bürstner

Alguém devia ter caluniado Josef K., pois, sem que tivesse feito mal algum, ele foi detido certa manhã. A cozinheira da senhora Grubach, sua senhoria, que lhe trazia o café da manhã todos os dias bem cedo, por volta das oito horas, desta vez não aparecera. Isso jamais havia acontecido. K. esperou mais um instantinho, de seu travesseiro viu a velha senhora que morava na casa em frente e que o observava com uma curiosidade que não lhe era nada comum, para, em seguida, estranhado e faminto ao mesmo tempo, fazer soar a campainha. De imediato bateram à porta, e entrou um homem que ele jamais havia visto naquela moradia. Era esguio, mas mesmo assim de sólida constituição, vestia uma roupa preta bem ajustada que, semelhante aos ternos de viagem, era dotada de diferentes pregas, bolsos, fivelas, botões e de um cinto e, por causa disso, sem que se tivesse nenhuma clareza maior acerca de sua serventia, parecia especialmente prática.

---

1. Max Brod tomou posse do manuscrito de *O processo* antes da morte de Kafka, em 1920. O romance não tinha título mas era chamado pelo autor – tanto em conversas quanto em anotações – de *O processo*. Brod recebeu o manuscrito dividido em capítulos, assim como Kafka o dividira, mas, já naquela época, foi Brod quem ordenou esses capítulos – uma vez que Kafka não os numerara. Antes do capítulo final, que é bem-acabado, haveria ainda algumas fases do processo misterioso de que trata a obra. Kafka teria dito a Max Brod que o processo estava destinado a jamais chegar à última instância, fazendo do romance uma obra de certo modo impossível de ser acabada, portanto. É Brod, também, o responsável pela organização dos capítulos inacabados – um deles seria publicado com o título de "Um sonho" em *Um médico rural* – e do apêndice com os textos riscados do autor. (N.T.)

– Quem é o senhor? – perguntou K. e logo se sentou, semiereto, na cama.

Mas o homem passou por cima da pergunta, como se sua aparição tivesse de ser simplesmente aceita, e de sua parte limitou-se a dizer:

– O senhor não tocou a campainha?

– Anna precisa me trazer o café da manhã – disse K. e tentou, primeiro em silêncio, descobrir por meio da observação e da reflexão quem de fato era aquele homem. Este, porém, não se submeteu por muito tempo a seu olhar, mas se voltou para a porta, que abriu apenas um pouco, a fim de dizer a alguém, que ao que tudo indica estava parado bem próximo atrás da porta:

– Ele quer que Ana lhe traga o café da manhã.

Seguiu-se uma curta gargalhada no aposento ao lado, e pelo som não ficou claro se não havia mais de uma pessoa rindo junto. Mesmo que por meio disso o homem estranho não pudesse ficar sabendo de nada que já não soubesse antes, ele agora dizia a K. no tom de quem anunciava alguma coisa:

– É impossível.

– Isso seria uma novidade – disse K., saltou da cama e vestiu as calças às pressas. – Quero ver, em todo caso, quem são as pessoas que estão no aposento ao lado, e como a senhora Grubach se responsabilizará diante de mim por este transtorno.

Ainda que tivesse lhe ocorrido de imediato que não precisaria ter dito aquilo em voz alta e que, com isso, de certo modo apenas reconhecia um direito de inspeção por parte do estranho, aquilo não lhe pareceu importante naquele momento. De qualquer maneira, foi assim que o estranho o entendeu, pois logo disse:

– O senhor não prefere ficar aqui?

– Não quero nem ficar aqui nem que o senhor me dirija a palavra enquanto não tiver se apresentado a mim.

– A intenção foi boa – disse o estranho e, no mesmo instante, abriu a porta espontaneamente.

No aposento ao lado, onde K. entrou mais devagar do que queria, à primeira vista tudo parecia estar quase exatamente como na noite anterior.

Era a sala da senhora Grubach, e talvez houvesse mais espaço naquele aposento abarrotado de móveis, toalhas de mesa, porcelana e fotografias, mas isso não se reconhecia logo, sobretudo pelo fato de que a alteração principal residia na presença de um homem, sentado à janela aberta com um livro nas mãos, do qual agora levantava os olhos:

– O senhor deveria ter ficado em seu quarto! Franz por acaso não lhe disse isso?

– Sim, mas o que o senhor está querendo? – disse K. e olhou daquele que acabara de conhecer para aquele que havia sido chamado de Franz, que ficara parado à porta, e em seguida mais uma vez de volta ao primeiro. Através da janela aberta, podia ser vista mais uma vez a velha senhora, que, com uma curiosidade verdadeiramente senil, havia se aproximado da janela, que agora ficava exatamente em frente, a fim de continuar vendo tudo.

– Mas eu quero a senhora Grubach aqui... – disse K. e fez um movimento como se estivesse se livrando dos dois homens, que no entanto estavam em pé bem longe dele, e quis seguir adiante.

– Não – disse o homem à janela, jogou o livro sobre uma mesinha e levantou-se. – O senhor não pode ir embora, pois saiba que está detido.

– É o que está parecendo – disse K. – Mas e por quê? – ele perguntou em seguida.

– Não estamos autorizados a dizer isso ao senhor. Vá para o seu quarto e espere. O procedimento jurídico acaba de ser aberto, e o senhor ficará sabendo de tudo na hora adequada. Inclusive vou além de meu encargo ao conversar tão amigavelmente com o senhor. Mas espero que ninguém, a não ser Franz, o esteja ouvindo, e ele mesmo não segue o regulamento ao se mostrar tão amigável em relação ao senhor. Se continuar tendo tanta sorte como a que teve na escolha de seus vigias, o senhor pode até se mostrar confiante.

K. quis sentar-se, mas então percebeu que não havia nenhuma possibilidade de fazê-lo, a não ser na cadeira junto à janela.

— O senhor ainda haverá de ver como tudo isso é verdade – disse Franz e, ao mesmo tempo em que o outro homem, caminhou em direção a ele.

Sobretudo o último era significativamente mais alto do que K. e bateu em seu ombro mais de uma vez. Ambos examinaram o camisolão de K. e disseram que a partir de agora ele teria de usar um bem pior, mas que cuidariam daquele camisolão, bem como do restante da sua roupa, e, se sua causa terminasse bem, iriam devolver-lhe tudo.

— É melhor que o senhor nos dê suas coisas do que deixá-las no depósito – disseram eles –, pois no depósito muitas vezes acontecem desfalques, e, além disso, todas as coisas são vendidas depois de um certo tempo, independentemente do fato de o procedimento jurídico em questão ter sido concluído ou não. E como são demorados tais processos, sobretudo nos últimos tempos! Em todo caso, no final das contas, o senhor receberia o rendimento da venda por parte do depósito, mas em primeiro lugar esse rendimento já é bem reduzido, pois a venda não depende do valor da oferta, mas sim do valor do suborno, e ademais a experiência ensina que tais rendimentos costumam ir diminuindo à medida que são passados adiante de mão em mão e de ano em ano.

K. mal dava atenção a esse discurso; não considerava muito elevado o direito de dispor sobre suas coisas, direito que ele talvez ainda possuísse, e parecia-lhe bem mais importante adquirir clareza acerca de sua situação; mas na presença daquelas pessoas ele nem sequer foi capaz de refletir, pois a barriga do segundo vigia – só podiam ser vigias – sempre voltava a bater nele de uma maneira que só podia ser caracterizada como amistosa; porém quando ele levantou os olhos, vislumbrou um rosto seco e ossudo, de nariz forte e virado para o lado, que destoava daquele corpo gordo e que se comunicava com o outro vigia por sobre a cabeça de K. Que tipo de pessoas eram aquelas? Do que estavam falando? A que repartição pertenciam? Ora, K. vivia em um Estado de Direito, e por todos os lados imperava paz, todas as leis seguiam vigorando; quem poderia ousar cair sobre ele dentro de sua própria moradia? Ele desde sempre se inclinava a encarar tudo da maneira mais fácil possível, a acreditar no pior apenas quando o pior passava a acontecer, a não tomar nenhuma medida preventiva em relação ao futuro, mesmo quando tudo o ameaçava. Mas aquilo que estava acontecendo não lhe parecia direito, até se poderia encarar tudo como uma brincadeira, como uma brincadeira de mau gosto, que os colegas do banco lhe aprontavam por motivos que desconhecia, talvez porque aquele era o dia de seu trigésimo aniversário; naturalmente isso era possível, talvez ele tivesse apenas de rir de alguma maneira na cara dos vigias e eles ririam junto com ele, talvez fossem empregados da esquina, não pareciam muito diferentes deles – mas mesmo assim ele agora estava decidido, e isso já desde o primeiro momento em que olhou o vigia Franz, a não abrir mão da menor vantagem que porventura possuísse em relação àquelas pessoas. Na possibilidade de mais tarde eventualmente dizerem que ele não entendia brincadeiras, K. via apenas um perigo bem reduzido, mas mesmo assim se lembrou – e isso sem que em outras ocasiões fosse um costume seu aprender a partir da experiência – de alguns casos, por si só insignificantes, nos quais ele, à diferença de seus amigos, conscientemente e sem o menor sentimento em relação às possíveis consequências, havia se comportado de maneira imprudente e por isso foi punido pelo resultado. Isso não deveria voltar a acontecer, pelo menos não daquela vez; caso fosse uma comédia, ele queria fazer seu papel, participando da brincadeira.

E, depois, ele ainda estava livre.

– Com licença – disse ele, e caminhou para seu quarto às pressas, passando entre os dois vigias.

– Ele parece sensato – ouviu dizer atrás de si.

Em seu quarto ele abriu as gavetas da escrivaninha com ímpeto; lá tudo jazia em perfeita ordem, mas justamente os documentos de identidade, que eram os que ele procurava, não puderam ser encontrados devido à excitação. Ao fim das contas encontrou sua carteira de ciclista, e já queria se deslocar com ela ao encontro dos vigias, quando o documento lhe pareceu pouco importante em demasia, e ele seguiu procurando até encontrar a certidão de nascimento. Quando voltou ao aposento contíguo, a porta em frente acabava de ser aberta e a senhora Grubach queria entrar por ela. Ela pôde ser vista apenas por um instante, pois mal ela havia reconhecido o senhor K. e já pareceu ter ficado constrangida, pediu desculpas, desapareceu e fechou a porta com extremo cuidado.

– Mas a senhora pode entrar – K. ainda pôde terminar de dizer.

Eis que agora, porém, ele se encontrava com os papéis no meio do aposento, continuava olhando para a porta, que não voltou a se abrir, e só foi despertado num susto por um chamado dos vigias, que estavam sentados à mesinha junto à janela aberta e, conforme K. agora reconhecia, consumiam seu café da manhã.

– Por que ela não entrou? – ele perguntou.

– Porque ela não pode entrar – disse o vigia alto. – Ou o senhor não sabe que está detido?

– Mas como posso estar detido? E ainda por cima desta maneira?

– E eis que o senhor volta a fazer perguntas – disse o vigia e mergulhou uma fatia de pão de manteiga no potinho de mel. – Perguntas assim nós não respondemos.

– Mas os senhores terão de respondê-las – disse K. – Aqui estão meus documentos de identificação, agora os senhores por favor me mostrem os seus e sobretudo o mandado de prisão.

– Deus do céu! – disse o vigia. – É incrível que o senhor em sua situação não seja capaz de se conformar e parece fazer questão de nos irritar em vão, justo a nós que provavelmente agora sejamos, entre todas as pessoas que vivem a seu redor, aquelas que lhe são mais próximas!

– A coisa é assim, o senhor tem de acreditar – disse Franz, sem levar à boca a xícara de café que tinha nas mãos, mas lançando a K. um olhar longo e provavelmente carregado de importância, mas mesmo assim incompreensível.

K. deixou-se levar, sem querer, a um diálogo de olhares com Franz, mas em seguida voltou a bater em seus documentos e disse:

– Aqui estão meus papéis de identificação.

– E que nos importam eles? – agora era o vigia alto quem já gritava. – O senhor faz um escarcéu como se fosse uma criança. Mas o que é que está querendo? Por acaso o senhor quer levar seu grande e maldito processo a um final rápido discutindo com nós dois, os vigias, sobre identificação e mandado de prisão? Nós somos funcionários de baixo escalão, mal somos capazes de reconhecer um documento de identificação e não temos nada a ver com sua causa a não ser pelo fato de vigiarmos o senhor durante dez horas diárias e sermos pagos por isso. Isso é tudo o que somos, mas mesmo assim somos capazes de reconhecer que as altas repartições, a serviço das quais estamos, instruem-se com cuidado acerca dos motivos da detenção e da pessoa do detido antes de decretar uma detenção como esta. Nisso não há nenhum engano. Nossa repartição, pelo tanto que a conheço, e eu conheço apenas os escalões mais baixos, não se dignaria a procurar a culpa na população, mas é, conforme reza a lei, atraída pela culpa, e é obrigada a mandar vigias como nós. Isso é a lei. Onde é que poderia haver aí um engano?

– Não conheço essa lei – disse K.

– Tanto pior para o senhor – disse o vigia.

– Mas ela provavelmente existe apenas em suas cabeças – disse K.; ele parecia querer de alguma maneira penetrar nos pensamentos dos vigias, virá-los a seu favor ou se instalar dentro deles.

Mas o vigia apenas disse, em tom de rejeição:

– O senhor haverá de senti-la.

Franz se intrometeu e disse:

– Vê só, Willem, ele reconhece não conhecer a lei e ao mesmo tempo afirma não ser culpado.

– Tu tens toda a razão, mas parece ser impossível de tornar compreensível para ele o que quer que seja – disse o outro.

K. nada mais respondeu; "será", ele pensou, "que tenho de deixar me confundir ainda mais pela tagarelice desses órgãos mais baixos, conforme eles mesmos reconhecem? Eles falam, em todo caso, de coisas que nem sequer compreendem. Sua segurança é possível apenas por meio de sua burrice. Algumas palavras que eu conversasse com uma pessoa à minha altura haveriam de tornar as coisas incomparavelmente mais claras do que os mais longas conversas com esses dois".

Ele atravessou algumas vezes o espaço livre do aposento, para lá e para cá, viu a velha senhora ao longe, que havia arrastado para junto da janela um ancião ainda bem mais velho, em torno do qual mantinha seus braços.

K. tinha de dar um basta nessa exibição:

– Levem-me até seu superior – ele disse.

– Quando ele assim o desejar; não antes disso – falou o vigia que havia sido chamado de Willem. – E agora recomendo ao senhor – ele acrescentou – que vá a seu quarto, que fique calmo e espere por aquilo que será decretado a seu respeito. Nós aconselhamos que não se distraia com pensamentos vãos, mas que se concentre, uma vez que lhe serão apresentadas grandes exigências. O senhor não nos tratou conforme a nossa boa vontade em relação a sua pessoa teria merecido; o senhor esqueceu que nós, o que quer que sejamos, pelo menos agora somos homens livres diante do senhor, e isso não é uma vantagem nem um pouco desprezível. Ainda assim estamos prontos, caso o senhor tenha dinheiro, a mandar lhe trazer um café da manhã do bar aí em frente.

Sem responder a essa oferta, K. ficou em silêncio por um instantinho. Talvez os dois nem mesmo ousassem impedi-lo caso ele abrisse a porta do aposento contíguo ou até mesmo a porta da antessala; talvez fosse a solução mais simples para tudo aquilo se ele decidisse ir às últimas consequências. Mas talvez eles acabassem por agarrá-lo e, uma vez derrubado, toda a superioridade que ele em determinado sentido agora ainda conservava em relação a eles estaria perdida. Por isso ele preferiu a segurança da solução que o caminho natural das coisas haveria de trazer, e voltou para seu quarto, sem que fosse dita mais uma palavra, nem de sua parte nem da parte dos vigias.

Ele se jogou sobre a cama e pegou da pia uma bela maçã, que havia preparado na noite anterior para seu café da manhã. Agora ela era a única coisa que lhe restava e, de qualquer maneira, conforme ele teve certeza já na primeira grande mordida, bem melhor do que o café da manhã do sujo bar noturno que ele poderia ter recebido da compaixão dos vigias. Ele se sentiu bem e confiante, ainda que tivesse perdido o serviço no banco naquela manhã, mas isso seria desculpado com facilidade tendo em vista o cargo relativamente alto que ele ocupava. Será que ele devia revelar a verdadeira causa? Era o que pensava fazer. Caso não acreditassem nele, coisa que era perfeitamente compreensível sendo essas as circunstâncias, ele poderia apresentar a senhora Grubach como testemunha ou até mesmo os dois velhos do outro lado da rua, que por certo agora se encontravam em marcha para a janela em frente a seu quarto. K. admirou-se e, segundo o raciocínio dos vigias, era legítimo se admirar com o fato de eles terem-no mandado para o quarto, deixando-o sozinho por lá, onde ele por certo tinha dezenas de possibilidades de se suicidar. Contudo, ao mesmo tempo ele se perguntou, e dessa vez seguindo o caminho de seus pensamentos, que motivo poderia ter para fazê-lo. Só por que aqueles dois, ali ao lado, haviam interceptado seu café da manhã? Teria sido tão insensato se suicidar que ele, mesmo que quisesse fazê-lo, não seria capaz, devido à insensatez de tudo aquilo. Caso a limitação espiritual dos vigias fosse tão óbvia, seria possível supor que também eles, devido à mesma convicção, não tivessem visto nenhum perigo em deixá-lo sozinho. Agora eles poderiam ver, caso quisessem, como ele se dirigiu a um armarinho de parede, no qual conservava uma boa aguardente, como esvaziou um primeiro copinho para substituir o café da manhã e como destinou um segundo copinho a lhe dar coragem, este último apenas por precaução e para o caso improvável de a mesma coragem se tornar necessária.

    Então um chamado do aposento contíguo o assustou de tal maneira que ele bateu com os dentes no copo.

— O inspetor está chamando o senhor! — foi dito.

Foi apenas o ato de gritar que o assustou, esse grito curto, sincopado e militar, do qual ele acreditava que o vigia Franz estava longe de ser capaz. A ordem em si era para ele assaz bem-vinda.

— Finalmente! — ele gritou de volta, trancou o armarinho de parede e foi às pressas ao aposento contíguo. Lá estavam os dois vigias, que o acossaram de volta a seu quarto, como se isso fosse a coisa mais natural.

— Mas o que o senhor está pensando? — eles gritaram. — Quer ir de camisolão ao encontro do inspetor? Assim ele mandará cobri-lo de pancadas e nós dois junto!

— Me deixem em paz e vão para o inferno! — gritou K., que já havia recuado até seu baú de roupas. — Se me abordam na cama não podem esperar que eu me apresente em trajes festivos.

— De nada adianta — disseram os vigias, que, sempre que K. gritava, faziam-se totalmente calmos, quase tristes até mesmo, e com isso o confundiam ou, de certa maneira, o faziam voltar a si.

— Cerimônias ridículas! — ele ainda roncou, mas já pegava um paletó da cadeira, e por um instantinho segurou-o com as duas mãos como se o dispusesse ao julgamento dos vigias.

Estes sacudiram a cabeça.

— Tem de ser um paletó preto — eles disseram.

A isso, K. jogou o paletó ao chão e disse — ele mesmo não sabia em que sentido o dizia:

— Mas isso ainda não é a audiência principal.

Os vigias sorriram, mas ficaram no que já haviam dito:

— Tem de ser um paletó preto.

— Se com isso apresso a coisa, que seja assim, pouco me importo — disse K., que abriu o baú de roupas, procurou bastante sob as muitas roupas, elegeu sua melhor peça preta, um traje que, por seu corte acinturado, havia causado sensação entre os conhecidos, escolheu também uma outra camisa e começou a se vestir cuidadosamente. Em segredo, acreditava que alcançara uma aceleração de tudo aquilo pelo fato de os vigias terem esquecido de obrigá-lo a tomar um banho. Ele os observava, especulando para ver se ainda não se lembrariam, mas isso naturalmente nem sequer lhes ocorreu; Willem não se esqueceu, por outro lado, de mandar Franz até o inspetor, com o anúncio de que K. estava se vestindo.

Quando estava completamente vestido, ele teve de ir até o aposento contíguo, cuja porta de duas folhas já estava aberta, passando bem próximo a Willem. Aquele quarto, conforme K. sabia com exatidão, havia sido ocupado há bem pouco tempo por uma certa senhorita Bürstner, uma datilógrafa, que costumava ir já bem cedo ao trabalho e voltava tarde para casa, com a qual K. não havia trocado muito mais do que os cumprimentos usuais. Agora a mesinha de cabeceira dela havia sido transformada em mesa de audiências e deslocada até o meio do aposento, e o inspetor estava sentado atrás dela. Ele havia cruzado as pernas e deitado um braço sobre o encosto da cadeira.*[2]

A um canto do quarto estavam paradas três pessoas jovens e elas contemplavam as fotografias da senhorita Bürstner, que estavam presas a uma esteira junto à parede. Na maçaneta da janela aberta havia uma blusa branca pendurada. Na janela em frente mais uma vez estavam recostados os dois velhos, mas o grupo havia aumentado, pois atrás deles, superando-os muito em altura, havia um homem com uma camisa aberta ao peito, que apertava e torcia sua barbicha avermelhada com os dedos.

– Josef K.? – perguntou o inspetor, talvez com a intenção de apenas dirigir o olhar distraído de K. para onde ele estava.

K. assentiu com um gesto de cabeça.

– O senhor por certo está muito surpreso com os acontecimentos da presente manhã, não? – perguntou o inspetor, e nisso deslocou com as duas mãos os poucos objetos que jaziam sobre a mesinha de cabeceira, a vela com os palitos de fósforo, um livro e uma almofadinha de agulhas de costura, como se fossem objetos dos quais necessitasse para a audiência.

---

2. Os asteriscos no corpo do texto dão conta da posição em que Kafka riscou algo no manuscrito. Essas passagens estão traduzidas no Apêndice, que aparece ao final da obra. (N.T.)

– Com certeza – disse K., e a sensação de bem-estar produzida pelo fato de enfim se encontrar diante de um homem sensato e de falar com ele acerca de seu assunto tomou conta dele. – Com certeza. Estou surpreso, mas de maneira nenhuma muito surpreso.

– Não muito surpreso? – perguntou o inspetor agora colocando a vela no meio da mesinha enquanto agrupava as demais coisas em volta dela.

– O senhor talvez esteja me entendendo mal – apressou-se em observar K. – Quero dizer... – e aqui K. interrompeu o que estava dizendo para olhar em volta em busca de uma poltrona. – Eu posso me sentar, não? – ele perguntou.

– Não é comum que seja assim – respondeu o inspetor.

– Quero dizer – disse então K., sem mais pausas –, estou sim muito surpreso, mas depois de estar trinta anos no mundo e ter de se virar sozinho, conforme é o meu caso, a gente acaba endurecendo para as surpresas e não vê nelas obstáculos tão complicados assim. Especialmente a de hoje.

– E por que especialmente a de hoje não? *

– Não quero dizer que acho que tudo isso seja uma brincadeira, para isso os preparativos que foram feitos me parecem demasiado abrangentes. Para tanto, todos os integrantes da pensão teriam de ter uma participação nisso e também os senhores, todos, e isso ultrapassaria as fronteiras de uma simples brincadeira. Portanto não estou querendo dizer que se trata de uma brincadeira.

– Muito acertado! – disse o inspetor, e verificou quantos palitos de fósforo havia na caixinha.

– Mas por outro lado – prosseguiu K., e nisso voltou-se a todos e teria gostado de se voltar inclusive para os três junto às fotografias –, por outro lado a coisa também não pode ter muita importância. Concluo isso do fato de eu ser acusado mas não encontrar em mim a menor das culpas pela qual eu possa estar sendo acusado. Mas também isso é secundário, a pergunta principal é, por quem estou sendo acusado? Qual a repartição que conduz o procedimento? O senhor é funcionário público?

Ninguém está vestindo uniforme, caso não se queira considerar a roupa do senhor – e ao dizê-lo voltou-se para Franz – um uniforme, mas de qualquer maneira é antes um terno de viagem. Nessas questões exijo clareza e estou convencido de que depois desse esclarecimento poderemos nos despedir um do outro do modo mais cordial.

O inspetor bateu a caixinha de fósforos sobre a mesa.

– O senhor está cometendo um grave engano – ele disse. – Esses senhores aqui e eu somos absolutamente secundários para a sua causa, e inclusive não sabemos quase nada acerca dela. Poderíamos estar vestindo os uniformes mais regulamentares e sua causa não estaria por isso em situação pior. Também não posso lhe dizer que o senhor está sendo acusado, ou melhor, nem mesmo sei se o senhor está sendo acusado. O senhor está detido, isso é certo, mas mais do que isso eu não sei. Talvez os vigias tenham aberto o bocão e dito outra coisa, mas nesse caso não foi mais do que tagarelice.* Contudo, se eu agora também não respondo às suas perguntas, posso ainda assim lhe recomendar que pense menos em nós e naquilo que aconteceu com o senhor e pense mais em si mesmo. E não faça uma barulheira dessas com o sentimento de sua inocência, isso apenas perturba aquela que não pode ser considerada exatamente uma má impressão que o senhor de resto está causando. Ademais, seria bom que o senhor também fosse mais reservado no discurso; quase tudo que o senhor disse há pouco também poderia ser descoberto a partir de seu comportamento, caso o senhor tivesse dito apenas algumas palavras, e, além do mais, não foi nada extraordinariamente favorável ao senhor.

K. fixava os olhos no inspetor. Eis que então estava recebendo lições escolares de uma pessoa possivelmente mais jovem do que ele? Por sua franqueza ele havia sido castigado com uma censura? E acerca do motivo de sua detenção e do mandante ele não ficava sabendo de nada? Ele caiu em certo nervosismo, andou para lá e para cá, no que ninguém tentou atrapalhá-lo, arregaçou as mangas, apalpou o peito, ajeitou o cabelo, passou pelos três senhores e disse:

– Ora, não faz sentido – ao que estes se voltaram para ele, indo a seu encontro, mas olhando-o com seriedade, até que ele finalmente estacou diante da mesa do inspetor.

– O promotor público Hasterer é um grande amigo meu – ele disse –, posso dar um telefonema a ele?

– Claro – disse o inspetor –, mas eu não sei qual o sentido que isso haveria de ter, a não ser que o senhor tenha alguma questão privada a tratar com ele.

– Qual o sentido? – gritou K., mais abalado do que incomodado. – Mas quem é o senhor? O senhor quer um sentido e é responsável pela coisa mais desprovida de sentido que existe? Não é de deixar a gente petrificado uma coisa dessas? Primeiro aqueles senhores caem sobre mim, e agora eles estão sentados ou parados por aí e fazem com que eu ande pisando em ovos diante do senhor. Qual o sentido que haveria em telefonar a um promotor público, se supostamente estou detido? Mas está bem, não darei o telefonema.

– Mas claro, pode telefonar – disse o inspetor e estendeu a mão em direção à antessala, onde estava o telefone –, por favor, o senhor pode telefonar.

– Não, agora não quero mais – disse K. e foi até a janela.

Lá fora a reunião íntima junto à janela continuava e apenas pareceu, agora que K. havia se aproximado da outra janela, ter sua tranquilidade contemplativa um pouco perturbada. Os velhos quiseram se levantar, mas o homem atrás deles os acalmou.

– E ainda por cima há espectadores lá – gritou K. bem alto ao inspetor e apontou o indicador para fora. – Saiam daí – gritou ele então.

Os três imediatamente recuaram alguns passos, os dois velhos inclusive se postaram atrás do homem, que os cobria com seu corpo largo e que, a julgar pelo movimento de sua boca, havia dito algo incompreensível devido à distância. Mas eles não desapareceram de todo e pareciam estar esperando pelo momento em que poderiam voltar a se aproximar da janela sem serem percebidos.

– Gente intrometida e descarada! – disse K. ao se voltar para o interior do quarto.

O inspetor possivelmente concordou com ele, conforme K. julgou perceber por meio de um olhar de soslaio. Mas também era bem possível que ele nem sequer tivesse escutado o que havia sido dito, pois ele tinha uma das mãos apertada à mesa com força e parecia estar comparando o comprimento de seus dedos. Os dois vigias estavam sentados sobre um baú coberto com uma toalha, que o enfeitava, e esfregavam os joelhos. Os três jovens haviam colocado as mãos nos quadris e olhavam em volta a esmo. Estava tudo tão silencioso como um escritório abandonado.

– Pois bem, meus senhores – exclamou K., e por um momento lhe pareceu que carregava todos sobre os ombros –, a julgar por seu aspecto, meu caso parece estar encerrado. Sou da opinião de que a melhor coisa a fazer é não seguir refletindo acerca da legitimidade ou ilegitimidade de seu procedimento e dar ao caso um desfecho amistoso através de um aperto de mãos. Se também os senhores são de minha opinião, então, por favor... – e ele foi até a mesa do inspetor e estendeu-lhe a mão.

O inspetor levantou os olhos, mordiscou os lábios e olhou para a mão estendida de K. K. continuava acreditando que o inspetor a apertaria. Este, porém, levantou-se, tomou um chapéu redondo de abas duras que estava sobre a cama da senhorita Bürstner e colocou-o com cuidado na cabeça, usando ambas as mãos, como se costuma fazer quando se prova um chapéu novo.

– Como tudo lhe parece simples! – disse ele a K. enquanto isso. – Quer dizer que o senhor acha que nós deveríamos dar um desfecho amistoso ao caso? Não, não, isso é realmente impossível. Com o que não quero dizer, por outro lado, que o senhor tenha de ficar desesperado. Não, mas e por quê? O senhor está apenas detido, nada mais. Era isso que eu tinha a lhe informar, assim fiz e também vi como o senhor recebeu a notícia. E, com isso, chega por hoje, podemos nos despedir, mas de qualquer maneira apenas provisoriamente. O senhor por certo agora quer ir ao banco?

– Ao banco? – perguntou K. – Mas eu pensei que estava detido.

K. fez a pergunta com uma certa teimosia, pois mesmo que seu aperto de mão não tivesse sido aceito, ele se sentia, sobretudo desde que o inspetor havia levantado, cada vez mais independente de todas aquelas pessoas. Brincava com eles. Tinha a intenção, caso eles fossem embora, de segui-los até o portão de casa e lhes oferecer sua detenção. Por isso repetiu:

– Como posso ir ao banco se estou detido?

– Pois é – disse o inspetor, que já estava junto à porta –, o senhor me entendeu mal. É claro que o senhor está detido, mas isso não deve impedi-lo de cumprir os deveres de sua profissão. Aliás, o senhor também não deve ser perturbado em seu modo de vida habitual.

– Nesse caso, o fato de estar detido não parece muito ruim – disse K. e se aproximou do inspetor.

– Jamais quis dizer outra coisa – falou este.

– Mas então nem mesmo a notícia da detenção parece ter sido muito necessária – disse K. e se aproximou ainda mais. Também os outros haviam se aproximado. Agora todos estavam reunidos em um espaço apertado junto à porta.

– Era minha obrigação – disse o inspetor.

– Uma obrigação tola – disse K., intransigente.

– Pode ser – respondeu o inspetor –, mas não queremos perder nosso tempo com tais discursos. E a fim de tornar mais fácil para o senhor e fazer sua chegada ao banco o mais discreta possível coloquei à disposição do senhor estes três senhores, seus colegas.

– Como? – gritou K. e olhou os três com surpresa. Aquelas três pessoas tão indistintas, anêmicas e jovens, que ele continuava tendo na lembrança apenas como um grupo junto às fotografias, eram de fato funcionários de seu banco, não colegas; isso seria dizer demais e provava a existência de uma lacuna na onisciência do inspetor; mas funcionários subalternos do banco eles eram, em todo caso. Como é que K. pôde deixar de perceber aquilo? Sua atenção deve ter sido totalmente ocupada pelo inspetor e pelos vigias para não ter reconhecido aqueles três!

O Rabensteiner, em sua rigidez de mãos inquietas, o louro Kullich, com seus olhos fundos, e Kaminer e seu sorriso insuportável, provocado por uma contração crônica dos músculos.
– Bom dia – disse K. depois de um instantinho e estendeu a mão aos três senhores que faziam apropriadamente as reverências. – Eu nem sequer os reconheci. Vamos ao trabalho, não é verdade?

Os senhores assentiram rindo e solícitos, como se o tempo inteiro estivessem esperando por isso; apenas quando K. deu pela falta de seu chapéu, que permanecera em seu quarto, eles correram juntos, um atrás do outro, para buscá-lo, coisa que de todo modo permitia a conclusão de que estavam tomados por certo constrangimento. K. permaneceu tranquilo e seguiu-os com os olhos através das duas portas, o último naturalmente era o indiferente Rabensteiner, que apenas tomara impulso para um trote elegante. Kaminer alcançou-lhe o chapéu, e K. teve de dizer expressamente a si mesmo, conforme aliás também havia sido necessário mais de uma vez no banco, que o sorriso de Kaminer não era intencional, que ele nem sequer era capaz de rir intencionalmente.

Na antessala, a senhora Grubach, que nem parecia muito consciente de alguma culpa, abriu então a porta da casa a todos eles, e K. olhou, como tantas vezes, para o cordão do avental dela, que entrava em seu corpo volumoso de maneira tão desnecessariamente profunda. Já na rua, K. decidiu-se, com o relógio nas mãos, a tomar um carro, a fim de não aumentar desnecessariamente ainda mais o atraso que já era de meia hora. Kaminer correu até a esquina a fim de buscar o carro, enquanto os outros dois pareciam tentar distrair K., quando de repente Kullich apontou para o portão da casa em frente, no qual justamente naquele instante o homem grande com a barbicha loura apareceu e, no princípio um tanto constrangido pelo fato de se mostrar agora em todo seu tamanho, recuou até a parede, encostando-se a ela. Os velhos por certo ainda se encontravam nas escadarias. K. incomodou-se pelo fato de Kullich chamar a atenção para aquele homem, que ele mesmo já havia visto antes; sim, aquele homem que ele até mesmo esperava encontrar.

— Não olhe para lá! — ele bradou sem perceber o quanto tal maneira de falar chamava a atenção diante de homens independentes. Mas também não era necessário nenhum esclarecimento, pois justamente naquele momento chegava o automóvel, e eles embarcaram e partiram. Então K. lembrou que nem tinha percebido quando o inspetor e os vigias haviam ido embora; o inspetor lhe havia ocultado os três funcionários, e os três funcionários, por sua vez, haviam ocultado o inspetor. Aquilo não dava prova de uma grande presença de espírito, e K. decidiu-se a prestar mais atenção nisso daí por diante. Mesmo assim, ele voltou-se involuntariamente e curvou-se sobre a capota traseira do automóvel, a fim de talvez ainda ver o inspetor e os vigias. Mas logo ele tornava a se virar para se apoiar confortavelmente ao canto do carro, sem nem mesmo ter feito a tentativa de procurar alguém. Ainda que não fosse essa a impressão, justo agora o consolo teria sido necessário a ele, mas eis que os três senhores pareciam cansados; Rabensteiner olhava para fora do carro, à direita, Kullich à esquerda, e apenas Kaminer estava à disposição, com uma careta, a respeito da qual lamentavelmente o humanitarismo proibia fazer um chiste.

Naquela primavera K. costumava passar o anoitecer de seus dias de tal maneira que, depois do trabalho, quando isso ainda era possível — na maior parte das vezes ficava até as nove horas no escritório —, fazia um passeio, só ou acompanhado de funcionários, para em seguida ir a uma cervejaria, onde ele tomava assento em uma mesa cativa, na maior parte das vezes com senhores mais idosos, ficando lá habitualmente até as onze horas. Mas também havia exceções nesse comportamento, por exemplo, quando K. era convidado pelo diretor do banco, que valorizava muito sua força de trabalho e o fato de ser tão digno de confiança, a um passeio de carro ou a um jantar em sua mansão. Além disso, K. ia uma vez por semana até uma mocinha cujo nome era Elsa, que durante a noite e até bem tarde na manhã seguinte trabalhava como garçonete em uma cantina e durante o dia só recebia visitas na cama.

Naquele anoitecer, porém – o dia havia corrido depressa sob o trabalho penoso e muitos votos amistosos e cheios de estima de feliz aniversário –, K. queria voltar logo para casa. Em todas as breves pausas do trabalho, ele havia pensado nisso; sem saber ao certo o que pensava, parecia-lhe que as ocorrências da manhã haviam causado uma grande desordem em toda a moradia da senhora Grubach e que justamente ele se fazia necessário para restabelecer a ordem. Mas quando essa ordem fosse restabelecida, então todos os rastros daquelas ocorrências seriam eliminados e tudo voltaria a seu ritmo normal. Em especial da parte dos três funcionários não havia nada a temer, eles haviam afundado mais uma vez no grande quadro de funcionários do banco, e neles não podia ser percebida nenhuma mudança. K. os havia chamado várias vezes, individual e coletivamente, em seu escritório, não tendo nenhum outro objetivo que não o de observá-los; e sempre pudera liberá-los satisfeito.*

Quando chegou em frente à casa onde morava, às nove e meia da noite, ele encontrou no portão um rapaz, que estava parado por lá de pernas abertas e fumava um cachimbo.

– Quem é o senhor? – perguntou K. imediatamente e levou seu rosto para junto do rapaz, pois não era possível ver muita coisa na penumbra do corredor.

– Sou o filho do zelador, meu senhor – respondeu o rapaz, que tirou o cachimbo da boca e pôs-se de lado.

– O filho do zelador? – perguntou K. e bateu com sua bengala ao chão, impaciente.

– Meu senhor deseja algo? Quer que eu chame meu pai?

– Não, não – disse K., e em sua voz havia um tom de perdão, como se o rapaz tivesse feito algo ruim pelo que ele o perdoava. – Está bem – disse ele em seguida e seguiu adiante, mas, antes de subir pela escada, tornou a voltar-se.

Ele poderia ter ido direto a seu quarto, mas, uma vez que queria conversar com a senhora Grubach, bateu logo à sua porta. Ela estava sentada com uma meia de tricô nas mãos, próxima à mesa, sobre a qual havia ainda um monte de meias velhas. K. desculpou-se, distraído, por vir tão tarde, mas a senhora Grubach mostrou-se muito simpática e não quis ouvir nenhuma desculpa, dizendo que para ele ela sempre estava à disposição e que ele sabia muito bem que era seu melhor e mais querido locatário. K. olhou à sua volta no aposento e viu que este voltara a estar exatamente como antes; a louça do café da manhã, que antes estava sobre a mesinha junto à janela, também havia sido recolhida. "Mãos femininas conseguem fazer muita coisa em silêncio", ele pensou; talvez ele pudesse ter quebrado a louça sem titubear, mas com certeza não seria capaz de levá-la para fora. Ele olhou para a senhora Grubach com certa gratidão.

– Por que a senhora ainda está trabalhando, tão tarde? – ele perguntou. Agora ambos estavam sentados à mesa, e de tempos em tempos K. enterrava sua mão nas meias.

– Há muito trabalho – ela disse. – Durante o dia sou toda dos locatários; se quero colocar minhas coisas em ordem, restam-me apenas as noites.

– E, além disso, por certo ainda lhe dei um trabalho extra hoje?

– Como assim? – perguntou ela, mostrando-se um tanto mais solícita e deixando o trabalho repousar sobre o colo.

– Estou falando nos homens que estiveram aqui hoje pela manhã.

– Ah, sim – ela disse e voltou à tranquilidade anterior –, isso não me causou nenhum trabalho especial.

K. observou em silêncio como ela retomou a meia de tricô. "Ela parece admirada com o fato de eu estar falando disso", ele pensou, "parece não considerar correto que eu fale do assunto. Tanto mais importante que eu o faça. Só com uma velha eu poderia falar disso."

– Mas claro que sim, por certo deu trabalho – disse ele, então –, mas isso não voltará a acontecer.

– Não, isso não pode voltar a acontecer – disse ela, reiterando e sorrindo para K. quase com melancolia.

– A senhora está dizendo isso a sério – perguntou K.

– Sim – disse ela, mais baixinho –, mas antes de tudo o senhor não deve considerar as coisas com gravidade demais. As coisas que acontecem neste mundo! Uma vez que o senhor fala com tanta intimidade comigo, senhor K., posso confessar que ouvi um pouco, atrás da porta, e que os vigias também me contaram algumas coisas. Trata-se de sua felicidade, e isso é uma coisa que me toca de verdade, talvez mais do que seria direito, uma vez que sou apenas a locadora. Pois bem, ouvi algumas coisas, mas não posso dizer que foi algo especialmente ruim. Não. Embora o senhor esteja detido, não está detido como se detém um ladrão. Quando se é detido como um ladrão, é bem ruim, mas essa detenção... A mim ela parece ser algo sábio, o senhor me desculpe se estou dizendo uma tolice, mas ela me parece uma coisa sábia, que, ainda que eu não a compreenda, também não precisa ser compreendida.

– Está longe de ser uma tolice o que a senhora disse, senhora Grubach, pelo menos eu também compartilho sua opinião, em parte, e apenas julgo todas essas coisas de maneira ainda mais severa do que a senhora e simplesmente não as considero como algo sábio, mas sim como absolutamente nada. Fui apanhado de surpresa, e isso é tudo. Se, logo depois de despertar, eu tivesse levantado e não tivesse me deixado confundir pelo fato de Anna não ter aparecido, se tivesse ido até a senhora sem levar em consideração quem quer que seja que estivesse em meu caminho, eu poderia tomar meu café da manhã na cozinha dessa vez, pediria à senhora que trouxesse as peças da roupa que eu queria vestir do meu quarto, para resumir, se tivesse agido racionalmente, não teria acontecido nada, e tudo que estava querendo se encaminhar teria sido sufocado. Mas a gente está sempre tão pouco preparado. No banco, por exemplo, eu sempre estou preparado, lá seria impossível acontecer uma coisa dessas; lá eu tenho um criado à minha disposição, o telefone comum e o telefone do escritório estão diante de mim, sobre a mesa, e sempre voltam a aparecer pessoas, interessados e funcionários, e além disso e acima de tudo estou continuamente ligado ao trabalho por lá, e por isso jamais abandono minha presença de espírito, e inclusive seria um prazer para mim ser confrontado com uma coisa dessas por lá. Mas agora tudo já passou, e eu na verdade nem queria mais falar sobre isso, queria apenas ouvir o seu veredicto, o veredicto de uma mulher sensata, e estou muito feliz pelo fato de concordarmos um com o outro. E agora a senhora tem de me dar a mão, tal concordância tem de ser reforçada com um aperto de mãos.

"Será que ela me estenderá a mão? O inspetor não me estendeu a mão", ele pensou, e olhou para a mulher de uma maneira diferente, avaliando-a. Ela se levantou, porque ele também havia se levantado, estava um tanto constrangida, por que nem tudo que K. dissera tinha sido compreensível. Em consequência desse constrangimento, porém, ela disse algo que não queria dizer e que também estava fora de lugar:

– Não encare as coisas de modo tão complicado, senhor K. – ela disse, tinha lágrimas na voz e naturalmente também esqueceu o aperto de mãos.

– Eu não acho que possa ser dito que eu encaro as coisas de modo complicado – disse K., cansado de repente e percebendo a falta de valor de todas as anuências daquela mulher.

Já à porta, ele ainda perguntou:

– A senhorita Bürstner está em casa?

– Não – respondeu a senhora Grubach, e sorriu com uma simpatia algo atrasada e racional ao dar essa informação seca. – Ela foi ao teatro. O senhor queria alguma coisa dela? Quer que eu dê algum recado à senhorita?

– Só queria trocar umas palavrinhas com ela.

– Lamentavelmente não sei quando ela chega; quando vai ao teatro, normalmente volta tarde.

– Não tem importância – disse K., e já virava a cabeça em direção à porta a fim de sair –, eu queria apenas me desculpar com ela pelo fato de ter recorrido a seu quarto hoje pela manhã.

– Isso não é necessário, senhor K., o senhor é demasiado atencioso; e, além do mais, a senhorita não sabe de nada, pois não esteve em casa desde de manhã bem cedo e, além disso, tudo já foi posto em ordem, conforme o senhor mesmo pode ver.

E ela abriu a porta que dava para o quarto da senhorita Bürstner.

— Obrigado, eu acredito — disse K., mas em seguida se aproximou da porta aberta. A lua brilhava tranquila dentro do quarto escuro. Tanto quanto se podia ver, tudo estava de fato em seu lugar, também a blusa não estava mais pendurada ao trinco da janela. Os estofamentos da cama pareciam tão altos que chamavam a atenção; parte deles se encontrava à luz da lua.

— A senhorita muitas vezes chega tarde em casa — disse K. e olhou para a senhora Grubach, como se ela fosse a responsável por isso.

— São assim as pessoas jovens! — disse a senhora Grubach em tom de desculpas.

— Claro, claro — disse K. —, mas isso pode ir longe demais.

— Lá isso pode — disse a senhora Grubach —, o senhor tem toda a razão, senhor K. Talvez até mesmo nesse caso. Por certo não quero difamar a senhorita Bürstner, ela é uma mocinha boa e querida, simpática, ordeira, pontual, trabalhadeira, e isso tudo eu valorizo, mas uma coisa é verdade, ela deveria ser mais orgulhosa, mais reservada. Neste mês já a vi duas vezes em ruas distantes, e cada vez com um homem diferente. A mim é extremamente desagradável, e se o conto, pelo amor Deus, é apenas para o senhor, senhor K., mas com certeza não poderei evitar conversar também com a própria senhorita acerca disso. Aliás, essa não é a única coisa que a torna suspeita para mim.

— A senhora está num caminho totalmente errado — disse K. com raiva e quase incapaz de escondê-la —, e, aliás, a senhora também parece ter compreendido mal a observação que fiz sobre a senhorita. Não foi isso que eu quis dizer. Inclusive a alerto seriamente a nada dizer à senhorita a esse respeito, a senhora se engana completamente, conheço a senhorita muito bem e nada do que a senhora disse é verdade. Aliás, eu talvez esteja indo longe demais, não quero impedir a senhora de fazer qualquer coisa, pode dizer o que a senhora bem entender. Boa noite.

— Senhor K. — disse a senhora Grubach, implorando, e correu atrás dele até a porta de seu quarto, que ele já havia aberto —, eu nem mesmo estou querendo falar com a senhorita; naturalmente quero continuar observando as coisas antes disso, e apenas confiei ao senhor o que eu sabia. Afinal, é do interesse de cada locatário que se mantenha a pensão limpa, e meu empenho se restringe apenas a isso.

– A limpeza! – ainda gritou K. pela fresta da porta. – Se a senhora quer manter a pensão limpa, a senhora tem de despejar primeiro a mim.

E em seguida ele fechou a porta sem dar mais atenção às batidas leves que vieram em seguida.

Por outro lado decidiu, uma vez que não tinha a menor vontade de dormir, continuar acordado e já naquela oportunidade constatar também a que horas a senhorita Bürstner voltaria para casa. Talvez também fosse possível, por mais que pudesse parecer inadequado, trocar ainda umas palavrinhas com ela. Quando estava deitado sobre o parapeito da janela apertando os olhos cansados, ele chegou a pensar por um momento em castigar a senhora Grubach e convencer a senhorita Bürstner a abandonar a pensão com ele. Mas logo aquilo lhe pareceu horrivelmente exagerado, inclusive teve suspeitas em relação a si mesmo de que no fundo apenas queria trocar de moradia por causa dos incidentes da manhã. Nada seria mais insensato e sobretudo desproposital e desprezível do que isso.*

Quando ficou farto de olhar para a rua vazia, deitou-se sobre o canapé, depois de ter aberto um pouco a porta que dava para a antessala a fim de poder ver todos os que entravam na moradia. Até perto das onze horas, ficou deitado sobre o canapé, tranquilo, fumando um charuto. Depois disso, não aguentou mais ficar ali e foi até a antessala por alguns instantes, como se com isso pudesse apressar a chegada da senhorita Bürstner. Ele não sentia nenhuma necessidade íntima de vê-la, nem mesmo se lembrava bem da aparência dela, mas agora queria falar com a moça e incomodava-o o fato de que ela, com sua chegada tardia, trouxesse desordem e intranquilidade também ao encerramento daquele dia. Ela também era culpada por ele não ter comido nada à noite e por ter deixado de lado a visita a Elsa, que intencionara fazer. Mas as duas coisas ele ainda poderia recuperar indo agora à cantina onde

Elsa trabalhava. E ele ainda queria fazê-lo mais tarde, depois da conversa com a senhorita Bürstner.

Passara das onze e meia, quando alguém pôde ser ouvido nas escadarias. K., que, absorto em seus pensamentos, caminhava ruidosamente para lá e para cá na antessala, como se estivesse em seu próprio quarto, fugiu para trás de sua porta. Era a senhorita Bürstner que havia chegado. Tremendo de frio, ela puxou, enquanto trancava a porta, um cachecol de seda sobre seus ombros esguios. No instante seguinte, ela teria de ir a seu quarto, no qual K. por certo não poderia penetrar à meia-noite; ele tinha, pois, de puxar conversa com ela agora, mas infelizmente se esquecera de ligar a luz elétrica em seu quarto, de modo que seu aparecimento, vindo do quarto escuro, pareceria um assalto e com certeza haveria de assustá-la muito. Em seu desamparo, e uma vez que não havia tempo a perder, ele sussurrou pela fresta da porta:

– Senhorita Bürstner.

Aquilo soou como um pedido, não como um chamado.

– Há alguém aqui? – perguntou a senhorita Bürstner e olhou em volta arregalando os olhos.

– Sou eu – disse K. e apareceu diante dela.

– Ah, senhor K.! – disse a senhorita Bürstner sorrindo. – Boa noite – e ela estendeu-lhe a mão.

– Eu queria trocar umas palavrinhas com a senhorita, será que a senhorita me permitira fazê-lo agora?

– Agora? – perguntou a senhorita Bürstner. – Tem de ser agora? É um pouco estranho, não?

– Espero desde as nove horas pela senhorita.

– Sim, bem, eu fui ao teatro e não sabia nada sobre isso.

– A motivação para aquilo que quero lhe dizer surgiu apenas hoje.

– Então, a princípio, não tenho nada contra isso, a não ser pelo fato de que estou morta de cansada. O senhor pode me acompanhar por alguns minutos a meu quarto. Aqui não podemos conversar de maneira nenhuma, acordaremos todo mundo, e isso seria ainda mais desagradável para nós do que para os outros. Espere aqui até que eu acenda a luz em meu quarto, então o senhor apaga a luz daqui.

K. fez o que ela disse, mas então esperou que a senhorita Bürstner pedisse baixinho mais uma vez de seu quarto que ele viesse.

– Sente-se – disse ela e apontou para a otomana; ela permaneceu em pé junto à cabeceira da cama, apesar do cansaço que havia referido; não tirou nem mesmo seu pequeno chapéu todo enfeitado de flores.

– Pois bem, o que é que o senhor quer? Estou de fato curiosa. – E ela cruzou as pernas de leve.

– A senhorita talvez ache – começou K. – que a coisa não seja tão urgente a ponto de ser discutida agora, mas...

– Para introduções jamais dou ouvidos – disse a senhorita Bürstner.

– Isso facilita a minha tarefa – disse K. – Seu quarto hoje pela manhã, e de certa maneira por culpa minha, foi posto em desordem; isso aconteceu por mão de pessoas estranhas, contra a minha vontade, e mesmo assim, conforme já disse, por minha culpa; e por isso eu queria pedir desculpas.

– Meu quarto? – perguntou a senhorita Bürstner e, em vez de olhar investigativamente para o quarto, olhou para K.

– Foi assim – disse K., e então os dois se olharam pela primeira vez nos olhos. – O jeito como tudo aconteceu não merece ser descrito.

– Mas no fundo é isso que interessa – disse a senhorita Bürstner.

– Não – disse K.

– Então – disse a senhorita Bürstner – não quero me meter em segredos; se o senhor diz que isso não interessa, não tenho nada a objetar. As desculpas que o senhor pede, eu as aceito de bom grado, sobretudo porque não posso encontrar um rastro sequer da desordem.

E ela deu uma volta pelo quarto, as mãos espalmadas apertando fortemente os quadris. Junto à esteira com as fotografias, ela ficou parada.

— Veja só! – ela gritou. – Minhas fotografias de fato estão fora do lugar. Mas isso é horrível. Quer dizer então que alguém, sem autorização, esteve em meu quarto.

K. assentiu e amaldiçoou em silêncio o funcionário Kaminer, que jamais lograva controlar uma vivacidade maçante e insensata.

— É estranho – disse a senhorita Bürstner – que eu seja obrigada a proibir o senhor de algo que o senhor mesmo deveria proibir-se, ou seja, entrar em meu quarto em minha ausência.

— Mas é o que estou tentando esclarecer, senhorita – disse K. e foi também para junto das fotografias –, que não fui eu que abusei de suas fotografias; mas uma vez que a senhorita não acredita em mim, tenho de confessar que a comissão de inquérito trouxe consigo três funcionários do banco, dos quais um – assim que eu tiver oportunidade vou expulsá-lo do banco – provavelmente tenha mexido nas fotografias. Sim, uma comissão de inquérito esteve aqui – acrescentou K., uma vez que a senhorita o encarava com olhar interrogador.

— Por sua causa? – perguntou a senhorita.

— Sim – respondeu K.

— Não! – exclamou a senhorita e riu.

— Claro – disse K. –; por acaso a senhorita acredita que sou inocente?

— Ora, inocente... – disse a senhorita. – Não quero desde logo dar um veredicto de consequências talvez graves, e também não conheço o senhor, mas tem de ser um crime bem grave para que logo seja instaurada uma comissão de inquérito. Mas uma vez que o senhor está solto, pelo menos concluo a partir de sua tranquilidade que o senhor não fugiu da prisão, o senhor não pode ter cometido um crime desses.

— Sim – disse K. –, mas a comissão de inquérito pode ter reconhecido que sou inocente ou pelo menos não tão culpado conforme se havia pensado.

— Com certeza, pode bem ser isso – disse a senhorita Bürstner, bastante atenciosa.

— Vê-se logo – disse K. – que a senhorita não tem muita experiência no que diz respeito a questões judiciais.

— Sim, com certeza não tenho – disse a senhorita Bürstner –, o que já lamentei muitas vezes, pois gostaria de saber de tudo, e justamente questões judiciais me interessam sobremaneira. A justiça tem um poder de atração bem peculiar, não é verdade? Mas hei de melhorar meus conhecimentos nessa direção, pois no próximo mês passarei a trabalhar como auxiliar de chancelaria num escritório de advogados.

— Isso é muito bom – disse K. –, então a senhorita poderá me ajudar um pouco em meu processo.

— Pode ser – disse a senhorita Bürstner –, por que não? Gosto de usar meus conhecimentos.

— Também estou falando sério – disse K. –, ou pelo menos meio a sério, assim como a senhorita. Para contratar um advogado a coisa ainda é demasiado insignificante, mas de um conselheiro eu poderia fazer bom proveito.

— Sim, mas caso tivesse de virar sua conselheira, eu teria de saber do que se trata – disse a senhorita Bürstner.

— É justamente aí que está o problema – disse K. –, isso nem eu mesmo sei.

— Então quer dizer que o senhor estava brincando comigo – disse a senhorita Bürstner, exageradamente desiludida. – Foi totalmente desnecessário me procurar a esta hora da noite.

E ela se afastou de junto das fotografias, onde ambos estiveram parados, unidos, por tanto tempo.

— Mas não, senhorita – disse K. –, não estou brincando. Não sei por que a senhorita não quer acreditar em mim! O que sei, já lhe disse. Até mesmo mais do que sei, pois não se tratava de uma comissão de inquérito, apenas a chamo assim por não conhecer outro nome para isso. Não foi investigado absolutamente nada, apenas fui detido, mas não foi por nenhuma comissão.

A senhorita Bürstner estava sentada na otomana e voltou a rir.*

— Mas como é que foi tudo? – ela perguntou.

— Terrível – disse K., embora ele agora nem sequer pensasse nisso e estivesse completamente cativado pela visão da senhorita Bürstner, que apoiava o rosto sobre uma das mãos – o

cotovelo repousava sobre o acolchoado da otomana –, enquanto a outra mão acariciava lentamente o quadril.
– Isso é muito vago – disse a senhorita Bürstner.
– O que é que é muito vago? – perguntou K. Em seguida ele se lembrou e perguntou: – A senhorita quer que eu lhe mostre como tudo aconteceu?
Ele queria se pôr em movimento e mesmo assim não ir embora.
– Já estou cansada – disse a senhorita Bürstner.
– A senhorita chegou tão tarde – disse K.
– Então tudo termina comigo sendo censurada! Mas até que é bem justificado, uma vez que não deveria ter deixado o senhor entrar. Necessário também não era, conforme pôde ser visto.
– Era necessário sim, isso a senhorita verá apenas agora – disse K. – Posso puxar para cá sua mesinha de cabeceira?
– Mas o que é que o senhor está pensando? – disse a senhorita Bürstner. – Naturalmente o senhor não pode fazê-lo!
– Então não posso lhe mostrar como se passou tudo – disse K., irritado, como se com isso lhe tivesse sido causado um dano incomensurável.
– Sim, se o senhor precisar dela para a apresentação, então pode puxar a mesinha sem o menor problema – disse a senhorita Bürstner e depois de um instantinho acrescentou em voz fraca: – Eu estou tão cansada que permito mais do que deveria.
K. levou a mesinha para o meio do quarto e sentou-se atrás dela.
– A senhorita tem de imaginar corretamente a distribuição das pessoas, é bem interessante. Eu sou o inspetor; lá, sobre o baú, estão sentados dois vigias; junto às fotografias encontram-se três jovens. No trinco da janela está pendurada, coisa que menciono apenas de passagem, uma blusa branca. E agora tudo começa. Sim, estou esquecendo de mim. A pessoa mais importante, ou seja, eu, está de pé diante da mesinha. O inspetor está sentado de modo extremamente cômodo, as pernas cruzadas uma sobre a outra, o braço pendendo sobre o encosto, um descarado de marca maior. E agora tudo começa

realmente. O inspetor chama como se tivesse de me despertar, ele chega a gritar, e eu lamentavelmente tenho de, caso queira tornar tudo compreensível para a senhorita, gritar também; além do mais é apenas o meu nome que ele grita tão alto.

A senhorita Bürstner, que ouvia sorrindo, colocou o dedo indicador sobre a boca a fim de impedir K. de gritar, mas já era tarde demais. K. estava envolvido demais em seu papel, e chamou alto e vagarosamente:

– Josef K.!

Aliás não tão alto quanto havia ameaçado, mas mesmo assim de maneira que o chamado, depois de ter sido expelido de repente, só aos poucos pareceu se espalhar pelo quarto.

Então bateram à porta do quarto contíguo algumas vezes, forte, curta e regularmente. A senhorita Bürstner empalideceu e colocou a mão sobre o coração. K. assustou-se muito, sobretudo porque durante um instantinho ainda permaneceu completamente incapaz de pensar em outra coisa que não nas ocorrências da manhã e na mocinha para a qual as estava representando. Mal ele havia se controlado, aproximou-se da senhorita Bürstner de um salto, tomando-lhe a mão.

– A senhorita não precisa temer nada – ele sussurrou –, voltarei a colocar tudo em ordem. Mas quem é que pode ser? Aqui ao lado há apenas a sala, na qual ninguém dorme.

– Negativo – sussurrou a senhorita Bürstner ao ouvido de K. – Desde ontem um sobrinho da senhora Grubach, um capitão, dorme aqui. É que justamente agora não há nenhum quarto livre. Também eu me esqueci disso. O grito que o senhor deu! Estou muito infeliz com isso.

– Não há motivo para tanto – disse K. e beijou, agora que ela caía sobre o travesseiro, a testa da mocinha.

– Saia, saia – disse ela, e voltou a se levantar, às pressas –, peço ao senhor que vá embora, por favor! O que pretende, se ele está ouvindo atrás da porta e pode ouvir tudo? Como o senhor me maltrata!

– Não vou antes que – disse K. – a senhorita se acalme um pouco. Venha para o outro canto do quarto, lá ele não poderá nos ouvir.

Ela se deixou levar para lá.

– A senhorita não se dá conta – disse ele –, de que, embora se trate de uma coisa desagradável para a senhorita, está longe de se tratar de um perigo. A senhorita sabe como a senhora Grubach, que é quem decide nesses casos, sobretudo porque o capitão é seu sobrinho, chega a me venerar e acredita incondicionalmente em tudo aquilo que digo. Ademais, ela depende de mim, pois lhe emprestei uma grande soma em dinheiro. Aceito cada uma de suas sugestões acerca de um esclarecimento para o fato de estarmos juntos, se ela tiver pelo menos um pouco de objetividade, e me comprometo a fazer com que a senhora Grubach não apenas leve o esclarecimento a público, como também acredite sinceramente nele. A mim a senhorita não precisa poupar de forma nenhuma. Se quiser que seja divulgado que eu a ataquei de surpresa, a senhora Grubach será instruída nesse sentido e acreditará no que está ouvindo, sem perder a confiança em mim, tanta é a consideração que tem por mim.

A senhorita Bürstner olhava para o chão à sua frente, silenciosa e um tanto encolhida.

– Por que a senhora Grubach não haveria de acreditar que fui eu quem ataquei a senhorita? – acrescentou K.

Diante de si, ele viu os cabelos dela; cabelo dividido ao meio, ondulado baixo, mantido preso, avermelhado. Ele acreditou que ela voltaria os olhos para ele, mas ela disse, sem mudar de posição:

– O senhor me perdoe, eu me assustei tanto com as batidas repentinas, não tanto com as consequências que a presença do capitão poderia ter. Ficou tudo tão silencioso depois do seu grito, então as batidas, por isso me assustei tanto, e também eu estava sentada próxima à porta, as batidas foram quase ao meu lado. Agradeço suas propostas, mas não as aceito. Assumo a responsabilidade por tudo aquilo que acontece em meu quarto, e isso diante de qualquer um. Admira-me que o senhor não perceba a ofensa que há em suas propostas, ao lado das boas intenções, naturalmente, que eu certamente reconheço. Mas agora peço que vá e me deixe sozinha, tenho mais necessidade disso agora do que antes. Os poucos minutos que o senhor me pediu acabaram virando meia hora, até mais.

K. pegou-a pela mão e depois pelo punho:

– Mas a senhorita não está brava comigo? – ele disse.

Ela afastou a mão dele e respondeu:

– Não, não, jamais ficaria brava, com ninguém.

Ele tentou pegar mais uma vez seu punho, e ela agora permitiu, conduzindo-o assim até a porta. Ele estava terminantemente decidido a ir embora. Mas diante da porta, como se não tivesse esperado encontrar uma porta ali, ele estacou, e a senhorita Bürstner aproveitou esse momento para se livrar dele, abrir a porta, escapulir para a antessala e de lá dizer a K. baixinho:

– Peço ao senhor que venha, por favor. Veja – e ela apontou para a porta do capitão, sob a qual podia ser visto um clarão de luz –, ele ligou a luz e está se divertindo conosco.

– Já estou indo – disse K., que correu à frente, agarrou-a, beijou-a na boca e em seguida pelo rosto todo, como um animal sedento que lança sua língua sobre a fonte de água enfim encontrada. Por fim, beijou-a no pescoço, na garganta, e deixou que os lábios ficassem por lá um longo tempo.

Um barulho vindo do quarto do capitão fez com que ele levantasse os olhos.

– Agora eu vou – ele disse, desejando chamar a senhorita Bürstner por seu nome de batismo, mas não o conhecia.

Ela inclinou a cabeça, cansada, e, já lhe dando parcialmente as costas, ofereceu-lhe a mão para que a beijasse, mas sem dar a menor importância ao gesto, e retirou-se, curvada, para seu quarto.

Pouco depois K. estava deitado em sua cama. Ele adormeceu logo, mas antes de adormecer pensou ainda por um instantinho acerca de seu comportamento; estava satisfeito, mas se admirava por não estar ainda mais satisfeito; por causa do capitão, ele demonstrava sérias preocupações em relação à senhorita Bürstner.

Capítulo segundo

Primeiro inquérito

K. foi avisado por telefone que seria realizado um pequeno inquérito sobre o seu caso no domingo seguinte. Foi chamada sua atenção para o fato de que esses inquéritos se seguiriam uns aos outros regularmente, talvez não todas as semanas, mas pelo menos com mais frequência. De um lado era do interesse de todos dar um fim rápido ao processo, por outro lado os inquéritos tinham de ser minuciosos em todos os sentidos, tão só devido aos esforços ligados a eles; porém, ainda assim, não poderiam demorar demais. Por isso, haviam optado, como saída, por aqueles inquéritos que se seguiriam imediatamente uns aos outros mas tinham curta duração. A escolha do domingo como dia do inquérito fora feita para não incomodar K. no exercício de seu trabalho profissional. Pressupunha-se que ele concordaria com isso, mas, caso desejasse outro dia, na medida do possível tentariam atendê-lo. Os inquéritos também poderiam acontecer à noite, mas a essa hora K. com certeza não estaria suficientemente descansado. De qualquer forma, caso K. não tivesse objeções, o domingo continuaria sendo o dia escolhido. Era evidente que teria de comparecer, quanto a isso não era necessário chamar atenção de maneira especial, é claro. Foi-lhe indicado o número da casa onde ele deveria estar; ficava em uma rua bem distante, do subúrbio, na qual K. jamais havia estado.

Sem nem responder K. colocou o fone no gancho ao receber a mensagem; decidiu-se de imediato a ir até lá no domingo, com certeza era necessário, o processo estava em marcha e ele tinha de detê-lo; esse primeiro inquérito tinha de ser também o último. Ainda estava em pé, pensativo, junto ao aparelho, quando ouviu atrás de si a voz do diretor adjunto que queria telefonar, mas a quem K. barrava o caminho.

– Más notícias? – perguntou o diretor adjunto sem mais nem menos, não para saber de alguma coisa, mas sim para afastar K. do aparelho.

– Não, não – disse K., que foi para o lado, mas não se afastou.

O diretor adjunto tirou o fone do gancho e, sem afastá-lo da boca, disse, enquanto esperava pela ligação telefônica:

– Uma pergunta, senhor K. Será que o senhor me daria o prazer de participar de um passeio no meu barco a vela no domingo pela manhã? Será um grupo maior de pessoas, e com certeza seus conhecidos também farão parte dele. Entre outros, o promotor público Hasterer. O senhor quer vir? Ora, venha!

K. procurou dar atenção ao que o diretor adjunto dizia. Não era sem importância para ele, pois aquele convite do diretor adjunto, com o qual ele jamais havia se entendido muito bem, significava uma tentativa de reconciliação da parte do outro e mostrava como K. se tornara importante no banco; e como era valiosa sua amizade, ou pelo menos sua neutralidade parecia importante ao segundo funcionário mais importante do banco. Aquele convite era uma humilhação para o diretor adjunto, por mais que tivesse sido feito sem que o fone fosse afastado da boca, no momento em que esperava uma ligação telefônica.

Mas K. tinha de fazer com que uma segunda humilhação se seguisse à primeira dizendo:

– Muito obrigado! Mas lamentavelmente não tenho tempo no domingo, já tenho um compromisso.

– Pena – disse o diretor adjunto e voltou-se para a ligação telefônica, que acabava de ser completada.

Não foi uma conversa curta, mas, em sua distração, K. permaneceu o tempo inteiro parado ao lado do aparelho. Só quando o diretor adjunto desligou, ele se assustou e disse, a fim de desculpar pelo menos um pouco sua presença inútil:

– Acabaram de me telefonar avisando que preciso chegar a um lugar, mas esqueceram de me dizer a que horas.

— Mas então pergunte — disse o diretor adjunto.
— Não é tão importante — disse K., ainda que com isso sua desculpa anterior, já insatisfatória, perdesse ainda mais seu valor.

O diretor adjunto continuou falando de outras coisas, mesmo quando já estava indo embora. K. também se obrigou a responder, mas pensava principalmente que a melhor coisa seria chegar domingo por volta das nove horas da manhã, uma vez que era nesse horário que todos os tribunais começavam a trabalhar em dias de expediente.

No domingo o tempo estava sombrio. K. estava muito cansado, já que, devido a uma comemoração com os amigos que se encontravam assiduamente à mesma mesa, havia ficado até tarde da noite no restaurante, quase perdendo a hora. Às pressas, sem ter tempo para refletir e organizar os diferentes planos que havia encaminhado durante a semana, ele vestiu-se e correu, sem tomar o café da manhã, ao subúrbio que lhe havia sido indicado. Estranhamente, ao olhar em volta, encontrou, ainda que tivesse pouco tempo, os três funcionários envolvidos em sua causa: Rabensteiner, Kullich e Kaminer. Os dois primeiros cruzaram o caminho de K. em um bonde, enquanto Kaminer estava sentado no terraço de um café e, no momento em que K. passou por ele, endireitou seu corpo olhando, curioso, sobre a balaustrada. Certamente todos o seguiam com os olhos, admirando-se pelo fato de seu chefe estar correndo tanto; foi uma espécie de teimosia que impediu K. de tomar uma condução; ele tinha horror a qualquer ajuda estranha, por menor que fosse, e também não queria recorrer a ninguém e assim colocá-lo a par, ainda que apenas vagamente, do que estava acontecendo; ao fim e ao cabo, também não tinha a menor vontade de se humilhar diante da comissão de inquérito demonstrando uma pontualidade excessiva. De qualquer maneira, ele agora corria a fim de tentar chegar o mais próximo possível das nove horas, ainda que não tivesse sido convidado a comparecer em um horário determinado.

Pensou que reconheceria a casa de longe, devido a algum sinal que nem mesmo ele havia imaginado ao certo ou por algum movimento peculiar diante da entrada. Mas a Juliustrasse, a rua na qual ele deveria comparecer e em cujo início K. ficou parado por um momento, tinha, em ambos os lados, prédios quase completamente uniformes, altos, cinzentos: prédios de aluguel habitados por pessoas pobres. Agora, no domingo pela manhã, a maior parte das janelas estava ocupada, homens em mangas de camisa se debruçavam sobre elas e fumavam ou seguravam cuidadosa e carinhosamente crianças pequenas no parapeito da janela. Outras janelas estavam cobertas por grossas camadas de roupas de cama, sobre as quais de quando em vez aparecia fugidiamente a cabeça desgrenhada de uma mulher. Chamavam-se de um lado da ruela a outro, e um desses chamados acabara de ocasionar uma gargalhada bem acima de K. Regularmente espalhadas na longa rua, havia algumas lojas pequenas de gêneros alimentícios, abaixo do nível da calçada, que podiam ser alcançadas descendo alguns degraus. Nelas, mulheres entravam e saíam, ou ficavam paradas nos degraus fofocando. Um vendedor de frutas, que propagandeava suas mercadorias enquanto olhava para as janelas e andava quase tão distraído quanto K., por pouco não o derrubou com seu carrinho. Um gramofone que já tivera dias melhores quando ainda vivia em bairros mais nobres da cidade começara a tocar em volume ensurdecedor.

  K. penetrou ainda mais na ruela, vagaroso, como se agora já tivesse tempo ou como se o juiz do inquérito o estivesse vendo de alguma janela e soubesse, portanto, que K. havia encontrado o caminho. Era pouco depois das nove. A casa ficava bem longe, era quase incomumente espaçosa sobretudo o portão de entrada era alto e largo. Ao que tudo indica, ele era destinado a permitir a entrada de cargas que pertenciam às diferentes lojas de mercadorias e que agora se espalhavam por todo o pátio, obstruindo-o, e traziam letreiros de firmas, entre as quais K. conhecia algumas do banco. Contrariando seu costume em outras circunstâncias, ele se ocupou com mais meticulosidade de todos esses detalhes exteriores e ficou parado algum tempo na entrada do pátio. Nas suas proximidades, sobre um caixote, estava sentado um homem de pés descalços que lia um jornal. Sobre um carrinho de mão se balançavam dois rapazotes. Diante de uma bomba de água, estava parada uma mocinha fraca e ainda bem jovem, de penhoar, que olhava em direção a K., enquanto a água corria para dentro de seu jarro. A um canto do pátio estava sendo esticada uma corda entre duas janelas, na qual já estavam penduradas as roupas destinadas a secar. Embaixo, um homem conduzia o trabalho com alguns gritos de ordem.

K. voltou-se para a escadaria a fim de chegar ao quarto onde seria conduzido o inquérito, mas em seguida mais uma vez ficou parado tranquilamente, pois além da escadaria viu, no pátio, ainda outras três escadarias que levavam para cima, e além disso ainda parecia haver uma pequena passagem nos fundos, que levava para um segundo pátio. Ele se irritou por não lhe terem descrito com mais precisão a localização do quarto, era um desleixo ou uma negligência brutal o modo como ele estava sendo tratado, e pretendia registrá-lo bem alto e com clareza. Por fim acabou subindo a primeira escadaria e brincou em pensamentos, lembrando de uma declaração do vigia Willem de que o tribunal é atraído pela culpa, do que no fundo se depreendia que o quarto onde seria encaminhado o inquérito tinha de se localizar justamente junto à escadaria que K. escolhera por acaso.

Ao subir, ele perturbou várias crianças que brincavam nas escadarias e o olhavam bravas enquanto ele caminhava entre suas fileiras. "Se eu tiver de voltar para cá", disse ele consigo mesmo, "ou tenho de trazer doces para ganhar a simpatia deles, ou a bengala para lhes dar uma sova."

Bem próximo do primeiro andar, ele inclusive teve de esperar um instantinho, até que uma bola de gude tivesse completado seu percurso; enquanto isso dois meninos com os rostos bicudos de maganões adultos o seguraram pela barra das calças; caso quisesse se livrar deles, teria de machucá-los, e ele temia a gritaria.

Foi no primeiro andar que a procura começou de verdade. Uma vez que não podia perguntar pela comissão de inquérito, ele inventou um marceneiro Lanz – o nome lhe ocorreu porque o capitão, sobrinho da senhora Grubach, assim se chamava – e agora queria perguntar em todas as moradias se por acaso ali morava um marceneiro Lanz, a fim de ter assim a oportunidade de olhar para dentro dos aposentos. Mas em pouco tempo ficou claro que isso, na maior parte das vezes, era possível sem grandes dificuldades, pois quase todas as portas estavam abertas e as crianças corriam para dentro e para fora. Como regra, eram aposentos pequenos, com uma só janela, nos quais também se cozinhava. Algumas mulheres seguravam crianças de peito nos braços e trabalhavam com a mão livre junto ao fogão. Meninas semicrescidas, aparentemente vestidas apenas com aventais, eram as que corriam com maior diligência para cá e para lá. Em todos os aposentos, as camas ainda estavam sendo usadas; nelas havia doentes ou pessoas dormindo ou mesmo outras completamente vestidas, esticadas sobre elas. Nas moradias cujas portas estavam fechadas, K. batia e perguntava se ali morava um marceneiro chamado Lanz. Na maior parte das vezes era uma mulher que abria, ouvia a pergunta e se voltava para o interior do aposento para perguntar a alguém que se levantava na cama:

– Este senhor quer saber se um marceneiro chamado Lanz mora por aqui.

– Um marceneiro chamado Lanz? – perguntava aquele que estava na cama.

– Sim – dizia K., ainda que sem dúvida a comissão de inquérito não se encontrasse ali e, com isso, sua tarefa estivesse concluída.

Muitos acreditavam que K. dava muita importância ao fato de encontrar o marceneiro Lanz, refletiam longamente, mencionavam um marceneiro, que não se chamava Lanz, ou um nome que tinha alguma semelhança bem distante com Lanz, ou perguntavam aos vizinhos ou até mesmo acompanhavam K. a uma porta ainda mais distante, onde, segundo sua opinião, possivelmente um homem como o que estava sendo procurado talvez fosse o sublocatário de um quarto, ou onde se encontrava alguém que poderia dar uma informação mais precisa do que eles próprios. Ao final das contas, K. praticamente nem precisava mais perguntar ele mesmo, mas era levado por todos os andares dessa maneira. Ele lamentou seu plano, que de primeiro havia lhe parecido tão prático. Diante do quinto andar, decidiu desistir da procura, despediu-se de um trabalhador jovem e simpático que queria continuar acompanhando-o pelos andares de cima, e desceu. Porém então se irritou mais uma vez com o caráter desnecessário de todo aquele empreendimento, retornou e bateu na primeira porta do quinto andar. A primeira coisa que ele viu no pequeno aposento foi um grande relógio de parede, que já marcava dez horas.

– Mora aqui um marceneiro chamado Lanz? – perguntou.

– Por favor – disse uma moça de olhos negros e brilhantes que naquele momento lavava roupas de criança em uma tina de água e apontou com a mão molhada para a porta aberta do quarto contíguo.

K. acreditou estar entrando em uma reunião. Um empurra-empurra das mais diferentes pessoas – ninguém se importou com aquele que entrava – enchia um aposento de tamanho médio, de duas janelas, que, bem próximo ao teto, era envolvido por uma galeria, que da mesma forma estava completamente ocupada e onde as pessoas podiam ficar paradas apenas se abaixando, batendo com a cabeça e as costas no teto. K., para quem o ar estava abafado por demais, voltou a sair e disse à moça, que provavelmente o tinha compreendido mal:

– Eu havia perguntado por um marceneiro, um certo Lanz?

– Sim – disse a mulher –, entre, por favor.

K. talvez não tivesse seguido a recomendação se a mulher não tivesse ido ao encontro dele, segurado a maçaneta da porta e dito:

– Depois que o senhor entrar, preciso trancar, ninguém mais pode entrar.

– Muito sensato – disse K. –, mas já está cheio demais.

Em seguida acabou entrando mesmo assim.

Passando entre dois homens que conversavam imediatamente junto à porta – um deles fazia, com as duas mãos levantadas bem à frente, o movimento de contar dinheiro; o outro o olhava fixamente nos olhos –, uma mão tentou agarrar K. Era um jovem baixo, de bochechas vermelhas.

– O senhor pode vir, pode vir por aqui – ele disse.

K. deixou que ele o conduzisse; então ficou claro que no meio do empurra-empurra confuso havia um caminho estreito que estava livre e possivelmente separava duas facções; a favor disso, depunha também o fato de que K. mal enxergou algum rosto virado para ele nas primeiras filas à direita e à esquerda, mas apenas as costas das pessoas, que dirigiam seus discursos e seus movimentos exclusivamente aos membros de sua facção. A maior parte delas estava vestida de preto, em casacões de festa velhos, longos e que pendiam livremente corpo abaixo. Apenas aquela vestimenta desconcertou K., pois do contrário teria considerado aquilo tudo uma reunião política distrital. *

No lado oposto da sala para a qual K. foi conduzido, havia, sobre um estrado pequeno e também abarrotado de gente, uma pequena mesa, posta de través, atrás da qual, próximo à beirada do estrado, estava sentado um homem baixo, gordo e ofegante, que naquele momento conversava às gargalhadas com alguém parado atrás dele – este mantinha o cotovelo apoiado ao encosto da poltrona e as pernas cruzadas. Às vezes ele jogava os braços ao alto, como se estivesse caricaturizando alguém. O jovem que conduzia K. tinha dificuldades para fazer seu anúncio. Já por duas vezes tentara, parado na ponta dos pés, transmitir algo, sem ter sido levado em conta pelo homem sobre o estrado. Apenas quando uma das pessoas que lá estavam chamou a atenção para o jovem o homem voltou-se para ele e ouviu, curvado em sua direção, a notícia que este lhe deu em voz baixa.

Em seguida o mesmo homem tirou seu relógio do bolso e olhou às pressas para K.

– O senhor deveria ter aparecido há uma hora e cinco minutos – ele disse.

K. quis responder alguma coisa, mas não chegou a ter tempo para tanto, pois mal o homem terminara de falar, elevou-se do lado direito da sala um murmúrio geral.

— O senhor deveria ter aparecido há uma hora e cinco minutos — repetiu agora o homem em voz mais alta, e olhou então abaixo, também às pressas, para a sala.

De imediato também os murmúrios ficaram mais altos e só aos poucos se dispersaram, uma vez que o homem não disse mais nada. Agora a sala estava bem mais silenciosa do que no momento em que K. entrara. Apenas as pessoas nas galerias não paravam de fazer suas observações. Elas pareciam, na medida em que se podia distinguir na penumbra, na fumaça e na poeira, mais mal vestidas do que os que estavam embaixo. Alguns haviam trazido almofadas, que colocavam entre a cabeça e o teto do aposento a fim de não se machucarem com o atrito.

K. havia decidido observar mais do que falar, por isso abriu mão da defesa em relação a seu suposto atraso e apenas disse:

— Se cheguei atrasado, o que importa é que estou aqui agora.

Aplausos de aprovação, mais uma vez do lado direito da sala, se seguiram. Ele refletiu acerca do que poderia dizer para ganhar todos eles de uma vez ou, caso isso não fosse possível, pelo menos ganhar temporariamente também os que estavam do lado esquerdo.

— Sim — disse o homem —, mas não sou mais obrigado a interrogá-lo agora. — E mais uma vez o murmúrio; porém dessa vez em razão de um mal-entendido, uma vez que o homem, fazendo um sinal de mão às pessoas, prosseguiu. — A título de exceção, porém, quero encaminhá-lo ainda hoje. Todavia um atraso como este não poderá voltar a se repetir. E agora se aproxime!

Alguém desceu do estrado de um salto, de maneira que um lugar se tornou livre para K., ao qual ele logo subiu. Estava em pé bem junto à mesa, e o empurra-empurra atrás dele era tão grande que tinha de lhe oferecer resistência caso não quisesse derrubar do estrado a mesa do juiz de instrução que comandaria o inquérito e talvez até mesmo o próprio juiz.

Mas o juiz que comandaria o inquérito não estava se importando com isso, e se limitava a ficar sentado com todo o conforto sobre uma poltrona, até que, depois de ter dito uma palavra conclusiva ao homem parado atrás dele, pegou um pequeno caderno de notas, o único objeto sobre sua mesa. Parecia um livro escolar velho que de tanto ser folheado perdera completamente a forma.

– Pois bem – disse o juiz de instrução, folheou o seu caderno e voltou-se para K. no tom de quem estava fazendo uma constatação. – O senhor é pintor de paredes?

– Não – disse K. –, sou, isso sim, primeiro procurador de um grande banco.

A essa resposta seguiu-se uma gargalhada geral na facção direita, que foi tão cordial a ponto de fazer com que K. risse junto. As pessoas se apoiavam com suas mãos sobre os joelhos e sacudiam-se como se estivessem sendo vítimas de um ataque de tosse. Até mesmo nas galerias alguns chegaram a rir. O juiz de instrução, que ficara furioso com a resposta e que provavelmente não tinha nenhum poder sobre as pessoas de baixo, buscou compensação nas galerias, levantou de um salto, ameaçou os que estavam nas galerias, e suas sobrancelhas, que normalmente chamavam pouca atenção, apertaram-se, espessas, negras e grandes, sobre seus olhos.

A metade esquerda da sala, porém, continuava em silêncio; lá as pessoas estavam paradas em filas, tinham os rostos virados para o estrado e ouviam em silêncio tanto as palavras que eram trocadas lá em cima quanto a barulheira da outra facção; inclusive toleravam que alguns de suas fileiras agissem conjuntamente com a outra facção de tempos em tempos. As pessoas da facção da esquerda, que aliás se faziam presentes em menor número, até poderiam ser tão insignificantes quanto as da facção da direita, mas a tranquilidade de seu comportamento fazia com que parecessem mais importantes. Quando K. voltou a falar, estava convencido de que falava de acordo com o que eles esperavam.

– Sua pergunta, senhor juiz de instrução, a respeito do fato de eu ser ou não pintor de paredes, ou melhor, o senhor nem chegou a me perguntar, mas antes jogou a constatação à minha cara, é característica do modo geral com que vem sendo conduzido o processo contra mim. O senhor pode objetar que sequer se trata de um processo, e terá toda a razão, pois apenas se tratará de um processo se eu o reconhecer como tal. Mas eu o reconheço, no momento; de certa maneira por compaixão. A gente não pode mostrar senão compaixão caso se queira dar alguma importância a tudo isso. Não estou querendo dizer que é um processo desleixado, mas mesmo assim gostaria de lhe oferecer essa designação como forma de autoconhecimento.

 K. interrompeu-se e olhou abaixo, para a sala. O que ele havia dito era afiado, mais incisivo do que havia desejado que fosse, e mesmo assim correto. Teria merecido aplausos aqui ou lá, no entanto tudo ficara em silêncio; pareciam estar esperando por aquilo que se seguiria, e talvez a explosão estivesse sendo preparada em silêncio, a explosão que daria um fim a tudo aquilo. Perturbava-o o fato de a porta do outro lado da sala estar sendo aberta exatamente agora e que a jovem lavadeira, que provavelmente havia terminado seu trabalho, entrasse e, apesar de todo o cuidado por ela empreendido, atraísse para si alguns olhares. Apenas o juiz de instrução deu a K. uma alegria imediata, pois pareceu atingido pelas palavras tão logo elas haviam sido ditas. Ele escutara em pé até aquele momento, pois havia sido surpreendido pelo pequeno discurso de K. enquanto se dirigia às galerias. Agora, durante a pausa, sentou-se bem lentamente, como se aquilo não devesse ser notado por ninguém. Provavelmente para acalmar suas feições, voltou a tomar o caderninho nas mãos.

 – De nada adianta – prosseguiu K. – Também seu caderninho, senhor juiz de instrução, comprova o que estou dizendo.

 Satisfeito com o fato de ouvir apenas suas palavras calmas na reunião de estranhos, K. inclusive ousou arrancar o caderno das mãos do juiz de instrução sem a menor cerimônia e levantá-lo com as pontas dos dedos, como se lhe repugnasse, segurando-o por uma de suas folhas intermediárias, de modo que de ambos os lados as folhas de caligrafia apertada, manchadas e de bordas amareladas ficaram penduradas para baixo.

 – Estes são os autos do juiz de instrução – ele disse e deixou o caderno cair sobre a mesa. – O senhor pode continuar lendo o que está escrito aí, senhor juiz de instrução, não tenho o menor receio deste livro de acusações, ainda que ele seja inacessível para mim, pois apenas posso tocá-lo com dois dedos e jamais o pegaria nas mãos.

Poderia ser apenas um sinal de profunda humilhação, ou pelo menos tinha de ser analisado como tal, o fato de o juiz de instrução, tão logo o caderninho caíra sobre a mesa, tê-lo agarrado, procurado colocá-lo em ordem, para em seguida ler seu conteúdo mais uma vez.

Os rostos das pessoas na primeira fila estavam dirigidos a K. de maneira tão tensa que ele chegou a olhar para eles por um instantinho. Eram, em sua maior parte, idosos, alguns de barbas brancas. Será que eram eles os que decidiam, que poderiam influenciar toda a assembleia, que nem mesmo a humilhação do juiz de instrução podia tirar da inércia em que afundaram desde o discurso de K.?

– O que me aconteceu – prosseguiu K. em voz um pouco mais baixa do que antes, sempre procurando atrair os rostos da primeira fila, coisa que dava a seu discurso uma expressão um tanto dispersa –, o que me aconteceu é apenas um caso particular e, nessa condição, está longe de ser muito importante, uma vez que nem chego a levá-lo muito a sério, mas é o símbolo de um processo que é conduzido da mesma maneira contra muitos. E é por eles que estou aqui, não por mim.

Ele havia levantado sua voz involuntariamente. Em algum lugar, alguém bateu palmas de mãos erguidas e gritou:

– Bravo! E por que não? Bravo! E mais uma vez, bravo!

Os da primeira fila seguravam aqui e ali suas barbas; nenhum deles se voltou por causa do chamado. Também K. não lhe deu nenhuma importância, mas mesmo assim ficou mais animado; agora não considerava mais tão necessário que todos aplaudissem, bastava que a coletividade começasse a pensar acerca do caso e que um deles às vezes fosse ganho por meio de argumentos.

– Eu não quero êxitos de orador – disse K. a partir dessa reflexão –, nem acho que seria capaz de alcançá-los. O senhor juiz de instrução provavelmente fala bem melhor, faz parte de sua profissão. Quero apenas a discussão pública de um abuso público. Peço que ouçam: há cerca de dez dias fui detido, e sobre o ato da detenção em si só posso rir, mas isso pouco importa. Fui interpelado de manhã bem cedo, quando ainda estava na cama; talvez – e não posso excluir essa hipótese depois daquilo que o juiz de instrução disse – tivesse sido dada uma ordem para deter um pintor de paredes qualquer, que é tão inocente quanto eu, mas acabaram por escolher a mim. O quarto contíguo foi ocupado por dois vigias abrutalhados. Se eu fosse um bandoleiro perigoso, não poderiam ter tomado precauções melhores. Esses vigias eram, além disso, uma ralé desmoralizada, encheram meus ouvidos de bobagens, quiseram ser subornados e, alegando coisas despropositadas, quiseram me tomar roupas e vestimentas, quiseram dinheiro para supostamente me trazer um café da manhã, depois de terem devorado desavergonhadamente o meu próprio desjejum bem diante de meus olhos. Mas isso pareceu não bastar. Fui levado a um terceiro aposento, diante do inspetor. Era o quarto de uma dama que aprecio muito, e fui obrigado a ver como, por minha causa mas sem que eu tivesse culpa, esse quarto era de certa forma maculado pela presença dos vigias e do inspetor. Não foi fácil ficar quieto. Mas consegui; e perguntei, absolutamente calmo, ao inspetor – caso ele estivesse aqui ele teria de concordar com isso – por que razão eu estava sendo detido. E o que responde esse inspetor, a quem ainda vejo diante de mim, do mesmo modo como estava sentado sobre a poltrona da referida dama, como se fosse uma representação do orgulho mais estúpido? Meus senhores, ele não respondeu nada; no fundo, talvez ele de fato nada soubesse. Ele havia me detido e estava satisfeito com isso. Inclusive fez pior, trazendo para o quarto daquela dama três funcionários de baixo escalão do meu banco, que se ocuparam em mexer nas fotografias, propriedade da dama, desarrumando-as. A presença desses funcionários naturalmente tinha também um outro objetivo; eles deveriam espalhar, assim como minha locadora e sua criada, a notícia de minha detenção, prejudicar minha imagem pública, sobretudo abalar minha posição no banco. E eis que nada disso, por mínimo que seja, teve êxito; mesmo minha locadora, uma pessoa das mais simples, para demonstrar meu respeito a ela, quero aqui, mencionar seu nome, ela se chama senhora Grubach, mesmo a senhora Grubach, pois, foi suficientemente sensata para reconhecer que tal detenção não significa nada a não ser um atentado, como o que jovens insuficientemente vigiados costumam cometer na rua. Eu repito, tudo isso trouxe apenas transtornos e irritação passageira, mas por acaso não poderia ter tido também consequências bem piores?

Quando K. interrompeu seu discurso e olhou para o silencioso juiz de instrução, acreditou perceber que este acabava de fazer um sinal a alguém na multidão por meio de um olhar. K. sorriu e disse:

– Eis que o senhor juiz de instrução aqui a meu lado acaba de dar um sinal secreto a algum de vocês. Há, portanto, pessoas entre vocês que são dirigidas aqui de cima. Não sei se o sinal dado deveria provocar apupos ou aplausos, e por ter denunciado a coisa antecipadamente, abro mão, de modo absolutamente consciente, de saber qual o significado do sinal. É-me de todo indiferente, e autorizo o senhor juiz de instrução publicamente a dar ordens em voz alta, com palavras, e não com gestos secretos, a seus funcionários pagos aí embaixo, permitindo que ele diga uma vez: "Agora apupos!", para em seguida dizer: "Agora aplausos!".

Constrangido ou impaciente, o juiz de instrução se mexia para cá e para lá em sua poltrona. O homem atrás dele, com o qual ele já havia conversado anteriormente, voltou a inclinar-se, fosse para lhe dar ânimo ou para lhe dar um conselho de caráter especial. Embaixo, as pessoas conversavam em voz baixa, mas animadamente, umas com as outras. As duas facções, que anteriormente pareciam ter opiniões tão diversas, misturavam-se, algumas pessoas apontavam o dedo para K., outras, para o juiz de instrução. O vapor no aposento incomodava ao extremo e chegava a impedir uma observação mais exata daqueles que estavam mais distantes. Sobretudo para os visitantes das galerias o vapor devia ser bem inoportuno; eles eram obrigados, mas de qualquer maneira não sem lançar tímidos olhares de soslaio ao juiz de instrução, a dirigir perguntas aos participantes da assembleia em voz baixa, a fim de ficarem sabendo melhor o que se passava. As respostas eram dadas em voz igualmente baixa, sob a proteção de uma mão colocada diante da boca.

– Já estou terminando – disse K. e bateu, uma vez que não havia nenhuma sineta à disposição, com o punho sobre a mesa; com o susto, as cabeças do juiz de instrução e de seu conselheiro se distanciaram uma da outra por um momento. – A coisa toda me parece bem remota, por isso eu a julgo com tranquilidade, e os senhores podem, pressupondo-se que dão alguma importância a este suposto tribunal, tirar uma grande vantagem do fato de me ouvirem. Sua discussão mútua daquilo que ora apresento, eu lhes peço que a deixem para mais tarde, pois eu não tenho tempo e em pouco irei partir.

De imediato se fez silêncio, tanto já era o domínio de K. sobre a assembleia. Ninguém gritava mais de maneira confusa como no princípio, nem aplaudia, e todos pareciam estar convencidos ou pelo menos bem próximos disso.

– Não resta dúvida – disse K. em voz bem baixa, pois se alegrava ao ver a assembleia inteira dar ouvidos atentos, e nesse silêncio surgia um zumbir, que era mais excitante do que o aplauso mais extasiado –, não resta dúvida que por trás de todas as declarações deste tribunal, no meu caso, portanto, por trás da detenção e do inquérito de hoje, encontra-se uma grande organização. Uma organização que não apenas emprega vigias corruptos, inspetores e juízes de instrução atoleimados, que na melhor das hipóteses são simplórios, mas sustenta inclusive uma magistratura de grau elevado e superior, com um séquito inumerável e inevitável de contínuos, escriturários, gendarmes e outros auxiliares, talvez até mesmo de carrascos, não tenho o menor receio de mencionar essa palavra. E qual o sentido dessa grande organização, meus senhores? Ela consiste em deter pessoas inocentes e em encaminhar contra elas um processo sem sentido e, na maior parte das vezes, assim como em meu caso, sem resultado. Como poderia ser evitada, diante da falta de sentido do todo, a corrupção do funcionalismo envolvido?

Isso é impossível, nisso nem mesmo o mais alto entre os juízes lograria êxito. Por isso os vigias tentam roubar a roupa ao corpo dos detidos, por isso invadem casas estranhas, por isso inocentes têm de, em vez de ser interrogados, ser desonrados por assembleias inteiras. Os vigias falaram apenas em depósitos, para os quais se levaria a propriedade dos detidos; eu gostaria de ver esses depósitos, nos quais o patrimônio alcançado a tanto custo por parte dos detidos apodrece, se é que não é roubado por funcionários de depósito ladrões.

    K. foi interrompido por um guinchar no lado oposto da sala; ele fez sombra sobre os olhos com as mãos a fim de poder enxergar até lá, pois a luz sombria do dia fazia o vapor ficar esbranquiçado e ofuscante. Tratava-se da lavadeira, que K. já à entrada havia reconhecido como um fator essencial de transtorno. Se ela agora era ou não culpada não se poderia saber. * K. viu apenas que um homem a havia puxado para um canto junto à porta e lá a apertava. Mas não era ela que guinchava, e sim o homem; ele arreganhava a boca e olhava para o teto. Em volta dos dois formara-se um pequeno círculo, os visitantes da galeria que se encontravam nas proximidades pareciam estar entusiasmados com o fato de que a seriedade que K. havia introduzido na assembleia acabava de ser interrompida dessa maneira. K. à primeira impressão quis correr logo para lá; também pensava que todos dariam importância ao fato de as coisas serem colocadas em ordem por ali, pelo menos expulsando o casalzinho da sala; mas as primeiras filas diante dele ficaram onde estavam, ninguém se mexeu, e ninguém permitiu que K. passasse. Pelo contrário, ele foi impedido, homens velhos colocavam o braço a sua frente, e uma mão qualquer – ele não teve tempo de se virar – agarrou-o pelo colarinho, por trás. K. nem pensava mais no casal, sentia apenas que sua liberdade estava sendo cerceada, como se estivessem levando a sério a detenção, e ele saltou atrevidamente do estrado. Eis que agora estava cara a cara com o empurra-empurra. Havia avaliado corretamente as pessoas? Havia confiado um efeito excessivo a seu discurso? Será que haviam dissimulado enquanto ele falava e, agora que chegava a conclusão, de repente ficavam cansados da dissimulação? Que caras, aquelas, à sua volta! Olhinhos pequenos, pretos, faiscavam de cá para lá, as bochechas caíam, como as de beberrões, as barbas longas eram rijas e ralas e, se fossem tocadas, eram como se fossem garras, não parecia que se estava tocando em barbas. Mas sob as barbas – e esta era a verdadeira descoberta que K. acabou fazendo – brilhavam, nas golas dos paletós, insígnias de tamanhos e cores diferentes. Todos tinham aquela insígnia, tanto quanto se podia ver. Todos formavam um único grupo, mesmo as facções aparentes da esquerda e da direita, e quando ele de repente se virou, viu as mesmas insígnias na gola do juiz de instrução que, com as mãos sobre o colo, olhava tranquilamente para baixo.

– Pois bem – gritou K. e jogou as mãos para o alto, a descoberta repentina queria espaço –, eis que vocês todos são funcionários, conforme agora vejo, vocês são o bando corrupto do qual falei, vocês se juntaram aqui, na condição de ouvintes e espiões, formaram facções aparentes, e uma delas aplaudiu a fim de me testar; vocês queriam aprender como se deve desencaminhar inocentes! Só tenho a dizer que vocês não estiveram aqui em vão, pelo menos é o que eu espero. Ou se divertiram com o fato de alguém ter esperado a defesa da inocência por parte de vocês, ou então... Ou me larga ou eu bato... – gritou K. a um ancião trêmulo que avançara até bem perto dele –, ou então vocês de fato aprenderam alguma coisa. E com isso desejo-lhes sorte em seu negócio.

Ele tomou às pressas seu chapéu, que estava sobre a beira da mesa, e abriu espaço sob o silêncio geral, em todo caso sob o silêncio da mais completa surpresa, em direção à saída. O juiz de instrução, todavia, pareceu ser ainda mais rápido do que K., pois esperava por ele à porta.

– Um momento – disse ele.

K. ficou parado, mas não olhou para o juiz de instrução, e sim para a porta, cujo trinco ele já havia agarrado.

– Eu apenas queria chamar sua atenção – disse o juiz de instrução – para o fato de que o senhor hoje, e acho que o senhor ainda não tem consciência disso, se privou da vantagem que um interrogatório representa para o detido em todas as causas.

K. riu para a porta.

– Seus velhacos – ele gritou –, dou todos os interrogatórios de presente a vocês.

Abriu a porta e desceu as escadas, apressado. Atrás dele a barulheira da assembleia, que voltava a se animar e provavelmente começava a fazer comentários sobre os incidentes como fazem os estudantes, ficou maior.

Capítulo terceiro

Na sala de audiências vazia | O estudante | Os cartórios

Durante a semana seguinte K. esperou, dia após dia, por uma nova comunicação. Não podia acreditar que o fato de abrir mão dos interrogatórios havia sido levado ao pé da letra; quando a esperada comunicação de fato não chegou até o sábado à noite, ele supôs que tivesse sido convidado em silêncio a comparecer à mesma casa, no mesmo horário. E por isso se dirigiu mais uma vez para lá no domingo, e dessa vez foi direto pelas escadarias e corredores; algumas pessoas, que se lembraram dele, cumprimentaram-no de suas portas, mas ele não precisava mais perguntar nada a ninguém e, assim, chegou logo à porta certa. Assim que bateu, abriram-lhe a porta, e sem olhar mais detalhadamente para a mulher conhecida, que ficou parada ali, ele quis entrar logo no aposento contíguo.

– Hoje não tem sessão – disse a mulher.

– E por que não haveria de ter sessão hoje? – perguntou ele, não querendo acreditar.

Mas a mulher o convenceu ao abrir a porta do aposento contíguo. Ele estava de fato vazio, e o vazio o fazia parecer ainda mais lamentável do que no domingo anterior. Sobre a mesa, que estava na mesma posição sobre o pódio, jaziam alguns livros.

– Posso ver os livros? – perguntou K., não por alguma curiosidade especial, só para não ter estado ali de modo totalmente inútil.

– Não – disse a mulher, que voltou a trancar a porta –, isso não é permitido. Os livros pertencem ao juiz de instrução.

– Está bem – disse K. e inclinou a cabeça concordando –, os livros por certo são códigos legais, e faz parte do modo como são conduzidas as coisas neste tribunal o fato de a gente não apenas ser condenado inocentemente, mas também sem o saber.

– Deve ser isso mesmo – disse a mulher, que não o havia compreendido bem.

– Pois bem, então vou embora – disse K.

– Devo anunciar alguma coisa ao juiz de instrução? – perguntou a mulher.

– A senhora o conhece? – perguntou K.

– Naturalmente – disse a mulher. – Meu marido é oficial de justiça.

Só então K. percebeu que o aposento, no qual da última vez havia apenas um tanque de lavar roupa, agora estava ajeitado como se fosse uma sala completamente mobiliada. A mulher percebeu seu espanto e disse:

– Sim, podemos morar aqui, mas temos de tirar os móveis do aposento em dias de sessão. O emprego de meu marido tem algumas desvantagens.

– Não fico tão espantado pelo aposento – disse K., e olhou para ela, bravo – quanto pelo fato de a senhora ser casada.

– O senhor provavelmente esteja se referindo ao incidente ocorrido na última sessão, quando eu perturbei seu discurso? – perguntou a mulher.

– Naturalmente – disse K. – Hoje já passou e quase esqueci de tudo, mas, no momento em que aconteceu, me deixou furioso. E agora a senhora ainda por cima diz que é uma mulher casada.

– O senhor nem sequer foi prejudicado com a interrupção do discurso. No final, o veredicto acerca do senhor ainda acabou sendo bastante desfavorável.

– Pode até ser – disse K., mudando de assunto –, mas isso não desculpa a senhora.

– Estou desculpada por todos os que me conhecem – disse a mulher –, o homem que me abraçou na ocasião já me persegue há tempo. Posso até não ser atraente de um modo geral, mas para ele eu sou. E contra isso não existe proteção, também meu marido já se conformou; se quiser manter seu emprego, ele tem de suportar, pois aquele homem é estudante e, ao que tudo indica, alcançará muito poder. Ele vive atrás de mim e tinha acabado de sair quando o senhor chegou.

– Isso combina com todo o resto – disse K. –, nem chega a me surpreender.

– O senhor por acaso está querendo melhorar alguma coisa por aqui? – perguntou a senhora, falando devagar e analisando as reações de K., como se estivesse dizendo algo que fosse perigoso tanto para ela quanto para K. – Já havia deduzido isso de seu discurso, que me agradou muito, pessoalmente. De qualquer maneira, apenas ouvi parte dele, perdi o início e, durante o final, estava deitada no chão com o estudante... Tudo é tão repugnante aqui – ela disse depois de uma pausa e pegou a mão de K. – O senhor acredita que pode ter sucesso na tentativa de alcançar uma melhoria?

K. sorriu e virou sua mão um pouco nas mãos macias dela.

– Na verdade – disse ele – não fui contratado para fazer melhorias por aqui, conforme a senhora se expressou, e se a senhora dissesse isso, por exemplo, ao juiz de instrução, ou dariam risada da senhora ou a puniriam. E eu certamente não teria me intrometido nessas coisas de livre e espontânea vontade, e meu sono jamais teria sido prejudicado pela necessidade de melhorias deste tribunal. Mas por ter sido supostamente detido – ou seja, estou detido –, fui obrigado a intervir, e intervir em meu interesse. Mas se nisso eu puder ser, de alguma maneira, útil para a senhora, haverei de fazê-lo com gosto. Não só por algo como o amor ao próximo, mas também porque assim a senhora poderá me ajudar.

– Mas como é que eu poderia ajudar? – perguntou ela.

– Por exemplo, mostrando os livros que estão lá, sobre a mesa.

– Com certeza – exclamou a mulher, e puxou-o atrás de si, às pressas.

Eram livros velhos, gastos, a capa de um volume estava quase rasgada ao meio, permanecia unida apenas por alguns filamentos.

– Como está sujo por aqui – disse K., sacudindo a cabeça, enquanto a mulher limpava o pó, pelo menos superficialmente, com seu avental, antes que K. pudesse pegar os livros.

K. abriu o livro que estava sobre a pilha e apareceu uma imagem indecente. Um homem e uma mulher estavam sentados nus sobre um canapé; a intenção vulgar do desenhista podia ser reconhecida com nitidez, mas sua inabilidade havia sido tão grande que, ao final das contas, podiam ser vistos apenas um homem e uma mulher que se destacavam na imagem de modo excessivamente corporal, sentados demasiadamente eretos e, devido à perspectiva errada, se voltavam um ao outro com dificuldade. K. não folheou adiante, apenas abriu a capa do segundo livro; era um romance com o título Os flagelos que Grete tinha de padecer com seu marido Hans.

– Estes são, pois, os códigos legais estudados por aqui – disse K. –, e é por homens assim que devo ser julgado.

– Eu haverei de ajudar o senhor – disse a mulher. – O senhor quer?

– E a senhora de fato poderia fazê-lo, sem colocar a si mesma em perigo? Mas a senhora acabou de dizer que seu marido dependia muito de superiores.

– Mesmo assim quero ajudá-lo – disse a mulher. – Venha, temos de discutir o assunto. Sobre os perigos que eu corro, o senhor não precisa dizer mais nada, temo o perigo só onde quero temê-lo. Venha.

Ela apontou para o pódio e pediu a ele que se sentasse com ela sobre um dos degraus.

– O senhor tem belos olhos escuros – ela disse, depois que ambos haviam se sentado, e lançou um olhar de baixo diretamente ao rosto de K. – Dizem que eu também tenho belos olhos, mas os seus são bem mais bonitos. Aliás, chamaram minha atenção já naquele dia, quando o senhor entrou aqui pela primeira vez. Foi esse o motivo pelo qual mais tarde vim aqui para a sala de reuniões, coisa que jamais faço e que até mesmo me é proibida.

"Então é isso", pensou K., "ela se oferece a mim, é pervertida como todos por aqui, está cansada dos funcionários da justiça, coisa que é perfeitamente compreensível, e cumprimenta qualquer estranho que aparece, elogiando seus olhos."

E K. levantou-se em silêncio, como se tivesse dito seus pensamentos em voz alta e, com isso, esclarecido seu comportamento à mulher.

– Acho que a senhora não pode me ajudar – ele disse. – Para me ajudar de verdade seria necessário ter relações com funcionários de alto escalão. Mas a senhora certamente conhece apenas os empregados mais baixos, que circulam por aí aos montes. Esses a senhora por certo conhece muito bem e até poderia conseguir alguma coisa com eles, não duvido disso, mas o máximo que poderia conseguir com eles não teria a menor importância para o desfecho final do processo. Contudo, a senhora perderia alguns amigos por causa disso. E isso eu não quero. Pode seguir sua relação com essas pessoas como ela vinha sendo até agora, quero crer que isso é imprescindível para a senhora. Não digo isso sem lamentar, pois, a fim de responder ao seu cumprimento de alguma maneira, também a senhora me agrada, sobretudo quando me olha tão tristemente como agora, para o que, aliás, não tem nenhum motivo. A senhora pertence a esse grupo que tenho de combater, mas se sente muito bem dentro dele; a senhora tem inclusive o estudante, e se não o ama mais, pelo menos gosta mais dele do que de seu marido. Isso pôde ser deduzido facilmente a partir de suas palavras.

– Não! – gritou ela, ficou sentada e buscou a mão de K., que ele não conseguiu afastar com rapidez suficiente. – O senhor não pode ir embora agora, o senhor não pode ir embora com um mau juízo a meu respeito! Conseguiria ir embora agora? Tenho de fato tão pouco valor, a ponto de o senhor nem mesmo querer me fazer o favor de ficar mais um instantinho por aqui?

– A senhora está me entendendo mal – disse K., sentando-se. – Se de fato dá alguma importância ao fato de eu ficar, ficarei com gosto, uma vez que tenho tempo e vim para cá na expectativa de que hoje houvesse nova sessão. Com aquilo que disse anteriormente, só quis pedir à senhora para não fazer nada por mim no que diz respeito a meu processo. Mas também isso não deve magoá-la, se a senhora considerar que não me importo nem um pouco com o desfecho do processo e que apenas haverei de rir se for condenado. Pressupondo-se que realmente se chegará a uma conclusão do processo, do que duvido muito. Acredito, isso sim, que as investigações já tenham sido interrompidas devido à preguiça, ao esquecimento ou até mesmo devido ao medo que caracteriza o funcionalismo, ou que serão interrompidas em breve. Contudo, também é possível que, na esperança de algum suborno maior, o processo seja levado adiante, de modo totalmente vão, conforme digo agora mesmo, uma vez que não suborno ninguém. Seria, de qualquer maneira, um obséquio que a senhora poderia me prestar se pudesse comunicar ao juiz de instrução, ou a quem quer que goste de espalhar novidades importantes, que eu jamais, quaisquer que sejam os artifícios, nos quais esses senhores por certo são ricos, poderei ser levado a propor um suborno. Seria totalmente em vão, a senhora pode lhes dizer abertamente. Aliás, talvez isso já tenha sido percebido por eles, e se não for esse o caso, não dou lá muita importância ao fato de que fiquem sabendo disso agora. Com isso, apenas poupa-se trabalho a esses senhores, e também a mim alguns transtornos, talvez, que eu no entanto assumo com gosto sabendo que cada um deles é, ao mesmo tempo, um golpe para os outros. E que seja assim, disso eu mesmo me ocupo. Aliás, a senhora conhece o juiz de instrução?

– Naturalmente – disse a mulher. – Foi nele que pensei primeiro, inclusive, quando ofereci ajuda ao senhor. Não sabia que ele era apenas um funcionário de baixo escalão, mas uma vez que o senhor assim diz, provavelmente há de estar certo. Apesar disso acredito que o relatório que ele manda para cima sempre tem alguma influência. E ele escreve tantos relatórios. O senhor diz que os funcionários são preguiçosos, mas é claro que não são todos, especialmente esse juiz de instrução; ele escreve muito. No último domingo, por exemplo, a sessão durou até o anoitecer. Todas as pessoas foram embora, mas o juiz de instrução ficou na sala, tive de lhe levar uma lâmpada; eu tinha apenas uma lâmpada de cozinha pequena, mas ele ficou satisfeito com ela e começou a escrever imediatamente. Nesse ínterim também meu marido, que justo naquele domingo estava de folga, havia chegado; pegamos os móveis, voltamos a arrumar nosso quarto, em seguida chegaram os vizinhos, conversamos à luz de uma vela, ou seja, acabamos por esquecer o juiz de instrução e fomos dormir. De repente, no meio da noite, já devia ser bem tarde, eu desperto e, ao lado da cama, está o juiz de instrução, tapando a lâmpada com a mão, de modo que a luz não caísse sobre meu marido, uma precaução desnecessária, uma vez que meu marido tem um sono tão pesado que nem a luz o teria despertado. Eu me assustei tanto que quase gritei, mas o juiz de instrução foi muito amável, alertou-me que tivesse cautela e sussurrou para mim aquilo que havia escrito até aquele momento, dizendo que trazia a lâmpada de volta e que jamais esqueceria o instante em que me encontrara dormindo. Com tudo isso, apenas queria dizer ao senhor que o juiz de instrução de fato escreve muitos relatórios, sobretudo a respeito do senhor, pois seu inquérito certamente foi um dos principais objetos da sessão dominical. E tais relatórios extensos não podem ser desprovidos de alguma importância. Além disso, o senhor pode ver pelo ocorrido que o juiz de instrução tem intenções a meu respeito e que justamente agora, nos últimos tempos, acho que ele inclusive só me percebeu agora, posso ter grande influência sobre ele. Que ele dá muita importância a mim, disso tenho outras provas. Ontem ele me mandou, por intermédio do estudante, em quem confia muito e que é seu colaborador, meias de seda de presente, supostamente por eu arrumar a sala das reuniões, mas isso é apenas um pretexto, pois esse trabalho no fundo é apenas minha obrigação e meu marido é pago por ele. São meias bonitas, conforme o senhor pode ver – e esticou as pernas, levantou a saia até os joelhos e contemplou, ela mesma, as meias –, são meias bonitas, mas chiques demais e inadequadas para mim.

De repente ela interrompeu o que estava dizendo, deitou sua mão sobre a mão de K. como se quisesse acalmá-lo e sussurrou:

– Quieto, Berthold está nos vendo.

K. levantou os olhos vagarosamente. Na porta da sala de reuniões estava parado um jovem; ele era baixo, tinha pernas não de todo retas e tentava dar dignidade a si mesmo por meio de uma barba curta, volumosa e avermelhada, na qual continuamente mantinha os dedos enfiados, a mexer. K. olhou-o com curiosidade, ele era o primeiro estudante da desconhecida ciência do direito que encontrava, por assim dizer, pessoalmente; um homem que, ao que tudo indica, também alcançaria um dia os postos mais altos do funcionalismo. O estudante, ao contrário, parecia não se importar nem um pouco com K., e apenas acenou com um dedo, que tirou por um momento de sua barba, para a mulher, para em seguida ir até a janela, enquanto ela se inclinava para sussurrar a K.

– Peço ao senhor que não fique bravo comigo e também, encarecidamente, que não pense mal de mim, mas agora tenho de ir até ele, até esse homem abominável, olhe só para as suas pernas tortas. Mas volto logo, então vou com o senhor, se o senhor quiser me levar junto, vou para onde quiser; o senhor pode fazer comigo o que quiser, haverei de ser feliz se puder ficar o máximo de tempo possível longe daqui, melhor ainda se para sempre.

Ela acariciou a mão de K., levantou-se de um salto e correu para a janela. Involuntariamente, K. ainda tentou pegar a mão dela, mas agarrou apenas o vazio. A mulher de fato o seduzia, e ele não encontrava, apesar de refletir muito a respeito, nenhum motivo justificável para não ceder à sedução. A objeção fugidia de que a mulher tentava agarrá-lo por ordens do tribunal ele conseguiu afastar sem dificuldades. De que maneira ela poderia? Por acaso ele não estaria, sempre, livre o suficiente a ponto de poder destroçar imediatamente o tribunal inteiro, pelo menos naquilo que dizia respeito a si? Será que não podia ter essa confiança mínima em si mesmo? E a oferta de ajuda que ela fazia parecia sincera e talvez tivesse algum valor. Talvez não existisse vingança melhor contra o juiz de instrução e seu séquito do que lhes tirar aquela mulher e tomá-la para si. Então poderia acontecer um dia que o juiz de instrução, depois dos cansativos trabalhos em relatórios mentirosos acerca de K., encontrasse, tarde na noite, a cama da mulher vazia. E vazia porque ela pertencia a K., porque aquela mulher à janela, aquele corpo exuberante, flexível, quente em seu vestido escuro de tecido grosseiro e pesado, agora pertencia apenas a K.

Depois de afastar dessa maneira as hesitações em relação à mulher, o diálogo sussurrado junto à janela se tornou tão longo que ele bateu com o nó dos dedos no pódio e depois também com o punho. O estudante olhou brevemente, por sobre os ombros da mulher, em direção a K., mas não se deixou perturbar e apertou-se mais à mulher, abraçando-a. Ela afundou a cabeça profundamente, como se ouvisse com atenção o que ele dizia; ele a beijou ruidosamente no pescoço quando ela se abaixou, sem interromper o que estava dizendo. K. viu confirmada no gesto a tirania que o estudante, segundo as queixas da mulher, exercia sobre ela; levantou-se e passou a caminhar de um lado para o outro no aposento. Ele refletia, lançando olhares de soslaio ao estudante, sobre como poderia se livrar dele o mais rápido possível, e por isso lhe pareceu bem-vinda a observação do estudante, aparentemente perturbado pelo ir e vir de K.:

– Se o senhor está impaciente, pode ir. Já poderia ter ido antes, ninguém teria dado por sua falta. Sim, o senhor inclusive teria feito bem se tivesse ido embora, e isso no momento em que entrei, e o mais rápido possível.

É possível que nessa observação toda a raiva imaginável viesse à tona. De qualquer maneira jazia nela, também, toda a soberba do futuro funcionário da justiça que falava com um acusado malvisto. K. ficou parado bem próximo dele e disse, sorrindo:

– Estou impaciente, é verdade, mas a maneira mais fácil de eliminar essa impaciência é o senhor ir embora. E se por acaso veio para estudar – ouvi que o senhor é estudante –, darei lugar ao senhor com gosto e irei embora com a mulher. Aliás, o senhor ainda terá de estudar bastante antes de se tornar juiz. Embora não conheça seu tribunal com exatidão, suponho que apenas com discursos grosseiros, que o senhor de qualquer maneira já sabe conduzir de maneira vergonhosamente boa, nem de longe a coisa está realizada.

– Não deveria ser permitido que ele ande livremente por aí – disse o estudante, como se quisesse dar à mulher um esclarecimento para o discurso ofensivo de K. –, foi um erro. Eu mesmo avisei ao juiz de instrução. Ele teria de ser mantido pelo menos em seu quarto entre um interrogatório e outro. O juiz de instrução às vezes é incompreensível.

– Discursos inúteis – * disse K., e estendeu a mão em busca da mulher –, venha.

– Então é assim – disse o estudante. – Não, não, esta o senhor não levará! – e com uma força que jamais se julgaria que tivesse, ele a levantou com um dos braços e correu de costas curvadas, olhando carinhosamente para ela, em direção à porta. Não se podia deixar de perceber um certo medo de K., mesmo assim ele ainda ousou provocar K., acariciando e apertando o braço da mulher com a mão livre.

K. correu alguns passos ao lado dele, pronto a agarrá-lo e, caso fosse necessário, a estrangulá-lo, quando a mulher disse:

– De nada adianta, o juiz de instrução mandou me buscar; não posso ir com o senhor; este monstrinho – e nisso ela passou a mão sobre o rosto do estudante –, este monstrinho não deixará que eu vá.

– E a senhora não quer ser libertada! – gritou K. e deitou a mão sobre os ombros do estudante, que tentava alcançá-la às mordidas.

– Não! – exclamou a mulher, e afastou K. com ambas as mãos. – Não, não, isso não! O que o senhor está pensando? Isso seria minha condenação. Largue-o, por favor, largue-o de uma vez por todas. Ele apenas está cumprindo o mandado do juiz de instrução, levando-me até ele.

– Que ele se mande então, e a senhora eu não quero mais ver – disse K., furioso pela desilusão, dando um golpe nas costas do estudante e fazendo com que ele tropeçasse para logo em seguida, alegre com o fato de não ter caído, dar saltos ainda mais altos ao correr com sua carga. K. seguiu-os vagarosamente, mas reconheceu que essa havia sido a primeira derrota indubitável que ele era obrigado a admitir diante dessas pessoas. Naturalmente, não era motivo para sentir medo, ele sofrera a derrota apenas porque procurara o combate. Se tivesse ficado em casa, levando sua vida habitual, ele seria milhares de vezes superior a qualquer daquelas pessoas e poderia afastar qualquer uma delas do caminho com um pontapé. E imaginou a cena mais ridícula que, por exemplo, poderia ocorrer se aquele estudante lamentável, aquela criança enfunada, aquele barbudo torto se ajoelhasse diante da cama de Elsa, pedindo compaixão com as mãos unidas. K. gostou tanto daquela imagem que decidiu, caso surgisse alguma oportunidade para tanto, levar o estudante junto consigo até Elsa.

A título de curiosidade, K. ainda correu para a porta, queria ver para onde a mulher era carregada; o estudante não haveria de carregá-la em seus braços para atravessar a estrada. E nisso viu que o caminho era bem mais curto. Logo em frente à casa, uma estreita escada de madeira levava provavelmente ao sótão, dando uma volta, de modo que não se podia ver seu final. Por essa escada, o estudante carregou a mulher para cima, já bem devagar e ofegante, pois estava enfraquecido pela correria que havia feito até aquele momento. A mulher acenou a K. e procurava mostrar, dando de ombros, que não tinha culpa no sequestro; ela não conseguia, porém, imprimir muito pesar ao gesto. K. olhou inexpressivamente para ela, como se fosse uma estranha, não queria revelar nem que estava decepcionado nem que era capaz de superar a decepção com facilidade.

Os dois já haviam desaparecido, mas K. continuava junto à porta. Ele era obrigado a supor que a mulher não apenas o traía, mas que também lhe mentia com a informação de que era carregada até o juiz de instrução. O juiz de instrução com certeza não haveria de estar sentado no sótão, esperando. A escada de madeira não esclarecia nada, por mais que se olhasse para ela.

Então K. percebeu um bilhetinho ao lado do acesso, foi até lá e leu, em uma escrita infantil e pouco treinada: "Acesso aos cartórios do tribunal". Quer dizer que ali, no sótão daquele apartamento de aluguel, ficavam os cartórios do tribunal? Aquelas não eram instalações capazes de inspirar muito respeito, e era tranquilizante para um acusado imaginar quão poucos meios monetários aquele tribunal tinha à sua disposição, se mantinha seus cartórios ali mesmo, onde os locatários, eles mesmos paupérrimos, depositavam suas tralhas inúteis. De qualquer maneira, não estava descartada a possibilidade de haver dinheiro suficiente, mas o funcionalismo com certeza se atirava com voracidade sobre ele antes que pudesse ser usado para fins jurídicos. Isso inclusive era bem possível, conforme comprovada a experiência de K. até agora; só que nesse caso tal desleixo do tribunal não apenas era desonroso para um acusado, mas era no fundo ainda mais tranquilizante do que seria a pobreza do tribunal. E eis que K. passou a compreender também que sentiam vergonha de convidar o acusado para vir ao sótão por ocasião do primeiro interrogatório, preferindo importuná-lo em sua própria moradia. Nesse caso, em que posição se encontraria K. diante do juiz, que estava sentado no sótão enquanto ele mesmo tinha uma sala grande com uma antessala no banco, e podia olhar para a praça movimentada da cidade através de uma vidraça gigantesca! De qualquer forma, ele não tinha rendimentos paralelos provindos de subornos ou fraudes e também não podia mandar um contínuo carregar uma mulher nos braços até onde ele estava, no escritório. Mas disso K. fazia questão de abrir mão, pelo menos nesta vida.

K. ainda estava parado diante do bilhete, quando um homem subiu pela escada, olhou para dentro da sala pela porta aberta, da qual também podia ser vista a sala de reuniões, e por fim perguntou a K. se não havia visto uma mulher por ali há pouco.

– O senhor é o oficial de justiça, não é? – perguntou K.

– Sim – disse o homem. – Ah, sim, o senhor é o acusado K., agora eu também o estou reconhecendo, seja bem-vindo. – E ele estendeu a mão para K., que nem mesmo a estava esperando.

— Mas hoje não há sessão marcada — disse então o oficial de justiça, ao ver que K. ficava calado.

— Eu sei — disse K., e contemplou os trajes civis do oficial de justiça, que mostrava, como único sinal manifesto de sua condição, também dois botões dourados ao lado de alguns comuns, que pareciam ter sido retirados de um velho sobretudo de oficial militar. — Falei com sua mulher um instantinho atrás. Ela não está mais aqui. O estudante carregou-a até o juiz de instrução.

— Pois o senhor veja — disse o oficial de justiça —, sempre acabam carregando-a para longe de mim. Mas hoje é domingo, e eu não estou obrigado a fazer nenhum trabalho, e só para me afastar daqui mandam-me sair com uma informação que no fundo é totalmente desnecessária. E isso que não me mandam para longe, de modo que fico tendo a esperança de, se me apressar muito, ainda poder voltar a tempo. Corro, pois, tanto quanto posso, grito minha informação através da fresta da porta à repartição para a qual fui mandado, tão esbaforido que por certo mal a entendem; volto correndo, mas o estudante se apressou ainda mais do que eu e percorreu, ademais, um caminho mais curto, precisava apenas descer as escadas do sótão. Se eu não fosse tão dependente, eu já teria amassado o estudante há tempo aqui contra a parede. Aqui, do lado do bilhete com o aviso. Sonho com isso sempre. Aqui, um pouco acima do piso, ele está amassado contra a parede, os braços esticados, e em volta dele respingos de sangue. Mas até agora isso foi apenas um sonho.

— E não existe outra possibilidade de ajuda? — perguntou K., sorrindo.

— Eu não saberia de nenhuma — disse o oficial de justiça. — E agora a coisa ainda vai piorar, até hoje ele a carregava apenas para si, agora a carrega, conforme eu em todo caso já esperava há tempo, também ao juiz de instrução.

— E sua mulher não tem, então, nenhuma culpa nisso? — perguntou K., e teve de se controlar ao fazer a pergunta, tão fortemente também ele sentia o ciúme agora.

— Com certeza — disse o oficial de justiça. — Ela é a maior culpada, inclusive. Foi ela quem se pendurou a ele. No que diz respeito a ele, corre atrás de todas as mulheres. Só neste prédio já foi posto para fora de cinco moradias nas quais havia se insinuado e conseguido se instalar. Minha mulher, entretanto, é a mais bonita do prédio inteiro, e justamente eu não posso me defender.

– Mas se as coisas são assim, então de fato não existe outra possibilidade de ajuda – disse K.

– E por que não? – perguntou o oficial de justiça. – A gente teria apenas de dar uma sova no estudante, que é um covarde, só uma vez, quando ele quisesse tocar na minha esposa, de maneira que jamais voltaria a ousá-lo. Mas eu não posso fazê-lo, e outros não me fazem esse favor, pois todos temem seu poder. Só um homem como o senhor poderia fazê-lo.

– E por que justamente eu? – perguntou K., surpreso.

– Mas se o senhor é acusado – disse o oficial de justiça.

– Sim – disse K. –, mas por isso mesmo eu deveria temer que ele, embora talvez não pudesse ter influência sobre o desfecho do processo, pudesse provavelmente atuar sobre a investigação prévia.

– Sim, com certeza – disse o oficial de justiça, como se o ponto de vista de K. fosse exatamente tão correto quanto o seu. – Mas entre nós não são conduzidos, via de regra, processos sem perspectiva.

– Não tenho a mesma opinião – disse K. –, mas isso não deve me impedir de dar um trato no estudante quando tiver a oportunidade.

– Eu agradeceria muito – disse o oficial de justiça algo formalmente; no fundo ele parecia não estar acreditando na possibilidade de ver realizado seu maior desejo.

– Talvez também – prosseguiu K. – outros funcionários, talvez até mesmo todos, merecessem o mesmo.

– Sim, claro – disse o oficial de justiça, como se se tratasse de algo evidente. Então ele olhou para K. com um olhar confiante, como até agora ainda não havia feito, apesar de toda a amabilidade, e acrescentou: – A gente está sempre se rebelando.

Mas a conversa pareceu se tornar um pouco incômoda para ele, na medida em que a interrompeu, dizendo:

— Agora tenho de me apresentar no cartório. O senhor quer vir junto?

— Não tenho nada a fazer por lá – disse K.

— Mas o senhor pode dar uma olhada nos cartórios. Ninguém irá se importar com o senhor.

— E é bonito lá? – perguntou K., hesitante, mas tinha grande vontade de ir junto.

— Olhe – disse o oficial de justiça –, pensei que isso poderia lhe interessar.

— Está bem – disse K. por fim –, vou junto. – E subiu a escadaria mais rápido do que o oficial de justiça.

À entrada, ele quase caiu, pois atrás da porta havia mais um degrau.

— Não se dá muita atenção ao público por aqui – disse ele.

— Não se dá a mínima atenção – disse o oficial de justiça. – Veja só esta sala de espera aqui.

Era um corredor longo, do qual portas de madeira crua levavam para as repartições individuais do sótão. Embora não existisse nenhuma fonte de luz nas proximidades, não estava de todo escuro, pois algumas das repartições tinham, na parte que dava para o corredor, em vez de paredes de tábua homogêneas, grades de madeira que alcançavam até o teto, pelas quais passava alguma luz e entre as quais podiam ser vistos alguns funcionários, que estavam às mesas que ocupavam ou que acabavam de chegar junto às grades e observavam, pelas frestas, as pessoas no corredor. Provavelmente por ser domingo, havia poucas pessoas no corredor. Elas davam uma impressão de extrema humildade. A distâncias praticamente regulares umas das outras, estavam sentadas em duas filas de bancos de madeira bem longos, que haviam sido colocados em ambos os lados do corredor. Todos estavam vestidos de modo negligente, ainda que a maior parte deles, pela expressão do rosto, pela postura, pela barba e por muitos pequenos detalhes dos quais mal se podia dar conta, pertencesse às classes mais altas. Uma vez que não havia cabides de roupas, eles haviam depositado seus chapéus, provavelmente um seguindo o exemplo do outro, embaixo do banco. Quando aqueles que estavam sentados mais próximos à porta vislumbraram K. e o oficial de justiça, levantaram-se para cumprimentá-los, e uma vez que os que estavam adiante viram o que acontecia, acreditaram que deviam fazer o mesmo, de modo que todos se levantavam quando os dois passavam. Eles jamais se levantavam a ponto de ficarem totalmente eretos; as costas ficavam curvadas, os joelhos, dobrados; e eles ficavam parados como mendigos de rua.

K. esperou pelo oficial de justiça que vinha um pouco atrás dele e disse:

– Como eles devem se sentir humilhados.

– Sim – disse o oficial de justiça –, são acusados, todos os que o senhor vê aqui são acusados.

– É mesmo? – disse K. – Então são todos meus colegas. – E ele se voltou para o próximo, um homem alto, delgado, de cabelos já quase grisalhos. – O senhor está esperando o que por aqui? – perguntou K., educadamente.

Mas a alocução inesperada deixou o homem atrapalhado, coisa que pareceu tanto mais constrangedora por se tratar, ao que tudo indicava, de um homem de vasta experiência, que por certo sabia muito bem como se controlar em outras situações e que não renunciava com facilidade à superioridade que havia adquirido em relação a muitos. Mas aqui ele não sabia o que responder a uma pergunta tão simples e olhou para os outros, como se fossem obrigados a ajudá-lo e como se ninguém tivesse o direito de exigir dele uma resposta caso essa ajuda não viesse. Então o oficial de justiça se aproximou e disse, a fim de acalmar o homem e animá-lo:

– Este senhor apenas pergunta pelo que está esperando. Pode responder.

A voz do oficial de justiça, provavelmente conhecido seu, teve efeito melhor:

– Eu espero... – ele principiou e em seguida estacou. Possivelmente tivesse escolhido esse começo a fim de responder com precisão à pergunta que lhe era feita, mas agora não encontrava a sequência. Alguns dos que esperavam haviam se aproximado e estavam parados em volta do grupo; o oficial de justiça disse a eles:

– Saiam, saiam, deixem o corredor livre.

Eles recuaram um pouco, mas não até os lugares que ocupavam anteriormente. Nesse ínterim, o interrogado conseguira se concentrar e respondeu inclusive com um sorrisinho no rosto:

– Há um mês fiz alguns requerimentos de provas acerca da minha causa e espero pelo despacho.

– O senhor parece estar se esforçando muito – disse K.

– Sim – disse o homem –, trata-se da minha causa.

– Não são todos que pensam como o senhor – disse K. – Eu, por exemplo, também sou acusado, mas ainda assim, e posso jurar por tudo quanto me é sagrado, não apresentei um requerimento de provas e nem tomei qualquer outra atitude desse tipo. O senhor por acaso julga isso necessário?

– Não sei ao certo – disse o homem, mais uma vez em completa insegurança; ele parecia estar acreditando que K. fazia troça dele, por isso provavelmente teria preferido, por medo de cometer algum erro, repetir por inteiro sua resposta anterior; mas diante do olhar impaciente de K. disse apenas:

– No que me diz respeito, apresentei requerimentos de provas.

– O senhor por acaso não acredita que eu esteja sendo acusado? – perguntou K.

– Oh, por favor, mas claro – disse o homem, e deslocou-se um pouco para o lado, mas na resposta não havia crédito, apenas medo.

– Então quer dizer que o senhor não acredita? – perguntou K., e agarrou-o pelo braço, inconscientemente desafiado pela essência humilhada do homem, como se quisesse obrigá-lo a acreditar. Porém não queria lhe causar dor, e o havia agarrado apenas levemente; mesmo assim o homem deu um grito, como se K. não o tivesse tocado com dois dedos e sim com uma torquês. Esse grito ridículo deixou K. definitivamente farto; caso não se acreditasse que ele estava sendo acusado, tanto melhor; talvez o outro até mesmo o tomasse por um juiz. E agora, para se despedir, ele de fato o segurou com mais força, empurrou-o de volta ao banco e seguiu adiante.

– A maior parte dos acusados é tão sensível – disse o oficial de justiça.

Atrás deles agora se juntavam quase todos os que esperavam, reunindo-se em volta do homem, que já havia parado de gritar, e pareciam interrogá-lo detalhadamente acerca do incidente.

Naquele momento um guarda vinha ao encontro de K., um guarda que podia ser reconhecido sobretudo por um sabre, cuja bainha, ao menos a julgar pela cor, era de alumínio. K. se surpreendeu com isso e chegou a estender a mão para tocá-la. O guarda, que viera por causa da gritaria, perguntou pelo ocorrido. O oficial de justiça tentou acalmá-lo com algumas palavras, mas o guarda esclareceu, ainda assim, que tinha de investigar pessoalmente, fez uma saudação e seguiu adiante com passos rápidos, mas curtos, provavelmente medidos pela artrite.

K. não se preocupou por muito tempo com ele e com o grupo reunido no corredor, sobretudo porque mais ou menos no meio do corredor viu a oportunidade de dobrar à direita, atravessando uma abertura sem porta. Ele se entendeu com o oficial de justiça, perguntando se aquele era o caminho correto, o oficial de justiça acedeu com um gesto de cabeça, e em seguida K. entrou de fato. Era incômodo para ele ter de caminhar sempre um ou dois passos à frente do oficial de justiça, já que naquele lugar isso poderia deixar transparecer que ele estava sendo apresentado para ser detido. Esperou, pois, várias vezes pelo oficial de justiça, mas este logo voltava a ficar para trás. Finalmente K. disse, para pôr um fim ao seu desconforto:

– Pois bem, já vi como tudo é por aqui e agora quero ir embora.

– O senhor ainda não viu tudo – disse o oficial de justiça, com um ar totalmente inocente.

– Não quero ver tudo – disse K., que aliás se sentia cansado de fato. – Quero ir embora. Como se chega à saída?

– Mas não diga que o senhor já se perdeu? – perguntou o oficial de justiça, surpreso. – O senhor tem de caminhar até o final, por aqui, e em seguida descer o corredor à direita, que dará diretamente na porta.

– Venha junto – disse K. –, mostre-me o caminho porque vou me perder, há tantos caminhos por aqui.

– É o único caminho – disse o oficial de justiça, agora já em tom de repreensão. – Não posso voltar de novo, tenho de me apresentar com a informação e já perdi muito tempo por causa do senhor.

– Venha junto! – repetiu K. agora com mais veemência, como se enfim tivesse surpreendido o oficial de justiça em uma mentira.

– Ora, não grite assim – sussurrou o oficial de justiça –, há escritórios por todos os lugares, aqui. Se o senhor não quer voltar sozinho, acompanhe-me mais um pouco ou espere aqui, até que eu tenha passado adiante a informação que tenho de dar, então farei gosto em voltar com o senhor.

– Não, não – disse K. –, não vou esperar, e o senhor tem de me acompanhar agora.

K. ainda não havia olhado ao redor no ambiente em que se encontrava, e, apenas quando uma das muitas portas de madeira que se encontravam à sua volta se abriu, ele olhou para ela. Uma mocinha, que por certo havia sido atraída pela voz alta de K., perguntou:

– O que o senhor deseja?

Atrás dela, à distância, via-se ainda um homem se aproximando na penumbra. K. olhou para o oficial de justiça. Ora, ele dissera que ninguém se preocuparia com K., e agora já vinham dois; logo todo o funcionalismo já estaria atento a ele, querendo um esclarecimento para sua presença ali. A única coisa que poderia ser compreensível e plausível era que ele era acusado e queria saber a data do próximo interrogatório, mas era justamente esse esclarecimento que ele não queria dar, sobretudo porque também não estava de acordo com a verdade, pois K. havia chegado por curiosidade ou, coisa que era ainda mais impossível na condição de esclarecimento, pela necessidade de averiguar a certeza de que o interior daquele tribunal era tão repugnante quanto seu exterior. E era claro que agora já parecia que sua suposição era correta, ele não queria penetrar adiante e já estava suficientemente premido por aquilo que vira até agora, e justo agora não estava se sentindo capaz de enfrentar um funcionário de escalão mais alto, que poderia aparecer atrás de qualquer porta; ele queria apenas ir embora, e isso com o oficial de justiça ou sozinho, caso fosse necessário.

Mas o fato de ficar parado ali, em silêncio, tinha de chamar a atenção, e a mocinha e o oficial de justiça de fato o encaravam como se nos próximos momentos ele fosse sofrer uma grande metamorfose, que eles não queriam perder a oportunidade de observar. E na soleira da porta estava o homem que K. havia percebido à distância anteriormente; ele se segurava na trave superior da porta baixa e se balançava um pouco nas pontas dos pés, como um espectador impaciente. Mas foi a mocinha a primeira a notar que o comportamento de K. era motivado por um leve mal-estar; ela trouxe uma poltrona e perguntou:

– O senhor não quer se sentar?

K. sentou-se imediatamente e encostou, a fim de conseguir um apoio ainda maior, os cotovelos sobre os braços da poltrona.

– O senhor está um pouco tonto, não é verdade? – ela perguntou. E agora ele tinha o rosto dela bem próximo, à sua frente, com uma expressão severa, conforme o de algumas mulheres em sua mais bela juventude.

– O senhor não deve se preocupar com isso – ela disse –, isso não é nada extraordinário por aqui, quase todos são vítimas de um ataque assim ao virem para cá pela primeira vez. O senhor está aqui pela primeira vez? Pois bem, isso não é nada extraordinário. O sol bate sobre a estrutura do telhado, e a madeira quente faz com que o ar se torne assim tão abafado e pesado. Por isso este lugar não é muito adequado como espaço para escritórios, por maiores que sejam as vantagens que ele ofereça sob outros aspectos. No que diz respeito ao ar, porém, ele é, em dias em que há muito movimento das partes interessadas, e isso acontece quase todos os dias, praticamente irrespirável. E se o senhor ainda considerar que aqui também é pendurada muita roupa para secar – não se pode proibi-lo por completo aos locatários –, com certeza não ficará admirado por ter se sentido um pouco mal. Mas ao fim das contas a gente se acostuma muito bem ao ar daqui. Quando o senhor vier pela segunda ou terceira vez para cá, mal perceberá o sufoco que reina por aqui. Já está se sentindo melhor?

K. não respondeu, era-lhe demasiado constrangedor ficar entregue àquelas pessoas devido a sua fraqueza repentina, e além disso não se sentia melhor agora que descobrira os motivos de seu mal-estar, mas até mesmo um pouco pior. A mocinha percebeu logo e tomou, a fim de conceder um alívio a K., uma vara de pendurar cabides que estava apoiada à parede e abriu com ela uma pequena clarabóia, que se situava exatamente sobre K. e dava para o ar livre. Mas caiu tanta fuligem para dentro que a mocinha voltou a fechar a clarabóia imediatamente e teve de limpar com seu lenço a fuligem das mãos de K., uma vez que o próprio K. estava por demais cansado para fazê-lo ele mesmo. Ele teria gostado de ficar sentado ali com tranquilidade até se sentir suficientemente restabelecido para ir embora, mas isso iria acontecer tanto mais cedo quanto menos se ocupassem com ele. E então eis que a mocinha ainda disse:

– Aqui o senhor não pode ficar, pois aqui atrapalhamos a circulação...

K. perguntou, com seu olhar, que circulação ele estaria prejudicando ali.

– Eu posso levar o senhor à enfermaria, se quiser. Ajude-me, por favor – ela disse ao homem parado à porta, que logo se aproximou.

Mas K. não quis ir à enfermaria, pois era justamente isso que queria evitar, ou seja, ser conduzido adiante, uma vez que quanto mais longe fosse levado, tanto piores as coisas haveriam de ficar.

– Eu já posso ir – ele disse então, e levantou-se trêmulo, mimado pelo conforto da poltrona. Mas em seguida não conseguiu se manter ereto. – Não pode ser – disse ele, sacudindo a cabeça e voltando a sentar-se ofegante. Lembrou-se do oficial de justiça, que poderia conduzi-lo para fora com facilidade apesar de tudo, mas este parecia ter desaparecido há tempo; K. olhou por entre a mocinha e o homem, que estavam parados à sua frente, mas não logrou encontrar o oficial de justiça.

– Acredito – disse o homem, que estava vestido com elegância e chamava a atenção sobretudo por um colete cinza, que acabava em duas pontas longas e cortadas agudamente – que o mal-estar do senhor deve ser creditado à atmosfera daqui, por isso o melhor seria, e tenho certeza que também ele assim o preferiria, não que o levássemos à enfermaria, mas sim direto para fora dos cartórios.

– É isso mesmo – exclamou K., e quase acabou por interromper o discurso do homem, tanta era sua alegria –, com certeza me sentirei melhor de imediato, também não estou tão fraco assim, preciso apenas de um pouco de apoio sob os ombros e não haverei de lhes dar muito trabalho, pois nem chega a se tratar de um caminho muito longo; levem-me apenas até a porta, que então eu me sentarei um pouco sobre os degraus e logo estarei restabelecido, pois nem mesmo sofro desses ataques e tenho de admitir, eu próprio, minha surpresa com o fato de estar me sentindo fraco. Além disso eu mesmo sou funcionário, e acostumado com o ar de escritório, mas aqui ele parece de fato bem pior, conforme a senhorita mesmo diz. Queiram ter, pois, a bondade de me conduzir um pouco, estou ainda meio tonto e me sinto mal quando me levanto sozinho. – E ele levantou os ombros a fim de facilitar aos dois o trabalho de pegar por baixo de seus braços.

Mas o homem não atendeu ao pedido, permaneceu com as mãos calmamente nos bolsos da calça e riu alto.

– Viu só – disse ele à mocinha –, acertei em cheio. Este senhor não se sente bem apenas aqui, e não de um modo geral.

A mocinha sorriu também, mas bateu de leve com as pontas dos dedos no braço do homem, como se este tivesse se permitido uma graça demasiado bruta com K.

– Mas então o que está pensando? – disse o homem, ainda rindo. – Quero de fato conduzir este senhor para fora.

– Então está bem – disse a mocinha, inclinando por um momento sua cabeça graciosa.

– Não dê muita importância ao riso – disse a mocinha a K., que, mais uma vez triste, olhava fixamente à frente e parecia não precisar de nenhum esclarecimento. – Este senhor... Eu posso apresentá-lo, não? – o homem deu sua permissão com um gesto de mão. – Este senhor é o encarregado das informações. Ele dá às partes que aguardam todas as informações que elas precisam, e uma vez que nosso tribunal não é muito conhecido junto à população, são pedidas muitas informações. Ele tem resposta para todas as perguntas; se o senhor tiver vontade, pode tentar pô-lo à prova nesse sentido. Mas esta não é sua única vantagem; sua segunda vantagem é a roupa elegante. Devido à honra da primeira impressão, nós, quer dizer, o funcionalismo, imaginamos que o responsável pelas informações também tinha de se vestir bem, uma vez que é ele quem primeiro negocia com as partes envolvidas. Nós, os outros, conforme o senhor pôde ver desde logo em mim, lamentavelmente estamos mal vestidos e fora de moda; também não faz muito sentido investir alguma coisa na vestimenta, uma vez que quase ininterruptamente ficamos nos escritórios e inclusive dormimos aqui. Mas é como eu já disse, para o responsável pelas informações consideramos que belas roupas se faziam necessárias. E já que a nossa administração, que é um tanto estranha no que diz respeito a isso, não a disponibilizava, nós fizemos uma coleta – até mesmo os locatários colaboraram – e compramos para ele este belo traje, entre outros. Tudo estaria preparado para causar, agora, uma boa impressão, mas com seu riso ele volta a estragar tudo e assusta as pessoas.

– Assim é – disse o homem com ar de troça –, mas eu não compreendo, senhorita, porque conta, ou melhor, impinge a este senhor todas as nossas intimidades, pois ele nem mesmo quer saber delas. Olhe só como ele está sentado aí, claramente ocupado com seus próprios assuntos.

K. não tinha vontade nem mesmo de replicar; a intenção da mocinha até podia ser boa, talvez ela tivesse sido orientada a distraí-lo ou lhe dar a possibilidade de se recompor, mas o meio usado era falho.

– Eu tinha de esclarecer a ele seu riso – disse a mocinha.
– Ele foi ofensivo.
– Acredito que ele perdoaria inclusive ofensas bem maiores, se eu ao final das contas o conduzisse para fora.

K. não disse nada, nem mesmo levantou os olhos; suportava o fato de os dois negociarem a respeito dele como se fosse uma causa, isso até lhe parecia ser a melhor coisa. Mas de repente sentiu a mão do encarregado das informações em um de seus braços e a mão da mocinha no outro.

– Em pé, pois, homem fraco – disse o encarregado das informações.

– Agradeço muito a vocês dois – disse K., alegremente surpreso, levantou-se vagarosamente e encaminhou, ele mesmo, as mãos estranhas aos lugares em que precisava mais de apoio.

– Parece – disse a mocinha em voz baixa ao ouvido de K., enquanto eles se aproximavam do corredor – que me seria especialmente importante colocar o encarregado das informações sob uma luz favorável, mas, acredite-se ou não, quero dizer apenas a verdade. Ele não tem um coração duro. Não é obrigado a conduzir para fora partes envolvidas que estejam doentes, e mesmo assim o faz, conforme o senhor está vendo. Talvez nenhum de nós seja dono de um coração duro, talvez gostássemos todos de ajudar, mas na condição de funcionários do tribunal facilmente adquirimos a aparência de termos um coração duro e de não querermos ajudar ninguém. Sofro muito por causa disso.

– O senhor não quer se sentar um pouco? – perguntou o encarregado das informações; eles já estavam no corredor e justamente diante do acusado ao qual K. havia dirigido a palavra anteriormente. K. quase sentiu vergonha; antes estivera tão ereto diante dele e agora duas pessoas precisavam apoiá-lo, seu chapéu estava equilibrado no dedo esticado do encarregado das informações, o penteado estava desfeito, os cabelos caíam-lhe sobre a testa coberta de suor. Mas o acusado pareceu não perceber nada disso; humilhado, ele se pôs em pé diante do encarregado das informações, que olhou para longe sem lhe dar atenção, e tentava apenas se desculpar por sua presença ali.

– Eu sei – ele disse – que a execução de meus requerimentos ainda não pode ser dada hoje. Mas mesmo assim acabei vindo, pensei que poderia esperar aqui, uma vez que é domingo e eu tenho tempo e não incomodo ninguém.

– O senhor não precisa pedir tantas desculpas por isso – disse o encarregado das informações. – Seus cuidados são de todo louváveis, ainda que o senhor ocupe desnecessariamente um lugar aqui. Mesmo assim não quero, enquanto o senhor não se tornar inoportuno para mim, impedi-lo de acompanhar atentamente o andar de seu processo. Quando já se viu pessoas que negligenciaram perniciosamente sua obrigação, aprende-se a ter paciência com pessoas como o senhor. Sente-se.

– Como ele sabe falar com as partes interessadas – sussurrou a mocinha.

K. acedeu com um gesto de cabeça, mas logo se irritou quando o encarregado das informações voltou a lhe perguntar:

– O senhor não quer se sentar aqui?

– Não – disse K. –, não quero descansar.

Ele disse isso com a maior determinação possível, mas na realidade lhe teria feito bem se sentar um pouco. Estava como que mareado. Acreditava estar em um navio que se encontrava em águas perigosas. Parecia que as ondas se chocavam contra as paredes de madeira, como se das profundezas do corredor viesse um troar, como o da água caindo, como se o corredor balançasse de través e as partes que estavam aguardando tivessem afundado e levantado em ambos os lados. Tanto mais incompreensível era a tranquilidade da mocinha e do homem que o conduziam. Ele estava entregue a eles; se eles o largassem, ele cairia como uma tábua. De seus olhos pequenos, olhares penetrantes dirigiam-se para cá e para lá, e K. sentia os passos regulares deles sem acompanhá-los, pois era carregado quase passo a passo. Por fim percebeu que eles falavam com ele, mas não os compreendia, escutava apenas o ruído que preenchia tudo e através do qual um som imutavelmente alto, como o de uma sirene, parecia ressoar.

– Mais alto – ele sussurrou de cabeça baixa e se envergonhou, pois sabia que eles haviam falado bem alto, ainda que de modo incompreensível para ele. Então de repente veio ao encontro dele uma corrente de ar, como se a parede tivesse sido rasgada pelo meio à sua frente, e ele ouviu dizerem a seu lado:

– Primeiro ele quer ir embora, depois se pode dizer a ele centenas de vezes que aqui é a saída e ele não se mexe.

K. percebeu que estava diante da porta da saída, que a mocinha havia aberto. Ele sentiu como se todas suas forças tivessem lhe voltado de uma só vez, e a fim de conquistar um antegozo da liberdade, pisou logo em um dos degraus da escadaria e de lá se despediu de seus acompanhantes, que se inclinaram para ele fazendo uma reverência.

– Muito obrigado – ele repetia e repetidas vezes lhes apertava as mãos, deixando-as apenas quando julgou perceber que eles, acostumados ao ar do escritório, suportavam mal o ar relativamente fresco que vinha das escadarias. Eles mal podiam responder, e a mocinha talvez tivesse despencado escada abaixo, se K. não tivesse fechado a porta com rapidez extrema. Em seguida K. ficou ainda por um momento onde estava, ajeitou o cabelo com a ajuda de um espelho de bolso, levantou seu chapéu, que estava caído sobre o degrau seguinte – o encarregado das informações provavelmente o havia jogado lá – e então desceu as escadas correndo, tão descansado e em saltos tão longos a ponto de quase sentir medo diante de tamanho impulso. Surpresas como essas seu estado de saúde, sempre tão estável, jamais havia lhe preparado. Por acaso seu corpo queria revolucionar e lhe encaminhar um novo processo, uma vez que ele suportara com tanta facilidade o antigo? Ele não rejeitou de todo o pensamento de, em uma próxima oportunidade, ir a um médico, mas de qualquer maneira queria – e nisso podia aconselhar a si mesmo – fazer melhor proveito de todas as suas futuras manhãs de domingo.

Capítulo quarto

A amiga da senhorita Bürstner

Nos dias seguintes, foi impossível para K. falar com a senhorita Bürstner, mesmo que fossem algumas poucas palavras. Tentou das mais diferentes maneiras se aproximar dela, mas ela sempre sabia como evitá-lo. Ele vinha para casa logo depois do expediente, ficava em seu quarto sentado sobre o canapé, sem acender a luz, e não se ocupava de nenhuma outra coisa que não observar a antessala. Se por acaso a criada passava e fechava a porta do quarto aparentemente vazio, ele se levantava depois de um instantinho e voltava a abri-la. Pela manhã, acordava uma hora antes do que de costume, a fim de talvez poder encontrar a senhorita Bürstner sozinha quando ia para o escritório. Mas não teve êxito em nenhuma dessas tentativas. Então escreveu uma carta, endereçada tanto ao escritório quando à casa; nela procurou justificar mais uma vez seu comportamento, colocou-se à disposição para qualquer esclarecimento, prometeu jamais ultrapassar as fronteiras que ela lhe imporia, apenas pediu que lhe desse a oportunidade de falar uma vez com ela, sobretudo porque não podia encaminhar nada junto à senhora Grubach enquanto não tivesse deliberado antes com ela, e por fim comunicava que no próximo domingo ficaria o dia inteiro em seu quarto esperando um sinal da parte dela, que deveria satisfazer seu pedido ou pelo menos esclarecer por que não podia fazê-lo, ainda que ele tivesse prometido se sujeitar a ela em tudo. As cartas não voltaram, mas também não houve no domingo resposta. Por outro lado, no entanto, houve um sinal, cuja clareza era suficiente. Logo pela manhã, bem cedo, K. percebeu pelo buraco da fechadura um movimento peculiar na antessala, que logo pôde ser esclarecido. Uma professora de francês – ela, aliás, era alemã e se chamava Montag³ –, uma mocinha fraca, pálida, um tanto manca, que até ali havia habitado um quarto individual, mudara-se para o quarto da senhorita Bürstner. Durante horas ela se esgueirou pela antessala. Sempre havia esquecido uma peça de roupa ou uma toalhinha ou um livro, que tinha de ser buscado especialmente e trazido para a nova moradia.

Quando a senhora Grubach trouxe o café para K. – ela não deixava, desde que havia irritado K. tanto assim, nem mesmo o serviço mais ínfimo à criada –, ele não se controlou e dirigiu a palavra a ela pela primeira vez em cinco dias.

– Por que há tanta barulheira na antessala hoje? – perguntou, enquanto se servia de café. – Isso não poderia ser evitado? Será que justamente no domingo tem de se colocar as coisas em ordem e arrumar tudo?

Ainda que K. não levantasse os olhos para a senhora Grubach, percebeu que ela suspirou, como se estivesse aliviada. Mesmo essas perguntas severas de K. ela tomou como se fossem o perdão, ou pelo menos o começo do perdão.

– Ninguém está colocando as coisas em ordem nem arrumando nada, senhor K. – ela disse –, é apenas a senhorita Montag que está se mudando para o quarto da senhorita Bürstner e levando suas coisas para lá.

Ela não disse mais nada, apenas esperou para ver como K. receberia o que ela dissera e se ele lhe permitiria seguir falando. K. a pôs à prova, no entanto; remexeu, pensativo, o café com a colher e ficou em silêncio. Em seguida, levantou os olhos para ela e disse:

– A senhora já abandonou sua suspeita anterior em relação à senhorita Bürstner?

– Senhor K. – exclamou a senhora Grubach, que estava apenas esperando por essa pergunta, e estendeu a K. suas mãos unidas. – O senhor ao fim das contas levou tão a sério uma observação circunstancial. Não pensei, nem de longe, em ofender o senhor ou quem quer que seja. O senhor já me conhece há

---

3. Segunda-feira em alemão. (N.T.)

um bom tempo, senhor K., a ponto de poder estar convencido disso. E não é capaz de imaginar como sofri nos últimos dias! Eu? Difamar meus locatários... E o senhor, senhor K., acreditou nisso! E ainda disse que eu deveria lhe pedir as contas! Logo ao senhor! – A última exclamação já foi sufocada pelas lágrimas, ela levantou o avental até o rosto e soluçou alto.

– Ora, não chore, senhora Grubach – disse K. e olhou para fora da janela; ele pensava apenas na senhorita Bürstner e no fato de ela ter admitido uma mocinha estranha em seu quarto. – Ora, não chore – ele disse mais uma vez ao se voltar para o interior do quarto e ver que a senhora Grubach continuava chorando. – Eu também não falei tão a sério antes. Acabamos por não nos compreender um a outro. E isso pode acontecer também com velhos amigos.

A senhora Grubach afastou o avental para baixo dos olhos a fim de ver se K. de fato se mostrava disposto a fazer as pazes.

– Pois bem, é assim – disse K. e ainda ousou acrescentar, uma vez que, a julgar pelo comportamento da senhora Grubach, o capitão não havia revelado nada: – A senhora acredita mesmo que eu seria capaz de me indispor consigo só por causa de uma mocinha estranha?

– Mas é justamente isso que eu pensava, senhor K. – disse a senhora Grubach, e ela sempre cometia a fatalidade de, assim que se sentia um pouco mais livre, dizer logo algo desastrado. – Fico me perguntando: por que o senhor se preocupa tanto com a senhorita Bürstner? Por que ralha comigo por causa dela, ainda que saiba que qualquer palavra vinda de sua boca é capaz de me tirar o sono? Eu disse sobre a senhorita nada mais do que aquilo que vi com meus próprios olhos.

K. nada disse, deveria tê-la expulsado do quarto já às primeiras palavras e isso ele não queria fazer. Contentou-se em beber o café e deixar que a senhora Grubach percebesse o quanto era supérflua. Lá fora, podiam ser ouvidos mais uma vez os passos arrastados da senhorita Montag, que atravessavam a antessala.

– A senhora está ouvindo? – perguntou K. e apontou com a mão para a porta.

– Sim – disse a senhora Grubach e suspirou –, eu queria ajudá-la e pedir à criada que a ajudasse, mas ela é teimosa, quer transportar tudo sozinha. Eu me admiro é com a senhorita Bürstner. Me incomodo muitas vezes com o simples fato de ter a senhorita Montag entre as minhas locatárias, e a senhorita Bürstner vai logo levando-a para seu quarto.

– Isso pouco importa à senhora – disse K. e amassou os restos do açúcar na xícara. – A senhora por acaso tem algum prejuízo por causa disso?

– Não – disse a senhora Grubach –, até que no fundo a ideia é bem-vinda, uma vez que com isso tenho um quarto livre e nele posso abrigar meu sobrinho, o capitão. Eu já temo há muito que ele possa estar incomodando o senhor nos últimos dias, nos quais tive de permitir que ele morasse na sala ao lado. Ele não é de ter muita consideração com os outros.

– Que ideia! – disse K. e se levantou. – Nem de longe. A senhora parece me ter na conta de um sujeito hipersensível, só porque não posso suportar essas caminhadas da senhorita Montag; agora ela está voltando, aliás.

A senhora Grubach se deu conta de sua impotência.

– O senhor quer que eu diga a ela que deixe para outro dia o restante da mudança? Se o senhor quiser, faço isso imediatamente.

– Mas se ela tem mesmo de se mudar para o quarto da senhorita Bürstner! – disse K.

– Sim – disse a senhora Grubach, que não entendeu bem o que K. quis dizer com isso.

– Pois então – disse K. –, nesse caso ela tem de carregar suas coisas para lá.

A senhora Grubach apenas assentiu. Esse desamparo mudo, que exteriormente parecia apenas teimosia, incomodou K. mais ainda. Ele começou a andar no quarto, da janela para a porta, de cá para lá, e, com isso, impediu a senhora Grubach de ir embora, coisa que ela provavelmente teria feito não fosse assim.

No momento em que K. mais uma vez havia chegado à porta, alguém bateu. Era a criada, que anunciava que a senhorita

Montag gostaria de trocar algumas palavras com o senhor K., por isso pedia que ele fosse ao refeitório, onde esperava por ele. K. ouviu a criada pensativo, em seguida voltou-se com um olhar quase sarcástico à assustada senhora Grubach. Esse olhar parecia dizer que K. há tempo já adivinhava esse convite da senhorita Montag e que este se adequava muito bem à tortura que ele, K., tinha de suportar da parte dos locatários da senhora Grubach naquele domingo pela manhã. Mandou a criada de volta com a resposta de que iria imediatamente, foi então ao baú de roupas a fim de trocar o casaco e, como resposta à senhora Grubach, que se lamentava baixinho contra a pessoa inoportuna, fez apenas o pedido de que ela levasse embora os talheres do café da manhã.

– Mas o senhor praticamente não tocou em nada – disse a senhora Grubach.

– Ah, mesmo assim leve tudo embora! – exclamou K.; parecia que em tudo estava misturada a senhorita Montag, tornando tudo nojento.

Quando atravessou a antessala, ele olhou para a porta trancada do quarto da senhorita Bürstner. Porém não havia sido convidado para lá, e sim para o refeitório, cuja porta abriu com violência, sem bater.

Era um aposento bastante longo, mas estreito, de apenas uma janela. Havia muito lugar disponível nele, de modo que nos cantos, ao lado da porta, puderam ser colocados dois armários, obliquamente, enquanto o espaço restante havia sido ocupado pela longa mesa, que começava nas proximidades da porta e chegava até bem próximo à grande janela, que com isso era praticamente inacessível. A mesa já estava posta, e para muitas pessoas, pois aos domingos quase todos os locatários almoçavam ali.

Quando K. entrou, a senhorita Montag veio da janela, por um dos lados da mesa, ao seu encontro. Ambos cumprimentaram-se mudos. Em seguida a senhorita Montag disse, como sempre com a cabeça incomumente erguida:

– Não sei se o senhor me conhece.

K. olhou-a, apertando os olhos.

– Claro – disse ele. – A senhorita já mora há muito tempo com a senhora Grubach.

– Mas o senhor não se preocupa muito, conforme me parece, com a pensão – disse a senhorita Montag.

– Não – disse K.

– O senhor não quer sentar-se? – perguntou a senhorita Montag.

Os dois puxaram, em silêncio, dois assentos junto à ponta da mesa e sentaram-se um em frente ao outro. Mas a senhorita Montag logo voltou a se levantar, pois havia deixado sua bolsinha de mão sobre o parapeito da janela e foi buscá-la; ela deslizou por todo o aposento. Quando, balançando a bolsinha de leve, estava de volta mais uma vez, disse:

– Eu gostaria apenas de trocar algumas palavrinhas com o senhor a pedido de minha amiga. Ela queria vir, ela própria, mas está se sentindo um pouco indisposta hoje. Ela gostaria que o senhor a desculpasse e ouvisse a mim em vez de a ela. Ela também não poderia lhe dizer outra coisa a não ser aquilo que eu vou lhe dizer. Pelo contrário, acredito que inclusive posso lhe dizer mais, uma vez que eu não sou parte envolvida, pelo menos não tão envolvida assim. O senhor não acha isso também?

– O que posso dizer? – respondeu K., que estava cansado de ver os olhos da senhorita Montag ininterruptamente fixos sobre seus lábios. Ela já concedia a si mesma, através disso, um poder sobre aquilo que ele queria dizer. – A senhorita Bürstner parece não querer me conceder a conversa particular que pedi a ela.

– É isso – disse a senhorita Montag –, ou, melhor, não tem nada a ver com isso; o senhor o expressa de um modo particularmente veemente. De modo geral, conversas não são concedidas, nem negadas. Mas pode acontecer que se considerem determinadas conversas desnecessárias, e é justamente esse o caso. Agora, depois de sua observação, posso falar abertamente. O senhor pediu uma entrevista com minha amiga, por escrito ou oralmente. Mas eis que minha amiga sabe, pelo menos é o que deduzo, sobre o que essa entrevista irá versar, e por isso ela está convencida, por motivos que desconheço, que isso não traria proveito a ninguém caso essa entrevista de fato viesse a acontecer. Aliás, apenas ontem ela me contou, e de modo bem superficial, acerca disso; ela também disse que para o senhor a entrevista não deve ser especialmente importante, pois o senhor teria chegado a tal ideia apenas por acaso e acabaria por reconhecer, o senhor mesmo, ainda que sem nenhum esclarecimento especial, a insensatez de tudo isso, talvez não já agora mas de qualquer forma logo, logo. A isso respondi que talvez até poderia ser correto, mas que achava vantajoso, para o bem de uma clareza completa da situação, fazer com que uma resposta explícita chegasse até o senhor. E me ofereci a assumir essa tarefa; depois de alguma hesitação, minha amiga concordou comigo. E agora espero ter agido também em seu favor e conforme aquilo que o senhor pensa; pois até mesmo a insegurança mais mínima na coisa mais insignificante é, ainda assim, sempre torturante, e quando se pode, como nesse caso, eliminá-las com facilidade, é melhor que isso aconteça o mais rápido possível.

– Eu agradeço – disse K. imediatamente, levantou-se devagar, olhou para a senhorita Montag, depois para o tampo da mesa, até chegar à janela – a casa em frente era banhada pela luz do sol – e foi até a porta.

A senhorita Montag seguiu-o alguns passos, como se não lhe desse confiança plena. Mas diante da porta os dois tiveram de recuar, pois ela se abriu e o capitão Lanz entrou. K. o viu pela primeira vez de perto. Era um homem alto, de cerca de quarenta anos, rosto carnudo e bronzeado. Ele fez uma leve reverência, que valeu também para K., e em seguida foi até a senhorita Montag e beijou, respeitoso, a mão dela. Era assaz jeitoso em seus movimentos. Sua cortesia em relação à senhorita Montag destacava-se gritantemente do tratamento que ela havia recebido de K. Ainda assim a senhorita não pareceu ficar brava com K., uma vez que chegou inclusive a fazer menção, conforme K. julgou perceber, de apresentá-lo ao capitão. Mas K. não quis ser apresentado, ele não seria capaz de se mostrar amistoso, o mínimo que fosse, nem diante do capitão nem diante da senhorita Montag. Para ele, o beijo na mão a havia ligado a um grupo que, sob a aparência da inocência e do altruísmo mais extremos, queria mantê-lo longe da senhorita Bürstner. K. acreditou, contudo, não reconhecer apenas isso; reconheceu também que a senhorita Montag havia elegido um meio adequado, mas ainda assim de dois gumes. Ela exagerara a importância do relacionamento entre a senhorita Bürstner e K., ela exagerara sobretudo a importância da conversa reivindicada e, ao mesmo tempo, procurara virar as coisas de modo que parecesse que era K. que exagerava tudo. Mas ela haveria de se enganar, K. não queria exagerar nada, ele sabia que a senhorita Bürstner era uma dessas secretariazinhas, que não deveria opor resistência a ele por muito tempo. Ele intencionalmente nem mesmo se dignou a levar em consideração o que a senhora Grubach lhe contara a respeito da senhorita Bürstner. Acerca de tudo isso ele refletiu enquanto deixava o quarto, mal cumprimentando os que ficavam. Queria ir logo para o seu quarto, mas uma risada breve da senhorita Montag, que ele ouviu atrás de si no refeitório, levou-o à ideia de que talvez pudesse preparar uma bela surpresa aos dois, à senhorita Montag e ao capitão. Olhou em volta e abriu os ouvidos a fim de constatar se de algum dos aposentos em volta poderia ser esperada uma interferência; tudo estava em silêncio, apenas a conversa no refeitório podia ser ouvida; e, do corredor que levava à cozinha, a voz da senhora Grubach. A oportunidade pareceu favorável, K. foi até a porta do quarto da senhorita Bürstner e bateu de leve. Uma vez que nada se mexeu, ele bateu mais uma vez, mas continuou sem resposta. Será que ela dormia? Ou será que se sentia mal? Ou será que se negava a atender por que adivinhava que só poderia ser K. que batia tão de leve? K. presumiu que ela se negava a atender, bateu mais forte e por fim, uma vez que as batidas não tiveram resultado, abriu a porta do quarto com cuidado, não sem a sensação de estar fazendo algo incorreto e, além disso, inútil. No quarto não havia ninguém. Mal lembrava o quarto que K. havia conhecido. Na parede, agora havia duas camas postadas uma em frente à outra, três cadeiras nas proximidades da porta estavam cobertas de peças de vestuário e roupas sujas, um armário estava aberto. A senhorita Bürstner provavelmente tinha ido embora enquanto a senhorita Montag passava a conversa em K. no refeitório. K. não ficou particularmente consternado por causa disso, sequer havia esperado que fosse mais fácil encontrar a senhorita Bürstner; havia feito aquela tentativa quase apenas por teimosia em relação à senhorita Montag. Mas tanto mais constrangedor foi para ele ver, enquanto voltava a trancar a porta, a senhorita Montag e o capitão conversando junto à porta aberta do refeitório. Eles talvez já estivessem parados lá desde que K. abrira a porta e evitavam dar na vista, como se estivessem observando K.; eles conversavam baixo e seguiam os movimentos de K. com os olhos apenas como se o faz durante uma conversa, em que se olha distraidamente em volta. Mas esses olhares pesavam sobre K., e ele se apressou em chegar ao seu quarto, andando próximo à parede.[4]

---

4. Alguns pesquisadores consideram que o Capítulo Quarto deveria ser inserido entre os capítulos Primeiro ("Detenção") e Segundo ("Primeiro inquérito"). Vejamos: o Capítulo Segundo trata de ocorrências que sucedem *dez* dias após a detenção ("Peço que ouçam: há cerca de dez dias fui detido, e sobre o ato da detenção em si eu apenas posso rir, mas isso pouco importa aqui", diz Josef K.), ao passo que o Capítulo Quarto trata de ocorrências que sucedem apenas *cinco* dias depois da detenção ("Quando a senhora Grubach trouxe o café para K. – ela não deixava, desde que havia irritado K. tanto assim, nem mesmo o serviço mais ínfimo à criada –, este não pôde se controlar e dirigiu a palavra a ela pela primeira vez em cinco dias", diz o narrador, e os cinco dias se referem à discussão com a senhora Grubach, ocorrida no dia da detenção). (N.T.)

Capítulo quinto

O espancador

Quando K. passou pelo corredor que separava seu escritório das escadarias principais em uma das tardinhas seguintes – desta vez ele era quase o último a ir para casa, apenas na expedição ainda trabalhavam dois outros contínuos, ao clarão escasso de uma lâmpada –, ouviu suspiros vindos de uma porta, atrás da qual sempre imaginara apenas um quarto de despejo, sem jamais tê-lo visto. Ele ficou parado, surpreso, e escutou mais um pouco, a fim de garantir se não se enganava – por um instantinho tudo ficou em silêncio, mas logo voltou a ouvir suspiros. Primeiro quis chamar um dos contínuos, talvez fosse preciso de uma testemunha, mas então foi tomado de uma curiosidade tão indomável que escancarou a porta. Era, conforme ele havia imaginado corretamente, um quarto de despejo. Impressos velhos e imprestáveis, frascos de tinta, de argila, vazios e virados, jaziam além da soleira. No quarto em si havia três homens, agachados no recinto de pé-direito baixo. Uma vela fixada no alto de uma prateleira fornecia luz.

– O que estão fazendo aqui? – perguntou K., falando precipitadamente, mas não alto demais, tamanho era o seu nervosismo.

Um dos homens, que aparentava controlar os outros e captava os olhares sobre si por primeiro, estava metido em uma espécie de roupa de couro escura, que deixava nu o pescoço até bem embaixo, no peito, e os braços por inteiro. Ele não respondeu. Mas os dois outros exclamaram:

– Senhor! Seremos espancados porque te queixaste[5] acerca de nós junto ao juiz de instrução.

---

5. A opção pela segunda pessoa do singular – que já foi utilizada em outras traduções de Kafka e que no Brasil é usual apenas em alguns estados –, objetiva, entre outras coisas, aproximar a tradução do original, conforme reivindicaram teóricos e tradutores do calibre de Walter Benjamin. (N.T.)

E só agora K. reconhecia que se tratava de fato dos guardas Franz e Willem e que o terceiro segurava uma vara nas mãos a fim de espancá-los.

– Pois bem – disse K., e fixou os olhos neles –, eu não me queixei, apenas disse como foi que as coisas aconteceram em minha casa. E também não se pode dizer que vocês dois se comportaram de maneira impecável.

– Senhor – disse Willem, enquanto Franz, ao que parecia, procurava se manter seguro atrás dele, protegendo-se do terceiro –, se soubesse como somos mal pagos, o senhor faria um juízo melhor a nosso respeito. Tenho uma família para alimentar, o Franz aqui queria casar, e a gente procura enriquecer como dá, e só com o trabalho não se consegue nada, mesmo que seja o trabalho mais forçado. Suas roupas finas me seduziram, e naturalmente é proibido aos guardas agirem assim, foi incorreto, mas é da tradição que as roupas pertençam aos guardas, foi sempre assim, pode acreditar; e é mais do que natural, que importância têm coisas como essas para aquele que é tão desafortunado a ponto de ser detido? Mas se ele fala disso em público, então a punição tem de ser aplicada.

– O que vocês dizem agora eu não sabia, e também não pedi, de forma nenhuma, que vocês fossem punidos, tratava-se apenas de uma questão de princípio para mim.

– Franz – e Willem se voltou para o outro guarda –, eu não te disse que este senhor não havia pedido nossa punição? Agora tu vês que ele sequer sabia que nós temos de ser punidos nesses casos.

– Não te deixes levar por discursos desses – disse o terceiro a K. – A punição é exatamente tão justa quanto inevitável.

– Não dê ouvido a ele – disse Willem e só interrompeu o que dizia para levar a mão, sobre a qual levara um golpe de vara, com rapidez à boca. – Somente somos punidos porque tu nos denunciaste. Do contrário não teria acontecido nada conosco, mesmo que ficassem sabendo o que fizemos. Pode-se chamar a isso de justiça? Nós dois, mas sobretudo eu, demos prova de nossa competência na função de guardas por longo tempo – tu mesmo tens de reconhecer que nós, do ponto de vista da repartição, fomos bons ao manter a guarda –, nós tínhamos perspectivas de progredir, e com certeza em pouco nos teríamos tornado espancadores como este aqui, que teve justamente a sorte de não ter sido denunciado por ninguém, pois tal denúncia de fato acontece muito raramente. E agora, senhor, tudo está perdido, nossa carreira acabou, teremos de fazer ainda trabalhos bem mais subalternos do que o serviço da guarda. Além disso receberemos agora essas pancadas terrivelmente dolorosas.

– Mas a vara pode causar dores tão terríveis? – perguntou K., avaliando a vara que o espancador balançou diante dele.

– É que teremos de tirar toda nossa roupa – disse Willem.

– Então é assim – disse K., olhando o espancador mais detalhadamente: ele era bronzeado como um marinheiro e tinha um rosto selvagem e cheio de energia. – Não existe possibilidade de evitar que esses dois sejam espancados? – perguntou a ele.

– Não – disse o espancador, sacudindo a cabeça sorridente. – Tirem a roupa! – ordenou ele aos guardas. E a K. disse: – Tu não deves acreditar logo em tudo o que eles dizem, eles já ficaram um pouco imbecilizados pelo medo das pancadas. O que este aqui, por exemplo – e ele apontou para Willem –, disse acerca de sua possível carreira pode ser caracterizado apenas como ridículo. Olha só como ele é gordo, os primeiros vergões da vara ainda por cima irão se perder na gordura... Sabes por que ele ficou tão gordo? Ele tem o hábito de devorar o café da manhã de todos os detidos. Por acaso ele não comeu também o teu café da manhã? Pois é, como eu disse. Mas um homem com uma barriga dessas não poderia jamais se tornar um espancador, seria absolutamente impossível.

– Mas há espancadores que são assim, também – afirmou Willem, que acabava de abrir seu cinto.

– Não – disse o espancador, e passou a vara com tal força em seu pescoço que ele se encolheu –, tu não deves ficar ouvindo, mas sim tirar a roupa.

– Eu te daria uma bela recompensa se os deixasses ir embora – disse K. e, sem olhar mais uma vez para o espancador

– tais negócios são realizados da melhor maneira, por ambas as partes, de olhos baixos –, tirou a carteira do bolso.

– Tu provavelmente queres acabar me denunciando também – disse o espancador – e fazer com que também eu seja espancado. Não e não!

– Sê razoável – disse K. –, se eu quisesse que esses dois fossem punidos, eu não compraria sua absolvição agora. Eu poderia simplesmente bater a porta, não querer ouvir nem ver nada mais e ir para casa. Mas eis que não é isso o que eu faço, pelo contrário dou importância ao fato de livrá-los disso; se eu tivesse imaginado que eles deveriam ser punidos, ou até mesmo que pudessem ser punidos, eu jamais teria mencionado seus nomes. Nem sequer os considero culpados, culpada é a organização, culpados são os altos funcionários!

– É isso mesmo! – exclamaram os guardas, e receberam de imediato um golpe sobre suas costas já nuas.

– Se tivesses aqui debaixo da tua vara um juiz do alto escalão – disse K. e abaixou, enquanto falava, a vara, que já queria se levantar mais uma vez –, eu realmente não te impediria de bater a torto e direito, pelo contrário, ainda te daria dinheiro, a fim de que pudesses te fortalecer para a boa causa.

– O que dizes até soa digno de crédito – disse o espancador –, mas não me deixo subornar. Fui determinado a espancar, portanto espanco.

O guarda Franz, que, talvez à espera de um bom final na intervenção de K., até agora havia se mostrado bastante reservado, foi até a porta, vestido apenas com as calças, pendurou-se, ajoelhando, ao braço de K., e sussurrou:

– Se não podes fazer com que sejamos poupados, tenta pelo menos livrar a mim. Willem é mais velho do que eu e sob todos os aspectos menos sensível, além disso já levou uma vez, há alguns anos, uma punição mais leve, em que também foi espancado, enquanto eu ainda não fui desonrado e só fui levado a fazer o que fiz por causa de Willem, que é meu professor tanto no que diz respeito ao bom quanto ao ruim. Lá embaixo, em frente ao banco, minha pobre noiva espera por mim na saída. Eu me envergonho tão desgraçadamente disso!

Ele secou seu rosto coberto de lágrimas na manga do casaco de K.

– Não vou esperar mais – disse o espancador, pegando a vara com as duas mãos, e golpeou Franz, enquanto Willem se encolhia a um canto e olhava às escondidas, sem ousar voltar o rosto. Então se elevou o grito lançado por Franz, indivisível e imutável; ele não parecia ter saído de um ser humano, mas sim de um instrumento martirizado, e reboou pelo corredor inteiro, o prédio todo deve ter escutado.

– Não grites – exclamou K. sem se conter e, enquanto olhava tenso para a direção de onde teriam de vir os contínuos, deu um empurrão em Franz, não muito forte, mas o suficiente para fazer com que o inconsciente caísse de lado e, dominado pelas cãibras, apalpasse o chão com as mãos; mas dos golpes ele não conseguiu escapar, a vara o encontrava também sobre o solo, e enquanto ele se revolvia debaixo dela a ponta da vara era tangida regularmente para cima e para baixo. E eis que já apareciam à distância um dos contínuos e, alguns passos atrás dele, um segundo. K. havia fechado a porta às pressas e fora até uma das janelas, que dava para o pátio interno, abrindo-a. Os gritos acabaram de todo. A fim de não permitir que os contínuos se aproximassem, ele gritou:

– Sou eu!

– Boa noite, senhor procurador! – gritaram de volta. – Aconteceu alguma coisa?

– Não, nada – respondeu K. –, é só um cachorro latindo no pátio. – Mas quando os contínuos mesmo assim não se moveram do lugar onde estavam, ele acrescentou: – Vocês podem continuar o serviço que estavam fazendo.

A fim de não ter de se envolver em uma conversa com os contínuos, ele se inclinou para fora da janela. Quando voltou a olhar para o corredor depois de um instantinho, eles já haviam desaparecido. Mas K. permaneceu junto à janela, não ousava voltar ao quarto de despejo e para casa também não queria ir.

Era um pátio quadrangular aquele para o qual ele olhava, em volta havia áreas de escritório, e todas as janelas àquela hora já estavam escuras, apenas as que se localizavam mais ao alto apanhavam um reflexo do luar. K. procurou, fazendo esforço, penetrar com seus olhares na escuridão de um canto do pátio, no qual alguns carrinhos de mão estavam acoplados uns aos outros. Atormentava-o o fato de não ter sido bem-sucedido na tentativa de impedir o espancamento, mas não fora culpa sua não ter tido êxito; se Franz não tivesse gritado – é claro que devia ter doído muito, mas em um momento decisivo a gente é obrigado a se conter –, se ele não tivesse gritado, pois, K. teria encontrado, pelo menos provavelmente, mais um meio de convencer o espancador a desistir. Se todo o escalão mais baixo do funcionalismo era nada mais que uma ralé, por que justamente o espancador, que tinha justamente o encargo mais desumano, seria uma exceção? Ademais, K. observara muito bem como seus olhos haviam brilhado ao ver as cédulas bancárias, e ele por certo manifestara seriedade no espancamento a apenas princípio no sentido de elevar ainda mais a soma do suborno. E K. não teria poupado, preocupava-se de fato em libertar os guardas; e já que ele começara a combater os crimes daquele tribunal, era evidente que devia atacar também por esse lado. Mas no momento em que Franz começara a gritar, naturalmente tudo havia acabado. K. não podia permitir que os contínuos, e talvez até mesmo todo o tipo de pessoas, viessem e o surpreendessem em negociações com aquele grupo no quarto de despejo. Esse sacrifício de fato ninguém poderia exigir de K. Se ele tivesse tido a intenção de fazer isso, a coisa inclusive talvez tivesse sido ainda mais fácil. K. teria tirado, ele mesmo, sua roupa, e oferecido a si próprio ao espancador em substituição aos guardas. Aliás, o espancador por certo não teria admitido essa delegação, uma vez que assim, sem conseguir com isso uma vantagem, teria ferido gravemente sua obrigação, e é provável que a teria ferido duplamente,* inclusive, pois K. certamente deveria, enquanto ainda estivesse sob investigação, de continuar intocável para todos os funcionários do tribunal. De qualquer maneira, poderiam valer determinações de caráter especial nesse caso. Certo era que K. não pudera fazer nada a não ser bater a porta, ainda que com isso todos os perigos continuassem longe de estar eliminados. O fato de ter dado um empurrão em Franz era lamentável, e desculpável apenas devido a seu nervosismo.

Ao longe, ouviu os passos dos contínuos; para não chamar a atenção deles, trancou a janela e foi em direção à escadaria principal. Junto à porta que dava para o quarto do despejo, ficou parado por algum tempo ouvindo. O homem poderia ter espancado os guardas à morte, eles estavam completamente subjugados a seu poder. K. já havia estendido a mão para a maçaneta, mas em seguida a reteve. Já não podia mais ajudar ninguém, e os contínuos logo haveriam de chegar; ele jurou a si mesmo, todavia, falar do assunto e punir com o devido rigor aqueles que eram realmente culpados, os altos funcionários, dos quais nenhum ainda havia ousado se mostrar diante dele, em toda a extensão de seu poder. Quando desceu as escadarias que levavam para fora do banco, observou com cuidado todos os passantes e mesmo nos arredores mais distantes não conseguiu ver nenhuma mocinha que estivesse esperando por alguém. A observação de Franz, de que a noiva esperava por ele, provou ser uma mentira, em todo caso perdoável, que tivera apenas o objetivo de despertar uma compaixão ainda maior.

Ainda no dia seguinte os guardas ocupavam a mente de K.; ele estava distraído no trabalho e teve de ficar no escritório mais tempo do que no dia anterior a fim de terminá-lo. Quando, já a caminho de casa, mais uma vez passou em frente ao quarto de despejo, abriu-o, como se fosse para seguir um costume. Diante daquilo que vislumbrou, em vez da esperada escuridão, ele não soube se controlar. Tudo estava do mesmo jeito, exatamente conforme encontrara na tardinha anterior ao abrir a porta. Os impressos e os frascos de tinta logo após a soleira, o espancador com a vara, os guardas ainda completamente desnudos, a vela na prateleira, e os guardas começaram a se queixar e chamaram:

– Senhor!

K. fechou a porta imediatamente e bateu com os punhos contra ela, como se assim ela ficasse trancada de maneira mais firme. Quase chorando, ele correu até os contínuos, que trabalhavam em silêncio junto às máquinas copiadoras e permaneciam surpreendentemente concentrados em seu trabalho.

– Arrumem o quarto de despejo de uma vez por todas! – ele exclamou. –Acabaremos por afundar na sujeira!

Os contínuos estavam prontos a fazê-lo no dia seguinte, e K. assentiu; agora, já tarde da noite, ele não poderia obrigá-los mais ao trabalho, conforme havia tido a intenção de fazer. Sentou-se um pouco, a fim de manter os contínuos nas proximidades por um instantinho, mexeu em algumas cópias, misturando-as, com o que acreditava dar a impressão de estar reexaminando-as, e em seguida, uma vez que reconheceu que os contínuos não ousariam ir embora com ele ao mesmo tempo, foi para casa, cansado e sem pensar.[6]

---

6. No posfácio à terceira edição de O processo, publicada em 1946, Max Brod admite que Kafka possa ter previsto o Capítulo Quinto como sendo o Segundo. (N.T.)

Capítulo sexto

O tio | Leni

Certa tarde – K. estava bastante ocupado com o fechamento da correspondência –, Karl, o tio de K., um pequeno proprietário de terras do interior, irrompeu na sala se esgueirando entre dois contínuos que traziam documentos. K. assustou-se menos com a visão do tio do que tempos atrás se assustara com a imaginação de vê-lo chegando. O tio tinha de vir, disso K. tinha certeza há cerca de um mês. Já na época ele acreditou ter visto como ele, um tanto agachado, o chapéu panamá apertado na mão esquerda, já de longe estendia a direita em sua direção, levando-a por cima da mesa em uma pressa insolente e derrubando tudo que havia em seu caminho. O tio estava sempre com pressa, pois era perseguido pelo pensamento infeliz de que tinha de conseguir resolver absolutamente tudo que havia se proposto a resolver em suas idas à capital, que jamais duravam mais do que um dia, não podendo, além disso, deixar escapar nenhuma das conversas, negócios ou prazeres que eventualmente surgissem. E nisso K., e o fato de o tio ter sido seu tutor só fazia aumentar sua obrigação, tinha de lhe ajudar em tudo que era possível, permitindo inclusive que pernoitasse em sua casa. "O fantasma do campo", era assim que K. costumava chamá-lo.

Logo após o cumprimento – ele não tinha tempo para se sentar na poltrona, conforme K. havia convidado –, o tio pediu a K. que tivessem uma conversa particular.

– É necessário – disse ele, engolindo com esforço –, é necessário para que eu fique tranquilo.

K. de imediato mandou que os contínuos saíssem da sala, com a orientação de não deixar ninguém entrar.

– O que foi que eu ouvi, Josef? – gritou o tio, assim que ficaram sozinhos, sentando-se sobre a mesa e amassando embaixo de si, sem olhar, diversos papéis, a fim de poder sentar-se com mais conforto. K. ficou em silêncio. Sabia o que viria em seguida, mas, relaxado de repente do trabalho cansativo, deu-se ao direito de uma agradável lassidão e olhou pela janela para o outro lado da rua, do qual, de sua cadeira, podia ver apenas um pequeno recorte triangular, um pedaço de muro de casas, vazio, entre duas vitrines de loja.

– Olhas pela janela! – exclamou o tio de braços erguidos. – Pelo amor de Deus, Josef, responde! É verdade, quer dizer que pode ser verdade?

– Querido tio – disse K. e se desvencilhou de sua distração –, nem mesmo sei o que queres de mim.

– Josef – disse o tio advertindo –, sempre disseste a verdade, segundo sei. Devo encarar tuas últimas palavras como um mau sinal?

– Agora imagino o que estejas querendo – disse K., obediente –, tu provavelmente ouviste algo sobre o meu processo.

– É isso mesmo – respondeu o tio, assentindo vagarosamente –, ouvi falar sobre o teu processo.

– Mas de quem? – perguntou K.

– Erna me escreveu a respeito – disse o tio –; ela não tem relação contigo, tu lamentavelmente não te preocupas muito com ela. Mesmo assim ela ficou sabendo. Hoje recebi a carta e, naturalmente, logo viajei para cá. Por nenhum outro motivo, mas este me pareceu motivo suficiente. Posso ler para ti o trecho da carta que te diz respeito. – E ele tirou o papel da carteira: – Aqui está. Ela escreve: "Há muito tempo não vejo Josef, semana passada estive no banco, mas Josef estava tão ocupado que não permitiram minha entrada; esperei por quase uma hora, então tive de ir para casa porque tinha aula de piano. Eu teria gostado de falar com ele, talvez num futuro próximo haja uma oportunidade. No onosmático ele mandou-me uma grande caixa de chocolates, foi muito amável e atencioso da parte dele. Papai, mamãe, eu havia esquecido de vos escrever, na época, e só agora, uma vez que vós o perguntais, é que estou me lembrando disso. Chocolates, conforme deveis saber, desaparecem imediatamente na pensão, mal se chegou a ter consciência de que se foi presenteado com chocolates, e já eles desapareceram. Mas no que diz respeito a Josef, queria vos dizer ainda uma coisa. Conforme mencionei, não permitiram que eu chegasse até ele no banco, porque justamente naquele momento negociava com um senhor. Depois de ter esperado em silêncio por algum tempo, perguntei a um contínuo se a negociação ainda demoraria muito. Ele disse que por certo assim seria, pois se tratava provavelmente do processo que havia sido encaminhado contra o senhor procurador. Então perguntei que processo era aquele, se ele por acaso não estava enganado, mas ele disse que não se enganava, que era um processo, além disso um processo pesado, mas mais do que isso ele não sabia. Ele mesmo gostaria de ajudar o senhor procurador, pois se tratava de um homem bom e justo, mas não sabia como começar e gostaria apenas de desejar que homens de influência se ocupassem do caso dele. Isso com certeza também aconteceria, e no final das contas tudo acabaria bem, mas por ora, conforme ele podia ver pelo humor do senhor procurador, as coisas não andavam nem um pouco bem. Eu, naturalmente, não dei muita importância a essa conversa e também procurei acalmar o ingênuo contínuo, proibi-o de falar a respeito disso diante de outras pessoas e considero tudo isso uma fofoca. Mesmo assim talvez fosse bom se tu, querido pai, em tua próxima visita averiguasses a coisa; seria fácil para ti saber coisas mais precisas a respeito, caso de fato se faça necessário que intervenhas por intermédio de teus muitos e influentes conhecidos. Caso isso não seja necessário, o que inclusive é o mais provável, pelo menos darás a tua filha a possibilidade de te abraçar em breve, o que a deixaria alegre." Uma boa menina – disse o tio quando terminou a leitura, secando algumas lágrimas dos olhos.

    K. assentiu, ele tinha, em consequência dos diversos transtornos dos últimos tempos, esquecido completamente de Erna, até mesmo do aniversário dela ele havia se esquecido, e a história dos chocolates havia sido inventada com o único objetivo de protegê-lo diante do tio e da tia. Aquilo tudo era muito comovente, e com os ingressos de teatro, que ele a partir de agora queria mandar a ela regularmente, não estaria suficientemente recompensado, mas não se sentia disposto a visitar a pensão e conversar com uma pequena colegial de dezoito anos.

– E o que me dizes agora? – perguntou o tio, que por causa da carta havia esquecido toda a pressa e o nervosismo e parecia lê-la mais uma vez.

– Sim tio – disse K. –, é verdade.

– Verdade? – exclamou o tio. – O que é verdade? Como pode ser verdade? Que processo é esse? Não se trata de um processo penal, não é?

– Um processo penal, sim – respondeu K.

– E tu ficas sentado calmamente aí tendo um processo penal na cola? – exclamou o tio, cuja voz se tornava cada vez mais alta.

– Quanto mais calmo eu permaneço, tanto melhor para o desfecho do processo – disse K., cansado –, não há nada a temer.

– Isso não basta para me acalmar! – exclamou o tio. – Josef, querido Josef, pensa em ti, em teus parentes, no bom nome que temos a zelar! Tu foste até agora nossa honra, não podes te tornar nossa vergonha. Tua postura – e ele olhou para K. com a cabeça inclinada para o lado – não me agrada, não é assim que se comporta um acusado inocente, que ainda dispõe de forças. Diz-me rapidamente do que se trata a fim de que eu possa te ajudar. Trata-se naturalmente do banco?

– Não – disse K. e levantou-se –, mas tu estás falando demasiado alto, querido tio, o contínuo provavelmente está parado junto à porta e ouvindo. E isso me é desagradável. É melhor irmos embora. Então responderei, na medida do possível, a todas as tuas perguntas. Sei muito bem que devo explicações à família.

– Certo – gritou o tio –, totalmente certo, apressa-te, Josef, apressa-te!

– Preciso apenas passar alguns encargos adiante – disse K. e chamou por telefone seu substituto, que em poucos instantes entrava na sala.

O tio, em seu nervosismo, mostrou ao contínuo, com a mão, que K. o havia mandado chamar, coisa sobre a qual de resto não podia haver a menor dúvida. K., que estava parado em frente à escrivaninha, esclareceu ao jovem, que ouvia fria mas atentamente, em voz baixa e se apoiando em vários documentos, o que ainda deveria ser feito em sua ausência durante aquele dia. O tio incomodava primeiro por ficar parado ao lado deles de olhos bem abertos e mordendo nervosamente os lábios, sem, contudo, escutar nada, porém tão somente o fato de ele se mostrar assim já era suficientemente incômodo. Em seguida ele caminhava de lá para cá na sala e ficava parado aqui e ali diante de uma janela ou diante de um quadro, e nisso sempre de novo rompia em diferentes exclamações, como: "Isso é completamente incompreensível para mim!" ou "Mas me digam agora no que haverá de dar isso!".

O rapaz fez que não percebia nada daquilo, ouviu em silêncio até o final os encargos que K. lhe passava, fez algumas anotações e foi, depois de ter feito uma reverência tanto diante de K. quanto do tio, que lhe virara as costas justo no momento em que ele o fazia, a fim de olhar pela janela e, de mãos estendidas, juntar as cortinas num feixe. A porta mal havia se fechado quando o tio bradou:

– Finalmente o fantoche de molas se foi, finalmente agora também podemos ir. Enfim!

Lamentavelmente, não havia meios de convencer o tio a deixar de lado as perguntas acerca do processo, mesmo na antessala, onde alguns funcionários e contínuos estavam parados e pela qual inclusive o diretor adjunto acabava de passar.

– Pois bem, Josef – começou o tio, enquanto respondia às reverências dos que estavam parados por ali com pequenas saudações –, agora me diz abertamente de que tipo de processo se trata.

K. fez alguns comentários vagos, riu um pouco e apenas quando já estavam nas escadarias esclareceu ao tio que não queria falar abertamente diante das pessoas.

– Certo – disse o tio –, mas agora fala. – De cabeça inclinada, fumando um charuto em tragadas curtas e rápidas, ele se pôs a ouvir.

– Antes de tudo, tio – disse K. –, não se trata nem mesmo de um processo diante de um tribunal comum.

– Isso é ruim – disse o tio.

– Como? – perguntou K., encarando o tio.

– Quero dizer que isso é ruim – repetiu o tio.

Eles estavam parados na escadaria em frente ao banco, que dava para a rua; e como o porteiro parecia estar ouvindo, K. puxou o tio para baixo; o trânsito animado da rua os acolheu. O tio, segurando o braço de K., não perguntava mais com tanta urgência acerca do processo, e eles inclusive caminharam por algum tempo em silêncio.

– Mas como foi que isso aconteceu? – perguntou enfim o tio, parando tão repentinamente que as pessoas que caminhavam atrás dele desviaram, assustadas. – Coisas desse tipo não acontecem de repente, elas precisam de um longo tempo de preparo, deve ter havido sinais disso, por que não me escreveste? Sabes que eu faço tudo por ti, de certa maneira ainda sou teu tutor e inclusive tinha orgulho disso até hoje. Naturalmente vou continuar te ajudando, só que agora, se é que o processo já está sendo encaminhado, tudo se torna bem mais difícil. A melhor coisa seria, em todo caso, que tirasses umas pequenas férias e viesses até nós, no campo. Tu também emagreceste um pouco, agora percebo. No campo poderás recuperar tuas forças, e isso inclusive te fará bem, uma vez que terás de encarar algumas dificuldades. Além do mais, com isso estarás livre do tribunal, de certa maneira. Aqui, eles têm todos os meios possíveis de poder; que necessariamente também aplicam em relação a ti; no campo, porém, eles teriam de se ocupar primeiro em delegar poderes a órgãos específicos ou tentar atuar sobre ti apenas por cartas, por telégrafo ou por telefone. Isso naturalmente enfraquece o efeito e, ainda que não te livre, te deixa respirar.

– Mas eles poderiam me proibir de viajar – disse K., cujo raciocínio o discurso do tio havia atraído.

– Não acredito que eles fariam isso – disse o tio, pensativo –, a perda de poder que teriam de suportar por causa de tua viagem não é assim tão grande.

– Pensei – disse K., pegando o tio por baixo do braço a fim de poder impedir que ele parasse mais uma vez – que tu darias a tudo isso menos importância do que eu, e agora tu mesmo levas o caso tão a sério.

– Josef – invocou o tio e quis se livrar dele a fim de poder ficar parado, mas K. não o deixou –, tu estás transformado, sempre tiveste uma capacidade de visão tão correta, e justo agora ela te abandona? Por acaso queres perder o processo? Sabes o que isso significa? Significa que simplesmente serás riscado do mapa. E que toda a parentela será levada junto, ou pelo menos humilhada até o chão. Josef, concentra-te um pouco. Tua indiferença me põe fora do juízo. Quando a gente te vê assim, quase sente vontade de dar crédito ao provérbio que diz: "Ter um processo desses já significa tê-lo perdido".

– Querido tio – disse K. –, o nervosismo é tão inútil, ele é inútil do teu lado e também seria inútil do meu. Com nervosismo não se ganha processos, deixa que minha experiência também conte alguma coisa, assim como sempre dou atenção à tua, inclusive agora que ela me surpreende um pouco. Uma vez que tu dizes que também a família é levada de roldão pelo processo – coisa que eu, de minha parte, não consigo compreender, mas isso é coisa secundária –, eu quero te seguir em tudo. Mas não considero vantajosa a estada no campo, e isso inclusive em teu favor, pois significaria fuga e consciência de culpa. Além disso, aqui posso até ser mais perseguido, mas também posso me ocupar melhor da questão pessoalmente.

– Certo – disse o tio em um tom como se enfim os dois estivessem se entendendo. – Apenas fiz a sugestão porque, no caso de ficares aqui, vejo a coisa a perigo por causa de tua indiferença e achei melhor eu trabalhar por ti do que tu mesmo. Mas se quiseres te ocupar disso tu mesmo, com todas as tuas forças, naturalmente é bem melhor.

— Nisso concordamos — disse K. — E tens agora uma sugestão em relação àquilo que eu deveria fazer por primeiro?

— Naturalmente tenho de refletir um pouco a respeito — disse o tio. — Tens de considerar que eu vivo no campo há vinte anos quase ininterruptos, e a sagacidade nessas coisas acaba diminuindo. Diferentes contatos importantes com personalidades que talvez sejam mais especializadas no assunto se afrouxaram espontaneamente nos últimos tempos. Estou um pouco abandonado no campo, sabes muito bem. A gente mesmo só percebe isso de fato em tais oportunidades. Em parte teu caso também chegou de maneira inesperada, ainda que eu estranhamente já imaginasse algo do tipo depois da carta de Erna e hoje logo ao te ver soubesse quase com certeza. Mas isso é indiferente, o importante agora é não perder tempo.

Já durante seu discurso, parado na ponta dos pés, ele havia acenado a um automóvel e puxou K. atrás de si para dentro do carro, ao mesmo tempo em que gritava um endereço ao condutor.

— Nós agora vamos até o advogado Huld — disse. — Ele foi meu colega de escola. Tu com certeza também conheces o nome? Não? Mas isso é muito estranho. Ele é bem famoso como advogado de defesa e da causa dos pobres. Mas tenho confiança nele especialmente como ser humano.

— Considero certo tudo o que tu fazes — disse K., ainda que o modo apressado e urgente com o qual o tio tratava do assunto lhe causasse mal-estar. Não era nada agradável ir até um advogado de pobres na condição de acusado. — Eu não sabia — disse ele — que em um caso desses também era permitido contar com os serviços de um advogado.

— Mas claro — disse o tio —, é óbvio que sim. Por que não? E agora me conta, para que eu esteja mais bem informado sobre o caso, tudo o que aconteceu até agora.

K. começou a contar imediatamente, sem esconder nada, e sua completa franqueza era o único protesto que ele podia se permitir contra o ponto de vista do tio de que o processo era uma grande vergonha. O nome da senhorita Bürstner ele mencionou apenas uma vez e de passagem, mas isso não teve influência na franqueza, pois a senhorita Bürstner não tinha nenhuma ligação com o processo. Enquanto contava, ele olhava pela janela e observava como se aproximavam daquele subúrbio no qual se localizavam os cartórios do tribunal; chamou a atenção do tio para isso, que no entanto não considerou a coincidência particularmente digna de atenção.

O carro parou diante de uma casa escura. O tio tocou a campainha logo no andar térreo, na primeira porta; enquanto ambos esperavam, ele arreganhou seus grandes dentes, sorrindo, e sussurrou:

– Oito horas, uma hora incomum para uma visita de clientes. Mas Huld não me levará a mal.

No postigo da porta apareceram dois olhos pretos imensos, fitaram por um instantinho os dois visitantes e desapareceram; contudo, a porta não se abriu. O tio e K. confirmaram um com o outro o fato de terem visto os dois olhos.

– Uma criada nova, que teme estranhos – disse o tio, que bateu de novo.

Mais uma vez apareceram os olhos. Quase se poderia considerá-los tristes, mas talvez isso fosse apenas uma ilusão invocada pela chama de gás, que queimava sibilando bem perto, acima de suas cabeças, mas fazia pouca luz.

– Abra! – chamou o tio, batendo com o punho contra a porta. – Somos amigos do senhor advogado!

– O senhor advogado está doente – sussurraram atrás deles.

Em uma porta no outro extremo do pequeno corredor, estava parado um homem de pijama que fazia este comunicado em voz extremamente baixa. O tio, que já estava furioso devido à longa espera, voltou-se com um tranco e gritou:

– Doente? O senhor está dizendo que ele está doente? – e caminhou, quase ameaçador, em direção a ele, como se aquele homem fosse a doença.

– Já abriram – disse o homem, apontou para a porta do advogado, ajeitou o pijama e desapareceu.

A porta havia sido de fato aberta. Uma mocinha – K. reconheceu os olhos escuros, um tanto arregalados – estava em pé na antessala, vestindo um avental branco e segurando uma vela nas mãos.

– Da próxima vez, abre antes! – disse o tio, em vez de fazer um cumprimento, enquanto a mocinha fazia uma pequena reverência. – Vem, Josef – disse ele então a K., que passou vagarosamente perto da mocinha.

– O senhor advogado está doente – disse ela, uma vez que o tio, sem se deter, caminhava rapidamente em direção a uma porta. K. ainda olhava admirado para a mocinha, mesmo depois de já ter se virado para trancar a porta; ela tinha um rosto arredondado, como o de uma boneca, e não apenas as bochechas pálidas e o queixo tinham contornos redondos, mas também as têmporas e as bordas da testa.

– Josef! – chamou o tio mais uma vez, e à mocinha perguntou: – É o problema do coração?

– Acho que sim – disse a mocinha, que tinha conseguido tempo para avançar com a vela e abrir a porta do quarto.

A um canto do quarto, onde a luz da vela ainda não alcançava, ergueu-se na cama um rosto de longas barbas.

– Leni, mas quem está chegando? – perguntou o advogado que, ofuscado pela luz da vela, não reconheceu os visitantes.

– Albert, teu velho amigo – disse o tio.

– Ah, Albert – disse o advogado e deixou-se cair de volta aos travesseiros, como se não precisasse de apresentações diante dessa visita.

– A coisa está de fato tão mal assim? – perguntou o tio, sentando-se à beira da cama. – Não acredito. É apenas um achaque do teu problema do coração e haverá de passar como os anteriores.

– É possível – disse o advogado baixinho –, mas está pior do que nunca. Tenho dificuldades para respirar, não durmo nada e perco minhas forças dia a dia.

– Pois bem – disse o tio e apertou o chapéu panamá com sua mão grande sobre o joelho. – Isso são notícias ruins. Aliás, estás tendo um tratamento correto? Também é tão triste aqui, tão escuro. Já faz tempo desde que estive aqui pela última vez, e na época o ambiente me pareceu mais amistoso. Também a tua pequena senhorita, aqui, não parece ser de muita brincadeira, ou então ela finge.

A mocinha continuava parada próximo à porta, com a vela nas mãos; na medida em que seu olhar indeterminado deixou perceber, ela olhava para K. e não para o tio, mesmo agora que este falava dela. K. apoiou-se a uma poltrona, que ele havia empurrado para perto da mocinha.

– Quando se está tão doente como eu – disse o advogado –, a gente tem de ter paz. Para mim isso não é triste. – Depois de uma pequena pausa ele acrescentou: – Leni cuida bem de mim, ela é muito bem-comportada.*

Mas isso não foi capaz de convencer o tio, ele visivelmente adotara uma posição contra a enfermeira, e, ainda que não opusesse nada ao doente, perseguiu-a com olhares severos agora que ela se aproximava da cama, depositava a vela sobre a mesinha de cabeceira, inclinava-se sobre o doente e sussurrava para ele ao ajeitar os travesseiros. Ele quase esqueceu a consideração com o doente, levantou-se, foi atrás da enfermeira para cima e para baixo, e K. não teria se admirado se ele a tivesse agarrado pelas saias a fim de afastá-la da cama. K., ele próprio, olhava tudo em silêncio; a doença do advogado inclusive não lhe era de todo mal-vinda; ao fervor que o tio havia desenvolvido em sua causa ele não pudera se opor, e o desvio que esse fervor agora era obrigado a experimentar, sem a sua intervenção, ele o aceitava com gosto. Então o tio disse, talvez apenas com a intenção de ofender a enfermeira:

– Senhorita, por favor, deixe-nos um instantinho a sós, tenho um assunto particular a tratar com meu amigo.

A enfermeira, que continuava inclinada sobre o doente e justamente naquele momento alisava o lençol de linho junto à parede, apenas voltou a cabeça e disse, bem calma, coisa que configurou uma diferença que chamava a atenção pelo contraste com o discurso trôpego de raiva e em seguida mais uma vez transbordante do tio:

– Como o senhor vê, o homem está tão doente que não pode tratar de nenhum tipo de assunto. Ela havia repetido as palavras do tio provavelmente apenas por comodismo; ainda assim, aquilo poderia ser tomado como irônico, mesmo por alguém que não fosse parte envolvida, e o tio naturalmente reagiu como alguém que tivesse sido esfaqueado:

– Sua maldita – ele disse no primeiro gorgolejar da excitação, de maneira ainda praticamente incompreensível.

K. assustou-se, ainda que houvesse esperado por algo parecido, e correu em direção ao tio com a intenção determinada de fechar-lhe a boca com as duas mãos. Por sorte, no entanto, o doente levantou-se atrás da mocinha, o tio fez um rosto sombrio como se tivesse engolido algo nauseabundo e em seguida disse, mais calmo:

– Nós naturalmente também ainda não perdemos o juízo; se isso que peço não fosse possível, não o pediria. Por favor, agora vai!

A enfermeira pôs-se ereta junto à cama, voltada completamente para o tio, e com uma mão ela acariciava, conforme K. julgou perceber, a mão do advogado.

– Tu podes dizer tudo na frente de Leni – disse o doente, indubitavelmente no tom de um pedido urgente.

– Não diz respeito a mim – disse o tio –, não é meu segredo. – E voltou-se como se tivesse a intenção de não fazer mais qualquer tipo de negociação, mas ainda concedesse um tempo para pensar.

– E diz respeito a quem? – perguntou o advogado com a voz se extinguindo, voltando a se recostar em seguida.

– Ao meu sobrinho – disse o tio. – Eu também o trouxe junto comigo. – E fez a apresentação: – Procurador Josef K.

– Oh – disse o doente de maneira bem mais animada e estendeu a mão a K. –, perdoe-me, eu não havia percebido a presença do senhor. Sai, Leni – disse ele então à enfermeira, que não se defendeu mais e estendeu-lhe a mão como se estivesse se despedindo para um longo período de ausência.

– Tu não vieste, então – disse ele, enfim, que, mais tranquilo, havia se aproximado – para me fazer uma visita porque estou doente, vieste a negócios.

Era como se a ideia da visita a um doente tivesse paralisado o advogado até então, tão revigorado parecia estar agora; ele ficou continuamente apoiado sobre os cotovelos, coisa que devia ser bastante cansativa, e puxava sem parar uma madeixa de fios bem no meio de suas barbas.

– Já pareces bem mais saudável – disse o tio – desde que essa bruxa está lá fora. – Ele interrompeu o que estava dizendo e sussurrou: – Aposto que ela está escutando! – e deu um salto até a porta.

Mas atrás da porta não havia ninguém, e o tio voltou não decepcionado, porque o fato de ela não estar ouvindo lhe pareceu uma maldade ainda maior, mas com certeza amargo.

– Tu te enganas em relação a ela – disse o advogado, sem continuar protegendo a enfermeira; talvez quisesse exprimir com isso que ela não necessitava de sua proteção. Mas em um tom muito mais participativo, prosseguiu: – No que diz respeito ao assunto do teu sobrinho, eu me consideraria feliz de todo modo, se minha força pudesse ser suficiente para essa tarefa extremamente difícil; temo que ela não será suficiente, mas de qualquer forma não quero pecar por não ter tentado; se eu não for suficiente, ainda se poderia contratar outra pessoa. Para ser sincero, a coisa me interessa por demais para que eu pudesse me permitir renunciar a todo tipo de participação. Se meu coração não suportar, ele pelo menos encontrará nisso uma oportunidade digna de fracassar por completo.

K. acreditava não estar entendendo uma palavra sequer de todo aquele discurso; olhou para o tio, a fim de nele encontrar uma explicação, mas este olhava, com a vela na mão, para a mesinha de cabeceira, da qual justamente naquele momento acabava de cair um frasco de remédio sobre o tapete, e assentia a tudo o que o advogado dizia, concordava com tudo e de quando em quando olhava para K., intimando-o à mesma aprovação. Será que o tio não havia falado do processo ao advogado antes?

Mas isso era impossível, tudo que havia acontecido antes depunha contra isso.

– Eu não compreendo... – disse ele por causa disso.

– Sim, será que fui eu que entendi mal o senhor? – perguntou o advogado, igualmente surpreso e constrangido como K. – Eu talvez tenha sido precipitado. Sobre o que o senhor queria falar comigo, afinal? Pensei que se tratasse de seu processo?

– Naturalmente – disse o tio, perguntando em seguida a K.: – Mas o que quer?

– Sim, mas e de onde o senhor sabe alguma coisa sobre mim e meu processo? – perguntou K.

– Ah, sim – disse o advogado, sorrindo –, ora, sou advogado, tenho contatos em círculos jurídicos, fala-se de diferentes processos, e os que chamam mais a atenção, sobretudo quando se trata do sobrinho de um amigo, a gente mantém na memória. Não há nada de estranho nisso.

– Mas o que quer? – perguntou o tio mais uma vez a K. – Estás tão impaciente.

– O senhor tem contatos nesses círculos jurídicos? – perguntou K.

– Sim – disse o advogado.

– Tu perguntas como se fosses uma criança – disse o tio.

– Com quem eu haveria de ter contatos se não com pessoas da minha área? – acrescentou o advogado.

Isso soou tão irrefutável que K. sequer respondeu. "Mas o senhor trabalha no tribunal do palácio da justiça e não naquele que fica no sótão", ele quis dizer, mas não foi capaz de se dominar a ponto de conseguir dizê-lo.

– O senhor tem de considerar – prosseguiu o advogado, em um tom como se estivesse esclarecendo algo absolutamente óbvio apenas de passagem –, o senhor tem de considerar que eu também arranco de tais contatos grandes vantagens para a minha clientela, e isso sob vários aspectos, não se pode nem sequer falar disso sempre. Naturalmente agora estou parcialmente impedido, devido à minha doença, mas mesmo assim recebo visitas de bons amigos do tribunal e acabo sabendo de muitas coisas. Talvez inclusive fique sabendo mais do que alguns que passam o dia inteiro no tribunal, cheios de saúde. Assim como acabo de receber agora uma querida visita, por exemplo.

E ele apontou para um canto escuro do quarto.

– Mas onde? – perguntou K., de modo quase grosseiro, devido à súbita surpresa. Ele olhou inseguro em volta, a luz da pequena vela estava longe de alcançar a parede oposta. E realmente algo começava a se mexer no canto indicado. À luz da vela, que o tio agora segurava ao alto, podia ser visto, sentado junto a uma pequena mesa, um homem de certa idade. Ele decerto nem havia respirado, caso contrário não teria passado despercebido por tanto tempo. E eis que agora ele se levantava cerimonioso, ao que tudo indica insatisfeito com o fato de terem chamado a atenção sobre ele. Era como se quisesse repelir todas as apresentações e cumprimentos com as mãos, que ele mexia como se fossem pequenas asas, como se de nenhuma maneira quisesse perturbar os outros com sua presença, e como se implorasse com urgência para voltar a ser transferido para a escuridão e pelo esquecimento de sua presença. Mas isso já não mais podia ser permitido a ele.

– A verdade é que vocês nos surpreenderam – disse o advogado como esclarecimento, e nisso acenou para o homem, animando-o a se aproximar, coisa que este fez bem devagar, olhando hesitante para os lados, e ainda assim com uma certa dignidade –, o senhor diretor dos cartórios... Ah, sim, perdão, não fiz as apresentações... Aqui meu amigo Albert K., aqui seu sobrinho, o procurador Josef K., e aqui o senhor diretor dos cartórios... Quer dizer, o senhor diretor dos cartórios teve a bondade de me visitar. O valor de tal visita na verdade pode ser compreendido apenas pelo iniciado, que sabe como o senhor diretor dos cartórios está sobrecarregado de trabalho. E eis que mesmo assim ele veio, conversamos amistosamente, tanto quanto minha fraqueza permitiu, e embora não tivéssemos proibido Leni de permitir a entrada de visitas, pois nenhuma era esperada, nossa opinião ainda assim era de que deveríamos ficar sozinhos. Então vieram os golpes na porta, Albert; o senhor diretor dos cartórios recuou com sua mesa e sua cadeira para o canto; e agora eis que fica claro que nós possivelmente, quer dizer, se existir um desejo nesse sentido, temos um assunto comum a ser discutido e podemos muito bem voltar a nos aproximar de novo. Senhor diretor dos cartórios – disse ele, inclinando a cabeça, com um sorriso submisso, e apontando para uma cadeira de braços nas proximidades da cama.

– Lamentavelmente só posso ficar mais alguns minutos – disse o diretor dos cartórios em tom amistoso, sentou-se pesadamente sobre a cadeira de braços e olhou para o relógio –, os negócios me chamam. De qualquer forma, não quero deixar passar a oportunidade de conhecer um amigo de meu amigo.

Ele inclinou a cabeça de leve em direção ao tio, que parecia estar muito satisfeito com aquele novo conhecido, mas em consequência de sua própria natureza não podia expressar sentimentos de devoção e acompanhou as palavras do diretor dos cartórios com uma risada constrangida, mas alta. Uma visão terrível! K. podia observar tudo calmamente, pois ninguém se preocupava com ele; o diretor dos cartórios tomou para si, conforme parecia ser seu hábito e uma vez que já havia sido convidado a se aproximar, o domínio sobre a conversa; o advogado, cuja primeira fraqueza talvez fosse destinada apenas a mandar embora as novas visitas, ouvia atento, a mão ao ouvido; o tio, na condição de candelabro – ele balançava a vela sobre sua coxa, o advogado várias vezes olhou preocupado –, em pouco se viu livre de qualquer constrangimento e estava simplesmente encantado, tanto com o modo de falar do diretor dos cartórios quanto pelos movimentos de mão suaves e ondulados com os quais ele acompanhava a fala. K., que se apoiava à coluna da cama, talvez tivesse sido intencional e completamente negligenciado por parte do diretor dos cartórios e servia aos velhos senhores apenas na condição de ouvinte. Aliás, ele mal sabia do que tratava a conversa e ora pensava na enfermeira e no mau tratamento que ela havia recebido do tio, ora se já não tinha visto o diretor dos cartórios algum dia, talvez até mesmo na reunião no dia de seu primeiro inquérito. Ainda que talvez se enganasse, o diretor dos cartórios poderia se misturar primorosamente aos participantes da reunião que ocupavam lugar na primeira fila, os velhos senhores de barbas volumosas.

Então um barulho vindo da antessala, como de porcelana quebrada, chamou a atenção de todos.

– Vou ver o que aconteceu – disse K. e saiu vagarosamente, como se ainda desse aos outros a oportunidade de retê-lo. Mal havia chegado à antessala e queria se localizar na escuridão, quando uma mão bem menor do que a sua se colocou sobre a mão com a qual ele ainda segurava a porta, fechando-a sem fazer barulho. Era a enfermeira, que esperava ali.

– Não aconteceu nada – ela sussurrou –, apenas joguei um prato contra a parede a fim de fazer com que o senhor saísse.

Constrangido, K. disse:

– Também pensei na senhorita.

– Tanto melhor – disse a enfermeira. – Venha.

Depois de alguns passos, eles chegaram a uma porta de vidro fosco que a enfermeira abriu diante de K.:

– Pode entrar – ela disse.

Era, com certeza, o gabinete do advogado; pelo menos segundo aquilo que se podia ver à luz da lua, que agora iluminava apenas uma parte pequena e quadrada do soalho junto a cada uma das três grandes janelas, ele era equipado com peças de mobiliário antigas e pesadas.

– Aqui – disse a enfermeira e apontou para uma arca escura com espaldar entalhado em madeira.

Mesmo quando já havia se sentado, K. passou seus olhos pelo quarto: era um cômodo grande e alto, a clientela do advogado dos pobres com certeza se sentia perdida ali dentro. * K. acreditou ver os passos curtos com os quais os visitantes se aproximavam da formidável escrivaninha. Mas logo em seguida esqueceu disso e passou a ter olhos apenas para a enfermeira, que estava sentada a seu lado e quase o apertava contra o espaldar lateral.

– Pensei – disse ela – que o senhor sairia de lá por si mesmo para vir até mim, sem que eu precisasse chamá-lo. Foi muito estranho. Primeiro fica me olhando sem parar logo ao entrar e depois me deixa esperando. Aliás, pode me chamar de Leni – ela ainda acrescentou com rapidez e bem de repente, como se nenhum momento dessa conversa devesse ser perdido.

– Com prazer – disse K. – Mas no que diz respeito ao estranhamento, Leni, ele é muito fácil de ser esclarecido. Primeiro, eu tinha de ficar ouvindo as fofocas dos velhos senhores e não poderia fugir dali sem motivo; segundo, eu não sou descarado, mas antes tímido, e também você, Leni, não parecia ser, de verdade, daquelas que podem ser conquistadas de uma hora para outra.

– Mas não é isso – disse Leni, que deitou o braço sobre o espaldar e olhou para K. –, eu não agradei ao senhor e provavelmente continuo não lhe agradando.

– Agradar não seria muito – disse K., esquivando-se.

– Oh! – disse ela, sorrindo, e conseguiu, pela observação de K. e por essa pequena exclamação, uma certa superioridade. Por isso K. se calou por algum tempo. Uma vez que já havia se acostumado à escuridão do quarto, ele pôde distinguir diferentes peças da mobília. Sua atenção foi atraída de maneira especial por um grande quadro, pendurado à direita da porta; curvou-se à frente a fim de vê-lo melhor. O quadro apresentava um homem em toga de juiz; ele estava sentado em uma cadeira alta em forma de trono, cujo dourado se destacava em vários pontos do quadro. O incomum era que aquele juiz não estava sentado tranquila e dignamente, mas apertava o braço esquerdo fortemente aos espaldares lateral e traseiro, enquanto tinha o braço direito completamente livre e envolvia o encosto lateral só com a mão, como se no instante seguinte quisesse levantar de um salto em um movimento brusco e talvez indignado, a fim de dizer algo decisivo ou mesmo anunciar um veredicto. O acusado por certo deveria ser imaginado aos pés da escadaria, cujos degraus superiores, cobertos com um tapete amarelo, ainda podiam ser vistos no quadro.

– Talvez este seja o meu juiz – disse K. e apontou para o quadro.

– Eu o conheço – disse Leni, olhando também para o quadro. – Ele vem muito aqui. O quadro é de sua juventude, mas ele nunca se pareceu com o homem do quadro, pois é minúsculo. Mesmo assim fez com que o esticassem tanto assim no quadro, pois é absurdamente vaidoso, como todos por aqui. Mas também eu sou vaidosa e estou bastante insatisfeita com o fato de não agradar ao senhor.

A essa última observação, K. respondeu apenas abraçando Leni e puxando-a para si; ela apoiou tranquilamente sua cabeça sobre o ombro dele. De resto, ele disse:

– Qual é o posto dele?

– Ele é juiz de instrução – ela disse, pegando a mão de K., com a qual ele a mantinha abraçada, e brincando com seus dedos.

– Mais uma vez apenas um juiz de instrução – disse K., desiludido. – Os altos funcionários se escondem. Mas como, se ele está sentado em uma cadeira alta em forma de trono?

– Tudo isso é invenção – disse Leni, o rosto inclinado sobre a mão de K. – Na realidade ele está sentado sobre uma cadeira de cozinha, sobre a qual foi colocado um velho cobertor de cavalo. Mas será que você não pode parar de pensar em seu processo? – ela acrescentou, falando devagar.

– Não, de maneira nenhuma – disse K. – Inclusive penso muito pouco nele, provavelmente.

– Não é esse o erro que o senhor está cometendo – disse Leni. – O senhor é intransigente demais, conforme ouvi dizer.

– Quem foi que disse? – perguntou K., ao acolher o corpo dela em seu peito e olhar para os cabelos abundantes, escuros, firmemente trançados.

– Revelaria demais se o dissesse – respondeu Leni. – Por favor, não pergunte por nomes, mas ponha um fim em seus erros, não seja mais tão intransigente, contra esse tribunal não é possível se defender, é melhor fazer logo a confissão. Confesse à primeira oportunidade que aparecer. Só então haverá possibilidade de fugir, só então. Mas nem mesmo isso é possível sem ajuda alheia, e não há o que temer quanto a essa ajuda, eu mesma a darei.

– A senhorita entende muito desse tribunal e das trapaças que são necessárias nesses casos – disse K. e levantou-a, uma vez que ela se aninhava com demasiada força nele, sobre o seu colo.

– Assim está bem – disse ela e ajeitou-se no colo dele, alisando a saia e ajeitando a blusa. Em seguida, ela se pendurou com as duas mãos em seu pescoço, afastou o tronco e olhou longamente para ele.

– E se eu não confessar a senhorita não poderá me ajudar? – perguntou K. fazendo uma tentativa. "Eu recruto ajudantes", pensou ele, quase admirado, "primeiro a senhorita Bürstner, em seguida a mulher do oficial de justiça e por fim essa enfermeirinha, que parece ter um anseio incompreensível por mim. Está sentada sobre o meu colo, como se ele fosse o único lugar correto para ela!"

– Não – respondeu Leni e sacudiu a cabeça devagar –, nesse caso não posso ajudar. Mas o senhor nem mesmo quer minha ajuda, pouco se importa com tudo isso, o senhor é teimoso e não se deixa convencer por nada. O senhor tem uma amante? – perguntou, depois de um instantinho.

– Não – disse K.

– Oh, certamente – ela disse.

– Sim, de fato – disse K. – Veja, eu a reneguei e inclusive trago uma fotografia dela comigo.

Ao pedido dela, mostrou-lhe uma fotografia de Elsa; encolhida em seu colo, ela estudou a imagem. Era um instantâneo, Elsa havia sido fotografada depois de uma dança vertiginosa, conforme ela gostava de se apresentar na cantina, sua saia ainda esvoaçava nas dobras do rodopio a sua volta, com as mãos dela espalmadas sobre os quadris firmes, e olhava de pescoço ereto para o lado, rindo; para quem ela ria não se podia reconhecer na foto.

– As amarras da cintura dela estão bem apertadas – disse Leni, apontando para o lugar onde isso podia ser constatado, segundo sua opinião. – Ela não me agrada, é desajeitada e rude. Mas talvez ela seja amável e carinhosa com o senhor, isso a gente poderia concluir depois de ver a foto. Mocinhas tão grandes e fortes muitas vezes sabem apenas ser amáveis e carinhosas e nada mais que isto. Mas será que ela poderia se sacrificar pelo senhor?

– Não – disse K. –, ela não é nem meiga nem carinhosa, nem mesmo poderia se sacrificar por mim. E também, até agora, não pedi dela nem uma coisa nem outra. Sim, sequer olhei esta foto com tanta atenção quanto você.

– Quer dizer, então, que nem se importa tanto assim com ela – disse Leni – e ela nem é sua amante.

– É sim – disse K. –, não vou retirar minha palavra.

– Quer dizer que ela é sua amante por enquanto – disse Leni. – Mas o senhor não sentiria muita falta dela se a perdesse ou se a trocasse por outra, por exemplo, por mim.

– Com certeza – disse K., sorrindo – isso seria perfeitamente imaginável, mas ela tem uma grande vantagem em relação à senhorita: não sabe nada sobre o meu processo, e mesmo que soubesse ela não pensaria nisso. Ela não tentaria me convencer a me tornar transigente.

– Isso não é nenhuma vantagem – disse Leni. – Se ela não tem nenhuma outra vantagem, não perderei a coragem de lutar. Ela tem algum defeito físico?

– Defeito físico? – perguntou K.

– Sim – disse Leni –, é que eu tenho um pequeno defeito desse tipo, olhe. – Ela afastou o dedo médio e o anular da mão direita um do outro, entre os quais a pele unia os dedos curtos alcançando quase a última articulação deles.

No escuro, K. não percebeu logo o que ela queria lhe mostrar, e por isso ela dirigiu a mão dele ao local, a fim de que tocasse a região.

– Que brincadeira da natureza – disse K. e acrescentou, depois de ter vislumbrado a mão inteira: – Que garra mais bonitinha!

Com uma espécie de orgulho, Leni olhava tudo aquilo, como K. voltava a afastar os dois dedos para em seguida tornar a juntá-los, até que por fim ele os beijou rapidamente e os largou.

– Oh! – ela exclamou. – O senhor me beijou!

Às pressas, de boca aberta, ela escalou com os joelhos o colo dele. K. olhava para ela quase consternado; agora que estava tão perto, subia dela um cheiro amargo, provocante, como o de pimenta. Leni tomou a cabeça dele encostando-se a ela, curvou-se por cima dele e mordeu e beijou seu pescoço, mordeu até mesmo os seus cabelos.

– O senhor a trocou por mim! – ela exclamava de tempos em tempos. – Veja, agora o senhor a trocou por mim!

Então o joelho dela resvalou e com um pequeno grito ela quase caiu sobre o tapete; K. abraçou-a, a fim de ainda segurá-la, e foi puxado para baixo com ela.

– Agora tu me pertences – ela disse. – Aqui tens as chaves da casa, vem quando quiseres – foram as últimas palavras dela, e um beijo sem destino ainda o acertou nas costas, no momento em que ele já estava indo embora.

Quando ele saiu pelo portão da casa, caía uma chuva leve; ele quis caminhar pelo meio da rua na esperança de talvez ainda poder enxergar Leni na janela, quando o tio irrompeu, de um automóvel que esperava em frente à casa e que K. em sua distração nem sequer havia percebido, agarrou-o pelos braços e empurrou-o contra o portão da casa, como se quisesse pregá-lo ali mesmo.

– Rapaz – ele gritou –, como pudeste fazer uma coisa dessas! Prejudicaste a tua causa, que já se encontrava em um bom caminho, de maneira terrível. Te escondes sorrateiramente por aí com uma coisinha suja, que ainda por cima ao que tudo indica é a amante do advogado, e somes durante horas. Não procuras nem mesmo uma desculpa, não ocultas nada, não, és todo aberto e franco, corres para ela e ficas com ela. E enquanto isso nós estamos sentados juntos, o tio, que se esfalfa por tua causa, o advogado, que tem de ser conquistado em teu favor, e sobretudo o diretor dos cartórios, esse senhor importante que, para dizer o mínimo, domina tua causa em seu estágio atual. Queremos deliberar como poderias ser ajudado; tenho de tratar o advogado com cuidado, e este o diretor dos cartórios, e tu terias todos os motivos para pelo menos me dar apoio. Em lugar disso, porém, desapareces. Por fim já não dá mais para dissimular, sim, trata-se de senhores gentis e habilidosos, eles não falam disso, claro, poupam-me, mas nem eles conseguem mais se dominar, e como não podem falar da coisa em si, ficam mudos. Nós ficamos ali em silêncio durante horas prestando atenção a fim de perceber se não chegarias, enfim. Tudo em vão. Finalmente o diretor dos cartórios, que ficou por muito mais tempo do que queria a princípio, se levanta, se despede, visivelmente tem pena de mim, sem poder me ajudar, ainda espera num gesto de amabilidade incompreensível na porta por algum tempo, e então se vai. E eu naturalmente fiquei feliz com o fato de ele ter ido embora, já nem conseguia mais ar para respirar. Sobre o advogado doente tudo aquilo teve um efeito ainda mais forte: o bom homem sequer conseguia falar quando me despedi dele. Tu provavelmente contribuíste para seu colapso definitivo, apressando assim a morte de um homem do qual dependes. E a mim, teu tio, tu deixas parado na chuva – sente só, estou completamente molhado –, esperando durante horas e me atormentando de preocupação.[7]

---

7. Embora não tivesse sido considerado pronto por Kafka, o Capítulo Sexto foi abandonado em favor do fragmento "À casa de Elsa" (ver Apêndice), que o autor também não conseguiu terminar. (N.T.)

Capítulo sétimo

Advogado | Industrial | Pintor

Certa manhã de inverno – lá fora a neve caía em meio à luz opaca – K. estava sentado em seu escritório e, apesar de ser ainda bem cedo, já estava extremamente cansado. A fim de se proteger pelo menos dos funcionários mais baixos, deu ao contínuo o encargo de não deixar nenhum deles entrar, uma vez que estava ocupado com um trabalho de maior porte. Mas, em lugar de trabalhar, ele girava sobre sua cadeira, deslocava vagarosamente alguns objetos sobre a mesa, para então deixar, sem se dar conta, o braço inteiro estendido sobre o tampo e ficar sentado imóvel, de cabeça baixa.

O pensamento sobre processo não o abandonou mais. Mais de uma vez já havia refletido se não seria bom trabalhar na redação de um documento de defesa e encaminhá-lo ao tribunal. Nesse documento, ele pretendia apresentar uma breve descrição biográfica e esclarecer, relativo a cada acontecimento de maior importância, os motivos pelos quais havia agido daquela maneira, se esse modo de agir segundo seu atual veredicto poderia ser aceito ou condenado e que motivos ele podia apresentar para isso ou para aquilo. As vantagens de tal documento de defesa em relação à mera defesa por parte do advogado, aliás de resto nem sempre tão correto assim, estavam fora de dúvidas. K. nem mesmo sabia quais medidas o advogado estava tomando; de qualquer forma, não era muita coisa, pois já não o chamava há mais de um mês, e em nenhuma das discussões anteriores K. havia tido a impressão que aquele homem poderia ser de grande ajuda para ele. O advogado, ao contrário, em vez de fazer perguntas, falava ele mesmo ou ficava mudo sentado à sua frente, inclinava-se um pouco sobre a escrivaninha, provavelmente devido à sua má audição, puxava mechas da sua barba e baixava os olhos ao tapete, talvez justamente àquela parte em que K. havia se deitado com Leni. Aqui e ali fazia algumas admoestações vazias a K., como se faz com crianças. Discursos tão inúteis quanto enfadonhos, que K. não pensava em pagar com um vintém sequer na prestação de contas final. Depois que o advogado acreditava tê-lo humilhado suficientemente, costumava voltar a encorajá-lo um pouco. Ele já havia, conforme contava então, ganho inteira ou parcialmente muitos processos semelhantes àquele. Processos que, ainda que na realidade talvez não fossem tão difíceis como aquele, à primeira vista eram ainda mais desesperançados. Ele tinha uma relação desses processos ali, na gaveta – e nisso ele batia em alguma das gavetas da mesa –, os documentos ele lamentavelmente não podia mostrar, uma vez que se tratava de segredos oficiais. Mesmo assim, a vasta experiência que ele havia ganhado com todos aqueles processos naturalmente agora seria disposta em favor de K. Ele decerto havia começado a trabalhar de imediato, e a primeira petição já estava quase pronta, conforme disse. Ela seria muito importante, porque a primeira impressão causada pela defesa muitas vezes determinava o rumo de todo o processo. Lamentavelmente, e ele tinha de chamar a atenção de K. para isso: às vezes acontecia que as primeiras petições nem sequer eram lidas no tribunal. Elas eram simplesmente anexadas aos autos com a indicação de que provisoriamente o inquérito e a observação do acusado eram mais importantes do que qualquer coisa escrita. Acrescentava-se, quando o autor da petição se mostrava insistente demais, que antes da decisão e depois de coletado todo o material, naturalmente sem fugir ao contexto, todos os autos seriam averiguados, ou seja, inclusive aquela primeira petição. Todavia, lamentavelmente também isso na maior parte das vezes não era correto, a primeira petição na maior parte das vezes era extraviada ou perdida, e mesmo quando ficava preservada até o final, mal era lida, conforme aquilo que, de qualquer forma o advogado ficara sabendo apenas por boatos. Tudo isso era lastimável, mas não de todo incorreto. K. tinha de considerar que o processo não era público; ele até poderia, se o tribunal considerasse necessário, tornar-se público, mas a lei não recomendava publicidade. Em razão disso, os autos do tribunal, sobretudo o auto de acusação, não eram acessíveis ao acusado e sua defesa; era por isso, aliás, que não se sabia, de modo geral, ou pelo menos não se sabia ao certo, contra o que a primeira petição deveria ser dirigida e também por isso ela apenas por acaso poderia conter algo que tivesse alguma importância no andamento do processo. Petições realmente acertadas e probatórias poderiam ser encaminhadas apenas mais tarde, quando no correr dos inquéritos do acusado os pontos individuais da acusação e sua fundamentação passam então a se destacar mais nitidamente ou podem ser adivinhados. Nessas circunstâncias, a defesa naturalmente se encontra em uma situação assaz desfavorável e difícil. Mas também isso é intencional. A defesa nem sequer é permitida pela lei, mas apenas tolerada; e mesmo acerca disso, quer dizer se do trecho da lei atinente deve ser deduzida a tolerância, há controvérsias. Por isso não existe, se as coisas forem consideradas de maneira estrita, advogados reconhecidos pelo tribunal; todos que se apresentam como advogados diante desse tribunal, no fundo, são apenas advogados clandestinos. E isso naturalmente tem um efeito muito desonroso na situação geral, e se K. alguma vez fosse aos cartórios do tribunal nos próximos dias, poderia ir ver o aposento dos advogados, para que no fim visto também pudesse dizer que havia aquilo. Diante do agrupamento que se junta por lá, ele presumivelmente se assustaria. Já a câmara estreita e baixa a eles destinada mostrava o desprezo que o tribunal tem por essas pessoas. A luz entra na câmara diminuta apenas através de uma pequena clarabóia, que fica tão alta que, se se quiser olhar para fora, onde aliás a fumaça de uma chaminé que fica logo em frente entra pelo nariz e deixa o rosto da gente preto, primeiro é necessário achar um colega que nos carregue nas costas. No piso dessa câmara – só para dar mais um exemplo da situação – existe um buraco há mais de um ano, não tão grande que um homem pudesse cair por ele, mas grande o suficiente a ponto de fazer com que se afunde uma perna inteira dentro dele. O aposento dos advogados localiza-se no segundo andar do sótão; quando alguém pisa no buraco, portanto, a perna fica pendurada e pode ser vista no primeiro andar do sótão, e isso justamente no corredor em que esperam as partes interessadas. Está longe de ser exagerado quando se chama essa situação de vergonhosa em círculos de advogados. Queixas junto à administração não trouxeram o menor êxito, e por certo é proibido rigorosamente aos advogados mudar por conta própria o que quer que seja nos aposentos. Mas também esse tratamento dos advogados tem seu fundamento. Quer-se excluir a defesa da melhor maneira possível, tudo deve ficar sob a responsabilidade do próprio acusado e apenas dele. Um ponto de partida nem um pouco ruim, no fundo, mas nada poderia ser mais errado do que concluir disso que junto àquele tribunal os advogados são inúteis para o acusado. Pelo contrário, em nenhum outro tribunal eles são tão necessários quanto nesse. É que o processo de um modo geral não apenas é secreto para o público, mas também para o acusado. Naturalmente apenas na medida em que isso for possível; no entanto isso é possível em uma dimensão bastante ampla. Também ao acusado não é dado o direito de averiguar os documentos do tribunal, e querer deduzir como são os documentos a partir dos interrogatórios feitos é bastante difícil, sobretudo para o acusado, que, querendo ou não, está inseguro e é distraído por todo o tipo de preocupações. E é aqui que a defesa intervém. Nos interrogatórios, de um modo geral, os advogados de defesa não podem se fazer presentes, por isso eles têm de, depois dos interrogatórios, e se possível ainda na porta da sala de instrução, arguir o acusado acerca do interrogatório e arrancar desse comunicado muitas vezes bastante apagados o que for apropriado para a defesa. Mas o mais importante não é isso, pois não se pode ficar sabendo de muita coisa dessa maneira, ainda que naturalmente também aqui, como em toda parte, um homem capaz fique sabendo mais do que outros. O mais importante permanece sendo, apesar disso, as relações pessoais do advogado, e é nelas que reside o valor principal da defesa. A essa altura K. certamente já depreendera de suas próprias experiências que a organização mais baixa do tribunal não é de todo completa, que apresenta funcionários subornáveis e que se esquecem de suas obrigações, com o que de certa forma a vedação rigorosa do tribunal evidencia lacunas. E é por elas que penetra a maioria dos advogados, ali se suborna e se grampeia, inclusive ocorreram, pelo menos em tempos passados, casos de roubos de processos. Não se pode negar que dessa maneira podem ser alcançados inclusive alguns resultados surpreendentemente favoráveis para o acusado, e disso se vangloriam por aí também aqueles pequenos advogados, e atraem nova clientela, mas para o andamento posterior do processo isso não significa nada ou significa algo nem um pouco bom. Valor verdadeiro, no entanto, têm apenas as relações pessoais honestas e com altos funcionários, o que significa os altos funcionários dos escalões mais baixos. Só por meio disso o andamento do processo pode ser influenciado, ainda que no princípio de maneira apenas imperceptível, porém mais tarde cada vez mais nitidamente. E isso naturalmente só alguns poucos advogados conseguem, de modo que no caso a escolha de K. teria sido muito favorável. Talvez apenas mais um ou dois advogados poderiam comprovar relações semelhantes às que tinha o dr. Huld. No entanto, estes não se ocupam do grupo no aposento dos advogados, e também nada têm a ver com ele. Tanto mais estreita era, contudo, a ligação com os funcionários do tribunal. E nem mesmo era sempre necessário que o dr. Huld fosse ao tribunal, esperasse nas antessalas dos juízes de instrução por sua aparição casual e conseguisse, conforme o humor deles, um êxito muitas vezes apenas aparente ou nem mesmo este. Não, K. já havia visto, ele mesmo, os funcionários, e entre eles alguns de nível bem alto, vindo, eles mesmos, prestativos, a fim de darem informações, claras ou pelo menos facilmente interpretáveis; discutem o andamento posterior do processo, sim, e inclusive se deixam convencer, em casos individuais, e chegam a fazer gosto em aceitar o ponto de vista estranho. De todo modo, não seria bom confiar demais neles sobretudo no que diz respeito ao último aspecto; por mais determinados que sejam em expressar sua nova intenção, favorável à defesa, talvez ainda assim eles fossem direto a seus escritórios e dessem para o dia seguinte uma decisão do tribunal que contém justamente o contrário e que talvez seja tanto mais dura com o acusado do que sua primeira intenção, da qual eles haviam afirmado estarem de todo afastados. Contra isso naturalmente a gente não pode se defender, pois aquilo que eles disseram em particular foi dito apenas em particular e não permite nenhuma consequência pública, ainda que a defesa sequer esteja disposta no esforço de garantir para si o favor desses senhores. Por outro lado também era correto, de toda maneira, que os senhores não entrassem em contato com a defesa, e naturalmente apenas com a defesa especializada, apenas por amor ao próximo ou por alimentarem sentimentos amáveis, eles muito antes dependem dessa defesa especializada, em certo sentido. Aqui se tornava visível a desvantagem de uma organização jurídica, que já em seus princípios estabelece o tribunal secreto. Falta aos funcionários a conexão com a população; para os processos comuns e medianos eles estão bem aparelhados, e um processo desses rola por si só em seu trilho e apenas precisa de um impulso aqui e ali; já em relação aos casos mais simples, bem como em relação aos especialmente difíceis, eles muitas vezes se mostram desnorteados, não têm, porque estão continuamente, dia e noite, manietados em sua lei, o senso acertado para relações humanas, e disso eles sentem muita falta em tais casos. Então vão ao advogado buscando conselho, e atrás deles um contínuo carrega os autos, que de resto são tão secretos. Nessa janela seria possível encontrar alguns senhores a quem menos se esperaria encontrar, no momento em que eles acabam de olhar inconsoláveis para a rua lá fora, enquanto o advogado em sua mesa estuda os autos, a fim de poder lhes dar um bom conselho. Aliás, era justamente em tais oportunidades que se podia ver a maneira incomumente séria com que esses senhores exercem sua profissão e como eles acabam em dificuldades bem desesperadoras quando se trata de obstáculos que eles, devido à própria natureza, não podem superar. Sua posição também não poderia ser considerada fácil no que diz respeito a outros aspectos. A ordem hierárquica e os escalões do tribunal eram infinitos e imprevisíveis até mesmo para os iniciados. O procedimento diante da corte de justiça de um modo geral era secreto também para funcionários do baixo escalão, por isso era impossível para eles acompanharem algum dia plenamente os assuntos que eles mesmos examinam em sua evolução seguinte; a causa judicial surge, em seu campo de visão, sem que eles saibam de onde vem, e segue adiante sem que fiquem sabendo para onde vai. O ensinamento que se pode arrancar do estudo dos estágios isolados do processo, da decisão final e dos seus fundamentos escapa, portanto, a esses funcionários. Eles têm permissão para se ocupar apenas da parte do processo que a lei lhes destina, e na maior parte das vezes eles sabem menos daquilo que acontece a seguir, ou seja, dos resultados de seu próprio trabalho, do que a defesa, que via de regra ainda permanece ligada ao acusado até o fim do processo. Portanto, também nesse sentido eles podem ficar sabendo de algo valioso por parte da defesa. K. ainda haveria de se admirar, se considerasse tudo isso que ele estava dizendo, com a suscetibilidade nervosa dos funcionários, que às vezes se expressava de forma ofensiva diante das partes interessadas, conforme a experiência que todo mundo acabava tendo. Os funcionários eram suscetíveis e nervosos, mesmo que parecessem tranquilos. E, naturalmente, os pequenos advogados sofriam de modo especial com isso. Conta-se, por exemplo, a seguinte história, que parece ser verdadeira. Um velho funcionário, um senhor calmo e bom, havia estudado ao longo de um dia e de uma noite ininterruptamente – esses funcionários são de fato diligentes como ninguém – uma questão judicial difícil, que havia se complicado especialmente devido às petições do advogado. Eis que pela manhã, depois de um trabalho de 24 horas, provavelmente não muito produtivo, ele foi até a porta de entrada, ficou por lá em pé, de tocaia, e empurrou escada abaixo todos os advogados que queriam entrar. Os advogados se reuniram lá embaixo, ao pé das escadarias, e deliberaram a respeito do que deveriam fazer; por um lado, eles não tinham nenhum direito de verdade no sentido de exigir que sua entrada fosse permitida e, por isso, mal podiam tomar alguma medida judicial contra o funcionário e também tinham de, conforme já mencionado, evitar que o funcionalismo se irritasse com eles. Por outro lado, no entanto, um dia que não fosse passado no tribunal era um dia perdido para eles, e portanto era muito importante que arranjassem algum jeito de entrar. Por fim, entraram em acordo e decidiram que queriam cansar o velho. Novamente era mandado embora um advogado, que subia as escadas correndo para então se deixar empurrar escadas abaixo, onde então era aparado pelos colegas, sob a maior resistência possível, ainda que passiva. Isso durou cerca de uma hora, até que o senhor, que já estava esgotado devido ao trabalho noturno, ficou de fato cansado e voltou para seu escritório. Os que estavam lá embaixo nem quiseram acreditar nisso de início e mandaram alguém ir espiar atrás da porta para ver se o caminho de fato estava livre. Só então eles entraram e provavelmente não tenham ousado nem mesmo resmungar. Pois os advogados – e mesmo o menor entre eles é capaz de avaliar, pelo menos em parte, as relações vigentes – estão absolutamente longe de quererem introduzir ou impor qualquer tipo de melhoria no tribunal, enquanto – e isso é bastante sintomático – quase todo acusado, mesmo pessoas totalmente simplórias, logo ao entrarem no processo pela primeira vez já começam a pensar em sugestões de melhoria, e com isso muitas vezes perdem tempo e forças que poderiam ser aplicadas muito melhor de outra maneira. A única coisa correta a fazer seria conformar-se com as relações vigentes. Mesmo que fosse possível melhorar algum detalhe – ainda que se trate de uma superstição absurda –, na melhor das hipóteses se conseguiria algo para casos futuros, mas prejudicando a si mesmo de maneira incomensurável com o fato de ter chamado a atenção especial do sempre vingativo funcionalismo. Não chamar a atenção, de forma nenhuma! Comportar-se tranquilamente, por mais que isso seja contra nossa maneira de pensar! Procurar reconhecer que todo aquele grande organismo do tribunal permanece eternamente em suspenso e que a gente, ao mudar continuamente algo no lugar que se ocupa, no máximo, acaba tirando o chão abaixo dos próprios pés e pode despencar, a gente mesmo, enquanto o grande organismo é capaz de encontrar, devido ao pequeno transtorno, um substituto adequado em outro lugar com facilidade – uma vez que tudo está ligado – e permanece imutável, se é que, coisa que inclusive é mais provável, ele não se torna ainda mais fechado, ainda mais atento, ainda mais severo, ainda mais zangado. O melhor é deixar o trabalho de uma vez por todas com o advogado, em vez de importunar. Censuras é claro que não ajudam muito, sobretudo quando suas causas não podem ser tornadas compreensíveis em todo seu significado; mas mesmo assim tinha de ser dito o quanto K. havia prejudicado sua causa por seu comportamento diante do diretor dos cartórios. Aquele homem influente praticamente já podia ser riscado da lista daqueles junto aos quais se poderia conseguir algo para K. Mesmo menções fugidias do processo, ele não as ouvia, mostrando clara intenção de não ouvi-las. Sob certos aspectos os funcionários se portavam como crianças. Muitas vezes atitudes inofensivas, entre as quais no entanto infelizmente não está relacionada a conduta de K., os ferem de tal maneira que eles param de conversar até mesmo com bons amigos, desviando-se quando os encontram, trabalhando contra eles em tudo que lhes é possível. Mais tarde, porém, de forma surpreendente e sem nenhuma razão particular, por causa de uma pequena brincadeira, que só se tem a ousadia de fazer porque tudo parece não ter perspectiva, eles se deixam levar ao riso e reconciliam-se. É, portanto, difícil e fácil ao mesmo tempo tratar com eles, e para isso quase não existem normas. É de admirar, por vezes, que uma única vida de duração média baste para abarcar tanta coisa, a ponto de fazer com que se possa trabalhar aqui com algum êxito. Seja como for, acabam chegando horas sombrias, como todos no fundo as têm, em que se acredita não ter conseguido nem o mínimo, em que parece que apenas os processos destinados desde o início a um bom desfecho chegam a bom termo, o que também aconteceria sem qualquer ajuda, ao passo que todos os outros são perdidos, em que pese todo o acompanhamento, todo o esforço, todos os sucessos pequenos e aparentes com os quais se alcança tanta alegria. Então eis que nada mais nos parece seguro, e, no que diz respeito a determinadas perguntas, sequer se ousará negar que processos que naturalmente tramitaram bem tenham sido desencaminhados exatamente pela ajuda que se quis oferecer. Também isso é uma espécie de autoconfiança, porém é a única coisa que resta nesses casos. Os advogados encontram-se particularmente expostos a esse tipo de acesso – são acessos, por certo, mais nada –, quando de repente lhes arrancam das mãos um processo no qual conseguiram avançar muito e de forma satisfatória. Com certeza é a pior coisa que pode acontecer com um advogado. Não que o processo seja tirado dele pelo acusado: isso de fato jamais acontece; um acusado que nomeou determinado advogado tem de ficar com ele aconteça o que acontecer. De que maneira ele ainda poderia se manter só, se pediu ajuda uma vez? Portanto isso não acontece, mas é certo que às vezes o processo toma um rumo que o advogado já não pode acompanhar. O processo, o acusado, tudo, enfim, é pura e simplesmente arrancado do advogado; nesses casos nem as melhores relações com os funcionários ajudam, pois mesmo eles não sabem nada. O processo acaba, nos casos em questão, de ingressar em uma fase em que não se pode mais oferecer nenhuma ajuda, em que nele trabalham cortes judiciais inacessíveis, onde até o acusado já não é mais acessível ao advogado. Eis que então, certo dia, chega-se em casa e encontra-se sobre sua mesa todas as muitas petições que se fez com toda a diligência e com as mais belas esperanças quanto ao caso em questão, e elas foram postas de lado, uma vez que não podem ser transferidas à nova fase do processo e são, portanto, retalhos de papel sem nenhum valor. Isso não quer dizer que o processo já esteja perdido, de maneira nenhuma; pelo menos não há nenhum motivo decisivo para essa suposição, apenas não se sabe mais nada do processo e também não mais se virá a saber nada sobre ele. Mas casos como esse, é preciso dizer, são, felizmente, exceções, e mesmo que o processo de K. fosse um desses casos, ele provisoriamente ainda estava bem longe de tal fase. Ainda havia várias oportunidades para o trabalho do advogado, e que elas seriam usadas, disso K. podia ter certeza. A petição ainda não fora entregue, conforme mencionado, mas isso nem sequer era urgente; bem mais importantes eram as conversas introdutórias com funcionários decisivos, e tais conversas já haviam acontecido. Com êxito variado, conforme deveria ser confessado abertamente. Seria melhor, em todo caso, não revelar, por enquanto, particularidades por meio das quais K. apenas poderia ser influenciado de modo desfavorável e se fazer ou alegre demais devido à esperança ou demasiado medroso; bastava dizer que alguns, isoladamente, haviam se pronunciado de maneira bem favorável e se mostrado bem prestativos, enquanto outros haviam se expressado de modo menos favorável, sem mesmo assim, de maneira nenhuma, recusar colaboração. O resultado como um todo era, portanto, bastante agradável, mas não se devia tirar disso nenhuma conclusão especial, uma vez que todas as negociações prévias começam de maneira semelhante e apenas o desenvolvimento posterior pode mostrar o seu verdadeiro valor. De qualquer forma, nada estava perdido ainda, e caso conseguisse conquistar o diretor dos cartórios apesar de tudo – já haviam sido tomadas diferentes medidas nesse sentido –, então tudo aquilo – conforme dizem os cirurgiões – seria um ferimento limpo e se poderia esperar, consolado, o que viria em seguida.

Nesses e em semelhantes discursos o advogado era inesgotável. Eles se repetiam a cada visita. Sempre havia progressos, mas jamais o tipo desses progressos podia ser comunicado. E, sem parar, continuava-se trabalhando na primeira petição, mas ela jamais era terminada, coisa que na maior parte das vezes se mostrava de grande vantagem na próxima visita, uma vez que o tempo em que ela poderia ter sido entregue, que aliás não podia ser previsto com antecipação, havia se revelado bem desfavorável. E quando K. às vezes observava, totalmente esgotado com os discursos, que tudo avançava de modo bem devagar, mesmo se levadas em conta todas as dificuldades, replicavam-lhe que tudo estava longe de avançar devagar, muito pelo contrário, inclusive já se teria ido bem mais adiante se K. tivesse se voltado para o advogado no tempo indicado. Mas isso ele lamentavelmente havia perdido, e essa perda ainda haveria de trazer mais desvantagens – não apenas desvantagens temporais.

A única interrupção benfazeja dessas visitas era Leni, que sempre sabia ajeitar as coisas de modo a levar o chá para o advogado na presença de K. Então ela ficava parada atrás de K., aparentemente olhava como o advogado, curvado com uma espécie de cobiça sobre a xícara, servia o café e bebia, e deixava que K. pegasse sua mão em segredo. O silêncio era total. O advogado bebia. K. apertava a mão de Leni, e Leni por vezes ousava acariciar os cabelos de K. com suavidade.

– Ainda estás aqui? – perguntava o advogado, depois de estar pronto.

– Eu queria levar a louça embora – dizia Leni, dava ainda um último aperto na mão, o advogado limpava a boca e começava a tentar persuadir K. com forças renovadas.

O que o advogado queria alcançar era consolo ou desespero? K. não sabia, mas a princípio tomou como certo que sua defesa não estava em boas mãos. Até poderia estar tudo certo naquilo que o advogado dizia, ainda que fosse evidente que ele procurasse se colocar o máximo possível no primeiro plano e provavelmente jamais tivesse conduzido um processo tão importante como era o processo de K., segundo sua opinião. As relações pessoais com os funcionários, contudo, permaneceram, ininterruptamente destacadas. Será que eles tinham de ser explorados exclusivamente em proveito de K.? O advogado nunca esquecia de observar que se tratava apenas de funcionários de baixo escalão, ou seja, de funcionários em posição bastante dependente, para cuja ascensão provavelmente certas evoluções dos processos poderiam ser importantes. Por acaso eles se serviam do advogado para obter esses avanços, que naturalmente sempre eram desvantajosos para o acusado? Talvez não fizessem isso em qualquer processo; sem dúvida, não era uma coisa provável, havia com certeza outros processos, em cujo transcurso eles ofereciam ao advogado vantagens pelos seus préstimos, uma vez que também estavam interessados em manter a própria reputação intacta. Mas se as coisas não fossem assim, de que maneira eles interviriam no processo de K., que, segundo o advogado explicara, era muito difícil, quer dizer, importante, e que desde o início tinha suscitado grande atenção no tribunal? Seria impossível que fosse muito incerto o que eles fariam. Sinais disso já poderiam ser vistos no fato de que a primeira petição ainda não havia sido entregue, ainda que o processo já durasse meses, e no fato de que tudo, segundo as informações do advogado, encontrava-se no princípio, o que naturalmente era bem adequado, ou seja, entorpecer o acusado e mantê-lo desamparado, a fim de mais tarde, de repente, cair sobre ele com a decisão ou pelo menos com a divulgação de que a investigação concluída em seu desfavor seria passada adiante, às repartições mais elevadas.

Era indispensável que K. interviesse pessoalmente. Justo em situações de grande cansaço, como naquela manhã de inverno, em que tudo lhe passava desordenadamente pela cabeça, essa convicção era irrecusável. O desprezo que ele mais cedo havia tido para com o processo já não valia mais. Se estivesse sozinho no mundo, ele poderia facilmente dar pouca atenção ao processo, embora também fosse certo, nesse caso, que o processo simplesmente não teria surgido. Agora, porém, o tio já o havia arrastado ao advogado, e entravam em jogo considerações familiares; seu emprego já passava a depender do decorrer do processo, ele mesmo o havia mencionado, com imprudência e uma certa satisfação inexplicável, diante de conhecidos, e outros ficaram sabendo dele por meios desconhecidos; a relação com a senhorita Bürstner parecia oscilar de acordo com o processo – em resumo, ele praticamente já não tinha mais a escolha de aceitar ou rejeitar o processo, estava no meio do furacão e tinha de se defender. Se estivesse cansado, a coisa apenas ficava pior.

De qualquer forma, não houve, por enquanto, motivo para preocupações exageradas. No banco ele soubera como ascender em um tempo relativamente curto à sua posição elevada e se manter, reconhecido por todos, nessa posição; agora ele apenas tinha de direcionar essas capacidades, que lhe haviam permitido ir tão longe, ao processo, e sendo assim não havia dúvidas de que o processo acabaria bem. E antes de tudo era necessário, caso quisesse alcançar algo, rejeitar de antemão qualquer pensamento de uma possível culpa. Não existia culpa. O processo nada mais era do que um grande negócio, como aqueles que ele já concretizara mais de uma vez com vantagens para o banco; um negócio no qual, conforme a regra, havia vários perigos à espreita, que aliás tinham de ser repelidos. Para esse fim não se poderia brincar em pensamentos quanto a algum tipo de culpa, mas sim reter da melhor maneira possível o pensamento nas próprias vantagens. E a partir desse ponto de vista também era inevitável suspender o quanto antes a representação por parte do advogado, melhor se já naquele entardecer. Isso era, segundo as histórias que ele contava, algo inusitado e provavelmente bem injurioso, mas K. não podia tolerar que seus esforços no processo encontrassem obstáculos, que talvez fossem causados por seu próprio advogado. Porém, se tivesse conseguido se livrar do advogado, então a petição tinha de ser entregue imediatamente e talvez devesse ser feita pressão diariamente no sentido de que ela fosse levada em conta. Para esse fim, é claro que não seria suficiente que K. ficasse sentado no corredor como os outros, depositando o chapéu debaixo do banco. Ele mesmo, ou as mulheres, ou outros mensageiros tinham de ficar dia a dia em cima dos funcionários e obrigá-los a não olhar através das grades para o corredor, mas sim a se sentarem a suas mesas e estudarem a petição de K. Desses esforços não se poderia abrir mão, tudo tinha de ser organizado e vigiado, o tribunal seria obrigado a bater de cara com um acusado que sabia como defender seus direitos.

Mas se K. mostrava coragem para executar tudo aquilo, as dificuldades na redação da petição eram avassaladoras. Anteriormente, ainda há cerca de uma semana, ele podia pensar nisso apenas com um sentimento de vergonha pelo fato de ter sido, uma vez que fosse, obrigado a encaminhar, ele mesmo, uma dessas petições; que tal coisa também podia ser difícil, nisso nem sequer havia pensado. Ele se lembrava como em certa manhã, justamente quando estava sobrecarregado de trabalho, havia empurrado tudo para o lado de repente e pegado o bloco de rascunho para tentar esboçar o raciocínio de uma petição daquela espécie, a fim de talvez colocá-lo à disposição do advogado lerdo, e como justo naquele momento a porta da sala da direção se abrira e o diretor adjunto entrara às gargalhadas. Havia sido bem constrangedor para K. naquela hora, ainda que o diretor adjunto naturalmente não tivesse rido da petição, da qual nada sabia, mas sim de uma piada acerca da Bolsa que acabara de ouvir, uma piada que para ser compreendida exigia um desenho, que o diretor adjunto, inclinado sobre a mesa de K., usando o lápis de K., que lhe tomara das mãos, agora desenhava no bloco de rascunho que havia sido destinado à petição.

Hoje em dia K. nada mais sabia de vergonha, a petição tinha de ser feita. Se não encontrasse tempo para ela no escritório, coisa que era bem provável, ele teria de fazê-la em casa, durante as noites. Se também as noites não fossem suficientes, então teria de pedir férias. O que não podia era ficar parado a meio caminho; isso era, e não apenas nos negócios mas sempre e referente a tudo, a coisa mais insensata. A petição, todavia, significava um trabalho quase infinito. Não era necessário ter uma personalidade das mais receosas, e mesmo assim se podia facilmente crer que era impossível terminar algum dia a petição. Não devido à preguiça ou à astúcia, que eram as únicas coisas que poderiam impedir os advogados de concluírem o trabalho, mas porque, desconhecendo a acusação existente, e mais ainda seus possíveis desdobramentos, era preciso restabelecer na memória toda a sua vida anterior em seus mínimos atos e acontecimentos, expondo-a e examinando-a sob todos os aspectos. E como era triste, além disso, um trabalho como aquele. Ele talvez fosse adequado para ocupar o espírito já pueril, depois da aposentadoria, ajudando-o a distrair os longos dias. Mas agora que K. necessitava de todas as suas ideias para seu trabalho, agora que cada hora, uma vez que ele estava em ascensão no banco e já constituía uma ameaça ao diretor adjunto, passava com a maior velocidade e que ele queria gozar os curtos entardeceres e as curtas noites na condição de homem jovem, agora, pois, ele tinha de começar a redigir a petição. Mais uma vez o curso de seu pensamento acabava em queixas. E eis que então, quase involuntariamente, apenas para pôr um fim naquilo tudo, ele tateou com os dedos buscando a campainha elétrica que levava à antessala. Enquanto a apertava, olhou para o relógio. Eram onze horas; duas horas, ele havia esbanjado um tempo longo e precioso em sonhos e naturalmente estava ainda mais cansado do que antes. Pelo menos o tempo não havia sido perdido, ele havia tomado decisões que poderiam ser valiosas. Os contínuos trouxeram, além de diferentes cartas, dois cartões de visita de senhores que já esperavam há um bom tempo por K. Os dois faziam parte justamente de uma clientela muito importante do banco, que na verdade não se deveria deixar esperando de forma alguma. Por que eles vinham em hora tão inadequada, e por que, era isso que pareciam estar se perguntando os senhores atrás da porta fechada, o diligente K. empregava as melhores horas do ofício em assuntos particulares? Cansado de tudo o que havia acontecido e cansado de esperar o que ainda aconteceria, K. levantou-se a fim de receber o primeiro deles.

Era um senhor baixo e vivaz, um industrial que K. conhecia muito bem. Ele lamentava estar atrapalhando K. em um trabalho tão importante, e K. por sua vez lamentou ter deixado o industrial esperando por tanto tempo. Mas esse lamento foi expresso de uma maneira tão mecânica e com uma entonação quase falsa que o industrial, se não estivesse completamente ocupado com a questão do negócio, teria percebido. Em vez disso, o industrial puxou às pressas cálculos e tabelas de todos os seus bolsos, estendeu-os na frente de K., esclareceu diferentes rubricas, corrigiu um pequeno erro de cálculo que lhe havia chamado a atenção mesmo naquela rápida visão panorâmica, lembrou K. de um negócio semelhante que havia concluído com ele há cerca de um ano, mencionou de passagem que desta vez um outro banco havia se candidatado, mediante grandes sacrifícios, ao negócio, e por fim ficou mudo, esperando a opinião de K. No princípio, K. de fato até havia acompanhado bem o discurso do industrial, o pensamento sobre o importante negócio havia tomado conta dele também, mas lamentavelmente não por muito tempo; em pouco ele já não ouvia mais, havia assentido com a cabeça ainda por um instantinho às exclamações mais altas do industrial, mas por fim deixara também isso de lado, limitando-se a olhar a cabeça calva, inclinada sobre os papéis, perguntando-se quando o industrial reconheceria enfim que todo seu discurso havia sido em vão. Agora que ele emudecera, K. acreditou realmente, a princípio, que isso acontecera para lhe dar a oportunidade de confessar que não estava em condições de ouvi-lo. Foi com pesar, no entanto, que percebeu no olhar expectante do industrial, aparentemente pronto para todo o tipo de réplicas, que a discussão sobre os negócios tinha de prosseguir. Ele inclinou, pois, a cabeça, como se estivesse recebendo uma ordem, e começou a passear vagarosamente com o lápis sobre os papéis; de cá para lá, aqui e acolá estacava e fixava uma cifra. O industrial supôs que haveria objeções, talvez as cifras não estivessem realmente claras, talvez elas não fossem o elemento decisivo; de qualquer forma, o industrial cobriu os papéis com a mão e, chegando bem próximo de K., começou uma exposição geral do negócio.

– É difícil – disse K. esfregando os lábios, afundando sem apoio sobre o braço da cadeira, uma vez que os papéis, a única coisa a que poderia se agarrar, estavam encobertos.

Chegou a levantar os olhos com lentidão quando a porta da sala da direção do banco se abriu e lá, sem muita nitidez, como que por trás de um véu de gaze, apareceu o diretor adjunto. K. não seguiu pensando nisso, mas perseguiu apenas o efeito imediato, que era bem agradável para ele. Pois logo o industrial saltitou para fora do assento e dirigiu-se às pressas ao encontro do diretor adjunto; K. teria desejado torná-lo dez vezes mais lépido, pois temia que o diretor adjunto pudesse desaparecer de novo. Foi um temor inútil, os dois senhores se encontraram, estenderam a mão um para o outro e se aproximaram juntos da escrivaninha de K. O industrial queixou-se por ter encontrado tão pouca simpatia junto ao procurador e apontou para K. que voltou a se curvar sobre os papéis sob o olhar do diretor adjunto. Quando então os dois se apoiaram à escrivaninha e o industrial se pôs no trabalho de conquistar para si o diretor ajunto, K. se sentia como se, acima de sua cabeça, dois homens, cuja estatura ele imaginava acima do normal, negociassem a respeito dele próprio. Vagarosamente, ele procurou saber, com os olhos voltados com cautela para o alto, o que acontecia lá em cima, pegou um dos papéis da escrivaninha, sem olhar, colocou-o na palma da mão e, aos poucos, enquanto ele mesmo se levantava, ergueu-o em direção aos dois senhores. Não pensava, naquele momento, em nada específico, agia apenas com o sentimento de ter de se comportar daquela forma quando tivesse concluído a grande petição que deveria aliviá-lo por completo. O diretor adjunto, que participava da conversa com toda sua atenção, olhou apenas de relance para o papel, nem sequer por cima leu o que estava escrito ali, pois o que era importante para o procurador não tinha importância para ele; tirou-o da mão de K. e disse:

– Obrigado, já sei de tudo – e voltou a colocá-lo tranquilamente sobre a mesa.

K. olhou-o de lado com amargura. Mas o diretor adjunto não percebeu ou, se percebeu, apenas ficou animado com isso, riu alto várias vezes, deixou o industrial visivelmente constrangido com uma resposta incisiva – situação da qual logo voltou a tirá-lo, contudo, tendo em vista o fato de ter feito a si mesmo uma objeção –, e por fim o convidou a ir a seu escritório, onde poderiam concluir o assunto.

– É uma questão muito importante – disse ele ao industrial –, concordo em absoluto. E o senhor procurador – e mesmo ao fazer essa observação ele no fundo se dirigia apenas ao industrial – com certeza gostará muito se a tomarmos dele. A questão exige uma tranquila reflexão. Ele, no entanto, parece estar muito sobrecarregado hoje, e também há algumas pessoas que já esperam há horas por ele na antessala.

K. ainda teve domínio suficiente para desviar o rosto do diretor adjunto e voltar seu sorriso amável, mas rígido, apenas para o industrial; e de resto nem sequer interveio, apoiou-se na mesa com as duas mãos, um pouco vergado para frente, como um caixeiro atrás do balcão, e observou os dois senhores, que continuavam falando, pegarem os papéis que estavam sobre a mesa e desaparecerem na sala da direção. Na porta, o industrial ainda se voltou e disse que ainda não iria se despedir, mas que naturalmente daria notícias acerca do sucesso da discussão ao procurador e que ainda tinha uma outra pequena comunicação a lhe fazer.

Enfim K. estava só. Sequer cogitou deixar algum outro cliente entrar e apenas vagamente lhe veio à consciência como era agradável saber que as pessoas lá fora acreditavam que ele ainda estava negociando com o industrial e que por esse motivo ninguém, nem mesmo o contínuo, poderia entrar em sua sala. Foi até a janela, sentou-se sobre o parapeito, segurou-se firmemente com a mão no trinco e olhou para a praça, lá fora. A neve continuava caindo, e o tempo ainda não havia clareado.

Ficou sentado assim por muito tempo, sem saber o que lhe causava preocupação; apenas, de tempos em tempos, olhava assustado sobre os ombros em direção à porta da antessala, onde por engano acreditara ouvir um barulho. Mas, uma vez que ninguém vinha, ele ficava mais tranquilo, caminhava até a pia, lavava-se com água fria e voltava com a cabeça mais livre para seu lugar na janela. A decisão de tomar sua defesa em suas próprias mãos mostrou-se mais grave do que imaginara a princípio. Enquanto havia jogado a defesa às costas do advogado, ele no fundo ainda havia sido pouco afetado pelo processo, observando-o à distância, e mal pôde ser alcançado por ele de forma imediata; até podia averiguar, caso quisesse, em que pé estava sua causa, mas ele também podia tirar a cabeça do laço que envolvia seu pescoço quando quisesse. Agora, ao contrário, se ele mesmo conduzisse sua defesa, teria de – pelo menos no momento – se expor inteiramente ao tribunal, e o resultado mais tarde deveria ser, sem dúvida, sua liberação plena e definitiva; mas para alcançá-la precisava, pelo menos provisoriamente, expor-se a perigos bem maiores do que fizera até agora. Se quisesse duvidar disso, o encontro com o diretor adjunto e o industrial, hoje mesmo, poderia convencê-lo do contrário, e isso de maneira satisfatória. Como ele pôde ter permanecido sentado ali, absorvido completamente pela simples decisão de assumir, ele próprio, sua defesa? E como seria mais tarde? Que dias esperavam por ele! Será que encontraria o caminho que atravessaria tudo até um final feliz? Será que uma defesa cuidadosa – e todo o resto era insensato –, será que uma defesa cuidadosa não significava ao mesmo tempo a necessidade de se desligar de todo o resto, na medida do possível? Escaparia ileso de tudo aquilo? E como conseguiria encaminhar as coisas, estando no banco? Não se tratava apenas da petição, nem de longe, para a qual umas férias talvez fossem suficientes, ainda que o fato de pedir férias justamente naquele momento fosse uma grande temeridade, pois se tratava de todo um processo cuja duração era imprevisível. Que obstáculo havia sido lançado de repente na carreira de K.?

E justo agora ele tinha de trabalhar para o banco? Olhou para a escrivaninha. Justo agora tinha de deixar clientes entrarem e negociar com eles? Enquanto seu processo tramitava, enquanto lá em cima, no sótão, os funcionários do tribunal estavam sentados com as mãos nos documentos desse processo, ele tinha de resolver negócios do banco? Por acaso aquilo não parecia uma tortura que, reconhecida pelo tribunal, estava ligada ao processo e o acompanhava? E será que no banco dariam importância à sua situação especial ao avaliarem seu trabalho? Ninguém, nunca. * O seu processo não era de todo desconhecido, ainda que não estivesse completamente claro quem sabia dele e quanto sabia dele. Porém esperava que o boato ainda não tivesse chegado até o diretor adjunto, do contrário já se veria com mais nitidez como ele o usaria, sem qualquer coleguismo e humanidade, contra K. E o diretor? Com certeza, ele era bem-intencionado em relação a K., e provavelmente, assim que soubesse algo acerca do processo, na medida de suas possibilidades, haveria de querer proporcionar a K. algumas facilidades; mas ele por certo não teria tido sucesso, pois agora que o contrapeso, formado até então por K., começava a se debilitar, ele sucumbia cada vez mais à influência do diretor adjunto que, além do mais, explorava o mau estado de saúde do diretor para fortalecer seu próprio poder. O que K. podia esperar, então? Talvez ele enfraquecesse com tais reflexões sua força de resistência, mas ao mesmo tempo era necessário não iludir a si mesmo e ver tudo de modo tão claro quanto era possível no momento.

Sem motivo especial, apenas a fim de provisoriamente não ter de voltar mais uma vez à escrivaninha, ele abriu a janela. Ela se deixava abrir apenas com dificuldades e ele tinha de girar o trinco com ambas as mãos. Então entrou pela janela, por toda largura e altura, a neblina misturada à fumaça, enchendo a sala com um leve cheiro de queimado. Também alguns flocos de neve foram soprados para dentro.

– Um outono horrível – disse, atrás de K., o industrial, que havia entrado sem ser percebido, vindo da sala do diretor adjunto.

K. assentiu com a cabeça e olhou impaciente para a pasta do industrial, da qual este agora com certeza tiraria os papéis a fim de comunicar a K. o resultado das negociações com o diretor adjunto. O industrial, porém, seguiu o olhar de K., bateu em sua pasta e disse, sem abri-la:

– O senhor quer saber como foram as coisas. Eu já trago praticamente a conclusão do negócio na pasta. Um homem encantador, o seu diretor adjunto, mas de modo nenhum inofensivo.

Ele riu, sacudiu a mão de K. e quis fazê-lo rir também. Mas a K. mais uma vez pareceu suspeito o fato de o industrial não querer mostrar os papéis, e ele não encontrou na observação do industrial nenhum motivo para rir.

– Senhor procurador – disse o industrial –, o senhor por certo está sofrendo por causa do tempo? Está com um aspecto tão aflito hoje.

– Sim – disse K. e pôs a mão na têmpora –, dores de cabeça, problemas familiares.

– É verdade – disse o industrial, que era um homem apressado e não podia ouvir ninguém em silêncio –, todos têm sua cruz a carregar.

Involuntariamente, K. havia dado um passo em direção à porta, como se quisesse acompanhar o industrial para fora; mas este disse:

– Eu ainda teria uma pequena comunicação a lhe fazer, senhor procurador. Temo muito molestá-lo com ela justo hoje, mas já estive aqui duas vezes nos últimos tempos e sempre acabei esquecendo. Contudo, se eu adiá-la mais uma vez, provavelmente ela perderá por completo sua finalidade. E isso seria uma pena, pois no fundo talvez minha comunicação tenha algum valor.

Antes que K. tivesse tempo de responder, o industrial se aproximou dele, bateu com os nós dos dedos levemente em seu peito e disse, em voz baixa:

– O senhor tem um processo, não é verdade?

K. recuou e exclamou de imediato:

– Foi o diretor adjunto quem lhe disse isso!

– Oh, não – disse o industrial –, como o diretor adjunto haveria de saber disso?

– E o senhor? – perguntou K., já bem mais controlado.

– Fico sabendo aqui e ali algumas coisas sobre o tribunal – disse o industrial –, e isso diz respeito inclusive à comunicação que eu queria lhe fazer.

– Há tantas pessoas ligadas ao tribunal! – disse K. de cabeça baixa e encaminhou o industrial até a escrivaninha.

Eles voltaram a se sentar como antes, e então o industrial disse:

– Infelizmente não é muito o que posso comunicar ao senhor. Mas em tais casos não se deve negligenciar absolutamente nada. Além disso, sinto a necessidade de ajudá-lo de algum modo, por mais modesta que seja minha ajuda. Até agora fomos bons amigos nos negócios, não é? Pois então.

K. quis se desculpar por seu comportamento nas discussões daquele dia, mas o industrial não tolerou nenhuma interrupção, ajeitou a pasta debaixo do braço, a fim de mostrar que estava com pressa, e prosseguiu:

– Sei do processo do senhor por um certo Titorelli. É um pintor; Titorelli é apenas seu nome artístico, seu nome verdadeiro nem conheço. Ele vem há anos, de tempos em tempos, até meu escritório e traz consigo pequenos quadros, pelos quais – é quase um mendigo – sempre lhe dou uma espécie de esmola. Aliás, trata-se de quadros bem bonitos, paisagens de pradarias e coisas assim. Essas vendas – nós dois já nos havíamos acostumado com isso – aconteciam sem nenhum problema. De repente, no entanto, essas visitas passaram a se repetir em demasia, eu o censurei, começamos a conversar, eu me interessei em saber como ele conseguia se manter apenas como pintor, e eis que então fico sabendo, para minha surpresa, que sua fonte principal de rendas era a pintura de retratos. Ele disse que trabalhava para o tribunal. Eu lhe perguntei para que tribunal. E então ele me contou do tribunal. O senhor haverá de poder imaginar melhor do que ninguém como fiquei surpreso diante dessas histórias. E desde então ouço, a cada visita dele, algum tipo de novidade do tribunal e passo a ter assim, aos poucos, uma certa visão das coisas. De todo modo, Titorelli é fofoqueiro, e tenho de repeli-lo muitas vezes, não apenas porque ele com certeza também mente, mas sobretudo porque um homem de negócios como eu, que quase sucumbe a suas próprias preocupações com os negócios, não pode ficar se ocupando com coisas relativas a estranhos. Mas isso apenas à parte. Talvez – assim pensei cá comigo – Titorelli possa ajudar um pouco o senhor, ele conhece muitos juízes, e mesmo que ele próprio não tenha grande influência, ele pelo menos poderá lhe dar algumas sugestões de como se pode chegar até diferentes pessoas influentes. E mesmo que também essas sugestões não sejam decisivas em si e para si, elas haverão de ser, pelo menos é o que penso, de grande importância se estiverem em seu poder. Costumo dizer: o procurador K. é quase um advogado. Ou: não tenho preocupações por causa de seu processo. Mas será que o senhor quer ir até Titorelli? Com a minha recomendação, ele com certeza fará tudo que for possível. Acho realmente que o senhor deveria ir até ele. De todo modo, o senhor – isso eu ainda quero lhe dizer – não está obrigado o mínimo que seja a ir realmente ao encontro de Titorelli pelo fato de eu dar ao senhor esse conselho. Não; se o senhor acredita poder dispensar a ajuda de Titorelli, com certeza é melhor deixá-lo logo de lado, por completo. Talvez o senhor já tenha um plano bem preciso, e Titorelli poderia estorvá-lo. Não; nesse caso o senhor naturalmente não deve ir, de maneira nenhuma! Com certeza também exige superação deixar que um sujeito como aquele nos dê sugestões. Pois bem, é como o senhor quiser. Aqui está a carta de recomendação e aqui o endereço.

Desiludido, K. pegou a carta e enfiou-a no bolso. Mesmo na melhor das hipóteses, a vantagem que a recomendação poderia lhe trazer era incomparavelmente menor do que o prejuízo que havia no fato de o industrial saber de seu processo e de que o pintor seguia espalhando a notícia. Ele mal conseguiu se obrigar a dizer ao industrial, que já estava a caminho da porta, algumas palavras de agradecimento.

– Irei até ele – disse K., quando se despediu do industrial junto à porta – ou lhe escreverei, uma vez que estou muito ocupado agora, para pedir que ele faça o favor de vir até o meu escritório.

– Eu sabia muito bem – disse o industrial – que o senhor encontraria a melhor saída. De todo modo, pensei que o senhor preferisse evitar o constrangimento de convidar pessoas como esse Titorelli para virem ao banco, a fim de conversar com o senhor acerca do processo. E também nem sempre é vantajoso mandar cartas de próprio punho a pessoas como ele. Mas o senhor com certeza pensou em tudo e sabe o que pode fazer.

K. assentiu com um gesto de cabeça e ainda acompanhou o industrial pela antessala. Apesar da calma exterior, ele estava muito assustado consigo mesmo; havia dito que escreveria a Titorelli para de alguma maneira mostrar ao industrial que sabia como valorizar a recomendação, e já de imediato averiguava as possibilidades de se reunir com Titorelli; mas se tivesse considerado valoroso o auxílio de Titorelli, ele também não teria hesitado em lhe escrever de fato. Porém, só devido à observação do industrial reconhecia as perigosas consequências que isso poderia ter. Será que ele de fato já podia confiar tão pouco em seu próprio juízo? Se era possível que ele convidasse uma pessoa dúbia através de uma carta explícita para lhe pedir, separado apenas por uma porta do diretor adjunto, sugestões relativas ao seu processo, será que então não era possível e até mesmo bem provável que ele também ignorasse outros perigos ou corresse em direção a eles sem nada ver? Nem sempre havia alguém do seu lado a fim de alertá-lo. E justo agora que precisava se apresentar com todas as suas forças tinham de lhe surgir tais dúvidas, até então estranhas para ele, acerca de sua própria atenção e vigilância! Será que as dificuldades que sentia na realização de seu trabalho no escritório iriam começar a se manifestar também no processo? Agora, de todo modo, nem sequer compreendia mais como havia sido possível que ele quisesse escrever a Titorelli, convidando-o para vir até o banco.

Ele ainda sacudia a cabeça por causa disso, quando o contínuo se aproximou chamando sua atenção para três senhores que estavam sentados sobre um banco na antessala. Eles já esperavam há tempo pela permissão para ir até K. Agora que o contínuo falava com K., eles haviam se levantado, e cada um quis aproveitar uma oportunidade favorável para se aproximar de K. antes dos outros. Uma vez que a consideração por parte do banco havia sido tão pouca a ponto de deixá-los perderem seu tempo ali na antessala, eles também não estavam mais dispostos a mostrar qualquer tipo de consideração.

– Senhor procurador – já ia dizendo um deles.

Mas K. havia pedido ao contínuo que trouxesse seu casacão de inverno e, enquanto o vestia com a ajuda do contínuo, disse aos três:

– Perdoem-me, meus senhores, mas momentaneamente não tenho tempo de recebê-los. Peço que me perdoem, mas tenho um negócio urgente a tratar e preciso partir imediatamente.

Os senhores mesmos viram durante quanto tempo fui retido aqui. Fariam a gentileza de voltar amanhã ou algum outro dia? Ou preferem discutir as coisas por telefone? Ou talvez prefiram me dizer agora, brevemente, do que se trata, e eu lhes darei então uma resposta completa por escrito. Mas o melhor, em todo caso, seria que os senhores voltassem outro dia.

Essas sugestões de K. causaram tanta surpresa aos homens, que agora descobriam que haviam esperado de maneira completamente inútil, que eles olharam mudos uns para os outros.

– Estamos entendidos, então? – perguntou K., que havia se voltado para o contínuo, que agora lhe trazia também o chapéu.

Pela porta aberta da sala de K. via-se como lá fora a neve havia se tornado bem mais forte. Por isso, K. levantou a gola do sobretudo e abotoou-o bem alto, até o pescoço.

Naquele momento, o diretor adjunto saía da sala ao lado; sorridente, viu K. em seu casacão de inverno negociando com os três senhores e perguntou:

– O senhor está indo embora agora, senhor procurador?

– Sim – disse K. pondo-se ereto –, tenho um negócio a tratar.

Porém o diretor adjunto já havia se voltado para os homens.

– E os senhores? – ele perguntou. – Parece-me que já esperam há um bom tempo.

– Nós já nos entendemos – disse K.

Mas então os senhores não se deixaram mais segurar, pararam em volta de K. e esclareceram que não teriam esperado durante horas se seus assuntos não fossem importantes e se não tivessem de ser discutidos agora, e detalhadamente, em particular.

O diretor adjunto ouviu-os por um instantinho, contemplou também K., que segurava o chapéu nas mãos e em alguns lugares lhe tirava o pó, e disse em seguida:

– Meus senhores, existe uma saída muito simples. Se os senhores se dignarem a me aceitar, farei muito gosto em assumir as negociações em lugar do senhor procurador. Seus assuntos naturalmente têm de ser discutidos de imediato. Somos homens de negócios como os senhores e sabemos avaliar com correção o valor do tempo. Querem entrar aqui, por favor? – E ele abriu a porta que dava para a antessala de seu escritório.

Como o diretor adjunto sabia se apropriar de tudo o que K. agora tinha de abandonar, obrigado pela necessidade! Mas será que K. não abandonava mais do que era impreterivelmente necessário? Enquanto ele corria até um pintor desconhecido com esperanças indeterminadas e, além disso, como era obrigado a admitir para si mesmo agora, bastante diminutas, sua reputação sofria um dano irremediável. Talvez tivesse sido bem melhor voltar a tirar o casacão de inverno e com isso ganhar para si pelo menos os dois senhores que ainda tinham de ficar esperando na antessala ao lado. K. talvez tivesse tentado, se naquele momento não tivesse vislumbrado o diretor adjunto em sua sala, procurando algo na estante dos livros como se fosse a sua própria. Quando K. se aproximou da porta, irritado, ele exclamou:

– Ah, o senhor ainda não foi embora! – e ele voltou para K. seu rosto, cujas muitas rugas esticadas pareciam denotar não velhice, mas sim força, e de imediato voltou a procurar.

– Estou procurando uma cópia do contrato – disse ele –, que deve se encontrar com o senhor, conforme afirma o representante da firma. Não quer me ajudar a procurar?

K. deu um passo, mas o diretor adjunto disse:

– Muito obrigado, eu já achei – e, com um grande pacote de folhas, que com certeza não continha apenas a cópia do contrato, mas ainda muitas outras coisas, voltou para sua sala.

"Agora não estou em condições de enfrentá-lo", disse K. a si mesmo, "mas assim que minhas dificuldades pessoais tiveram sido eliminadas, ele haverá de ser, de verdade, o primeiro a senti-lo, e da maneira mais amarga possível." Um pouco tranquilizado por esse pensamento, K. deu ao contínuo, que já há tempo mantinha aberta para ele a porta que dava para o corredor, o encargo de oportunamente anunciar ao diretor que ele estava tratando de negócios, e deixou o banco, quase feliz com o fato de poder se dedicar por completo durante algum tempo à sua causa.

Dirigiu-se imediatamente ao pintor, que morava em um subúrbio situado em direção exatamente oposta àquela em que se encontravam os cartórios do tribunal. Era uma região ainda mais pobre, as casas eram ainda mais escuras, as ruas cheias de uma sujeira que flutuava lenta na neve derretida. No prédio no qual morava o pintor, apenas uma das folhas do grande portão estava aberta; em cada uma das outras folhas, contudo, havia uma abertura na parte inferior, de onde, justo no momento em que K. se aproximava, irrompeu um líquido repulsivo, amarelo e fumegante, diante do qual algumas ratazanas fugiram para um canal que havia nas proximidades. Embaixo, junto às escadas, estava deitada uma criança pequena de barriga para o chão, chorando, mas ela mal podia ser ouvida devido ao barulho mais alto de uma funilaria do outro lado do corredor de entrada. A porta da oficina estava aberta, três auxiliares estavam parados em semicírculo diante de uma peça qualquer, sobre a qual batiam com os martelos. Uma grande folha de flandres pendurada na parede projetava uma luz pálida, que se infiltrava entre dois trabalhadores e iluminava seus rostos e aventais. K. tinha para tudo aquilo apenas um olhar fugidio, queria terminar o que tinha a fazer ali o mais rápido possível, sondar o pintor com algumas perguntas e voltar de imediato ao banco. Um mínimo êxito naquele lugar já haveria de exercer um bom efeito sobre o trabalho de hoje no banco. No terceiro andar, ele teve de moderar o passo, estava completamente sem fôlego; as escadarias, assim como os andares, eram exageradamente altas, e segundo as informações dadas o pintor morava bem em cima, em uma câmara no sótão. Também o ar era muito opressivo, não havia nenhum patamar e as escadarias estreitas estavam cercadas de muros por ambos os lados, e só aqui e ali havia, bem no alto, pequenas janelas. Justo no momento em que K. parou um pouco, algumas meninas saíram correndo de um apartamento e se precipitaram, rindo, escada acima. K. seguiu-as devagar, alcançou uma das meninas, que havia tropeçado e ficado para trás em relação às outras, e perguntou-lhe, enquanto continuavam subindo lado a lado:

– Mora por aqui um pintor chamado Titorelli?

A menina, que mal tinha alcançado os treze anos e era um tanto corcunda, deu-lhe um cotovelaço e olhou para ele de soslaio. Nem sua juventude, nem seu defeito físico puderam impedir que ela já estivesse completamente deteriorada. Ela sequer sorriu, limitou-se a olhar K, com olhos agudos e convidativos. K. fez que não havia percebido seu comportamento e perguntou:

– Tu conheces o pintor Titorelli?

Ela assentiu com um gesto de cabeça e perguntou:

– O que o senhor deseja dele?

A K. pareceu vantajoso se informar rapidamente um pouco acerca de Titorelli:

– Eu quero pedir a ele que me pinte – disse.

– Pedir que o pinte? – ela perguntou, abriu exageradamente a boca, bateu de leve com a mão em K., como se ele tivesse dito algo extraordinariamente surpreendente ou desastrado, levantou com as duas mãos seu saiote já curto e correu, tão rápido quanto conseguia, atrás das outras meninas, cuja gritaria já se perdia, indistinta, no alto. Na próxima volta da escada, porém, K. voltou a alcançar todas as meninas. Elas evidentemente haviam sido informadas pela corcunda a respeito das intenções de K. e esperavam por ele. Estavam paradas dos dois lados da escada, apertavam-se ao muro, para que K. pudesse passar confortavelmente entre elas, e alisavam seus aventais com as mãos. Todos os rostos, assim como essa formação em fila dupla, representavam uma mistura de infantilidade e abjeção. No alto, acima da cabeça das meninas, que agora se uniam em roda, rindo, atrás de K., estava a corcunda, que assumira o comando. K. deveria a ela o fato de encontrar logo o caminho correto. Queria, na verdade, continuar subindo, mas ela lhe mostrou que ele precisava tomar um desvio da escada para chegar a Titorelli. A escada que levava ao pintor era particularmente estreita, muito comprida, sem curvas, podia ser vista em toda a sua extensão, e no alto se fechava bem em frente à porta de Titorelli. Esta porta que, se comparada à parte restante da escada era bem iluminada, por uma pequena claraboia instalada obliquamente sobre ela, era feita de tábuas não-caiadas, sobre as quais estava pintado em pinceladas largas e tinta vermelha o nome de Titorelli. K. mal chegara com seu séquito ao meio da escada quando, lá em cima, por certo em consequência do barulho dos muitos passos, a porta foi aberta um pouco e um homem provavelmente vestido apenas com um camisolão apareceu na fresta:

— Oh! – ele exclamou quando viu a multidão que estava vindo e desapareceu.

A corcunda bateu palmas de alegria e as demais meninas fizeram pressão atrás de K., a fim de empurrá-lo mais rápido para a frente.

Eles nem haviam chegado, no entanto, quando lá em cima o pintor abriu a porta com violência e, com uma profunda reverência, convidou K. a entrar. As meninas, ao contrário, ele rechaçou; não queria deixar nenhuma delas, por mais que implorassem e por mais que tentassem, entrar no quarto sem sua permissão. Só a corcunda logrou se infiltrar por baixo de seus braços estendidos, mas o pintor disparou atrás dela, agarrou-a pelas saias, rodopiou-a à sua volta uma vez para em seguida colocá-la para fora da porta, junto às outras meninas, que, enquanto o pintor havia abandonado seu posto, ainda assim não haviam ousado passar da soleira. K. não sabia como deveria avaliar tudo aquilo, tudo parecia acontecer segundo um acordo amigável. As meninas na porta esticavam, uma atrás da outra, os pescoços para o alto, gritavam ao pintor diferentes palavras em tom de troça, palavras que K. não entendia, e também o pintor ria, enquanto a corcunda quase voava na sua mão. Então ele fechou a porta, voltou a fazer a reverência a K., deu-lhe a mão e disse, apresentando-se:

— Sou o pintor Tintorelli.

K. apontou para a porta, atrás da qual as meninas sussurravam, e disse:

— O senhor parece ser muito querido no prédio.

– Ah, as palhaças! – disse o pintor, e tentou em vão abotoar seu camisolão na altura do pescoço.

Aliás, ele de resto estava descalço e vestido apenas com uma calça de linho larga e amarelada, que era mantida presa com um cinto, cujo final alongado balançava para cá e para lá.

– Essas palhaças são um verdadeiro fardo para mim – prosseguiu ele, enquanto deixava de lado o camisolão, cujo último botão acabara de ser arrancado, pegava um assento e obrigava K. a se sentar:

– Eu pintei uma delas outro dia, hoje ela aliás nem está junto com as outras, e desde então todas me perseguem. Quando estou aqui, elas entram apenas quando permito, mas quando estou fora, então há sempre pelo menos uma por aqui. Elas mandaram fazer uma chave para a minha porta, que ficam emprestando umas às outras: mal se consegue imaginar como isso pode ser incômodo. Venho para casa, por exemplo, com uma dama que devo pintar, abro a porta com minha chave e encontro, por exemplo, a corcunda ali junto à mesinha, pintando seus lábios de vermelho com o pincel, enquanto seus irmãozinhos mais novos, dos quais ela tem de cuidar, ficam correndo por aí e sujando todos os cantos do quarto. Ou chego tarde da noite em casa, conforme me aconteceu ainda ontem, e quero ir para a cama, e então sinto que alguma coisa me belisca na perna, olho para baixo da cama e puxo para fora uma daquelas coisinhas. Por que elas se aproximam com tanta insistência de mim eu não sei; que eu não procuro atraí-las a mim o senhor já deve ter percebido. Naturalmente também sou perturbado em meu trabalho com isso. Se esse ateliê não tivesse sido colocado gratuitamente à minha disposição, eu há tempo já teria saído dele.

Justo naquele momento uma vozinha chamou, delicada e medrosamente, atrás da porta:

– Titorelli, já podemos entrar?

– Não – respondeu o pintor.

– Nem eu sozinha? – perguntaram novamente.

– Também não – disse o pintor, foi até a porta e trancou-a.

Nesse ínterim, K. olhou a sua volta no quarto e jamais teria chegado, ele próprio, à ideia de que aquele cômodo pequeno e miserável pudesse ser chamado de ateliê. Mal se podia dar mais do que dois longos passos no comprimento e na largura. Tudo, soalho, paredes e teto, era de madeira, e entre as vigas viam-se fendas estreitas. Em frente a K., junto à parede, ficava a cama, que estava lotada de lençóis de diferentes cores. No meio do quarto havia um quadro num cavalete, que estava coberto com uma camisa cujas mangas balançavam alcançando o chão. Atrás de K. ficava a janela, pela qual na neblina não se podia enxergar muito mais longe do que até o telhado coberto de neve da casa vizinha.

O giro da chave na fechadura lembrou K. que ele havia se proposto a ir embora logo. Por isso, tirou a carta do industrial do bolso, estendeu-a ao pintor e disse:

– Fiquei sabendo por mão deste homem, seu conhecido, a respeito do senhor e, seguindo conselho dele, vim até aqui.

O pintor leu a carta de relance e atirou-a sobre a cama. Se o industrial não tivesse falado de maneira mais determinada de Titorelli como sendo seu conhecido, um pobre homem dependente de suas esmolas, seria possível, realmente, acreditar naquele momento que Titorelli não conhecia o industrial, ou que no mínimo não conseguia se lembrar dele. Além disso, o pintor ainda perguntou:

– O senhor quer comprar quadros ou quer que eu o pinte?

K. olhou para o pintor, surpreso. Mas o que é que estava escrito na carta, então? K. havia tomado como evidente que o industrial tivesse escrito a carta para informar ao pintor de que K. nada mais queria a não ser se informar acerca de seu processo. Agora descobria que por certo viera até ali apressado demais e sem refletir! No entanto, precisava responder de alguma maneira ao pintor e, com o olhar voltado para o cavalete, disse:

– O senhor está trabalhando em algum quadro neste momento?

– Sim – disse o pintor, jogando a camisa que estava pendurada sobre o cavalete em cima da carta, na cama. – É um retrato. Um bom trabalho, mas ainda não está completamente pronto.

O acaso era favorável, a possibilidade de falar do tribunal foi-lhe literalmente oferecida, pois sem dúvida nenhuma se tratava do quadro de um juiz. Aliás, ele se parecia muito com o quadro no gabinete do advogado. Ainda que se tratasse, aqui, de um juiz totalmente diferente, um homem gordo com barba negra e cerrada, que subia até as maçãs do rosto; além disso, o outro retrato era pintado a óleo, enquanto este estava encaminhado em cores de tom pastel, fracas e indistintas. Todo o resto, porém, era semelhante, pois também aqui o juiz queria, naquele momento, levantar-se ameaçadoramente da poltrona alta em forma de trono, cujos braços ele segurava com firmeza.

"Ora, mas é um juiz", quis dizer K. de imediato, mas se conteve por um momento e se aproximou do quadro em seguida, como se quisesse estudá-lo nos detalhes. K. não lograva explicar para si mesmo o que era aquela grande figura que ocupava o centro do espaldar do trono e perguntou por ela ao pintor. Ela ainda tinha de ser trabalhada um pouco, respondeu o pintor, e pegou de uma mesinha um bastão de pastel e passou-o um pouco pelas bordas da figura, mas sem, com isso, torná-la mais nítida para K.

– É a Justiça – disse o pintor, por fim.

– Agora já a estou reconhecendo – disse K. – Aqui está a venda nos olhos e aqui a balança. Mas não estou vendo asas nos calcanhares, e ela não se encontra em plena corrida?

– Sim – disse o pintor –, tive de pintá-la assim por encomenda, na verdade trata-se da Justiça e da Deusa da Vitória em uma só figura.

– Isso não é uma relação muito boa – disse K., sorrindo –, a Justiça tem de estar em repouso, pois do contrário a balança oscila e um veredicto justo se torna impossível.

– Nessas coisas eu me submeto a quem contratou meus serviços – disse o pintor.

– Sim, com certeza – disse K., que não quisera melindrar ninguém com sua observação. – O senhor pintou a figura assim como ela de fato está, sobre o trono.

– Não – disse o pintor –, eu não vi nem a figura nem o trono, tudo isso é invenção, mas foi-me indicado o que eu deveria pintar.

– Como? – perguntou K., fazendo de conta, intencionalmente, que não estava entendendo bem o pintor. – Não é um juiz que está sentado sobre a cadeira de juiz?

– Sim – disse o pintor –, mas não é um representante da alta magistratura, e nunca esteve sentado numa poltrona alta em forma de trono como esta.

– E mesmo assim faz-se pintar em uma postura tão solene? Ele está sentado aí como se fosse o presidente de um tribunal.

– Sim, esses senhores são vaidosos – disse o pintor. – Mas eles têm permissão do alto para se fazerem pintar assim. A cada um é prescrito com precisão o modo como está autorizado a se fazer pintar. Lamentavelmente, justo neste quadro não podem ser apreciados os detalhes do traje e do assento, os tons pastéis não são adequados a esse tipo de representação.

– Sim – disse K. –, é bem estranho que ele esteja pintado em tons pastéis.

– O juiz assim o desejou – disse o pintor –, o quadro é para uma senhora.

A visão do quadro pareceu lhe dar vontade de trabalhar; e o pintor arregaçou as mangas, pegou alguns lápis, e K. observou como, sob as pontas trêmulas desses lápis, formava-se, junto à cabeça do juiz, uma sombra avermelhada que se esvaía na forma de raios em direção à borda do quadro. Aos poucos, esse jogo de sombra envolveu a cabeça como um adorno ou uma alta distinção. Em volta da figura da Justiça, porém, tudo ficou claro, com exceção de uma tonalidade imperceptível, e nessa claridade a figura parecia se destacar de modo especial, mal lembrando a deusa da Justiça, tampouco a da Vitória; agora ela se assemelhava, por completo, bem mais à deusa da Caça. O trabalho do pintor passou a interessar mais a K. do que ele queria; mas ao final das contas ele fazia censuras a si mesmo por já estar há tanto tempo ali e no fundo ainda não ter feito nada em relação à sua própria causa.

– Como se chama o juiz? – perguntou ele de repente.
– Isso eu não posso dizer – respondeu o pintor, inclinado profundamente sobre o quadro e negligenciando nitidamente seu visitante, a quem havia recebido com tanta atenção no princípio. K. considerou-o um capricho e se incomodou pois, por causa daquilo, estava perdendo seu tempo.
– O senhor com certeza é um homem de confiança do tribunal – ele perguntou.
De imediato o pintor pôs os lápis de lado, empertigou-se, esfregou as mãos e olhou sorridente para K.
– É bom dizer sempre logo a verdade – disse ele. – O senhor quer saber algo sobre o tribunal, conforme aliás também está escrito em sua carta de recomendação, e falou primeiro dos meus quadros a fim de conquistar minha simpatia. Mas não levo isso a mal, o senhor não podia saber que isso não funciona comigo. Oh, por favor! – disse ele, repelindo com veemência a menção que K. fazia de objetar alguma coisa. E logo prosseguiu: – Aliás, o senhor tem completa razão na observação que fez, sou homem de confiança do tribunal.
Ele fez uma pausa como se quisesse dar tempo a K. de se conformar com esse fato. Agora mais uma vez se ouviam as meninas atrás da porta. Elas provavelmente se acotovelavam em volta do buraco da fechadura, talvez também se pudesse olhar para dentro do quarto através das frestas. K. deixou de se desculpar, da forma que fosse, pois não queria desviar a atenção do pintor, mas certamente tampouco queria que ele se vangloriasse demais e desse modo se tornasse de certa maneira inatingível; por isso perguntou:
– E este é um posto reconhecido oficialmente?
– Não – disse o pintor com brevidade, como se com isso lhe tivesse sido vedada a possibilidade de continuar seu discurso. Mas K. não queria permitir que ele ficasse mudo e disse:
– Pois bem, muitas vezes postos não reconhecidos como esse são mais influentes do que os reconhecidos.
– É justamente esse o meu caso – disse o pintor, assentindo com um gesto de cabeça e franzindo a testa. – Eu falei ontem

com o industrial acerca de seu caso e ele me perguntou se eu não queria ajudá-lo, ao que respondi: "Peça ao homem que venha até mim um dia desses", e agora me alegro por já ver o senhor aqui. O caso parece interessá-lo muito, com o que naturalmente nem sequer fico admirado. O senhor não quer talvez tirar o casaco, primeiro?

Ainda que K. tivesse a intenção de ficar ali por pouco tempo, esse convite do pintor acabou por lhe ser bem-vindo. O ar no quarto aos poucos havia se tornado opressivo para ele, várias vezes já havia olhado com espanto para um pequeno aquecedor de ferro a um canto, que sem dúvida não estava aceso, fazendo com que a atmosfera abafada do quarto fosse inexplicável. Enquanto K. tirava o casacão de inverno e desabotoava também o casaco, o pintor disse, desculpando-se:

– Eu preciso de calor. Aqui está bem confortável, não é? Nesse aspecto o quarto está bem situado.

K. nada respondeu a isso, até porque no fundo não era o calor que lhe causava o mal-estar; era, muito antes, o ar abafado que quase impedia a respiração, mostrando que o quarto com certeza há muito não era arejado. Esse desconforto tornou-se ainda maior para K. quando o pintor lhe pediu que se sentasse na cama, enquanto ele mesmo se sentou sobre a única cadeira do cômodo, diante do cavalete. Além disso, o pintor parecia não estar entendendo por que K. sentara-se apenas na borda da cama e lhe pediu que se acomodasse melhor e, uma vez que K. hesitava, foi ele mesmo até onde este estava, empurrando-o mais para o meio da cama e do colchão. Em seguida, voltou para sua cadeira e fez, enfim, a primeira pergunta objetiva, que acabou levando K. a esquecer de todo o resto.

– O senhor é inocente? – ele perguntou.

– Sim – disse K.

A resposta a essa pergunta só lhe causou alegria, sobretudo porque era dada diante de uma pessoa particular, ou seja, não implicava qualquer responsabilidade. Ninguém ainda lhe havia perguntado acerca disso tão abertamente. A fim de degustar essa alegria, ele ainda acrescentou:

– Eu sou completamente inocente.

– Pois bem – disse o pintor, baixando a cabeça e parecendo refletir. De repente, ele voltou a levantar a cabeça e disse: – Se o senhor é inocente, o caso fica bem simples.

O olhar de K. se turvou, aquele suposto homem de confiança do tribunal falava como uma criança ignorante.

– Minha inocência não simplifica o caso – disse K. Apesar de tudo ele ainda tinha de sorrir, e sacudiu de leve a cabeça. – Tudo depende de muitas coisas sutis, nas quais o tribunal se perde. Mas no final surge, de alguma parte onde antes não havia nada, uma grande culpa.

– Sim, sim, com certeza – disse o pintor, como se K. perturbasse desnecessariamente seu raciocínio. – Mas o senhor é inocente, de qualquer forma?

– Bem, sou – disse K.

– Isso é o principal – disse o pintor. Foi impossível influenciá-lo com argumentos contrários, porém, a despeito de seu caráter resoluto, não estava claro se ele falava assim por convicção ou apenas por indiferença.

K. queria ter certeza disso primeiro e, assim, falou:

– O senhor com certeza conhece o tribunal bem melhor do que eu, não sei muito mais do que ouvi a esse respeito, e mesmo assim de pessoas totalmente diferentes. Mas em uma coisa todos concordam, ou seja, que não são levantadas acusações levianas e que o tribunal, quando acusa, está convencido da culpa do acusado, e só é demovido dessa convicção com muita dificuldade.

– Com muita dificuldade? – perguntou o pintor e jogou uma das mãos ao alto. – O tribunal jamais é demovido dessa convicção. Seu eu pintar todos os juízes aqui, um ao lado do outro em uma tela, e o senhor se defender diante dessa tela, com certeza terá mais êxito do que diante do tribunal verdadeiro.

– Sim – disse K. para si mesmo e esqueceu que apenas quisera sondar o pintor.

Mais uma vez uma das meninas começou a perguntar atrás da porta:

— Titorelli, ele por acaso não irá embora logo?
— Silêncio! — exclamou o pintor em direção à porta. — Vocês então não veem que tenho uma coisa importante a discutir com esse senhor?

Mas a menina não se mostrou satisfeita com isso e voltou a perguntar:

— Tu vais pintar o retrato dele? — E quando viu que o pintor nada respondia, ela ainda disse: — Por favor, não o pinte, é uma pessoa tão feia. — E seguiu-se um alvoroço de gritos incompreensíveis de aprovação.

O pintor deu um salto até a porta, abriu-a deixando uma fresta — viam-se as mãos unidas das meninas, estendidas a implorar — e disse:

— Se não ficarem quietas, jogo todas vocês escada abaixo. Sentem-se aqui no degrau e fiquem em silêncio.

Provavelmente elas não seguiram imediatamente suas ordens, de modo que ele teve de dar um comando:

— Sentem-se nos degraus, já! — E só então tudo ficou em silêncio. — Perdão — disse o pintor ao voltar até onde estava K. Este mal se virara para a porta; havia deixado completamente por conta do pintor, se e como ele quereria protegê-lo. E também agora mal se dignou a fazer um movimento, quando o pintor se inclinou para ele e lhe sussurrou ao ouvido, a fim de não ser escutado lá fora. — Também essas meninas pertencem ao tribunal.

— Como? — perguntou K., desviou a cabeça para o lado e encarou o pintor.

Este, porém, voltou a tomar lugar em seu assento e disse meio brincando, meio para esclarecer:

— É que no fundo tudo pertence ao tribunal.

— Isso eu ainda não havia percebido — disse K., secamente; aquela observação genérica do pintor retirava de sua menção às meninas tudo o que nela havia de inquietante. Mesmo assim, K. olhou por um instantinho para a porta atrás da qual as meninas agora estavam sentadas em silêncio. Uma delas havia enfiado um pedaço de palha na fresta entre as vigas e fazia com que ele se movesse lentamente, para cima e para baixo.

– O senhor parece ainda não ter uma visão panorâmica do tribunal – disse o pintor; ele havia esticado as pernas, deixando-as longe uma da outra, e batia com as pontas dos pés no chão. – Mas, uma vez que o senhor é inocente, o senhor também não precisará dela. Eu vou tirá-lo sozinho dessa.

– Como o senhor pretende fazê-lo? – perguntou K. – Já que o senhor mesmo disse há pouco que o tribunal é totalmente inacessível às provas.

– Inacessível somente às provas que se apresentam diante do tribunal – disse o pintor, erguendo o dedo indicador, como a mostrar que K. não havia percebido uma diferença sutil. – Mas as coisas mudam de figura, no que diz respeito a isso, quando se procura agir por trás do tribunal público, ou seja, nas salas de entrevista, nos corredores, ou, por exemplo, também aqui no ateliê.

O que o pintor dizia agora já não parecia mais tão inverossímil a K., mostrava, muito antes, uma grande concordância com aquilo que K. havia ouvido também de outras pessoas. Sim, e inclusive era algo até muito esperançoso. Fossem os juízes de fato tão fáceis de manejar através de relações pessoais, conforme o advogado havia formulado, então as relações do pintor com os vaidosos juízes eram especialmente importantes e de forma nenhuma deviam ser depreciadas. E, sendo assim, o pintor se enquadrava muito bem no círculo de ajudantes que K. juntava aos poucos à sua volta. Certa vez haviam elogiado seu talento organizacional no banco; aqui, onde ele estava completamente abandonado a si mesmo, mostrava-se uma boa oportunidade para testá-lo da forma mais extrema. O pintor contemplou o efeito que seu esclarecimento havia causado sobre K. e disse em seguida, com certo temor:

– Não chama sua atenção o fato de eu falar quase como um jurista? É o contato ininterrupto como os senhores do tribunal que assim me influencia. Eu ganho muito com isso, mas o impulso artístico se perde em grande parte.

– Como foi que o senhor entrou em contato com os juízes pela primeira vez? – perguntou K.; ele queria ganhar primeiro a confiança do pintor, antes de colocá-lo diretamente a seu serviço.

— Isso foi muito simples — disse o pintor —, herdei essa ligação. Já meu pai havia sido pintor do tribunal. É um posto que sempre é transmitido hereditariamente. Para isso não se pode utilizar pessoas novas. É que são impostas regras tão diferentes, múltiplas e sobretudo secretas para pintar os vários graus de funcionários que elas absolutamente não são conhecidas fora de certas famílias. Lá na gaveta, por exemplo, eu tenho os desenhos de meu pai, que jamais mostrei a alguém. Mas apenas quem os conhece está capacitado a pintar juízes. De qualquer forma, mesmo que eu os perdesse, ainda ficam comigo tantas regras, que carrego comigo em minha cabeça, que ninguém jamais poderia questionar meu posto. É que cada juiz quer ser pintado como os velhos e grandes juízes foram pintados, e disso apenas eu sou capaz.

— Isso é invejável — disse K., que pensava em seu posto, no banco. — De modo que seu posto é inabalável?

— Sim, inabalável — disse o pintor, e ergueu os ombros, orgulhoso. — E por isso também posso de vez em quando ousar ajudar um pobre homem que está com um processo.

— E como o senhor faz isso? — perguntou K., como se não tivesse sido a ele que o pintor acabara de chamar de pobre homem. Mas o pintor não se deixou desviar e apenas disse:

— No caso do senhor, por exemplo, e já que é completamente inocente, eu vou fazer o seguinte.

A menção repetida de sua inocência já se tornava incômoda a K. Parecia-lhe, às vezes, que com tais observações o pintor considerava um desfecho favorável do processo como um pressuposto de sua ajuda, o que naturalmente a tornava desnecessária. Apesar dessas dúvidas, porém, K. se conteve e não interrompeu o pintor. Não queria abrir mão da ajuda dele e, quanto a isso, estava decidido; e também essa ajuda não lhe pareceu nem de longe ser mais questionável do que a do advogado. K. inclusive a preferia, e muito, à outra, porque havia sido oferecida de modo mais inofensivo e aberto.

O pintor havia puxado sua cadeira para mais perto da cama e prosseguiu, com voz velada:

– Esqueci de lhe perguntar, primeiro, que tipo de libertação o senhor deseja. Existem três possibilidades, ou seja, a absolvição real, a absolvição aparente e o retardamento. A absolvição real é naturalmente a melhor, mas lamentavelmente não tenho a menor influência sobre essa espécie de solução. Na minha opinião, inclusive, não existe nenhuma pessoa que tenha alguma influência sobre a absolvição real. Nisso é provável que seja decisiva apenas a inocência do acusado. Uma vez que o senhor é inocente, talvez seja de fato possível que o senhor confie apenas na sua inocência. Mas nesse caso o senhor não precisa nem da minha ajuda nem da de ninguém.

Essa exposição ordenada deixou K. estupefato a princípio, mas em seguida ele disse em voz baixa, assim como o pintor:

– Eu acho que o senhor está se contradizendo.

– Como assim? – perguntou o pintor com paciência e inclinou-se para trás com um sorriso.

Esse sorriso despertou em K a sensação de que agora se tratava de descobrir contradições não apenas nas palavras do pintor, mas também no próprio procedimento do tribunal. Apesar disso, ele não recuou e disse:

– Antes o senhor fez a observação de que o tribunal é inacessível às provas, mais tarde limitou o que dizia ao tribunal público e agora está dizendo inclusive que o inocente não precisa de ajuda diante do tribunal. Só nisso já existe uma contradição. Mas além disso o senhor disse antes que se pode influenciar pessoalmente os juízes, ao passo que agora contesta que a absolvição real, conforme o senhor a chama, possa ser alcançada algum dia por meio de relações pessoais. E nisso está a segunda contradição.

– Essas contradições podem ser esclarecidas com facilidade – disse o pintor. – Trata-se aqui de duas coisas bem diferentes, daquilo que está escrito na lei e daquilo que eu fiquei sabendo pessoalmente, e isso o senhor não pode confundir. Na lei, ainda que eu não a tenha lido, está escrito, de um lado, que o acusado será absolvido; por outro lado lá não está escrito que os juízes possam ser influenciados. Mas eis que fiquei sabendo justamente o contrário disso. Não sei de nenhuma absolvição real, mas com certeza de muitas influências. Naturalmente é possível que em todos os casos que cheguei a conhecer não houvesse inocência. Mas isso não seria improvável? Em todos esses casos nem um único caso de inocência? Desde criança eu ouvia meu pai com toda a atenção, quando ele falava de processos em casa, e também os juízes que chegavam a seu ateliê falavam do tribunal, aliás não se fala de outra coisa em nossos círculos; mal me foi dada a oportunidade de ir eu mesmo ao tribunal, desde logo a aproveitei, e assim pude ouvir incontáveis processos em fases importantes e, na medida em que eles são visíveis, também os acompanhei e – tenho de admiti-lo – não presenciei uma única absolvição real.

– Nem uma única absolvição real, portanto – disse K., como se falasse consigo mesmo e com suas esperanças. – Isso no entanto confirma a opinião que eu mesmo já tenho a respeito do tribunal. Também por esse lado a coisa é inútil, portanto. Um único carrasco poderia substituir o tribunal inteiro.

– O senhor não deve generalizar – disse o pintor, insatisfeito –, falei apenas de minhas experiências.

– É o que basta – disse K. –, ou o senhor ouviu falar de absolvições em tempos anteriores?

– Contudo, tais absolvições – respondeu o pintor – existiram, segundo se conta. Só que é muito difícil de comprová-lo. As decisões finais do tribunal não são publicadas, elas não estão disponíveis nem mesmo para os juízes, e por causa disso existem apenas lendas sobre velhos casos judiciais. Estes, porém, inclusive em sua maioria, contêm absolvições reais, pode-se acreditar nelas, mas prová-las é impossível. Apesar disso, não se pode negligenciá-las de todo, uma parcela de verdade elas com certeza contêm, e além disso são muito bonitas, eu mesmo já pintei alguns quadros que tratam de tais lendas.

– Meras lendas não são capazes de mudar minha opinião – disse K. –, e por certo também não é possível apelar a tais lendas diante do tribunal?

O pintor riu.

– Não, claro que não – ele disse.

– Nesse caso, é desnecessário falar sobre isso – disse K., que parecia querer, provisoriamente, aceitar todas as opiniões do pintor, mesmo quando as considerasse improváveis e quando contradiziam outras informações. Ele agora não tinha tempo de verificar se era verdade tudo aquilo que o pintor dizia ou mesmo de refutá-lo e já considerava que teria alcançado o máximo se conseguisse convencer o pintor a ajudá-lo de alguma forma, ainda que fosse de uma forma não decisiva. Por isso, disse:

– Não contemos pois a absolvição real, mas o senhor mencionou ainda duas outras possibilidades.

– A absolvição aparente e o retardamento. E é só dessas opções que se pode tratar – disse o pintor. – Mas o senhor não quer, antes de começarmos a falar disso, tirar o casaco? Com certeza está sentindo calor.

– Sim – disse K., que até então não havia dado atenção a nada a não ser aos esclarecimentos do pintor, mas agora que estava sendo lembrado do calor suava com abundância na testa. – É quase insuportável.

O pintor assentiu com um gesto de cabeça como se compreendesse o mal-estar de K. muito bem.

– Não se poderia abrir esta janela? – perguntou K.

– Não – disse o pintor. – É apenas um vidro fixado na moldura, não se pode abri-la.

Agora K. reconhecia que durante todo aquele tempo ele havia esperado que de repente o pintor ou ele mesmo se levantasse e fosse até a janela a fim de escancará-la. Estava preparado até mesmo para respirar a neblina de boca aberta. A sensação de estar completamente apartado do ar, ali, causou-lhe tonturas. Ele bateu de leve com a mão sobre o acolchoado de penas a seu lado e disse com voz débil:

– Mas isso é desconfortável e insalubre.

– Oh, não – disse o pintor em defesa de sua janela –, pelo fato de não poder ser aberta o calor é melhor conservado aqui dentro, ainda que se trate de uma simples placa de vidro, do que se fosse uma janela dupla que pudesse ser aberta. Mas quando eu quero arejar, coisa que não é muito necessária, uma vez que, por causa das frestas na viga entra ar por todos os lados, posso abrir uma de minhas portas, ou até mesmo as duas.

K., um pouco consolado com essa explicação, olhou em volta a fim de encontrar a segunda porta. O pintor percebeu e disse:

– Ela está atrás do senhor, tive de obstruí-la com a cama.

Só agora K. via a pequena porta na parede.

– É tudo muito pequeno aqui para um ateliê – disse o pintor, como se quisesse se antecipar a uma censura de K. – Eu tive de me arranjar tão bem quanto foi possível. A cama diante da porta naturalmente está em um lugar bem ruim. O juiz que estou pintando agora, por exemplo, vem sempre pela porta junto à cama, e eu inclusive lhe dei uma chave dessa porta, a fim de que possa esperar por mim aqui no ateliê quando não estou em casa. Mas ele costuma vir bem cedo pela manhã, enquanto ainda estou dormindo. Naturalmente sou arrancado do meu sono mais profundo se ao lado da cama é aberta uma porta. O senhor perderia todo o respeito em relação aos juízes se ouvisse as pragas com as quais eu o recebo, quando ele sobe em minha cama assim tão cedo. É claro que eu poderia lhe tirar a chave, mas isso só pioraria as coisas. Aqui, podem-se arrancar todas as portas dos gonzos com um esforço mínimo.

Durante todo aquele discurso, K. refletia se devia ou não tirar o casaco, mas por fim percebeu que se não o fizesse seria incapaz de ficar ali por mais tempo, por isso tirou-o e o deitou sobre os joelhos, a fim de poder voltar a vesti-lo caso a conversa tivesse acabado. Mal ele havia tirado o casaco, uma das meninas exclamou:

– Ele já tirou o casaco! – e ouviu-se como todas se acotovelaram junto às frestas a fim de poderem ver o espetáculo.

– As meninas na verdade acreditam – disse o pintor – que vou pintar o senhor, que foi por isso que o senhor tirou o casaco.

– Pois bem – disse K., só um pouco divertido, pois não se sentia muito melhor do que antes, ainda que agora estivesse sentado ali só de camisa. Quase aborrecido, disse: — Como foi que o senhor chamou as duas outras possibilidades? — Ele já havia esquecido as expressões mais uma vez.

— Absolvição aparente e retardamento — disse o pintor. — Depende do senhor, qual o senhor quiser escolher. As duas podem ser alcançadas com a minha ajuda, naturalmente não sem esforço, nesse aspecto a diferença é que a absolvição aparente exige um esforço concentrado e temporário, enquanto o retardamento exige um esforço bem menor, mas duradouro. Portanto, primeiro a absolvição aparente. Caso o senhor desejasse essa alternativa, eu escreveria em uma folha de papel uma confirmação de sua inocência. O texto para uma confirmação dessas me foi transmitido por meu pai e é totalmente incontestável. E com essa confirmação eu faço então uma ronda pelos juízes conhecidos meus. Eu talvez possa começar por exemplo hoje à noite, quando o juiz que estou pintando vier até mim para a sessão, expondo-lhe a confirmação. Exponho a confirmação, explico-lhe que o senhor é inocente e dou minha garantia de que o senhor é inocente. Não se trata, contudo, de uma garantia meramente externa, mas de uma garantia real, que me dá obrigações.

Nos olhos do pintor havia como que uma censura pelo fato de K. querer jogar o peso de tal garantia sobre suas costas.

— Isso seria muito simpático de sua parte — disse K. — E o juiz acreditaria no senhor e mesmo assim não me absolveria realmente?

— É como eu já disse — respondeu o pintor. — Aliás, não é nem de longe certo que todos eles acreditariam em mim, alguns juízes haverão de exigir, por exemplo, que eu leve o senhor até eles. Nesse caso o senhor teria de vir junto. De todo modo, em um caso desses a questão já está ganha pela metade, sobretudo pelo fato de que eu naturalmente lhe informaria com detalhes, previamente, sobre como o senhor deve se comportar diante do juiz do qual estamos tratando. Pior será quando se tratar de juízes — e também isso irá ocorrer — que me repelirem de antemão. Mesmo que eu não deixe, com certeza, de empreender múltiplas tentativas, teremos de renunciar a eles, e também podemos fazê-lo, pois juízes individuais não são decisivos nesse caso. E quando eu tiver um número satisfatório de assinaturas dos juízes para essa confirmação, irei com essa confirmação até o juiz que estará conduzindo seu processo naquele momento. É possível que eu tenha também a assinatura dele, nesse caso tudo se desenrolará um pouco mais rapidamente do que de costume. De modo geral, no entanto, não existem, de maneira nenhuma, muitos mais obstáculos, e então é chegada a época da maior confiança para o acusado. É estranho, mas verdadeiro: as pessoas mostram-se mais confiantes nessa época do que depois da absolvição. Já não é mais necessário nenhum esforço especial. O juiz possui na confirmação a garantia de um bom número de juízes, pode absolvê-lo sem se preocupar e sem dúvida o fará, como uma espécie de gentileza feita a mim e a outros conhecidos, embora apenas depois da realização de diversas formalidades. O senhor, no entanto, se retira do tribunal e está livre.

– Estarei livre, então – disse K., hesitante.

– Sim – disse o pintor –, mas livre apenas aparentemente ou, para me expressar melhor, temporariamente livre. Quer dizer, os juízes inferiores, aos quais pertencem meus conhecidos, não têm o direito de absolver definitivamente, esse direito é reservado apenas ao tribunal superior, que é totalmente inalcançável para o senhor, para mim e para todos nós. Como as coisas se passam por ali nós não sabemos, e nem queremos saber, para ser sincero. O grande direito de livrar da acusação, os nossos juízes não o têm, portanto, mas eles com certeza têm o direito de desligar o réu da acusação. Isso quer dizer que, se o senhor é absolvido dessa maneira, no mesmo momento estará removido da acusação, mas ela continuará pairando sobre o senhor e pode, assim que vier a ordem superior, voltar imediatamente a ter efeito. Uma vez que tenho tão boas relações com o tribunal, também poderei lhe dizer como, nas prescrições aos cartórios do tribunal, manifesta-se, de um ponto de vista meramente formal, a diferença entre a absolvição real e a absolvição aparente. No caso de uma absolvição real, os autos do processo devem ser totalmente arquivados, eles desaparecem completamente do procedimento judicial, não apenas a acusação, mas também o processo e até mesmo a absolvição são destruídos, tudo é destruído. Diferente é o caso da absolvição aparente. Com os autos não ocorre nenhuma alteração, a não ser pelo fato de estarem enriquecidos com a confirmação da inocência, com a absolvição e com a justificativa da absolvição. Mas de resto ele continua no procedimento judicial corrente; ele será encaminhado, conforme exige a circulação ininterrupta dos cartórios do tribunal, aos tribunais superiores, volta aos inferiores e assim oscila em movimentos de maior ou menor extensão, acima e abaixo, com maiores ou menores interrupções. Esses caminhos são imprevisíveis. Visto de fora, às vezes parece que tudo já foi esquecido há muito, que os autos foram perdidos, e a absolvição parece ser uma absolvição completa. Mas um iniciado jamais acreditará nisso. Nenhum auto é perdido, não existe esquecimento no tribunal. Certo dia – ninguém mais o espera –, um juiz toma os autos nas mãos com maior atenção, reconhece que naquele caso a acusação continua viva e ordena a detenção imediata. Supus aqui que entre a absolvição aparente e a nova detenção decorre um tempo longo, isso é bem possível, e eu sei de casos assim, mas também pode bem ser que o absolvido chegue do tribunal para casa e lá já esperem por ele encarregados de detê-lo. Nesse caso, naturalmente, acabou-se a vida livre.

– E o processo recomeça do princípio? – perguntou K., quase incrédulo.

– Com certeza – disse o pintor. – O processo recomeça do princípio; contudo existe, assim como antes, a possibilidade de se conseguir uma nova absolvição aparente. Tem-se mais uma vez de juntar todas as forças sem se entregar. – Esta última observação o pintor talvez a tenha feito sob a impressão que K. lhe causava, pois este parecia um tanto aniquilado.

– Mas – perguntou K., como se agora quisesse se antecipar a qualquer revelação do pintor – conseguir uma segunda absolvição aparente não é mais difícil do que conseguir a primeira?

— Não se pode dizer nada preciso a esse respeito — respondeu o pintor. O senhor com certeza está querendo dizer que os juízes são influenciados na sua sentença em detrimento do acusado por causa da segunda detenção? Não é esse o caso. Os juízes já previam, no momento da absolvição, essa detenção. Essa circunstância mal tem efeito, portanto. Mas não há dúvida de que o estado de ânimo dos juízes, bem como a avaliação legal do caso, pode mudar, e os esforços no sentido de alcançar a segunda absolvição têm de, por isso, ser adequados às circunstâncias alteradas, e de um modo geral serem tão intensos quando aqueles empregados antes da primeira absolvição.

— Mas com certeza essa segunda absolvição mais uma vez não é definitiva — disse K., virando a cabeça friamente.

— Naturalmente não — disse o pintor. — À segunda absolvição segue-se a terceira detenção; à terceira absolvição, a quarta detenção; e assim por diante. Isso já está embutido no conceito da absolvição aparente.

K. permaneceu em silêncio.

— Obviamente, a absolvição aparente não lhe parece vantajosa — disse o pintor —, talvez o retardamento corresponda melhor às suas expectativas. O senhor quer que eu lhe explique a essência do retardamento?

K. assentiu com a cabeça. O pintor havia se recostado comodamente no assento, o camisolão estava amplamente aberto, ele havia posto uma mão dentro dele, com a qual afagava o peito e as laterais do corpo.

— O retardamento — disse o pintor, olhando um momento a sua frente, como se procurasse uma explicação completamente acertada —, o retardamento consiste em manter o processo continuamente em sua fase processual mais inferior. Para tanto é necessário que o acusado e o ajudante, mas sobretudo o ajudante, fiquem em contato pessoal ininterrupto com o tribunal. Eu repito, para isso não é necessário um dispêndio de forças tão grande como para a tentativa de alcançar uma absolvição aparente, mas com certeza é necessária uma atenção bem maior. Não se pode perder o processo de vista, é preciso ir ao juiz em questão regularmente e, além disso, em ocasiões especiais, e tentar de qualquer jeito mantê-lo em uma disposição amistosa; caso não se conheça o juiz pessoalmente, tem de se fazer com que ele seja influenciado por juízes conhecidos, sem que por isso se possa abrir mão das entrevistas diretas. Caso não se perca nada no que diz respeito a isso, pode-se supor com determinação suficiente que o processo não passa de sua primeira fase. Ainda que o processo não acabe, o acusado está quase tão garantido diante de uma acusação como se estivesse livre. Em relação à absolvição aparente, o retardamento tem a vantagem de fazer com que o futuro do acusado seja menos indeterminado, ele fica preservado do susto das detenções súbitas e não precisa temer, e isso talvez justamente em épocas em que suas demais circunstâncias pessoais estejam menos propícias, a necessidade de assumir os esforços e as agitações ligadas à obtenção da absolvição aparente. Em todo caso, também o retardamento tem certas desvantagens para o acusado, que não podem ser subestimadas. E quando falo isso, não estou pensando no fato de que nesse caso o acusado jamais está livre; isso ele também não está, em sentido estrito, na absolvição aparente. Trata-se de uma outra desvantagem. O processo não pode parar sem que pelo menos existam para isso motivos aparentes. E, assim, é necessário que aconteça alguma coisa externa no processo. É preciso, portanto, que de tempos em tempos sejam tomadas diferentes medidas, e o acusado tem de ser interrogado, investigações têm de acontecer e assim por diante. O processo tem, pois, de girar continuamente no pequeno círculo em que está artificialmente encerrado. Isso, é natural, traz consigo alguns incômodos para o acusado, incômodos que o senhor, por sua vez, não deve imaginar tão ruins. Tudo é apenas externo, no fundo; os inquéritos, por exemplo, são muito breves, é possível se desculpar quando não se tem tempo ou vontade de ir, com certos juízes podem ser estabelecidas, previamente, as disposições, de comum acordo, e por longo tempo; trata-se essencialmente apenas de se apresentar de tempos em tempos ao juiz, uma vez que se é acusado.

Já durante as últimas palavras K. havia colocado o casaco sobre o braço e se levantado.

– Ele já está se levantando! – Foi a exclamação ouvida de imediato lá fora, diante da porta.

– O senhor já quer ir embora? – perguntou o pintor, que também havia se levantado. – Com certeza é o ar que o está expulsando daqui. Isso é constrangedor para mim. Eu ainda teria algumas coisas a dizer ao senhor. Tive de resumir bastante. Mas espero ter sido compreensível.

– Oh, sim – disse K., a quem a cabeça doía devido ao esforço que fizera para prestar atenção.

Apesar dessa confirmação, resumindo tudo mais uma vez, como se quisesse dar um consolo para K. levar consigo no caminho de casa, disse o pintor:

– Os dois métodos têm em comum o fato de impedirem uma condenação do acusado.

– Mas eles impedem também a absolvição real – disse K. em voz baixa, como se tivesse vergonha de tê-lo reconhecido.

– O senhor captou o cerne da questão – disse o pintor rapidamente.

K. deitou a mão sobre seu casacão, mas sequer foi capaz de se decidir a vesti-lo. Ele teria preferido empacotar tudo e correr com o pacote nas mãos ao ar fresco. Também as meninas não conseguiram fazê-lo se vestir, ainda que elas, prematuramente, já dissessem umas às outras que ele estava se vestindo. O pintor estava interessado em interpretar de alguma maneira o estado e o ânimo de K. e por isso disse:

– O senhor parece ainda não ter se decidido no que diz respeito às minhas sugestões. Aprovo essa atitude. Até mesmo não o aconselharia a se decidir de imediato. As diferenças entre vantagens e desvantagens são da finura de um cabelo. Tem-se de avaliar tudo com precisão. Em todo caso, também não se pode perder muito tempo.

– Voltarei em breve – disse K., que vestiu o casaco em uma decisão repentina, jogou o sobretudo aos ombros e se apressou em direção à porta, atrás da qual as meninas agora começavam a gritar. K. acreditou ver as meninas gritando através da porta.

– Mas o senhor tem de manter sua palavra – disse o pintor, que não o havia seguido –, pois do contrário irei ao banco a fim de lhe perguntar eu mesmo.

– Destranquem a porta de uma vez – disse K., puxando o trinco que as meninas, conforme ele percebeu na pressão exercida em contrário, mantinham preso lá fora.

– O senhor não quer ser importunado pelas meninas? – perguntou o pintor. – É melhor que utilize logo esta saída – e apontou para a porta atrás da cama.

K. concordou e voltou à cama de um salto. Mas em vez de abrir a porta, o pintor rastejou para baixo da cama e perguntou lá de baixo:

– Só mais um momento; o senhor não quer ver ainda um quadro que eu poderia lhe vender?

K. não quis se mostrar descortês, o pintor havia de fato se preocupado com ele e prometido continuar lhe ajudando, e além disso, devido à distração de K., ainda não haviam falado acerca dos honorários da ajuda, por isso K. não podia rechaçá-lo naquele momento e permitiu que o quadro fosse mostrado, embora estivesse tremendo de impaciência para sair do ateliê. O pintor puxou de debaixo da cama um monte de quadros sem moldura, que estavam tão cobertos de pó que este, quando o pintor tentou soprá-lo do quadro que estava mais em cima, pairou por muito tempo diante dos olhos de K., tirando-lhe o fôlego.

– Uma paisagem de pradaria – disse o pintor, que estendeu o quadro a K. Ele representava duas árvores fracas, paradas uma distante da outra na relva escura. No fundo, havia um pôr do sol multicolorido.

– Bonito – disse K. –, vou comprá-lo.

K. havia se expressado de maneira tão lacônica, sem pensar, que ficou contente quando o pintor, em vez de levá-lo a mal, ergueu do chão um segundo quadro.

– Aqui há um complemento ao primeiro quadro – disse o pintor.

Ele até poderia ter sido imaginado como um complemento, mas não podia ser percebida a mínima diferença em relação ao primeiro quadro; ali estavam as duas árvores, ali a relva e lá o pôr do sol.

Mas K. deu pouca importância a isso.

– São belas paisagens – disse ele. – Eu compro os dois e vou pendurá-los no escritório.

– O motivo parece lhe agradar – disse o pintor, pegando um terceiro quadro. – Que bom que eu ainda tenho um quadro parecido aqui.

O quadro não era parecido; contudo, era, isso sim, a mesmíssima paisagem de pradaria. O pintor aproveitava muito bem essa oportunidade de vender velhos quadros.

– Levo também este – disse K. – Quanto custam os três quadros?

– Acerca disso falaremos em breve – disse o pintor. – O senhor agora tem pressa, e nós de qualquer forma ficaremos em contato. Aliás, fico feliz que os quadros lhe agradem, vou dar todos os quadros que tenho aqui embaixo ao senhor a fim de que os leve junto. São todos paisagens de pradaria, já pintei muitas paisagens de pradaria. Algumas pessoas rejeitam esse tipo de quadro por ser sombrio demais, mas outras, e o senhor faz parte delas, amam justamente o sombrio.

Porém K. não tinha mais tempo para as experiências profissionais do pintor-mendigo.

– Empacote todos os quadros! – ele exclamou, interrompendo o discurso do pintor. – Amanhã meu contínuo virá buscá-los.

– Não é necessário – disse o pintor. – Espero poder lhe arranjar um carregador que vá junto com o senhor agora mesmo. – E ele enfim se curvou sobre a cama abrindo a porta. – O senhor pode subir na cama sem o menor acanhamento – disse o pintor, é o que fazem todos que entram por ali.

K. não teria manifestado qualquer consideração mesmo sem esse pedido – até porque já havia posto um pé no meio do acolchoado de penas, quando olhou para fora pela porta aberta e voltou a recolher o pé.

– O que é isso? – perguntou ele ao pintor.

– Com o que está surpreso? – perguntou este, surpreso de sua parte. – São os cartórios do tribunal. O senhor não sabia que aqui havia cartórios do tribunal? Há cartórios do tribunal em quase todos os sótãos, por que eles haveriam de faltar justamente aqui? Também o meu ateliê pertence, na verdade, aos cartórios do tribunal, porém o tribunal colocou-o à minha disposição.

K. não se assustou tanto pelo fato de ter encontrado também ali cartórios do tribunal, assustou-se sobretudo consigo mesmo, com sua ignorância no que dizia respeito às coisas do tribunal. Uma das regras fundamentais para o comportamento de um acusado parecia-lhe ser a de estar sempre preparado, de jamais se deixar surpreender, não olhar desprevenido à direita, se à esquerda o juiz estava parado ao lado dele – e justamente contra essa regra fundamental ele mais uma vez voltava a cometer uma infração. Diante dele, estendia-se um longo corredor, do qual soprava um ar que, comparado ao ar do ateliê, era refrescante. Havia bancos postados em ambos os lados do corredor, exatamente como na sala de espera do escritório responsável pelo processo de K. Pareciam existir prescrições exatas para a instalação de cartórios do tribunal. No momento, o trânsito de clientes não era muito grande. Um homem estava sentado lá longe, meio deitado; o rosto ele o havia enterrado sobre o banco entre seus braços, e parecia dormir; um outro estava parado na penumbra do fundo do corredor. Então K. subiu pela cama, e o pintor seguiu-o com os quadros. Logo eles encontraram um oficial da justiça – K. agora já reconhecia todos os oficiais de justiça pelo botão de ouro que carregavam em seus trajes civis, sob os botões comuns –, e o pintor lhe deu o encargo de acompanhar K. com os quadros. K. cambaleava mais do que andava e mantinha o lenço apertado à boca. Eles já estavam próximos à saída quando as meninas se lançaram ao encontro deles; de modo que K. também não foi poupado do reencontro com elas. Elas com certeza haviam enxergado que a segunda porta do ateliê havia sido aberta e haviam dado a volta a fim de entrar por esse lado.

– Não posso mais acompanhar o senhor! – exclamou o pintor, rindo em meio à aglomeração das meninas. – Até a vista! E não fique pensando por tempo demais!

K. nem sequer se voltou para vê-lo. Na rua, ele pegou o primeiro carro que veio a seu encontro. Estava interessado em se livrar logo do oficial de justiça, cujo botão de ouro lhe feria sem parar a vista, ainda que provavelmente não chamasse a atenção de mais ninguém. Em sua diligência serviçal, o oficial de justiça ainda quis se sentar no banco da boleia. Mas K. o expulsou, impedindo-o de entrar. Já passava muito do meio-dia quando K. chegou em frente ao banco. Ele teria gostado muito de deixar os quadros no carro, mas temia que em alguma ocasião necessitasse deles para se identificar junto ao pintor. Por isso, mandou que os levassem a seu escritório e trancou-os na última gaveta de sua mesa, a fim de preservá-los dos olhos do diretor adjunto pelo menos nos próximos dias.

Capítulo oitavo [8]

Comerciante Block | Dispensa do advogado

Enfim K. acabou se decidindo a retirar do advogado sua representação em juízo. Dúvidas sobre se agir assim estava correto não podiam ser de todo eliminadas, mas a convicção da necessidade de proceder dessa maneira era maior. A deliberação custou muita força de trabalho a K., e no dia em que quis ir à casa do advogado ele trabalhou de modo particularmente vagaroso, teve de ficar por muito tempo no escritório e já havia passado das dez horas quando enfim estava parado em frente à porta do advogado. Antes mesmo que tocasse a campainha, refletiu se não seria melhor dispensar o advogado por telefone ou por carta, uma vez que a conversa pessoal com certeza seria bem constrangedora. Mesmo assim, no final das contas, K. decidiu não abrir mão da conversa; em qualquer outra espécie de dispensa, esta seria aceita tacitamente ou com algumas palavras formais, e, se Leni por acaso não conseguisse arrancar nada do advogado, K. jamais ficaria sabendo como ele acolhera a dispensa e que consequências esta dispensa teria para ele na opinião nem um pouco irrelevante do advogado. Porém, se o advogado ficasse sentado diante de K. e fosse surpreendido pela dispensa, nesse caso, ainda que o advogado não deixasse transparecer muita coisa, K. poderia com facilidade deduzir de seu rosto e de seu comportamento tudo que quisesse. Inclusive não estava excluída a possibilidade de ele ser persuadido de que sem dúvida seria

---

[8]. Ainda que fosse um capítulo inacabado, Brod o inseriu, deslocando apenas quatro linhas, já a partir da primeira edição, na condição de oitavo capítulo de *O processo*. (N.T.)

bom deixar a defesa com o advogado e de que, nesse caso, ele abriria mão da dispensa.

O primeiro toque da campainha na porta da casa do advogado foi, como de costume, inútil. "Bem que Leni poderia ser mais rápida", pensou K. Porém já deveria ser considerada uma vantagem se um inquilino não se intrometesse, conforme costumava acontecer, fosse na forma do homem de roupão ou de outro qualquer que começasse a importunar. Enquanto K. apertava o botão pela segunda vez, voltou-se para olhar a outra porta, mas desta vez também ela permaneceu fechada. Por fim, apareceram no postigo da porta do advogado dois olhos, mas não eram os olhos de Leni. Alguém abriu a porta, mas ainda ficou plantado por um momento atrás dela, sem abri-la de todo, e gritou para dentro da casa:

– É ele! – E só então abriu a porta por completo.

K. havia feito pressão contra a porta, pois já ouvia como atrás dele, na porta do outro apartamento, a chave era virada às pressas dentro da fechadura. Por isso, quando a porta enfim se abriu diante dele, ele praticamente tomou a antessala de assalto e ainda viu como, no corredor que leva de um aposento a outro, Leni, a destinatária do grito de alerta daquele que abrira a porta, fugia correndo. Ele seguiu-a com os olhos por um instantinho e em seguida voltou-se para aquele que lhe dera passagem. Era um homem baixo e seco, de barba volumosa; ele segurava uma vela nas mãos.

– O senhor é empregado aqui? – perguntou K.

– Não – respondeu o homem –, sou estranho aqui, o advogado é apenas meu representante em juízo e estou aqui devido a uma questão judicial.

– Sem casaco? – perguntou K. e apontou com um movimento de mão para a vestimenta deficiente do homem.

– Ah, o senhor me perdoe! – disse o homem, iluminando a si mesmo com a vela, como se ele próprio se desse conta de sua situação pela primeira vez.

– Leni é sua amante? – perguntou K., asperamente. Ele tinha as pernas um tanto separadas uma da outra, as mãos, nas quais segurava o chapéu, estavam cruzadas às costas. Já pelo fato de possuir um pesado sobretudo K. se sentia superior ao homem baixinho e magro.

– Oh, Deus – disse este, levantando uma das mãos em um gesto de defesa diante do rosto –, não, não, o que o senhor está pensando?

– O senhor parece confiável – disse K. sorrindo. – Mesmo assim... Venha comigo. – Ele acenou ao outro com o chapéu e fez com que caminhasse à sua frente.

– Mas como é o seu nome? – perguntou K. no caminho.

– Block, comerciante Block – disse o baixinho e, ao se apresentar, voltou-se para K., que no entanto não permitiu que ele parasse.

– É este o seu nome verdadeiro? – perguntou K.

– Mas claro – foi a resposta –, por que o senhor tem dúvidas?

– Pensei que o senhor poderia ter motivos para esconder seu nome – disse K. Ele se sentia tão livre como em outras circunstâncias se está apenas quando se fala com pessoas de nível inferior no estrangeiro; nessa situação, tudo que diz respeito à gente fica guardado e a gente apenas conversa com indiferença acerca dos interesses dos outros, aumentando mesmo assim a importância deles diante de si mesmo, mas também os dispensando conforme a conveniência. Junto à porta do gabinete do advogado, K. estacou o passo, abriu-a e chamou o comerciante, que seguia adiante, obediente:

– Nada de pressa! Ilumine aqui! – K. pensava que Leni poderia ter se escondido ali, fez com que o comerciante procurasse por todos os cantos, mas o aposento estava vazio. Diante do quadro do juiz, K. segurou o comerciante pelos suspensórios.

– Conhece esse aí? – ele perguntou e apontou com o indicador para o alto.

O comerciante levantou a vela, olhou para cima piscando e disse:

– É um juiz.

– Um juiz do alto escalão? – perguntou K., postando-se de lado diante do comerciante, a fim de observar a impressão que o quadro causava sobre ele. O comerciante olhava admirado para cima.

– É um juiz do alto escalão – disse ele.

– O senhor não tem muita visão – disse K. – Ele é o mais baixo entre os mais baixos juízes de instrução.

– Sim, agora estou me lembrando – disse o comerciante e baixou a vela –, também já ouvi falar nisso.

– Mas naturalmente – exclamou K. – Eu apenas havia me esquecido, e é claro que o senhor já ouviu falar nisso.

– Mas por que, por quê? – perguntou o comerciante, enquanto se movimentava, impulsionado pelas mãos de K., em direção à porta.

Fora, no corredor, K. disse:

– O senhor com certeza sabe onde Leni se escondeu, não?

– Ela se escondeu? – disse o comerciante. – Não, acho que ela deve estar na cozinha preparando uma sopa para o advogado.

– Por que o senhor não me disse logo? – perguntou K.

– Eu queria levar o senhor até lá, mas o senhor me chamou de volta – respondeu o comerciante, como se estivesse atrapalhado com as ordens contraditórias.

– O senhor se acha bem esperto – disse K. –, leve-me até lá, pois!

K. jamais havia estado na cozinha, que era surpreendentemente grande e ricamente equipada. Só o fogão era três vezes maior do que os fogões comuns, e do restante das coisas não se viam detalhes, pois a cozinha naquele momento era iluminada apenas por uma lâmpada pequena, que estava pendurada à entrada. Junto ao fogão estava Leni em um avental branco, como sempre, e quebrava ovos dentro de uma panela, que estava sobre uma espiriteira.

– Boa noite, Josef – disse ela, olhando para o lado.

– Boa noite – disse K. e apontou com a mão para um assento afastado, sobre o qual o comerciante deveria se sentar, coisa que este aliás acabou fazendo.

K., no entanto, aproximou-se de Leni por trás, chegando bem perto, inclinou-se sobre o ombro dela e perguntou:
– Quem é o homem?
Leni abraçou K. com uma das mãos, a outra mexia a sopa; puxou-o para a frente, perto de si, e disse:
– É uma pessoa admirável, um pobre comerciante, um certo Block. Olha só para ele.
Os dois voltaram os olhos. O comerciante estava sentado sobre a cadeira que K. lhe indicara, com um sopro havia apagado a vela, cuja luz agora não era mais necessária, e apertava o pavio com os dedos, a fim de impedir a fumaça.
– Tu estavas em roupas de dormir – disse K., virando a cabeça dela com a mão de volta para o fogão.
Ela ficou em silêncio.
– Ele é teu amante? – perguntou K.
Ela quis pegar a panela de sopa, mas K. tomou suas mãos e disse:
– Agora responde!
Ela disse:
– Vem até o gabinete, vou explicar tudo.
– Não – disse K. –, quero que expliques aqui.
Ela se pendurou nele e quis beijá-lo. Porém K. a rechaçou e disse:
– Eu não quero que me beijes agora.
– Josef – disse Leni, olhando suplicante mas com franqueza nos olhos de K. –, tu não vais sentir ciúmes do senhor Block... Rudi – disse ela então, voltando-se para o comerciante –, vem me ajudar, tu vês que estão suspeitando de mim, deixa a vela de lado.
Parecia que ele não estava dando atenção, mas estava completamente a par do que acontecia.
– Eu também não saberia por que o senhor deveria sentir ciúmes – ele disse, pouco arguto.
– Nem eu mesmo sei, na verdade – disse K. e olhou para o comerciante, sorrindo. Leni riu alto, aproveitou a desatenção de K. para se pendurar a seu braço e sussurrar:

– Deixa ele agora, tu estás vendo que tipo de pessoa ele é. Eu dei um pouco de atenção a ele porque é um cliente importante do advogado, por nenhum outro motivo. E tu? Queres falar ainda hoje com o advogado? Ele está bem doente hoje, mas se tu quiseres, anuncio que chegaste mesmo assim. E pernoitas comigo, com certeza. Tu, ademais, já não estavas conosco há tanto tempo; até mesmo o advogado perguntou por ti. Não negligencies o processo! Também eu tenho diversas coisas a te comunicar, coisas das quais fiquei sabendo. Mas agora tira teu sobretudo!

Ela ajudou-o a tirar o casaco, pegou seu chapéu, correu com as coisas para a antessala a fim de pendurá-las, voltou correndo em seguida e foi ver a sopa:

– Queres que eu te anuncie primeiro ou lhe leve primeiro a sopa?

– Primeiro, me anuncie – disse K.

Ele estava aborrecido, sua intenção a princípio era discutir seu assunto detalhadamente com Leni, sobretudo a questionável dispensa do advogado, mas a presença do comerciante havia feito com que perdesse a vontade. Agora, entretanto, ele considerava seu caso tão importante a ponto de achar impossível que aquele comerciante baixinho pudesse interferir decisivamente, e por isso chamou Leni, que já estava no corredor, mais uma vez de volta.

– Pensando melhor, leva a sopa para ele primeiro – disse –, ele tem de se fortalecer para conversar comigo, será necessário para ele.

– O senhor também é cliente do advogado – disse em seguida o comerciante de seu canto, como para confirmar.

Mas suas palavras não foram bem recebidas.

– E o que o senhor tem a ver com isso? – disse K., e Leni disse:

– Queres ficar quieto?... Se for assim eu levo a sopa para ele primeiro – disse Leni a K. e derramou-a em um prato. – A única coisa a temer é que ele durma, ele costuma dormir logo depois da comida.

– Aquilo que eu tenho a lhe dizer haverá de mantê-lo acordado – disse K., que continuava querendo transparecer que tinha a intenção de negociar algo importante com o advogado; ele queria ser interrogado por Leni sobre o que queria dizer ao advogado e só então pedir o conselho dela. Mas ela apenas cumpriu, pontualmente, as ordens que haviam sido dadas. Quando passou por ele com a tigela, ela bateu intencionalmente nele de leve e sussurrou:

– Assim que ele tiver tomado sua sopa eu te anuncio, a fim de que eu volte a te ter comigo o mais rápido possível.

– Vai, agora – disse K. –, vai de uma vez.

– Podes ser um pouco mais amável – disse ela e voltou-se novamente por inteiro, com a tigela nas mãos, quando já estava na porta.

K. seguiu-a com os olhos; eis que enfim estava decidido que o advogado tinha de ser dispensado, e também era o melhor, por certo, que ele não mais pudesse falar com Leni sobre isso antes de fazê-lo; ela não tinha a visão de conjunto e por certo teria desaconselhado, talvez de fato tivesse chegado a evitar que K. fizesse a dispensa daquela vez, e ele continuaria em dúvida e intranquilo, e por fim, depois de algum tempo, acabaria encaminhando sua decisão mesmo assim, pois essa decisão era demasiado obrigatória. Mas quanto antes fosse encaminhada, tanto maior o número de prejuízos que seriam evitados. Aliás, talvez o comerciante soubesse dizer alguma coisa a esse respeito.

K. voltou-se, mas o comerciante percebeu o que ele estava fazendo e quis se levantar imediatamente.

– Pode ficar sentado – disse K., e puxou uma cadeira ao lado dele. – O senhor já é um antigo cliente do advogado? – perguntou K.

– Sim – disse o comerciante –, sou um cliente muito antigo dele.

– Então há quantos anos ele o representa em juízo? – perguntou K.

– Não sei em que sentido o senhor está querendo se referir – disse o comerciante –; em assuntos jurídicos comerciais, sou dono de um negócio de cereais, o advogado já me representa desde que eu assumi o negócio, portanto há cerca de vinte anos; em meu próprio processo, ao qual o senhor provavelmente esteja se referindo, ele também me representa desde o início, e isso já faz mais de cinco anos. Sim, bem mais do que cinco anos – ele acrescentou então, e puxou uma velha carteira –, aqui eu tenho tudo apontado; se o senhor quiser, posso lhe dizer as datas exatas. É difícil saber tudo de cor. Meu processo provavelmente já dure muito mais tempo, começou pouco depois da morte de minha esposa, e isso já aconteceu há mais de cinco anos e meio.

K. se aproximou dele.

– Quer dizer então que o advogado também assume causas jurídicas comuns? – ele perguntou. Essa ligação entre os tribunais e as ciências jurídicas pareceu extraordinariamente tranquilizadora a K.

– Com certeza – disse o comerciante, sussurrando em seguida a K.: – Dizem por aí, inclusive, que ele é mais capaz nessas questões jurídicas do que nas outras. – Mas em seguida pareceu se arrepender do que dissera, deitou uma mão sobre o ombro de K. e disse: – Peço-lhe encarecidamente que não me denuncie.

K. bateu na coxa dele para acalmá-lo e disse:

– Não, não sou nenhum traidor.

– É que ele é vingativo – disse o comerciante.

– Contra um cliente tão fiel, ele com certeza não haverá de fazer nada – disse K.

– Oh, sim, fará sim – disse o comerciante. – Quando está nervoso, ele não faz distinções, aliás eu sequer sou fiel a ele.

– E como não? – perguntou K.

– Devo confiá-lo ao senhor? – perguntou o comerciante em dúvida.

– Penso que o senhor pode fazê-lo – disse K.

– Pois bem – disse o comerciante –, vou confiá-lo parcialmente ao senhor. Mas o senhor também terá de me revelar um segredo, para que nos apoiemos mutuamente diante do advogado.

— O senhor é muito cauteloso — disse K. —, mas eu vou revelar um segredo que o deixará completamente tranquilizado. Em que consiste, pois, sua infidelidade com o advogado?

— Eu tenho — disse o comerciante, hesitando e em um tom como se estivesse confessando algo desonroso —, eu tenho outros advogados além dele.

— Mas isso não é nada grave — disse K., um tanto decepcionado.

— Aqui é sim — disse o comerciante, que desde sua confissão respirava com dificuldade, mas que devido à observação de K. ganhou mais confiança. — Isso não é permitido. E é permitido menos ainda, menos que qualquer outra coisa, contratar, além de um assim chamado advogado, também advogados que não passam de rábulas. E foi justamente isso que fiz, além dele contratei também cinco rábulas.

— Cinco! — exclamou K.; apenas com o número ele se mostrou surpreso. — Cinco advogados além deste?

O comerciante assentiu com um gesto de cabeça:

— E justo no momento estou negociando com um sexto.

— Mas por que o senhor precisa de tantos advogados? — perguntou K.

— Preciso de tudo — disse o comerciante.

— Não quer esclarecer isso para mim? — perguntou K.

— Com prazer — disse o comerciante. — Antes de tudo, não quero perder meu processo, isso é evidente. Por causa disso não posso deixar de lado nada que possa ser útil para mim; mesmo que a esperança em coisas úteis, tratando-se de um caso individual determinado, seja apenas mínima, eu não posso desprezá-la. Por isso, empreguei tudo o que possuo no processo. Assim, por exemplo, tirei todo o dinheiro de meu negócio; no passado as salas de escritório do meu negócio preenchiam quase um andar inteiro, hoje basta uma pequena câmara no prédio dos fundos, onde trabalho com um aprendiz. Esse retrocesso naturalmente não se deve apenas à retirada do capital, mas antes de tudo à redução de minha força de trabalho. Quando se quer fazer alguma coisa por seu processo, a gente pode se ocupar muito pouco com outras coisas.

– Quer dizer então que senhor também trabalha, o senhor mesmo, no tribunal? – perguntou K. – Justamente sobre isso eu gostaria de saber alguma coisa.

– Sobre isso eu posso dizer muito pouco – disse o comerciante. – No início eu com certeza também tentei, mas logo abandonei meus esforços nesse sentido. É cansativo demais e não traz muito êxito. Mesmo trabalhar lá negociando demonstrou ser, pelo menos para mim, totalmente impossível. Inclusive o simples ato de ficar sentado e esperar exige um esforço bem grande. O senhor mesmo conhece o ar pesado nos escritórios.

– E como o senhor sabe que eu estive por lá? – perguntou K.

– Eu estava justamente na sala de espera quando o senhor passou.

– Que casualidade! – exclamou K., totalmente cativado e esquecido de todo o ridículo anterior do comerciante. – Quer dizer então que o senhor me viu! Estava na sala de espera quando eu passei. Sim, claro, passei por lá uma vez.

– Não é uma casualidade tão grande – disse o comerciante –, estou por lá quase todos os dias.

– A partir de agora eu provavelmente também terei de ir mais vezes lá – disse K. –, mas acho que não serei mais recebido de maneira tão honrosa como fui recebido na época. Todos se levantaram. Provavelmente tenham pensado que eu era um juiz.

– Não – disse o comerciante –, nós cumprimentamos o oficial de justiça na época. Que o senhor era um acusado, nós sabíamos. Notícias como essa se espalham rápido.

– Quer dizer então que o senhor já sabia disso? – disse K. – Talvez então meu comportamento tenha lhe parecido arrogante. Não conversaram sobre isso depois?

– Não – disse o comerciante –, pelo contrário. Mas isso são tolices.

– Mas que tolices? – perguntou K.

— Por que está perguntando? – disse o comerciante, aborrecido. – O senhor parece ainda não conhecer direito as pessoas por lá e talvez acabe compreendendo tudo errado. Tem de considerar que nesse procedimento jurídico muitas vezes são ditas coisas para as quais o juízo não se mostra suficiente, todo mundo simplesmente está cansado demais e distraído por muita coisa e como estratégia de compensação se entrega à superstição. Estou falando dos outros, mas eu mesmo não sou melhor. Uma superstição desse tipo é, por exemplo, a de que muitos pretendem reconhecer o desfecho do processo a partir do rosto do acusado, em especial do desenho de seus lábios. Essas pessoas afirmaram, pois, que pelo desenho de seus lábios o senhor com certeza seria condenado em breve. Repito, é uma superstição ridícula e na maior parte dos casos totalmente refutada pelos fatos, mas quando se vive num círculo social como aquele, é difícil se esquivar de opiniões como essa. Pense apenas como essa superstição pode agir com força. O senhor dirigiu a palavra a alguém lá, não é verdade? Porém ele mal pôde lhe responder. Naturalmente, há muitos motivos para estar confuso por lá, mas um deles foi também a visão de seus lábios. Mais tarde ele contou que acreditou ter visto em seus lábios inclusive o sinal de sua própria condenação.

— Em meus lábios? – perguntou K., pegou um espelho de bolso e olhou seu rosto. – Não posso reconhecer nada especial em meus lábios. E o senhor?

— Eu também não – disse o comerciante –, absolutamente nada.

— Como essas pessoas são supersticiosas! – exclamou K. em voz alta.

— Não foi isso que eu disse? – perguntou o comerciante.

— Então quer dizer que elas estão em contato frequente umas com as outras e trocam opiniões? – disse K. – Eu até agora me mantive completamente à parte.

— De um modo geral, elas não estão em contato frequente – disse o comerciante –, isso não seria possível, são tantas. Também existem poucos interesses comuns. Quando às vezes, em determinado grupo, surge a crença em um interesse comum, isso logo se revela um engano. Coletivamente não se pode conseguir nada contra o tribunal. Cada caso é investigado isoladamente, trata-se do tribunal mais cuidadoso. Coletivamente, portanto, não se consegue nada, só isoladamente é que às vezes alguém consegue alcançar alguma coisa em segredo; e só quando foi alcançado é que os outros ficam sabendo disso; ninguém sabe como foi que aconteceu. Não existe, portanto, nada em comum, a gente se encontra às vezes, aqui e ali, na sala de espera, mas lá se discute muito pouco. As opiniões supersticiosas já vigem desde tempos antigos e se multiplicam literalmente de maneira autônoma.

– Eu vi aqueles senhores lá na sala de espera – disse K. –, e a espera deles me pareceu tão inútil.

– A espera jamais é inútil – disse o comerciante –, inútil é apenas a intervenção independente. Eu já disse que eu agora, além deste, tenho mais cinco advogados. Seria possível acreditar – eu mesmo o acreditei no princípio – que agora eu poderia abandonar a causa a eles por completo. Mas isso seria totalmente errado. Posso abandoná-la a eles menos do que se tivesse apenas um advogado. O senhor com certeza não está entendendo, ou está?

– Não – disse K. e pôs, a fim de impedir que o comerciante continuasse falando tão rápido, a mão sobre sua mão, acalmando-o –, eu gostaria apenas de pedir ao senhor que falasse um pouco mais devagar, trata-se de coisas de suma importância para mim, e eu não consigo seguir de todo o seu raciocínio.

– É bom que o senhor tenha me lembrado disso – disse o comerciante. – O senhor é novo, um jovem. Seu processo tem apenas meio ano de idade, não é verdade? Sim, eu ouvi a respeito disso. Um processo tão jovem! Eu, entretanto, já pensei e repensei nessas coisas incontáveis vezes, elas são para mim o que há de mais evidente no mundo.

– O senhor com certeza está contente pelo fato de seu processo já ter evoluído tanto? – perguntou K.; ele não queria perguntar logo de cara em que pé estava a situação do comerciante. Mas também não recebeu uma resposta nítida.

— Sim, empurrei meu processo adiante durante cinco anos — disse o comerciante, baixando a cabeça. — Não se trata de uma proeza das menores. — Em seguida silenciou um instantinho.

K. tentou ouvir se Leni já não estava vindo. Por um lado, ele não queria que ela viesse, pois ainda tinha muito a perguntar e também não queria que Leni o encontrasse naquela conversa confidencial com o comerciante, mas por outro lado se aborrecia com o fato de ela, apesar de sua presença, ficar por tanto tempo com o advogado, muito mais tempo do que o necessário para lhe dar a sopa.

— Eu ainda me lembro muito bem do tempo — recomeçou o comerciante, e K. logo se fez cheio de atenção — em que meu processo era mais ou menos tão velho quanto o seu. Na época, eu tinha apenas este advogado, mas não estava muito satisfeito com ele.

"Ora, mas aqui eu fico sabendo de tudo", pensou K. e assentiu vivamente com a cabeça, como se com isso pudesse animar o comerciante a dizer tudo que lhe interessava saber.

— Meu processo — prosseguiu o comerciante — não evoluía; embora acontecessem investigações, e eu ia a todas elas, reunia material, depositava todos os meus livros contábeis no tribunal, coisa que, segundo fiquei sabendo mais tarde, nem mesmo era necessária, sempre de novo corria até o advogado, ele também apresentava diferentes petições...

— Diferentes petições? — perguntou K.

— Sim, com certeza — disse o comerciante.

— Isso é muito importante para mim — disse K. — No meu caso ele continua trabalhando na primeira petição. Ainda não fez nada. Agora vejo que ele está me negligenciando de maneira escandalosa.

— O fato de a petição ainda não estar pronta pode ter diferentes motivos — disse o comerciante. — Aliás, no que diz respeito a minhas petições, acabou ficando claro mais tarde que elas não tinham o menor valor. Inclusive cheguei a ler uma delas por causa da deferência de um funcionário do tribunal. Embora ela fosse erudita, seu conteúdo no fundo era nulo. Sobretudo muito latim, que eu não compreendo, e depois páginas e páginas de apelos gerais ao tribunal, em seguida, lisonjas a determinados funcionários isolados que, embora não tenham sido mencionados, podiam ser identificados com facilidade por um iniciado, e depois o autoelogio do advogado, no qual ele se humilhava como um cão diante do tribunal, e por fim análises de casos jurídicos de tempos passados, com os quais o meu supostamente seria parecido. De qualquer maneira, essas análises eram, na medida em que pude acompanhá-las, feitas de maneira muito cuidadosa. Inclusive não quero, com tudo isso, fazer juízo sobre o trabalho do advogado, além do fato de a petição que eu li ter sido apenas uma entre várias; de qualquer forma, no entanto, e disso quero falar agora, não pude ver nenhum progresso no meu processo naquela época.

– Mas e que tipo de progresso o senhor queria ver? – perguntou K.

– Sua pergunta é bem racional – disse o comerciante, sorrindo. – Nesse tipo de procedimento só muito raramente se consegue ver algum tipo de progresso. Mas naquela época eu não sabia disso. Eu sou comerciante, e naquela época era ainda muito mais comerciante do que hoje; eu queria ter progressos tangíveis, tudo aquilo devia caminhar em direção ao fim, ou pelo menos tomar um caminho regular de ascensão. Em vez disso, contudo, havia apenas interrogatórios, que na maior parte das vezes tinham o mesmo conteúdo; eu já tinha as respostas prontas como em uma ladainha, mais de uma vez por semana chegavam mensageiros do tribunal ao meu negócio, à minha casa ou aonde quer que poderiam me encontrar; isso naturalmente era perturbador (hoje, pelo menos nesse aspecto, é tudo muito melhor, a chamada telefônica perturba bem menos), também entre meus amigos de negócios, mas sobretudo entre meus parentes, começaram a se espalhar boatos acerca do meu processo, portanto existiam danos vindos de todos os lados, porém sequer o menor sinal indicava que nem mesmo a primeira audiência judicial teria lugar em data próxima. Fui, pois, ao advogado, e me queixei. Embora ele tenha me dado longas explicações, recusava-se terminantemente a fazer alguma coisa no sentido que eu propunha, dizia que ninguém tinha influência para determinar a data da audiência e que insistir nisso com uma petição – conforme eu exigia que fosse feito – era simplesmente escandaloso e acabaria arruinando tanto a mim quanto a ele. Eu pensei: o que este advogado não quer ou não pode, um outro haverá de querer e poder. E comecei, pois, a procurar outros advogados. Quero adiantar desde logo: nenhum deles exigiu ou impôs a determinação da data da audiência principal, trata-se de uma coisa realmente impossível, embora com uma ressalva, sobre a qual ainda vou falar; no que diz respeito a esse ponto, portanto, este advogado não me enganou; no restante, porém, eu não tinha por que me lamentar com o fato de ter me dirigido a outros advogados. O senhor com certeza também já ouviu do dr. Huld poucas e boas sobre os rábulas, ele provavelmente os tenha apresentado ao senhor como assaz suspeitos, e isso eles de fato são. De qualquer modo, quando fala dos rábulas e os compara consigo e com seus colegas, ele incorre em um pequeno erro, para o qual também quero, bem de passagem, chamar sua atenção. Nessas ocasiões, a fim de distinguir os advogados de seu círculo, ele sempre os chama de "os grandes advogados". Isso é errado, evidentemente qualquer um pode chamar a si mesmo de "grande" se quiser, mas nesse caso é apenas o costume do tribunal que decide tudo. Segundo ele, existem, além de rábulas, os pequenos e grandes advogados. Este advogado e seus colegas, contudo, são apenas pequenos advogados, ao passo que os grandes advogados, dos quais eu apenas ouvi e aos quais jamais vi, ocupam um nível hierárquico incomparavelmente superior ao nível que os pequenos ocupam em relação aos desprezados rábulas.

– Os grandes advogados? – perguntou K. – Mas quem são eles? Como se chega até eles?

– Quer dizer então que o senhor jamais ouviu falar deles – disse o comerciante. – Praticamente não existe nenhum acusado que, depois de informado a esse respeito, não tenha sonhado durante algum tempo com eles. Mas é melhor que o senhor não se deixe seduzir por isso. Quem são os grandes advogados eu não sei, e chegar até eles parece ser completamente impossível. Não conheço nenhum caso no qual se poderia dizer com certeza que eles tenham tido alguma intervenção. Eles até defendem alguns, mas por vontade própria não se pode consegui-los; eles fazem a defesa apenas daquele que quiserem defender. A causa que eles assumem, porém, já precisa ter passado do tribunal inferior. Aliás, é melhor nem pensar neles, pois do contrário as discussões com os outros advogados, seus conselhos e suas providências nos parecem tão repulsivos e tão inúteis; eu mesmo cheguei a sentir que o melhor seria jogar tudo fora, deitar-se à cama em casa e não querer ouvir mais nada. Mas isso naturalmente mais uma vez seria a maior tolice, e também na cama não se teria tranquilidade por muito tempo.

– Quer dizer que o senhor não pensou nos grandes advogados, na época? – perguntou K.

– Não por muito tempo – disse o comerciante e sorriu mais uma vez –, mas esquecê-los por completo lamentavelmente também não se consegue; sobretudo a noite é propícia a tais pensamentos. Mas na época eu queria sucessos imediatos, por isso fui buscar os rábulas.

– Vocês estão sentados juntos aí! – exclamou Leni, que havia voltado com a tigela e ficara parada à porta.

Eles estavam de fato sentados bem próximos e ao menor movimento podiam bater a cabeça um no outro; o comerciante, que, sem contar o fato de ser baixinho, também mantinha as costas curvadas, havia obrigado K. a também se inclinar profundamente caso quisesse ouvir tudo.

– Só um instantinho! – chamou K., repelindo Leni e agitando a mão, que ele ainda mantinha sobre a mão do comerciante, com impaciência.

– Ele queria que eu lhe contasse a respeito do meu processo – disse o comerciante a Leni.

– Conta, pode contar – disse ela.

Ela falava com o comerciante em um tom cheio de amor, mas ainda assim um tanto desdenhoso, e isso não agradava a K.;

conforme ele havia reconhecido agora, aquele homem não deixava de ter um certo valor, pelo menos tinha tido experiências, sobre as quais sabia informar muito bem. Leni provavelmente o julgasse de modo incorreto. K. olhou aborrecido como Leni agora tirava do comerciante a vela que este havia segurado durante todo aquele tempo, para depois secar-lhe a mão com seu avental e em seguida ajoelhar-se a seu lado a fim de raspar um pouco de cera que havia pingado da vela sobre a calça.

– O senhor queria me contar a respeito dos rábulas – disse K., empurrando, sem nenhuma observação especial, a mão de Leni para o lado.

– Mas o que é que estás querendo? – perguntou Leni, bateu de leve tentando atingir K. e prosseguiu em seu trabalho.

– Sim, a respeito dos rábulas – disse o comerciante, passando a mão na testa como se estivesse refletindo.

K. quis ajudá-lo e disse:

– O senhor queria sucessos imediatos e por isso foi procurar os rábulas.

– Exatamente – disse o comerciante, porém não prosseguiu. "Ele talvez não queira falar sobre isso diante de Leni", pensou K., dominando sua impaciência por ouvir o que se seguiria, e não mais fez pressão sobre ele.

– Tu anunciaste minha chegada? – perguntou ele a Leni.

– Naturalmente – disse Leni –, ele está esperando por ti. Deixa Block de lado agora, com Block tu podes falar mais tarde, ele ficará por aqui mesmo.

K. ainda hesitava:

– O senhor vai ficar por aqui? – perguntou ele ao comerciante; queria ouvir a resposta de sua própria boca e não queria que Leni falasse do comerciante como se este não estivesse presente; K. estava cheio de um aborrecimento secreto contra Leni naquele dia.

E mais uma vez foi apenas Leni quem respondeu:

– Ele dorme aqui muitas vezes.

– Dorme aqui? – gritou K. Ele havia pensado que o comerciante esperaria ali apenas por causa dele, enquanto daria um jeito na conversa com o advogado bem rapidamente, mas em seguida os dois iriam embora juntos e discutiriam tudo em detalhes e sem serem perturbados.

– Sim – disse Leni. – Nem a todos é permitido, meu caro Josef, como é permitido a ti, conversar a qualquer hora com o advogado. Tu pareces nem te admirar com o fato de o advogado, apesar de sua doença, te receber ainda às onze horas da noite. Aceitas aquilo que teus amigos fazem para ti como algo demasiado natural. Pois bem, teus amigos, ou pelo menos eu, fazem-no com gosto. Eu não quero qualquer outro agradecimento, também não preciso de qualquer outro, a não ser que me queiras bem.

"Querer-te bem?", pensou K. no primeiro momento, e só então lhe passou pela cabeça o que ela dissera: "Pois sim, eu a quero bem". Mesmo assim ele disse, de um modo que nada tinha de negligente:

– Ele me recebe porque sou seu cliente. Se para isso ainda fosse necessária ajuda estranha, a cada passo a gente deveria ao mesmo tempo mendigar e agradecer.

– Como as coisas são difíceis hoje em dia, não? – perguntou Leni ao comerciante.

"Agora sou eu que estou ausente", pensou K. e quase se irritou com o comerciante quando este, assumindo a descortesia de Leni, disse:

– O advogado o recebe também por outros motivos. É que seu caso é mais interessante do que o meu. Além disso, no entanto, seu processo está no começo, e portanto ainda não muito desencaminhado, provavelmente, e sendo assim o advogado ainda se ocupa dele com gosto. Mais tarde as coisas serão diferentes.

– Sim, claro – disse Leni e olhou rindo para o comerciante. – Como ele gosta de uma fofoca! Não deves – e nisso ela se voltou para K. – acreditar em nada do que ele diz. Por mais amável que seja, ele não deixa de ser um grande fofoqueiro. Talvez também seja por isso que o advogado não consegue suportá-lo. De qualquer forma, ele apenas o recebe quando está de bom humor. Eu já fiz muitos esforços para mudar essa situação, mas é impossível. Imagina só que eu às vezes anuncio a presença de Block, mas ele o recebe apenas três dias depois. Mas se Block não estiver pronto a entrar na hora em que ele o chama, então tudo está perdido e ele tem de ser anunciado de novo. Por isso permiti que Block dormisse aqui, já aconteceu que ele o chamasse durante a noite. E agora, portanto, Block está preparado para ser recebido também à noite. De qualquer forma, ultimamente vem acontecendo que o advogado, quando fica sabendo que Block está aqui, por vezes revoga a ordem de fazê-lo entrar.

K. olhou interrogativamente para o comerciante. Este assentiu com a cabeça e disse, de modo tão aberto como quando havia falado com K. antes de Leni chegar – talvez estivesse distraído por causa da vergonha:

– Sim, a gente ainda ficando muito dependente do seu advogado.

– Ele só faz de conta que está se queixando – disse Leni. – No fundo ele gosta de dormir aqui, conforme inclusive já me confessou várias vezes. – Ela foi até uma pequena porta e abriu-a com um empurrão: – Queres ver o quarto dele? – perguntou ela. K. foi até lá e olhou da soleira para o ambiente baixo e sem janelas, que estava completamente preenchido por uma cama estreita. Para deitar àquela cama era preciso subir pela guarda. Na cabeceira da cama havia um rebaixamento na parede, e lá estavam parados, ordenados meticulosamente, uma vela, um tinteiro e pena, bem como um maço de papéis, provavelmente documentos do processo.

– O senhor dorme no quarto de empregada? – perguntou K. e voltou-se para o comerciante.

– Leni o arrumou – respondeu o comerciante –, é bem vantajoso para mim.

K. olhou longamente para ele; a primeira impressão que ele havia tido do comerciante talvez tivesse sido a correta ao final das contas; ele tinha experiência, até porque seu processo já durava muito tempo, mas havia pagado bem caro por essa experiência. De repente K. não suportou mais o olhar do comerciante.

– Leva-o para a cama de uma vez por todas! – gritou a Leni, que sequer pareceu entendê-lo. Ele mesmo, entretanto, queria ir até o advogado e com a dispensa livrar-se não apenas do advogado, mas também de Leni e do comerciante. Porém, antes mesmo de ter chegado à porta, o comerciante dirigiu a palavra a ele em voz baixa:

– Senhor procurador – K. voltou-se com o rosto enfurecido. – O senhor esqueceu sua promessa – disse o comerciante, esticando-se de sua cadeira ao encontro de K., implorando. – O senhor ainda queria me revelar um segredo.

– É verdade – disse K. e fustigou também Leni, que com um olhar o fitava atenta. – Então ouça: mas de qualquer forma quase não se trata mais de um segredo. Vou agora até o advogado para dispensá-lo.

– Ele vai dispensá-lo! – exclamou o comerciante, saltando da cadeira e correndo de braços erguidos pela cozinha. E voltava a exclamar mais uma vez: – Ele vai dispensar o advogado!

Leni quis se precipitar sobre K., mas o comerciante se pôs em seu caminho, motivo pelo qual Leni o golpeou com ambos os punhos. Ainda com as mãos cerradas ela correu atrás de K., que no entanto tinha uma larga vantagem sobre ela. Ele já havia entrado no quarto do advogado quando Leni o alcançou. Quase havia fechado a porta atrás de si, porém Leni, que mantinha a porta aberta com o pé, agarrou-o pelo braço querendo puxá-lo de volta. Mas ele apertou o pulso dela com tanta força que ela teve de soltá-lo com um gemido. Ela não ousou entrar no quarto de imediato, e K. trancou a porta à chave.*

– Já estou esperando pelo senhor há muito tempo – disse o advogado da cama, colocando sobre a mesinha de cabeceira um documento que estava lendo à luz da vela e pondo um óculos através do qual fitou K. com olhar agudo.

Em vez de se desculpar, K. disse:
– Irei logo embora.

Por não se tratar de uma desculpa o advogado não deu atenção à observação de K. e disse:

– Da próxima vez não vou permitir sua entrada a uma hora tão tardia.

– Isso vem ao encontro do meu propósito – disse K.

O advogado olhou-o interrogativamente.

– Sente-se – disse ele.

– Já que o senhor deseja – disse K. puxando uma cadeira para perto da mesinha de cabeceira e sentando-se.

– Pareceu-me que o senhor trancou a porta – disse o advogado.

– Sim – disse K. –, foi por causa de Leni.

Ele não tinha a menor intenção de poupar quem quer que fosse. Mas o advogado perguntou:

– Ela mais uma vez foi impertinente?

– Impertinente? – perguntou K.

– Sim – disse o advogado e riu; teve um acesso de tosse e começou, assim que a tosse passou, a rir mais uma vez. – O senhor por certo já percebeu a impertinência dela? – ele perguntou, e bateu na mão de K., que este havia apoiado distraidamente sobre a mesinha de cabeceira e agora recolhia às pressas. – O senhor não dá muita importância a isso – disse o advogado, ao ver que K. permanecia em silêncio –, tanto melhor. Pois do contrário eu talvez tivesse de me desculpar com o senhor. É uma das peculiaridades de Leni, que aliás já perdoei há muito e da qual nem sequer falaria se o senhor não tivesse acabado de trancar a porta. Essa peculiaridade, em todo caso, ao senhor eu certamente precisaria explicá-la menos que a qualquer outro, mas o senhor me olha tão consternado e por isso vou fazê-lo; essa peculiaridade consiste no fato de Leni achar bonitos quase todos os acusados. Ela se afeiçoa a todos, e parece ser amada por todos eles; a fim de me distrair, ela me conta a respeito disso depois, quando eu o permito. Não fico tão surpreso com tudo isso quanto o senhor parece estar. Quando se tem o olhar correto para esse tipo de coisa, muitas vezes de fato se acha os acusados bonitos. Mas isso é, de todo modo, um fenômeno estranho, de certa forma científico. Em consequência da acusação naturalmente ocorre uma mudança na aparência, uma mudança que, no entanto, está longe de ser nítida e determinada com precisão. Não é como em outras questões do tribunal; a maior parte dos acusados continua no seu modo de vida habitual e não é incomodada pelo processo quando tem um bom advogado que cuide deles. Mesmo assim os que têm experiência são capazes de distinguir, um a um, os acusados em meio a uma grande multidão. E a partir do quê? O senhor com certeza perguntará. Minha resposta não o deixará satisfeito. É que os acusados são os mais bonitos. Não pode ser a culpa que os torna bonitos, pois – pelo menos é o que tenho de dizer na condição de advogado – nem todos são culpados; pouco pode ser a punição acertada que os torna tão bonitos agora, pois nem todos são punidos, tudo pode estar apenas, portanto, no processo instaurado contra eles que, de alguma maneira, a eles adere. De todo modo há, entre os bonitos, alguns que são especialmente bonitos. Mas bonitos são todos, até mesmo Block, aquele verme miserável.

Quando o advogado terminou, K. estava totalmente controlado, ele inclusive havia assentido às últimas palavras a ponto de chamar atenção, confirmando para si mesmo o velho ponto de vista que dizia que o advogado estava sempre, e também desta vez, tentando distraí-lo com informações gerais que não vinham ao caso, desviando assim a atenção da questão principal, ou seja, do trabalho efetivo que ele havia realizado na causa de K. O advogado por certo percebera que K. desta vez estava resistindo mais do que de costume, pois agora ficava mudo a fim de dar a K. a oportunidade de falar, e em seguida perguntou, uma vez que K. permanecera mudo:

– O senhor veio até mim hoje com uma intenção determinada?

– Sim – disse K. e com a mão ofuscou um pouco a vela a fim de ver melhor o advogado –, eu queria dizer ao senhor que no dia de hoje estou lhe retirando minha representação em juízo.

– Estou entendendo bem? – perguntou o advogado, soerguendo-se na cama e apoiando-se com uma das mãos nos travesseiros.

— Suponho que sim — disse K., que estava sentado rígido como se estivesse à espreita.

— Pois bem, nós podemos discutir também este plano — disse o advogado, depois de um instantinho.

— Não existe mais plano — disse K.

— Pode ser — disse o advogado —, mesmo assim nós não queremos nos precipitar.

Ele usava a palavra "nós" como se não tivesse a intenção de livrar K. e como se quisesse, já que não podia ser seu representante, pelo menos permanecer seu conselheiro.

— Não se trata de uma precipitação — disse K., levantando-se devagar e indo para trás de sua cadeira —, foi tudo muito bem pensado, talvez até mesmo pensado em demasia. A decisão é definitiva.

— Então me permita ainda apenas algumas palavras — disse o advogado, afastando o acolchoado de penas e sentando-se à borda da cama. Suas pernas nuas, de pelos brancos, tremiam de frio. Ele pediu a K. que lhe alcançasse uma coberta do canapé. K. pegou a coberta e disse:

— O senhor está se expondo inutilmente a um resfriado.

— O motivo é suficientemente importante — disse o advogado, enquanto envolvia o tronco com o acolchoado de penas, e em seguida enrolava as pernas na coberta. — Seu tio é meu amigo e também passei a querer bem ao senhor ao longo do tempo. Confesso abertamente. E não preciso me envergonhar disso.

Esse discurso comovido do velho homem foi muito mal recebido por K., pois o obrigava a uma explicação detalhada, que ele teria gostado de evitar, e além disso o confundia, conforme ele admitia abertamente a si mesmo, ainda que jamais pudesse fazê-lo recuar de sua decisão.

— Eu lhe agradeço pela intenção amável — disse ele — e também reconheço que assumiu a minha causa tanto quanto isso lhe foi possível e da maneira como lhe pareceu ser vantajoso para mim. Mas cheguei, nos últimos tempos, à convicção de que isso não é suficiente. Naturalmente jamais vou tentar convencer o senhor, um homem tão mais velho e experiente, de que minha convicção é acertada. Se algumas vezes o tentei, ainda que involuntariamente, nesse caso peço perdão, mas a causa, conforme o senhor mesmo expressou, é suficientemente séria e estou convencido de que é necessário intervir com muito mais energia no processo do que aconteceu até agora.

– Eu o compreendo – disse o advogado –, o senhor é impaciente.

– Eu não sou impaciente – disse K., um tanto nervoso e já não dando mais tanta atenção às palavras do outro. – O senhor deve ter percebido em minha primeira visita, quando vim com meu tio até sua casa, que eu não estava dando muita importância ao processo e que, se não me lembravam dele de certa forma, até mesmo com violência, eu o esquecia por completo. Mas meu tio fez questão que eu passasse ao senhor minha defesa, e eu assim fiz para agradar a ele. E eis que então se deveria esperar que o processo pesasse menos sobre mim do que havia pesado até então, * pois quando se passa a representação ao advogado é para retirar um pouco de si mesmo o peso do processo. Mas o que aconteceu foi o contrário. Jamais antes tive preocupações tão grandes por causa do processo como as tive depois que passei minha representação em juízo ao senhor. Quando estava sozinho, eu não fazia nada em favor da minha causa, mas também mal a sentia; agora, pelo contrário, eu tinha um representante, tudo estava encaminhado no sentido de que acontecesse alguma coisa, e ininterruptamente e cada vez mais tenso esperei por sua intervenção, mas ela acabou não acontecendo. De todo modo, recebi do senhor diferentes comunicações acerca do tribunal, que eu talvez não pudesse ter recebido de nenhuma outra pessoa. Mas isso não pode ser suficiente para mim, uma vez que agora o processo, literalmente em segredo, está cada vez mais cara a cara comigo.

K. havia empurrado a cadeira para longe de si e estava parado ali, ereto, com as mãos nos bolsos do casaco.

– A partir de certo momento da atividade prática – disse o advogado em voz baixa e calmamente – passa a não acontecer nada de novo. Quantos clientes não estiveram, em fases

semelhantes do processo, em pé diante de mim, em uma postura semelhante à do senhor, falando de modo semelhante!
— Então — disse K. — todos esses clientes estavam com razão assim como eu estou. Isso está longe de me contradizer.

— Eu não queria contradizê-lo com isso — disse o advogado —, mas queria acrescentar que esperei encontrar mais discernimento no senhor do que nos outros, sobretudo porque lhe proporcionei uma visão mais completa da essência do tribunal e da minha atividade do que costumo fazer com outros clientes. E eis que agora sou obrigado a ver que apesar de tudo isso o senhor não me tem confiança suficiente. Assim não torna as coisas fáceis para mim.

Como o advogado se humilhava diante de K.! Sem nenhuma consideração pela ética profissional, que com certeza era mais suscetível justamente nesse ponto. E por que ele fazia isso? Ele era, ao que tudo indicava, um advogado muito ocupado e, além disso, um homem rico, portanto nem os honorários nem a perda de um cliente poderiam, em si mesmos, importar-lhe muito. Além disso, ele estava adoentado e deveria estar pessoalmente empenhado em que lhe fosse diminuído o trabalho. E mesmo assim ele segurava K. com tanta firmeza! Por quê? Será que era simpatia pessoal pelo tio, ou ele considerava o processo de K. de fato tão extraordinário a ponto de esperar se distinguir nele, ou diante de K. ou — essa possibilidade jamais deveria ser excluída — diante de seus amigos no tribunal? Em seu aspecto isso não poderia ser reconhecido, por mais que K. o fitasse de maneira até insolente. Seria quase possível supor que ele aguardava, com o semblante intencionalmente fechado, o efeito das suas palavras. Mas ele parecia estar interpretando o silêncio de K. como algo demasiadamente favorável a si, quando então continuou:

— O senhor com certeza percebeu que, na realidade, eu tenho um escritório bem grande, mas que não emprego auxiliares. Antes era diferente, houve um tempo em que alguns jovens juristas trabalhavam para mim, mas hoje trabalho sozinho. Isso tem a ver, em parte, com a mudança de minha prática profissional, na medida em que me restrinjo cada vez mais a causas como a sua, e em parte com o conhecimento cada vez mais profundo que adquiri dessas causas. Eu achava que não deveria deixar esse trabalho a ninguém, caso não quisesse faltar aos meus clientes e à tarefa que havia assumido. Porém a decisão de fazer pessoalmente todo o trabalho teve consequências naturais: tive de recusar quase todos os pedidos de representação e só pude ceder àqueles que me interessavam de modo especial – e, pois bem, há criaturas suficientes, e até bem perto, que se atiram a qualquer migalha que jogo fora. E além disso fiquei doente de tanto esforço. Mesmo assim não me arrependo de minha decisão, é possível que eu devesse ter recusado mais representações em juízo do que recusei, mas o fato de ter me entregue por completo aos processos assumidos mostrou ser absolutamente necessário e foi recompensado pelos sucessos alcançados. Certa vez encontrei em um escrito, muito bem expressa, a diferença que existe entre a representação em causas comuns e a representação nesse tipo de causa. Lá estava dito: o advogado conduz seu cliente por um fio até o veredicto, enquanto o outro põe seu cliente sobre os ombros e o carrega, sem colocá-lo de volta ao chão, até o veredicto, e inclusive além. E assim é. Mas não foi de todo correto se eu disse que jamais me arrependo desse grande trabalho. Quando ele, como acontece em seu caso, deixa de ser reconhecido por completo, então, sim, então eu quase me arrependo.*

K. ficou mais impaciente do que convencido com esse discurso. Ele acreditava de algum modo estar deduzindo, pelo tom de voz do advogado, o que o esperava caso cedesse; mais uma vez começariam os consolos, as indicações acerca dos progressos da petição, da animação dos funcionários do tribunal, mas também as grandes dificuldades que se opunham ao trabalho – em suma, tudo aquilo que ele já conhecia a ponto de estar entediado seria repetido, a fim de mais uma vez enganá-lo com esperanças difusas e torturá-lo com ameaças também difusas. Isso tinha de ser evitado de maneira definitiva, de modo que ele disse:

– O que o senhor quer fazer em minha causa se a representação for mantida?

O advogado sujeitou-se inclusive a essa pergunta ofensiva e respondeu:

– Continuar os trabalhos naquilo que já fiz pelo senhor.

– Eu sabia – disse K. –; agora qualquer palavra a mais se tornou supérflua.

– Farei ainda uma tentativa – disse o advogado, como se aquilo que estava deixando K. irritado estivesse acontecendo não com K., mas sim com ele. – Suponho que o senhor na verdade está mal orientado, não apenas no sentido de uma falsa apreciação da minha assistência judiciária mas também quanto aos demais aspectos de sua conduta, uma vez que, apesar de ser um acusado, está sendo tratado bem demais ou, para dizer melhor, com negligência, com aparente negligência. Também isso que acabo de dizer tem seu motivo; muitas vezes é melhor estar preso a correntes do que estar livre. Mas gostaria mesmo assim de lhe mostrar como são tratados outros acusados, talvez o senhor consiga tirar disso uma boa lição. É que agora vou chamar Block. O senhor por favor abra a porta e sente-se aqui ao lado da mesa de cabeceira!

– Com prazer – disse K. e fez o que o advogado havia pedido; para aprender ele estava sempre pronto. No entanto, para se garantir contra o que poderia acontecer, ele ainda perguntou:

– Mas o senhor está sabendo que estou lhe retirando minha representação em juízo?

– Sim – disse o advogado –, porém o senhor poderá voltar atrás ainda hoje.

Ele voltou a deitar-se na cama, puxou o acolchoado até o queixo e virou-se para a parede. Em seguida tocou a campainha.

Quase ao mesmo tempo em que o som foi ouvido apareceu Leni, que tentou saber com rápidos olhares o que havia acontecido; o fato de K. estar sentado calmamente junto à cama do advogado pareceu tranquilizá-la. Ela inclinou a cabeça, sorrindo, em direção a K., que a olhou fixamente:

– Vai buscar Block – disse o advogado.

Mas em vez de ir buscá-lo, ela apenas foi até a porta e chamou:

– Block! O advogado! – e se enfiou, provavelmente porque o advogado continuava virado para a parede e não se importava com nada, atrás da cadeira de K. A partir daí importunou-o ora se debruçando sobre o espaldar da cadeira para espiar, ora passando as mãos, de todo modo bem suave e cuidadosamente, pelos seus cabelos e suas faces. Por fim K. procurou impedir as carícias da moça segurando uma de suas mãos, que ela abandonou a ele depois de opor alguma resistência.

Block havia chegado logo depois do chamado, mas ficara em pé diante da porta e parecia refletir se devia ou não entrar. Levantou as sobrancelhas e inclinou a cabeça, como se quisesse ouvir se a ordem de vir até o advogado seria repetida. K. poderia tê-lo animado a entrar, mas ele havia se proposto a romper de maneira definitiva não apenas com o advogado, mas com tudo que havia naquela casa, por isso se manteve imóvel. Também Leni permaneceu calada. Block observou que pelo menos ninguém o expulsava, e entrou na ponta dos pés, o rosto contraído de tensão, as mãos cruzadas convulsivamente às costas. Ele havia deixado a porta aberta para uma possível retirada. Para K. ele nem sequer olhou, mas fixava somente o alto acolchoado de penas, sob o qual o advogado nem mesmo podia ser visto, uma vez que havia rolado para bem perto da parede. Mas então se ouviu sua voz:

– Block aqui? – ele perguntou.

Essa pergunta literalmente deu um golpe em Block, que já avançara um bom pedaço, primeiro no peito, depois nas costas; ele cambaleou, manteve-se em pé bastante agachado e disse:

– A seu dispor.

– O que queres? – perguntou o advogado. – Vens na hora errada.

– Por acaso não fui chamado? – perguntou Block mais a si mesmo do que ao advogado, mantendo as mãos em proteção diante de si e pronto a correr para longe.

— Tu foste chamado – disse o advogado –, mesmo assim vens na hora errada. – E depois de uma pausa acrescentou: – Tu sempre vens na hora errada.

A partir do momento em que o advogado começou a falar, Block não olhou mais para a cama, antes fixava o olhar em algum canto e apenas ouvia, como se a visão daquele que falava fosse demasiado ofuscante para que ele pudesse suportá-la. Mas também ouvir era difícil, pois o advogado falava em direção à parede e ainda por cima em voz baixa e rapidamente.

— O senhor quer que eu vá embora? – perguntou Block.

— Já que estás aqui agora – disse o advogado –, fica!

Seria possível acreditar que o advogado não havia realizado o desejo de Block, mas sim o ameaçado, por exemplo, com pauladas, pois agora Block começou a tremer de fato.

— Eu estive ontem – disse o advogado – com o terceiro juiz, meu amigo, e aos poucos conduzi a conversa a ti. Queres saber o que ele disse?

— Oh, por favor – disse Block.

Uma vez que o advogado não respondeu logo, Block repetiu o pedido e se inclinou como se quisesse se ajoelhar. Mas então K. o interpelou:

— O que estás fazendo? – ele exclamou.

Uma vez que Leni quis impedir a exclamação, K. agarrou também a outra mão da mocinha. Não era com a pressão do amor que ele a segurava, e ela também gemeu repetidas vezes procurando livrar suas mãos dele. Mas o punido pela exclamação de K. foi Block, pois o advogado lhe perguntou:

— Mas quem é, afinal de contas, teu advogado?

— O senhor – disse Block.

— E além de mim? – perguntou o advogado.

— Ninguém além do senhor – disse Block.

— Então não deves seguir a ninguém mais – disse o advogado.

Block reconheceu plenamente o que aquilo significava, mediu K. com olhares zangados e sacudiu vigorosamente a cabeça para ele. Se esse comportamento fosse traduzido em palavras, teriam sido insultos rudes. E com aquele homem K. quisera falar amigavelmente acerca de sua própria causa!

– Não vou te incomodar mais – disse K., recostado à cadeira. – Podes te ajoelhar ou te arrastar de quatro, podes fazer o que quiseres. Não me importarei mais com isso.

Contudo, Block valorizava sua honra, pelo menos diante de K., pois se adiantou, esgrimindo com os punhos, em direção a ele e gritou tão alto quanto podia se permitir nas proximidades do advogado:

– O senhor não pode falar assim comigo, isso não é permitido. Por que está me ofendendo? E ainda mais aqui, diante do senhor advogado, onde nós dois, o senhor e eu, somos tolerados apenas por compaixão? O senhor não é uma pessoa melhor do que eu, pois também está sendo acusado e também tem um processo. Mas se apesar de tudo isso continua sendo um homem, eu também sou, da mesma forma, um homem de igual quilate, se não for maior, inclusive. E é como tal que exijo que me dirijam a palavra, ainda mais de sua parte. Mas se o senhor se considera privilegiado pelo fato de estar sentado aqui e poder escutar tranquilamente, enquanto eu, conforme o senhor se expressou, me arrasto de quatro, então vou lhe lembrar o velho provérbio jurídico: para o suspeito, o movimento é melhor do que o repouso, pois aquele que repousa sempre pode estar, sem o saber, no prato de uma balança e ser pesado junto com seus pecados.

K. nada disse, apenas fitava, espantado, com os olhos imóveis, aquele homem perturbado. Que transformações já não haviam acontecido com ele na última hora! Será que era o processo que o sacudia de um lado para o outro assim e não permitia que ele reconhecesse onde estava o amigo, onde o inimigo? Por acaso ele não via que o advogado o humilhava intencionalmente e daquela feita não tinha outro objetivo que não se ufanar de seu poder diante de K. e talvez com isso submeter também a K.? Mas se Block não era capaz de reconhecer isso, ou se ele temia tanto o advogado a ponto de fazer com que qualquer tentativa de reconhecer isso de nada lhe ajudasse, como podia que ele por outro lado fosse tão esperto e temerário a ponto de enganar o advogado e esconder, que, além dele, ainda tinha mais cinco advogados trabalhando em sua causa? E como ousava atacar K., se ele podia revelar logo seu segredo? Mas ele ousou ainda mais, foi até a cama do advogado e começou a se queixar de K.:

– Senhor advogado – disse ele –, o senhor ouviu como este homem falou comigo? A gente ainda pode contar as horas de seu processo e já ele quer, e isso a mim, um homem que resiste há cinco anos a seu processo, dar lições de moral. Ele me insulta, inclusive. Não sabe de nada e insulta a mim, que, na medida em que minhas parcas forças permitem, estudei com precisão o que exigem a decência, o dever e os usos do tribunal.

– Não te preocupes com ninguém – disse o advogado – e faz o que te parece correto.

– Com certeza – disse Block, como se estivesse encorajando a si mesmo, e em seguida se ajoelhou, lançando um olhar de esguelha, bem próximo à cama: – Eu já estou ajoelhado, meu advogado – disse ele.

O advogado permaneceu em silêncio, contudo. * Block afagou cautelosamente com a mão o acolchoado de penas. No silêncio, que agora dominava o ambiente, Leni disse, ao se livrar das mãos de K.:

– Tu estás me machucando. Deixa-me. Vou ficar com Block.

Ela foi até ele e sentou-se à beira da cama. Block ficou muito alegre com a chegada dela e logo lhe pediu, com gestos vivazes mas mudos, que ela se engajasse em favor dele junto ao advogado. Ele parecia necessitar das informações do advogado com muita urgência, mas talvez apenas com o fim de fazer com que os seus outros advogados fizessem uso delas. Leni provavelmente sabia com exatidão como se podia abordar o advogado e apontou para sua mão, arrebitando os lábios como se fosse dar um beijo. Block executou o beija-mão de imediato e, a uma intimação de Leni, repetiu-o mais duas vezes. Mas o advogado continuou em silêncio. Então Leni se inclinou sobre ele, os belos contornos de seu corpo se tornaram visíveis quando ela assim se esticou, e afagou, profundamente inclinada sobre o rosto do advogado, seus longos cabelos brancos. Isso acabou por obrigá-lo a uma resposta.

– Hesito em passar a informação a ele – disse o advogado, e via-se que sacudia um pouco a cabeça, talvez para aproveitar mais a pressão da mão de Leni.

Block ouvia de cabeça baixa, como se infringisse um mandamento pelo fato de estar escutando.

– Mas por que hesitas? – perguntou Leni.

K. tinha a sensação de que estava escutando uma conversa decorada, que já havia se repetido e ainda se repetiria muitas e muitas vezes e que apenas para Block não podia perder a novidade.

– Como foi que ele se comportou hoje? – perguntou o advogado, em lugar de responder.

Antes que Leni pudesse se exprimir a esse respeito, ela abaixou os olhos para Block e observou por um instantinho como ele estendia as mãos para ela, esfregando-as uma na outra num gesto súplice. Por fim ela assentiu, séria, voltou-se para o advogado e disse:

– Ele ficou calmo e foi aplicado.

Um velho comerciante, um homem de longas barbas implorava por notas boas junto a uma menina. Por mais que ele tivesse uma segunda intenção, não havia o que pudesse justificar seu comportamento diante de seus semelhantes. K. não compreendeu como é que o advogado pôde pensar que o ganharia com essa exibição. Se já não o tivesse expulsado antes, com aquela cena ele por certo teria alcançado sua dispensa definitiva. Ele quase aviltava o expectador. De modo que o efeito do método do advogado, ao qual K. afortunadamente não ficou exposto por muito tempo, era o de que o cliente acabava esquecendo do mundo inteiro e apenas por esse descaminho esperava se arrastar até o final do processo. Aquele não era mais um cliente, era um cão do advogado. Se este lhe tivesse ordenado que rastejasse para debaixo da cama como para sua casinha de cachorro, para dali latir, ele o teria feito com vontade. K. ouvia com apuro e reflexão, e como se tivesse sido encarregado de assimilar com

exatidão tudo que estava sendo conversado ali, para prestar contas e dar notícias disso a uma instância superior.
— O que foi que ele fez durante o dia inteiro? — perguntou o advogado.
— A fim de que ele não me atrapalhasse em meu serviço — disse Leni —, eu o tranquei no quarto de empregada, onde ele aliás costuma ficar. Pelo postigo, eu podia ver, de pouco em pouco, o que ele fazia. Ficou todo o tempo de joelhos sobre a cama, tinha os documentos que tu lhe emprestaste abertos sobre o parapeito da janela e lia. Isso me causou uma boa impressão; é que a janela dá apenas para um conduto de ar e quase não proporciona nada de luz. Que Block lesse mesmo assim mostrou-me o quanto ele é obediente.
— Fico alegre em ouvir isso — disse o advogado. — Mas ele também leu com inteligência?
Block movia os lábios sem parar durante essa conversa, parecia formular as respostas que esperava de Leni.
— A isso — disse Leni — eu naturalmente não posso responder com precisão. De todo modo, eu vi que ele lia a fundo. Ficou lendo a mesma página durante o dia inteiro e ao ler acompanhava as linhas com o dedo. Sempre que eu olhava para ele, dentro do quarto, ele suspirava, como se a leitura lhe causasse muito esforço. Os documentos que passaste a ele provavelmente são de difícil compreensão.
— Sim — disse o advogado —, isso eles são mesmo. Também não acredito que ele entenda alguma coisa deles. Eles devem apenas lhe dar uma noção de como é difícil a luta que estou conduzindo em sua defesa. E para quem estou conduzindo esta luta difícil? Para — é quase ridículo pronunciá-lo — Block. Também o que isso significa ele tem de aprender a valorizar. Ele estudou sem parar?
— Quase sem parar — respondeu Leni —, só uma vez pediu água. Então eu lhe alcancei um copo pelo postigo. Às oito horas permiti que ele saísse e lhe dei algo de comer.
Block percorreu K. com um olhar de esguelha como se ali estivessem sendo ditas coisas elogiosas acerca dele e isso tivesse de causar sensação também em K. Ele parecia agora ter grandes

esperanças, movimentava-se com mais liberdade e deslocava-se de cá para lá sobre os joelhos. Tanto mais nítida foi a maneira como ficou paralisado depois das seguintes palavras do advogado:

– Tu o elogias – disse o advogado. – Mas é justamente isso que torna difícil o fato de eu falar. É que o juiz não se pronunciou favoravelmente nem acerca do próprio Block, nem acerca de seu processo.

– Não se pronunciou favoravelmente? – perguntou Leni. – Como isso é possível?

Block a olhava com um olhar ansioso, como se lhe confiasse a capacidade de ainda mudar a seu favor as palavras, há tempo pronunciadas, do juiz.

– Não se pronunciou favoravelmente – disse o advogado. – Ele inclusive teve uma reação de desagrado quando comecei a falar de Block. "Não precisa falar de Block", ele disse. "Ele é meu cliente", eu disse. "O senhor está deixando que abusem do senhor", disse ele. "Eu não considero a causa dele perdida", disse eu. "O senhor está deixando que abusem do senhor", repetiu ele. "Não acredito", falei. "Block é muito aplicado no que diz respeito a seu processo e está sempre lutando por sua causa. Ele quase mora comigo, a fim de estar sempre a par de tudo. E um zelo desses não se encontra sempre. Claro que ele não é agradável pessoalmente, tem modos horríveis no trato com os outros e está sempre sujo, mas no que diz respeito ao processo, ele é irrepreensível." Eu disse irrepreensível, exagerei intencionalmente. A isso ele disse: "Block é apenas esperto. Ele reuniu muita experiência e sabe muito bem como fazer para que o processo se arraste. Mas sua ignorância é ainda muito maior do que sua esperteza. O que ele diria se ficasse sabendo que seu processo nem sequer começou, se lhe dissessem que nem mesmo foi dado o sinal da campainha para o início do processo?". Calma, Block – disse o advogado, pois Block começava a se levantar sobre joelhos instáveis e parecia querer pedir explicação. Aquela era a primeira vez que o advogado dirigia claramente palavras mais detalhadas a Block. De olhos cansados, ele olhava sem fixar nada, meio para baixo, em direção a Block, que sob esse olhar voltou a afundar lentamente sobre os joelhos. – Essa manifestação do juiz não tem a menor importância para ti – disse o advogado. – Não te assusta a cada palavra. Se isso se repetir eu não vou mais te revelar absolutamente nada. Não se pode começar uma frase sem que tu olhes para a gente como se teu veredicto final estivesse prestes a ser proferido. Tem vergonha, logo aqui diante de meu cliente! Tu também abalas a confiança que ele deposita em mim. O que queres, afinal? Ainda estás vivo, ainda estás sob minha proteção. Medo absurdo! Tu leste em algum lugar que o veredicto em alguns casos chega sem ser anunciado, de uma boca qualquer, a qualquer momento. Com muitas reservas, isso não deixa de ser verdadeiro, mas tão verdadeiro é, também, que teu medo me enoja e que eu vejo nisso uma carência da confiança que seria necessária. O que foi que eu disse? Repeti a manifestação de um juiz. Tu sabes que pontos de vista diferentes se acumulam em torno do procedimento jurídico a ponto de torná-lo impenetrável. Esse juiz, por exemplo, considera que o processo principia em outro ponto, diferente daquele que eu considero o início do processo. Uma diferença de opinião, nada mais que isso. Em certo estágio do processo será soada a campainha, conforme reza o costume. Segundo o ponto de vista desse juiz, é com isso que começa o processo. Eu não posso te dizer agora tudo o que depõe contra isso, tu também não compreenderias; que seja suficiente para ti o fato de que muita coisa depõe contra isso.

 Constrangido, Block enfiou os dedos no tapete de peles que estava diante da cama, o medo do pronunciamento do juiz fazia com que ele esquecesse de tempos em tempos o próprio servilismo diante do advogado, e ele pensava apenas em si mesmo e virava e revirava a significado das palavras do juiz.

 – Block – disse Leni em tom de advertência e puxou-o um pouco para cima pela gola de seu casaco. – Larga essa pele agora e escuta o advogado.

    Este capítulo não foi concluído.

Capítulo nono

Na catedral

K. recebeu o encargo de mostrar alguns monumentos de arte a um italiano, amigo de negócios do banco, que era muito importante e estava pela primeira vez naquela cidade. Era um encargo que ele com certeza teria considerado honroso em outra época, mas que agora, uma vez que apenas com muito esforço ainda conseguia preservar sua reputação no banco, assumia contra a vontade. Cada hora que ele ficara afastado do trabalho lhe causava aflição; embora nem de longe conseguisse mais usar o tempo no escritório como fazia antes, passava horas apenas aparentando, a duras penas, estar trabalhando de fato, mas tanto maiores eram suas preocupações quando não estava no escritório. Nesses momentos, ele acreditava estar vendo como o diretor adjunto, que sempre estivera à espreita, ia de tempos em tempos a seu escritório, sentava-se em sua escrivaninha, vasculhava seus papéis, recebia clientes dos quais K. quase fora amigo há anos e afastava-os dele, sim, talvez até mesmo descobrisse erros diante dos quais K. agora se sentia ameaçado de mil modos durante o trabalho, erros que ele já não podia mais evitar. Se, portanto, era encarregado, por maior que fosse a distinção, de um negócio fora ou até mesmo de fazer uma pequena viagem – tais encargos por coincidência haviam aumentado muito nos últimos tempos –, então acabava sempre desconfiando que queriam mandá-lo por um instantinho para longe do escritório, a fim de verificar seu trabalho, ou pelo menos que consideravam sua pessoa dispensável nos trabalhos do escritório. A maior parte desses encargos ele poderia ter recusado sem dificuldades, mas não ousava fazê-lo, pois se o seu temor fosse apenas minimamente fundamentado, a recusa do encargo significaria a confissão de sua culpa. Por esse motivo, ele aceitava tais encargos aparentemente com indiferença e inclusive escondera, quando haviam pedido que fizesse uma cansativa viagem de negócios de dois dias, um resfriado sério, a fim de não se expor ao perigo de o impedirem de viajar, invocando o tempo chuvoso do outono que reinava na época. Ao voltar daquela viagem com uma furiosa dor de cabeça, ficara sabendo que havia sido designado a acompanhar o italiano, amigo de negócios, no dia seguinte. A tentação de pelo menos naquela única vez se negar a fazê-lo foi muito grande, e, sobretudo, aquilo que haviam previsto para ele não era um trabalho que tivesse alguma relação imediata com negócios, mas o cumprimento desse dever social diante do amigo de negócios era em si suficientemente importante, embora não para K., que sabia muito bem que só através de êxitos poderia se manter no trabalho e que, caso não conseguisse, não tinha o menor valor o fato de que, de uma forma inesperada, viesse a encantar aquele italiano; ele não queria ser retirado para fora do âmbito de seu trabalho nem um dia que fosse, pois o temor de não ver permitida sua volta era demasiado grande, um temor que ele conseguia reconhecer de maneira muito precisa que era exagerado, mas que mesmo assim o oprimia. Nesse caso, de todo modo, era quase impossível encontrar um pretexto aceitável. Embora os conhecimentos de italiano de K. não fossem muito grandes, eram suficientes; porém o decisivo era que K. possuía, de tempos antigos, alguns conhecimentos de história da arte, coisa que fora divulgada de modo extraordinariamente exagerado no banco, pelo fato de K., ao longo de algum tempo, e aliás apenas por motivos de negócios, ter se tornado membro da associação para a manutenção dos monumentos artísticos da cidade. Mas eis que o italiano era, conforme ficara-se sabendo por boatos, um amante das artes, e a escolha de K. como seu acompanhante fora, por isso, óbvia.

 Era uma manhã muito chuvosa e tempestuosa quando K., cheio de irritação com o dia que tinha pela frente, chegou já às sete horas ao escritório, a fim de pelo menos concluir algum trabalho antes que a visita o afastasse de tudo. Ele estava muito cansado, pois havia passado a metade da noite estudando uma gramática italiana, para se preparar um pouco; a janela, à qual nos últimos tempos costumava se sentar demasiadas vezes, o atraía mais do que a escrivaninha, mas ele resistiu e sentou-se para trabalhar. Lamentavelmente, justo naquele momento entrou o contínuo e anunciou que o diretor o havia mandado para verificar se o senhor procurador já se encontrava ali; caso já se encontrasse ali, que tivesse a bondade de vir à sala de recepção, pois o senhor vindo da Itália já esperava por ele.

– Já estou indo – disse K., enfiou um pequeno dicionário no bolso, colocou embaixo do braço um álbum com as atrações da cidade, que ele havia preparado para o estranho, e se dirigiu, atravessando o escritório do diretor adjunto, à sala da direção.

Ele estava feliz por ter vindo tão cedo ao escritório e poder estar à disposição de imediato, coisa que com certeza ninguém havia esperado. O escritório do diretor adjunto naturalmente ainda estava vazio como se fosse noite profunda, e provavelmente o contínuo tivera de chamá-lo também para a sala de recepção, mas sem ter êxito na empreitada. Quando K. entrou na sala de recepção, os dois senhores se levantaram das fundas poltronas. O diretor sorriu amavelmente e parecia estar bem alegre com a chegada de K. Ele providenciou as apresentações de imediato, o italiano apertou a mão de K. com força e, sorrindo, chamou alguém de madrugador. K. não entendeu direito a quem ele estava se referindo, além disso se tratava de uma palavra estranha, cujo sentido K. adivinhou apenas depois de passado um instantinho. Ele respondeu com algumas frases simples, que o italiano mais uma vez recebeu rindo, enquanto passava, várias vezes, a mão nervosa sobre o espesso bigode cinza-azulado. O bigode parecia estar perfumado, sentia-se quase a tentação de se aproximar para cheirar. Quando todos haviam se sentado e começara uma conversa curta e introdutória, K. percebeu com grande mal-estar que entendia o italiano apenas fragmentariamente. Quando ele falava com toda a calma, quase entendia tudo o que ele dizia, mas isso acontecia apenas em raras exceções, na maior parte das vezes o discurso brotava de sua boca, e ele sacudia a cabeça como se estivesse se deleitando com isso. Em tais discursos, porém, ele costumava se enredar em algum dialeto que para K. nada mais tinha de italiano, mas que o diretor não apenas entendia como inclusive falava, coisa que K. de todo modo poderia ter previsto, pois o italiano vinha do sul da Itália, onde também o diretor havia estado por alguns anos. De qualquer maneira, K. reconheceu que a possibilidade de se entender com o italiano lhe fora tomada, em grande parte, pois também o francês deste podia ser compreendido apenas com dificuldades e ainda por cima o bigode cobria o movimento dos lábios, cuja visão talvez tivesse ajudado na compreensão. K. começou a vislumbrar muitas dificuldades e desistiu de entender o italiano naquele momento – na presença do diretor, que o entendia com tanta facilidade, teria sido um esforço desnecessário – e se limitou a observar aborrecido o modo como ele descansava profundamente acomodado na poltrona e mesmo assim mostrando leveza, como puxava e repuxava várias vezes seu casaquinho curto, de talhe esbelto, e como uma vez tentou, de braços erguidos e mãos em movimento, soltas nos pulsos, representar alguma coisa,* que K. não conseguiu compreender, ainda que, inclinado para a frente, não desviasse os olhos daquelas mãos. Por fim, manifestou-se em K. o cansaço de antes e, sem mais a fazer a não ser acompanhar mecanicamente com os olhos o vaivém da conversa, ele se surpreendeu, com horror mas felizmente ainda a tempo, querendo se levantar, distraído, para dar meia-volta e ir embora. O italiano olhou para o relógio, enfim, e levantou de um salto. Depois de ter se despedido do diretor, ele se aproximou de K. insinuante, ficando tão perto dele que K. teve de empurrar sua poltrona para trás a fim de poder continuar se movimentando. O diretor, que com certeza reconhecera nos olhos de K. os apuros em que se encontrava diante do italiano que estava sendo falado, intrometeu-se na conversa, e isso de modo tão inteligente e delicado que parecia que ele estava apenas acrescentando algumas pequenas sugestões, quando na realidade tornava compreensível a K. com a maior brevidade tudo que o italiano, que incansavelmente interrompia seu discurso, dizia. K. ficou sabendo pelo diretor que o italiano ainda tinha alguns negócios a resolver, que ele lamentavelmente também teria bem pouco tempo e que o italiano de modo algum tencionava passar às pressas pelas atrações da cidade, que ele – mas isso apenas se K. concordasse, era só dele que dependia a decisão – havia resolvido olhar apenas a catedral, mas olhá-la minuciosamente. Ele se alegrava imensamente de poder visitá-la na companhia de um homem tão sábio e amável – e com isso estava se referindo a K., que não estava ocupado com nenhuma outra coisa a não ser não ouvir o italiano e captar com rapidez as palavras do diretor – e lhe pedia, se a hora lhe fosse oportuna, para encontrá-lo em duas horas, por volta das dez, na catedral. Ele mesmo esperava já poder estar por lá a essa hora. K. respondeu alguma coisa adequada, o italiano apertou primeiro a mão do diretor, depois a de K., depois mais uma vez a do diretor e foi, seguido pelos dois, meio voltado para eles, mas sem parar de falar, em direção à porta. K. ainda ficou um instantinho junto com o diretor, que naquele dia parecia estar padecendo ainda mais do que de costume. Ele acreditava ter de se desculpar de alguma maneira com K. e disse – eles estavam confiantemente próximos um ao outro – que primeiro havia tido a intenção de ir ele mesmo com o italiano, mas em seguida – e não deu nenhum motivo especial – havia decidido que seria melhor mandar K. Se ele não compreendesse o italiano de imediato, não deveria ficar perplexo por causa disso, a compreensão vinha bem rápido, e mesmo que ele talvez acabasse por não compreender muito, a coisa também não era ruim, pois para o italiano nem era tão importante ser compreendido. E, aliás, o italiano de K. era surpreendentemente bom, e ele com certeza daria conta do recado. Com isso, o diretor se despedira de K. O tempo que ainda lhe ficava livre, ele ocupou em transcrever do dicionário vocábulos raros, dos quais necessitaria para guiar o estrangeiro na catedral. Tratava-se de um trabalho aborrecido ao extremo; contínuos trouxeram o correio, funcionários chegavam com diferentes questionamentos e ficavam parados junto à porta, uma vez que viam K. ocupado, mas não iam embora antes que K. os tivesse ouvido; o diretor adjunto não deixou escapar a oportunidade de importunar K. e entrou várias vezes na sala, tirou-lhe o dicionário das mãos, folheando-o sem o menor objetivo; até mesmo clientes apareciam, quando a porta se abria, na penumbra da antessala, e faziam reverências, hesitando – eles queriam chamar a atenção a si mesmos, mas não tinham certeza se haviam sido vistos –, e tudo aquilo se movia em volta de K. como se ele configurasse o ponto central, enquanto ele próprio reunia as palavras das quais precisava, depois procurava-as no dicionário, depois as transcrevia, depois treinava sua pronúncia e por fim tentava decorá-las. Porém sua boa memória de antigamente parecia tê-lo abandonado por completo; às vezes, ele sentia tanta raiva do italiano, responsável por aquele esforço que ele era obrigado a desempenhar, que enterrava o dicionário sob um monte de papéis, com o firme propósito de não se preparar mais, mas em seguida reconhecia que não poderia, afinal, caminhar mudo ao lado do italiano em frente às obras de arte na catedral, e com uma raiva ainda maior puxava o dicionário de volta.

Justo às nove e meia, quando queria ir embora, houve uma chamada telefônica. Leni lhe desejava um bom-dia e perguntava como ele estava se sentindo. K. agradeceu às pressas e observou que era impossível para ele se permitir uma conversa àquela hora, pois tinha de ir à catedral.

– À catedral? – perguntou Leni.

– Sim, ora, à catedral.

– Mas e por que à catedral? – disse Leni.

K. tentou explicar tudo a ela resumidamente, porém, mal ele havia começado, Leni disse de repente:

– Eles estão te acossando.

K. não suportava um pesar que não havia provocado ou não havia esperado; despediu-se com duas palavras, mas ainda disse, enquanto colocava o fone em seu lugar, meio para si mesmo meio para a mocinha distante, que não mais o ouviu:

– Sim, eles estão me acossando.

Mas eis que agora já era tarde demais, já estava a perigo, inclusive, de nem chegar mais a tempo. Foi de automóvel e, no último momento, ainda se lembrou do álbum, que não havia tido oportunidade de olhar antes e por isso levava agora consigo. Ele o segurava sobre seus joelhos e tamborilava com os dedos sobre ele, impaciente, durante a viagem inteira. A chuva ficara mais fraca, mas o tempo estava úmido, frio e escuro, só se veria bem pouco na catedral, mas com certeza o resfriado de K. pioraria muito por ter de ficar parado muito tempo sobre os ladrilhos. A praça da catedral estava completamente vazia, e K. lembrou-se de que já em criança havia chamado a sua atenção o fato de nas casas daquela praça estreita quase todas as cortinas das janelas estarem sempre fechadas. Com o tempo que estava fazendo naquele dia, em todo caso, isso era mais compreensível do que em outras ocasiões. Também a catedral parecia estar vazia, e naturalmente não ocorreria a ninguém ir até ali agora. K. percorreu as duas naves laterais, encontrou apenas uma velha que, envolvida por um xale quente, estava ajoelhada diante de um quadro de Maria e o contemplava. De longe, ele ainda viu um sacristão manco desaparecer em uma porta da amurada. K. havia chegado pontualmente, justo à sua entrada tinham soado dez horas, mas o italiano ainda não estava ali. K. voltou à entrada principal, ficou parado por lá durante algum tempo, indeciso, e em seguida deu um passeio em torno da catedral, debaixo de chuva, a fim de ver se o italiano por acaso não esperava em alguma entrada lateral. Não o encontrou em parte alguma. Será que o diretor havia entendido mal a hora marcada? Também, como é que se poderia entender corretamente aquele homem? Fosse como fosse, K. tinha de esperar pelo menos meia hora por ele. Como estava cansado, queria sentar-se; voltou para dentro da catedral, encontrou em um degrau um pequeno retalho que parecia um tapete, puxou-o com a ponta do pé para diante de um banco próximo, enrolou-se mais firmemente em seu sobretudo, levantou a gola e sentou-se. A fim de se distrair, ele abriu o álbum, virou algumas de suas páginas, mas logo teve de parar, pois ficou tão escuro que, ao olhar para cima, mal podia distinguir os detalhes na nave lateral bem próxima.

À distância, cintilava, sobre o altar principal, um grande triângulo de luzes de vela. K. não poderia dizer com certeza se já as havia visto antes. Talvez elas tivessem sido acesas apenas agora. Os sacristãos são seres que pela própria profissão andam furtivamente, a gente não os percebe. Quando K. por acaso se voltou, viu, não muito longe atrás de si, uma vela alta, grossa, presa a uma coluna, que também estava acesa. Por mais belo que aquilo fosse, a luz era de todo insuficiente para iluminar os quadros, que estavam quase todos pendurados na escuridão dos altares laterais, e aumentava a escuridão. Não aparecendo, o italiano agira de maneira tão razoável quanto descortês, pois não haveria nada para ver, e teriam de se satisfazer em examinar alguns quadros, palmo a palmo, usando a lanterna elétrica de bolso de K. A fim de investigar o que se poderia esperar disso, K. foi até uma capela lateral próxima, subiu alguns degraus até um parapeito de mármore e, inclinado sobre ele, iluminou com a lâmpada o quadro do altar. A luz da lâmpada votiva pairava à frente atrapalhando tudo. A primeira coisa que K. viu, e em parte adivinhou, foi um cavaleiro grande, vestido com uma armadura, que estava representado na borda mais externa do quadro. Ele se apoiava sobre sua espada, que havia enfiado no chão – apenas alguns talos de capim afloravam aqui e ali – diante de si. Ele parecia observar com atenção um acontecimento que se desenrolava à sua frente. Era surpreendente que ele estivesse parado assim e não se aproximasse. Talvez estivesse destinado a ficar de guarda. K., que há tempo não dava atenção a quadros, contemplou o cavaleiro por muito tempo, ainda que sempre tivesse de piscar os olhos, uma vez que não suportava a luz verde da lâmpada. Quando então fez a luz passear pela parte restante do quadro, encontrou um sepultamento de Cristo, de concepção bem tradicional; tratava-se, aliás, de um quadro mais novo. Ele enfiou a lâmpada no bolso e voltou a seu lugar.

Provavelmente já era desnecessário continuar esperando pelo italiano, mas lá fora a chuva com certeza caía torrencialmente, e o fato de ali não ser tão frio quanto K. havia esperado fez com que decidisse ficar, pelo menos por enquanto. Em suas proximidades ficava o grande púlpito; e em seu dossel pequeno e redondo haviam sido postas, meio deitadas, duas cruzes vazias e douradas, que se cruzavam nas extremidades. A parede externa do parapeito e a passagem em direção à coluna mestra eram formadas por folhagens verdes, nas quais anjinhos metiam as mãos, ora animada, ora tranquilamente. K. foi até diante do púlpito e examinou-o por todos os lados. O trabalho na pedra era de um cuidado extremo, a escuridão, profunda entre a folhagem, e o espaço atrás dela parecia ter sido capturado e mantido preso. K. deitou sua mão em uma dessas frestas e tateou a pedra com cuidado; até agora ele sequer havia se dado conta da existência daquele púlpito. Então percebeu por acaso, atrás da fileira de bancos seguinte, um sacristão, que estava em pé vestindo um casaco preto, solto e franzido e que o observava segurando na mão esquerda uma caixa de rapé. "O que esse homem está querendo?", perguntou-se K. "Será que pareço suspeito? Ou será que quer uma gorjeta?" Mas quando o sacristão sentiu que K. o havia percebido, ele apontou com a mão direita – entre dois dedos ele ainda segurava uma dose de rapé – para uma direção qualquer. Seu comportamento era quase incompreensível; K. ainda esperou um instantinho, mas o sacristão não parava de mostrar alguma coisa com a mão e ainda o reforçou, confirmando com a cabeça.

– O que será que ele está querendo? – perguntou K., em voz baixa, pois não ousava gritar ali dentro; mas em seguida puxou a carteira e meteu-se pelo banco seguinte a fim de chegar até o homem.

Este de imediato fez um gesto defensivo com a mão, encolheu os ombros e desapareceu, mancando. Com um modo de andar semelhante àquele mancar apressado, K. havia tentado imitar uma cavalgada quando criança. "Um velho infantil", pensou K., "seu juízo só é suficiente para a atividade de sacristão. Ele fica parado quando eu paro, e espia para ver se vou seguir em frente!"

Sorrindo, K. seguiu o velho por toda a nave lateral quase até as proximidades do altar principal, e o velho não parava de mostrar alguma coisa, mas K. não se virou de propósito, o sinal não tinha outro objetivo a não ser afastá-lo do encalço do velho. Por fim, ele o deixou em paz, não queria amedrontá-lo em demasia, também não queria afugentar a aparição de todo, para o caso de o italiano ainda chegar.

Quando chegou à nave principal a fim de procurar seu lugar, onde havia deixado o álbum, percebeu junto a uma coluna, quase no limite dos bancos do coro do altar, um pequeno púlpito adjacente, bem simples, de pedra lisa e esbranquiçada. Ele era tão pequeno que de longe parecia um nicho ainda vazio, destinado a acolher a estátua de um santo. O pregador com certeza não podia dar sequer um passo inteiro para trás do parapeito. Além disso, a abóbada de pedra do púlpito começava, na verdade, em um ponto incomumente baixo e, sem qualquer ornamento, erguia-se em uma curva tão acentuada que um homem de média estatura não poderia ficar em pé ali, mas teria de permanecer debruçado sobre o parapeito. O todo parecia ser disposto no sentido de torturar o pregador, era incompreensível porque se precisaria daquele púlpito, uma vez que se tinha à disposição aquele outro, grande e tão artisticamente decorado.

K. por certo também não teria sua atenção desviada para aquele pequeno púlpito se sobre ele não tivesse sido presa uma lamparina, conforme as que se costuma dispor pouco antes de um sermão. Por acaso estava sendo preparado um sermão àquela hora? Na igreja vazia? K. olhou para a escada que, colada à coluna, levava ao púlpito e era tão estreita que não parecia ser destinada ao uso das pessoas, mas sim apenas para enfeitar a coluna. Mas lá embaixo, no púlpito – e K. sorriu tanta foi sua surpresa –, de fato se encontrava o sacerdote, que se segurava no corrimão pronto para subir e olhava em direção a K. Então ele assentiu com um leve gesto de cabeça, ao qual K. se persignou e fez uma reverência, coisa que aliás já deveria ter feito antes. O sacerdote tomou impulso e subiu em passos curtos e rápidos púlpito acima. Será que de fato começaria um sermão? E será que o sacristão talvez não estivesse completamente fora de seu juízo e apenas quisera impelir K. até o pregador, coisa que de todo modo era extremamente desnecessária, tendo em vista o fato de a igreja estar vazia? Aliás, ainda havia, em algum lugar, uma mulher velha diante de um quadro de Maria, que com certeza também viria. E já que seria um sermão, por que não era introduzido pelo órgão? Mas este permaneceu em silêncio e apenas cintilava debilmente lá no alto, em meio à escuridão.

    K. pensou se não deveria se afastar o mais rápido possível agora, pois se não escapulisse naquele momento não havia a perspectiva de poder fazê-lo durante o sermão e ele teria de ficar enquanto durasse; havia perdido tanto tempo de trabalho no escritório que há muito não estava mais obrigado a esperar pelo italiano; olhou para o relógio, eram onze horas. Mas será que de fato poderia haver o sermão? Será que K. poderia representar, sozinho, toda a comunidade? E se ele fosse apenas um estranho que apenas queria visitar a igreja a fim de ver como ela era? E no fundo ele não era outra coisa. Não fazia sentido pensar que deveria haver um sermão agora, às onze horas, em um dia de trabalho, com aquele tempo horroroso. O sacerdote – ele era, sem dúvida, um sacerdote, um jovem de rosto liso e escuro – possivelmente subia apenas para apagar a lamparina que havia sido acesa por engano.

    Mas não foi assim; pelo contrário, o sacerdote testou a lamparina e ainda aumentou um pouco mais a chama, em seguida voltou-se devagar em direção ao parapeito, que ele segurou, com as duas mãos, pela borda angulosa. Ficou assim durante algum tempo e olhou, sem mover a cabeça, ao redor. K. havia recuado um bom pedaço e se apoiava com os cotovelos no banco mais avançado da igreja. Com olhos inseguros, viu em algum lugar, sem distinguir com precisão o ponto, o sacristão que, de costas encurvadas, pacífico, se acocorava com a satisfação da tarefa cumprida. Que silêncio reinava agora na catedral! Mas K. teve de perturbá-lo, ele não tinha a intenção de ficar por ali; e se a obrigação do sacerdote era fazer seu sermão a uma hora determinada, pouco importando as circunstâncias, que ele o fizesse, iria consegui-lo também sem a assistência de K., do mesmo modo que sua presença com certeza não aumentaria o efeito do sermão. K. pôs-se em movimento com toda a calma, tateou com as pontas dos pés ao longo do banco, chegou então ao largo corredor central sem ser perturbado; apenas o piso de pedra ressoava mesmo sobre o passo mais leve, fazendo as abóbadas ecoarem, sem força mas de maneira ininterrupta, em uma progressão múltipla e regular. K. sentiu-se um pouco abandonado quando, talvez observado pelo sacerdote, passou sozinho por entre os bancos vazios, e também o tamanho da catedral lhe pareceu estar justamente na fronteira daquilo que ainda era suportável para o homem. Quando chegou de volta a seu lugar anterior, literalmente agarrou, num gesto quase invisível, sem se deter, o álbum que lá havia deixado e levou-o consigo. Quase já havia saído da área dos bancos e se aproximava do espaço livre que havia entre eles e a saída, quando ouviu pela primeira vez a voz do sacerdote. Uma voz poderosa e treinada. Como ela atravessava a catedral preparada para recebê-la! Porém, não era a comunidade que o sacerdote invocava, tudo era muito claro e não havia escapatória; ele chamou:

– Josef K.!

K. estacou e olhou o chão à sua frente. Por enquanto, ele ainda estava livre, ele ainda podia seguir adiante e dar o fora através de uma das três pequenas e escuras portas de madeira, que não estavam muito longe à frente dele. Isso significaria por certo que ele não havia compreendido, ou que até havia compreendido, mas não queria se preocupar com isso. Mas, caso se virasse, ele estaria preso, pois então teria feito a confissão de que havia compreendido bem, de que era ele, de fato, quem fora chamado e de que também queria obedecer. Se o sacerdote o tivesse chamado mais uma vez, K. com certeza teria ido embora, mas já que tudo ficou em silêncio, enquanto K. também esperava, ele acabou por voltar um pouco a cabeça, pois queria ver o que o sacerdote estava fazendo. Assim como antes, o sacerdote estava parado, calmo, sobre o púlpito, mas podia ser visto com nitidez que ele percebera o movimento de cabeça feito por K. Teria sido uma brincadeira de esconde-esconde das mais infantis se K. agora não tivesse virado a cabeça de todo. Ele assim fez e foi chamado para mais perto pelo sacerdote com um gesto do dedo. Uma vez que agora tudo podia acontecer abertamente, ele voou – também por curiosidade, e para encurtar o assunto – ao encontro do púlpito em passos longos e rápidos. Junto aos primeiros bancos parou, mas para o sacerdote a distância ainda pareceu demasiado grande, e ele estendeu a mão e mostrou com o indicador apontado para baixo, quase na vertical, um lugar bem próximo ao púlpito. K. seguiu também esta ordem e naquele lugar já tinha de curvar a cabeça bem para trás a fim de ainda poder ver o sacerdote.

– Tu és Josef K. – disse o sacerdote levantando uma das mãos acima do parapeito, fazendo um movimento indeterminado.

– Sim – disse K. e pensou em como ele sempre havia pronunciado seu nome abertamente no passado, enquanto há algum tempo o mesmo nome se tornara um peso, também porque agora pessoas com as quais ele entrava em contato pela primeira vez já o conheciam; como era bonito se apresentar primeiro e só então se tornar conhecido.

– Tu estás sendo acusado – disse o sacerdote em voz particularmente baixa.

– Sim – disse K. –, me informaram a respeito.

– Então és tu quem estou procurando – disse o sacerdote. – Eu sou o capelão do presídio.

– Ah, sim – disse K.

– Eu mandei te chamar até aqui – disse o sacerdote – a fim de conversar contigo.

– Eu não sabia disso – falou K. – Vim até aqui para mostrar a catedral a um italiano.

– Deixa o secundário de lado – disse o sacerdote. – O que estás segurando na mão? É um livro de rezas?

– Não – respondeu K. –, é um álbum com as atrações da cidade.

– Larga-o – disse o sacerdote.

K. jogou-o fora de modo tão brusco que ele se abriu e deslizou um pouco pelo chão com as folhas amarrotadas.

— Sabes que teu processo anda mal? – perguntou o sacerdote.

— É o que também me parece – disse K. – Fiz todos os esforços, mas sem obter sucesso até agora. De todo modo, ainda não terminei a petição.

— Como é que tu imaginas o final? – perguntou o sacerdote.

— No passado eu pensava que tudo tinha de acabar bem – disse K. –, agora eu mesmo duvido disso, às vezes. Não sei como tudo irá acabar. Tu sabes, por acaso?

— Não – disse o sacerdote –, mas temo que irá acabar mal. Consideram-te culpado. Teu processo talvez nem chegue a passar de um tribunal de nível inferior. Pelo menos por enquanto, considera-se que tua culpa está provada.

— Mas eu não sou culpado – disse K. –, isso é um erro. Como é que um homem pode ser culpado? Não somos todos nós homens iguais uns aos outros aqui?

— Isso está correto – disse o sacerdote –, mas é justamente assim que costumam falar os culpados.

— Tens também tu um veredicto prévio[9] a meu respeito? – perguntou K.

— Não tenho nenhum veredicto prévio contra ti – disse o sacerdote.

— Eu te agradeço – disse K. –, porém todos os demais, os que tomam parte no procedimento jurídico, têm um veredicto prévio a meu respeito. E eles inclusive o transmitem àqueles que não tomam parte no caso. Minha situação está ficando cada vez mais difícil.

— Tu não estás compreendendo os fatos – disse o sacerdote. – O veredicto não vem de repente, o procedimento jurídico só aos poucos se transforma em veredicto.

— Então é assim – disse K. e abaixou a cabeça.

— O que estás pensando em fazer em tua causa nos próximos dias? – perguntou o sacerdote.

---

9. *Vorurteil*; normalmente, toma o sentido de "preconceito"; devido à terminologia de Kafka, no entanto, a opção por "veredicto prévio". (N.T.)

— Eu ainda quero procurar ajuda – disse K., levantando a cabeça a fim de ver como o sacerdote julgaria o que ele disse. – Há certas possibilidades das quais ainda não fiz uso.

— Tu procuras ajuda alheia em demasia – disse o sacerdote em tom de desaprovação –, sobretudo junto a mulheres. Não és capaz de perceber que essa não é a ajuda verdadeira?

— Às vezes e até mesmo frequentemente eu poderia te dar razão – disse K. –, mas não sempre. As mulheres têm um grande poder. Se eu fosse capaz de persuadir algumas mulheres que conheço a trabalharem em conjunto para mim, eu com certeza passaria por tudo. Sobretudo nesse tribunal, que é composto quase apenas de mulherengos. Mostra ao juiz de instrução uma mulher à distância, que ele atropela a mesa do tribunal e o acusado apenas para poder chegar a tempo.

O sacerdote inclinou a cabeça sobre o parapeito; só agora a cobertura do púlpito parecia obrigá-lo a se abaixar. Que mau tempo devia estar fazendo lá fora! Aquilo não era mais um dia sombrio, já era uma noite profunda. Nenhum vitral das grandes janelas era capaz de interromper a parede escura nem mesmo com um brilho instantâneo. E justo naquele momento o sacristão começava a apagar as velas sobre o altar principal, uma após a outra.

— Estás bravo comigo? – perguntou K. ao sacerdote. – Talvez não saibas a que tipo de tribunal estás servindo. – Ele não obteve resposta. – São apenas minhas experiências – disse K. Lá em cima tudo continuou em silêncio. – Eu não queria te ofender – disse K.

Então o sacerdote gritou para K., lá embaixo:

— Será que não consegues ver dois palmos diante do nariz?

Aquele era um grito de fúria, mas ao mesmo tempo era o grito de alguém que vê outro cair e, porque ele mesmo está assustado, grita sem querer e descuidadamente.

Em seguida, ambos ficaram calados por muito tempo. É claro que o sacerdote não podia vislumbrar K. em detalhes na escuridão que imperava lá embaixo, ao passo que K. via o sacerdote com nitidez à luz da pequena lamparina. Por que o sacerdote não descia? Ele nem chegara a fazer um sermão, mas se limitara a algumas comunicações a K. que, quando as observava com mais atenção, chegava à conclusão de que provavelmente mais o prejudicassem do que ajudassem. Era certo, contudo, que para K. a boa intenção do sacerdote estava fora de dúvida, e não era impossível que, caso o sacerdote descesse, K. se entendesse com ele; não era impossível que recebesse dele um conselho decisivo e aceitável, que, por exemplo, lhe mostraria não como o processo poderia ser influenciado, mas sim como seria possível se livrar do processo, como poderia contorná-lo, como poderia viver fora do processo. Essa possibilidade tinha de existir, K. havia pensado nela várias vezes nos últimos tempos. Mas se porventura o sacerdote conhecesse tal possibilidade, ele talvez a revelasse caso lhe implorassem, ainda que ele mesmo pertencesse ao tribunal e ainda que ele, quando K. havia atacado o tribunal, houvesse reprimido sua índole mansa e inclusive gritado com K.

– Não queres descer? – disse K. – Já que não há nenhum sermão a ser feito, vem até mim, aqui embaixo.

– Agora eu já posso ir – disse o sacerdote; ele talvez estivesse arrependido por ter gritado.

Enquanto tirava a lamparina do gancho, ele disse:

– Eu precisava falar contigo primeiro à distância. Quando não é assim, deixo-me influenciar com muita facilidade e esqueço do meu ofício.

K. esperou por ele, lá embaixo, ao pé da escada. O sacerdote já lhe estendia a mão ao descer, quando ainda estava em um degrau bem alto.

– Tens um tempinho para mim? – perguntou K.

– Tanto tempo quanto precisares – disse o sacerdote e alcançou a pequena lamparina a K., a fim de que este enxergasse. Também quando estava próximo seu ser continuava impregnado de uma certa solenidade.

– Tu és muito amável comigo – disse K., e eles caminharam para cima e para baixo na nave lateral escura, um ao lado do outro. – És uma exceção entre todos os que pertencem ao tribunal.

Tenho mais confiança em ti do que em qualquer outro de tantos quantos já vim a conhecer. Contigo posso falar abertamente.

– Não te enganes – disse o sacerdote.

– E em que haveria de me enganar? – perguntou K.

– Tu te enganas no que diz respeito ao tribunal – disse o sacerdote. – Nos documentos introdutórios à lei está escrito acerca desse engano: diante da lei está parado um porteiro. Um homem do campo chega até esse porteiro e pede para entrar na lei. Mas o porteiro diz que ele não pode permitir sua entrada naquele momento. O homem reflete e pergunta, em seguida, se ele poderá entrar mais tarde. "Até é possível", diz o porteiro, "mas agora não". Uma vez que a porta para a lei está aberta como sempre, e o porteiro se põe de lado, o homem se acocora a fim de olhar para o interior. Quando o porteiro percebe o que está acontecendo, ri e diz: "Se te atrai tanto, tenta entrar apesar da minha proibição. Mas nota bem: eu sou poderoso. E sou apenas o mais baixo entre os porteiros. A cada nova sala há novos porteiros, um mais poderoso do que o outro. Tão só a visão do terceiro nem mesmo eu sou capaz de suportar". Tais dificuldades o homem do campo não havia esperado; uma vez que a lei deveria ser acessível a todos e sempre ele pensa, mas agora que observa o porteiro em seu sobretudo de pele com mais atenção, seu nariz pontudo e grande, a barba longa, fina, negra e tártara, ele acaba decidindo que é melhor esperar até receber a permissão para a entrada. O porteiro lhe dá um tamborete e o deixa esperar sentado ao lado da porta. E lá ele fica sentado durante dias e anos. Ele faz várias tentativas no sentido de que sua entrada seja permitida, cansa o porteiro com seus pedidos. O porteiro muitas vezes o submete a pequenos interrogatórios, pergunta-lhe pelo lugar onde nasceu e muitas outras coisas, mas são perguntas indiferentes, assim como as fazem grandes senhores, e por fim acaba sempre lhe dizendo que não pode deixá-lo entrar. O homem, que havia se equipado com muita coisa para a viagem, utiliza tudo, por mais valioso que seja, para subornar o porteiro. Muito embora este aceite tudo, sempre acaba dizendo: "Eu apenas aceito para que não acredites ter deixado de fazer alguma coisa". Durante os vários anos, o homem observou o porteiro quase ininterruptamente. Ele esquece os outros porteiros, e aquele primeiro lhe parece ser o único obstáculo à entrada na lei. Ele amaldiçoa o acaso nos primeiros anos e, mais tarde, quando fica mais velho, apenas resmunga consigo mesmo. Torna-se infantil, e uma vez que no estudo do porteiro, feito durante anos a fio, conheceu também as pulgas em sua gola de pele, ele pede também às pulgas que o ajudem a fazer o porteiro mudar de ideia. Por fim, a luz de seus olhos se torna fraca, e ele não sabe mais se em volta dele tudo está ficando escuro de verdade ou se são apenas seus olhos que o enganam. Porém, agora ele reconhece no escuro um brilho que irrompe inextinguível da porta da lei. E eis que ele não vive mais por muito tempo. Antes de sua morte, todas as experiências do tempo que por lá ficou se reúnem na forma de uma pergunta em sua cabeça, uma pergunta que até então não havia feito ao porteiro. Ele acena em sua direção, uma vez que já não pode mais levantar seu corpo enrijecido. O porteiro tem de se inclinar profundamente sobre ele, pois a diferença de tamanho se acentuou muito, desfavorecendo o homem. "Mas o que é que queres saber ainda agora?", pergunta o porteiro, "Tu és mesmo insaciável". "Se todos aspiram à lei", diz o homem, "como pode que em todos esses anos ninguém a não ser eu pediu para entrar?" O porteiro reconhece que o homem já está no fim, e no intuito de ainda alcançar seus ouvidos moribundos, grita com ele: "Aqui não poderia ser permitida a entrada de mais ninguém, pois essa entrada foi destinada apenas a ti. Agora eu vou embora e tranco-a".

– Quer dizer que o porteiro enganou o homem – disse K. de imediato, fortemente atraído pela história.

– Não te precipite – disse o sacerdote –, não aceites a opinião estranha sem avaliá-la. Eu te contei a história segundo as palavras originais do texto. E nele não há nada a respeito de engano.

– Mas é claro, de qualquer forma – disse K. –, e tua primeira interpretação era absolutamente correta. O porteiro fez o comunicado redentor apenas quando ele já não poderia mais ajudar o homem.

— Ele não foi perguntado antes — disse o sacerdote —; considera também que ele era nada mais do que um porteiro, e nessa condição não fez mais que cumprir sua obrigação.

— Por que acreditas que ele cumpriu sua obrigação? — perguntou K. — Ele não a cumpriu. Sua obrigação talvez fosse repelir todos os estranhos, mas este homem, para o qual havia sido destinada a entrada, ele deveria ter deixado entrar.

— Tu não deste atenção suficiente ao texto e mudas a história — disse o sacerdote. — A história contém duas explicações importantes do porteiro acerca da permissão da entrada na lei, uma no começo e outra no fim. A primeira passagem diz que ele não pode permitir a entrada dele naquele momento, e a segunda, que essa entrada foi destinada apenas a ele. Caso houvesse uma contradição entre essas duas explicações tu terias razão, e o porteiro teria enganado o homem. Mas acontece que não há nenhuma contradição. Pelo contrário, a primeira explicação inclusive aponta para a segunda. Seria quase possível dizer que o porteiro foi além de suas obrigações ao prometer ao homem uma possibilidade futura de entrada. Naquele momento, parece ter sido seu dever apenas repelir o homem, e de fato muitos intérpretes do texto se admiram de que o porteiro tenha chegado a fazer aquela insinuação, pois ele parece amar a exatidão e exerce seu ofício com severidade. Durante muitos anos, ele não abandona seu posto e tranca a porta apenas bem ao final; ele tem consciência da importância de seu ofício, pois diz: "Eu sou poderoso"; ele tem veneração por seus superiores, pois diz: "Eu sou apenas o mais baixo entre os porteiros"; não é tagarela, pois durante os vários anos ele apenas faz, conforme é dito, "perguntas indiferentes"; ele não é subornável, pois diz acerca de um presente: "Eu apenas aceito para que não acredites ter deixado de fazer alguma coisa"; e onde se trata do cumprimento da obrigação, ele não se deixa comover nem exasperar, pois sobre o homem do campo se diz que ele "cansa o porteiro com seus pedidos"; e por fim também seu aspecto exterior aponta para um caráter minucioso, o nariz pontudo e grande e a barba longa, fina, negra e tártara. Pode existir um porteiro mais ciente de suas obrigações? Mas eis que nele se misturam ainda outros traços de caráter, que são muito propícios a quem pede que seja permitida sua entrada e sempre tornam mais compreensível que, naquela situação de uma possibilidade futura, ele tenha ido um pouco além da sua obrigação. Quero dizer que não se pode negar que ele é um pouco ingênuo e, relacionado a isso, um pouco vaidoso no princípio. Ainda que suas manifestações acerca de seu poder e do poder dos outros porteiros, e sobre seu aspecto insuportável inclusive para ele; quero dizer, ainda que todas essas manifestações sejam corretas em si, o jeito com que ele apresenta essas manifestações não deixa de mostrar que sua concepção está turvada pela ingenuidade e pela presunção. A esse respeito os intérpretes dizem: "A compreensão correta de uma coisa e a má compreensão dessa mesma coisa não se excluem de todo". De qualquer maneira, se é obrigado a aceitar que aquela ingenuidade e aquela presunção, por mais insignificante que talvez seja a forma como elas se manifestam, acabam por enfraquecer a vigilância da entrada; são, portanto, lacunas no caráter do porteiro. A isso deve ser acrescentado ainda que o porteiro, segundo suas inclinações naturais, parece ser amável e está longe de ser sempre uma pessoa do ofício. Logo nos primeiros momentos ele faz a brincadeira de convidar o homem a entrar apesar da proibição expressamente mantida; em seguida não se limita a mandá-lo embora, mas lhe dá, conforme está escrito, um tamborete e permite que ele se sente ao lado da porta. A paciência com a qual ele suporta os pedidos do homem ao longo de todos aqueles anos, os pequenos interrogatórios, a aceitação dos presentes, a distinção com que permite que o homem amaldiçoe em voz alta, a seu lado, o acaso infeliz que colocou o porteiro ali, tudo isso faz concluir que há, aqui, um impulso de compaixão. Nem todo porteiro teria agido assim. E por fim ele ainda se inclina profundamente sobre o homem para lhe dar a oportunidade de uma última pergunta. Apenas uma leve impaciência – o porteiro sabe que tudo está acabado – se expressa nas palavras: "Tu és insaciável". Alguns inclusive vão mais adiante nesse tipo de explicação e consideram que as palavras "tu és insaciável" expressam uma espécie de admiração amigável, que no entanto não está livre de menosprezo. De qualquer forma, a figura do porteiro acaba se revelando de maneira diferente do que tu acreditas que seja a correta.

– Tu conheces a história mais detalhadamente e há mais tempo do que eu – disse K. Eles permaneceram calados por um instantinho. Em seguida K. disse: – Acreditas, portanto, que o homem não foi enganado.

– Não me compreende mal – disse o sacerdote –, eu apenas estou te mostrando as opiniões que existem acerca de tudo isso. Não deves dar demasiada atenção a opiniões. O texto é imutável, e as opiniões muitas vezes são apenas a expressão do desespero acerca disso. Nesse caso, há até mesmo uma opinião que diz que o porteiro é que é o enganado.

– Essa opinião vai bem longe – disse K. – Como ela é fundamentada?

– A fundamentação – respondeu o sacerdote – parte da ingenuidade do porteiro. Diz-se que ele não conhece o interior da lei, somente o caminho que tem de percorrer continuamente diante da entrada. As noções que ele tem do interior são consideradas infantis, e supõe-se que ele próprio tem medo daquilo que quer fazer o homem do campo sentir medo. Sim, ele tem mais medo disso do que o homem, pois este não quer nada a não ser entrar, mesmo depois de ter ouvido sobre os terríveis porteiros do interior; já o porteiro não quer entrar; pelo menos não se fica sabendo nada a respeito. Outros dizem que ele já tem de ter estado no interior, pois alguma vez foi admitido no serviço da lei, e isso só pode acontecer no interior dela. A isso deve ser respondido que, sem dúvida, ele também poderia ter sido indicado como porteiro por meio de um chamado vindo do interior da lei, e que ele com certeza não entrou, pelo menos não profundamente, no interior, uma vez que já não pode suportar nem mesmo a visão do terceiro porteiro. Além disso, também não se tem notícia de que ele tenha contado o que quer que seja do interior durante aqueles anos todos, a não ser a observação acerca dos porteiros. Ele poderia ter sido proibido de fazê-lo, mas nem acerca da proibição ele contou alguma coisa. De tudo isso se conclui que ele não sabe nada acerca do aspecto e da importância do interior e está enganado no que diz respeito a isso. Mas também sobre o homem do campo ele estaria enganado, pois é subordinado a esse homem e não sabe. O fato de tratar o homem como se este fosse um subordinado pode ser visto em muitas coisas, das quais com certeza ainda te lembras. Mas que ele na realidade seja subordinado ao homem é algo que, de acordo com essa opinião, tem de ficar tanto mais claro. Acima de tudo, o livre está subordinado ao preso. E eis que o homem de fato está livre, ele pode ir para onde quiser, apenas a entrada na lei lhe é proibida, e além disso apenas por uma única pessoa, o porteiro. Se ele se senta sobre o tamborete ao lado da porta e fica por lá durante sua vida inteira, isso acontece voluntariamente, a história não diz nada acerca de uma coação. O porteiro, ao contrário, está preso a seu posto por seu ofício, ele não pode se afastar e, segundo tudo indica, também não poderia ir para o interior, mesmo que quisesse. Além disso, ele está a serviço da lei, mas serve apenas para aquela entrada, portanto apenas àquele homem, para o qual e somente para o qual está destinada aquela entrada. Também por este motivo ele lhe é subordinado. É de se supor que ele, durante muitos anos, de certo modo durante toda uma existência, apenas exerceu uma função vazia, pois se diz que chega um homem, ou seja, alguém em idade adulta; e também que, portanto, o porteiro teve de esperar por muito tempo antes de seu objetivo se cumprir, na verdade por tanto tempo quanto agradou ao homem, pois este se apresentou voluntariamente, quando quis. Mas também o fim dos serviços é determinado pelo fim da vida do homem, quer dizer, o porteiro fica subordinado a ele até o fim. E mais uma vez é salientado que o porteiro parece não saber nada sobre tudo aquilo. No entanto, não se vê nisso nada que chame a atenção, pois segundo essa mesma opinião o porteiro comete um engano bem pior no que diz respeito a sua função. Por último, ele fala a respeito da entrada e diz: "Agora eu vou embora e tranco-a", mas no começo é dito que a porta para a lei está aberta como sempre; mas se ela está sempre aberta, quer dizer, independentemente da duração da vida do homem para a qual ela foi destinada, então nem mesmo o porteiro poderá trancá-la. Acerca disso as opiniões se dividem: se o porteiro, com o anúncio de que vai trancar a porta apenas quer dar uma resposta, ou se quer ressaltar as obrigações de sua função, ou se quer, ainda no último momento, deixar o homem com remorsos e enlutado. Mas quanto ao fato de que ele não poderá trancar a porta, muitos estão de acordo. Inclusive acreditam que, ao menos no final, ele é subordinado ao homem também naquilo que sabe, pois este vê o brilho que irrompe da entrada da lei, enquanto o porteiro, como tal, certamente fica de costas para a entrada e não mostra, por manifestação nenhuma, que tenha notado alguma mudança.

– Está tudo muito bem fundamentado – disse K., que repetiu para si mesmo a meia-voz alguns trechos isolados da explicação do sacerdote. – Está tudo muito bem fundamentado, e agora também acredito que o porteiro está enganado. Mas nem por isso me desviei de minha opinião inicial, pois ambas se complementam parcialmente. Não é decisivo o fato de o porteiro ver claramente ou estar enganado. Eu disse que o homem é enganado. Se o porteiro vê com clareza, pode-se duvidar disso, mas se o porteiro está enganado, nesse caso seu engano necessariamente tem de ser transferido ao homem. Nesse caso, o porteiro não é um impostor, mas tão ingênuo que deveria ter sido expulso imediatamente de sua função. Tu tens de considerar que o engano no qual se encontra o porteiro não o prejudica em nada, já ao homem prejudica milhares de vezes.

– Aqui tu te depararás com uma opinião contrária – disse o sacerdote. – Na verdade alguns dizem que a história não dá a ninguém o direito de lançar algum veredicto sobre o porteiro. Pouco importa o que ele nos parecer ele acaba sendo um funcionário da lei, portanto pertence à lei, portanto se afasta do veredicto humano. Nesse caso também não se pode acreditar que o porteiro seja subordinado ao homem. Estar preso pelo ofício, ainda que seja apenas à entrada da lei, é incomparavelmente mais do que viver livre no mundo. O homem apenas está chegando à lei; o porteiro já está lá. Ele foi contratado pela lei para exercer sua função, duvidar de sua honra seria duvidar da lei.

– Com essa opinião eu não concordo – disse K., sacudindo a cabeça –, pois se se adere a ela é preciso considerar verdadeiro tudo aquilo que o porteiro diz. Mas que isso não é possível tu mesmo já o fundamentaste em detalhes.

– Não – disse o sacerdote –, não é preciso considerar tudo verdadeiro, é preciso apenas considerá-lo necessário.

– Opinião desoladora – disse K. – A mentira é transformada em ordem universal.[10] *

K. disse aquilo para encerrar a conversa, mas não era seu veredicto final. Ele estava demasiado cansado para ter uma visão de conjunto de todas as consequências da história, e ela inclusive o levava a raciocínios pouco habituais, coisas irreais, mais adequadas à discussão para o círculo de funcionários do tribunal do que para ele. Aquela simples história havia se tornado informe, ele queria sacudi-la para longe de si, e o sacerdote, que agora experimentava um grande sentimento de delicadeza, tolerou e aceitou em silêncio a observação de K., ainda que ela com certeza não estivesse de acordo com sua própria opinião.

Continuaram caminhando em silêncio por algum tempo, K. permaneceu bem próximo do sacerdote sem saber onde se encontrava. A lamparina em sua mão há tempo havia se apagado. Em certo momento, justo à sua frente, a estátua prateada de um santo cintilou apenas com o clarão da prata e logo em seguida tudo voltou a mergulhar na escuridão. A fim de não ficar totalmente na dependência do sacerdote, K. perguntou:

---

10. Em anotação de 13 de dezembro de 1914, em seus *Diários*, depois de várias queixas acerca de capítulos malogrados e da falta de vontade de trabalhar – ver, ao final, "Algumas referências decisivas de Kafka à obra *O processo*" –, Franz Kafka diz que se sente feliz e satisfeito com algumas das coisas que escreve e cita a lenda contada pelo sacerdote e discutida em seguida pelo mesmo sacerdote e por Josef K. A lenda é exemplar e é uma espécie de microcosmo do romance, na medida em que, como ele, foge a qualquer interpretação, na medida em que qualquer interpretação não passa de uma opinião passível de ser revidada com facilidade. (N.T.)

– Não estamos agora nas proximidades da entrada principal?

– Não – disse o sacerdote –, estamos bem distantes dela. Tu já queres ir embora?

Ainda que K. estivesse longe de ter pensado naquilo justo naquele momento, ele disse de imediato:

– Com certeza, tenho de ir embora. Sou procurador em um banco, estão esperando por mim, apenas vim para cá a fim de mostrar a catedral a um amigo de negócios estrangeiro.

– Pois bem – disse o sacerdote, que estendeu a mão a K. – Então vai.

– Mas não consigo me orientar sozinho no escuro – disse K.

– Vai até a parede pela esquerda – disse o sacerdote –, depois segue ao longo da parede, sem abandoná-la, e encontrarás a saída.

O sacerdote havia se distanciado apenas alguns passos e K. já chamava em voz alta:

– Por favor, espera um pouco!

– Estou esperando – disse o sacerdote.

– Não queres mais alguma coisa de mim? – perguntou K.

– Não – disse o sacerdote.

– Tu foste tão amável comigo antes – disse K. – e me explicaste tudo, mas agora me despedes como se eu não significasse mais nada para ti.

– Mas tu tens de ir embora – disse o sacerdote.

– É verdade – disse K. –, tens de entender isso.

– Tu precisas compreender primeiro quem eu sou – disse o sacerdote.

– Tu és o capelão do presídio – disse K., se aproximando do sacerdote. Sua volta imediata ao banco não era tão necessária como havia exposto, ele ainda podia muito bem ficar ali.

– Eu faço parte, pois, do tribunal – disse o sacerdote. – Por que é que eu haveria de querer alguma coisa de ti? O tribunal não quer nada de ti. Ele te recebe quando tu vens e te despede quanto tu vais.

Capítulo décimo

Fim

Na véspera de seu trigésimo primeiro aniversário[11], por volta das nove horas da noite, a hora do silêncio nas ruas, dois senhores chegaram à moradia de K. De sobrecasaca, pálidos e gordos, com cartolas aparentemente irremovíveis. Depois de uma breve formalidade à porta do prédio para ver quem entrava primeiro, a mesma formalidade se repetiu em dimensões ainda maiores à porta de K. Sem que a visita lhe tivesse sido anunciada, K. estava sentado em uma cadeira nas proximidades da porta, igualmente vestido de preto, e calçava devagar luvas novas, bem ajustadas aos dedos, na postura de alguém que espera convidados. Levantou-se de imediato e fitou os dois senhores com curiosidade:

– Então quer dizer que os senhores estão destinados a mim? – ele perguntou.

Os dois assentiram com a cabeça, um deles apontou para o outro com a cartola na mão. K. admitiu para si mesmo que havia esperado uma outra visita. Foi até a janela e olhou mais uma vez para a rua escura. Quase todas as janelas do outro lado da rua também já estavam escuras, muitas delas com as cortinas abaixadas. Em uma janela iluminada do andar, crianças pequenas brincavam atrás de uma grade e, ainda incapazes de se moverem de seus lugares, tateavam com suas mãozinhas, umas em busca das outras.

"Mandam atores velhos e subalternos para se ocupar de mim", disse K. a si mesmo, e olhou em volta a fim de se

---

11. A ação se estende ao longo de um ano, da manhã do trigésimo à noite do dia anterior ao trigésimo primeiro aniversário de Josef K. (N.T.)

convencer disso mais uma vez. "Tentam dar cabo de mim de maneira barata."

E de repente K. voltou-se para eles e perguntou:
– Em que teatro os senhores estão trabalhando?
– Teatro? – perguntou um dos senhores, pedindo conselho ao outro com uma comissura no canto da boca.

O outro se comportava como um mudo que luta com o organismo renitente.

"Eles não estão preparados para responder perguntas", disse K. a si mesmo, e foi pegar seu chapéu.

Já nas escadarias os dois senhores quiseram se pendurar em K., mas este disse:
– Só quando estivermos na rua; não estou doente.

Mas já diante do portão ambos se engancharam nele de uma maneira como ele jamais havia andado com outro ser humano. Eles mantinham os ombros apertados atrás dos dele, não dobravam os braços, mas sim os utilizavam para envolver os braços de K. em todo seu comprimento, e embaixo prendiam as mãos de K. em um manejo escolado, treinado, e ao qual era impossível opor resistência. K. seguiu rigidamente ereto entre os dois; eles formavam agora, os três, uma tal unidade, que, caso um deles fosse abatido, todos seriam abatidos. Era uma unidade como aquelas que só podem ser formadas pelo inanimado.

Sob os postes de iluminação, K. tentou mais de uma vez, por mais difícil que fosse realizá-lo naquela estreita proximidade, ver os seus acompanhantes com mais nitidez do que tivera a possibilidade de fazer na penumbra de seu quarto.

"Talvez sejam tenores", pensou ao ver seus pesados queixos duplos. Ele se enojava diante da limpeza de seus rostos. Ainda se via, literalmente, a mão limpando, que havia percorrido o canto de seus olhos, esfregado seus lábios superiores, raspado as dobras de seus queixos. *

Assim que K. percebeu, ficou parado, e em razão disso também os outros ficaram parados; eles estavam à beira de uma praça aberta, sem ninguém, ornamentada de jardins.

– Por que foi que mandaram justamente os senhores! – ele exclamou mais do que perguntou. Os senhores pareciam não ter resposta, esperaram com o braço livre, balançando, como enfermeiros quando o doente quer descansar. – Eu não vou seguir adiante – disse K., fazendo uma tentativa.

A isso os dois não precisavam responder, bastava que não afrouxassem as mãos e tentassem mover K. do lugar levantando-o, mas K. opôs resistência: "Eu não vou mais precisar de muita força, vou usar todas as que tenho agora", ele pensou. E ele se lembrou das moscas que rebentam suas perninhas ao tentarem escapar do mata-moscas. "Esses senhores terão um trabalho pesado."

Nesse momento, apareceu diante deles, na praça, vindo de uma pequena escada que dava em uma ruela situada em nível mais baixo, a senhorita Bürstner. Não era de todo certo que se tratava dela, mas a semelhança era bem grande. Porém, a K. pouco importava se era de fato a senhorita Bürstner, apenas a inutilidade de sua resistência lhe veio logo à consciência. Não era nada heroico o fato de ele resistir, o fato de ele agora opor dificuldades aos senhores, o fato de ele agora tentar, em atitude de defesa, desfrutar ainda o último lampejo da vida. Ele se pôs em movimento, e ainda sobrou para ele próprio um pouco da alegria que causou aos senhores com isso. Eles agora toleravam que K. definisse qual seria a direção, e ele a definiu segundo o caminho que a senhorita percorria diante deles, não porque ele queria alcançá-la, não porque queria vê-la pelo maior tempo possível, mas sim apenas para não esquecer a advertência que ela significava para ele. "A única coisa que posso fazer agora", disse ele consigo mesmo, e a simetria entre seus passos e os passos dos outros dois confirmou seu pensamento, "a única coisa que posso fazer agora é manter até o fim um entendimento capaz de discernir com tranquilidade. Eu sempre quis abarcar o mundo com vinte mãos, e além disso com um objetivo bem reprovável. Isso não era correto. Será que agora devo mostrar que nem mesmo o processo de um ano foi capaz de me ensinar? Será que devo acabar como um homem de raciocínio moroso?

Será que devo permitir que possam dizer de mim que no começo do processo eu queria pôr um fim nele, e agora, em seu final, quero começá-lo de novo? Não quero que digam isso. Sou grato por terem me dado como acompanhantes esses dois senhores semimudos e obtusos e por terem me dado a oportunidade de dizer a mim mesmo o necessário."

Nesse ínterim, a senhorita havia entrado em uma rua paralela, mas K. já podia dispensá-la e abandonou-se a seus acompanhantes. Todos os três passaram então, de pleno acordo, por uma ponte à luz do luar, e, a cada pequeno movimento que K. fazia, os senhores agora cediam prontamente, e quando ele se voltou um pouco para a balaustrada, também eles se viraram, ficando de frente para lá. A água que brilhava e tremia sob a luz da lua dividia-se em volta de uma pequena ilha, sobre a qual, como se estivessem comprimidas, amontoavam-se massas de folhagem de árvores e arbustos. Debaixo delas, naquele momento invisíveis, havia caminhos de cascalho com bancos confortáveis, sobre os quais K. havia se recostado durante vários verões.

– Eu nem queria parar – disse ele a seus acompanhantes, envergonhado com a prontidão deles. Um deles pareceu fazer ao outro, às costas de K., uma leve censura pelo fato de ter compreendido mal e parado, e em seguida seguiram adiante.*

Passaram por algumas ladeiras, nas quais aqui e ali havia policiais parados ou andando; ora à distância, ora nas proximidades. Um, de vastos bigodes, a mão no cabo do sabre, pareceu se aproximar intencionalmente do grupo não de todo insuspeito. Os senhores estacaram, o policial parecia já estar querendo abrir a boca, quando K. puxou os senhores com força a fim de avançarem. Mais de uma vez ele se voltava com cautela para ver se o policial não os estava seguindo mais; e quando eles passaram a ter uma esquina entre si e o policial, K. começou a correr, e os senhores tiveram de correr com ele, apesar da grande falta de fôlego.

Assim, eles chegaram bem rápido fora da cidade, que naquela direção emendava, quase sem nenhum tipo de passagem, nos campos. Uma pequena pedreira, abandonada e deserta, jazia nas proximidades de uma casa ainda bem citadina. Ali os senhores estacaram, fosse porque aquele lugar desde o começo era seu objetivo, fosse pelo fato de estarem esgotados demais para poder seguir adiante. Agora eles soltaram K., que esperou mudo, tiraram suas cartolas e, enquanto olhavam a pedreira, limparam o suor de suas testas. Por todos os lados jazia o clarão do luar, com a naturalidade e a calma que não é dada a nenhuma outra luz.

Depois de trocarem algumas cortesias no sentido de saber quem iria realizar as tarefas seguintes – os encargos pareciam ter sido recebido pelos dois senhores sem estarem ainda divididos –, um deles foi até K. e tirou-lhe o casaco, o colete e por fim a camisa. K. tremeu de frio involuntariamente, ao que o senhor lhe deu uma palmada leve e tranquilizante nas costas. Em seguida ele dobrou as roupas com cuidado, como se fossem coisas que ainda seriam usadas, mesmo que talvez não muito em breve. A fim de não deixar K. sem movimentos no ar da noite, que não deixava de estar fresco, pegou-o sob o braço e caminhou um pouco com ele, para cima e para baixo, enquanto o outro senhor examinava a pedreira em busca de algum lugar adequado. Quando ele o havia encontrado, acenou, e o outro senhor conduziu K. até lá. Era nas proximidades do paredão em que se trabalhava, e lá jazia uma pedra que havia sido quebrada. Os senhores sentaram K. sobre o chão, apoiaram-no à pedra e acomodaram sua cabeça sobre ela. Apesar de todo o esforço que fizeram e apesar de todas as facilidades que K. lhes oferecia, sua postura continuou sendo forçada e pouco plausível. Por isso, um dos senhores pediu ao outro para que deixasse o ato de se deitar por conta de K. por um instantinho, mas nem com isso a situação melhorou. Por fim, eles deixaram K. em uma posição que sequer era a melhor entre as posições que já haviam sido alcançadas antes. Então um dos senhores abriu sua sobrecasaca e pegou, de uma bainha que pendia de um cinturão preso em volta do colete, uma faca de açougueiro longa, estreita, afiada de ambos os lados; levantou-a para o alto e examinou o gume à luz. Mais uma vez começaram as repulsivas cortesias, um alcançava a faca ao outro por cima da cabeça de K., e este outro voltava a devolvê-la. Agora K. sabia com precisão que teria sido sua obrigação pegar ele mesmo a faca, enquanto ela pairava de mão a mão, e perfurar-se com ela. Mas não fez isso, e sim virou o pescoço ainda livre e olhou a seu redor. De todo, ele não podia comprovar sua competência, não podia tomar todo o trabalho às repartições, a responsabilidade por este último erro era daquele que lhe havia recusado o resto de força necessário para tanto.[12] Seus olhares caíram sobre o último andar da casa situada nos limites da pedreira. Como uma luz que tremula, assim se abriram de par em par as folhas de uma janela, e uma pessoa, fraca e fina devido à distância e à altura, inclinou-se à frente com um solavanco e estendeu os braços mais adiante. Quem era? Um amigo? Uma pessoa de bem? Alguém que participava? Alguém que queria ajudar? Era apenas um único? Eram todos? Ainda havia ajuda? * Existiam objeções que haviam sido esquecidas? Com certeza elas existiam. Muito embora a lógica seja inabalável, ela não resiste a uma pessoa que quer viver. Onde estava o juiz, que ele jamais havia visto? Onde estava o alto tribunal ao qual ele jamais havia chegado? Ele levantou as mãos e esticou todos os dedos.

Mas as mãos de um dos senhores se colocaram à garganta de K., enquanto o outro cravava a faca profundamente em seu coração, virando-a duas vezes. Com olhos esbugalhados, K. ainda viu como os dois senhores, próximos a seu rosto, apoiados face a face, observavam a decisão.

– Como um cão! – ele disse. Era como se a vergonha devesse sobreviver a ele.

---

12. Em carta a Max Brod, de meados de novembro de 1917, Kafka anuncia a frase final de *O processo* ao falar do suicídio em termos genéricos e, por conseguinte, justifica o fato de Josef K. não ter se suicidado: "Se podes te matar, tu de certa forma já não precisas mais fazê-lo". (N.T.)

Apêndice

Os capítulos incompletos[13]

À casa de Elsa

Certo dia, pouco antes de sair, K. foi chamado ao telefone e convidado a se dirigir imediatamente aos cartórios do tribunal. Alertaram-no no sentido de que não fosse desobediente. Suas observações inauditas de que os inquéritos eram inúteis não tinham nem podiam ter resultado; que ele não viria mais, que ele não daria mais atenção a convocações telefônicas ou escritas e colocaria porta afora os mensageiros – todas aquelas observações teriam sido protocoladas e já o teriam prejudicado muito. Por que ele não queria se sujeitar? Por acaso não estavam, inclusive sem se preocupar com tempo e dinheiro, fazendo esforços no sentido de colocar sua causa intrincada em ordem? Será que ele queria perturbar aquilo tudo de propósito e fazer com que se chegasse a medidas violentas, das quais até agora ele havia sido poupado? A citação de hoje seria uma última tentativa. Que ele fizesse o que bem entendesse, mas tinha de considerar que o alto tribunal não iria permitir que se fizesse troça dele.

Mas eis que K. havia anunciado para aquela noite sua visita a Elsa, e tão só por esse motivo já não poderia chegar ao tribunal; ele estava alegre com o fato de poder justificar seu não--comparecimento diante do tribunal, ainda que naturalmente jamais viesse a fazer uso dessa justificativa e muito provavelmente também não tivesse ido ao tribunal mesmo se não tivesse marcado para aquela noite o menor compromisso, qualquer que fosse. De qualquer maneira, consciente de seu direito, perguntou ao telefone o que aconteceria se não se apresentasse.

---

13. Todos os fragmentos reunidos nesta parte do Apêndice são ou princípios de capítulos ou unidades narrativas dentro de capítulos já começados. (N.T.)

– Haverão de encontrá-lo – foi a resposta.
– E serei punido por não ter me apresentado voluntariamente? – perguntou K., sorrindo, à espera daquilo que ouviria.
– Não – foi a resposta.
– Excelente – disse K. –, mas que razão eu haveria de ter então para atender à convocação de hoje?
– Não se costuma atiçar contra si próprio os instrumentos de poder do tribunal – disse a voz, que ficava cada vez mais fraca, acabando por se extinguir.
"É muito imprudente não fazê-lo", pensou K. ao ir embora. "Deve-se tentar, de qualquer forma, conhecer os instrumentos de poder."

Sem titubear, ele se dirigiu à casa de Elsa. Reclinado confortavelmente a um canto do carro, as mãos nos bolsos do sobretudo – já começava a ficar frio –, ele lançou uma vista geral sobre as ruas animadas. Com certa satisfação, pensou que, se o tribunal estivesse realmente em atividade, não eram poucas as dificuldades que ele lhe preparava. Não havia se pronunciado com clareza sobre se iria ou não ao tribunal; o juiz esperava, portanto; talvez até mesmo uma assembleia inteira esperasse, só que K., para a decepção especialmente das galerias, não apareceria. Nem um pouco perturbado por causa do tribunal, ele foi para onde queria ir. Por um momento, não teve certeza se, por distração, não havia dado ao cocheiro o endereço do tribunal, e por isso gritou a ele o endereço de Elsa; o cocheiro assentiu com a cabeça, nenhum outro endereço havia sido dito a ele. De então em diante K. esqueceu aos poucos o tribunal, e os pensamentos sobre o banco passaram a ocupá-lo, assim como em épocas anteriores, inteiramente.

Viagem à casa da mãe

De repente, no almoço, ele lembrou que queria visitar sua mãe. A primavera estava quase no fim e com ela o terceiro ano em que ele não a via. Na época, ela havia lhe pedido que fosse vê-la quando ele estivesse de aniversário, e, apesar de muitos obstáculos, ele atendera ao pedido, prometendo passar com ela todos os aniversários, uma promessa que já não cumprira duas vezes. Em compensação, ele agora não queria esperar até o aniversário, ainda que este já fosse daqui a catorze dias, mas sim viajar de imediato. Disse a si mesmo que o fazia ainda que não houvesse nenhum motivo especial para viajar naquele momento e não em outro; muito pelo contrário, as notícias que ele recebia regularmente a cada dois meses de um primo que possuía um estabelecimento comercial naquela cidadezinha e administrava o dinheiro que K. mandava a sua mãe eram tranquilizadoras como jamais haviam sido. Muito embora a luz dos olhos da mãe estivesse se apagando, K. já esperava por isso há anos, segundo as declarações dos médicos; de resto, no entanto, a situação da mãe havia melhorado, e diferentes males da idade, em vez de se tornarem piores, haviam regredido, pelo menos ela se queixava menos. Segundo a opinião do primo, isso talvez tivesse a ver com o fato de que ela, nos últimos anos – quase com repulsa K. já percebera sinais débeis nesse sentido, em sua última visita –, havia se tornado descomedidamente devota. O primo havia retratado em uma carta, com imagens bem vívidas, como a velha senhora, que antes conseguia se arrastar só a duras penas, agora caminhava bastante bem, apoiada em seu braço, quando ele a levava à igreja aos domingos. E no primo K. podia acreditar, pois ele de um modo geral era medroso e em seus relatos exagerava mais o que ia mal do que aquilo que ia bem.

Fosse como fosse, contudo, K. agora havia se decidido a viajar; entre outras coisas desagradáveis, ele havia constatado recentemente em si mesmo uma certa melancolia, uma tendência quase irresistível a ceder a todos seus desejos – e eis que nesse caso, pelo menos, esse defeito servia a uma boa finalidade.

Ele caminhou até a janela a fim de se concentrar em seus pensamentos, ordenou que a comida fosse tirada da mesa e mandou o contínuo até a senhora Grubach a fim de anunciar sua partida e pegar sua maleta, na qual a senhora Grubach deveria empacotar tudo aquilo que lhe parecesse necessário. Deu em seguida alguns encargos de negócios ao senhor Kühne para o

tempo em que estivesse ausente, mas se incomodou daquela vez pelo fato de o senhor Kühne receber os encargos com os maus modos que já haviam se tornado hábito nele, de rosto virado de lado, como se soubesse muito bem o que tinha de fazer e apenas tolerasse aquela distribuição de encargos como parte de uma cerimônia, e por fim foi até o diretor. Quando pediu férias de dois dias, uma vez que tinha de viajar até a casa de sua mãe, o diretor naturalmente perguntou se por acaso ela estava doente:
— Não — disse K., sem mais explicações.

Ele estava em pé no meio do aposento, as mãos cruzadas às costas. Com a testa franzida, refletiu. Será que havia se precipitado nos preparativos para a viagem? Não seria melhor ficar? O que ele faria lá? Por acaso queria viajar por sentimentalismo? E por sentimentalismo possivelmente perder alguma coisa importante ali, uma oportunidade de intervir, que por certo poderia ocorrer agora a qualquer dia, a qualquer hora, depois de o processo aparentemente já ter descansado há semanas e mal ter chegado a ele uma notícia que fosse? Além disso, será que não assustaria a velha senhora, coisa que ele naturalmente não intencionava fazer, mas que poderia acontecer com facilidade contra a sua vontade, uma vez que agora aconteciam muitas coisas contra sua vontade: e a mãe, ademais, nem sequer perguntara por ele. No passado, os convites insistentes da mãe haviam se repetido regularmente nas cartas do primo, e agora já não vinham mais havia tempo. Não era por causa da mãe, portanto, que ele viajaria, isso era claro. Porém, caso estivesse viajando por esperar algo a seu favor, então ele era um perfeito idiota e por certo buscaria por lá, no desespero final, o pagamento por sua idiotice. Porém, como se todas aquelas dúvidas não fossem suas, mas pessoas estranhas procurassem comunicá-las a ele, manteve, como se estivesse despertando literalmente, sua decisão de viajar. Nesse meio-tempo, o diretor havia se inclinado sobre o jornal casualmente ou, o que era mais provável, em consideração especial a K., e levantou também os olhos, estendeu a mão para K., levantando-se, e desejou-lhe, sem fazer mais nenhuma pergunta, uma feliz viagem.

Em seguida K. ainda esperou em seu escritório, caminhando para cá e para lá, pelo contínuo; repeliu quase sem palavras o diretor adjunto, que entrou várias vezes a fim de se informar a respeito do motivo da viagem de K., e se apressou a descer, quando enfim teve sua maleta nas mãos, em direção ao carro que já havia sido chamado. Ele já estava nas escadarias quando no último instante apareceu lá em cima o funcionário Kullich, segurando nas mãos uma carta que já havia sido começada, a respeito da qual parecia querer pedir uma informação a K. Embora K. tivesse se negado com um aceno de mão, por mais embotado que fosse, aquele homem loiro, de cabeça grande, não entendeu o sinal e correu em saltos arriscados, agitando o papel, atrás de K. Este ficou tão irritado com isso que, quando Kullich o alcançou na escadaria fora do prédio, arrancou-lhe a carta das mãos e rasgou-a. Quando já no carro K. voltou-se, Kullich, que provavelmente ainda não havia percebido seu erro, continuava parado no mesmo lugar e olhava para o automóvel que partia, enquanto o porteiro ao lado dele levantava o boné fazendo uma reverência. Pois K. ainda era um dos mais altos funcionários do banco; se ele quisesse negá-lo, o porteiro o desmentiria. E a mãe inclusive o considerava, apesar de todas as afirmações em contrário, o diretor do banco, e isso já há anos. Na opinião dela, ele com certeza não seria rebaixado, por mais que seu prestígio tivesse sofrido danos. Talvez até fosse um bom sinal o fato de ele justo antes da partida ter se convencido de que continuava podendo arrancar das mãos de um funcionário, que inclusive tinha ligação com o tribunal, uma carta e rasgá-la, sem qualquer desculpa e sem que suas mãos queimassem por isso.

Trecho riscado a partir daqui

(...) De qualquer forma ele não pudera fazer aquilo que ele mais gostaria de ter feito: dar a Kullich dois sonoros tapas em suas bochechas pálidas e arredondadas. Por outro lado, naturalmente isso é muito bom, pois K. odeia Kullich, e não apenas Kullich, mas também Rabensteiner e Kaminer. Ele acredita que os tenha odiado desde sempre, e muito embora o aparecimento deles no quarto da senhorita Bürstner tenha pela primeira vez chamado sua atenção para eles, seu ódio é mais antigo. E nos últimos anos K. quase padece por causa desse ódio, pois não pode satisfazê-lo; é tão difícil fazer com que eles compreendam qualquer coisa, no momento são os funcionários mais subalternos, todos eles de menor valor, e não irão progredir a não ser sob a pressão dos anos de serviço e também nesse caso mais devagar do que qualquer outro; por causa disso é quase impossível colocar um obstáculo no caminho deles; nenhum obstáculo colocado por mão estranha pode ser tão grande quanto a burrice de Kullich, a preguiça de Rabensteiner e a modéstia repulsiva e rasteira de Kaminer. A única coisa que poderia ser feita contra eles seria causar sua demissão, e isso inclusive seria muito fácil de ser alcançado, algumas palavras de K. diante do diretor bastariam, mas K. recua. Talvez ele o fizesse, se o diretor adjunto, que privilegia aberta ou secretamente tudo aquilo que K. odeia, se engajasse em favor dos três; mas estranhamente nesse caso o diretor adjunto faz uma exceção e quer aquilo que K. quer.

O PROMOTOR PÚBLICO

Apesar do conhecimento dos homens e da experiência de mundo que K. havia adquirido durante seu longo tempo de serviço no banco, a companhia dos membros de sua mesa cativa sempre lhe pareceu digna de um extraordinário respeito, e ele jamais negou a si mesmo que era uma grande honra pertencer a um grupo como aquele. Ele era composto quase exclusivamente por juízes, promotores públicos e advogados, também alguns funcionários bem jovens e auxiliares de advocacia haviam sido admitidos, mas sentavam-se nos lugares mais distantes da mesa e apenas podiam interferir no debate se lhes eram feitas perguntas especiais. Tais questões, porém, na maior parte das vezes tinham apenas o objetivo de divertir o grupo; sobretudo o promotor público Hasterer, que costumava ser o vizinho de K., gostava muito de fazer os jovens senhores passarem vergonha desse modo. Quando ele espalmava a mão grande e assaz cabeluda no meio da mesa e se voltava para o final dela, todo mundo já ficava atento. Porém, quando um deles acolhia a pergunta, ele ou não conseguia decifrá-la, ou ficava olhando para seu copo de cerveja ou, em vez de falar, apenas ficava batendo os maxilares, ou até mesmo – e isso era o pior – defendia, em uma torrente irreprimível de palavras, uma opinião errada ou não-autorizada, nesse caso os senhores mais velhos se viravam em suas cadeiras, sorrindo, e só a partir de então pareciam sentir-se à vontade. As conversas realmente sérias e especializadas ficavam reservadas a eles.

Observação: Este fragmento teria sido anexado diretamente ao Capítulo Sétimo do romance. Seu princípio está escrito na mesma folha que contém a cópia das frases finais daquele capítulo.

K. havia sido levado àquele grupo por um advogado, o representante jurídico do banco. Houve um tempo em que K. precisara ter longas conversas, até tarde na noite, com aquele advogado no banco; depois acabou por jantar espontaneamente com o advogado em sua mesa cativa, e foi assim que passara a gostar do grupo. Via ali apenas senhores cultos, respeitados, de certa maneira poderosos, cujo descanso consistia em procurar resolver questões difíceis, que só remotamente eram relacionadas à vida comum, de maneira aplicada. Se ele próprio naturalmente podia intervir apenas bem pouco, mesmo assim acabou tendo a oportunidade de aprender muita coisa, que cedo ou tarde poderia lhe trazer vantagens também no banco. Além disso ele poderia travar relações pessoais com o tribunal, que eram sempre úteis. Mas também o grupo parecia tolerá-lo com gosto. Na condição de especialista em negócios, ele em pouco foi reconhecido, e sua importância em tais questões tinha o valor – ainda que não sem alguma ironia – de algo incontestável. Não eram poucas as vezes em que dois, cujos julgamentos acerca de uma questão de direito comercial divergiam, solicitavam a K. que expusesse seu ponto de vista sobre os fatos, e que nesses casos o nome de K. também voltasse em todos os discursos e réplicas e fosse trazido à baila inclusive nas investigações mais abstratas, as quais K. fazia tempo já não conseguia mais acompanhar. Em todo caso, pouco a pouco muitas coisas ficavam claras para ele, sobretudo pelo fato de ele ter na pessoa do promotor público Hasterer um bom conselheiro, que também se aproximara dele com amabilidade. Ele inclusive o acompanhava muitas vezes para casa, à noite. Mas durante muito tempo não conseguiu se acostumar a caminhar de braços dados ao lado daquele homem gigantesco, que poderia escondê-lo sob sua capa sem chamar a mínima atenção.

Com o decorrer do tempo, contudo, eles passaram a se entender tão bem que todas as diferenças de formação, de profissão e de idade se apagaram. Eles estavam em contato mútuo como se desde sempre tivessem pertencido um ao outro; e se, em seu relacionamento, olhando-se de fora, às vezes alguém parecia superior, não era Hasterer, mas sim K., pois suas experiências na maior parte das vezes lhe davam razão, já que haviam sido adquiridas de maneira muito mais imediata do que teria sido possível em uma mesa de tribunal.

Essa amizade naturalmente se tornou conhecida de todos na mesa cativa e meio que ficou no esquecimento quem havia trazido K. ao grupo; em todo caso era Hasterer quem protegia K.; se o direito de K. de ficar sentado ali fosse posto em dúvida, ele poderia, aliás com legitimidade, recorrer a Hasterer. Mas com isso K. alcançou uma posição particularmente privilegiada, pois Hasterer era tão respeitado quanto temido. Muito embora a força e a habilidade de seu pensamento jurídico fossem muito dignas de admiração, vários senhores eram, no que diz respeito a isso, no mínimo iguais a ele; nenhum destes, porém, chegava perto dele na selvageria com que defendia a própria opinião. K. tinha a impressão de que Hasterer, se não era capaz de convencer seu opositor, pelo menos lhe causava medo, e muitos recuavam diante de seu indicador em riste. Nesses casos, parecia que o opositor se esquecia de que estava na companhia de bons conhecidos e colegas, que se tratava apenas de questões teóricas, de que na realidade de maneira nenhuma poderia lhe acontecer algo – mas ele emudecia, e sacudir a cabeça já era uma prova de coragem. Era um espetáculo lamentável quando o opositor estava sentado bem longe, e Hasterer percebia que à distância não chegariam a um acordo, momento em que ele afastava por exemplo o prato com a comida e se levantava com lentidão a fim de ir pessoalmente à procura do homem. Então os que estavam nas proximidades inclinavam a cabeça para trás para observar seu rosto. Em todo caso, esses incidentes eram relativamente raros, e além do mais ele podia ser enfurecido quase apenas quando se tratava de questões jurídicas, sobretudo com aquelas que diziam respeito a processos que ele mesmo havia conduzido ou conduzia. Quando não se tratava de tais questões, ele era amistoso e tranquilo, seu riso era amável e sua paixão era dedicada à comida e à bebida. Podia acontecer, inclusive, que ele nem escutasse a conversa geral, voltava-se para K., deitava o braço sobre o espaldar da cadeira e lhe fazia perguntas acerca do banco em voz baixa e em seguida falava sobre seu próprio trabalho ou também contava das mulheres que conhecia, que quase lhe davam tanto trabalho quanto o tribunal. Com nenhum outro no grupo ele podia ser visto falando dessa maneira, e de fato muitas vezes, quando se queria solicitar algo a Hasterer – na maioria das vezes se tratava da reconciliação com algum colega –, dirigiam-se primeiro a K., pedindo-lhe que intercedesse, coisa que ele sempre fazia com gosto e facilidade. Ele era, aliás, muito cortês e modesto com todos, sem com isso tirar proveito de sua relação com Hasterer, e sabia, coisa que era ainda mais importante do que a cortesia e a modéstia, discernir corretamente a hierarquia existente entre aqueles senhores e tratar cada um segundo sua posição. De qualquer modo, Hasterer sempre voltava a instruí-lo nesse sentido, e essas eram as únicas recomendações que Hasterer, nunca nem mesmo no mais furioso dos debates, infringia. Por isso, ele sempre dirigia aos jovens senhores sentados ao fundo da mesa, que praticamente ainda não tinham uma posição, apenas palavras genéricas, como se não se tratasse de indivíduos, mas sim de uma massa ajuntada ao léu. Mas justamente aqueles senhores lhe prestavam as maiores homenagens, e quando ele se levantava por volta das onze horas a fim de ir para casa, logo havia alguém ali para ajudá-lo a vestir o pesado sobretudo, e outro para lhe abrir a porta com uma reverência respeitosa, continuando a segurá-la ainda quando K. deixava o recinto atrás de Hasterer.

Enquanto nos primeiros tempos K. ainda acompanhava Hasterer, ou este acompanhava K. por um trecho no caminho de casa, mais tarde as noites acabavam com Hasterer pedindo a K. que fosse com ele para sua casa, a fim de ficar um instantinho com ele. Então eles ainda permaneciam sentados por bem uma hora, tomando aguardente e fumando charutos. Hasterer gostava tanto daquelas noites que nem pensou em abrir mão delas mesmo quando uma mulher de fama duvidosa chamada Helene morou em sua casa durante algumas semanas. Era uma mulher gorda e já entrada em anos, de tez amarelada e cachos negros, que serpenteavam em volta de sua cabeça. No começo, K. a via apenas na cama. Ela costumava ficar deitada lá, sem a menor vergonha. Costumava ler um romance de folhetim e não se importava com a conversa dos homens. Só quando ficava bem tarde, ela se esticava, bocejava e inclusive jogava, quando não conseguia chamar a atenção de Hasterer sobre si de outra maneira, um dos fascículos do romance em sua direção. Então este se levantava sorrindo e K. se despedia. Mais tarde, quando Hasterer começou a se cansar de Helene, ela perturbava sensivelmente os encontros. Eis que ela sempre esperava os senhores completamente vestida, via de regra com uma roupa que segundo todas as probabilidades considerava bem preciosa e elegante, mas que na realidade era um velho e pesado traje de baile, que chamava a atenção de modo especialmente desagradável pelas fileiras de franjas compridas penduradas a ele na condição de adorno. K. nem mesmo chegava a conhecer o verdadeiro aspecto daqueles vestidos, de certa forma ele se negava a olhar para ela e ficava sentado ali durante horas de olhos semicerrados, enquanto ela, se balançando toda, caminhava pelo quarto ou ficava sentada em suas proximidades e, mais tarde, quando sua posição se tornava cada vez mais insustentável e premida pelos apuros, tentava causar ciúmes a Hasterer manifestando preferência por K. Era apenas devido aos apuros, não por maldade, que ela, com as costas nuas, redondas e gordas, inclinava-se sobre a mesa e aproximava seu rosto de K., querendo forçá-lo a levantar os olhos. Com isso, ela acabou conseguindo apenas que K. nos dias seguintes se negasse a ir até a casa de Hasterer, e quando depois de algum tempo acabou voltando, Helene havia sido mandada embora definitivamente; K. aceitou o fato como algo natural. Os dois ficaram juntos durante um tempo particularmente longo naquela noite, brindaram, por iniciativa de Hasterer, à fraternidade e passaram a se tratar por tu, e K. voltou para casa um tanto entorpecido, de tanto fumar e beber.

Justo na manhã seguinte o diretor fez, no decorrer de uma conversa de negócios, a observação de que acreditava ter visto K. na noite anterior. Se ele não havia se enganado, K. andava de braços dados com o promotor público Hasterer. O diretor parecia achar aquilo tão estranho que – e isso de todo modo correspondia ao seu habitual senso de exatidão – chegou a mencionar o nome da igreja ao longo de cuja lateral, perto da fonte, tivera lugar o encontro. Se ele quisesse ter descrito uma miragem, não poderia ter se expressado de outra maneira. K. explicou-lhe então que o promotor público era seu amigo e que eles de fato haviam passado ao lado da igreja na noite anterior. O diretor sorriu espantado e convidou K. a sentar-se. Era um daqueles momentos devido aos quais K. gostava tanto do diretor, momentos nos quais, daquele homem fraco, doente, sempre a tossicar e sobrecarregado de um trabalho da maior responsabilidade, vinha à luz certa preocupação com o bem--estar de K. e seu futuro, uma preocupação que no entanto poderia ser chamada de fria e distante, conforme diziam outros funcionários que haviam experimentado coisa semelhante junto ao diretor, e que não era nada a não ser um excelente meio de, sacrificando dois minutos, manter funcionários de valor algemados a si durante anos – fosse como fosse, K. sucumbia ao diretor nesses momentos. Talvez o diretor também falasse com K. de um modo um pouco diferente daquele que falava com os outros; ele, por exemplo, não esquecia sua superioridade hierárquica para dessa maneira se tornar grosseiro com K.

– isso ele fazia com regularidade no trato comum dos negócios –, mas justamente aqui ele parecia ter esquecido da posição de K. e falava com ele como a uma criança ou como a uma pessoa jovem e ignorante, que ainda está se candidatando a uma vaga e por algum motivo incompreensível alcançou a benevolência do diretor. K. com certeza não teria tolerado um modo de falar como aquele, nem de outra pessoa nem do próprio diretor, se a solicitude do diretor não lhe tivesse parecido verdadeira, ou se pelo menos a possibilidade dessa solicitude, conforme ficava claro para ele em tais momentos, não o deixasse absolutamente encantado. K. reconhecia sua fraqueza, talvez ela tivesse seu fundamento no fato de que realmente ainda havia algo de infantil nele nesse sentido, uma vez que jamais experimentara a solicitude do próprio pai, que havia morrido bem jovem, e uma vez que havia saído cedo de casa e sempre rejeitara mais do que invocara a ternura da mãe, que ainda vivia, semicega, lá fora, na cidadezinha imutável, e que ele havia visitado pela última vez há cerca de dois anos.

– Eu nada sabia acerca dessa amizade – disse o diretor, e apenas um sorriso débil e amistoso atenuou a severidade dessas palavras.

A casa

Sem ligar, a princípio, uma intenção determinada a isso, K. tentara ficar sabendo, em diversas oportunidades, onde era a sede da repartição da qual tinha partido a primeira citação em sua causa. Descobriu isso sem dificuldades; tanto Titorelli quanto Wolfahrt mencionaram, já à primeira pergunta, o número exato da casa. Mais tarde, Titorelli completou, com um sorriso que sempre tinha pronto para planos secretos não submetidos ao seu parecer, a informação, ao afirmar que justamente aquela repartição não tinha a menor importância e que ela só informava aquilo do que tinha sido encarregada e era apenas o órgão mais exterior da grande repartição responsável pela acusação que, de todo modo, era inacessível às partes. Se, pois, se desejava algo da repartição de acusação – naturalmente sempre havia muitos desejos, mas nem sempre era inteligente expressá-los – então era preciso dirigir-se à referida repartição de nível inferior, mas nem por isso se podia chegar à repartição de acusação propriamente dita, nem fazer chegar seu desejo até ela.

K. já conhecia a natureza do pintor, por isso não o contradisse nem continuou pedindo informações, somente assentiu com um gesto de cabeça e tomou conhecimento daquilo que havia sido dito. Mais uma vez lhe parecia, conforme já acontecera várias vezes nos últimos tempos, que Titorelli, quando se tratava de atormentar, substituía o advogado com larga vantagem. A diferença consistia apenas no fato de que K. não estava tão à mercê de Titorelli, e de que podia se livrar dele sem a menor cerimônia quando bem entendesse, e no fato de, além disso, Titorelli ser muito disposto a comunicar as coisas, até mesmo tagarela, ainda que antes mais do que agora, e no fato de, por fim, K. também poder atormentar Titorelli sem o menor problema.

E foi o que ele fez nesse caso, falando várias vezes daquela casa em um tom como se quisesse dizer que Titorelli estava escondendo alguma coisa, como se tivesse atado relações com aquele órgão, mas como se elas ainda não tivessem amadurecido suficientemente a fim de poder dá-las a conhecer sem perigos; mas quando Titorelli tentava obrigá-lo a dar informações mais precisas, K. se desviava do assunto de repente e não falava disso por muito tempo. Ele se alegrava com pequenos sucessos do tipo e então acreditava que já compreendia bem melhor aquelas pessoas dos arredores do tribunal; eis que já podia brincar com elas, quase já podia se integrar no meio delas e, pelo menos por instantes, chegava a uma visão de conjunto mais favorável, que de certa maneira lhe propiciava o primeiro degrau do tribunal no qual se encontravam. Que importava, ao final das contas, se ele perdesse sua posição ali embaixo? Lá ainda existia uma possibilidade de salvação, ele apenas precisava se infiltrar nas fileiras daquelas pessoas, e se, em consequência de sua situação de subalternas ou por outros motivos, elas não haviam podido ajudá-lo em seu processo, tinham, contudo, a possibilidade de acolhê-lo e escondê-lo; sim, elas nem mesmo podiam se esquivar de ajudá-lo dessa maneira, caso ele refletisse suficientemente acerca de tudo e o realizasse em segredo; sobretudo Titorelli, de quem ele agora se tornara próximo e benfeitor, não poderia deixar de fazê-lo.

    K. não se alimentava de tais e semelhantes esperanças todos os dias; de modo geral ele ainda distinguia as coisas com exatidão e guardava-se de ignorar ou de passar por cima de qualquer dificuldade, mas às vezes – em situações de esgotamento completo, à noite, depois do trabalho – buscava consolo nos mínimos e sobretudo mais ambíguos incidentes do dia. Comumente, estava deitado no canapé de seu escritório – ele já não podia mais deixar seu escritório sem descansar por pelo menos uma hora sobre o canapé – e em pensamentos encaixava observação em observação. Ele não se limitava minuciosamente às pessoas que tinham alguma ligação com o tribunal; em seu sono leve todas se misturavam, ele esquecia então o grande trabalho do tribunal e lhe parecia que ele era o único acusado e que todos os outros se confundiam como juristas e funcionários pelos corredores do prédio de um tribunal; e até mesmo os mais embotados tinham o queixo baixado sobre o peito, os lábios entreabertos e o olhar fixo da reflexão plena de responsabilidade. Nessas situações, os locatários da senhora Grubach sempre apareciam com um grupo fechado, parados juntos, cabeça a cabeça, de bocas abertas, como um coro acusatório. Havia vários desconhecidos entre eles, pois K. há tempo já não se importava o mínimo que fosse com os assuntos da pensão. Em consequência dos vários desconhecidos, contudo, ele se sentia mal em se aproximar do grupo, coisa que no entanto era obrigado a fazer quando procurava a senhorita Bürstner. Ele percorria o grupo com os olhos, por exemplo, e de repente brilhavam ao encontro dele dois olhos totalmente desconhecidos e o mantinham preso. Então ele não encontrava a senhorita Bürstner, mas quando, para evitar qualquer engano, procurava mais uma vez, acabava encontrando-a justamente no meio do grupo, com os braços deitados em volta de dois senhores que estavam parados ao lado dela. Isso não lhe causava a menor impressão, sobretudo porque aquela visão nada tinha de novo e era apenas a lembrança inextinguível de uma fotografia na praia que ele certa vez havia visto no quarto da senhorita. De qualquer maneira, essa visão acabava afastando K. do grupo, e mesmo que ele ainda voltasse várias vezes para lá, o que fazia era cruzar às pressas, em largas passadas, o prédio do tribunal a torto e a direito. Ele conhecia muito bem todos os espaços do lugar; corredores perdidos, que ele jamais poderia ter visto, pareciam familiares como se fossem sua moradia desde sempre; detalhes imprimiam-se sem parar em seu cérebro com uma nitidez dolorosa, por exemplo, um estrangeiro que passeava pela antessala e estava vestido como um toureiro, com a cintura entalhada como que a faca, sua jaqueta curta que o envolvia com rigidez era feita de rendas amareladas e fios grossos, e aquele homem se deixava admirar ininterruptamente por K. sem se deter um instante sequer em seu passeio. Curvado, K. andava furtivamente a seu redor e o fitava de olhos arregalados e com esforço. Ele conhecia todos os desenhos das rendas, todas as franjas defeituosas, todos os balanços da jaqueta, e mesmo assim não se fartava de olhar. Ou, muito antes, já havia se fartado de olhar há muito tempo, mas nem por isso deixava de fazê-lo. "As mascaradas que nos proporciona o estrangeiro!", ele pensou e arregalou ainda mais os olhos. E continuou atrás daquele homem até se virar no canapé e comprimir o rosto no couro.

Trecho riscado a partir daqui

E assim ficou deitado por muito tempo, tanto que acabou descansando realmente. Muito embora tenha refletido, também agora fizera-o no escuro e sem ser perturbado. O que ele mais gostava era de pensar em Titorelli. Titorelli estava sentado sobre uma cadeira e K. se ajoelhava diante dele, afagava seus braços e o adulava de todas as maneiras. Titorelli sabia o que K. estava querendo, mas fazia de conta que não sabia e o atormentava um pouco com isso. Mas K. sabia, de sua parte, que por fim acabaria impondo tudo o que queria, pois Titorelli era uma pessoa leviana, fácil de ser conquistada e sem um sentimento de dever muito elevado. Ademais era incompreensível que o tribunal tivesse se envolvido com um homem daqueles. K. reconhecia: ali, se é que isso era possível em algum lugar, a brecha existia. Ele não deixou se confundir pelo sorriso desavergonhado de Titorelli, que este dirigia ao vazio. De cabeça erguida, permaneceu firme em seu pedido e atreveu-se a acariciar as faces de Titorelli com as mãos. Não se esforçava em demasia, portava-se quase com negligência e prolongava a coisa por prazer; tinha certeza do sucesso. Como era simples ludibriar o tribunal! Como se obedecesse a uma lei da natureza, Titorelli enfim se inclinou sobre ele, e um piscar de olhos vagaroso e amável mostrou que ele estava pronto a satisfazer aos pedidos, e ele estendeu a mão a K. apertando-a com força. K. levantou-se, naturalmente se sentia um pouco solene, mas Titorelli não tolerou mais nenhuma solenidade, enlaçou K. e arrastou-o consigo na corrida. Logo estavam no prédio do tribunal e subiam as escadas às pressas, mas não apenas para cima, mas sim para cima e para baixo, sem o menor emprego de forças, leves como um bote sobre a água. E justo quando K. observava seus pés e chegava à conclusão de que aquela bela maneira de se locomover não podia mais pertencer a sua vida até então inferior, justo naquele momento, sobre sua cabeça abaixada, aconteceu a metamorfose. A luz, que até agora havia vindo de trás, mudou e jorrava ofuscante da frente. K. levantou os olhos, Titorelli assentiu para ele com um gesto de cabeça e virou-o. Mais uma vez K. estava no corredor do prédio do tribunal, mas tudo estava mais tranquilo e mais simples. Não havia mais detalhes chamativos, K. era capaz de abarcar tudo com um olhar; livrou-se de Titorelli e foi andando. K. naquele dia vestia uma roupa nova, longa e escura, agradavelmente quente e pesada. Sabia o que havia acontecido com ele, mas estava tão feliz com isso que ainda não queria confessá-lo a si mesmo. No canto de um corredor, no qual em uma das paredes todas as janelas estavam abertas, encontrou um monte de suas roupas anteriores, o paletó preto, as calças de listras bem definidas e, estendida em cima delas, a camisa com mangas tremulamente soltas.

Luta com o diretor adjunto

Certa manhã K. sentiu-se mais bem disposto e resistente do que de costume. Ele mal pensava sobre o tribunal; mas quando pensava nele, parecia-lhe que aquela grande organização totalmente impenetrável poderia ser atingida com facilidade, erradicada e destruída, a partir de algum ponto oculto que tinha de ser encontrado às apalpadelas, primeiro, no escuro. Sua situação extraordinária chegou a incitar K. a convidar o diretor adjunto a vir até seu escritório, a fim de discutirem juntos um assunto de negócios que já há algum tempo se fazia urgente. Sempre, em tais oportunidades, o diretor adjunto fazia de conta que sua relação com K. não tinha mudado minimamente nos últimos meses. Veio calmo, como nos tempos anteriores à competição permanente com K., ouviu calmo a explanação e mostrou seu interesse por meio de pequenas observações confidenciais, até mesmo amigáveis, e apenas confundiu K. pelo fato de não se deixar desviar por nada do assunto principal, no que aliás não tinha de ser vista, necessariamente, uma segunda intenção; estava literalmente disposto a se empenhar naquela questão até o fundo de seu ser, ao passo que os pensamentos de K., diante desse modelo de cumprimento do dever, passavam de imediato a se dispersar para todos os lados, forçando-o quase sem resistência a deixar o assunto para o diretor adjunto. Em dado momento, a coisa ficou tão difícil que K. por fim se limitou a apenas observar como o diretor adjunto se levantou de repente e voltou mudo a seu escritório. K. não sabia o que havia acontecido, era possível que a discussão tivesse sido concluída normalmente, mas era possível, da mesma forma, que o diretor adjunto a tivesse interrompido porque K. o havia humilhado sem saber, ou porque havia falado algum absurdo, ou porque havia se tornado indubitável para o diretor adjunto que K. não ouvia o que era dito e se ocupava com outras coisas. Mas era possível até mesmo que K. tivesse tomado uma decisão ridícula, ou que o diretor adjunto a tivesse arrancado dele espertamente e agora se apressava em realizá-la em prejuízo de K. Aliás, não voltaram ao assunto, K. não queria voltar a se lembrar dele e o diretor adjunto permaneceu fechado em si mesmo; de qualquer modo, não puderam ser constatadas nenhumas consequências visíveis. Em todo caso, K. não havia sido intimidado pelo ocorrido; assim que surgisse uma oportunidade adequada, e ele estivesse um pouco que fosse em poder de suas forças, já se colocaria à porta do diretor adjunto a fim de ir até ele ou convidá-lo para vir até seu próprio escritório. Não havia mais tempo para se esconder dele, conforme ele sempre fizera antes. Já não esperava mais por um êxito imediato, que o livrasse de uma só vez de todas as preocupações e restabelecesse por si só a velha relação que mantinha com o diretor adjunto. K. se deu conta de que não podia desistir; caso se desviasse, conforme talvez exigissem os fatos, corria o perigo de jamais voltar a conseguir avançar. O diretor adjunto não poderia ser abandonado à crença de que K. estava liquidado, ele não podia ficar sentado calmamente em seu escritório com essa crença e tinha de ser incomodado. Tinha de ficar sabendo, tantas vezes quantas fosse possível, que K. estava vivo e que ele, como tudo aquilo que vivia, um dia poderia surpreender mostrando novas capacidades, por mais inofensivo que parecesse hoje. Muito embora K. por vezes dissesse a si mesmo que com aquele método não lutava por nada a não ser por sua honra, uma vez que proveito ele no fundo não poderia lhe trazer, ao enfrentar mais uma vez o diretor adjunto apesar de sua fraqueza, apenas fortalecia o sentimento de poder do outro, dando-lhe a oportunidade de fazer observações e de tomar suas medidas exatamente segundo a situação momentânea. Contudo, K. nem sequer poderia mudar seu comportamento; ele sucumbia a autoenganos, por vezes acreditava com determinação que justo agora podia se medir de igual para igual e sem se preocupar com o diretor adjunto; as experiências mais infelizes não o ensinavam; o que não havia alcançado com dez tentativas ele acreditava que conseguiria impor com a décima primeira, ainda que todas as vezes tudo tivesse ocorrido invariavelmente em seu prejuízo. Quando, depois de um encontro como aquele, ficava abandonado, esgotado, coberto de suor e de cabeça vazia, ele não sabia se havia sido esperança ou desespero que o haviam arrastado ao diretor adjunto; e na vez seguinte era mais uma vez, e de modo completo e inequivocamente, apenas a esperança que o fazia correr para a porta do diretor adjunto.

Trecho riscado a partir daqui até as palavras "procurasse receber dele encargos especiais".

Naquela manhã, a esperança mostrou-se especialmente justificada. O diretor adjunto entrou devagar, com a mão na testa, e queixou-se de dor de cabeça. A princípio, K. quis responder a essa observação, mas depois refletiu e de imediato começou a dar explicações acerca dos negócios, sem dar a mínima consideração às dores de cabeça do diretor adjunto. Porém, fosse porque essas dores não eram muito fortes, fosse porque o interesse pela questão as tivesse afastado por algum tempo, o fato é que no decurso da conversa o diretor adjunto tirou a mão da testa e passou a responder como sempre, prontamente e quase sem refletir, como um aluno-modelo que já começa a responder antes que a pergunta chegue ao fim. Desta vez K. pôde enfrentá-lo e repeli-lo várias vezes, mas a lembrança das dores de cabeça do diretor adjunto o perturbava sem cessar, como se elas não fossem uma desvantagem, e sim uma vantagem do diretor adjunto. Como era admirável a maneira como ele suportava e dominava aquelas dores! Às vezes ele sorria, sem que isso estivesse fundamentado em suas palavras; ele parecia se vangloriar pelo fato de ter dor de cabeça mas não ser prejudicado em seu raciocínio por isso. Falaram de coisas muito diferentes, mas ao mesmo tempo se deu um diálogo mudo, no qual o diretor adjunto, embora não procurasse negar a intensidade de suas dores de cabeça, acabava sempre apontando para o fato de que eram apenas dores inofensivas, ou seja, completamente diferentes daquelas que K. costumava ter. E se K. pretendia contradizê-lo, a maneira como o diretor adjunto dava conta de suas dores já o refutava. Ao mesmo tempo, porém, ela poderia lhe servir de exemplo. Também ele podia se fechar a todas as preocupações que não fizessem parte de sua profissão. Era apenas necessário que ele se concentrasse ainda mais em seu trabalho do que fizera até agora, que introduzisse novos arranjos no banco, cuja conservação o mantivesse ocupado de modo duradouro, que consolidasse suas relações um pouco afrouxadas com o mundo dos negócios mediante visitas e viagens, apresentasse ao diretor relatórios mais frequentes e procurasse receber dele encargos especiais.

E assim foi também naquele dia. O diretor adjunto entrou logo, mas ficou parado próximo à porta, limpou o seu pincenê seguindo um hábito recém-adquirido e olhou primeiro a K. para em seguida, a fim de não se ocupar dele de uma maneira que chamasse muita atenção, olhar detidamente também para a sala inteira. Era como se ele aproveitasse a oportunidade para testar a capacidade de sua visão. K. resistiu aos olhares, chegou a sorrir um pouco, inclusive, e convidou o diretor adjunto a entrar e se sentar. Ele próprio jogou-se a sua cadeira de braços, aproximou-a tanto quanto foi possível do diretor adjunto, pegou logo os papéis necessários da mesa e começou seu relatório. O diretor adjunto mal poderia ouvi-lo, a princípio. O tampo da escrivaninha de K. era envolvido por uma balaustrada de pouca altura, talhada em madeira. Toda a escrivaninha era um trabalho excelente, e também a balaustrada estava encaixada solidamente na madeira. Mas o diretor adjunto fez como se tivesse acabado de perceber, justo naquela hora, um desencaixe, e tentou corrigir o defeito batendo o indicador sobre a balaustrada. Em vista disso, K. quis interromper seu relatório, coisa que o diretor adjunto não tolerou, uma vez que ele, conforme esclareceu, estava ouvindo com atenção e compreendendo tudo. Ao passo que K. não podia arrancar dele nenhuma observação objetiva no momento, a balaustrada parecia exigir medidas especiais, pois o diretor adjunto puxou o canivete, pegou a régua de K., usando-a como alavanca, e procurou levantar a balaustrada, provavelmente no intuito de poder encaixá-la depois com mais facilidade e mais profundidade. K. havia incluído em seu relatório uma proposta inteiramente nova, a respeito da qual prometera a si mesmo um efeito de todo especial sobre o diretor adjunto, e agora que chegava a esta proposta nem pôde se deter, tal o fascínio que seu próprio trabalho exercia sobre ele, ou antes, tanto ele se alegrava com a consciência cada vez mais remota de que ainda significava alguma coisa ali no banco e que seus pensamentos tinham força suficiente para justificá-lo. Talvez essa maneira de se defender, não apenas no banco, mas também no processo, fosse até mesmo a melhor, talvez bem melhor do que qualquer outra defesa que ele por ventura já tivesse tentado ou planejado. Na pressa de seu discurso, K. não tinha tempo de desviar expressamente o diretor adjunto de seu trabalho na mesa, só duas ou três vezes durante a leitura ele passou a mão livre, em um gesto tranquilizador, sobre a balaustrada, para mostrar com isso ao diretor adjunto, quase sem o saber com precisão, que ela não tinha nenhum defeito e que, mesmo que tivesse algum, o ato de ouvir era mais importante e mais decente naquele momento do que qualquer melhoria. Mas o trabalho manual, conforme sói acontecer com pessoas vivazes, que realizam apenas trabalhos intelectuais, havia deixado o diretor adjunto excitado, um pedaço da balaustrada havia realmente sido levantado e agora se tratava de voltar a introduzir os pinos em seus devidos buracos. Isso era mais difícil do que tudo que havia sido feito até então. O diretor adjunto teve de levantar e tentar, com as duas mãos, encaixar a balaustrada no tampo da mesa. Mas isso não parecia dar certo, apesar de todo o dispêndio de forças. Durante a leitura – à qual ele aliás misturara muito discurso livre –, K. havia percebido apenas de maneira indistinta que o diretor adjunto se levantara. Ainda que em nenhum momento tivesse desviado os olhos por completo da atividade paralela do diretor adjunto, ele mesmo assim supusera que o movimento do diretor adjunto também tivesse alguma coisa a ver com seu discurso, portanto levantou-se também ele e estendeu, com o dedo apontando para um número, um papel ao encontro do diretor adjunto. Porém o diretor adjunto havia percebido, nesse ínterim, que a pressão das mãos não era suficiente, de modo que se sentou, decididamente, sobre a balaustrada aplicando a ela todo seu peso. Dessa vez, em todo caso, deu certo, os pinos entraram rangendo nos buracos, mas um deles se dobrou na pressa, e a delicada barra superior quebrou-se ao meio em determinado lugar.

– Madeira ruim – disse o diretor adjunto, incomodado.

Um fragmento

Quando eles saíram do teatro, caía uma chuva leve. K. já estava cansado por causa da peça e da má representação, mas o pensamento de que teria de hospedar o tio em sua casa deixava-o inteiramente abatido. Justo naquele dia tinha muito interesse em falar com a S. B.,[14] talvez ainda pudesse achar oportunidade para encontrar-se com ela; mas a companhia do tio o impedia por completo. De qualquer maneira, ainda havia um trem noturno que o tio poderia tomar; mas que ele pudesse ser induzido a viajar hoje, uma vez que o processo de K. o ocupava tanto, parecia de todo inviável. Mesmo assim K. fez uma tentativa, sem muita esperança:

– Temo, tio – ele disse –, que eu vá realmente precisar da tua ajuda em pouco. Ainda não vejo com precisão em que sentido, mas em todo caso haverei de precisar dela.

– Tu podes contar comigo – disse o tio. – Penso o tempo inteiro apenas sobre como poderias ser ajudado.

– Continuas o mesmo de sempre – disse K. – Apenas temo que a tia fique brava comigo se em pouco eu tiver de pedir que voltes à cidade mais uma vez.

– Tua causa é mais importante do que tais incômodos.

– Com isso eu não posso concordar – disse K. –, mas de qualquer modo não posso privar-te, sem que haja necessidade, da minha tia, e é provável que nos próximos dias eu precise de ti. Portanto, não queres viajar logo de volta para casa por enquanto?

– Amanhã?

– Sim, amanhã – disse K. –, ou talvez hoje, com o trem da noite, fosse mais confortável.

---

14. Abreviação de senhorita Bürstner; em alemão F. B. (*Fräulein Bürstner*). Mesmo no corpo do romance, Kafka muitas vezes resumia os nomes dos personagens apresentando apenas a inicial; Max Brod, já na primeira edição da obra, apresentou-os por extenso. (N.T.)

Os trechos riscados pelo autor

À página 95

O interrogatório parece limitar-se aos olhares, pensou K., que isso lhes seja permitido por um instantinho. Se eu pelo menos soubesse que repartição pode ser esta que, por minha causa, quer dizer, devido a uma causa totalmente sem perspectivas para a mesma repartição, é capaz de atos tão dispendiosos. Pois não deixa de ser digno que se caracterize tudo isso como atos dispendiosos. Três pessoas já foram mobilizadas para o meu caso, dois aposentos estranhos postos em desordem, e lá no canto ainda estão parados três jovens olhando as fotografias da senhorita Bürstner.

À página 96

Alguém me disse – já não consigo me recordar quem foi – que era maravilhoso o fato de, quando se acorda cedo pela manhã, ao menos de um modo geral, encontrar tudo no mesmo lugar em que foi deixado na noite anterior. No sono e no sonho, pelo menos aparentemente, a gente se acha em um estado essencialmente diferente da vigília, e conforme aquele homem disse, aliás com muita razão, é necessária uma presença de espírito infinita, ou melhor, presteza para, ao abrir os olhos, de certo modo apreender tudo o que ali está, no mesmo lugar em que foi abandonado ao anoitecer. Por isso, também, é que o momento do despertar seria o momento mais arriscado do dia; uma vez superado, sem que se tenha sido deslocado do lugar em que está para outro lugar, a gente pode encarar consolado todo o resto do dia.

À página 97

O senhor sabe: os funcionários sabem sempre mais do que o chefe.

À página 103

O pensamento de que ele justamente com isso talvez lhes facilitasse a observação de sua própria pessoa, da qual possivelmente haviam sido encarregados, pareceu-lhe uma fantasia tão ridícula que ele colocou a testa sobre sua mão e ficou assim durante vários minutos, a fim de voltar a recobrar a lucidez. "Mais alguns pensamentos desses", disse ele a si mesmo, "e tu serás um tolo de verdade." Mas em seguida levantou sua voz um pouco estridente ainda alto.

À página 108

Diante da casa caminhava um soldado com o passo regular e forte de um posto de guarda, para lá e para cá. Eis, pois, que agora havia um guarda também diante da casa. K. teve de se inclinar bem à frente para ver o soldado, pois ele caminhava muito próximo ao muro do prédio.

– Olá – gritou para ele, mas não tão alto a ponto de este poder ouvi-lo.

Logo ficou claro, aliás, que o soldado apenas estava esperando por uma criada, que havia ido buscar cerveja na hospedaria em frente e agora aparecia na porta repleta de luz. K. perguntou a si mesmo se havia chegado a acreditar por um momento que o posto de guarda havia sido destinado a ele, e não soube responder à pergunta.

À página 112

– O senhor é uma pessoa insuportável, nunca se sabe se o senhor fala sério ou não.

– Isso não é de todo incorreto – disse K., na alegria de estar fofocando com uma mocinha bonita –, isso não é de todo incorreto, não tenho seriedade e por isso preciso tentar dar conta, com a brincadeira, tanto da seriedade como da brincadeira. Mas eu fui detido a sério.

À página 124

No lugar de "Assembleia distrital política" estava escrito originalmente "Assembleia socialista".

À página 132

K. viu apenas que a blusa desabotoada dela pendia em volta da cintura, que um homem a havia puxado para um canto próximo à porta e ali se apertava ao tronco dela, coberto apenas pela combinação.

À página 144

K. já quisera agarrar a mão da mulher, que tentava visivelmente se aproximar, embora com medo, quando as palavras do estudante lhe chamaram a atenção. Ele era uma pessoa tagarela e presunçosa, talvez se pudesse obter dele informações mais precisas acerca da acusação que havia sido levantada contra K. Mas assim que K. tivesse essas informações, sem dúvida poderia, com um simples gesto de mão, colocar de uma vez por todas um fim naquele processo, deixando todos assustados.

À página 175

Sim, inclusive era certo que ele teria negado essa oferta mesmo que fosse vinculada a um suborno com dinheiro, e provavelmente o tivesse ferido duplamente, pois K. por certo teria, enquanto estivesse sendo investigado, de ser invulnerável para todos os funcionários envolvidos.

À página 188

Também aquele elogio deixou a mocinha imóvel, e inclusive não pareceu produzir nenhuma impressão essencial nela, quando o tio já dizia, naquele momento:
– Pode até ser. Mesmo assim, porém, vou enviar, possivelmente ainda hoje, uma enfermeira. Se ela não te satisfizer, podes demiti-la, mas me faz a gentileza de experimentá-la. No ambiente e no silêncio em que vives aqui, a gente só pode definir.

– Nem sempre é tão calmo como agora – disse o advogado. – E só vou aceitar tua enfermeira se for obrigado.
– Tu és obrigado – disse o tio.

À página 194

A escrivaninha, que ocupava quase todo o aposento em sua parte mais comprida, estava parada próxima à janela e postada de modo que o advogado ficasse de costas para a janela e o visitante tivesse de percorrer toda a extensão do aposento como um verdadeiro intruso antes de poder ver o rosto do advogado, caso este não mostrasse a amabilidade de se voltar para o visitante.

À página 220

Não, da divulgação generalizada do processo K. nada tinha a esperar. Quem não se levantasse na condição de juiz e o condenasse cega e prematuramente, tentaria pelo menos humilhá-lo, já que isso era tão fácil.

À página 274

No quarto tudo estava bem escuro, diante da janela provavelmente havia cortinas de tecido bem pesadas, que não permitiam a entrada de um raio de luz sequer. A leve excitação da corrida ainda atuava em K., e ele deu, sem refletir, alguns passos largos. Só então ficou parado e percebeu que sequer sabia mais em que parte do quarto se encontrava. O advogado em todo caso já dormia, sua respiração não podia ser ouvida, pois ele costumava se esconder[15] por completo sob o acolchoado de penas.

À página 278

..., como se esperasse por um sinal de vida do acusado, ...

---

15. *Sich verkriechen*, no original alemão. Pressupõe – por assim dizer – um movimento de arrasto, um rastejar de cobra ou um deslocamento de inseto, como aquele feito constantemente por Gregor Samsa em *A metamorfose*. (N.T.)

À página 280

— O senhor não fala abertamente comigo e jamais falou abertamente comigo. Por isso também não pode se queixar se não é, pelo menos segundo sua opinião, compreendido. Eu sou franco e aberto e por isso não temo não ser compreendido. O senhor arrancou de mim seu processo, ficando com ele, como se eu fosse totalmente livre, mas a mim agora quase está parecendo que o senhor não apenas o administrou mal, como também quer escondê-lo de mim, sem empreender nada de sério, para que eu seja impedido de intervir e para que um dia, na minha ausência, o veredicto seja pronunciado em algum lugar. Não estou querendo dizer que o senhor quis fazer tudo isso...

À página 285

Teria sido bem tentador ridicularizar Block naquele momento. Leni se aproveitou da distração de K., fincou os cotovelos no encosto da poltrona, uma vez que K. segurava suas mãos, e começou a balançar K. de leve, sendo que K. a princípio não se preocupou com isso, mas ficou olhando como Block levantava o acolchoado de penas pelas bordas, com cautela, aparentemente para procurar as mãos do advogado, que ele queria beijar.

À página 293

... que, pelo menos à primeira vista e sem saber do que ele falava, teria sido tomado como a queda d'água em uma fonte.

À página 313

Quando disse, ele estacou; chamou-lhe a atenção o fato de que ele agora havia falado e lançado um veredicto sobre uma lenda; ele não conhecia nem mesmo o texto escrito ao qual havia sido extraída aquela lenda, tampouco lhe eram conhecidas as explicações acerca dele. Ele havia sido atraído a um raciocínio que lhe era inteiramente desconhecido. Será que o sacerdote, ao fim e ao cabo, era como todos os outros e queria falar acerca da causa de K. apenas por insinuações, seduzi-lo com isso e ao final permanecer calado? Nessas reflexões, K. havia esquecido da lamparina, que começou a lançar fumaça. K. apenas percebeu quando a fumaça o bafejou no queixo. E eis que agora, que tentava diminuir a luz, ela acabou por se apagar. Ficou parado, estava tudo completamente escuro, e ele sequer sabia em que parte da igreja se encontrava. Uma vez que também do seu lado estava tudo em silêncio, ele perguntou:

– Onde estás?

– Aqui – disse o sacerdote e pegou K. pela mão. – Por que foi que deixaste a lamparina se apagar? Vem, eu te conduzirei à sacristia, lá há luz.

Para K. foi muito bem-vindo o fato de poder deixar a catedral; o ambiente alto, amplo, que só podia ser penetrado com os olhos em um raio mínimo o oprimia, e já mais de uma vez ele havia, consciente da inutilidade desse gesto, olhado para cima, para constatar mais uma vez que apenas a escuridão literalmente voava ao encontro dele, vinda de todos os lados. Preso à mão do sacerdote, corria atrás dele. Na sacristia, ardia uma lamparina, que era ainda menor do que aquela que K. carregava. E ela também estava pendurada tão baixo que iluminava quase apenas o chão da sacristia, que, embora fosse pequena, provavelmente era tão alta quando a própria catedral.

– É tudo tão sóbrio em toda parte – disse K., colocando a mão sobre os olhos como se eles estivessem doendo devido aos esforços que fazia para se localizar.

À página 316

Suas sobrancelhas pareciam ser embutidas e oscilavam para cima e para baixo, independentes do movimento do andar.

À página 318

Passaram por algumas ladeiras, nas quais aqui e ali havia policiais parados ou andando; ora ao longe, ora nas proximidades. Um homem de vastos bigodes, com a mão no cabo do sabre, pareceu se aproximar intencionalmente do grupo não de todo insuspeito.

– O Estado me oferece sua ajuda – disse K. sussurrando no ouvido de um dos senhores. – E que tal se eu deslocasse o processo para o âmbito das leis do Estado? Poderia chegar ao ponto de ter de defender estes senhores contra o Estado.

Texto original das frases finais no antepenúltimo parágrafo, à página 320:

... Existiam objeções que foram esquecidas? Com certeza elas existiam. Muito embora a lógica seja inabalável, ela não resiste a uma pessoa que quer viver. Onde estava o juiz? Onde estava o alto tribunal? Tenho algo a dizer. Levanto as mãos.

Algumas referências decisivas de Kafka à obra O processo

Em anotação de 15 de agosto de 1914, em seus *Diários*, Franz Kafka registra que há alguns dias voltou a escrever e que espera que tudo continue assim. Em seguida, diz que não se sente tão protegido nem tão mergulhado no trabalho como há dois anos – época da escritura de obras como *A metamorfose* e *O veredicto* –, mas que mais uma vez passava a ver sentido nas coisas e que sua vida "regular, vazia e doida de solteiro" passava a ter uma justificativa. "Posso de novo dialogar comigo e não fixo os olhos no vazio total. Só nesse caminho existe uma melhora para mim", termina dizendo.[16]

---

16. Muitos críticos consideram que a dissolução do noivado de Kafka com Felice Bauer, em 12 de julho de 1914, teria desencadeado a escritura de *O processo*. E nos *Diários* Kafka – que já chamara a noiva de "meu tribunal" – descreveu o cenário berlinense da ruptura do noivado dizendo que se sentira como um "criminoso atado por correntes", chamando Felice de "juíza sobre mim". Aproveitando o ensejo, Elias Canetti em seu ensaio intitulado "O outro processo" estabelece uma ligação direta entre a obra e a personalidade do autor, alegando que a relação com Felice Bauer era uma espécie de "processo interior" de Kafka. De resto, Kafka confessa sua culpa pela morte do pai de Felice – logo após o rompimento do noivado – e pela consequente infelicidade geral da família. (N.T.)

Em 21 de agosto do mesmo ano, ele proclama ter abandonado três histórias que estava escrevendo para recomeçar *O processo*.

Nos dias seguintes, surgem várias observações acerca de capítulos começados e malogrados, da dificuldade de escrever e inclusive acerca da tristeza sobre as derrotas austríacas na Primeira Guerra Mundial e do medo diante do futuro, em 13 de setembro.

Em 7 de outubro, uma anotação que poderia até ser creditada a Josef K.: "Será que esses três dias" – Kafka tirara férias para se dedicar à escritura do romance – "provam que não sou digno de viver sem o escritório?".

Em 15 de outubro de 1914, Kafka soa bem mais animado e diz que trabalha bem há catorze dias e que por vezes consegue ter uma compreensão total acerca de sua situação, para logo em seguida, a 21 de outubro, escrever que há quatro dias já não escreve quase mais nada, apenas uma hora por dia e algumas poucas linhas.

Dando conta da unidade temática de seu trabalho, Kafka escreve, em 25 de outubro, que sua produção mais nova não lhe parece independente, mas sim o reflexo de bons trabalhos anteriores.

Em 13 de dezembro de 1914, Kafka diz que se sente feliz e satisfeito com algumas das coisas que escreve e cita a lenda de *O processo*.

CARTA AO PAI

Schelesen

Querido pai,[1]

Tu me perguntaste recentemente por que afirmo ter medo de ti. Eu não soube, como de costume, o que te responder, em parte justamente pelo medo que tenho de ti, em parte porque existem tantos detalhes na justificativa desse medo, que eu não poderia reuni-los no ato de falar de modo mais ou menos coerente. E se procuro responder-te aqui por escrito, não deixará de ser de modo incompleto, porque também no ato de escrever o medo e suas consequências me atrapalham diante de ti e porque a grandeza do tema ultrapassa de longe minha memória e meu entendimento.

Para ti a questão sempre se apresentou bem simples, pelo menos enquanto falaste dela diante de mim e, sem cuidar a quem, diante de muitos outros. Para ti as coisas pareciam ser mais ou menos assim: trabalhaste pesado durante tua vida inteira, sacrificaste tudo pelos teus filhos, e sobretudo por mim, enquanto eu "vivi numa boa" por conta disso, gozei de toda a liberdade para estudar o que bem quisesses, não precisei ter

---

[1]. No manuscrito, Kafka se dirige ao pai com a expressão *Liebster Vater*. *Liebster* é o superlativo sintético absoluto de *Lieber* (querido), usado correntemente nas cartas entre conhecidos. Na versão datilografada – bem mais tardia – do texto, Kafka usa apenas *Lieber Vater* e não indica o lugar em que escreveu a carta: Schelesen, distante 60 quilômetros, junto ao rio Elba, ao norte de Praga, onde chegou em 4 de novembro de 1919. Essas são as únicas diferenças fundamentais entre a versão manuscrita e a versão datilografada da carta. (N.T.)

nenhuma preocupação com meu sustento e portanto nenhuma preocupação, fosse qual fosse;[2] não exigiste gratidão em troca disso, tu conheces "a gratidão de teus filhos", mas pelo menos um pouco de boa vontade, algum sinal de simpatia;[3] em vez disso eu sempre me encafuei[4] de ti em meu quarto, com meus livros, com amigos malucos, com ideias extravagantes; falar de maneira aberta contigo eu jamais falei, no templo[5] jamais fui ao teu encontro, em Franzensbad*[6] jamais te visitei e aliás jamais tive senso de família, não me importei com o negócio nem com teus demais assuntos, a fábrica eu joguei às tuas costas e

---

2. Em carta de 30 de dezembro de 1917 à irmã Ottla*, Kafka esclarece ainda mais seu ponto de vista: "Ele não conhece outra prova que não a da fome, da falta de dinheiro e talvez ainda da doença; reconhece que nós ainda não passamos pelas primeiras, que sem dúvida são difíceis, e por isso se dá ao direito de nos proibir a liberdade de usar a palavra" (KAFKA, Franz: *Briefe an Ottla und die Familie*. Org. por Hartmut Binder e Klaus Wagenbach. Frankfurt a. M. 1974, p. 50). Quanto ao medo do pai, referido anteriormente, Kafka já o anunciara bem cedo, em carta a Felice Bauer*: "Eu já te disse alguma vez que admiro meu pai? Que ele é meu inimigo e eu dele, conforme nossas naturezas o determinaram, isso tu sabes, mas além disso minha admiração por sua pessoa talvez seja tão grande quanto meu medo diante dele" (KAFKA, Franz: *Briefe an Felice und andere Korrespondenz aus der Verlobungszeit*. Org. por Erich Heller e Jürgen Born, Frankfurt a. M., 1967, p. 452). (N.T.)
3. Nos diários Kafka escreve: "Os pais que esperam gratidão de seus filhos (inclusive há os que a exigem) são como agiotas; eles até gostam de arriscar seu capital, contanto que recebam juros por ele" (KAFKA, *Franz: Tagebücher 1910-1923*. Org. por Max Brod. New York e Frankfurt a. M., 1951, p. 443). (N.T.)
4. O verbo usado por Kafka é *sich verkriechen*, que significa "esconder-se", mas é uma variação prefixada do verbo *kriechen* (rastejar). (N.T.)
5. Exatamente aqui, no manuscrito da *Carta*, Kafka faz uma inserção a lápis, que não pertence ao texto da carta em si, mas é destinada a comentá-la antes do envio a Milena – coisa que não aconteceu, ao final das contas. O trecho diz o seguinte, e a primeira parte da frase aparece riscada: "Isso é dever da criança, eu bem quis escrever tais esclarecimentos, Milena, mas eu não consigo me superar a ponto de ler a carta mais uma vez para fazê--lo; a questão principal fica, mesmo assim, compreensível". (N.T.)
6. As palavras assinaladas com asterisco encontram-se no glossário da página 408. (N.E.)

depois te abandonei,[7] apoiei Ottla em sua teimosia e, enquanto não movo um dedo por tua causa (nem sequer uma entrada de teatro eu trago a ti), faço tudo por estranhos.[8] Se resumires teu veredicto a meu respeito, te darás conta de que não me acusas de nada indecoroso ou mau, é verdade (excetuado talvez meu último propósito de casamento), mas sim de frieza, estranheza, ingratidão. E tu me acusas de tal modo, como se fosse <u>culpa</u>[9] minha, como se eu pudesse, com uma guinada no volante, por exemplo, conduzir tudo para outra direção, ao passo que tu não tens a menor culpa a não ser talvez pelo fato de ter sido demasiado bom para comigo.

Essa tua maneira usual de ver as coisas eu só considero certa na medida em que mesmo eu acredito que não tenhas a menor culpa em nosso alheamento. Mas também eu não tenho a menor culpa. Se eu pudesse te levar a reconhecê-lo, então seria possível, não uma nova vida – que para isso estamos ambos velhos demais –, mas uma espécie de paz, não a cessação, mas pelo menos um abrandamento das tuas intermináveis acusações.

Curiosamente tu tens alguma noção a respeito daquilo que estou querendo dizer. Assim, por exemplo, disseste há algum tempo: "Eu sempre gostei de ti, mesmo que na aparência eu não tenha te tratado como outros pais costumam tratar seus filhos, justamente porque não sei fingir como eles". Ora, pai, no que diz respeito a mim, jamais cheguei a duvidar de tua bondade para comigo, mas considero esta observação incorreta. Tu não consegues fingir, é verdade, mas afirmar, apenas por esse motivo, que os outros pais fingem é ou pura mania de mostrar razão a fim de acabar com a discussão ou – e é isso que de fato acontece, na

---

7. Quando diz "fábrica", Kafka refere-se à fábrica de asbesto de Karl Hermann*, seu cunhado; quando fala em "negócio", refere-se à loja do pai, um armarinho em que eram vendidas linhas, tecidos e quinquilharias. (N.T.)

8. Kafka escreve *Fremde* (estranhos) e não *Freunde* (amigos), conforme a leitura de Max Brod – ele baseou-se apenas na versão datilografada da *Carta* e desconhecia a existência de um original manuscrito completo da mesma. (N.T.)

9. Culpa (*Schuld*) é a única palavra que aparece sublinhada no manuscrito inteiro da *Carta ao pai*. O "último propósito de casamento" – citado anteriormente – refere-se à tentativa de casar com Julie Wohryzek*. (N.T.)

minha opinião – a expressão disfarçada de que as coisas entre nós não estão em ordem e de que tu ajudaste a provocá-las, mas sem culpa. Se de fato pensas assim, então estamos de acordo.

Naturalmente, não quero dizer que me tornei o que sou apenas através da tua ascendência. Isso seria por demais exagerado (e eu até me inclino a esse exagero). É bem possível que eu, mesmo se tivesse crescido totalmente livre da tua influência, não pudesse me tornar um ser humano na medida em que o teu coração o desejava. É provável que mesmo assim eu me tornasse um homem débil, amedrontado, hesitante, inquieto, nem um Robert Kafka* nem um Karl Hermann, mas de todo diferente do que hoje sou, e nós poderíamos suportar um ao outro de forma maravilhosa. Eu teria sido feliz por ter a ti como amigo, como chefe, como tio, como avô, até mesmo (embora já mais hesitante) como sogro. Mas justamente como pai tu foste demasiado forte para mim, sobretudo porque meus irmãos morreram ainda pequenos,[10] minhas irmãs só vieram muito depois e eu tive, portanto, de suportar por inteiro e sozinho o primeiro golpe, e para isso eu era fraco demais.

Compara-nos um com o outro: eu, para expressá-lo de maneira bem atrevida, um Löwy* com um certo fundo kafkiano,[11] mas que por certo não é acionado pela vontade de

---

10. Kafka nasceu – lembremos – em 03/07/1883. Georg nasceu em 11/09/1885 e morreu, vítima de sarampo, aos seis meses de idade. Heinrich nasceu em 27/09/1887 e morreu de meningite com um ano e meio. Elli* nasceria em 22/09/1889, Valli*, em 25/09/1890 e Ottla, em 29/10/1892. (N.T.)

11. Kafka usa *Kafka'schen*, que é "kafkiano" em português, ou seja, relativo a Kafka, como goethiano é relativo a Goethe. O argumento da confusão com o "literário" não vale para desclassificar a opção... Hoje em dia, quando querem dizer "kafkiano", os analistas, interessados ou diletantes, usam o mesmo *Kafka'sche* em alemão; quando optam por kafkaesk – para o qual temos "kafkaesco" ou "kafkesco" –, por exemplo, para definir uma situação, referem-se ao caráter particular – e praticamente único – assumido pela obra do autor. Ademais, viva o aspecto curioso do fato: a singularidade de Kafka, que nós chamamos "kafkiana", Kafka a credita – pelo menos em termos biológicos – aos Löwy. Por isso em português jamais deveríamos dizer que uma situação – para ficar no mesmo e banal exemplo – é "kafkiana"; deveríamos sempre caracterizá-la como "kafkaesca", para dar a Kafka todo o verdadeiro e peculiar valor de seu alcance. (N.T.)

viver, de fazer negócios e de conquistar kafkianas, mas por um aguilhão löwyano, que atua de maneira mais secreta, mais tímida, em outra direção e muitas vezes inclusive cessa de todo. Tu, ao contrário, um verdadeiro Kafka na força, na saúde, no apetite, na potência da voz, no dom de falar, na autossatisfação, na superioridade diante do mundo, na perseverança, na presença de espírito, no conhecimento dos homens, em certa generosidade, naturalmente também com todos os defeitos e fraquezas que fazem parte dessas qualidades, nas quais teu temperamento e por vezes tua cólera te precipitam. Talvez não sejas um Kafka completo em tua visão geral de mundo, pelo menos na medida em que posso comparar-te a tio Philipp, a Ludwig, a Heinrich*. Isso é curioso, mas aqui também não vejo com muita clareza. É que eles eram mais alegres, mais dispostos, mais desenvoltos, mais levianos, menos rigorosos do que tu. (Nisso, aliás, herdei muito de ti e administrei a herança bem demais, sem no entanto ter no meu ser os contrapesos necessários conforme tu os tens.) Por outro lado, tu também atravessaste outros tempos no que diz respeito a isso, foste talvez mais alegre, antes de os teus filhos, sobretudo eu, te decepcionarem e oprimirem em casa (pois quando chegavam estranhos, eras diferente) e talvez agora tenhas voltado a ficar mais alegre, uma vez que os netos e o genro te devolveram um pouco daquele calor que os filhos não puderam te dar, a não ser Valli, talvez.

Seja como for, éramos tão diferentes e nessa diferença tão perigosos um para o outro, que se alguém por acaso quisesse calcular por antecipação como eu, o filho que se desenvolvia devagar, e tu, o homem feito, se comportariam um em relação ao outro, poderia supor que tu simplesmente me esmagarias sob os pés, a ponto de não sobrar nada de mim. E isso não chegou a acontecer; o que restou vivo não pode ser calculado, mas talvez tenha acontecido algo ainda pior. Tenho de pedir encarecidamente, no entanto, que não te esqueças de que nem de longe acredito em alguma culpa da tua parte. Tu influíste sobre mim conforme tinhas de influir, só que tens de parar de considerar uma maldade especial da minha parte o fato de eu ter sucumbido a essa influência.

Eu era uma criança medrosa, é claro que apesar disso também fui teimoso, como toda criança é; claro que minha mãe também me estragou com seus mimos, mas não posso acreditar que eu tenha me mostrado difícil de ser conduzido, não posso acreditar que uma palavra amistosa, um pegar pela mão tranquilo, um olhar bondoso não pudesse conseguir de mim tudo o que se queria. No fundo és, pois, um homem bom e brando (o que se segue não vai contradizê-lo, estou falando apenas da aparência com a qual exerces influência sobre a criança), mas nem toda criança tem a resistência e o destemor de procurar tanto quanto for necessário para encontrar a bondade. Tu podes tratar um filho apenas na medida em que tu mesmo foste criado, com força, barulho e cólera, e nesse caso isso te parecia, além do mais, muito adequado, porque querias fazer de mim um jovem forte, corajoso.

É natural que eu hoje em dia não possa descrever de maneira imediata teus métodos pedagógicos nos primeiros anos, mas posso bem imaginá-los por dedução através dos anos posteriores e a partir do modo como tratas Felix*. Nesse caso tem de ser considerado o agravante de que naquela época tu eras mais jovem, e por isso mais disposto, mais agitado, ainda mais despreocupado do que hoje e, de que, além disso, estavas inteiramente preso aos teus negócios, mal te apresentavas diante de mim durante o dia e por isso a impressão que me causavas era mais profunda ainda, tanto que ela jamais voltou a se aplainar ao normal.

Diretamente, eu só me recordo de um incidente dos primeiros anos. Talvez também te lembres dele. Eu choramingava certa noite sem parar, pedindo água, com certeza não por sentir sede, mas provavelmente em parte para aborrecer, em parte para me distrair. Depois de algumas severas ameaças não terem adiantado, tu me tiraste da cama, me levaste para a *pawlatsche** e me deixaste ali sozinho, por um bom momento, só de camisola de dormir, diante da porta trancada. Não quero dizer que isso foi errado, talvez na época não tivesse havido outro jeito de conseguir o sossego noturno, mas quero caracterizar através do exemplo teus recursos educativos e os efeitos que eles tiveram sobre mim. Não há dúvida de que a partir daquele momento me tornei obediente, mas fiquei machucado por dentro devido ao fato. Conforme à minha natureza, jamais consegui entender a relação existente entre a naturalidade do ato insensato de pedir por água e o extraordinariamente terrível do ato de ser levado para fora. Mesmo depois de passados anos eu ainda sofria com a ideia torturante de que o homem gigantesco, meu pai, a última instância, pudesse vir quase sem motivo para me tirar da cama à noite e me levar à *pawlatsche* e de que, portanto, eu era um tamanho nada para ele.

Isso foi apenas um pequeno começo na época, mas esse sentimento de nulidade que me domina com frequência (um sentimento que, aliás, visto por outro ângulo pode bem ser nobre e produtivo) surgiu em boa parte por causa da tua influência. Eu teria precisado de um pouco de estímulo, de um pouco de amabilidade, de um pouco de abertura em meu caminho, mas em vez disso tu o obstruíste, por certo com a boa intenção de me fazer percorrer um outro caminho. Mas para isso eu não servia. Tu me encorajavas, por exemplo, quando eu batia continência e marchava com desenvoltura, mas eu não era um futuro soldado, ou tu me encorajavas, quando eu podia me alimentar bem e até beber uma cerveja junto, ou quando eu sabia repetir canções que não compreendia ou arremedar teus discursos prediletos; mas nada disso fazia parte do meu futuro. E é significativo que até hoje tu apenas me encorajes de fato naquilo que te afeta pessoalmente, quando se trata do teu amor-próprio, que eu firo (por exemplo, com meu propósito de casamento) ou que é ferido em mim (quando Pepa* me insulta, por exemplo). Então eu sou estimulado, recordado do meu valor, lembrado dos casamentos vantajosos aos quais teria direito, e Pepa é condenado por inteiro. Mas deixando de lado o fato de que hoje, em minha idade, já sou praticamente inacessível a qualquer encorajamento, em que ele haveria de me ajudar, se apenas se manifesta quando não se trata de mim em primeira linha?

Na época, e por tudo na época, eu teria precisado desse encorajamento. É que eu já estava esmagado pela simples materialidade do teu corpo. Recordo-me, por exemplo, de que muitas vezes nos despíamos juntos numa cabine. Eu magro, fraco, franzino, tu forte, grande, possante. Já na cabine eu me sentia miserável e na realidade não apenas diante de ti, mas diante do mundo inteiro, pois para mim tu eras a medida de todas as coisas. Mas quando saíamos da cabine passando pelas pessoas, eu levado pela tua mão, um pequeno esqueleto, inseguro, de pés descalços sobre as pranchas de madeira, com medo da água, incapaz de acompanhar teus movimentos natatórios, que com boas intenções, mas para minha profunda vergonha, na realidade, não paravas de me mostrar; nesses momentos eu ficava muito desesperado e todas as minhas experiências ruins em todas as áreas se reuniam, concordantes, umas às outras de maneira grandiosa. Me sentia melhor quando tu algumas vezes te despias primeiro e eu ficava sozinho, podendo adiar a vergonha da aparição pública até o momento em que tu vinhas ver o que estava acontecendo e me tiravas da cabine.[12] Ficava grato porque tu parecias não perceber meus apuros e também sentia orgulho pelo corpo de meu pai. Aliás, essa diferença entre nós persiste ainda hoje de modo semelhante.

A isso correspondia, ademais, tua superioridade espiritual. Tu havias subido tão alto contando apenas com tuas próprias forças, a ponto de teres confiança ilimitada em tua própria opinião. Enquanto criança, isso não se mostrou tão ofuscante para mim quanto mais tarde para o jovem adolescente. Da tua poltrona, tu regias o mundo. Tua opinião era certa, qualquer outra era disparatada, extravagante, *meschugge**, anormal. E tua autoconfiança era tão grande que tu não precisavas de maneira alguma ser consequente e mesmo assim não deixavas de ter

---

12. Em conversa com Dora Diamant, Kafka também descreve uma visita à piscina, feita junto de seu pai: "Tu tens de imaginar a coisa com precisão; aquele homem monstruoso com o pequeno e medroso pacote de ossos na mão, e como nós por exemplo nos despíamos no escuro, dentro da pequena cabine, como ele me puxava para fora porque eu sentia vergonha" (BROD, Max: *Über Franz Kafka*. Frankfurt a. M., 1966, p. 180). (N.T.)

razão. Também poderia acontecer de em algum assunto nem sequer teres opinião e, consequentemente, todas as opiniões possíveis relativas ao assunto eram, necessariamente e sem exceção, erradas. Tu podias, por exemplo, insultar os tchecos, depois os alemães, depois os judeus, na verdade não sob este ou aquele aspecto, mas sob todos, e no final não sobrava mais ninguém além de ti. Tu assumias para mim o caráter enigmático que todos os tiranos possuíam, cujo direito está fundado sobre sua pessoa e não sobre o pensamento. Pelo menos era assim que me parecia.

De modo que, em relação a mim, tu de fato tinhas razão com espantosa frequência; em uma conversa isso era evidente, pois mal chegávamos a conversar; mas também na realidade tu tinhas razão. No entanto nem isso era especialmente incompreensível. É que em todo o meu pensar eu estava sob forte pressão, vinda da tua parte, também naquele que não coincidia com o teu, e particularmente nesse. Todos aqueles pensamentos aparentemente independentes de ti estavam, desde o início, comprometidos pelo teu veredicto desfavorável; suportar tudo isso até a exposição completa e duradoura do pensamento era quase impossível. Não falo aqui de quaisquer pensamentos elevados, mas sim de todos os pequenos empreendimentos da infância. Bastava a gente estar feliz com alguma coisa, sentir-se realizado com ela, chegar em casa e expressá-la, para que a resposta fosse um suspiro irônico, um sacudir negativamente a cabeça, um tamborilar de dedos sobre a mesa: "Já vi coisa mais interessante" ou "Bem mo dizes, mas o problema continua sendo teu" ou "Tenho mais com que me preocupar" ou "Nossa, que acontecimento!" ou "Dá pra comprar alguma coisa com isso?". Naturalmente eu não podia exigir de ti entusiasmo por uma ninharia qualquer de criança, vivendo como vivias, cheio de preocupação e trabalho pesado. Nem era disso que se tratava. Tratava-se, muito antes, do fato de que tu precisavas causar essas decepções à criança, sempre e por uma questão de princípio, graças ao teu ser contraditório, e, mais ainda, que essa contradição se fortalecia sem cessar pela acumulação de material, de tal forma que no fim ela acabava se impondo até como costume, mesmo que às vezes tu tivesses opinião igual à minha, e finalmente, já que essas decepções não eram as decepções da vida comum, elas acertavam em cheio, pois isso dizia respeito à tua pessoa, a medida de todas as coisas. A coragem, a determinação, a confiança, a alegria nisso e naquilo não se sustentavam até o fim, quando tu eras contra ou mesmo quando a tua oposição podia ser meramente presumida; e ela podia sem dúvida ser presumida em quase tudo o que eu fazia.

Isso dizia respeito tanto a pensamentos quanto a pessoas. Bastava que eu manifestasse um pouco de interesse por alguém – o que aliás não acontecia com frequência por causa do meu jeito de ser – para que tu, sem qualquer respeito pelo meu sentimento e sem consideração pelo meu veredicto, interviesses logo com insulto, calúnia e humilhação. Pessoas inocentes, ingênuas como, por exemplo, o ator judeu Löwy* tinham de pagar por isso. Sem conhecê-lo, tu o comparaste, de um modo terrível, do qual já me esqueci, com insetos daninhos e, como muitas vezes aconteceu em relação a pessoas que me eram caras, tu automaticamente tinhas à mão o provérbio sobre os cães e as pulgas.[13] Lembro-me aqui do ator em particular, porque anotei as coisas que tu me disseste a respeito dele na época, com uma observação: "É assim que meu pai fala sobre meu amigo (que ele nem sequer conhece) só porque ele é meu amigo. Poderei sempre retrucar, fazendo uso disso, quando ele me recriminar por falta de amor e de gratidão filial". Para mim sempre foi incompreensível tua falta total de sensibilidade em relação à dor e

---

13. Referência ao provérbio alemão que diz: "Quem dorme com cães acorda com pulgas". A ascendência de Hermann Kafka sobre o filho, conforme o testemunho de Gustav Janouch, um amigo: "Em nosso passeio voltamos a chegar ao Kinsky-Palais quando saiu da loja com os letreiros frontais HERMANN KAFKA um homem alto e largo, de sobretudo escuro e chapéu brilhante. Ele ficou parado a cerca de cinco passos e esperou por nós. Quando nos aproximamos mais três passos, o homem disse, bem alto: 'Franz. Pra casa. O ar está úmido'. Kafka me disse, em voz estranhamente baixa: 'Meu pai. Ele se preocupa comigo. O amor muitas vezes tem o rosto da violência'." (JANOUCH, Gustav: *Gespräch mit Kafka. Aufzeichnungen und Erinnerungen*. Frankfurt a. M., 1968, p. 46). (N.T.)

à vergonha que podias me infligir com palavras e veredictos; era como se tu não tivesses a menor noção da tua força. Também eu por certo muitas vezes te magoei com palavras, mas depois sempre o reconheci e isso me doía, porém eu não conseguia me controlar, não conseguia refrear as palavras, já me arrependia enquanto as pronunciava. Tu, porém, golpeavas com tuas palavras, sem mais nem menos, não tinhas pena de ninguém, nem durante nem depois; contra ti a gente estava sempre completamente indefeso.

Mas era assim todo o teu método de educar. Creio que tu tens talento de educador, e a uma pessoa da tua índole tu certamente terias sido útil através desse método; ela teria percebido a sensatez daquilo que tu estavas lhe dizendo, não teria se preocupado com nada além disso e dessa maneira levarias as coisas calculadamente a termo. Mas para mim, quando criança, tudo o que tu bradavas era logo mandamento divino, eu jamais o esquecia, e isso ficava sendo para mim o recurso mais importante para poder julgar o mundo, sobretudo para julgar-te a ti mesmo; e nisso o teu fracasso foi completo. Uma vez que em criança, sobretudo na hora das refeições, eu ficava junto de ti, a tua lição era em grande parte uma lição sobre o comportamento correto à mesa. O que vinha à mesa tinha de ser comido, não era permitido falar sobre a qualidade da comida – mas tu muitas vezes achavas a comida intragável; e a chamavas de "boia", que a "besta" (a cozinheira) havia estragado. E porque tinhas, por natureza, um apetite vigoroso e uma predileção especial por comer rápido, quente e em grandes bocados, a criança tinha de se apressar; um silêncio sombrio reinava à mesa, interrompido por admoestações: "Primeiro come, depois conversa" ou "Anda, mais rápido, vamos" ou "Vê, eu já terminei há tempo". A gente não podia partir os ossos com os dentes, tu sim. A gente não podia sorver o vinagre fazendo barulho, tu sim. O principal era cortar o pão bem reto; mas o fato de tu o fazeres com uma faca pingando molho não importava. A gente tinha de prestar atenção para que nenhum resto de comida caísse ao chão, debaixo de ti estava a maior parte no final das contas. Na mesa a gente podia se ocupar apenas da comida, mas tu limpavas e cortavas as unhas, apontavas o lápis, limpavas os ouvidos com o palito de dentes. Por favor, pai, me entenda bem, esses pormenores teriam sido totalmente insignificantes em si; eles só me oprimiam porque o homem que de maneira tão grandiosa era a medida de todas as coisas não atendia ele mesmo aos mandamentos que me impunha. Por causa disso o mundo foi dividido em três partes para mim, uma onde eu, o escravo, vivia sob leis que tinham sido inventadas só para mim e às quais, além disso, não sabia por que, eu nunca podia corresponder plenamente; depois, um segundo mundo, infinitamente distante do meu, no qual tu vivias, ocupado em governar, dar ordens e te irritares com o não cumprimento delas; e finalmente um terceiro mundo, no qual as outras pessoas viviam felizes e livres de ordens e de obediência. Eu vivia sempre na vergonha, ou seguia tuas ordens, o que era uma vergonha, pois elas valiam apenas para mim; ou me mostrava teimoso, o que também era uma vergonha, pois como é que poderia me mostrar teimoso diante de ti?, ou então não podia obedecer porque, por exemplo, não tinha a tua força, o teu apetite, a tua destreza, embora tu exigisses isso de mim como algo natural; mas esta era, com certeza, a vergonha maior. Desse modo se moviam não as reflexões, mas os sentimentos da criança.

    Minha situação na época talvez fique mais clara se eu a comparar com a de Felix. Tu o tratas de maneira semelhante, até mesmo empregas contra ele um método de ensino particularmente terrível, na medida em que, quando ele faz alguma coisa que na tua opinião não parece limpa, tu nem te contentas em dizer o que antigamente dizias a mim: "Tu és um grande porco", mas ainda acrescentas, "um autêntico Hermann" ou "igualzinho a teu pai". No fundo, porém, talvez – mais do que "talvez" não se poderia dizer –, isso não prejudique Felix de verdade, pois para ele tu és apenas o avô; embora importante de maneira especial, sem dúvida não és tudo como foste para mim; ademais Felix é um caráter calmo e já agora, de certo modo, viril, que talvez se deixe aturdir, mas por certo não comandar por muito tempo, por uma voz de trovão; antes de tudo, ele só fica contigo relativamente pouco e está sob outras influências; para ele tu és muito mais algo querido e bizarro, do qual ele pode escolher o que quiser levar. Para mim tu não eras uma coisa bizarra, eu não podia escolher, tinha de levar tudo.

E ainda sem poder argumentar nada, pois te é de antemão impossível falar com serenidade sobre uma coisa com a qual não estás de acordo ou que simplesmente não parta de ti; teu temperamento dominador não o permite. Nos últimos anos tu explicas isso pelo teu nervosismo cardíaco; eu não saberia dizer se tu alguma vez foste diferente de verdade, posso concordar no máximo que o nervosismo cardíaco é um meio para o exercício mais estrito da dominação, já que a lembrança da doença deve sufocar nos outros a última réplica. Isso naturalmente não é uma censura, apenas a constatação de um fato. Por exemplo, com Ottla: "A gente não pode nem falar com ela e ela já vai pulando no pescoço da gente", tu costumas dizer, mas na verdade ela está longe de fazer isso; tu confundes a coisa com a pessoa; é a coisa que pula no teu pescoço e imediatamente tu tomas uma decisão sobre ela, sem ouvir a pessoa; o que alguém argumentar depois disso só pode irritar-te ainda mais, jamais convencer-te. Ouve-se então apenas o seguinte: "Faze o que quiseres; por mim, és livre; já és maior de idade; eu não tenho nenhum conselho a te dar" e tudo isso no quase sussurro, terrível e rouco, da ira e da condenação completa, diante do qual eu hoje só tremo menos do que na infância porque o sentimento de culpa exclusivo da criança em parte foi substituído pela compreensão do nosso desamparo comum.

A impossibilidade da relação tranquila teve uma outra consequência, muito natural no fundo: eu desaprendi a falar. Por certo eu não teria sido, sendo outro o contexto, um grande orador, mas sem dúvida teria dominado a linguagem humana corrente e comum. Mas tu me proibiste a palavra desde cedo, tua ameaça: "Nenhuma palavra de contestação!" e a mão erguida para sublinhá-la me acompanham desde então. Adquiri junto de ti – és, quando se trata de tuas coisas, um orador excelente

– um modo de falar entrecortado, gaguejante, e também isso era demais para ti, de modo que por fim calei, primeiro por teimosia talvez, mais tarde porque diante de ti eu não conseguia pensar nem falar.[14] E uma vez que eras meu educador verdadeiro, isso repercutiu por tudo em minha vida. É sobretudo um curioso equívoco tu acreditares que nunca me submeti à tua vontade. "Sempre do contra, em tudo" está longe de ser meu princípio de vida diante de ti, conforme acreditas e do que me acusas. Pelo contrário: se eu tivesse obedecido menos, tu por certo estarias muito mais satisfeito comigo. O fato é que as tuas medidas educativas acertaram o alvo; não me esquivei a nenhuma investida da tua parte; assim como sou (naturalmente não levando em conta os fundamentos e influências da vida), sou o resultado da tua educação e da minha obediência. Que esse resultado mesmo assim seja penoso para ti, que tu inclusive te recuses inconscientemente a reconhecê-lo como produto da tua educação, se deve justamente ao fato de que a tua mão e o meu material eram tão estranhos um para o outro. Tu dizias: "Nenhuma palavra de contestação!" e querias com isso fechar a boca das desagradáveis forças opostas a ti que existiam em mim, mas essa influência era demasiado forte para mim, eu era demasiado obediente e calava de todo, me escondia de ti e só ousava me mexer quando estava tão distante a ponto de o teu poder não mais me alcançar, pelo menos diretamente. Mas tu estavas em pé diante de mim e tudo te parecia ser novamente "do contra", quando era apenas a consequência natural da tua força e da minha fraqueza.

Teus recursos oratórios, eficazes ao extremo e jamais falhos, pelo menos no que diz respeito a mim, eram: insultar, ameaçar, ironia, riso malvado e – curiosamente – autoacusação.

De teres me insultado diretamente e com palavrões explícitos, eu não consigo me lembrar. Também não era necessário, tu dispunhas de vários outros meios nas conversas em casa e, especialmente na loja, os palavrões voavam para cima das outras

---

14. Max Brod observa que Kafka gaguejava apenas diante do pai ("Kafka. Father and son". In: *The literary imagination. Psycoanalysis and the genius of the writer.* Org. por H. M. Ruitenbeek. Chicago, 1965, p. 87). (N.T.)

pessoas ao meu redor em tal quantidade que quando era garoto eu ficava quase anestesiado e não tinha motivo algum para não relacioná-los também a mim, pois as pessoas que insultavas por certo não eram piores do que eu, e sem dúvida tu não estavas muito mais insatisfeito com elas do que comigo. E também nisso se manifestava mais uma vez tua enigmática inocência e tua intocabilidade: praguejavas sem te importares com isso, no entanto condenavas os praguejamentos quando vinham de outros e os proibias.

Reforçavas os praguejamentos com ameaças e então isso já valia também para mim. Era terrível para mim, por exemplo, aquele: "Vou fazer picadinho de ti", embora eu soubesse com certeza que nada de mais grave haveria de acontecer (quando pequeno, no entanto, eu não o sabia); mas quase correspondia à noção que eu tinha de teu poder, o fato de que tu também eras capaz de chegar a tanto. Também era terrível quando tu corrias gritando em volta da mesa a fim de agarrar a gente; era evidente que tu não querias nos agarrar, mas agias como se o quisesses, e parecia que minha mãe finalmente chegava para salvar a gente. Mais uma vez, era o que ficava parecendo à criança, a gente continuava vivo por causa da tua misericórdia e levava a vida adiante como se fosse um presente imerecido que nos davas. Faziam parte desse quadro também as ameaças decorrentes da desobediência. Quando eu começava a fazer alguma coisa que não te agradava e tu me ameaçavas com o fracasso, então o respeito pela tua opinião era tão grande que com ele o fracasso era inevitável, mesmo que só ocorresse em uma época posterior. Perdi a confiança nos meus próprios atos. Tornei-me instável, indeciso. Quanto mais velho ficava, tanto maior era o material que tu podias levantar como prova da minha falta de valor; aos poucos passaste a ter, de certa maneira, razão de fato. Mais uma vez, guardo-me de afirmar que só por causa de ti me tornei assim; tu apenas reforçaste o que já existia, mas tu o reforçaste tanto justamente porque diante de mim tu eras muito poderoso e aplicaste nisso todo o teu poder.

Tu tinhas confiança especial na educação pela ironia; era ela a que melhor correspondia à tua superioridade sobre[15] mim. Em ti, uma advertência tinha comumente a seguinte forma: "Não podes fazer isso assim ou assado? Será que isso já é demais pra ti? Pra isso naturalmente não tens tempo?" e assim por diante. E cada uma dessas perguntas era acompanhada por um riso irritado e uma cara feia. De certa maneira a gente já se sentia punido antes mesmo de saber que havia feito algo errado. Eram provocadoras também as repreensões em que a gente era tratado na terceira pessoa, ou seja, como alguém indigno até da interpelação irritada, através da qual te dirigias formalmente à mamãe, mas na realidade a mim, que estava sentado junto, por exemplo ao dizer "Naturalmente não se pode exigir isso do senhor seu filho" e coisas do tipo. (A contrapartida para isso foi que eu, por exemplo, não ousava e mais tarde nem sequer cogitava te fazer perguntas diretas quando mamãe estava presente. Era muito menos arriscado para o filho perguntar por ti à mãe sentada ao teu lado; e então a gente perguntava: "Como é que está papai?", garantindo-se, assim, diante de eventuais surpresas.) Evidentemente também havia casos em que se estava de inteiro acordo com a ironia mais atroz, quando ela dizia respeito a outra pessoa, por exemplo, a Elli, com quem estive bravo durante anos. Era para mim uma festa da maldade e da satisfação com a desgraça alheia, quando quase em cada almoço eu ouvia a respeito dela algo como: "Ela tem de sentar dez metros distante da mesa, essa moçoila espaçosa" e quando tu, então, irritado em tua cadeira, sem o menor vestígio de amabilidade ou de capricho, mas sim na atitude de um inimigo encarniçado, procuravas imitar, de modo exagerado, a maneira como ela sentava, extremamente repulsiva para o teu gosto. Com que frequência esta e outras coisas semelhantes tiveram de se repetir e quão pouco tu alcançaste na prática com elas. Acredito que isso se deva ao fato de que o dispêndio de ira e irritação não parecia ser proporcional

---

15. O pleonasmo linguístico ocorre também no original – *Überlegenheit über mich* – e por certo é intencional, no sentido de reforçar a referida ascendência do pai sobre o filho. (N.T.)

à coisa propriamente dita; não havia o sentimento de que a ira tivesse sido provocada por aquela ninharia de sentar-se longe da mesa, mas que ela existia de antemão em toda a sua grandeza e que a atitude só por acaso fora tomada como pretexto para desencadeá-la. Uma vez que se estava convencido de que o pretexto seria encontrado de qualquer jeito, não havia nenhuma preocupação especial com a conduta; além do que a gente se tornava insensível com as constantes ameaças, uma vez que aos poucos já se estava quase seguro de que ninguém iria apanhar. A gente se tornava uma criança rabugenta, desatenta, desobediente, sempre pensando em uma fuga, na maior parte das vezes em uma fuga interior. Assim tu sofrias, assim sofríamos nós. Do teu ponto de vista, tinhas toda a razão quando, com os dentes cerrados e o riso gorgolejante, que haviam transmitido à criança, pela primeira vez, noções do inferno, costumavas dizer (conforme ainda recentemente o fizeste a respeito de uma carta de Constantinopla): "Isso sim é que é companhia!".

Em completo desacordo com essa tua postura diante de teus filhos parecia ser o fato de que tu te lamentasses publicamente, o que acontecia com bastante frequência. Admito que quando criança eu não tinha (mais tarde até sim) sentimento algum em relação a isso e não entendia como podias, de algum modo, esperar que alguém se condoesse de ti. Tu eras tão gigantesco em todos os sentidos, que interesse podias ter pela nossa comiseração ou simplesmente pela nossa ajuda? Na realidade devias desprezá-las assim como desprezavas a nós. Por isso eu não acreditava nas queixas e procurava por trás delas alguma intenção secreta. Apenas mais tarde compreendi que tu de fato sofrias muito por causa dos filhos, mas naquela época, em que as lamentações poderiam, sendo diferentes as circunstâncias, encontrar uma resposta infantil aberta, desprevenida, disposta a qualquer ajuda, elas só poderiam ser, para mim, novos meios mais que manifestos de ensino e humilhação, não muito fortes como tais, mas com o efeito secundário nocivo de que a criança se acostumava a não levar a sério exatamente aquilo que deveria levar a sério.

Felizmente também havia exceções a isso, na maior parte das vezes quando tu sofrias em silêncio e o amor e a bondade superavam com sua força qualquer oposição e comoviam de maneira imediata. Embora isso fosse raro, era maravilhoso. Por exemplo, quando nas tardes quentes de verão eu te via dormir um pouco na loja, cansado, depois do almoço, com os cotovelos apoiados no balcão, ou quando tu chegavas aos domingos, estafado, para visitar-nos nas férias de verão; ou a vez em que, mamãe estando gravemente doente, tu te apoiaste nas estantes de livros, trêmulo de tanto chorar; ou quando, na minha última doença,[16] tu vieste em silêncio me ver no quarto de Ottla, ficaste parado na soleira da porta, apenas esticaste o pescoço para me avistar na cama e, por consideração, só fizeste um cumprimento com a mão. Nesses momentos a gente ia se deitar e chorava de felicidade, e chora ainda agora enquanto escreve.

Tu tens também um jeito de sorrir particularmente bonito, bem raro de se ver, um sorriso tranquilo, satisfeito, afável, que pode fazer feliz aquele a quem se dirige. Não consigo me lembrar de que ele tivesse sido concedido expressamente a mim na infância, mas isso sem dúvida deve ter acontecido, pois tu não terias por que tê-lo negado a mim na época, uma vez que eu ainda te parecia inocente e era tua grande esperança. Aliás, também essas impressões amáveis não lograram outra coisa a não ser aumentar a minha consciência de culpa com o tempo e tornar o mundo ainda mais incompreensível para mim.

Eu preferia deter-me ao que era concreto e duradouro. Apenas para me impor um pouco diante de ti, em parte também por uma espécie de vingança, logo passei a observar, colecionar e exagerar pequenas ridicularias que notava em ti, por exemplo, o jeito como te deixavas deslumbrar por pessoas na maior parte das vezes apenas aparentemente em posição mais elevada, das quais tu podias contar coisas sem parar, por exemplo algum conselheiro imperial ou alguém do gênero (por outro lado, esse tipo de coisa me doía, pelo fato de que tu, meu pai, acreditavas

---

16. Referência à grave gripe de Kafka, que quase o levou à morte em outubro de 1918. (N.T.)

precisar dessas confirmações fúteis do teu valor e por te gabares delas). Ou contemplar tua predileção por frases indecorosas, de preferência pronunciadas em voz alta, das quais tu rias como se tivesses dito alguma coisa particularmente brilhante, quando na verdade se tratava apenas de uma indecência vulgar e insignificante (contudo isso era ao mesmo tempo uma nova manifestação da tua força vital que me envergonhava). É natural que houvesse uma grande variedade de observações como essas, e eu ficava feliz com elas, pois me davam pretexto para mexericos e brincadeiras; por vezes tu os percebias e te zangavas com isso, tomando-os por maldade, falta de respeito; porém, podes acreditar, para mim não eram outra coisa senão um meio, aliás, inoperante, de autoconservação, eram gracejos como os que se espalham sobre deuses e reis, gracejos que não apenas se uniam ao mais profundo respeito, como até faziam parte dele.

Ademais, tu também tentaste uma espécie de contra-ataque, adequado à tua situação semelhante diante de mim. Costumavas apontar como as coisas iam exageradamente bem para mim e como, de fato, eu era bem tratado. É verdade, mas não creio que nas circunstâncias existentes no caso isso tivesse ajudado alguma coisa.

É certo que minha mãe era de uma bondade ilimitada comigo, mas para mim tudo isso estava relacionado a ti, ou seja, em uma relação nada boa. Inconscientemente ela exercia o papel do batedor na caça. Se em alguma hipótese improvável tua educação, através da obstinação, da antipatia, ou até mesmo do ódio engendrado tivesse me tornado independente, então mamãe restabeleceria o equilíbrio pela bondade, pelo discurso sensato (na confusão da infância ela era o protótipo da razão), pelos rogos, e eu me veria trazido mais uma vez de volta à tua órbita, da qual em outro caso talvez tivesse me evadido para vantagem tua e minha. Ou então ocorria que não se chegava a nenhuma reconciliação de fato, que mamãe me protegia de ti às escondidas e me dava alguma coisa em segredo, inclusive sua permissão para alguma coisa; aí eu me tornava de novo, diante de ti, a criatura que teme a luz, que engana, que está consciente da própria culpa, alguém que por causa da própria nulidade só pode chegar àquilo que considera o seu direito por caminhos furtivos. Naturalmente que então também me acostumei a procurar nesses caminhos aquilo a que não tinha direito em minha opinião. E isso significava, outra vez, um crescimento da consciência de culpa.

Também é verdade que tu nunca bateste em mim de fato. Porém os gritos, o vermelhão do teu rosto, o gesto de tirar a cinta e deixá-la pronta no espaldar da cadeira eram quase piores para mim. É como quando alguém será enforcado. Se ele realmente é enforcado, morre e acaba tudo. Mas se tem de presenciar todos os preparativos para o enforcamento e só fica sabendo do indulto quando o laço pende diante de seu rosto, nesse caso ele talvez venha a sofrer a vida inteira por causa disso. Além do mais, nas muitas vezes em que, na tua opinião declarada, eu teria merecido uma surra mas escapara por um triz em virtude da tua clemência, se acumulava de novo um grande sentimento de culpa. Por todos os lados eu acabava culpado sob teus olhos.

Desde sempre tu me acusaste (e tanto apenas diante de mim quanto frente a outros; para a humilhação que isso representava tu não tinhas sensibilidade, os assuntos dos teus filhos eram sempre assuntos públicos) de, graças ao teu trabalho, viver sem qualquer privação, na tranquilidade, no calor do lar e na fartura. Estou pensando em certas observações que literalmente devem ter lavrado sulcos em meu cérebro, como: "Aos sete anos eu já tinha de puxar a carroça pelas aldeias"; "Nós tínhamos de dormir todos juntos em um quarto"; "Ficávamos felizes quando tínhamos batatas"; "Durante anos tive feridas abertas nas pernas por falta de roupa de inverno suficiente"; "Quando ainda era menino eu já tinha de ir para a loja em Pisek"; "Dos meus pais eu não recebia nada, nem mesmo durante o serviço militar, mesmo então eu ainda tinha de mandar dinheiro para casa"; "Mas apesar de tudo, de tudo mesmo, papai era sempre papai. Quem é que sabe disso hoje em dia! O que é que as crianças sabem? Ninguém sofreu assim! Será que uma criança é capaz de entender tudo isso hoje em dia?". Tais histórias poderiam ter sido, em outras circunstâncias, um excelente recurso educativo, poderiam ter oferecido estímulo e força para resistir às mesmas trabalheiras e privações pelas quais havias passado. Mas isso tu não querias de maneira alguma, pois graças justamente aos teus esforços a situação era outra, não havia chance para alguém se distinguir como tu o havias feito. Essa oportunidade só poderia ser criada pela violência e pela subversão, seria preciso fugir de casa (supondo-se que tivesse existido capacidade de decisão e força para tanto e mamãe, por seu lado, não tivesse trabalhado contra por outros meios). Mas tudo isso tu não querias de maneira alguma, tu o qualificavas de ingratidão, extravagância, desobediência, loucura. Enquanto tu, portanto, induzias a isso através do exemplo, das narrativas e da vergonha por um lado, por outro o proibias da maneira mais rigorosa. Se não fosse assim, por exemplo, abstraídas as circunstâncias acessórias, na verdade tu terias de ficar encantado com a aventura de Ottla em Zürau*. Ela queria ir para o campo, de onde tu tinhas vindo, queria passar por trabalho e privações como tu havias passado, não queria desfrutar dos teus êxitos no trabalho, do modo que tu também havias sido independente de teu pai. Eram intenções tão terríveis assim? Tão distantes do teu exemplo e do teu ensinamento? Bem, as intenções de Ottla falharam no resultado ao final das contas, tornaram-se talvez ridículas, foram executadas com muito escarcéu, ela não teve consideração suficiente com seus pais. Mas será que a culpa foi exclusivamente dela, não foi culpa também das condições e sobretudo do fato de tu estares tão distanciado dela? Será que ela, por acaso (conforme mais tarde tu quiseste te convencer), estava menos distante de ti na loja do que mais tarde em Zürau? Será que tu com toda certeza não terias tido força (supondo-se que tivesses conseguido superar a ti mesmo), através do encorajamento, do conselho e da orientação, talvez até apenas da tolerância, para fazer dessa aventura algo muito bom?

    Depois desse tipo de experiências tu costumavas dizer, num gracejo amargo, que as coisas iam bem demais para nós. Porém esse gracejo não é, em certo sentido, um gracejo.

Recebemos de tua mão aquilo que tu precisaste lutar para conseguir, mas a luta pela vida material, que no teu caso foi imediata, e da qual naturalmente não somos poupados, essa nós apenas tivemos de travar mais tarde, com energia de crianças em idade adulta. Não digo que por causa disso nossa situação seja necessariamente menos favorável do que a tua foi, provavelmente ela seja equivalente (ainda que as situações básicas não possam, é claro, ser comparadas); estamos em desvantagem no sentido de que não podemos nos vangloriar das nossas privações, nem humilhar ninguém com elas, como tu fizeste com as tuas. Também não nego que teria sido possível que eu gozasse e valorizasse na justa medida os frutos do teu trabalho grandioso e bem-sucedido e pudesse levá-los em frente para te dar alegria; mas justo nosso distanciamento se opunha a isso. Eu podia desfrutar o que tu me davas, mas apenas sentindo vergonha, cansaço, fraqueza, consciência de culpa. Em consequência disso eu só conseguia ser grato mendicantemente, jamais através da ação.

O resultado visível mais imediato de toda essa educação foi que fugi de tudo aquilo que, mesmo a distância, me lembrasse de ti. Primeiro foi a loja. Em e para si, sobretudo nos tempos da infância, enquanto ela ainda era uma loja de esquina, ela teria de me alegrar, uma vez que era tão vívida, iluminada à noite; a gente via, ouvia muito, podia ajudar aqui e ali, chamar a atenção, mas sobretudo admirar-te nos teus extraordinários talentos comerciais, no modo como tu vendias, tratavas as pessoas, fazias brincadeiras, te mostravas infatigável, em casos de dúvida sabias tomar logo uma decisão e assim por diante; além disso era um espetáculo digno de ser visto o jeito como tu fazias um embrulho ou abrias uma caixa, e no conjunto tudo aquilo não era, por certo, a pior das escolas para uma criança. Mas quando aos poucos tu foste me aterrorizando por todos os lados e a loja e a tua pessoa se tornaram para mim uma coisa só, então também ela já não era mais acolhedora. Coisas que no começo eram naturais para mim passaram a me atormentar, a me envergonhar, principalmente o tratamento que tu dispensavas aos empregados. Não sei, talvez fosse assim na maioria das lojas (na Assicurazioni Generali*, por exemplo, o tratamento de fato era parecido no meu tempo; eu apresentei ao diretor meu pedido de demissão, alegando de um modo não de todo sincero, mas também não totalmente falso, que não podia suportar os insultos, que aliás nunca me atingiram de maneira direta; nesse ponto eu era dolorosamente sensível desde pequeno), mas na infância as outras lojas não me importavam. Porém na loja eu te via e te escutava xingar e ficar furioso de um modo que, conforme minha opinião na época, não acontecia em nenhuma outra parte do mundo. E não apenas xingar como também exercer as demais formas de tirania. Como tu, por exemplo, derrubavas do balcão, com um golpe, mercadorias que não querias ver confundidas com outras – só a irreflexão da tua cólera te desculpava um pouco –, e o caixeiro tinha de erguê-las do chão. Ou tua constante maneira de falar de um caixeiro doente do pulmão: "Que morra de uma vez, esse cão sarnento!". Tu chamavas os empregados de "inimigos pagos", e eles de fato o eram,[17] mas antes mesmo de eles o serem, tu me parecias ser o "inimigo pagador" deles. Foi na loja, também, que eu recebi o grande ensinamento de que tu poderias ser injusto; em mim mesmo eu não o teria notado tão logo, uma vez que havia se acumulado sentimento de culpa em demasia, que te dava razão; mas lá havia, segundo minha opinião infantil, naturalmente corrigida um pouco, embora não muito, mais tarde, pessoas estranhas, que em todo caso trabalhavam para nós e por causa disso tinham de viver com medo permanente diante de ti. É natural que eu tenha exagerado no que diz respeito a isso, e com certeza porque eu presumia, sem mais nem menos, que tu causavas nelas a mesma impressão aterradora que causavas em mim. Se tivesse

---

17. Hermann Kafka era famoso pela sua postura hostil em relação a seus empregados. Nos *Diários*, Kafka chegou a anotar – justificando o "e eles de fato o eram" – que os empregados pediram demissão, todos juntos, certo dia, mas que o pai, com "palavras amistosas, amabilidades, efeito de sua doença, de sua grandeza e força do passado, de sua experiência, de sua esperteza conseguiu recuperá-los de volta, quase todos, em conversas gerais e privadas" (*Diários 1910-1923*. New York e Frankfurt a. M., 1951, p. 100). (N.T.)

sido assim, elas de fato não poderiam seguir vivendo; mas como eram pessoas adultas, na maior parte das vezes com nervos excelentes, elas afastavam para longe, sem maiores esforços, teus insultos, e no fim isso prejudicava mais a ti do que a elas. Mas a mim tudo isso tornava a loja insuportável, tudo me lembrava demais minha relação contigo: tu eras, pondo o interesse do empresário e seu despotismo inteiramente de lado, já na condição de comerciante, tão superior a todos os que ali fizeram o seu aprendizado, que nenhuma realização deles poderia te satisfazer; e eternamente insatisfeito, de maneira aliás semelhante, tu tinhas de estar comigo. Por isso eu pertencia, necessariamente, ao partido dos empregados, também porque, já em virtude do temor, eu não entendia como era possível insultar um estranho daquele jeito, de modo que eu queria conciliar de alguma maneira os empregados, a meu ver terrivelmente revoltados, contigo e com nossa família, em nome da minha própria segurança. Para tanto não bastava mais um comportamento costumeiro, decente diante dos empregados, nem mesmo um comportamento humilde; eu tinha muito antes de me mostrar humilhado, não apenas cumprimentar no princípio, mas na medida do possível também dispensar o cumprimento retribuído. E se eu, a pessoa insignificante, tivesse me abaixado para lamber os pés deles, ainda assim não teria compensado os insultos que lançavas sobre eles lá de cima. Essa relação, por meio da qual entrei em contato com meus semelhantes, repercutiu bem além da loja e seguiu repercutindo no meu futuro (algo semelhante, mas não tão perigoso e intensivo quanto no meu caso, é, por exemplo, a predileção de Ottla pelo contato com gente pobre, a intimidade com as empregadas, que te deixa tão indignado, e coisas do tipo). No final das contas eu quase sentia medo da loja e, seja como for, antes ainda de começar o ginásio, ela já não era mais assunto meu há tempo, e assim continuei a me distanciar cada vez mais. Ela também me parecia algo inteiramente inacessível às minhas forças, uma vez que, conforme tu dizias, ela consumia de todo até mesmo as tuas. Tu procuraste então (para mim isso ainda hoje é comovente e vergonhoso) extrair da minha aversão à loja, à tua obra, aversão que te era muito dolorosa, um pouco de doçura. Afirmando que me faltava tino comercial, que eu tinha ideias mais elevadas na cabeça e coisas do tipo. Mamãe naturalmente ficava satisfeita com essa explicação que tu extorquias de ti mesmo e até mesmo eu, em minha vaidade e aflição, deixava me influenciar por isso. Mas caso tivessem sido de fato, ou pelo menos fundamentalmente, "ideias mais elevadas" as que me apartaram da loja (que agora, mas apenas agora eu odeio de fato e sinceramente), elas teriam de se manifestar de outro modo, em vez de me fazerem navegar calma e medrosamente pelas águas do curso ginasial em direção aos estudos de Direito, para enfim desembarcar em definitivo na escrivaninha de funcionário público.

Se eu quisesse fugir de ti, teria de fugir também da família, até mesmo de mamãe. A gente sempre podia encontrar proteção junto dela, mas apenas no que diz respeito à relação contigo. Ela te amava demais e havia se entregado a ti de maneira demasiado fiel, para que, na luta do filho, pudesse representar um poder espiritual autônomo por muito tempo. Um instinto certeiro da criança, aliás, pois com os anos mamãe se tornou ligada a ti ainda mais estreitamente; ao passo que, no que dizia respeito a si mesma, ela sempre conservou, de um modo belo e delicado, sua autonomia nos limites mínimos, sem jamais te magoar de modo significativo, com o passar dos anos ela assumiu cegamente, de uma maneira cada vez mais plena, os teus juízos e preconceitos em relação aos filhos, principalmente no caso por certo complicado de Ottla. É claro que é sempre preciso ter em mente como era desgastante ao extremo a posição de mamãe na família. Ela havia se extenuado na loja, na condução da casa, sofrido junto e duplamente todas as doenças da família, mas a coroação de tudo isso foi o sofrimento que ela padeceu por estar na posição intermediária entre ti e nós. Tu sempre foste afetivo e atencioso com ela, mas nesse aspecto a poupaste tão pouco quanto nós a poupamos. Sem consideração, jogamos às costas dela nossas desavenças, tu da tua parte, nós da nossa. Era uma distração, não pensávamos nada de mau, pensávamos apenas na luta, que tu travavas conosco e nós contigo, e sobre mamãe descarregávamos tudo. Também não se pode dizer que a maneira como tu – sem a menor culpa de tua parte – a atormentavas por nossa causa foi uma boa contribuição para a educação dos filhos. Aparentemente isso até justificava o nosso comportamento em relação a ela, que de outro modo seria injustificável. Quanto ela não sofreu conosco por causa de ti e contigo por nossa causa, sem contar os casos em que tu tinhas razão porque ela nos estragava com mimos, embora até mesmo esse "estragar com mimos" por vezes pudesse ter sido apenas uma demonstração silenciosa e inconsciente contra o teu sistema. Por certo mamãe não teria conseguido suportar tudo isso, se ela não tivesse extraído do amor a todos nós e da felicidade desse amor a energia para suportá-lo.

Minhas irmãs apenas me acompanhavam em parte. A mais feliz em sua posição diante de ti era Valli. Sendo a mais próxima a mamãe, ela se sujeitava a ti de maneira semelhante, sem muito esforço ou prejuízo. Justo porque ela lembrava mamãe, tu a acolhias com mais amabilidade, embora existisse nela menos material kafkiano. Mas segundo teu ponto de vista talvez fosse precisamente isso o correto: onde não havia nada kafkiano, nem mesmo tu poderias exigir coisa do tipo; tu também não tinhas, conforme acontecia conosco, os outros, a sensação de que algo, que tinha de ser salvo com violência, estava sendo perdido. Aliás, parece que tu jamais amaste de modo especial o kafkiano quando ele se manifestava nas mulheres. A relação de Valli contigo talvez tivesse sido ainda mais amistosa, se nós não a tivéssemos atrapalhado um pouco.

Elli é o único exemplo de êxito para uma quase total evasão do teu círculo. Dela, era de quem eu menos teria esperado isso na infância. Era uma criança tão morosa, cansada, medrosa, desanimada, consciente de sua culpa, humilde ao extremo, malvada, preguiçosa, voraz e sovina, que eu mal podia olhar para ela, dirigir-lhe a palavra, de tanto que ela me fazia lembrar de mim mesmo, de tanto que se submetia, de um jeito similar ao meu, ao jugo da educação. Sobretudo a sovinice dela me era repulsiva, uma vez que em mim a mesma sovinice era, caso isso seja possível, mais forte ainda. A sovinice é, sem dúvida, um dos sinais mais confiáveis de infelicidade profunda; eu estava tão inseguro de tudo que só sentia possuir de fato aquilo que já segurava nas mãos ou na boca, ou aquilo que pelo menos estava a caminho, e era exatamente isso o que Elli, que se achava em situação parecida, mais gostava de me tirar. Porém tudo mudou quando ela, já moça – e isso é o mais importante –, saiu de casa, casou, teve filhos, tornou-se alegre, despreocupada, corajosa, generosa, altruísta, cheia de esperança. É quase inacreditável como tu no fundo não perceberste em absoluto essa mudança, ou de qualquer forma não a avaliaste com o devido merecimento, tão ofuscado estás pelo rancor que sempre tiveste contra ela e que no fundo permanece inalterado; só que esse rancor agora se tornou bem menos atual, uma vez que Elli não mora mais conosco e além do mais teu amor por Felix e tua simpatia por Karl o tornaram irrelevante. Apenas Gerti* às vezes ainda precisa pagar por ele.

Sobre Ottla quase não ouso escrever, sei que com isso ponho em jogo todo o efeito almejado com a carta. Em condições normais, ou seja, quando ela não está passando necessidades ou perigos especiais, tu sentes apenas ódio por ela; inclusive já me confessaste pessoalmente que, em tua opinião, ela permanentemente te causa dor e raiva de propósito e enquanto tu sofres por causa dela, ela fica satisfeita e se alegra. Ou seja, é uma espécie de demônio. Que estranhamento monstruoso, maior ainda do que entre mim e ti, deve ter-se instalado entre vocês dois para que uma incompreensão tão monstruosa seja possível. Ela está tão longe de ti que praticamente não a vês mais, mas colocas um fantasma onde supões que ela esteja. Admito que os problemas que tiveste com ela foram particularmente difíceis. Não penetro na essência desse caso complicado, mas seja como for havia nele algo como um Löwy equipado com as melhores armas kafkianas. Entre nós não houve propriamente uma luta, fui logo liquidado; o que sobrou foi fuga, amargura, luto, luta interior. Mas vocês dois estavam sempre em pé de guerra, sempre dispostos, sempre atilados. Uma visão tão grandiosa quanto desoladora. Nos primeiros tempos vocês dois certamente estavam muito próximos, pois ainda hoje Ottla é, de nós quatro, talvez a representação mais pura do matrimônio entre ti e mamãe e das energias que nele se juntaram. Não sei o que fez com que vocês perdessem a felicidade da concórdia entre pai e filha; apenas me inclino a acreditar que a evolução foi semelhante à minha. Do teu lado a tirania do teu ser, do lado dela a obstinação, a suscetibilidade, o sentimento de justiça, a inquietação löwyana e tudo isso sustentado pela consciência da força kafkiana. Claro que eu a influenciei, embora não por iniciativa própria, mas pelo simples fato da minha existência. Aliás, ela entrou por último nas relações de força já fixadas e logrou formar o próprio veredicto a partir do grande material disponível. Posso até imaginar que o ser dela vacilou durante algum tempo entre se lançar ao teu peito ou ao dos adversários; ao que parece tu cometeste algum descuido na época e a repeliste, mas ambos teriam sido, caso isso fosse possível, um magnífico casal no que diz respeito à concórdia. Eu teria perdido um aliado com isso, mas a visão de vocês dois me indenizaria regiamente e ademais, com a felicidade incomensurável de encontrar pelo menos em um filho a satisfação plena, tu terias te transformado muito a meu favor. Mas isso tudo não deixa de ser, hoje em dia, nada mais do que um sonho. Ottla não possui nenhuma ligação com seu pai, tem de procurar seu caminho sozinha, assim como eu, e por causa da maior firmeza, autoconfiança, saúde, despreocupação que ela tem se comparada a mim, ela é mais malvada e mais traidora do que eu aos teus olhos. Eu o compreendo; do teu ponto de vista ela não pode ser diferente. Sim, ela mesma é capaz de se contemplar com teus olhos, compartilhar tua dor e ainda por cima, não vou dizer ficar desesperada – que o desespero é coisa minha –, porém ficar muito triste. Tu nos vês, o que é uma contradição aparente no que diz respeito a isso, juntos muitas vezes, cochichando, rindo, ouves que mencionamos teu nome de quando em quando. Tens a impressão de que somos conspiradores atrevidos. Conspiradores estranhos. É verdade que foste desde sempre um dos temas principais de nossas conversas, assim como de nossos pensamentos, mas sinceramente jamais sentamos juntos na intenção de imaginar alguma coisa contra ti, muito antes a fim de discutir juntos com todo o empenho, com prazer, com seriedade, com amor, obstinação, ira, aversão, resignação, consciência de culpa, com todas as forças da cabeça e do coração esse processo terrível que paira entre ti e nós, em todos os seus detalhes, por todos os lados, em todas as suas circunstâncias, de longe e de perto; esse processo, no qual sempre afirmaste ser o juiz, embora sejas, pelo menos nos aspectos mais importantes (aqui deixo a porta aberta para todos os enganos que eventualmente possam cruzar meu caminho), parte tão fraca e ofuscada quanto nós.

Um exemplo instrutivo da tua influência pedagógica no contexto geral dessa situação foi Irma*. Por um lado ela de fato era uma estranha, veio já adulta para trabalhar em tua loja, e tinha de ver em ti antes de tudo seu patrão, e portanto estava apenas em parte exposta à tua influência e em idade já apta a oferecer resistência; mas por outro lado ela era também uma parente consanguínea, honrava em ti o irmão de seu pai e tu tinhas sobre ela muito mais do que o simples poder de um patrão. E mesmo assim ela, que em seu corpo débil se mostrou tão capaz, esperta, diligente, despretensiosa, digna de confiança, altruísta e fiel, ela que te amou como tio e te admirou como patrão, que se manteve firme em outros empregos antes e depois, não foi uma boa empregada para ti. Claro que ela, naturalmente também pressionada por nós, estava próxima à posição dos filhos diante de ti, e o poder impositivo da tua personalidade era ainda tão grande que se desenvolveram nela (contudo apenas diante de ti e, espero, sem o sofrimento mais profundo da criança) falta de memória, negligência, humor trágico, quem sabe até mesmo um pouco de teimosia, na medida em que ela era capaz disso, sem contar que não considero nem o fato de que ela era doentia nem, de resto, muito feliz, e de que pesava sobre ela uma vida familiar desconsoladora. Para mim, a riqueza de referências de tua relação com ela foi resumida em uma frase tua, quase blasfema, que se tornou clássica entre nós, mas que comprova precisamente a inocência em tua maneira de tratar as pessoas: "Essa santinha só deixou porcaria pra trás".

Eu poderia descrever ainda círculos ulteriores de tua influência e da luta contra ela, porém nesse caso já entraria em terreno incerto e teria de inventar coisas; além disso, quanto mais tu te distancias dos negócios e da família, tanto mais amável, flexível, polido, atencioso (quero dizer: também exteriormente) tu te tornas, do mesmo modo que um autocrata, quando está fora dos limites do seu país, também não tem motivos para continuar sendo tirânico e estabelece relações bondosas até com pessoas mais humildes. De fato, nas fotos familiares tiradas em Franzensbad, por exemplo, tu sempre apareces imenso e alegre, entre as pequenas pessoas amuadas, como se fosses um rei em viagem.[18] Os filhos também teriam podido tirar proveito disso por certo, se já na infância tivessem sido capazes, o que era impossível, de percebê-lo e se eu, por exemplo, não precisasse viver sempre de algum modo no círculo mais íntimo, mais severo, mais sufocante de tua influência, conforme de fato fiz.

Por causa disso perdi não apenas o senso de família, conforme dizes; pelo contrário, senso de família eu ainda tinha, só que ele era essencialmente negativo a fim de me separar interiormente de ti (tarefa por certo interminável). Mas as relações com as pessoas fora do âmbito familiar sofriam talvez ainda mais por causa da tua influência. Tu te equivocas por inteiro se acreditas que, por amor e fidelidade, eu faço tudo pelos outros e, por frieza e traição, não faço nada por ti e pela família. Eu repito pela décima vez: mesmo sendo outras as circunstâncias eu teria me tornado um homem tímido e medroso, mas daí até o ponto em que realmente cheguei ainda há um longo e escuro caminho. [Até aqui escondi relativamente pouca coisa de propósito nesta

---

18. A metáfora de Kafka é confirmada por pelo menos uma fotografia, na qual a família aparece reunida em volta do pai, centro do grupo. A foto aparece reproduzida no livro de ROBERT, M.: *Kafka*. Paris, 1960, p. 49. (N.T.)

carta, porém, agora e depois, terei de esconder algumas, coisas (sobre mim e sobre ti) que ainda me são demasiado difíceis de serem confessadas. Digo-o a fim de que tu, caso o conjunto da imagem se mostre algo impreciso aqui e ali, não acredites que a escassez de provas seja culpada disso; há muito mais provas à disposição, que poderiam tornar a imagem insuportavelmente crassa. Não é fácil achar um meio-termo diante de tudo isso.][19] Por ora basta recordar coisas ditas anteriormente: eu perdi a autoconfiança diante de ti, que foi substituída por uma consciência de culpa ilimitada. (Lembrando-me dessa falta de limites, escrevi certa vez corretamente sobre alguém: "Teme que a vergonha sobreviva a ele".) Eu não podia me metamorfosear de repente, quando eu me juntava a outras pessoas; muito antes ficava com uma consciência de culpa ainda mais profunda em relação a elas, pois, conforme disse, precisava reparar os danos que, com a minha cumplicidade, tu lhes havias causado na loja. Ademais, tu por certo sempre tinhas alguma objeção aberta ou velada contra qualquer um com quem eu mantivesse contato, e também por isso eu tinha de pedir desculpas. A desconfiança que tu procuraste me ensinar contra a maioria das pessoas (aponte-me uma só, de algum modo importante para mim na infância, que tu ao menos uma vez não tenhas criticado de cima a baixo), na loja e na família, e que curiosamente não te incomodava nem um pouco (tu eras forte o suficiente para suportá-la e além do mais ela na realidade talvez não passasse de um emblema do soberano) – essa desconfiança, que enquanto pequeno não se confirmou em parte nenhuma aos meus próprios olhos, uma vez que por tudo eu via apenas pessoas inalcançavelmente primorosas, transformou-se dentro de mim em desconfiança contra mim mesmo e em medo permanente diante dos outros. No geral, portanto, eu na certa não podia me salvar da tua influência. O fato de teres te enganado a respeito disso talvez residisse na circunstância de que na realidade tu não sabias de nada a respeito de minhas relações pessoais, supondo, desconfiado e

---

19. Os colchetes foram acrescentados por Kafka à mão, provavelmente durante a revisão. (N.T.)

cheio de ciúmes (por acaso nego que gostes de mim?), que eu tinha de compensar a mim mesmo em alguma parte pela evasão da vida familiar, já que de fato era impossível que eu vivesse da mesma maneira fora dela. Aliás, nesse sentido eu tive já na infância um certo consolo, justo na desconfiança pelo veredicto a meu respeito; eu dizia a mim mesmo: "Ora, estás exagerando, sentes, conforme a juventude sempre o faz, insignificâncias em demasia como se fossem grandes exceções". Porém esse consolo eu quase perdi de todo mais tarde, com uma visão geral de mundo cada vez mais ampliada.

Salvação igualmente pouca diante de ti eu encontrei no judaísmo. Ali a salvação era em si, sem dúvida, cogitável, ou mais que isso, era cogitável que nós, ambos, tivéssemos nos encontrado no judaísmo ou que nós até saíssemos dele unidos por um ponto de partida comum. Mas que judaísmo foi esse que recebi de ti! Com o passar dos anos eu me situei perante ele mais ou menos de três maneiras diferentes.

Quando criança eu me recriminava, concordando contigo, porque não ia suficientes vezes ao templo, não jejuava e assim por diante. Com isso eu acreditava estar cometendo uma falta não contra mim, mas contra ti, e a consciência de culpa, que sempre estava pronta a atacar, me invadia.

Mais tarde, quando adolescente, eu não entendia como tu, com o nada de judaísmo do qual dispunhas, podias me recriminar pelo fato de eu não me esforçar (mesmo que fosse por piedade, conforme tu te exprimias) para realizar um nada semelhante ao teu. E era, até onde posso ver, de fato um nada, uma brincadeira, nem sequer uma brincadeira. Tu ias ao templo quatro dias por ano e nele permanecias mais próximo, no mínimo isso, dos indiferentes do que daqueles que levavam a coisa a sério, livravas-te com paciência das orações como se fossem formalidades, causando-me espanto às vezes por conseguires me mostrar no livro de orações a passagem que estava sendo recitada; de resto eu podia, quando estava no templo (isso era o principal), andar à toa por onde bem quisesses. Eu atravessava as várias horas por lá bocejando e cabeceando de sono (só voltei a me entediar tanto assim mais tarde, acredito, nas aulas de dança), procurando me alegrar na medida do possível com as pequenas variações que lá ocorriam, por exemplo quando abriam a Arca da Aliança*, coisa que sempre me lembrava as barracas de tiro ao alvo, onde também se abria uma porta de armário quando o alvo era acertado, só que lá de dentro sempre saía alguma coisa interessante e daqui sempre as mesmas bonecas velhas sem cabeça. Aliás, eu também senti muito medo no templo, não apenas, conforme era óbvio, das inúmeras pessoas com as quais a gente entrava em contato mais estreito, mas também porque certa vez tu mencionaste de passagem que até eu poderia ser chamado para ler a Torá*. Durante anos tremi diante dessa possibilidade. No mais, porém, meu tédio não foi perturbado de maneira essencial, a não ser no máximo pelo bar mitzvah*, que no entanto apenas exigia um ridículo esforço de decorar e que, portanto, só levava a uma prova ridícula, ou então, no que dizia respeito a ti, por pequenos incidentes pouco importantes, por exemplo quando eras chamado a ler a Torá e te saías bem nessa circunstância que no meu modo de ver era exclusivamente social, ou quando, na Reza pela Salvação da Alma dos Mortos*, tu permanecias no templo e eu era mandado embora, o que durante muito tempo, evidentemente por causa desse ser mandado embora e da falta de uma participação mais profunda, suscitava em mim o sentimento, que mal chegava a se tornar consciente, de que se tratava de algo indecente... Assim era no templo, e em casa talvez fosse pior ainda e tudo se resumia à primeira noite do *seder**, que se tornava cada vez mais uma comédia com acessos de riso, sem dúvida por influência dos filhos que cresciam. (Por que tu tinhas de te submeter a essa influência? Porque a havias provocado.) Esse era, pois, o material de fé que me foi transmitido, ao qual se acrescentava no máximo a mão estendida apontando para "os filhos do milionário Fuchs", que iam ao templo nas grandes solenidades em companhia do pai. Como a gente poderia fazer com esse material alguma coisa mais interessante do que se livrar dele tão rápido quanto possível, eu não lograva compreender; justo esse livrar-se disso me parecia ser a ação mais piedosa.[20]

Ainda mais tarde, porém, encarei as coisas de outro modo e compreendi por que tu tinhas razão em acreditar que também nesse detalhe eu te traía malevolamente. Tu de fato havias trazido da pequena comunidade interiorana semelhante a um gueto um pouco de judaísmo, não era muito e um tanto se perde na cidade e no serviço militar e mesmo assim as impressões e lembranças da juventude bastavam justo para uma espécie de vida judaica, sobretudo porque tu não necessitavas desse tipo de ajuda: eras de uma estirpe muito forte e dificilmente a tua pessoa podia ser abalada por escrúpulos religiosos quando estes não estavam bem misturados a escrúpulos sociais. No fundo a fé que dirigia tua vida consistia em acreditar na correção indiscutível das opiniões de uma determinada casta social judaica; portanto, na medida em que essas opiniões faziam parte do teu ser, tu na realidade acreditavas em ti mesmo. Também ainda havia judaísmo suficiente dentro disso, mas para ser levado adiante ele era demasiado pouco diante do filho, e se perdeu até a última gota enquanto tu o passavas adiante. Em parte eram impressões juvenis intransferíveis, em parte o teu temido ser. Também era impossível tornar compreensível a uma criança cuja capacidade de observação era aguçada pelo medo que as poucas nulidades que tu praticavas em nome do judaísmo com indiferença correspondente à nulidade delas podiam ter algum sentido mais alto. Para ti elas tinham sentido na qualidade de pequenas recordações dos tempos passados e por isso querias

---

20. Hugo Bergmann, colega de escola de Kafka, escreve em suas *Recordações de Franz Kafka* que o autor várias vezes tentou fazer com que ele abrisse mão de sua crença, e que várias vezes se sentiu prestes a seguir os pedidos do colega. E repara, falando do interesse tardio de Kafka pelo judaísmo: "Vários anos mais tarde, ele mesmo voltou a procurar a crença que havia tentado me tomar com a ajuda de Spinoza" (ver *Universitas. Zeitschrift für Wissenschaft, Kunst und Literatur 27*, Caderno 7, 1972, p. 742). Kafka faz referência ao episódio também em seus *Diários* (KAFKA, Franz: *Tagebücher 1910-1923*. Org. por Max Brod. New York e Frankfurt a. M., 1951, p. 222 e 560). (N.T.)

transmiti-las a mim, mas uma vez que também para ti elas não tinham valor intrínseco, isso apenas se tornava possível através da insistência ou da ameaça; por um lado isso podia não dar certo e por outro te obrigava, uma vez que não reconhecias a fraqueza de tua posição, a ficar muito furioso comigo por causa da minha aparente obstinação.

Tudo isso não era, por certo, um fenômeno isolado, as coisas se passavam de maneira semelhante em grande parte dessa geração de transição judaica, que emigrou do campo para as cidades ainda relativamente religiosa; acontecia espontaneamente, apenas acrescentava à nossa relação, à qual já não faltavam agudezas, mais uma e bem dolorosa. Por outro lado também aqui tu deves, do mesmo modo que eu, acreditar em tua ausência de culpa, mas explicar essa ausência de culpa pelo teu modo de ser e pelas relações históricas e não simplesmente pelas circunstâncias externas, portanto não apenas dizendo que, por exemplo, tiveste trabalhos e preocupações em demasia para poder te ocupar, além disso, desse tipo de questões. Era dessa maneira que costumavas virar as coisas e transformar a tua ausência inquestionável de culpa em uma acusação injusta contra os outros. E isso é muito fácil de ser rebatido, tanto aqui quanto em qualquer outro lugar. Por certo não se tratava de algum ensinamento que tu devesses ter dado aos teus filhos, mas sim de uma vida exemplar; se o teu judaísmo tivesse sido mais forte, também o teu exemplo teria sido mais convincente; isso é bem evidente e está longe, mais uma vez, de ser uma censura e é, muito antes, apenas uma defesa diante de tuas censuras. Não faz muito tempo que leste as memórias de juventude de Franklin*. De fato, eu as dei a ti intencionalmente a fim de que as lesses, mas não, conforme tu observaste com ironia, por causa de uma pequena passagem acerca do vegetarismo,[21] e sim por causa da

---

21. Kafka era vegetariano. Em carta de 1912 a Felice, o escritor anota que o pai "tinha de segurar o jornal diante dos olhos durante meses antes de se acostumar" com os modos alimentares do filho (KAFKA, Franz: *Briefe an Felice und andere Korrespondenz aus der Verlobungszeit*. Org. por Erich Heller e Jürgen Born, Frankfurt a. M., 1967, p. 795). O objetivo de ter dado a autobiografia de Franklin ao pai era muito maior, no entanto. (N.T.)

relação entre o escritor e seu pai, conforme ela aparece descrita na obra, e da relação entre o escritor e seu filho, conforme ela se expressa aliás espontaneamente nessas memórias escritas para o filho. Mas não quero aqui destacar particularidades.

Recebi uma certa confirmação posterior dessa tua concepção de judaísmo através do teu comportamento nos últimos anos, quando te pareceu que eu passei a me ocupar mais com as coisas do judaísmo. Uma vez que demonstras, antecipadamente, antipatia contra qualquer de minhas ocupações e sobretudo contra a maneira que esse interesse se expressa, tu a demonstraste também nesse caso. Mas mesmo assim seria possível esperar que aqui tu fizesses uma pequena exceção. No fim das contas era judaísmo de teu judaísmo que se manifestava em mim e com isso também a possibilidade do entabulamento de uma nova relação entre nós. Não nego que essas coisas, se tu tivesses mostrado interesse por elas, talvez justamente por isso tivessem se tornado suspeitas para mim. Não me ocorre, claro, querer afirmar que, no que diz respeito a isso, eu seja de alguma forma melhor do que tu. Porém a comprovação disso nem sequer importa. Por meu intermédio, o judaísmo se tornou repulsivo para ti, os escritos judaicos, indignos de leitura, pois eles "te enojavam". Isso poderia significar que tu fazias questão de ver que apenas o judaísmo, conforme tu o havias mostrado em minha infância, é que era o único correto e que além dele não havia nada. Mas que tu fizesses questão de que fosse assim era praticamente impossível de ser cogitado. Nesse caso o "nojo" (não contado o fato de que ele no princípio não se dirigia contra o judaísmo, mas contra minha pessoa) só podia significar que tu reconhecias de maneira inconsciente a fraqueza de teu judaísmo e de minha educação judaica e que não querias de modo nenhum ser lembrado disso, respondendo a todas as recordações com ódio aberto. Aliás a tua supervalorização negativa de meu novo judaísmo era assaz exagerada; em primeiro lugar ele já incluía a tua maldição em si e em segundo a relação fundamental com os semelhantes era decisiva para o seu desenvolvimento, e em meu caso, fatal, portanto.

Com tua antipatia atingiste, de modo ainda mais certeiro, a minha atividade de escritor e tudo aquilo que se relacionava a ela e não conhecias. Neste ponto eu de fato conseguira me afastar um pouco de ti autonomamente, mesmo que isso lembrasse um tanto o verme que, pisoteado na parte de trás, se livra com os movimentos da parte dianteira arrastando-se para o lado. De certa maneira eu estava em segurança, havia um suspiro de alívio; a antipatia que tu naturalmente logo manifestaste também contra minha atividade de escritor foi excepcionalmente bem-vinda para mim nesse caso. Minha vaidade, minha ambição até sofriam com a acolhida, aos poucos famosa entre nós, que dedicavas a meus livros: "Coloca em cima do criado-mudo!" (na maior parte das vezes jogavas cartas quando vinha um livro), mas no fundo eu me sentia bem apesar de tudo, não apenas por causa da maldade que se insurgia, não apenas por causa da alegria pela nova confirmação do modo como eu concebia a nossa relação, porém, bem na origem, porque aquela fórmula soava para mim mais ou menos como: "Agora tu estás livre!". Naturalmente isso era um engano, eu não estava ou, na melhor das hipóteses, ainda não estava livre. Minha atividade de escritor tratava de ti, nela eu apenas me queixava daquilo que não podia me queixar junto ao teu peito. Era uma despedida de ti, intencionalmente prolongada, com a peculiaridade de que ela, apesar de imposta por ti, corria na direção que eu determinava. Mas como tudo isso era pouco! No fundo só vale a pena falar disso porque aconteceu em minha vida; em qualquer outro lugar isso nem sequer seria percebido, e também porque isso dominava minha vida, na infância como uma intuição, mais tarde como uma esperança e ainda mais tarde como um desespero, muitas vezes, ditando-me – se a gente quiser, mais uma vez conforme o teu figurino mandava – minhas poucas e pequenas decisões.

A escolha da profissão, por exemplo. Claro, aqui tu me deste inteira liberdade em teu jeito generoso e nesse sentido até paciente. Em todo caso também nisso tu seguiste o tratamento geral dispensado aos filhos pela classe média judaica,[22] tratamento que te servia de modelo. Ao final, também aqui, interveio um dos teus mal-entendidos em relação à minha pessoa. É que por orgulho de pai, por desconhecimento da minha verdadeira natureza, por influência da minha fragilidade, tu sempre me consideraste especialmente aplicado. Quando era criança, em tua opinião, eu estudava sem parar e mais tarde escrevia sem parar. Ora, isso não procede, nem de longe. Pode-se dizer, muito antes e muito menos exageradamente, que estudei pouco e não aprendi nada; não é de admirar muito que, em tantos anos, com uma memória mediana e uma capacidade de compreensão que não é das piores, mas não é grande, algo tenha ficado retido; mas de qualquer forma o resultado geral em termos de conhecimento, e sobretudo em termos de fundamentação desse conhecimento, é lastimável ao extremo diante do dispêndio de tempo e dinheiro, principalmente em comparação com quase todas as pessoas que eu conheço. É lastimável, mas compreensível; pelo menos para mim. Eu tive, desde que consigo pensar, essa preocupação profunda com a afirmação espiritual da minha existência, a tal ponto que todo o resto me era indiferente. Ginasianos judeus são muito estranhos entre nós, a gente encontra entre eles o que há de mais inverossímil; mas a minha indiferença fria, mal disfarçada, indestrutível, infantilmente desamparada, que adentrava o ridículo com facilidade e ademais selvagemente autossatisfeita de criança fria, ainda que autossuficiente no que diz respeito à fantasia, eu jamais voltei

---

22. Hugo Bergmann chega a escrever que ele e Kafka queriam evitar a toda força os estudos tipicamente judaicos (Direito e Medicina) e por isso tentaram a Química. Kafka logo desistiu, por não se habituar ao trabalho no laboratório (ver "Erinnerungen an Franz Kafka". *Universitas. Zeitschrift für Wissenschaft, Kunst und Literatur 27*, Caderno 7, 1972, p. 744.) Com a Germanística aconteceu o mesmo; desiludido dos estudos demasiado positivistas em Praga, Kafka cogitou continuar os estudos em Munique, mas acabou desistindo da mudança, para voltar a se dedicar ao Direito renegado no princípio e doutorar-se na área em junho de 1906 (ver Cronologia biobibliográfica, ao final). Em relação à atividade de escritor, não a encarava como ganha-pão e até considerava que o trabalho poético não poderia ser aviltado a essa categoria. (N.T.)

a encontrar em lugar nenhum, muito embora aqui ela fosse a única proteção contra a destruição dos nervos através do medo e da consciência de culpa. Eu me ocupava apenas da preocupação comigo mesmo, mas esta assumia as mais variadas formas. Por exemplo, a preocupação com minha saúde; ela começou de leve, aqui e ali se manifestava um pequeno temor por causa da digestão, da queda do cabelo, de algum desvio na coluna e assim por diante, e isso aumentava em gradações imensuráveis para ao fim terminar em uma doença de verdade.[23] O que significava tudo isso? Não uma doença física, na verdade. Mas uma vez que eu não estava seguro de coisa alguma, uma vez que precisava obter de cada instante uma confirmação de minha própria existência e não era dono de nada que pertencesse claramente a mim – era um filho deserdado, no fundo –, era natural que até a coisa mais próxima, o meu próprio corpo, se tornasse incerto para mim; eu cresci, espichando para o alto, mas não tinha ideia de como lidar com isso; o peso era demasiado e as costas entortaram; eu mal ousava me mexer ou até mesmo fazer exercícios, e permaneci fraco; tudo aquilo de que ainda dispunha me espantava como um milagre, por exemplo, minha boa digestão; isso bastava para perdê-la, e logo o caminho para todo tipo de hipocondria estava livre, até que, com o esforço sobre-humano de querer casar (ainda vou falar sobre isso), o sangue me saiu dos pulmões, no que o apartamento no palácio de Schönborn* – de que eu apenas precisava porque acreditava precisar dele para minha atividade de escritor, de modo que também isso tem de ser posto no papel – pode bem ter contribuído seu bocado. Portanto nada provinha do trabalho excessivo, conforme tu sempre imaginaste. Houve anos em que, mesmo completamente saudável, passei mais tempo vagabundeando sobre o canapé do que tu em tua vida inteira, incluídas todas as tuas doenças. Quando eu fugia de ti, sumamente atarefado, era, na maioria das vezes, para ficar deitado no meu quarto. Tanto no escritório (onde a preguiça não chama muito a atenção e onde, além

---

23. Referência ao catarro pulmonar constatado em exame médico no verão de 1917. (N.T.)

disso, ela era mantida dentro dos limites pelo meu medo, no entanto) quanto em casa, meu rendimento geral era mínimo; se tivesses uma visão geral a respeito disso, tu ficarias horrorizado. É provável que eu nem seja preguiçoso por natureza, mas eu não tinha nada a fazer. Nos lugares em que vivia eu me sentia recriminado, condenado, derrotado e ainda que me esforçasse de maneira extrema para fugir a outros lugares isso não era um trabalho, pois se tratava de algo impossível, inalcançável para as minhas forças, não contadas algumas pequenas exceções.

Nessa situação, pois, eu recebi a liberdade para escolher minha profissão. Mas será que, no fundo, eu ainda era capaz de aproveitar tal liberdade? Será que eu me julgava em condições, apesar de tudo, de alcançar uma profissão de verdade? Minha autoavaliação era muito mais dependente de ti do que de qualquer outra coisa, como, por exemplo, um êxito exterior. Este era o reforço de um instante, nada mais que isso, mas do outro lado o teu peso me puxava para baixo com muito mais vigor. Eu pensava jamais passar do primeiro ano primário, mas consegui e até recebi um prêmio; porém eu certamente não haveria de ser aprovado na prova de admissão para o curso ginasial, mas consegui; mas então por certo eu seria reprovado já no primeiro ano do ginásio, porém não, também ali não fui reprovado e segui sempre adiante e adiante. Mas o efeito disso não foi uma confiança renovada, pelo contrário, eu sempre estive convencido – e em tuas feições reprovantes eu via a prova formal para isso – de que quanto mais eu alcançava, tanto pior tudo haveria de acabar no final das contas. Muitas vezes eu via mentalmente a assembleia medonha de professores (o ginásio é apenas o exemplo mais homogêneo, mas em toda parte ao meu redor as coisas eram parecidas), que iria se reunir quando eu tivesse passado pela *prima**, quer dizer, quando já estivesse na *sekunda** ou, passada esta, na *tertia**, para investigar esse caso único, que clamava aos céus para ser explicado, e perguntar como eu, o mais incapaz e por certo o mais ignorante, havia conseguido chegar sorrateiramente até aquela série e, uma vez que a atenção geral estava voltada a mim, naturalmente eles me cuspiriam para fora sem mais delongas, para júbilo de todos os justos libertados desse pesadelo.²⁴ Viver com tais ideias não é fácil para uma criança. O que me importava, nessas circunstâncias, a aula? Quem era capaz de arrancar de mim uma fagulha de participação? A mim a aula interessava e não apenas a aula, mas tudo que havia em volta dela, nessa idade decisiva, como a um fraudador de banco que ainda continua no emprego e treme diante do desmascaramento interessam as pequenas transações de banco que ele ainda tem de realizar na condição de funcionário. Tudo tão pequeno, tão distante da coisa principal. E assim continuou até a *matura**, na qual, em parte, de fato só fui aprovado graças à fraude, e a partir de então tudo estacou e eu passei a estar livre. Se a despeito da coerção do ginásio eu já me preocupava apenas comigo mesmo, como haveria de ser agora que eu estava livre? Para mim, portanto, não houve propriamente liberdade na escolha da profissão, pois eu sabia que diante do essencial tudo me seria tão diferente quanto todas as matérias letivas do curso ginasial; tratava-se pois de encontrar uma profissão que, sem machucar demais a minha vaidade, estivesse mais próxima de permitir essa indiferença. E o Direito era, pois, a mais evidente. Pequenas tentativas em sentido contrário, nascidas da vaidade e da esperança insensata, como duas semanas de estudo de Química, meio ano de estudos de Germanística apenas fortaleceram aquela convicção básica. E eu estudei Direito, pois. Isso significou que nos poucos meses antes das provas, com régio prejuízo dos nervos, eu alimentava o espírito literalmente de serragem, que além do mais já tinha sido mastigada por mil bocas antes de mim. Mas, em certo sentido, eu até gostava disso, justamente como antes, em certo sentido, também gostava do curso ginasial e mais tarde da profissão de funcionário, pois tudo correspondia perfeitamente à minha situação. Em todo caso eu mostrava

---

24. Testemunhos de colegas asseguram que durante os estudos colegiais Kafka era um aluno acima da média, "exceto em matemática". Na "área humanística" inclusive era "muito bom" (ver HECHT, Hans. "Zwölf Jahre in der Schule mit Franz Kafka". In: *Prager Nachrichten 17*, Nr. 8, 1966, p. 3). (N.T.)

nisso uma previsão espantosa, já em criança pequena eu tive pressentimentos claros o suficiente no que diz respeito a estudos e profissão. A partir disso eu não esperava salvação nenhuma e há tempo já havia renunciado a ela.

Porém não mostrei quase nenhuma previsão no que diz respeito ao significado e à possibilidade de um casamento para mim; esse, até agora, maior terror da minha vida tomou conta de mim de um modo quase totalmente inesperado. A criança havia se desenvolvido de modo tão lento, essas coisas estavam para ela demasiado distantes, aqui e ali oferecia-se a necessidade de pensar acerca disso; mas não era possível reconhecer que no caso se preparava uma prova duradoura, decisiva, até mesmo a mais encarniçada de todas. Mas na realidade as tentativas de casamento se tornaram as tentativas mais grandiosas e mais esperançosas de escapar a ti, e proporcionalmente grandioso foi, com certeza, também o fracasso.

Temo que, porque nessa área tudo acaba dando errado, eu também não logre te tornar compreensíveis essas tentativas de casamento. E mesmo assim o sucesso da carta inteira depende disso, pois nessas tentativas de um lado estava reunido tudo aquilo de que disponho em termos de forças positivas, e por outro lado também se reuniam, com verdadeira fúria, todas as forças negativas que eu descrevi como sequelas da tua educação, ou seja, a fraqueza, a falta de autoconfiança, a consciência de culpa, que literalmente estendiam um cordão de isolamento entre mim e o casamento. A explicação haverá de ser difícil para mim também porque no que diz respeito a isso pensei e revirei tudo em tantos dias e tantas noites, a ponto de fazer com que até eu mesmo já me sinta confuso diante de tudo. A explicação só se tornará mais fácil para mim através da tua compreensão, em minha opinião totalmente errada, das coisas; melhorar um pouquinho um fracasso tão completo não me parece assim tão difícil.

De primeiro tu colocas o fracasso de minhas tentativas de casamento no rol de meus demais fracassos; eu até não teria nada contra isso, pressupondo que aceites a explicação que dei acerca de meus insucessos até agora. Ele de fato entra nesse rol apenas porque tu subestimas o significado da questão e o subestimas de tal maneira que nós, quando falamos a respeito disso um com o outro, na verdade estamos falando de coisa bem diferente. Ouso dizer que não aconteceu nada em tua vida inteira que tivesse tanta importância para ti quanto as tentativas de casamento tiveram para mim. Não quero dizer com isso que tu não tenhas vivido nada que fosse tão importante, pelo contrário, tua vida foi bem mais rica e mais cheia de preocupações e mais densa do que a minha, mas justamente por isso não te aconteceu nada parecido. É como se alguém tivesse cinco lances de escada a subir e o outro apenas um lance de escadas, mas que é tão alto quanto os cinco do anterior juntos; o primeiro não apenas superará os cinco lances, mas ainda cem e mil outros, ele haverá de ter levado uma vida grandiosa e bem extenuante, mas nenhum dos lances que ele subiu haverá de ter tanta importância para ele quanto para o segundo aquele lance único, primeiro, alto, impossível de ser escalado mesmo na reunião de todas as suas forças, o qual ele não conseguirá alcançar e além do qual ele naturalmente não irá subir.

Casar, fundar uma família, aceitar todas as crianças que vierem, mantê-las nesse mundo incerto e inclusive conduzi-las um pouco é, segundo minha convicção, o máximo entre todas as coisas que um homem pode alcançar. O fato de que aparentemente muitos o conseguem de maneira tão fácil não é uma prova em contrário, pois em primeiro lugar muitos não o conseguem de fato e em segundo lugar esses poucos não "fazem" com que aconteça, isso apenas acontece com eles; na verdade não é aquele máximo, mas é algo muito franco e muito honroso (principalmente porque "fazer" e "acontecer" não se deixam distinguir com nitidez um do outro). E, enfim, também não se trata de modo algum desse máximo, e sim de alguma aproximação remota, porém decente; por certo não é necessário subir até o centro do sol, mas sim ir rastejando até um lugarzinho limpo sobre a terra, que às vezes é iluminado pelo sol e no qual é possível se aquecer um pouco.

E como é que eu estava preparado para tanto, então? Da pior maneira possível. Isso pode ser visto já no que escrevi até agora. Mas até o ponto em que existe uma preparação direta do indivíduo e uma criação direta das condições básicas gerais, tu intervieste pouco exteriormente. Também não é possível de outro jeito, pois aqui decidem os costumes sexuais gerais da classe, do povo e da época. Seja como for, também aí tu intervieste, não muito, pois o pressuposto para essa intervenção apenas pode ser a forte confiança mútua, e ela nos faltou a ambos já muito antes do momento decisivo e não pode ser muito feliz porque nossas necessidades eram completamente diferentes; o que me arrebata mal te toca e vice-versa, o que para ti é inocência pode ser culpa para mim e vice-versa, o que em ti pode não causar nenhuma consequência pode ser a tampa do meu esquife.

Eu me recordo de que certa vez caminhava à tardinha contigo e com mamãe; era na Josephplatz* nas proximidades em que hoje em dia fica o Banco dos Estados e eu comecei a falar tolamente, com empáfia, superioridade, orgulho, cálculo (no que era falso), frieza (no que era autêntico) e gaguejante, como na maior parte das vezes em que falava contigo, sobre coisas interessantes; censurei vocês pelo fato de não terem me ensinado uma série de coisas, de só meus colegas terem se preocupado de fato em me ajudar, de ter estado perto de uma série de grandes perigos (no que menti, à minha maneira, desavergonhadamente a fim de me mostrar corajoso, pois em consequência de minhas apreensões não tinha nem sequer uma ideia mais precisa a respeito dos "grandes perigos"), mas para concluir insinuei que felizmente agora já sabia de tudo, não precisava mais de conselho e que estava tudo em ordem. Seja como for, eu havia começado a falar disso sobretudo porque me dava prazer pelo menos falar disso, mas logo passei a me sentir curioso e por fim de algum modo já tentava me vingar de vocês por causa de alguma coisa. De acordo com tua natureza, não deste muita importância, apenas disseste algo no sentido de que poderias me dar um conselho sobre como eu poderia fazer essas coisas[25] sem correr perigo. Talvez eu quisesse provocar justamente uma resposta desse tipo, que sem dúvida correspondia à lubricidade da criança eternamente preocupada consigo mesma, inativa em termos físicos e supernutrida de carne e de todas as coisas boas; mas apesar disso o meu pudor ficou tão ferido, ou pelo menos acreditei que ele tivesse de estar ferido, que não pude mais continuar falando sobre aquilo contra minha vontade e interrompi a conversa altivamente atrevido.

Não é fácil julgar tua resposta de então; por um lado ela tem, sem dúvida, algo subjugantemente franco, de certo modo primitivo, mas por outro, no que diz respeito à lição propriamente dita, ela é inescrupulosamente moderna. Não sei que idade eu tinha na época, por certo não mais de dezesseis anos. Mas para um rapaz assim era uma resposta em todo caso muito curiosa, e a distância entre nós dois se mostra também no fato de que aquela era, na verdade, a primeira lição direta, de alcance vital, que eu recebia de ti. Seu sentido verdadeiro, no entanto, que já na época mergulhou dentro de mim, mas apenas muito mais tarde se tornou mais ou menos consciente, era o seguinte: aquilo que tu me aconselhavas era, na tua e muito mais ainda na minha opinião à época, a coisa mais suja que poderia haver. O fato de tu quereres impedir que eu trouxesse qualquer sujeira para casa era secundário; com isso tu protegias apenas a ti mesmo e à tua casa. O principal era, muito antes, que tu ficavas fora da normalidade dos teus conselhos, um homem casado, um homem puro, superior a essas coisas; isso provavelmente era ainda mais agravante para mim na época, pelo fato de que também

---

25. "Essas coisas", fique claro, são sexuais. Visitas de Kafka a bordéis podem ser confirmadas apenas tardiamente, tanto nas *Cartas* (ver *Briefe 1902-1924*. Org. por Max Brod. New York e Frankfurt a. M., 1958, p. 33, 56 e 58), bem como nos *Diários* (ver *Tagebücher 1910-1923*. Org. por Max Brod. New York e Frankfurt a. M., 1951, p. 72). Max Brod também fala delas em sua biografia sobre o autor. Josef Rattner chega a comentar uma das visitas de Kafka a um bordel em Paris, que terminou com a fuga – *ante festum*; quer dizer, antes da festa – do escritor (ver RATTNER, Josef: *Kafka und das Vater-Problem*. München / Basel, 1964, p. 53). (N.T.)

o casamento me parecia desavergonhado e, portanto, era impossível que eu aplicasse aos meus pais o que eu havia ouvido sobre o casamento em geral. E por causa disso tu te tornavas ainda mais puro, te elevavas ainda mais. A ideia de que desses a ti mesmo, antes do casamento, por exemplo, um conselho semelhante era totalmente impensável para mim. Assim, pois, não restava quase nenhum restinho de sujeira mundana em ti. E justamente tu me atiravas, com um par de palavras francas, a essa sujeira, como se eu estivesse destinado a ela. Se o mundo, portanto, consistia apenas em mim e em ti, uma ideia à qual me inclinava muito, então essa pureza do mundo acabava em ti; e comigo, por força do teu conselho, começava a sujeira. A rigor era incompreensível que tu me condenasses assim, só uma culpa antiga e o mais profundo desprezo da tua parte poderiam esclarecê-lo para mim. E com isso eu mais uma vez era abordado no mais íntimo de meu ser; e bem duramente, seja dito.

Talvez também seja nisso que a ausência de culpa de nós dois se evidencie da maneira mais nítida. A dá a B um conselho franco, correspondente à sua concepção de vida, não muito bonito, é verdade, mas de qualquer modo ainda hoje perfeitamente usual na cidade, e que talvez evite danos à saúde. Moralmente esse conselho não é muito reconfortante para B, mas não há razão alguma para que, no curso dos anos, ele não se recupere do dano; aliás, ele nem precisa seguir o conselho e, seja como for, não há no próprio conselho nenhum motivo para que todo o mundo futuro de B desmorone. E no entanto acontece exatamente isso, mas apenas porque tu és A e eu sou B.

Consigo ter uma visão global particularmente boa dessa ausência de culpa de ambos porque, cerca de vinte anos mais tarde, voltou a ocorrer, em condições de todo diferentes, uma colisão entre nós dois, horrenda como fato concreto, mas em si mesma muito menos danosa, pois afinal onde havia em mim, aos trinta e seis anos, algo que ainda pudesse ser danificado? Quero referir com isso um pequeno pronunciamento da tua parte, num dos dias agitados depois da comunicação do meu último propósito de casamento. Tu me disseste mais ou menos o seguinte: "Provavelmente ela usou uma blusa escolhida com cuidado, assunto do qual as judias de Praga entendem muito, e tu naturalmente logo decidiste casar com ela. E, claro, o mais rápido possível, em uma semana, amanhã, hoje. Não consigo te entender, és um homem maduro, vives na cidade, e não te ocorre coisa melhor do que te casares imediatamente com qualquer uma que aparece. Será que não existem outras possibilidades? Se tu tens medo, eu te acompanho pessoalmente". Tu foste mais minucioso e mais claro, mas já não consigo me lembrar dos pormenores; talvez a minha vista tenha se nublado um pouco e ainda que estivesse completamente de acordo contigo, quase me interessei mais em ver que, pelo menos, minha mãe pegou alguma coisa sobre a mesa, abandonando a sala. Dificilmente tenhas me humilhado mais fundo em palavras do que dessa vez e jamais o teu desprezo se mostrou tão nítido para mim. Quando falaste comigo de maneira semelhante vinte anos antes, seria possível ver naquilo, até mesmo com teus olhos, um pouco de respeito pelo jovem precoce da cidade que, em tua opinião, já podia ser introduzido na vida sem rodeios. Hoje essa consideração poderia aumentar ainda mais o desprezo, pois o jovem, que na época tomava impulso, ficou empacado nele, e hoje em dia não te parece mais rico em experiência mas apenas vinte anos mais deplorável. O fato de eu ter me decidido por uma moça não significou nada para ti. Tu sempre mantiveste (inconscientemente) o meu poder de decisão lá embaixo e agora acreditavas (inconscientemente) saber o que ele valia. Das minhas tentativas de salvação em outras direções tu não sabias nada, por isso também não podias saber nada dos raciocínios que haviam me levado a essa tentativa de casamento; tinhas de tentar adivinhá-los e me aconselhaste do modo mais abominável, mais grosseiro e mais ridículo, de acordo com o veredicto geral que tinhas a meu respeito. E não hesitaste um só instante em me dizê-lo exatamente daquela maneira. A vergonha que me impingiste não era nada em comparação com a vergonha que, na tua opinião, eu iria causar ao teu nome através do casamento.

Ora, tu podes me responder um punhado de coisas no que diz respeito às minhas tentativas de casamento, e já o fizeste: não seria possível ter muito respeito diante de minha decisão, já que duas vezes desfiz e duas vezes assumi o noivado com F.*, e já que arrastei a ti e a minha mãe inutilmente a Berlim para o noivado e coisas desse tipo. É tudo verdade, mas por que foi que isso aconteceu?

A ideia básica das duas tentativas de casamento era inteiramente correta: fundar um lar, tornar-me independente. Uma ideia que por certo te é simpática, só que na realidade ela não se realiza assim como no jogo infantil em que um segura, e inclusive aperta, a mão do outro, enquanto grita: "Vai, ora, vamos, anda, por que não vais embora?". Coisa que ainda por cima se complicou na medida em que o "vai, ora!" sempre foi dito com sinceridade, uma vez que desde sempre, sem o saberes, apenas pela força do teu temperamento, tu me seguraste, ou melhor, me subjugaste.

As duas moças[26] foram escolhidas de fato ao acaso, mas extremamente bem escolhidas. Mais um indício da tua compreensão totalmente equivocada é o fato de que tu possas crer que eu, o medroso, o hesitante, o desconfiado, me decida de um golpe por um casamento, encantado talvez por uma blusa. Ambos os casamentos seriam, muito antes, casamentos por interesse, na medida em que toda a força do meu raciocínio foi empregada dia e noite nesse plano, a primeira vez durante anos, a segunda vez durante meses.

Nenhuma das moças me decepcionou, fui eu que decepcionei as duas. Meu veredicto a respeito delas é o mesmo de outrora, quando eu quis casar com elas.

Também não se pode dizer que desconsiderei as experiências da primeira na segunda tentativa de casamento, que fui leviano, portanto. É que os dois casos eram totalmente diferentes e justo as experiências do passado poderiam ter me dado esperanças no segundo caso, que prometia chances muito maiores de êxito. Não quero aqui entrar em detalhes.

---
26. Antes Felice Bauer; agora Felice Bauer e Julie Wohryzek. (N.T.)

Mas por que não me casei, então? Havia, como em toda parte, obstáculos particulares, mas a vida consiste exatamente em superar tais obstáculos. O obstáculo mais essencial, porém, lamentavelmente autônomo em relação ao caso individual, residia no fato de eu ser espiritualmente incapaz de me casar, ao que tudo indica. Isso fica expresso no fato de que, a partir do momento em que decido me casar, não consigo dormir, a cabeça arde dia e noite, isso já não é vida, e eu vagueio desesperado por aí. Não são propriamente as preocupações que provocam tudo isso; na verdade, inúmeras preocupações, de acordo com minha melancolia e minha meticulosidade, também correm juntas, mas elas não são o decisivo; ainda que elas, assim como os vermes, levem a cabo o trabalho no cadáver, eu sou atingido de maneira decisiva por outra coisa. É a pressão geral do medo, da fraqueza, do autodesprezo.

Quero tentar explicá-lo melhor: aqui, na tentativa de casamento, convergem, em minhas relações contigo, duas coisas aparentemente opostas, tão fortes como em nenhuma outra parte. O casamento é, por certo, a garantia da mais nítida autolibertação e independência. Eu teria uma família, o máximo que em minha opinião pode ser alcançado, ou seja, o máximo que também tu alcançaste; eu estaria à tua altura e todas as velhas e eternamente novas vergonhas e tiranias passariam a ser apenas história. Com certeza seria fabuloso, mas é justamente aí que está o problema. E, demais, tanto assim não se pode alcançar. É como se alguém estivesse aprisionado e tivesse não apenas a intenção de fugir, o que talvez fosse alcançável, mas também e na verdade ao mesmo tempo, a de transformar reformando, para uso próprio, a prisão num castelo de prazeres. Mas se ele foge, não pode fazer essa reforma, e se ele faz a reforma, não pode fugir. Se eu quiser me tornar independente, na relação especial de infelicidade em que me encontro contigo, preciso fazer alguma coisa que não tenha a menor ligação possível com a tua pessoa; o casamento é, sem dúvida, o que há de maior, e confere a autonomia mais honrosa, mas também está, ao mesmo tempo, na mais estreita relação contigo.

Querer escapar disso tem, portanto, algo de loucura, e cada tentativa é quase punida com ela.

E é justamente essa estreita relação que também me atrai em parte ao casamento. Eu imagino para mim o fato de estar à tua altura, essa igualdade que passaria a existir a partir daí e que tu poderias compreender como nenhuma outra; eu a imagino tão bela porque então seria um filho livre, grato, sem culpa, sincero, e tu um pai sem angústias, nada tirânico, compreensivo, satisfeito. Para chegar a esse objetivo, no entanto, tudo o que aconteceu teria de ser desfeito, quer dizer, nós mesmos teríamos de ser apagados.

Assim como somos, porém, o casamento está vedado para mim, pelo fato de que ele é precisamente o teu domínio mais próprio. Às vezes imagino o mapa-múndi aberto e tu estendido transversalmente sobre ele. Então tenho a sensação de que para mim entrariam em consideração apenas as regiões que tu não cobres ou que não estão ao teu alcance. De acordo com a imagem que tenho de teu tamanho, essas regiões não são muitas nem muito consoladoras, e o casamento não está entre elas.

Só essa comparação já prova que não quero de modo algum dizer que com teu exemplo tu me expulsaste do casamento, mais ou menos do mesmo jeito que me expulsaste da loja. Pelo contrário, apesar de qualquer semelhança remota. Para mim o teu casamento com mamãe foi, em muitos aspectos, um modelo, na fidelidade, na ajuda mútua, no número de filhos e mesmo depois, quando os filhos cresceram e perturbaram cada vez mais a paz, o casamento nem por isso deixou de permanecer intocável. Talvez tenha sido exatamente nesse exemplo que também se formou o meu alto conceito do casamento; o fato de que o anseio por ele foi impotente com certeza tinha outros motivos. Eles residiam na tua relação com os filhos, o que na verdade é o tema de toda esta carta.

Existe uma opinião segundo a qual o medo do casamento às vezes deriva do temor de que os filhos mais tarde farão a pessoa pagar pelos pecados que cometeu contra os próprios pais. Acredito que no meu caso isso não tenha maior significado, pois a minha consciência de culpa na verdade provém de ti e também está demasiadamente impregnada de sua própria singularidade e, mais que isso, esse sentimento de singularidade sem dúvida faz parte de sua torturante natureza, e uma repetição é inimaginável. Devo dizer, contudo, que um filho assim, mudo, apático, seco, arruinado, seria insuportável para mim, eu por certo fugiria dele, emigraria, se não houvesse nenhuma outra possibilidade, assim como tu querias fazer por causa do meu casamento. Portanto, a minha incapacidade para o casamento também pode ser influenciada por isso.

Muito mais importante, porém, é o receio em relação a mim mesmo. Ele deve ser entendido assim: já dei a entender que eu, no ato de escrever e naquilo que se relaciona a ele, efetuei pequenas tentativas de independência, tentativas de fuga com um resultado quase nulo e elas por certo não me levarão adiante, muita coisa o prova para mim. Apesar disso é meu dever, ou antes, minha vida depende disso, do fato de velar por elas, em não deixar que se aproxime perigo algum que eu possa repelir, até mesmo nenhuma possibilidade de um perigo desses. O casamento é a possibilidade de um perigo desses, mas também a possibilidade do maior progresso; a mim porém basta a circunstância de que ele é a possibilidade de um perigo. O que eu haveria de fazer, caso ele de fato fosse um perigo? Como poderia continuar a viver no casamento com o sentimento talvez indemonstrável, mas de qualquer modo irrefutável, desse perigo?[27] Diante disso eu até posso oscilar, mas a saída final é certa: preciso renunciar. A comparação do pássaro na mão e dos dois voando só pode ser aplicada bem remotamente nesse caso. Na mão eu não tenho nada, todos os pássaros estão voando e

---

27. Kafka sempre disse que tudo aquilo que não tinha a ver com literatura o aborrecia. Em carta a Max Brod, Kafka escreve: "A nostalgia de escrever predomina em tudo" (*Briefe 1902-1924*. Org. por Max Brod. New York e Frankfurt a. M., 1958, p. 392). Nos *Diários* Kafka anota: "Foi principalmente a consideração ao meu trabalho de escritor que me impediu, pois eu acreditava que este trabalho estaria em perigo com o casamento" (*Tagebücher* 1912-1914. Org. por Hans-Gerd Koch. Frankfurt a. M., 1994, p. 135). (N.T.)

mesmo assim eu preciso – assim o determinam as condições de luta e a miséria da vida – escolher o nada. Opção semelhante eu já tive de fazer na escolha da profissão.

Mas o obstáculo mais importante ao casamento é a convicção já inexterminável de que tudo o que é necessário ao sustento da família ou mesmo à sua condução é aquilo que reconheci em ti e ainda por cima tudo isso junto, o bom e o mau, tal como está organicamente unificado em ti, ou seja, força e desdém pelo outro, saúde e uma certa falta de medida, dom oratório e insuficiência, autoconfiança e insatisfação com todos, superioridade diante do mundo e tirania, conhecimento dos homens e desconfiança em relação à maioria e ainda virtudes sem qualquer desvantagem, como diligência, perseverança, presença de espírito, audácia. De tudo isso eu não tinha quase nada comparado a ti, ou apenas muito pouco; e com isso eu queria me atrever ao casamento, vendo que mesmo tu precisaste trabalhar duramente no casamento, chegando a fracassar diante dos filhos? Conforme é natural, não me colocava esta pergunta de maneira explícita, nem a respondia de maneira explícita, pois caso contrário o modo usual de pensar teria se apoderado da questão e me mostrado outros homens, diferentes de ti (para citar um que está próximo e é muito diferente: tio Richard*), que se casaram e pelo menos não se arruinaram com isso, o que já é muito e teria me bastado às fartas. Mas não cheguei a colocar essa questão, mas sim a vivenciei desde a infância. Não foi só com o casamento, por certo, que passei a testar a mim mesmo, eu o fazia diante de qualquer insignificância; diante de qualquer insignificância tu me convencias pelo teu exemplo e pela tua educação, assim como procurei descrevê-los, da minha incapacidade, e o que era válido em qualquer insignificância e te dava razão tinha, é claro, de ser monstruosamente válido diante da coisa mais importante, ou seja, do casamento. Até as tentativas de casamento, cresci mais ou menos como um homem de negócios que de fato vive o dia-a-dia com preocupações e maus pressentimentos, mas sem uma contabilidade precisa. Ele até faz algum lucro, que em virtude da raridade ele sempre paparica e exagera em suas ideias, e afora isso apenas prejuízos diários. Tudo é registrado, mas nunca submetido a um balanço. Mas então chega o dia em que o balanço é obrigatório e isso significa a tentativa de casamento. E no que tange às grandes somas com que é preciso contar, é como se nunca tivesse existido o mínimo lucro e tudo fosse uma única e grande dívida. E agora case sem ficar louco!

Assim termina minha vida contigo até agora e são essas as perspectivas que ela carrega consigo para o futuro.

Tu poderias, caso fosses capaz de abarcar minha fundamentação do medo que tenho de ti, responder: "Tu afirmas que eu simplifico a meu favor quando explico minha relação contigo apenas através da tua culpa, mas acredito que, apesar do esforço aparente tu a tornas, se não mais difícil, pelo menos bem mais em conta naquilo que te diz respeito. Em primeiro lugar, rejeitas qualquer culpa e responsabilidade de tua parte, e nisso, portanto, nosso comportamento é o mesmo. Mas se eu credito, com a franqueza de meus propósitos, toda a culpa a ti, tu queres te mostrar 'supersensato' e 'supercarinhoso' e me absolver de qualquer culpa. Naturalmente só na aparência tu consegues esta última absolvição (e mais do que isso não queres); o resultado é que, nas entrelinhas, e a despeito de todos os 'discursos' sobre modo de ser, natureza, oposição e desamparo, fui eu o agressor, enquanto tudo o que tu fizeste foi apenas autodefesa. Portanto, agora tu já terias conseguido o bastante com tua insinceridade, pois provaste três coisas: primeiro, que tu és inocente; segundo, que eu sou culpado e, terceiro, que tu estás disposto, por pura grandiosidade, não só a me perdoar, mas, o que dá mais ou menos no mesmo, a demonstrar e crer pessoalmente que eu, seja como for contra a verdade, também sou inocente. Isso poderia te bastar por ora, mas mesmo assim não te basta. Tu meteste na cabeça a ideia de viver completamente às minhas custas. Reconheço que lutamos um contra o outro, mas existem dois tipos de luta. A luta cavalheiresca, na qual são medidas as forças de contendores independentes, cada um por si, na qual cada um perde por si e ganha por si. E a luta do inseto daninho, que não apenas pica, mas ainda por cima suga o sangue para conservar a vida. Este é o verdadeiro soldado profissional, e tu o és. És incapaz para a vida; mas para poderes te[28] instalar nela confortavelmente, despreocupado e sem autocensuras, tu demonstras que eu te tirei toda a tua capacidade para a vida e a enfiei em meu próprio bolso. Que te importa se agora és incapaz para a vida, eu é que sou o responsável e tu apenas te espreguiças tranquilamente e te fazes arrastar, física e espiritualmente, por mim pela vida afora. Um exemplo: quando há pouco quiseste casar, ao mesmo tempo não quiseste casar, conforme confessas nesta carta; mas, a fim de não precisares te dar ao trabalho, querias que eu te ajudasse a não te casares, na medida em que, por causa da 'vergonha' que a ligação infligiria ao meu nome, eu te proibia esse casamento. Ora, mas isso nem sequer me ocorreu. Em primeiro lugar nunca quis, tanto aqui como em outra parte, 'ser um obstáculo à tua felicidade', e em segundo lugar não quis jamais ouvir de um filho meu uma censura dessa natureza. Por acaso a autossuperação, através da qual te abri caminho ao casamento, ajudou alguma coisa? Absolutamente nada. Minha aversão ao casamento não o teria impedido, pelo contrário, teria sido muito antes um estímulo a mais para ti, de casar com essa moça, uma vez que a 'tentativa de fuga', conforme tu te expressas, teria sido completa por causa disso. E a minha permissão para o casamento não impediu tuas censuras, pois tu chegas a provar que eu sou, sem a menor dúvida, culpado por não teres te casado. No fundo, porém, tanto neste quanto em qualquer outro caso, tu não me provaste nada a não ser que todas as minhas censuras foram legítimas e que faltou entre elas uma censura especialmente legitimada, a censura da

---

28. Aqui o texto à máquina é interrompido em meio à frase (45ª página do texto datilografado, que aparece quase toda ela vazia). Ele continua em uma página e meia, de formato menor pertencente ao manuscrito original, que se pensava extraviado e só foi localizado mais tarde. De modo que hoje em dia parte da *Carta* em sua versão manuscrita – a mencionada página e meia – encontra-se nos arquivos do espólio de Max Brod, ao passo que as páginas restantes – em torno de cem – encontram-se no Arquivo Literário de Marbach. (N.T.)

insinceridade, da bajulação, do parasitismo. Ou muito me engano, ou tu ainda parasitas em mim com esta carta".

 A isso respondo que, de primeiro, toda essa objeção, que em parte também pode ser voltada contra ti, não provém de ti, mas de mim. Nem mesmo a tua desconfiança com os outros é tão grande quanto a minha autodesconfiança, para a qual me educaste. Uma certa legitimidade à objeção, que além do mais contribui com algo novo para a caracterização do nosso relacionamento, eu não posso negar. Naturalmente as coisas não se encaixam tão bem na realidade como as provas contidas na minha carta, pois a vida é mais do que um jogo de paciência; mas com a correção que resulta dessa réplica, uma correção que não posso nem quero discutir nos detalhes, alcançou-se a meu ver algo tão aproximado da verdade, que isso pode nos tranquilizar um pouco e tornar a vida e a morte mais fáceis para ambos.

Franz

Glossário

ARCA DA ALIANÇA – Citada em Samuel, capítulo 1, versículos 4 a 7; Êxodo, capítulo 25, versículos 10 a 22, e capítulo 37, versículos 6 a 9. Tabernáculo sagrado no qual se guardavam as tábuas da lei mosaica. Já nos tempos da mixná (*mishnah*: segundo o Dicionário Houaiss, "coleção das tradições rabínicas, na maioria orais, compilada por volta do ano 200") surgiu a tradição de guardar em um nicho localizado na parte oriental da sinagoga um receptáculo no qual eram exibidos os escritos sagrados; essa espécie de altar era a representação do que havia de mais sagrado na religião judaica.

ASSICURAZIONI GENERALI – Companhia privada de seguros italiana, com filial em Praga, na qual Kafka trabalhou de outubro de 1907 a julho de 1908, logo depois de se formar em Direito; o emprego foi conseguido com a intervenção de seu tio Alfred Löwy. Uma vez que Kafka queria dispor de suas tardes para trabalhar literariamente, mudou para a Companhia de Seguros de Acidente de Trabalho (*Arbeiter-Unfall-Versicherung-Anstalt*), na qual os trabalhos no escritório eram concluídos às 14 horas.

BAR MITZVAH – Na religião judaica, a cerimônia religiosa iniciatória que reconhece um jovem como *bar mitzvah* (o menino que, no seu 13º aniversário, atinge a maioridade religiosa, passando a ter a obrigação de cumprir os preceitos religiosos).

ELLI – Irmã mais velha de Kafka. Nasceu em 22 de setembro de 1889. Conforme fica claro em uma das passagens da *Carta ao pai*, o fato de Elli ter mudado muito com o casamento marcou Kafka profundamente. Em carta a Felice, o autor chega a anotar que depois do casamento a "felicidade mais pura" se espalhou sobre ela e seus dois filhos (ver KAFKA, Franz: *Briefe an Felice und andere Korrespondenz aus der Verlobungszeit*. Org. por Erich Heller e Jürgen Born, Frankfurt a. M., 1967, p. 243).

F. – Felice Bauer. Kafka conheceu Felice em 13 de agosto de 1912. Em final de maio de 1914 noivou com a moça e em julho do mesmo ano rompeu o noivado; a história se repetiu, nos mesmos termos, em julho e dezembro de 1917.

FELIX – Felix Hermann, sobrinho de Kafka, filho de sua irmã Elli. Hermann Kafka adorava o neto.

FRANKLIN – Referência à autobiografia do político e cientista norte-americano Benjamin Franklin (1706-1790), publicada em 1868 em sua versão completa e dedicada ao filho. Na biblioteca de Kafka foi encontrada a tradução tcheca da autobiografia, de Vladimir Dedek.

FRANZENSBAD – Estação de cura no nordeste da Boêmia, na qual os pais de Kafka costumavam passar o verão.

GERTI – Irmã de Felix e filha de Elli e Karl Hermann.

IRMA – Irma Kafka (1889-1919), prima de Kafka, filha de seu tio Heinrich. Trabalhou na loja do pai do escritor durante a Primeira Guerra Mundial, mas não morava com a família. Era a melhor amiga de Ottla e com ela passava a maior parte de seu tempo livre; Kafka às vezes também participava dos encontros das duas. Morreu vítima da gripe espanhola que grassou pela Europa à época.

JOSEPHPLATZ – A praça Joseph ficava no final da Paricer Strasse, próxima à Zeltnergasse, a rua onde os Kafka moraram até o autor completar 24 anos (ver mapa de Praga na contracapa de BINDER, Hartmut: *Kafka-Kommentar*. München 1976, bem como indicações geográficas mais precisas na página 449).

JULIE WOHRYZEK – A moça é o motivo imediato da carta, uma vez que motivou o "pequeno pronunciamento" do pai diante do "último propósito de casamento" revelado por Kafka. Em meados de setembro de 1919, Kafka fica noivo de Julie, encarando a oposição enérgica do pai, preocupado sobretudo com a pobreza da moça. Também alguns amigos do escritor demonstram preocupações em relação à "conduta" da moça, e Max Brod chega a anotar em seu diário que Julie Wohryzek é mulher de "duvidosa fama". Em carta a Max Brod, Kafka descreve a moça da seguinte – e estranhíssima – forma: "Não judia e não não judia, sobretudo não não judia, não alemã, não não alemã, apaixonada por cinema, operetas e comédias, em pó e véu, possuidora de uma quantia inesgotável e inevitável das mais atrevidas expressões da gíria; no todo bastante ignorante, mais divertida do que triste – mais ou menos assim ela é. Se a gente quiser descrever com precisão a que espécie de povo pertence, tem-se de dizer que ela pertence ao povo das balconistas. E com tudo isso ela é brava, sincera, altruísta de coração – qualidades tão grandiosas em uma criatura, que fisicamente por certo não é desprovida de beleza, mas é tão nula, mais ou menos como uma mosca, que voa contra a luz do meu lampião" (*Max Brod/Franz Kafka. Eine Freundschaft (II). Briefwechsel*. Org. por Malcolm Pasley. Frankfurt a. M., 1989, p. 263 s.).

KARL HERMANN – Cunhado de Kafka, marido de Elli, a irmã mais velha. Depois de ter casado em fins de 1910, abriu – em 1911 – a fábrica de asbesto na qual Kafka também se comprometeu a trabalhar de quando em vez e assumiu papel de sócio oculto, uma vez que seu pai investira o dinheiro necessário para abrir a fábrica. Era um dândi, que gastava mais do que ganhava e de uma lábia quase criminosa; o pai de Kafka gostava dele. Na *Carta ao pai*, fica claro – logo no início, sobretudo – que o pai sempre acusou o filho de tê-lo levado a investir na empreitada malograda ("a fábrica eu joguei às tuas costas e depois te abandonei"). Em 19 de dezembro de 1914, Kafka anota que o pai o acusara de tê-lo "engambelado", levando-o a investir na fábrica, para depois dizer que por "medo do pai" não jantou com a família à noite (*Dichter über ihre Dichtungen. Franz Kafka*. Org. por

Erich Heller e Joachim Beug. München 1969, p. 88). Uma vez que o trabalho na fábrica o impedia de prosseguir na criação de *O desaparecido* (*América*), Kafka chegou a cogitar a possibilidade de suicídio. A "Prager Asbestwerke Hermann & Co" foi definitivamente liquidada em julho de 1918.

LÖWY (p. 418 e 438) – O sobrenome de solteira da mãe, Julie Löwy (1855-1934), nascida em Padiebrad. De família abastada, ela conheceu o marido, Hermann Kafka, nascido em 1852, provavelmente através de uma agência de casamentos. Pelas cartas à época do noivado, pode-se deduzir que Hermann era homem amoroso, mas já então destinado a ser um pai autoritário. Sua estatura era majestosa e impunha respeito (ver HERMES, Roger: "Der *Brief an den Vater* und sein Adressat Hermann Kafka". In: *Brief an den Vater*. Org. por Roger Hermes. Frankfurt a. M., 1999, p. 70).

LÖWY (p. 423) – Referência a Jizchak Löwy, membro do grupo de teatro polonês com o qual Kafka esteve em contato durante algum tempo; Kafka conheceu Jizchak no inverno de 1911-12. O episódio também é referido nos *Diários* de Kafka.

MATURA – O exame final do curso secundário na Áustria. Na Alemanha a mesma prova é conhecida como Abitur. Ao contrário do vestibular brasileiro, nenhuma das duas concede acesso automático à universidade.

MESCHUGGE – Em iídiche no original, significando "absurda", "amalucada", no caso.

OTTLA – Ottilie, a irmã caçula de Kafka e sua preferida; nasceu em 29 de outubro de 1892. Kafka via na irmã a imagem da mãe e chegou a viver com ela em Zürau, compartilhando leituras de Platão e Schopenhauer. Contra o pai, apoiou-a na decisão de se mudar para o campo.

PAWLATSCHE – Em tcheco no original. A palavra *pavlaè* significa sacada em tcheco e, tanto no alemão de Praga quanto no de Viena, designa o corredor, aberto ou envidraçado, que atravessa o andar inteiro de uma casa pelo lado do pátio. O trauma da porta trancada marcou tanto o autor, que aparece referido também na obra *O desaparecido*, onde Karl Roßmann é mostrado constantemente na situação de "trancado", dentro ou fora de alguma coisa, ou até mesmo em *A metamorfose*, onde Gregor – depois de um pontapé do pai e por iniciativa da irmã – é trancado em seu quarto e, com isso, apartado da convivência familiar.

PEPA – Apelido do cunhado de Kafka, Josef Pollak, que casou com Valli, sua irmã, em 11 de janeiro de 1913. Pepa nasceu em 1882 e morreu num campo de concentração, durante a Segunda Guerra Mundial.

PHILIPP, LUDWIG, HEINRICH – Irmãos de Hermann, pai de Kafka. Philipp (ou Filip) nasceu em 1847, era comerciante em Kolin e "muito divertido e descarado", segundo Klaus Wagenbach (*Franz Kafka. Eine Biographie seiner Jugend 1883-1912*. Berna, 1958, p. 17); faleceu em 1914 aos 68 anos de idade. Ludwig (1857-1911) era agente de seguros em Praga. Heinrich (1850-1886) era comerciante.

PRIMA – Antigamente, oitavo e nono anos letivos do curso ginasial.

REZA PELA SALVAÇÃO DA ALMA DOS MORTOS (*Seelengedächnisfeier*) – Conforme o nome já diz, oração pela alma dos mortos, acompanhada de oferendas destinadas a inspirar a salvação. Também conhecida por *Maskir*.

RICHARD, TIO – Richard Löwy (1857-1938), irmão da mãe de Kafka, comerciante em Praga.

ROBERT KAFKA – Primo de Kafka, e não tio, conforme aparece em algumas edições. Filho de Philipp, irmão de Hermann Kafka; advogado bem-sucedido, vivia em Praga, e morreu, provavelmente em 1922, vítima de uma misteriosa doença no baço.

SCHÖNBORN (PALÁCIO DE) – Edifício barroco em Praga no qual Kafka morou de março a agosto de 1917, ao se preparar para o casamento – era o segundo noivado – com Felice Bauer.

Em várias de suas cartas, Kafka deixa claro que a insalubridade do lugar apenas apressou as consequências de sua doença, fazendo seu pulmão sangrar, inclusive.

SEDER – Nome do culto familiar que acontece nas duas primeiras noites da festa de Páscoa (Pessach) judaica, a fim de lembrar a libertação dos israelitas do Egito.

SEKUNDA – Antigamente o décimo e décimo primeiro anos letivos do curso ginasial.

TERTIA – Último ano do curso ginasial.

TORÁ – Na terceira acepção do Dicionário Houaiss: "Rolo manuscrito do *Pentateuco*, em couro ou pergaminho, usado liturgicamente nas sinagogas, geralmente coberto por uma capa decorativa e guardado na arca sagrada".

VALLI – Valerie, irmã de Kafka, nascida em 25 de setembro de 1890. Tanto os dois irmãos mais velhos de Kafka, que morreram logo após o nascimento, quanto Elli e Valli nasceram em setembro.

ZÜRAU, aventura de Ottla em – A irmã de Kafka havia decidido administrar sozinha uma propriedade rural em Zürau, onde o próprio escritor passou longas temporadas entre 1917 e 1918. Ottla apregoava a harmonia de uma vida no campo, dizendo – em carta de 12 de julho de 1916 a seu futuro esposo – que viver na cidade era "algo totalmente errado" (ver KAFKA, Franz: *Briefe an Ottla und die Familie*. Org. por Hartmut Binder e Klaus Wagenbach. Frankfurt a. M., 1974, p. 174). Antes da "aventura", Ottla trabalhava na loja do pai, onde era a primeira a entrar: "Ela fica na loja ao meio-dia, levam a comida a ela, e só volta à tarde para casa, às quatro ou às cinco", conforme Kafka escreve em uma carta a Felice (ver KAFKA, Franz: *Briefe an Felice und andere Korrespondenz aus der Verlobungszeit*. Org. por Erich Heller e Jürgen Born, Frankfurt a. M., 1967, p. 287).

CRONOLOGIA BIOBIBLIOGRÁFICA

1883 Franz Kafka nasce em 3 de julho, filho mais velho do comerciante Hermann Kafka (1852-1931) e de sua esposa Julie, nascida Löwy (1855-1934), na cidade de Praga, na Boêmia, que então pertencia ao Império Austro-Húngaro e hoje é capital da República Tcheca. Kafka teve dois irmãos, falecidos pouco depois do nascimento, e três irmãs. São eles: Georg, nascido em 1885 e falecido 15 meses após o nascimento; Heinrich, nascido em 1887 e falecido seis meses após o nascimento; Gabriele, chamada Elli (1889-1941); Valerie, chamada Valli (1890-1942), e Ottilie, a preferida, chamada Ottla (1892-1943).

1889 Kafka frequenta uma escola alemã para meninos em sua cidade natal até o ano de 1893.

1893 Inicia o ginásio, concluído no ano de 1901. Escreve algumas obras infantis que são destruídas logo depois.

1897 Faz amizade com Rudolf Illowý; toma parte em debates socialistas.

1900 Passa as férias de verão com seu tio Siegfried, médico rural, em Triesch.

1901 Faz o exame final do curso secundário e passa suas férias, pela primeira vez sozinho, em Nordeney e Helgoland. No outono principia os estudos na "Universidade Alemã de Praga"; começa estudando Química e em seguida passa ao Direito. Faz também alguns seminários de História da Arte.

1902 Viaja a Munique e pretende continuar lá seus estudos de Germanística, começados no verão do mesmo ano. No semestre de inverno, decide prosseguir os estudos de Direito em Praga. Primeiro encontro com Max Brod.

1903 Kafka tem a sua primeira relação sexual, com uma vendedora de loja. A experiência o marcaria – de insegurança – para a vida inteira. Faz a primeira de suas várias visitas a sanatório, em Dresden.

1904 Lê Marco Aurélio e os diários de Hebbel, escritor alemão do século XIX. Inicia os trabalhos na obra *Descrição de uma luta* (*Beschreibung eines Kampfes*).

1905 Volta a visitar um sanatório, desta vez em Zuckmantel, onde vive uma relação com uma mulher bem mais velha, o primeiro amor de sua vida.

1906 Faz trabalho voluntário num escritório de advocacia. Em 18 de junho, é doutorado, recebendo o título de *Doktor juris*. No outono, faz seu estágio de um ano em dois tribunais. Escreve a obra *Preparativos de casamento no campo* (*Hochzeitsvorbereitung auf dem Lande*).

1907 Conhece Hedwig Weiler em Triesch e tenta conseguir-lhe um emprego em Praga. Trabalha na empresa de seguros Assicurazione Generali.

1908 Primeira publicação. Oito fragmentos em prosa, na revista *Hyperion*, que posteriormente receberiam o título de *Consideração* (*Betrachtung*). Em julho, passa a trabalhar no emprego que seria, ao mesmo tempo, martírio e motor de produção: a Companhia de Seguros de Acidente de Trabalho de Praga.

1910 Toma parte em vários eventos socialistas. Entra em contato íntimo com uma trupe de atores judaicos, liderada pelo seu amigo Jizchak Löwy, citado na *Carta ao pai*. Viaja com Max e Otto Brod a Paris. Continua suas várias viagens de negócio.

1911 Outra viagem de férias a Paris. Em março, participa de algumas das palestras de Karl Kraus. Com o dinheiro do pai, torna-se sócio (inativo) da fábrica de asbesto de seu cunhado Josef Pollak. Visto que Kafka se demonstrara incapaz de dirigir um negócio pessoalmente, tentou fazê-lo participando com o capital (do pai, seja dito). Continua as visitas à trupe de atores de Jizchak Löwy no Hotel Savoy e apaixona-se pela atriz Mania Tschissik.

1912 O ano capital na vida de Kafka. Viaja com Max Brod a Weimar e conhece de perto o ambiente dos grandes clássicos, Goethe e Schiller. Na visita à casa de Goethe apaixona-se pela filha do zelador. Os oito fragmentos de prosa publicados em revista no ano de 1908 são editados em livro. Nesse mesmo ano, Kafka conhece Felice Bauer, com quem trocaria incontáveis cartas. Em setembro, escreve *O veredicto (Das Urteil)*, sua primeira obra de importância. Em outubro, é tomado, conforme pode ser visto nos *Diários* iniciados quatro anos antes, por pensamentos de suicídio. De 17 de novembro a 7 de dezembro, escreve *A metamorfose (Die Verwandlung)*, a mais conhecida de suas obras.

1913 Visita Felice Bauer três vezes em Berlim. É promovido a vice-secretário da Companhia de Seguros. Trabalha ferozmente na jardinagem na periferia de Praga para esquecer as atribulações do intelecto. Viaja a várias cidades, entre elas, Trieste, Veneza e Verona. Em setembro e outubro, tem uma curta relação com uma jovem suíça de dezoito anos no sanatório de Riva. No final do ano, conhece Grete Bloch, que viera a Praga para tratar do noivado de Kafka com Felice.

1914 Continua a visitar Felice e esta vai a Praga. A correspondência com Grete Bloch torna-se cada vez mais íntima. Em 2 de junho, acontece o noivado oficial com Felice em Berlim. Kafka mora na casa de suas duas irmãs, primeiro na de Valli, depois na de Elli.

1915 Muda-se para um quarto e vive sozinho pela primeira vez na vida. Em abril, viaja à Hungria com Elli. Kafka recebe o conhecido Prêmio Fontane de literatura, mas suas obras estão longe de fazer sucesso. *A metamorfose* é publicada em livro pelo editor Kurt Wolff. Entre julho e agosto, principia a escrever *O processo (Der Prozess)*, sua obra-prima.

1916 Permanece dez dias com Felice em Marienbad. É publicada sua obra *O veredicto*. Faz leituras públicas de seu livro *Na colônia penal (In der Strafkolonie)* em Munique.

1917 Começa seus estudos de hebraico. Noiva pela segunda vez com Felice. Adoece de tuberculose. Viaja a Zürau e vive uma vida rural na casa da irmã Ottla, sua preferida. Em dezembro, separa-se em definitivo de Felice Bauer, depois de vários conflitos interiores, medos, alertas alucinados feitos à moça e a seus pais em cartas. Kafka, na verdade, procurava afastar a moça de si fazia anos.

1918 Volta à Companhia de Seguros depois de vários meses de férias devido à doença. Já em Praga, acaba sendo vítima da gripe espanhola, que grassava pela cidade.

1919 Conhece Julie Wohryzek na pensão Stüdl, em Schelesen, e vive mais uma de suas várias relações. Em abril, volta a Praga. Noiva com Julie Wohryzek, apesar de não alcançar a aprovação do pai. É publicada a novela *Na colônia penal*. Escreve a *Carta ao pai* e enfim estabelece, de maneira concreta, os problemas de relação entre ele e seu pai, indiciados em toda a sua obra ficcional. Depois de curta temporada em Schelesen, onde desta vez conhece Minze Eisner, volta a Praga em dezembro.

1920 É promovido a secretário da Companhia de Seguros e seu salário é aumentado. Troca intensa de cartas com sua tradutora para o tcheco, Milena Jesenská. Viaja a Viena, onde Milena reside, e passa quatro dias com ela. Escreve várias narrativas curtas. Termina o noivado com Julie Wohryzek. Escreve um esboço para *O castelo (Das*

Schloss). Em dezembro, volta ao sanatório em Matliary (Alto Tatra, nos montes Cárpatos).

1921 Continua em Matliary. Faz amizade com Robert Klopstock. No outono, volta a Praga. Entrega todos os seus diários a Milena.

1922 Começa a escrever *O castelo*, a mais extensa e mais ambiciosa de suas obras. É promovido a secretário-geral da Companhia de Seguros. Escreve *Um artista da fome (Ein Hungerkünstler)*. Aposenta-se devido à doença. Passa alguns meses com Ottla, sua irmã, numa residência de verão em Planá. Kafka avisa a Max Brod que depois de sua morte ele deve destruir todas as suas obras.

1923 Volta a estudar hebraico. Faz planos de mudar-se para a Palestina. Conhece Dora Diamant. Torna a passar dois meses com sua irmã Ottla em Schelesen. Em final de setembro, muda-se para Berlim, onde vive com Dora Diamant. Escreve *A construção (Der Bau)*.

1924 Em março, volta a Praga. Escreve sua última narrativa curta, *Josephine, a cantora (Josephine, die Sängerin)*. O pai de Dora Diamant não concorda com um noivado entre a filha e o escritor. A partir de abril, vive com Dora e Robert Klopstock no sanatório Hoffmann, em Kierling, onde Kafka vem a falecer no dia 3 de junho. É enterrado em Praga. No verão, é publicado o volume *Um artista da fome*.

IMPRESSÃO:

Pallotti
GRÁFICA EDITORA

Santa Maria - RS - Fone/Fax: (55) 3220.4500
www.pallotti.com.br